有爱的青春陪伴者

图书在版编目（CIP）数据

背风岗 / 秋鱼与刀著. -- 南京：江苏凤凰文艺出版社，2024.6
 ISBN 978-7-5594-8515-1

Ⅰ.①背… Ⅱ.①秋… Ⅲ.①长篇小说-中国-当代 Ⅳ.①I247.5

中国国家版本馆CIP数据核字(2024)第053906号

背风岗

秋鱼与刀 著

责任编辑	王昕宁
特约编辑	周 贝
出版发行	江苏凤凰文艺出版社
	南京市中央路165号，邮编：210009
网　　址	http://www.jswenyi.com
印　　刷	长沙鸿发印务实业有限公司
开　　本	880mm×1230mm 1/32
印　　张	11.5
字　　数	477千字
版　　次	2024年6月第1版
印　　次	2024年6月第1次印刷
书　　号	ISBN 978-7-5594-8515-1
定　　价	42.80元

江苏凤凰文艺版图书凡印刷、装订错误，可向出版社调换，联系电话025-83280257

目／录

第一章　悬崖上的小羊 / 001
/ 最后的这段日子，一定要无所顾忌地爱自己。/

第二章　怡然，怡然 / 029
/ 她就像一束阳光，毫不吝啬地照在她结满蜘蛛网的墙角。/

第三章　去无人知晓的地方 / 046
/ 没人知道她来，也没人知道她离开。/

第四章　晴朗春夜 / 061
/ 她有种预感，以后的每一天，都将是和过往截然不同的一天。/

第五章　以家人之名 / 085
/ 无关风月，只是两个被遗弃的灵魂，无声对视。/

第六章　崭新生活 / 108
/ 她是坠崖的人，沈灼是托住她的藤蔓。/

第七章　兄妹关系 / 145
/ 你现在捂着的，是你妹妹的耳朵，还是蒋诵的耳朵？/

目录

第八章　你可以亲我一下吗 / 165
/ 只有他，只剩她了。/

第九章　东林之行 / 201
/ 从现在开始，我是你男朋友。/

第十章　血缘的诅咒 / 231
/ 爱情的哨声一响，他们依旧迷茫地站在原地。/

第十一章　离开 / 267
/ 她需要很多很多的爱来填满身体，她需要有个人奋不顾身地爱她。/

第十二章　背风岗 / 289
/ 背风岗的花，总是最先开。/

番外一　梦境 / 334

番外二　鸿儒 / 344

番外三　取名趣事 / 357

第一章
悬崖上的小羊

BEIFENGGANG

刚过完年，飞机上乘客不多，透过方块小窗向下俯瞰，皑皑白雪覆盖着广袤的黑土地。

机舱广播正在播报即将到达目的地，温柔的女声提醒旅客放下小桌板。蒋诵晃了几下僵硬的脖子，恋恋不舍地把视线从窗外挪回机舱。

这是她第一次坐飞机。

她从小到大没离开过出生地，对北方完全没有概念，对北方的印象还停留在春晚的搞笑小品和口音上，仿佛地球的另一端。

不过在下飞机拿行李的这段路上，她走在人群边缘，耳边萦绕着清晰的普通话，这才恍然这里其实和别的地方没有区别，就是冷了点。

室内还好，自动门外的空气简直像夹了针，她的衣服很薄，刚出去就冻蒙了，身体还没来得及适应这种气候，直接僵在原地。

一个矮胖的中年男人突然窜到她旁边，像在说快板："来，东林，小石沿河，老妹儿你上哪儿？"

蒋诵呵出白雾，打了个寒噤才说："东林。"

男人伸手，嗓门响亮中带着熟络："去东林，二十块，上车就走，行李给我。"

蒋诵对这种突然的靠近很不适，下意识地捏紧行李箱，却又马上松开，利落地把行李推给他，平静地看着他满是横肉的脸。

"你的车在哪儿？"

男人轻松地拎起行李箱，另一只手指了指右侧的半地下停车场，黑色衣袖随着他的动作吊起，露出手腕粗糙的黑色文身。

蒋诵垂眼，默默跟在他身后。

车是出租车，车体喷着橙色的条纹，车顶滚动着LED广告，正播放东林某男科医院的全套体检促销活动。车窗半开，车后座坐着一对年轻情侣，看着是大学生的年纪。男孩一只胳膊搂着女友，看她开车门，手指轻弹，带着火光的烟头顺着车窗飞出去，抛物线般落在大理石地面上，火光在地上弹跳了几下。

司机把行李放在后备厢，用发黄的旅游鞋尖踩灭烟头，依旧是大嗓门："哥们，烟头别乱扔，有监控。"他扬手指墙上的禁烟标牌。

男孩扬了扬手，表示知道了。他女友却有些不忿，趁司机还没上车说了一句："管得着吗，不扔外面扔他车里啊。"

蒋诵始终沉默。正值傍晚，萧瑟的北风吹着光秃秃的树干，视线所及是单调沉闷的工业气息，没有一点亮堂的色彩，只有远方一轮橙色落日，沉重悲凉地落入地平线。

到市区时天已经黑透，司机直接把她送到租住的小区楼下。蒋诵拉着行李箱，却没进小区，过马路，径直走进一家酱骨头馆。

"脊骨一份，米饭一份。"

她坐在靠近门口的座位，打量室内。

这是一家老店，室内干净简洁，没有多余的装修。墙壁是暖白色，桌椅是厚重的实木，上面摆着酱油醋和辣椒油、纸巾盒，她抽出一张纸巾，压在光滑的桌面上擦了一遍。

后厨的半帘掀起，露出老板娘方正的脸，冲她喊："在这儿吃还是打包？"

"在这儿吃。"

"好嘞。"

厨房离前厅很近，能清楚地听到轰鸣的噪音，空气中掺杂着浓郁的肉香，一波又一波。

蒋诵在飞机上吃了饭，还喝了饮料，肚子不饿，所以她清楚地知道自己急不可耐地等肉上来，单纯是因为馋。

这个在她过去十九年人生里羞于启齿的字，现在的她可以没有一点心理负担地说出来。

她好馋，馋各种肉，馋二十几块一杯的奶茶，馋路过无数次也不敢进去的餐厅，馋所有她想吃却买不起的零食，她做梦都想无所顾忌地大吃一顿。

可当菜上来时，她还是屈服于多年形成的身体记忆，用筷子夹起盆底的碎肉，在浓郁的汤汁里滚了一圈，放进嘴里。然后小心仔细地把拇指盖大小的肉搁在牙齿上，反复挤压，细细品味，直到没什么嚼头了，才快速咽下。

老板娘端来一壶茶，顺手在旁边的桌上拿了个杯子，边走边倒。蒋诵抬头，老板娘刚好把满杯的茶水放到她面前。

"丫头，我家菜码大，你一个人能吃完吗？"

蒋诵放下筷子，认真地看着老板娘抹多了粉、显得有些假白的脸。

"我能吃完。"

老板娘笑得更深了，眼角堆出扇贝壳似的纹路："吃不完也没事，下顿热一热更入味。"

老板娘似乎很少在桌边逗留，说的话也像是随意抖搂出来，没想要得到回复，待蒋诵听到这句话时，只看到扎进厨房半帘后的宽厚背影。

她夹了一块最大的肉骨头，咬下一块，咸淡适中，软烂脱骨，淳朴的肉香夹

杂着独有的香料味，堆在钢盆里冒着热气。

都是她的。

还是小孩子时，徐丽华就冷冷地告诫她：吃饭的时候有点眼色，这菜可不是给你一个人吃的。

徐丽华是她妈。

她时刻牢记在心，所以等菜上桌后，她都会乖乖地等别人先吃。

干了一天累活的爸爸蒋大呈坐在主位，每到吃饭时都先重重地叹一口气，把这一天的疲惫均匀地分给家人后，才卸掉包袱般地拿起筷子。

和她相反的是，弟弟从没有她这种顾虑。

他戴着一副近视眼镜，平时让他干活时他会装瞎，但在饭桌上一下子就夹走盘子里卖相最好的那一块——鱼的中段，猪的精排，埋在深处的鸡腿。

每当这个时候，徐丽华都会表达不满，或是皱眉，或是瞪眼，然后轻飘飘地骂一句："馋鬼，吃饭这么没样子。"

小时候的蒋诵会窃喜，弯着唇角，大家闺秀般在盘子边缘夹起一块浸满汤汁的葱花，抿进嘴里。

菜在摆上桌子时就已经注定吃法，一家四口严格地实行等级分工，男女分组，爸爸和弟弟负责尽情吃，妈妈和她负责看眼色收尾。

小时候的她并没有觉得这有什么不妥，慢慢长大后，才感觉到这种从小就习惯的事是多么不可理喻。

和她爸那种疲惫叹气对应的，就是她妈这种理所当然奉献的模样，他们像两台人工造雪机，雪花一片不落地撒在她身上。

去年她高考结束，成绩还算不错。中年男人吸着烟，坐在缺了腿的方凳上叹气，干枯皲裂的手抱着头，仿佛遇到人生最大的难题。

徐丽华则把半颗白菜扔到菜板上剁碎，炖了一大锅。晚上，一家人围坐在狭窄的简易桌边，压抑的气氛笼罩，笼罩着一盆清汤寡水的白菜汤。

蒋诵放下筷子，说："大学我不上，我知道家里的情况。"

蒋大呈眼神闪了一下，习惯性地叹了口气。徐丽华眉头舒展开，端着盆往碗里倒汤，汤到碗沿，没过米饭，褪色的木筷在搅动，毫无规律。

"行，正好隔壁三叔认识电子厂的人，过几天把你安排进去。"

事情就这样定了，不会有转机。蒋诵没什么情绪，对这种不需要想就能知道的结局懒得费心。

好在饭桌上的压抑散去了，她沉默着端起饭碗，从盆底夹出一块白菜帮……

街灯亮起，蒋诵吃完一整份脊骨。

她胃里沉甸甸的，连呼吸也带着肉香。十九年来，她很少能感受到这种从内到外的充盈感。

她拉着行李箱，踩在冻得结实的污色冰面上，一步三滑地往出租屋走。

003

六楼，一室一厅。房东定居在别的城市，人没回来，只在电话里告诉她钥匙在门口的地垫下。蒋诵不敢弯腰，生怕吃进去的肉从嗓子眼里滑出来，缓缓蹲下摸索。

楼房老旧，租金便宜，三千块半年。环境是和价钱相衬的破烂，墙皮翘起，头顶吊着最小瓦的灯泡，发出古墓般幽暗的光。

钥匙在地垫的角落，有些生锈，她的手几乎冻僵，颇费力气地拧开门。

北方还在供暖期，室内干燥的热意，和室外的寒冷呈两极。她摸着门边的墙壁，按照记忆里的房子实景图确定开关的位置，"啪"地按亮。

和同城租房里的照片一样，空荡荡的房子，左边是卧室，右边是开放式厨房，厨房对门是洗手间，没有客厅。

有没有客厅无所谓，她只想要宽敞的阳台。

阳台和卧室连着，室内摆着一张单人床，旁边是浅白色的柜子，灰蓝色的窗帘后，是三面见光的阳台。

蒋诵慢慢走过去，顶楼视野好，窗外是被夜色笼罩的北方小城。小区入住率不高，目之所及黑黢黢一片，没有灯光的窗口占大多数。

租之前，她曾问房东，为什么租金这么便宜。房东是个脏话是口头语的中年男人，听她这么问，忍不住笑出来："这破地方都没人了，有能耐的谁在这儿待。"

人似乎都是这样，在一个地方待得厌倦，看不到出路，索性背起行囊，去别人逃离的地方重新开始。

不过，她不是。

高考后那个暑假，她去了电子厂，身上套着闷热的防尘服，坐在流水线旁的塑料凳上，撕掉配件的旧标，再贴上新标，如此重复，上万次。

仿佛在吃旋转小火锅，她是一头只能看到机器滚动的驴，单调到发疯，却必须重复。

倒班，计件，没有休息时间，吃饭和去洗手间都有规定时间。就这样从盛夏到隆冬，磋磨了大半年，彻底从高中生变成干瘦厂妹，真让人受不了。

过年了，终于能回家。她揣着赚的钱，想了一整夜，总觉得还不晚，拿自己赚的钱复读一年，上了大学也可以勤工俭学，不会给家里添麻烦。

实在是，不想干这种活了。

她知道这是个重大决定，决定她后半生怎么过的转折，在心里反复模拟，怎么开口，怎么说，万一家里不同意，怎么能让他们转变态度。

试探是在吃完年夜饭以后。

她收拾好厨房，用围裙擦着手，状似随意地说出斟酌过上百次的话："妈，我想复读。"

中年女人嗑着瓜子，全神贯注地盯着电视里的春节联欢晚会，连眼睛都没抬。

"你学习不好，复读有什么用。你弟都上高一了，家里钱紧，你把钱拿出来，给他找个一对一辅导老师，这才是要紧事。"

004

蒋诵的弟弟叫蒋鸿儒，上学后她才知道那句名诗：谈笑有鸿儒，往来无白丁。

早在他还没出生的时候，甚至早到蒋诵还没出生，这个名字就已经想好了。年轻的夫妻眼巴巴望地等着孩子出世，为国王献上皇冠似的，把这个名字传下去。

没想到，会是女孩。

那时风口正严，总能听到谁家罚款了，或者被拉去做绝育，刚出生的蒋诵只在妈妈身边养到百天，就被送去乡下。

好在，事情按照期冀的方向发展。在她三岁的时候，弟弟出生，这个沉甸甸的名字终于有了主人。

她在乡下长到上小学的年纪，才被接到城市。在蒋诵的童年记忆里，除了漫天扬尘灰扑扑的土路，其余大部分时间都在带小孩，连写作业都要等弟弟睡着后才能挤出时间。

可太晚了，累了一天的爸妈要休息，她只能奋笔疾书，在作业本上草草完成老师的布置，字写得不规范，老师的电话终于打到徐丽华那里。

家里的气氛永远是低沉的，中年女人一身疲惫，说话也是撒气似的："连字都写不好，还浪费钱念书干吗？"

她蹲在小凳子旁写字，手紧紧攥着铅笔头，一笔一画地，把工整的字写在田字格里。

简陋的厨房回荡着切菜的"铛铛"声，她忍着眼泪，像吊在悬崖上的初生小羊，声音也在抖："我……我能写好。"

…………

鼻尖萦绕着一股难以言说的、腐败的、久无人居的霉味。

蒋诵从灰暗的梦境惊醒。

空气干燥，鼻下一片温热，随手抹了一把，在昏暗的室内看不清，只觉得指缝微痒，有液体缓慢地顺着皮肤纹路往下流。

她摸着墙去厕所，刚把水龙头打开，胃里就一阵翻涌。

她狼狈地跪在马桶边，呕出晚上吃的一整盆脊骨，涕泪俱下，像有一只无形的手在腹腔里搅动，松开，反复。

鼻血还在流。

马桶老旧发黄，一股恶心的味道，蒋诵没动，自虐般地把下巴搁在白瓷边沿上，就着这股劲，又吐了两次。

胃里空了，眼前冒金星，昏厥感一阵一阵地涌来。她想，要是能这么悄无声息地死了也挺好。

可惜，在人类历史里，因为流鼻血而死的概率很小。腿都没有知觉了，精神却逐渐清醒，鼻血凝固在人中两侧，绷紧唇边的皮肤。

她爬起来洗了把脸，没擦水渍，就那么湿着走出洗手间。

窗外漆黑，北方的小城像一艘巨船，无声沉没在寂静的深夜。她搭了件外套，光脚走去阳台。

困意消散，她坐在窗的边沿发呆，视线被一个暗淡的光亮吸引。

土黄色的圆光，忽明忽暗，在小区的主干道上摇摇晃晃，像个喝多了的醉汉。

光越来越近，停在楼下，她这才发现是一辆面包车。车灯只有一个在亮，车门拉开，下来一个黑影，大力地把车门关上，似乎没关严，那人又补了一脚。

银色的车顶在混沌的夜色里晃了晃，她听到一句掷地有声的脏话。

东林虽然是偏远的县城，但该有的一样不少：蜜雪冰城、茶百道、肯德基，全都在繁华的主街上，这会儿时间早，都还没开门，营业的只有早餐店和超市。

蒋诵坐在小笼包店里。

小笼包一屉八个，她要了两屉，又要了一碗小米粥，用白瓷的勺子，半勺半勺地往嘴里送。

她准备去超市，买点生活用品。

出租屋里的东西都有些发霉，连昨晚用的被褥也是，被边泛黄，不用靠近就能闻到年代久远的烟油味。

天刚亮，她就卷起床上的铺盖，连带着枕头全扔了。

她租的地方位置略偏，离商圈有些远，好在东林不大，走路过去的话也用不了多少时间。吃完早饭，她步行过去，到的时候超市刚开门，随手拉了个购物车当第一位顾客。

超市很大，两层楼，楼下是生鲜和食品区，楼上则是生活用品区。她推车上楼，在床品区选了浅黄色碎花四件套、纯棉睡衣、拖鞋、棉袜，最后停在内衣区。

她发育算早，小学四年级时胸部就开始发育，到六年级时，初潮降临，这些陌生的身体变化让她措手不及。

蒋诵从来没在这方面产生过温情幻想。

到初三了，她才拥有人生中第一件内衣，还是堂姐穿旧的。

她到现在还记得那件内衣的样子：黑色，上面围了一圈蕾丝，里面是厚海绵，挂扣坏了一个。

她身板单薄，胸不大，穿上这件内衣之后"平地起山"，看着很突兀。

她不喜欢，随手将它扔在沙发角。

很小的一件事罢了，连她都没想过会在这样的事上挨骂。徐丽华下班回家，一眼就看到沙发角的蕾丝内衣，想都没想，劈头盖脸地找她算账。

"这破玩意儿能不能藏好，摆明面上要不要脸？"

这种话出自亲妈的嘴里，在大多数家庭里都是罕见的。但蒋诵习惯了，从弟弟上初中开始，她就是那个别有用心的角色。没有内衣是她的罪，只要家里的独苗视线落在她身上打量，一定是她不怀好意，藏了一肚子坏水。

有时候她也觉得好笑，任正常人看都匪夷所思的事，在她家每天都在发生。

导购小姐注意到蒋诵在内衣区驻足，笑着过来，手里拿着最新款向她推荐："小妹妹喜欢什么样的内衣？现在流行轻薄无钢圈的，穿着特别舒服。"

006

蒋诵的目光落在导购手里拿着的样品上，白色少女款，上面点缀粉色樱桃图案，海绵很薄，肩带细窄，连接处缝着小巧精致的蝴蝶结，好漂亮。

她很快选好自己的尺码，买了两件。

东西买得多，她打车回出租屋。

铺床单、套被罩、枕套，顺便擦了地。房子不大，没什么家具摆设，收拾起来很轻松。全都干完之后，她有些饿了，可惜房子没接燃气，也没有煤气罐，厨房就是摆设。

她不急着去吃饭，坐在刚铺好的床上，拉出行李箱打开，从夹缝掏出窄窄的钱包。

一沓红色钞票，有些厚度，实际上，经过租房和坐飞机，已经少了一半。这是她妈计划给弟弟的补课钱。

而她，是人生第一次叛逆，携款潜逃。

很奇怪，明明是她辛苦赚来的钱，却不归她支配。深夜时，总会想起徐丽华规划这笔钱的神态和口吻，竟然那么理所当然。

大年初三那天，陈欣欣约她出去，才半年不见，两人都变了很多。

陈欣欣是她高中同学，两人住在一个小区，关系很好，就算相隔百里，两人也没断了联系。和蒋诵相反，陈欣欣早在暑假的时候，父母就定好给她复读的规划。

临去打工之前，陈欣欣去车站送她，愁肠满腹地说："真羡慕你能出去赚钱，多自由啊，咱俩要是能换就好了。"

现在，在湿冷的公园石路上，瘦了一大圈的陈欣欣裹在黑色大衣里，头发乱糟糟地扎在脑后，神情木然。

太阳很大，照在身上有淡淡的暖意。

陈欣欣像力气被抽光了似的，声音很虚："蒋诵，说真的，你觉得活着有意思吗？"

这是从未听过的诘问，对蒋诵来说却一点都不陌生，很多委屈的时刻，这句话在心里反复响起。

最近一次是大前天，大年三十，得知自己辛苦赚的钱要拿回家里，补贴各处漏风的豁口，她也一瞬间血气上涌，在心里的模拟演练室里，她抄起板凳，把家里所有能砸的东西都砸碎，现实却是，她解下围裙挂好，踌躇半晌，嚅嚅地说："我还是想复读。"

可惜这句话被窗外忽然响起的鞭炮声盖住，也可能是假装没听到，客厅里的一家三口其乐融融，似乎忘记旁边还站着她。

她对这样刻意的遗忘不陌生，十九岁的年纪，很难用哄小孩的话骗自己了。

这个世界，没人爱她，甚至说爱都是奢侈，连最基本的尊重都没有。

陈欣欣看向远方："听我妈说，你打算复读？"

"嗯。"

陈欣欣本身成绩就不好，奈何她父母都是小学老师，对她要求严格，加之交际圈都是教育界人士，打听个遍，也没听说谁家孩子去念大专的。复读之后，她压力翻倍，每天只睡三四个小时，就连今天出来，也是好说歹说求了半天，才给了一个小时。

现在，时间已经过半。

两人的家前后楼，也算从小一起长大，徐丽华曾经是小学老师，和陈欣欣的妈关系一直不错。

"你妈不会同意的，她和我妈说了。"

蒋诵虽然在大年三十那天碰了壁，其实心底还残留着一丝希望，或许是提出的时机不对呢，哪有大年三十说这个的。本想初五之后再商量，没想到在陈欣欣这儿得到明确答复。

蒋诵："我妈是怎么说的？"

陈欣欣把手塞进大衣兜里，冷笑着说："大人的理由就那几个。你家是没钱，我家是死要面子。"

蒋诵垂眼，低头看用红砖铺成的小径。没钱这个理由独独针对她，对弟弟倒是没这个说法，他穿着一身名牌，零花钱没断过，补课也找名师一对一。

"我自己能挣，不用家里的钱也能上。"

这句话换来一声哼笑，陈欣欣此刻就像看淡世间的老者，连敷衍都懒得。

"你的钱不是自己的钱。你要是这么说，你妈得跟你明算账，你吃的饭、穿的衣、住的房，不都是钱吗？"

太阳高悬，风却穿透起球的毛衣，在皮肤上刮起层层战栗。蒋诵想反驳，却找不出一句有力的证词，左思右想后，发现陈欣欣说得没错。

"你想上学上不了，我想出去出不去，"陈欣欣吸吸鼻子，眼底漾出水汽，却笑着看她，"所以我才问你啊。"

蒋诵直视她的眼睛，心跳不自觉地加快："没意思怎么了？"

陈欣欣忽然拉住蒋诵的手，眼底迸出不顾一切的疯狂："蒋诵，我们一起走吧。"

蒋诵答应不过是孤注一掷的赌气。

她特地去买了浅绿色的信纸，背景是马上就要到来的春，横格周围晕染着浅浅的细雨和青草，带着淡淡的花香味。

她承认，写信的时候心里上演着一出"悔不当初"的大戏。

失去至亲是世间最痛苦的刑罚，看到这封字字泣血的长信，做父母的都会捶胸顿足——过往对孩子的忽视和苛责会变成一把钝刀，每个字都是握住刀柄的手，一下一下直扎心头，且永生不止。

她沉浸在过往的委屈里，把所有能想起来的不公平都事无巨细地写出来，洋洋洒洒铺满五页。

陈欣欣却没等她。

008

凌晨三点,警笛和救护车的声音在小区里尖锐鸣叫,蒋诵从窄床上惊醒,连忙披上旧外套,脑子还混沌着,人已经跑到窗边。

寂静冬夜,楼下围着黑压压一群人,陈欣欣妈妈的声音像指甲划黑板,凄厉又刺耳。

"好啊,好啊!就当我白生养了你,你想让我后悔是吗?你这个逃兵,就算今天没死,以后到了社会也是个废物……"

陈欣欣说得没错,她家人到这种时候也在想着脸面,为了不在这么多邻居眼前失态,不知从哪儿借来的一股气,挺直后背,对已经没有呼吸的女儿放狠话。

"死了也好!死了我清净……"

这画面和她想象的截然相反,一股寒意从脚底蹿起,瞬间遍布全身。她忘记呼吸,牙齿止不住打战,想到在此之前的自以为是,眼泪连成线地流下来。

门开,徐丽华和蒋大呈从现场回来。弟弟的卧室门紧闭,他们脚步沉重,能惊醒的也只有睡在沙发床上的蒋诵。

没人在意她醒了与否,两人直接回了卧室。

救护车走了,警车也走了,人群稀稀拉拉散去,蒋诵定在窗边,一动不能动,像被抽干了力气。

主卧里传出说话声,没有刻意压低。

徐丽华对从小看到大的孩子猝然离世没有表露出痛苦。她愤怒、咬牙切齿,恨不得跟着殡仪车冲陈欣欣抽几大鞭。

"现在的小孩可真够脆弱的,咱们小时候,饭吃不上,还没有衣服穿,那么困难,不也咬牙熬过来了。就这么不管不顾跳了,让她妈以后怎么办,简直狼心狗肺,一点也没为父母考虑。"

蒋大呈叹了口气,习惯性沉默。

他总是这样,对一切漠不关心,不管是外面,还是家里,他像租住在这儿的旅客,按时上交工资是对他的唯一要求。只有在不得不出声的时候,他才会叹一口气,或者"唉唉"两声,以示他在听。

徐丽华得到回应,马上喋喋不休:"我生平最看不起这样的人,祖宗似的供着,啥也不缺,家里还花钱供她复读,真是过了好日子惯出来的臭毛病。"

蒋大呈罕见地搭话:"一时没想开,后悔也晚了。"

会后悔吗?

蒋诵立在窗边,看着微弱的路灯暗光,想到那天午后,陈欣欣站在公园的常青树下,面无表情地嘲笑要去买信纸的她。

"你不会真以为他们会为你流眼泪吧?"

说完,陈欣欣冷笑一声,那模样一点都不像高中生,倒像是参透世间冷暖的哲人,连要去赴死都表现得这么平静。

"蒋诵,别幻想,他们不鞭你尸就不错了。"

陈欣欣才不会后悔,她早就预判了坠落以后的结果,此刻或许在虚空中冷笑,对热烈谈论或冷漠控诉她的人竖中指。

很奇怪,蒋诵答应陈欣欣的时候没想,此刻听到徐丽华的怒斥,想到自己只会换来比这更多的辱骂,最后一丝期冀也堙灭,忽地对这世间没有了留恋。拼死祈求的亲情此生都不可能降临,她只是被要求付出的工具,身上唯一能换来笑脸的东西,是她攒了半年的工资。

和着眼泪写完的长信也变成笑话,她狠狠地把信从抽屉拿出来。趁外面天还没亮,她下楼,蹲在那一摊已经凝固的血迹旁边,一张一张地将信烧掉。

大年初七,她把钱从卡里取出来,坐上通往东林的飞机。

不知是什么时候睡过去的,醒来时天已经黑了,这边的日落很早,蒋诵看着全黑的窗外,愣了一会儿才清醒。

身处陌生的地方,总会产生迷茫的割裂感,数好的钱散落在浅黄色的床单上,有两张被她压在身下,过了好久,才像树叶一样,慢悠悠地从衣服上飘下来。

她一张一张地捡起,像捡起在流水线干活的回忆。她仔细地码齐钱,抽出两张,剩下的放回钱包,塞进行李箱的夹层里。

还剩三千五。

前几年流行一个春晚的段子,问最痛苦的事是什么,喜剧演员一板一眼地说:人死了,钱没花了。

仔细一想,确实挺痛苦,尤其是她这种辛苦赚了钱,却从未享受过的人。

这三千五百块,对她来说,是倒计时的沙漏。她暗暗决定,最后的这段日子,一定要无所顾忌地爱自己。

北方这种寒冷季节,还是春节期间,吃寿司的人很少,偌大的寿司店前厅,只有她一个客人。

她粗粗扫了眼菜单,扬起手指点了鳗鱼和三文鱼双拼寿司,又要了一杯清酒。

老板是个三十多岁的中年男人,见她独自来吃,还送了她一个果盘。黑美人西瓜切成片,摆成金字塔的形状,上面插着一个黄色的小旗。

她全部吃完,结账时,老板随手从收银台下抓了把糖塞给她,笑眯眯地说:"新年快乐,请你吃糖。"

蒋诵从不吃糖,愣了一下,赶紧拒绝好意:"不了,谢谢。"

老板热情不减,将糖果连带着找回的零钱一起塞到她手里。

"尝尝吧,这是我从国外背回来的,这边买不到。"

蒋诵最后还是收下了,将糖揣进兜里,鼓鼓囊囊的。她把手放进兜里,糖抓在手里。

从店里出来,长街灯火通明,她呵出一口白雾,仰头看天上的月亮。

今天初九,月亮缺了一小半,害羞似的隐在薄薄的云中,时隐时现,许是街灯太亮,这月光也被衬得暗淡。

蒋诵打了个寒噤。

010

她离开的时候没拿手机,切断了一切与外界的联系,租的房子里没有电视,天气预报也不知道从哪里看。

寿司店离租的房子有七八分钟的路程,越往前走越黑,居民区路灯不亮,连地面有几个坑都看不清楚。

她拐进小区门口的超市里买了几瓶水,又买了点零食。吃完寿司后,胃里冰凉,她想了想,捎带着买了个热水壶。

屋里不暖,那天觉得暖也许是一路太冷的缘故,她捧着还烫手的热水,走去阳台,斜靠在微凉的窗边。

时间还早,因为脱离通讯设备,没有娱乐活动,黑夜变得无聊又漫长。

她倒不觉得焦躁,好似"继承"了陈欣欣临死之前的淡然,静静地看着小城夜色,偶尔低头吹下杯沿的热气,抿一小口。

到这儿两天了,小区在城市的最边上,东边是大片的农田,现在是农闲时期,只能看到覆盖的大片皑皑白雪。

小区老旧,人比她想象中的还少,她租住的这个单元,一共十二户,却只看到包括她在内的四户有住人的痕迹。

一楼住的是个老奶奶,二楼也住着人,不过她没见到,是从门上贴着崭新的春联猜测的。

再往上,全都是黑色的窗口,除了她对门。

在她刚到的那晚,就知道对门有人住。深夜,沉重的脚步声直达门口,她睡客厅十几年,睡眠很浅,有一点声音就会惊醒。

她心跳加速,仔细聆听,心里想了无数可能,却没等来敲门声。

一分钟不到,墙壁另一端就传来震耳欲聋的DJ嗨曲。

已经连续两晚了。

饶是蒋诵心如死灰,也没办法忍受这种难听到心烦的土味嗨曲,而且分贝巨大,已经到忍受不了的程度。

她喝光杯里的热水,看着前面楼宇只有几家亮灯的萧瑟夜景,心下了然,怪不得没人投诉,隔了几层楼板,能不能听到都是两说。

特意等到半夜,脚步声和嗨曲都没出现,她缩在被子里,眼皮越发沉重,待清醒时,天边已经微亮。

她起床,洗漱,心里盘算着出去吃点什么,刚推开门,正好撞到走上来的男人。

他大概没想到这道门会开,条件反射地弹跳出去,跌下两级台阶,手臂大展,紧急抓住楼梯扶手。

安全后,他才想起冲弄得他有这惊险一幕的罪魁祸首嚷嚷:"有毛病啊,突然开门。"

蒋诵一只脚在门外,身体还卡在门中间,她也吓了一跳,对这种突发状况大脑一阵短路,完全是身体本能在道歉:"对不起啊。"

男人站稳,嫌弃地看衣角沾到的浮灰,随手掸了掸,眼神不善地上下打量愣住的蒋诵。

同时，蒋诵也在看他。

——寸头，窄脸，人很瘦，上身穿着黑色羽绒服，拉链没系，里面是夏季运动短袖，一截腰带垂在胯骨旁边，紧身破洞裤，脚踩……双 C 平底单鞋？

蒋诵的脑海里立刻浮现一个词："精神小伙"。

只是这个形容词在他身上不够准确，毕竟"精神小伙"是土气里掺着点自以为是的时尚品味，圈地自萌，不会影响别人。

眼前这个呢，怎么这事没完了似的，还撸起袖子朝她过来了。

蒋诵快速缩回屋里，"嘭"地关上门。

她缓了几秒才反应过来，怎么这么倒霉，和流氓住了对门。

自那天早上以后，蒋诵有意躲对门那男人，要出门前，她会将耳朵贴在门板上，确定楼道里没脚步声才飞快打开门下楼。

她本想摸清他的作息规律，连续三天后发现，这人压根就没回来。

火锅店的人不多，角落的一个靠窗小桌上，蒋诵把肥牛卷从铜锅里捞出来，蘸满麻酱，整个塞进嘴里，心里在想对门的男人。

他的长相已经模糊，周身散发的流氓气质却让她回忆起很不好的事情。

高中时，学校里有和他很像的学生，一般都坐在最后一排，不穿校服，吊儿郎当，无视校规，头发挑染成"阳光下才可见"的蓝色红色。成绩差是必然的，且没人敢去招惹他们，他们不找事都不错了。

而蒋诵总是人群中最倒霉的那个。

校门外的死胡同里，她被几个人围在墙角。围住她的人有男有女，为首的是个长发女生，朱红的嘴里叼着棒棒糖，眼神像冰冷的爬行动物，嫌恶地打量她。

"还愣着干什么，拿出来啊！"

蒋诵静静地看着对方，把手放进校服兜，然后拽出兜面，翻转，无声地告知：没钱。

一个耳光直抽过来，她半边脸全部麻掉，因为错愕，眼神有些失焦，却也顾不得别的了，恍恍惚惚，口腔里都是血的腥甜。

也不知是因为头晕，还是因为嘴里的味道，她弯下腰，干呕了一声。

她吐出一口黏腻的血，这时后背也结结实实挨了一肘。他们打人似乎自成一套干脆利落的流程，趁她腿软要跌倒时，一只手薅住她的马尾，生生把她提起来。

那女生靠近，凑到她泛起指印的脸颊边打量，饶有兴致地发出一声轻笑，气息扑在她鼻尖，带着一股难闻的烟味。

"姐姐，昨天不是好好地告诉你，今天要拿钱来吗？"

事情的起因很简单，人性里的恶会在遇到弱小的时候突然放大，就在蒋诵不小心把水洒到那女生衣服上那一刻开始。

"我那件衣服可是迪奥的，哦……不好意思，你知道迪奥吗？"

周围一起完成暴力的几个人,不管是知道迪奥还是不知道,都对她发出哄笑声。蒋诵头皮剧痛,眼泪完全是生理性的,脸颊发烧,她又吐出一口红色,无力地说:"衣服我会洗干净。"

刚说完,头皮加倍剧痛,"刽子手"用尽全力,没有一点转圜余地。

"在这儿装什么可怜,你弟是蒋鸿儒吧?他出手可大方了。"烟味靠近,含笑的女声在她耳边低低道,"对了,被你洒上水的那件迪奥,就是他送我的。"

…………

东林不是高级的地方,没有迪奥。

街边有外贸小店,门口的支架上挂满衣服,上面贴着一张白色纸壳,黑笔丑字写着"特价棉服99元一件"。

蒋诵在台阶下驻足,果然引起了在店内嗑瓜子的老板娘的注意。

女人推开玻璃门,嘴上是明艳的红色,头发卷卷的,用一个鲨鱼夹固定,热情地冲她挥手:"来,孩子,进屋看,屋里也有。"

她到底没抵抗得了这种热情,主要是对方那声脱口而出的"孩子"。蒋诵是孩子的时候,从来没人把她当孩子,这样的称呼对她来说,既陌生又充满诱惑。

她走进店,门口燃着香薰,很浓郁的甜味,墙壁上挂满了各色外套和秋冬针织衫,店中央是两排架子,上面挂着满满的特价清仓衣物。

老板娘上下扫一眼,从层层叠叠挂着的衣服里拽出一件白色的,直接在蒋诵身上比量,对着镜子里的她说:"你皮肤白,还瘦,秀气好看的学生样,就得穿白色。"

蒋诵下意识地躲避镜子里老板娘看向她的眼神,在听到老板娘对她的形容后,她更是心情复杂——从厂里回家的时候,刚一进门,蒋鸿儒就管她叫"猴了"。

没想到,只隔了不到半个月,她却在异地的服装店里重拾学生身份。

大概是暖色的灯光、把人映照得好看的穿衣镜,加上嘴甜的老板娘共同努力的结果,她笑了下,没接这件衣服,只是抬头打量挂满衣服的墙壁,问:"有黑色的吗?"

老板娘笑着答应,利落地把白色衣服挂回原处:"黑色的也有。但你这年龄,穿黑色没白色打眼儿。"

蒋诵能听懂正常语速的普通话,对这种语速极快的、掺杂着只有本地人能听懂的方言,琢磨一下没懂。

她不好奇,也没细问,直接说:"黑色的耐脏。"

"白色的也好洗,扔洗衣机里转一圈就干净了。"

"没有洗衣机。"

"啊……"老板娘身形一顿,很快恢复笑脸,随手抽出一件黑色亮面短棉袄,"那就试试这件,不用洗,用湿毛巾擦擦就行。"

推开服装店门时,蒋诵第一次体会到什么叫被温暖包裹,老板娘出来送她,她把脖子缩进高耸的毛线衣领里,小声问:"今天多少度?"

老板娘掏出手机，随手递给她看，气温显示在屏幕上。

东林-16℃。

东林真的很小，像被世界遗忘的小城。

她这几天报复性吃东西，胃时不时抽痛，总有一种积食的难受感。今天买了棉袄，暖和了，可以在外面长久逗留，所以她特意绕远路，多走一会儿。

城郊道路宽敞，几乎没有行人，春节期间，更没人会舍掉阖家团圆出来吹冷风。

一直走到城市边缘，再往前就是大片村落，炊烟袅袅，正是做晚饭的时间，空气虽凛冽，却掺杂浓郁饭香。

蒋诵深吸一口气，停在城乡接壤的边缘。

不理会眉毛上和睫毛上挂着的白霜，她像个孤独的过客，怔怔地看着青色的天空，和被云掩盖掉光芒、白色圆盘一样的落日。

回小区的时候天已经黑了。

楼与楼之间很狭窄，只能通行一辆车，身后亮起车灯，她低头往路边挪，那车却在开过来时减速，和她平行。

蒋诵转头，看到一辆破破烂烂的五菱宏光，车前脸被撞出两个丑坑，车灯仅靠着一根线连着，晃荡着，却还坚强地发出黄光。

车窗半开，开车的男人伸着脖子看她，四目相对，他眼神一亮，冲她喊："哎，你是不是对门那个？"

蒋诵心里一"咯噔"，身体在向她警示危险，她下意识加快脚步。

面包车也晃荡着提速，男人喋喋不休："你躲什么啊？我问你是不是对门的，李大脸房子啥时候租出去的，租给你多少钱？"

再往前走几步就是单元门，车子漂移似的停靠在墙边，开门声、脚步声，一齐从她耳后传来。想到等会儿要和他单独从一楼走到六楼，蒋诵心底涌起一阵抗拒。

正想小跑着离开，男人的指尖就搭到她肩膀上，同时，右侧的院子里也传来人声，是住在一楼的奶奶。她白发，个子不高，身上穿着深紫色夹袄，背有些驼，对着栅栏外的两人，嗓门很大："沈小子，你干吗？"

"沈小子"应该就是叫身后的男人。听到问话，肩膀上的手马上缩回去，他"嘿嘿"一笑，语气是熟识的随意。

"姨奶啊，吃饭没呢？"

离得近了，蒋诵这才仔细打量起老人的脸——七十多岁的样子，满脸皱纹，眼皮也耷拉着，让本就不大的眼睛变成三角形。

老人哼哼两声，瞥了眼愣在旁边的蒋诵，没好气地质问："这又是哪家闺女？"

蒋诵见难得有人解围，快步离开。男人转头看了眼慌张的背影，脸上还是那

014

副吊儿郎当的样子。

"什么啊,她住咱楼上,租的李大脸的房子,我对门!"

老人看样子是不信,却没再纠结,说话变成软了声调的絮叨:"灼啊,你妈没得早,你爸也没长心,你啊,挣钱别再胡花了,攒点娶老婆吧。"

沈灼笑了下,抬头,认真地看楼道里依次亮起的声控灯,无所谓地说:"时代变了,现在流行打光棍,你老了,不懂。"

话音刚落,一个秃头扫把就打在他身上。老太太看着干瘦,力气却不小,她气急败坏,边打边说:"打光棍你就别去招惹小姑娘,你这名声都要臭出省了,还在这儿瞎混,成天不学好……"

沈灼闪躲着,闹心地扬手挡,这扫把简直和铁棍一样,一下一下直往骨头上敲,疼得他想骂脏话。

他反手抓住扫把,瞪着眼睛看打得来劲的老太太。

"我就瞎混,怎么着吧!"

蒋诵把窗户关紧,楼下的吵闹声瞬间减弱一半。她站在窗边,看一老一少在那儿拉扯,突然有种自己是逃兵的羞耻感。

有人帮忙解围,她什么都不说就走了的行为实在差劲。

以前,她被欺负的时候,总幻想有人看到她的困境,像超人一样从天而降,把她从泥潭里解救出来。

为此,她在心里把所有的神明祈求个遍,上帝,佛祖,玉皇大帝……

或许是这个世界太大,她又太弱小,诚信的祈求传不出去,后来,被不良少年堵在胡同里已经是家常便饭。

虽然那段日子听起来像地狱一般,实际上她并没有太大的心理阴影,毕竟挨打挨骂这种事对她来说早就习惯了。小时候被爸妈打,初中之后才变少,到高中的时候被霸凌,连她自己都感叹,这简直就是水到渠成的无缝衔接。

现在回想,她人生的每个阶段都在盼望。

小学时盼着上初中,总觉得到那时候就能稍微自由,或许还能有自己的房间;上初中了,她还是睡在沙发床上,就改成盼着上高中,或许可以住校。后来,上了高中,生活并没有多大变化,她还是睡在那张沙发床上,因为长了个子,床就显得短了,睡觉的时候小腿有半截垂在外面。

徐丽华看到了,笑着说:"对付着睡吧,等毕业你就不在家了,到时候你喜欢睡哪儿自己安排。"

那时,她才明白,在这个家里,从来就没有她的位置,她是借宿的那个。

现在,她失去盼望的力气,只剩下心平气和的等待。

她弯腰,打开行李箱,从钱包里抽出两张,重新数了一下剩余的钱。

还有两千四百块。

冬日清晨，干冷干冷的。

蒋诵去吃灌汤包，在后街的一家小店。

今天是这家店春节假期后第一天开张，不足十张桌子的前厅坐满了，老板顶着小锅一样的肚子，把冒着热气的灌汤包放在蒋诵前面的桌子上。

看她一个人，他随口问："喝点什么？"

蒋诵扫了眼门口的冷藏柜，摇了摇头。

"那喝点热茶吧，我刚泡好的，这茶可是我亲手采的，味道那只能说相当'哇噻'了。"

见蒋诵愣住，他敞亮地甩出一句："放心，免费！"

也不知茶和灌汤包配不配，总之，所有店里的顾客都得到一大杯热茶，条件是听老板高调门地说去南方旅行的所见所闻。

吃完，她去付钱，等找零的时候，笑着和老板说："茶很好喝，也很正宗。"

老板手一顿，不自觉地和她亲近，喜上眉梢地问："看来你懂。听你口音不是本地的，家是哪儿的？"

问题砸来，蒋诵有些后悔搭这句话，不自然地咳了两声，生硬地模仿本地的语调："我是本地人。"

来这儿以后，她尽力控制自己不回忆过去，不想最后这段日子沉浸在哀怨情绪里。

出了汤包店，又进了一家私房烘焙店，她挑了一圈，买了一盒无水蛋糕和无糖豆沙千层。店员细心地将它们用纸袋包好，笑着问："需要办会员卡吗？"

"不用，谢谢。"

"会员卡九折，以后来买很划算的。"

蒋诵确定以后不可能会再光顾，吃甜食会牙疼的魔咒自有记忆以来就根植在她心底，她进甜品店的次数屈指可数。

"不用，我是帮别人买。"

中午，太阳当头。虽然温度很低，却被这满眼的阳光蒙蔽神经，竟让她有种初春的错觉。

她站在一楼的栅栏旁边。

小小的院子干净整洁，只留一条红砖铺成的窄路通向院外。两边都是短垄的黑土地，去年种植物的根茎还留在地里，她打量着，不自觉地想到去年盛夏这里满园的翠绿。

屋里的小狗似乎嗅到她的气味，在门斗里狂吠。透过窗户，她看到一个微驼的身影正往门口走，边走边语速极慢地和小狗说话："阿黄啊，别叫了，吵得耳根生疼。"

只是，这句话没起作用，那狗越叫越凶，前爪攀着门缝快速划拉，发出急不可耐的呜咽。

老人索性把门打开，狗"嗖"地窜出去，她也慢悠悠出去，抬眼就看到栅栏

016

外站着的女孩。

女孩留着短发,又瘦又小,身上挂着黑色棉袄,看着像中学生。

对上视线的一瞬,女孩扬起唇角,举起手里的纸袋,声音像一只胆怯的松鼠:"奶奶好,我……买了无水蛋糕和无糖千层,想送给您吃。"

室内暖意融融,阳光透过窗户照在地砖上,黄色的田园犬侧躺在那儿,合着眼享受,时不时发出"咕噜噜"的声音。

蒋诵局促地坐在沙发上。

屋里的格局和她租的房子一样,一室一厅,适合独居。相比楼上,老人的房子里堆了很多让人有安全感的杂物——沙发上铺着厚厚的毛巾被,靠背是手工织的毛线套子,电视、冰箱、餐桌、茶几等家具家电都罩上手工钩织的方巾。

老太太端着果盘从厨房出来,笑呵呵地说:"我记性差,才想起你是租住在楼上的。"

蒋诵赶紧起身。这是她第一次被正式迎进别人家做客,手和脚僵硬得不知往哪儿放,小声客气道:"不用麻烦,我不吃。"

"哎哟吃吧,你看今天天气多好。"

今天天气好,和要不要吃水果貌似没多大的关系。老太太坐在她旁边,下垂的眼不似昨天那么凌厉,而是笑眯眯地看着她。

"我姓周,叫我'周奶奶'吧。"

"好。"

"什么时候搬过来的?"

"初七晚上。"

"是离学校近吗?你爸妈也来陪读吧?"

蒋诵坦然地说:"我不上学了。"

周奶奶愣了下,重新打量她,"啧啧"两声,似乎有很多劝告的话要讲。蒋诵知道她要说什么,转身把旁边的蛋糕纸袋拿出来,放在茶几上,向前推了推,小声说:"昨天谢谢您,对门的男人我不认识。"

周奶奶点头:"我知道你不认识,所以问你爸妈在不在。"

蒋诵听出她话里的担忧,心下想了几种可能,对门的那男人是流氓?黑道上的人?还是刚刑满释放的……可转念,想到自己如今的处境。

那男人再怎么不堪,对她来说也无所谓。

"我自己住。"

周奶奶皱眉:"这可不太安全。"

蒋诵认真地问:"他会杀了我吗?"

周奶奶惊得张大嘴巴,假牙差点飞出去。她慌忙按了下脸颊,把假牙归位,脸上不再是惆怅的表情,而是哭笑不得:"怎么会哟。沈灼就是不着调,没事儿爱逗逗小姑娘。"

蒋诵淡淡地"哦"了一声，有些失望。

从周奶奶家出来，她掌握了对门住的那男人的基本信息。他叫沈灼，二十四岁，单身，开了家烤串店，三天打鱼两天晒网地干着，和瞎混的流氓没什么两样。

蒋诵端着热水杯，斜靠在阳台的窗边，屋里不暖，好在阳台的窗户大，午后的日光从玻璃透进来，晒在身上暖融融的。

她半眯着眼睛，往楼下看。

以前从来没注意过一楼的院子，在楼上向下俯瞰，那是一片方方正正的黑土地，被由红砖铺成的小径笔直画了个"十"字。院子里没有多余的杂物，只有靠近一楼窗户的角落，摆了一个防雨的狗窝。

她现在的心境，很抗拒这种热爱生活的场景，她的生活支零破碎，没办法从别人的积极生活态度里汲取到能量。

虽然那是个七十多岁的老奶奶，日落一样的年纪，对比之下，显得正值青春的自己实在不堪。

狭窄的小路，熟悉的面包车漂移着开进来，蒋诵抿了口热水，不懂这副模样的废铁车，怎么开出的这种速度。

车停在楼下。

沈灼下车，从车座后拿了个黑色袋子，随手关门，车门似乎不听使唤，没关严，他抬脚踹了一下。

蒋诵忽然想到，来这儿第一晚的凌晨，黑暗中的银色车顶，和那句掷地有声的脏话。

"破玩意儿。"

声音透过关紧的窗户传进来，她能听到，住一楼的人自然也听得到，周奶奶推门出来，看他这副吊儿郎当的死样子，没好气地哼了一声。

沈灼从来不是尊老爱幼的好青年，最不爱看人脸色，就算是从小看自己长大的姨奶，也不想理她的阴阳怪气，转身就走。

周奶奶忽然叫他："沈小子，你别去招惹对门的小姑娘。"

他心情烦躁，无语，望天，连头都懒得回。

"怎么着，怕我玷污祖国的花朵啊？"

周奶奶见他在这儿无赖犯浑，一下子没了唠叨的力气，摇了摇头，用拐棍敲着地回屋，无奈地念叨："唉，都是可怜的孩子……"

蒋诵听到楼道里的脚步声，把杯子放下，踮着脚去门口。这道门年月久了，门上的猫眼像蒙了层纱，她擦了又擦，才勉强能看清外面。

楼道里的脚步声越来越近，她抿唇，正聚精会神地听，脚步声却消失了。

她正奇怪，眼前突然出现男人放大的脸，距离超级近。一瞬间，她全身汗毛竖起，大脑一片空白。

门外，沈灼手背在身后，额头贴在门上。往里看是临时起意，可惜眼前一片漆黑，什么都看不到。

018

蒋诵没想到他会这样,如果她现在躲开,那么从外面看猫眼里不会再是一片漆黑,那他一定会知道她在看,说不定会狂敲她门。

她绷着一口气,两人中间只隔着一道门,无声对视。

沈灼没看出究竟,突然张大嘴,凑近,冲猫眼哈口气。

蒋诵皱眉,屏住呼吸,脚趾抠紧。

他拿袖子擦猫眼,浮灰没了,另一面却还是黑咕隆咚。

这丫头还把猫眼堵了?

啧!他撇嘴,现在的小孩,自我保护意识还挺强的。

直到亲眼看到他进屋,确定不会出来后,蒋诵才松了口气。这种场景她只在悬疑小说里看过,没想到在现实会发生。

她去零食袋子里拿了颗口香糖,塞进嘴里嚼软,然后拿出来,手指捻着热塌塌的草莓味口香糖,直接糊在猫眼上。

整个下午,都没听到对面的门响,他没出去。

蒋诵早上吃的灌汤包,不太顶饿,早就饥肠辘辘,家里的零食也没剩几包,她吃了两块夹心饼干后,决定下楼吃饭。

从行李箱里掏出二百块,换好衣服,一切准备就绪,手指轻轻搭在门把上,无声地打开房门。

楼道里很安静。

扪心自问,她不怕他,只是抗拒与这样的人打交道,本就没剩几天,实在不想给自己添堵。

可是……这样小心翼翼地躲避,不就是给自己添堵吗?

这一刻,她心底涌起浓浓的厌恶,厌恶连死都不怕的自己,总是屈从身体里的软弱。

像报复似的,她狠狠地、非常用力地把门关上,"砰"的一声。

没有意外,对面的房门打开。

沈灼站在门口,凑巧偶遇似的冲她热情摆手:"嗨,妹妹,这么巧呢。"

蒋诵看他已经穿好棉衣,明显是要出门的装扮,暗自揣度,他会不会一直贴在门上看猫眼,等她出来。

她这边心事重重,他却浑然不觉,随手关好门,先她一步下楼,走了两个台阶,听身后没动静,转头看她,问:"你不下楼啊?"

蒋诵没说话,把手插进衣兜,跟在他身后。

他大步往下走,和她没话找话:"你这房子多少钱租的?"

"三千。"

"一年啊,还行。"

"半年。"

男人倏地停住,一脸被雷击中的错愕,眼底透着一股既可怜她被宰又替她肉痛的复杂情绪,随即冷哼一声,眉眼不善地说:"李大脸果然不要脸,真好意思要出口。"

蒋诵一听就知道这房子她租贵了,当下却没有难受的情绪,倒是心底原本藏着一些难言的愧疚忽然烟消云散了。

她沉默着,越过他往下走。

男人紧跟着,在后面用手指戳了下她的肩膀:"妹妹,你有李大脸的电话号码吧?"

他边说边掏出手机,絮絮叨叨地和她抱怨:"这人欠我两千块钱,都跑一年多了,还真当我忘了呢。"

蒋诵不喜欢别人拍她肩膀,加快脚步,随口回他:"我没有。"

"没有?"他快走两步,和她平齐,"那这房子你咋租的?"

已经走到二楼,能嗅到空气里的凛冽,蒋诵把拉链拉到领口,半张脸埋进去,只露出一双没有情绪的眼睛。

"我没有手机。"

蒋诵没用过新手机,她用的是蒋鸿儒淘汰下来的。第一部是功能简单的老式小灵通,只能接打电话和发短信。第二部是蒋鸿儒用到卡顿的安卓机,因为他玩游戏时太激动,把屏幕敲碎了。

徐丽华把手机给她,感叹说:"要不是屏幕碎了,他才舍不得给你。"

她回忆过去,总结出这些年来的生活规律。但凡她遇到什么事了,或者到了某个重要的节点,家里总会有或大或小的不顺遂。比如上高中那年,她求了很久,父母终于答应她去学校住宿的请求。行李都收拾好了,临上车时,却收到她爸干活时不小心,把脚砸伤的消息。她只能把行李从出租车后备厢搬下来,一整个学期,她白天上学,晚上回家后还要做饭干家务,照顾脚上打了石膏的蒋大呈。

平时在她耳边唠叨钱不好赚、日子如何难过,相反的是,同在一个屋檐下生活,蒋鸿儒却被呵护得像一株温室花朵。中年夫妻不管怎么困苦,都会在儿子面前噤声,摆出无所谓的坚强笑脸。明明因为给他买贵衣服超出开支,要节衣缩食过日子,却万般抱歉的,仿佛他是个落难的皇子流落到贫困户,稍没满足他的需求就犯了大罪。

让她放弃上大学也是这样。从过完年就开始铺垫,徐丽华天天愁眉不展地叹气,絮叨着普通家庭供两个上学的孩子太不现实。

说来说去还是老皇历,早年因为生孩子丢了工作,现在只能做一些体力活,赚的都是辛苦钱。

在这个家,钱是稀缺资源,得花到刀刃上。

蒋诵有自知之明,她大概是刀柄、刀鞘,或者刀背,反正不是刀刃。

当初主动提出不上大学,也有一丝慌不择路,想逃离这个家庭的原因。只是出去了之后,她才发现,不管是家庭还是社会,都没有出路。

蒋诵把啃干净的排骨搁在桌子上。单人份的排骨土豆,米饭透明晶亮,汤是赠送的,清清的温水,里面漂着两块薄海带。

这会儿店里人多。这家店开在一所高中旁边,所以顾客大多是穿校服的学生,他们三三两两地坐在一起,七嘴八舌地吐槽学校食堂或老师。

蒋诵用勺子舀了块土豆,将软烂的深黄色土豆覆盖在米饭上,再用勺背压了压,米饭和土豆混在一起,是黏黏糊糊的顶级美味。

她吃得很慢,耳朵支起,注意力都在旁边桌的女学生身上。

几个人都穿着浅蓝色校服,吃饭的时候也没脱,只把袖子撸上去,露出一截细细白白的手腕,一看这细嫩程度,就知是从没干过重活的。

说话最多的是个短发女生,她大刺刺地叉着腿,拿着筷子指点江山:"化学老师超级烦,拖堂也就算了,毕竟是要划重点可以理解,但他讲老婆天天给他端洗脚水算怎么回事啊。"

对坐的戴眼镜女生顿时无语:"可不,这种事他满世界嚷嚷什么。"

旁边的马尾女生冷哼一声:"可能因为他老婆教资没考过,只能在家带小孩,他看不起吧。"

说罢,三个女生同时翻了个白眼。

"所以我说什么来着,生而为女,誓死都要把书读烂。"

"是,稍一松懈,就得回家给油腻男人端洗脚水了。"

"对了,老师说模拟考是周五吧,幸好还能缓两天。"

戴眼镜女生抬眼,认真地说:"你以为今天周几?"

"周二……三?"

"今天周四。"

"什么!"

蒋诵慢条斯理地吃着,看似不在意,心底却也翻滚出不知是羡慕还是嫉妒的情绪,边听着,边不知不觉地把米饭全都吃光了。

耳边渐渐安静,她抬头,隔壁桌的三个女生已经停止话题,正火急火燎地往嘴里扒饭。

服务员阿姨收好旁边的桌子,路过她时,看着还剩半锅的排骨土豆和空空的饭碗,笑着说:"饭管饱的,再来一碗吗?"

蒋诵眼神一亮,把饭碗递过去:"那就麻烦你了。"

饭送到的时候,那三个女生已经走了。

这会儿店里不忙,服务员阿姨端着托盘,和米饭一起送来的还有一碗海带汤。

"多吃点,你们学习太累脑子了。"

蒋诵愣了一下,看着碗里冒尖的米饭还有满满的海带汤,心底忽然涌出一股难言的悲伤,这句话她曾无数次渴望过。

高中那三年,不管学习到多晚,都是饿着肚子睡觉的。

她眼眶微红,没解释,虽然胃里已经饱了,却不想浪费这份好意的关心,把饭倒扣进锅里,用勺子搅拌,一口接一口地吃进肚子里。

来到这儿以后,几乎每顿饭都吃撑,她用赚的那些钱,病态般地补偿过去十几年的匮乏。

....

小店紧挨着高中,这会儿大概是课间休息,外面学生不多,稀稀拉拉地在操场上遛弯散步。

冬天还没过去,校内靠着围栏栽着常青树,在一个个垒起的雪堆上长出翠绿,让沉在寒意的小城显得生机勃勃。

不过,最具生机的,是那些穿着校服,青春洋溢的高中生。

蒋诵站在操场外,看到刚才店里隔壁桌的三个女生。她们倚在单杠边,一个拿书,故作严厉地板着脸,剩下两个在磕磕巴巴地默背。

天边暮色苍茫,黄昏的气温有些冷,身后是一条小巷,少有车经过,却在她悄悄抹眼泪时,身后传来车笛声。

沈灼脑袋探出车窗,冲她背影喊:"喂,对门,回家不?"

蒋诵把眼泪擦干,回头。还是那辆破车,还是那件黑棉袄,人倒是和往常不一样,头发剃了,变成更短的毛寸,光秃秃的,看着像刚从里面放出来的。

他又喊一嗓子:"上车,捎着你。"

态度热情亲切,还真像从小一起长大的邻居哥哥。

蒋诵坐进副驾驶座,车窗大开,寒风直吹面门,她摸索着找门里侧的开关,沈灼一脚踩着油门,告诉她:"窗户坏了,关不上。"

她后悔上车了,可惜车早已驶进车流,她拢了下棉袄,缩在座椅边躲冷风。沈灼放慢车速,在下一个路口转弯,确实和周奶奶说的一样嘴碎,一直单口输出:"妹妹,等会儿你问问你爸妈呗,房子是他们租的,他们肯定有李大脸的联系方式。等哥把钱要到了,分你三百,行不?哎,对了,你咋在学校外面站着,逃课了?"

蒋诵终于忍不住,直起上身,不知是被风吹的还是冻的,脸色苍白里隐隐透着青,手也着急地扒着车窗边缘。

"停车!"

沈灼莫名其妙,现在的小孩脾气怎么捉摸不透,不说话也就算了,听到不爱听的是真不给面子。

他放慢车速,看着窗外的小区门口,莫名其妙:"这马上都到家了。"

"停……"蒋诵捂着嘴,眼睛通红,"我想吐。"

路边的垃圾桶旁,蒋诵弓着腰,涕泪俱下,刚吃的那些还来不及消化就"原路返回"。她手扶着垃圾桶边缘,胃里一波一波地涌动,每一次涌动都带来失控。直到吐到没有东西可吐,只剩干呕,她才满脸泪痕地直起身。

沈灼皱着脸把矿泉水拧开盖子递给她,瞥了一眼垃圾桶,无语:"你这是吃自助去了吧,怎么能把自己撑吐了。"

蒋诵没说话,喝了口矿泉水,仰头漱口,低头吐出去。

自从来到这儿,这已经是第四次吐了。吃太少的痛苦她了解,现在,吃太多的难受也体会到了,却病态了似的,控制不住自己。

她拿着水往小区里走,沈灼去开车,追上她后,隔着车门和她说话:"你晕车啊?"

蒋诵点头。

"你不早说。这事儿怪我,刚在路口小秀了下漂移大回旋……"

蒋诵没听他唠叨,吐完后,胃里空了,感觉轻松很多。她转头看到又添新伤的车门,无视男人喋喋不休地自夸车技,径直往前走。

小区里空旷,车位多,车少,他随便把车停在路边,小跑着追过来。

追到的时候,刚好走到周奶奶的院子旁。

小土狗在门斗里"汪汪"叫,蒋诵抬头,刚好和向外看的周奶奶对上视线。

她勉强提起笑容,乖乖地叫:"周奶奶好。"

沈灼在旁边站着,斜眼打量露出笑模样的女孩。不明白,这一路不管他怎么活跃气氛,她的脸都臭得要死,怎么一看到老太太,就笑得跟开花了似的。

周奶奶开门,视线落在沈灼身上时,嘴角一耷拉,看向蒋诵时马上弯起来,单冲她一个人招手:"进屋啊,吃饭没呢?"

蒋诵笑着说:"吃过了。"

沈灼不尴不尬,看着把他当空气的两人表演客套话,随即双手插兜,对周奶奶说:"我俩还没吃。"

蒋诵下意识反驳:"我吃过了。"

沈灼掀她老底:"刚不是都吐出去了。"

周奶奶还真做了饭,本就打算找楼上的小姑娘下来吃,她还是孩子,怎么好意思白吃她的蛋糕,就是没承想还人情还捎带个沈灼。

她进厨房擀面,看了眼在门口逗狗的沈灼,喊他过来帮忙看锅。

只是家常便饭,年前腌的酸菜好了,她剁了一颗,与去市场新绞的猪肉馅,和在一起烙馅饼。旁边的煮锅里是皮蛋瘦肉粥,水开了,沫子"咕噜噜"地顶起锅盖。

沈灼把盖子掀开,瞅了一眼翻在浪顶的皮蛋块,撇了撇嘴:"就吃这啊?"

周奶奶把饼锅里熟的馅饼夹出来,放在钢盆里,手不停,把新擀好的饼放进锅里,盖上盖子。

要不是手上都是面,她大巴掌早就拍沈灼脑门上了。

"不吃滚蛋,又不是给你吃的。"

沈灼"嘿嘿"笑,也没生气,等粥平静了,把锅盖盖好,没骨头似的倚在门边。

他看了眼安静地坐在沙发上的蒋诵,又看着眼前忙活做饭的老人,小声说:"这个妹妹不爱说话,但是能吃,你得烙两盆。"

周奶奶的手顿住,也探身看了眼蒋诵,一个字都不信:"瞎扯,能吃还这么瘦。"

是啊,实在太瘦了。

以沈灼这几年的买肉经验,她这个身高,这副身板,八十没多几斤,那腿细得，跟羊腿似的。

周奶奶手里忙活着，嘴里又开始唠叨："你怎么这会儿还在外面闲晃，不管店了啊？"

"生意好，卖没了。"

沈灼的烤串店开在自家的老平房里，没有房租压力，成天晚开早关的，一点没有做生意的样子。

主要是，对他来说，挣钱没用，吃喝玩乐够了就行，也不打算结婚。不过，这话要是让周奶奶听到了，对他肯定又是一顿暴打。

"早就告诉你别胡混。前几天和老张婆子聊天，她有个侄女还单着，问我有没有好小伙，我这边刚提你名字，人家马上挂脸，直接说拉倒。"

周奶奶越说越生气，指着他鼻子骂："你说你，没对象也就算了，名声还搞得这么臭……"

不等她唠叨完，沈灼一闪身进屋了。

摆桌，拿碗，把粥端上去，厨房的饼还剩最后一锅。沈灼盛好粥，放在旁边晾着，随手递给蒋诵勺子，熟络地说："还不知道你的名字呢。"

"蒋诵。"

他仔细回忆脑海里年代久远的生字表，可惜，那里一片空白。

"哪个 sòng 啊？"

蒋诵直视他："诵，朗诵的诵。"

蒋诵第一次吃这种东西，是酸掉的白菜帮？她不确定，再咬一口，很慢地细嚼着。

貌似是发酵后的白菜，和肉末搭配，混合在一起是奇怪的味道，咬着"咯吱咯吱"响，倒没有难吃，只是陌生。

沈灼一口塞了半个饼，窄瘦的脸颊鼓囊着，看她吃饼和咽药似的费劲，把碗往她面前推了推。

"实在不行，你还是喝粥吧。"

周奶奶洗手回来，解下围裙，笑眯眯地挨着蒋诵坐下，看她手里拿着圆圆的馅饼，上面只咬了两个小小的豁口。

难吃是不可能的，旁边的沈灼已经狼吞虎咽吃完两个了。

周奶奶："别客气啊，我烙这么多呢。"

蒋诵笑着点头，又咬了一口。

夜幕降临，这里的傍晚不给人喘息时间，太阳刚落到地平线，视野马上变得混沌，恍惚一怔，天就黑了。

小院安静，室内干燥温暖，四四方方的小饭桌，一老一小围坐着。

沈灼早就吃完了，大刺刺地摊在沙发上，有够无聊的，有一下没一下地逗着狗。

蒋诵坐在桌边，艰难地吃完一个，粥还剩半碗，很小口地喝着。

周奶奶在旁边，絮絮叨叨地讲着外面院子里的小园子："去年年头还挺好，秋天的白菜都那么大一颗，一点虫害没遭着，我自己也吃不完，没办法，只能腌上了。等开春了，天气暖和，我再买点地膜，先种点小菜，哎呀，也不知道去年栽的草莓今年会不会变多，卖苗的说能铺得满园……"

直到蒋诵吃完，周奶奶还在说。从春说到了秋，正说到秋天的南瓜顺着栏杆爬走了，隔壁的隔壁还吃到两个。

回去时，两人走在昏昏黄黄的楼道里，蒋诵拎着打包的馅饼，跟在后面，脚步没有一点声音。

她突然没头没尾地说了句话，仿佛在自言自语："周奶奶很爱她的菜园。"

沈灼下意识回头，正对上她刚好抬起的、营养不良的脸。

光是暗的，眼前的女孩半隐进斑驳破旧的阴影里，定格成上个世纪的老照片，不像真实存在的人，好像稍不注意，她就会凭空消失。

冬夜昏沉，她的身体散发出的哀伤层层叠叠弥漫开来，触到他心底最隐蔽的角落，莫名地，想过去牵她的手。

他眼神闪了闪，压下奇怪的联想，故意夸张地说："是啊，那可是她的命根子。"

蒋诵连续两天没睡好。

月缺，窗外黑得深不见底，她蜷缩在被窝里，手冷，脚也冷，胃也没有舒服的时候，不是饿得扭痛，就是撑得想吐。

租这个房子的时候，她第一看中的就是楼高，六楼，顶层。陈欣欣就是这个高度走的，很干脆，很痛快。就像当初两人约好的一样，她不会失约，只是见识过世人对待死亡的嘴脸，才跑到这么远的地方，单纯地想清净一些。

可此刻，她想到被周奶奶寄予厚望的菜园，踌躇不决。

凌晨四点的北方，像盘古没开的天，四周都是灰蒙蒙的，她不知自己是睡着还是清醒，被窝冰凉，额头却一波一波地冒汗。

耳边传来诡异的窸窣，忽远忽近，凄厉的女声不知是笑还是哭——

"蒋诵，来啊，我等你很久了。"

"我们不是说好了，一起走吗？"

"蒋诵，跑这么远的地方来，你觉得有意思了吗？"

蒋诵神志清醒，眼睛却怎么都睁不开，手和脚仿佛被麻绳绑到床上，任她心里着急，也只能看到眼前场景变换。

暗色的卧室吹进一股风，诡异地变得明亮，窗外蓝天白云，温度适宜，花开了，簌簌地被暖风吹落。空气弥漫着清香，小鸟欢快的叽叽喳喳声，却渐渐变成人语："来啊，你来啊。"

刺耳的女声还在继续："看啊，这是我特意为你选的好天气。"

看到了，听到了，窗外的鸟叫声越来越大，甚至有了频率，不再是尖细的声调，而是细密的鼓点。

心跳加速，喘不过气，她不知什么时候起来了，身体没有重量地往窗边走，像一具傀儡，不受自己控制。

忽然，另一个声音撕破结界，强势灌入耳膜。

——"苍茫的天涯是我的爱，绵绵的青山脚下花正开，什么样的节奏是最呀最摇摆，什么样的歌声才是最开怀……"

空洞的声调被这段激昂的曲子压制，声音也弱了几分。

"蒋诵，你不会怕了吧？"

——"你是我天边最美的云彩，让我用心把你留下来……"

"你不恨他们了吗？他们生下你，却苛待你，从小把你当保姆使唤，长大了不让你上学，还要抢走你辛苦赚来的钱。"

——"悠悠地唱着最炫的民族风，让爱卷走所有的尘埃……"

"蒋诵，快来啊……"

——"斟满美酒让你留下来……"

耳边的声音越来越微弱，鼓点和震耳欲聋的DJ曲在大脑里循环，蒋诵额头渗出潮湿的凉汗，脚趾活动，终于有了知觉。

眼睛睁开的同时，五音不全的男声穿透墙壁，高音喊不上去，像个被撞瘪的破锣。

——"斟满美酒让你留下来，唉唉……"

梦境被驱散，蒋诵清醒，猛地从床上坐起来。

睡衣早已被汗水浸湿，黏腻地贴在皮肤上，这种不舒适终于让她有了回归现实世界的实感。

冬季清晨，天刚蒙蒙亮，窗户不知什么时候开了，寒风直吹进来，吹得旧窗帘"呼呼嗒嗒"地飞舞。

她抹掉额头的汗，披着被子下床，去把窗户关紧。

噪音还在继续，只不过已经从《最炫民族风》切换到《奢香夫人》了。

蒋诵披着被子坐在床上，脸色苍白。之前厌恶的噪音现在也不觉得烦了，梦境虽然消散，但被扼制身体的恐怖感却刻在脑海里，她第一次对自己的选择产生动摇。

出门时，她依旧很"巧"地偶遇沈灼，他双手插兜，撇着步子走在前面，自顾自地和她闲聊："本来以为你是学生，我怕打扰你学习，好几天没放音乐，昨天才听说，你……"他突然回头，很认真地问，"你不上学了？"

蒋诵情绪低沉，却也做不出来被冒犯的样子，只是平淡地回答："嗯。"

眼前的男人似乎不知道这个世界还存在"隐私"这种东西，说话总是直白又扎心："你才多大，还没成年吧？你家人不管？"

蒋诵轻吐了一口浊气，不想回答，脚步加快，越过他往下走，并先一步推开单元门。

破旧的面包车就在门口,沈灼紧跟着她出来,手指转着车钥匙,随口说:"去哪儿啊,我捎你去。"

蒋诵摇头:"不用。"

沈灼以为当了一阵子邻居,两人的距离已经拉近了,没想到她不爱说话也就算了,个性也很奇怪,冷一天热一天的。他忍不住逗她:"妹妹,我怎么觉得你在故意躲我呢。"

蒋诵静静地看着他。

她不知道今天几月几号,也不知道星期几,身体里的生物钟告诉她春天要来了,可这里,入眼还是一片荒凉的萧条。

她心里也是一片荒凉,寒风瑟瑟地刮着,没有温度,脱口而出的话也带着刺痛人心的尖利:"没有躲你,是讨厌你。"

面包车从身边开过时,太阳刚刚升起。

蒋诵还是不太清醒,她记得出门时想的是出来吃早饭,经过周奶奶的院子时,却听到停车场那边传来几声孱弱的猫叫,脚步很轻易地被猫叫声引过去。

是一只奶牛图案的小猫,警惕地趴在黑色桑塔纳的车底,浅棕色的眼睛紧紧盯着她,越叫声越大,声音急得让人心烦。

蒋诵知道它是饿了。

小学五年级的时候,她的家里也养过一只猫,黄色花纹,初来时圆滚滚的身体,可可爱爱,和电影里的加菲猫一模一样。

因为蒋鸿儒喜欢,吵着要养,徐丽华二话不说,花了三百块钱买回家。

男孩的喜好总是变得很快,橱窗里的猫咪看着可爱慵懒,实际养的时候只看到抓破的沙发和沾在各处的猫毛。

蒋鸿儒不到一个月就厌倦了,胖胖的猫生生被饿瘦,最后被扔出家门。

最开始的时候,猫就在窗下徘徊,昼夜不休地叫。蒋诵知道它饿了,偷偷把剩饭倒出来攒着,天黑了再送出去。

也没持续几天,她偷剩饭的事很快被发现了。

徐丽华拿木棍抽她的手,边抽边骂:"嫌家里饭多是吧!我累死累活挣的钱不是养畜生的,人都要喂不起了,你还敢偷……"

那晚,猫在窗下叫了一整夜。

第二天早上,她背着书包去上学,手肿着,泛着红,火烧火燎地疼。她一点也不在意,眼睛一直在灌木丛中搜寻,那只黄色的、可怜的、还没有名字的猫咪。

她在小区门口看到它,它面目狰狞,身体到处都是血痕,被一根麻绳死死缠住脖子,吊在门外的枣树上,随着微风轻轻晃着。

旁边有围观的大爷大妈,无一不在愤恨地叫好。

"可算逮住了,这一宿宿的,不让人睡觉。"

"猫叫秩子最难听,也不知道打哪儿来的流浪猫。"

"死得好,死了就清静了。"

....

蒋诵去门口的超市买了几根火腿肠,又买了两袋卤鸡爪,鼓鼓囊囊地揣进兜里,小跑着回停车场。

小猫没走,听到脚步声又警觉地躲到车底深处。

蒋诵撕开火腿肠包装,"啧啧"叫它:"咪咪,咪咪,来,吃饭了。"

所有的小猫在没有正式名字之前,"咪咪"是它们共同的名字,她喊了两声,小猫就脚步轻轻地过来了。它谨慎地看她,趁她不注意,"嗖"地叼住火腿肠。它似乎饿急,还来不及回藏身的地方,就这么在她面前大口吃起来。

蒋诵认真地看它。

黑底白花,又也许是白底黑花,身上脏脏的,耳朵上有伤口,血早凝固成黑紫色,上半身佝偻着,后脊的骨肉嶙峋地支着。

太瘦了,是饿的。

蒋诵把剩下几根火腿都剥开,一根一根地扔过去。小猫快速看了一眼,扔下吃剩的半根,重新叼起一根啃,时不时发出护食的"呜呜"声。

那天早上,蒋诵没出小区,一直在停车场,和这只猫在一起。

待日头高挂,小猫吃得肚子圆滚滚时,蒋诵向它伸出手,轻声说:"咪咪,活着太辛苦了,要不要和我一起走?"

028

第二章
怡然，怡然

BEIFENGGANG

出了正月，小城的春天依然杳无音信。

人们早就习以为常，只有细心的人能感受出细微的变化，青色的天突然变得湛蓝，日落拖延着下沉，远方的雪融化了，风送来潮湿的味道。

夜幕降临，蒋诵下楼，去停车场寻找小猫的踪迹。她怀里揣着刚来时买的肉干，有些硬，不知道小猫吃不吃。

找了一圈没见着，却遇到一个同样在找猫的女孩，她边叫着，还踮脚弯腰的，钻进树底下找。

"咪咪，在哪儿呀？"

蒋诵不知道女孩找的和自己找的是不是同一只，脚步顿住的同时，女孩也从干枯的枝丫下侧过头，看到她的一瞬，眼睛一亮。

"小妹妹，你看没看到一只猫啊，牛奶花的。"她边说边用手比画，"大概这么长，挺瘦的，耳朵有伤。"

蒋诵握紧兜里的肉干，下意识地摇了摇头。

女孩失望地叹了口气。

停车场是露天的，靠边的位置是停自行车或者电动车的窄棚子，因为年久失修，棚顶的颜色早就掉光，露出锈迹斑斑的铁。

里面几乎没有车，却也狭窄，不知谁往这儿放了两张旧椅子。

那女孩也不管椅子脏不脏，直接坐在上面，余光瞟到迟迟没离开的蒋诵，主动和她攀谈："你住这个小区吗？哪栋啊？"

四周无人，蒋诵确定对方是和她说话，扬手指了指后面的楼："就楼上。"

"哦哦。"

女孩似乎热了，随手把毛线帽子摘下来，一头乌黑头发倾泻垂下，上面一层因为抵不过静电的骚扰，飞飞扬扬地飘起来。她一把拢住，用手腕上的皮筋扎上，露出饱满圆润的脸。

蒋诵没看到那只猫，转身要离开，那女孩却拍了拍旁边的空椅子，热情地邀请她："来呀，坐一会儿呗。"

"不了。"

"也是,怪冷的,还不如站着呢。"

说完,女孩直接站起来,掸了掸衣服后的浮灰,小碎步跟在蒋诵身后,自来熟地说:"你们都开学了吧,这么早下自习了?"

看着是同龄,大大咧咧的样子,问出的话也是无心,蒋诵没觉得心里难过,很平静地说:"没,我不上学了。"

"啊?"女孩震惊地打量她,却马上恢复正常。

"你十几啊,还没成年吧?"

"十九。"

"啊,和我同岁……"女孩吸着鼻子,为了避开无心跌入的雷区,绞尽脑汁地转移话题,"那你看着可挺小的,还这么瘦,穿这么小码的牛仔裤都这么松快。"

蒋诵很少注意自己的身材,低头,视线落在空荡荡的裤腿上,也瞄了眼女孩的腿。

女孩穿着黑色连裤厚袜,下面是一双绒布长靴,细看是褶皱款,却被撑得绷起。似是感觉到她的打量,女孩慌忙用大衣遮住。

"我超胖的,刚才我妈炸茄盒,她炸,我就站在旁边吃,她炸完了,盘子里也没剩几个了,害得我爸没吃着。"

说到激昂处,女孩倏地收住,一脸颓废地看着蒋诵:"所以被臭骂一顿,他们逼我出来遛弯消食。"

蒋诵不知道该摆什么表情,她不太习惯与人交流,也不知道女孩说了这么多,是想从她这里听到什么回答。

是该说"你确实应该出来遛一遛",还是"你看起来根本不胖"?

在她卡机的时候,女孩又很"丝滑"地转移话题:"你是不是也见过那只猫啊?我只有寒暑假的时候才能回来看它,我马上要开学了,它又躲没影了。"

蒋诵静静地听着,因为女孩语速过快,待她在脑子里过一遍才明白意思。

"是你家扔掉的吗?"

"不是啊,偶然看到的。"女孩扬手,指了指稍远处一个高档小区中层,"我家住那儿,我是出来闲逛才发现那只猫的。"

"哦。"

"对了,我叫夏怡然,怡然自得那个怡然。唉,就烂大街的名字。"

女孩离得很近,黑亮的圆眼灼灼地看着蒋诵,似是在等她的自我介绍。

"我叫蒋诵。"

"哪个 sòng?"

"朗诵的诵。"

夏怡然"哇"了一声,羡慕地说:"好文艺的名字啊,你爸妈一定是那种特别有文化的家长!"

蒋诵不知怎的,突然被这句话逗笑,却点头:"嗯,是这样的。"

030

十九年前,蒋大呈还没从老婆生了女儿的打击中缓过来,就被催着去上户口。他拿着出生证明和户口本,挫败地坐在户籍等待室的长椅上。

名字当然不能叫"鸿儒",丫头片子,叫这么好的名字也担不起。再说了,以后还得生呢,说不定下一胎就是男孩了。

户籍窗口里坐班的是个二十出头的年轻女孩,身上穿着板板正正的深蓝色制服,这身衣服透着威严,蒋大呈不敢撒邪气,把证件资料都递过去,他今天的任务就完成了。

女孩捋着杂乱的证件材料,不耐地"啧"了一声:"孩子叫什么名啊?这栏怎么还空着呢?"

蒋大呈看了一眼,眉毛耷拉:"同志,随便写就行了,我认字不多,起不出。"

窗口里的女孩皱眉,语气不善地说:"名字怎么能随便写,怎么不早点想出来,你快点,后面的人等着呢。"

蒋大呈也急了,面上是急,心里却是恨。

他也说不清是恨谁,恨老婆怀孕的时候吃好喝好的,活也不干,花了那么多钱,却生出个女孩。也恨这孩子,刚出生就给他添堵,当着这么多人的面被小丫头骂,简直没面子到家。

他心里气着,说话也不那么好听了:"叫蒋送,送出去的送。"

那女孩听他说完,竖起眉毛瞪他:"你老婆辛辛苦苦地给你生孩子,你就给孩子起这种名啊?"

蒋大呈刚才吼那一嗓子,周围的视线都看过来,虽看他,却也是合格的围观者,对这种家事不发表意见。

众人的沉默,让憋闷的男人有了底气:"就叫蒋送,这我说了算!反正是要送走养的,送走女儿,寓意也好。"他甚至觉得自己是天才了。

女孩翻了个白眼,在心里骂了几句脏话。

输入户籍系统,随手打出"蒋送"这个名字,输入法排在第一位的却是"蒋诵",她大概气昏了头,急于摆脱这种没文化的人,随手就把名字敲上去,录入,打印,结束。

她递出户口本,连看都没看窗口的男人,冲后面喊:"下一位。"

第二天中午,蒋诵站在阳台,看到夏怡然蹲在楼下的停车场角落,面前蹲着一只脏兮兮的牛奶猫。

她很抗拒和人产生亲密关系,却不知道怎么拒绝热情。

早上,周奶奶包了饺子,在院子里喊她下去吃,灶台上煮了粥,煮好的饺子还特意给她煎了一盘,表皮金黄酥脆,配上酸甜口的腌黄瓜一起吃。

蒋诵吃饱了,临走时,周奶奶硬塞给她一盒装好的饺子,嘱咐她中午吃。

盒子沉甸甸地拎在手里,她从一楼走到六楼,走到门口的时候,想明白了,她知道园子对周奶奶来说有多重要，她做不到心知肚明，却故意玷污。

午后，蒋诵把餐盒洗干净，下楼的时候，刚好周奶奶在一楼打理园子，见是她，笑眯眯地问她吃饭没有。

蒋诵把餐盒还给周奶奶，认真地说："吃过了，谢谢您的饺子，特别好吃。"

周奶奶瞧她一本正经的样子，见怪地"哎哟"一声："你这孩子，总这么客气。"

正是午后，十足的暖意倾泻下来，有阳光的地方晒得慌，阴影处却积雪未化，依旧保留冬天的寒冷。

夏怡然在墙根冻得直搓手，抬头看到蒋诵，笑着冲她招手："诵诵，你下楼啦！"

蒋诵有那么几秒是蒙的状态，这还是第一次有人叫她叠名，语气是亲近的熟稔，仿佛认识十几年的玩伴。

"嗯，我下楼了。"

周奶奶有风湿病，受不了开春的潮气，早就拄着拐棍回屋了。

蒋诵朝她的方向走。

小猫"失踪"一天，再次见到，模样比上次还狼狈——爪子上沾满脏黑的污泥，已经凝固，耳朵上旧伤刚好，又添几条新的血痕，大概是和别的猫打了群架，或者被狗追了。

夏怡然手里拿着装鸡肝的袋子，见她来了，忍不住碎碎念："你说它，都是流浪猫了还在这儿挑食，连鸡肝都不吃了。"

蒋诵蹲下，从兜里掏出肉干，刚撕开，小猫就循着味道，急急地过来找。

夏怡然咬牙切齿地骂了声"馋猫"。

就这么一会儿的工夫，蒋诵兜里的肉干就"售罄"了，小猫像个餍足的负心汉，吃完就跑了，连头都没回。

夏怡然蹲了好久，腿麻了，她手臂搭着蒋诵的肩膀，"哎哟哎哟"地哼哼："不行了不行了，诵诵，快扶我一把。"

蒋诵费力地把她扶起来。

两人慢慢悠悠，一瘸一拐地往阳光处走。蒋诵也不知道怎么回事，自从来到这儿，遇到的人都是话痨属性。

她又想起对门那个喋喋不休的男人，自从那天她说讨厌他之后，就再也没遇见，不知是巧合还是他故意。

应该不是，周奶奶说他是混子，不学好，不着家，说不定压根就没回来。

仔细回忆，这几天的确没看到他的车。

夏怡然在旁边走，边敲腿边叨："我下周就开学了，你要是在这儿长住的话，帮我照看一下这只猫，什么都不用弄，让它不被饿死就行。"

蒋诵犹豫，她剩的钱不多了，最多半个月就要离开。而且，她自认比夏怡然更懂那只猫的处境，早就决定了，要带它一起走。

她沉默的时候，夏怡然以为她不想管，遂使出杀手锏——
"走，我带你去吃好吃的！"

城乡交界处，街边是旧楼和平房，路上没人，只有偶尔经过的车辆，带起一阵扬起的沙尘。

夏怡然拉着蒋诵的手一路小跑，直到停在一个小院门口，她才气喘吁吁地站定，整理被风吹得乱糟糟的刘海。

"我请你吃烧烤。"

蒋诵刚注意到，大门的旁边挂着一个来回晃荡的白色简陋牌子，上面用红色油漆写着"烧烤"。

她像一具没有灵魂的木偶，被夏怡然拽着进去，还没推开门，就听到里面传出的洪亮脏话。

"陈老七想盖粮库，怎么想的，来谈这块地……"

夏怡然浑不在意地推开门，视线刚好对上坐在炉火旁发语音的吴玉东，她哼了声，假装没看到。

吴玉东见来人，脸色迅速从气愤转为亲和，赶紧站起来，提起快要掉下去的裤腰，笑眯眯地打招呼："哎呀，这不是怡然嘛，来捧你灼哥生意啦？"

室内空旷，一览无余，方方正正的厅摆着八张小桌，中间的空地是老式取暖炉子，火烧得正旺。

吴玉东站在旁边，说话的时候，手还拢着炉盖取暖。

蒋诵站在夏怡然身后，一眼就看到放在炉子旁边的炭。

夏怡然拉了个凳子，招呼她也坐下，瞥了眼厨房方向一直安静的门帘，问："他呢，不会不在吧？"

吴玉东也一屁股坐下，扔给她一张边缘磨破的菜单。

"他刚出去了，你先点着。"

"那你刚才是和谁说话？"

他把手机扬了扬，通话界面是大段的语音，嘚瑟地说："看着了吧，我和你灼哥难舍难分，拥有超过十个G的聊天记录。"

夏怡然翻了个白眼，把菜单递给蒋诵，嫌弃地说："真有毛病。"

男人油嘴滑舌："嘿嘿，羡慕死谁了我不说。"

菜单只是一张塑封的A4纸，用得久了，早就破破烂烂，蒋诵看了一圈，又递回给夏怡然。

"你点吧，我不会点。"

吴玉东这才注意到旁边还有个女孩，熟络地问夏怡然："这是谁啊？"

"我妹。"

"哦，你妹。"

夏怡然气得把筷子扔过去："吴玉东，你不说话没人把你当哑巴。"

筷子从她手里飞出去，擦过吴玉东的耳朵，"啪"的一声落在地砖上。

厨房门帘掀动，沈灼从后门回来，他看了眼地上的筷子，抬头，视线定在微愣的蒋诵身上。

四目相对只是一瞬，周遭忽然变得喧嚣。

夏怡然一改烦躁态度，开心地直奔他去，边走边委屈抱怨："你怎么回事啊，我来好几次门都是锁的，你给我老实交代，这几天都上哪儿鬼混去了。"

吴玉东在旁边听得直搓胳膊，插嘴道："刚不是说了，我俩难分难舍，当然是跟我在一起。"

夏怡然："你给我闭嘴。"

蒋诵一直安静，游离在热闹之外，她的视线落在桌角的菜单上，默读上面的文字："肥瘦，板筋，肋条，牛鞭……"

一只粗糙的手出现，将菜单抽走。沈灼没看她，直接把菜单塞给夏怡然，语气是相识多年的随意："吃什么快点，我下午还有事儿。"

夏怡然追问："什么事啊？带我去呗。"

沈灼笑了下，扬手给了她个"脑瓜崩"："小孩子家家的，大人的事少打听。"

夏怡然捂着额头，不情愿地坐在椅子上，鼓着脸，不想搭理他，转头和蒋诵吐槽："十九岁还算小孩吗，没听说过。"

门帘晃动，男人进了厨房，不一会儿，就传来窸窸窣窣点燃炭火的声音。吴玉东看够热闹，随手扯来一张纸，边念叨边写："肥瘦二十串，肋条二十串，玉米一根，四个菜卷，两个鸡翅，两个鸭头，一个烤茄子，一个锡纸金针菇，还有要加的不？"

夏怡然问蒋诵："你喜欢吃什么，他记的这些都是我爱吃的。"

蒋诵想了想，说："再加一根玉米就好。"

门帘掀动，沈灼手里拿着炭夹子，随手接过吴玉东写好的单子，快速瞟了一眼，抬眉，却是看蒋诵。

"确定够？"

夏怡然对这种话术很敏感，急急扬起下巴："怎么不够，我最近瘦了好多，这些都不一定能吃完。"

旁边的吴玉东憋不住了，发出嗤笑声："行了啊老妹，你打小时候就嚷着减肥，我还真不记得你有瘦的时候。"

"你烦不烦啊，吴玉东。"

蒋诵坐在旁边，刻意隐藏自己的存在感。耳边是聒噪的吵嘴声，她却不觉得心烦，从前羡慕一群人嬉闹谈笑，她只能当一个旁观者。现在，她置身其中，终于不觉得孤单。虽说他们在互呛，说话也刺刺的，但能感觉到气氛融洽，他们的关系是真的好。

尤其是夏怡然，总自嘲吃得多太胖了，却一点都感觉不到她的自卑——从不畏缩，想笑就笑，想骂就骂。这是蒋诵幻想成为的样子，实际却永远做不到。

直到串儿陆续烤好，夏怡然才停止和吴玉东的斗嘴。

沈灼腰上系着围裙，手里端着"刺啦刺啦"冒油的铁盘，随手放在桌子上，从兜里掏出两头大毛葱，扔在桌上的空碗里。

还没等说话，夏怡然就赶紧把碗推走，抗拒地说："我从来不吃这种东西。"

刚把嘴闭上的吴玉东马上跳起来反驳："拉倒吧，你空口能吃三头还不带喝水的。"

夏怡然咬牙："烦死了，哪儿都有你，闭嘴！"

蒋诵坐在旁边，虽说安安静静不说话，却一直分神关注这边的热闹。她弯了弯唇，忽然感受到一道视线的打量，抬头，撞到沈灼若有所思的眼神，她条件反射地移开。

很奇怪，上次是不欢而散，连续几天都没有碰面，这次偶然来到他的店，他却没戳穿认识她的事实，而且一反常态。

在她面前话痨的男人，今天竟然沉默，不知是旁边的两人太吵，插不进去嘴，还是……

再抬头，男人的目光已经看向旁边的夏怡然。

他穿着皮夹克、破旧牛仔裤、黑色旅游鞋，毛寸，皮肤黝黑，不入流的小镇装扮，眼神带着稍纵即逝的宠溺。

夏怡然似乎感受到他在打量，故作不知，端着肩膀，文文静静地拿筷子，和斗嘴时完全相反的语调："你能不能别站这儿看啊，我都不好意思吃了。"

这样说完，沈灼笑了下，也没说什么，转身离开了。

可夏怡然心情却突然不好了，目光追随他的背影，直到看不见，才惆怅似的，呼了口气。

这种氛围，连从来没谈过恋爱的蒋诵都感觉到，在两人之间的空气里，有一股若有似无的粉色电流。

蒋诵很少明目张胆地看别人，更别说仔细打量。

室内炉火正旺，空气里是水分缺乏的燥热，夏怡然穿着浅绿色短毛衣，衬得气质阳光健康，她上身很瘦，下身穿着牛仔裤，上面盖着脱下来的大衣。

女孩的小心思，以为别人都不知道似的却摆在明面上。

微红的脸颊，故作的娇嗔，对上视线的慌不择路，吴玉东故意的打趣，种种迹象都表明：夏怡然喜欢沈灼。

蒋诵低头咬着玉米，对这偶然的发现没什么波动，她甚至觉得自己多余，不该掺和进来当电灯泡。

旁边的夏怡然默默地吃着，不过，为了彰显东道主的热情，碰了下她的手腕，递给她一个烤鸡翅："诵诵，他烤的鸡翅超级好吃，你快趁热尝尝。"

她默默接过，咬了一小口。

表皮肥而不腻，味道咸淡适中，沁香的肉丝在舌尖打转，还不等细品，就不自觉吞下去了，确实称得上一句"超级好吃"。

沈灼开店确实如周奶奶说的一样，瞎混、不上心，这边两人刚到尾声，他就在那边赶人。

"快吃，我还有事呢。"

夏怡然刚放下的筷子又重新拿起来，在盘子里挑两根金针菇放进嘴里，磨蹭着，假装还没吃完。

沈灼穿上大衣，不管她在那儿演戏。

"我真有事，要不我先走，你们在这儿给我看家。"

夏怡然一听，赶紧扔掉筷子，把大衣从腿上拿起穿好，边系扣子边说："去哪儿，捎我们一段呗。"

话音刚落，蒋诵就感觉到男人在看她，她把拉链拉到领口，低声说："我不用，我走路回去。"

五分钟后，面包车"突突突"地驶出院子。

大门外，夏怡然看着消失的车影，恨恨地跺脚。

"真是烦死了。"

沈灼没管她的软磨硬泡，没让她上车，这点蒋诵一开始就知道。

前几天的沈灼还是油嘴滑舌的小镇青年，今天再见，却马上感受到他的严肃，应该是遇到了烦心事，烦到连说几句场面话都没心情。

她对这种情绪转变极为敏感。从小的生活环境，让她就练出"会看眼色"的本领，或许这也是动物的求生本能，她能在楼上的窗户里，看清回来的父母心情如何——如果眉眼松弛，主动和碰到的邻居打招呼，说明心情很好，她可以安心写作业；如果脸色紧绷，和邻居打招呼也是敷衍，那她就要放下手里的作业，去拿笤帚或者拖把打扫，这样，情绪不佳的父母回来，不好冲正在干活的人撒气。

惴惴不安是刻在骨子里的，就算她走到末路，自我催眠不要这样，却也不可控制地接收到身体发出的信号，也几乎是本能地，隐藏自己的存在感。

她很不喜欢这样的压抑气氛，也不喜欢这样敏感的自己。心思过分细腻是一种自毁的疾病，如果她迟钝一些，大概不会像现在一样觉得人生无望。

夏怡然在痛骂男人都是没良心的傻猪后，从气愤的情绪解脱出来，本想问蒋诵要不要去和她一起买猫粮，却看到到对方干裂到快出血的嘴唇。

夏怡然："哎呀，先别说话哦！"

蒋诵本来也没想说话，静静地站在那儿，看她从兜里翻找，最终拿出一管手指粗细的小蓝管。

她拧开小蓝管，想直接凑过去帮蒋诵涂，忽然想到什么，半路刹车："你不嫌弃我吧？要不你挖下面我没碰过的。"

蒋诵猛摇头："怎么会嫌弃。"

过往的人生，都是她被别人嫌弃，怎么可能轮到她嫌弃别人。

夏怡然这才放心，仔细地帮她涂了整整三层润唇膏，又仔细盖好小蓝管，直接送进她衣兜里。

"听你口音不像这边的人,大概不知道有地暖的房子超级干燥,不止嘴唇,身上也是,你得买那种高保湿的身体乳,不然会蜕皮,那样绝了啊,一挠'哗哗'的,跟下大雪了似的……"

蒋诵不等她唠叨完,直接从兜里掏出一大把糖果,这还是去吃寿司的时候老板送的,她吸吸鼻子,有些紧张地硬塞给夏怡然。

"怡然,谢谢你,我请你吃糖好不好?"

不太妙。

藏在行李箱里的现金还剩一千块,她的心却在动摇,时常产生一种陌生的、已经融入到这里的错觉。

昨天回家的时候,一楼的周奶奶特意给她烙了玉米饼,让她带上去当夜宵。

夏怡然还有几天就要走,她在隔壁省大学念大二,这几天总是跑小区楼下转悠,看着是找猫,实际是等蒋诵。

两人熟悉后,她总吐槽:"诵诵,你怎么没有手机啊?是不是故意不想加我微信?"

蒋诵以前有手机,现在手机对她来说没有用。她坦诚摇头:"真没有。"

没想到今天来的时候,夏怡然从兜里掏出一部手机,还有些不好意思:"这是我高中时候用的,有点旧,你要不对付用一下,等以后买新的直接扔掉就可以。"

蒋诵没接:"我应该用不到。"

"哎呀,怎么用不到!"夏怡然把手机塞她怀里,凑近,小声说,"这样就可以晚上找你聊天,等我走了也能联系,我想问你什么事也方便。"

蒋诵不想要手机,也觉得自己这一阵欠了太多人情债。

"可我什么都不知道。"

夏怡然"嘶"了一声,因为着急,脸颊突然飞上一抹红:"你怎么不知道。你住沈灼对门吧,比如他天天什么时候回来的,早上几点走,平常和什么人来往,只有你能知道。"

女孩眼底闪着光,她边说边拉着蒋诵的手往阳光处走,确定四下无人才犹豫着,磕磕绊绊地说,"诵诵,你说……我要是……要是向沈灼告白的话,能不能行啊?"

蒋诵心里"咯噔"一下。

夏怡然开了话头,索性和盘托出:"其实我们也算是青梅竹马,从小一起玩到大,他虽然看着不着调,其实本质不坏,如果我们在一起,他一定会改的。可惜,我爸妈不会同意。诵诵,你说,我应该怎么做才能让他变好,好到能让我家里接受呢?"

蒋诵默默地听着,心里闪过关于沈灼的记忆碎片,踹车门,骂脏话,开五菱宏光飙车,深更半夜放音乐扰民,还有……昨天她上楼的时候,看到他在楼梯口痛骂一个老人,一口一句"你这老东西怎么不早点死"。

那老人伛偻着后背，满头白发，在他那么咄咄逼人的气势下，显得有些可怜。
这样的人，在夏怡然眼里，竟然是"本质不坏"吗？
蒋诵把手机还给她，斟酌着语气："其实我准备离开了，恐怕不能帮你。"
"啊？"夏怡然一脸震惊，"你要去哪儿？可我给你手机不是让你帮我看沈灼，是真的很想和你交朋友。"
她把手机强硬地塞进蒋诵手里，脸色微白，透出一丝焦急。
"诵诵，你不想和我做朋友吗？"
想！怎么会不想！蒋诵活了这么多年，第一次遇到这样的女孩，她热情、善良，身上具有世间最美好的品质。对方就像一束阳光，毫不吝啬地照在她结满蜘蛛网的墙角，这样的亲密，是以前梦寐以求求不来的。
两人之间有风经过，湛蓝的天朗朗地晴，初春的北方，绿色在沉睡，冬袄还没褪下，天还是冷的。
蒋诵的心底，有奇异的热流涌动。
她眼角微红，慌慌避开夏怡然执着的目光，低头说："我想。可是我要去很远的地方。"
夏怡然奇怪："现在互联网这么发达，就算你去外太空了，也可以和地球保持联络的。"
蒋诵找不到理由搪塞，她可以接受冷嘲热讽，却不知道怎么应对这样单纯的诚挚。她接过手机，考虑之后才说："那好，谢谢你，等你离开之前我还给你。"
"哎呀不用还，都是朋友了还这么客气。"
夏怡然见蒋诵收下，笑眯眯地告诉蒋诵这部手机的功能和使用细节，最后注册了微信。
她是蒋诵的第一个好友。

太阳刚落，夜幕低垂，蒋诵刚吃完泡面，手机就振动起来，她笨拙地点开。
怡然：诵诵，在干吗呀？ [偷看.jpg]
诵：什么都没做。
怡然：那，你帮我注意一下对门呗，我给他打电话都不接，不晓得在干吗。
诵：我要去敲门问吗？
怡然：不用！你就偷偷地，或者贴墙听一下他在不在家。
诵：好，稍等。
蒋诵放下手机，把耳朵贴在墙上，手罩在旁边收音。好一会儿，她才听到细微的说话声，具体说什么她听不清楚。
想了下，她决定去门口。
她换了鞋，按住门把，轻轻下压，刚出去，对门忽然开了。
扑鼻一股劣质香水味，出来的女人身材丰满，一头大波浪，身上穿着艳红的棉袄，下身穿着紧身长袜和高跟鞋。

她抬眼就看到蒋诵站在门口，吓了好大一跳，捂着心口"妈呀妈呀"叫了两声。

蒋诵没想到会被撞个正着，大脑空白，就这么僵直地站着。

不过女人并没在蒋诵身上停留过多视线，急哄哄地从兜里掏出几张粉色钞票，转身冲门里塞回去，夸张地撕扯着。

"你这小子，还给钱干什么，快拿回去。"

门里的男人只露出一只手，捏着钞票和女人推搡："你就收着，不能让你白干。"

"咱俩都多少年了，你这人可真是……"女人边说边使劲把钱塞回去。

那只手终于把门推开，沈灼穿着一身旧睡衣，没注意到后面站着的蒋诵，强硬地把钱塞到女人的衣兜里，看着有点生气了："让你拿着你就拿着，再这样我就翻脸了啊。"

女人看他态度坚决，不好意思地捋捋下头发，面露赧然："真是的。那行，姐就不跟你客气了。"

楼道微凉，女人却桃红满面，转身下楼时，蒋诵才仔细看她，妆非常重，年龄……看起来四十多岁了。

从两人的对话和相处模式，她不免想到某种交易。

沈灼眼前没有遮挡了，这才看到门口的女孩。

身板单薄，瘦窄的肩膀挂着浅黄色薄睡衣，脚上穿着夏季拖鞋，没穿袜子，白皙的脚趾让他联想到一种乐器，名字他忘了。

看她的衣着不像要下楼，傻愣愣地站在这儿，不晓得要干吗。

"有事啊？"他语气不算友好。

蒋诵不敢看他，手急忙拉住门把，嘴上说"没事"，门把却拉不动。

她低头，门锁上了，钥匙在屋里。

闷雷"轰"的一声在心里炸响，完了。

在意识到自己被关在门外进不去的时候，对门也毫不留情地关上了。

她已经在这儿站了一会儿，手脚冰凉，没拿钥匙、电话和手机，甚至连楼都下不去。

这样的经历对她来说不是第一次了，小时候稍微惹父母不高兴了，就会被赶出去晾在门外，那时对门的阿姨和她很熟悉，听到声响后会开门把她叫进屋待一会儿。

可是，眼前这个对门，熟悉吗？

刚开始他是想和她熟悉，态度挺热情，是她单方面斩断，以为再也不会有交集，却一次次被推到他门前。

蒋诵缩了缩肩膀，睡衣很薄，和没穿衣服差不多，她对于自己的不适倒不在意，想得最多是夏怡然。

夏怡然一定在焦灼地等回信，捧着手机不敢移开视线。

可现在怎么办呢，她连屋都进不去。

蒋诵咬着嘴唇,思忖了十几秒,最终挪动僵硬的脚,手指握拳,敲响沉寂的房门。

空气安静一会儿,然后响起从远至近趿拉鞋的声音,按住把手的声音,门开的"咔嚓"声,男人探出头,一点都不惊讶,眼底带着探究上下打量她,吐出不带任何感情色彩的字:"干吗?"

蒋诵虽然冷,却抑制不住耳朵上的烧。她低着头,嚅嚅地说:"我没拿钥匙,被锁在外面了。"

"叫开锁的。"

"没有手机。"

一声长叹响在头顶,杂着烟味的空气在鼻尖飘荡。

她眼前一黑,肩膀被一双温热的手按住,直接被拉进屋里。不等她反应过来,沈灼就出去了,临走时甩下一句:"帮我看家。"

蒋诵愣愣地站在门口。

他的房子很空,装修约等于无,客厅没有沙发,没有电视,倒有一对大音响,旁边的地上堆着乱成一团的插排和电线。墙边列队般站着一溜儿空啤酒瓶,末尾处摆着一个破布垫子,旁边还有一个挤满烟头的水晶烟灰缸。

没有坐的地方,那……刚才离开的女人是……

倏地,她确定了自己的猜想。

屋里的格局和她租的房子一样。蒋诵往左走,卧室是半开的拉门,地上凌乱地散落着衣物,柜门开着,像是遭了劫。

单人床,没有床箱床头,只是一张床垫扔在地上,被子没叠,枕头一半在床上,一半在地上,旁边放着垃圾桶。

眼前的一切是混乱的、无序的,倒是和他搭。

蒋诵因为看到同样生活乱糟糟的人,心底产生一种原来她不孤单,这里有个浑蛋比她还垃圾的感觉。

这也只是一瞬的意识偏离,她马上想到,那么好的夏怡然,心心念念的竟然是这种男人。

门锁在转动,她回头,脸色有些白。

沈灼没进屋,直接在门口喊她出来。

时间也就过去两分钟而已,她租的房子屋门大开。男人倚在门口,见她惊讶,得意地说:"怎么样?哥办事有效率吧。"

蒋诵点头,脑海里却幻灯片似的播放他的恶劣行径,这门锁开得这么快,绝不可能是找的开锁公司。

"你用铁丝撬的?"

话音刚落,沈灼翘起的唇角慢慢耷拉下来。他撇嘴,小指胡乱地挖了下耳朵,烦躁地"嘶"了一声:"问你个事儿啊,有没有人说过你是白眼狼?"

"没有。"

"呵，小孩，你最好……"他说到一半就顿住，对这种倒打一耙的行为觉得无语了似的，晃着头，擦过她肩膀往自己屋里走。

不怪蒋诵觉得他人品恶劣，人都进屋了，还又折转出来，对蒋诵单薄的背影，哼笑着，字字扎心："怪不得你没学上，是被开除了吧。"

诵：我觉得他不好。
怡然：为什么啊？
诵：我感觉，看着不太像好人。
怡然：哎呀，因为你没接触过他啦。我们从小一起长大的，认识这么多年了，我了解他的为人，和别人说的才不一样。
诵：这样啊。
怡然：就是这样！你再帮我看看他回来没有。
诵：好。

顶楼的阳光充足，外面不冷，屋内温度也升高。

蒋诵光着脚，为了不重蹈昨天被关在门外的覆辙，没开门就把钥匙抓在手里。

楼道里传来激烈的争吵声，她把门开了条小缝，耳朵贴过去细听。

"你这浑蛋，现在连老子都敢打了。"

话音刚落，传来清脆的"啪啪"声，声音大概在四楼半的位置，扭打和谩骂声一齐涌上来："我打的就是你，怎么着。"

另一个人声音虽然苍老，却底气十足："平房在我名下，我要卖，天王老子来了也拦不住！"

沈灼比他声音更大："你试试？谁要是敢推平，我就和他拼命！"

"现在社会讲的是法律，房证上白纸黑字我的名儿，你就算去中央告也不占理。"

"法律？"

过了好一会儿才听到沈灼的嗤笑，他情绪激动，声音却轻，隐隐带着失控："你也配和我讲法律？"

蒋诵开的门缝太小，听不真切，她小心地推开门，半张脸探出去。

刚往下看，正好撞到骂骂咧咧上楼的沈灼，他"呸"了一声，顺着楼梯扶手向下看，恨恨地朝下喊："老东西，怎么不瘟死你呢！"

蒋诵心一紧，赶紧把门关上。她屏住呼吸，心跳如雷。

刚才瞥到的那一眼，男人身上的暴戾、眼底的余怒、恨不得冲下去打人的冲动，她都能感受到，很危险。

她觉得，就算深入了解，他也是周奶奶千叮万嘱的那种，让她离远点的男人。

夏怡然还有两天就要走了，也越来越焦虑，有时后半夜给她发消息，反复纠结要不要告白的碎碎念。

她才十九岁的年纪，告白对她来说，算是天大的事了。

蒋诵刚和她结束聊天,天边就露出鱼肚白。

蒋诵不记得上顿饭是什么时候吃的,正餐越来越少,也感觉不到饿,胃不舒服了就吃点面包和饼干顶一顶。

暴食过后,是厌食。

她揣一百块钱去超市,买了方便面、夹心饼干、薯条、薯片、火腿肠、娃哈哈、辣条。超市老板娘认识她了,结账时响亮地说:"五十九块八,找你四十,零钱不好找,给你几块糖吃吧。"说完,手伸进收银台旁边的塑料罐子里,抓住几块五颜六色的糖扔进购物袋里。

来这儿买东西的次数多了,蒋诵渐渐习惯这种找零方式。现在都是扫码付款,像她一样用现金的年轻人几乎没有。

攒下的糖她都特意留给夏怡然。

夏怡然今天没来,要在家收拾行李,人不来,却在微信嘱咐蒋诵,要是看到沈灼,转告他给她打个电话。

蒋诵应下了,却没放在心上。

面包车停在楼下。一阵子没见,它看起来更加破烂了,后窗碎了一大半,车门也晃晃荡荡,沈灼上半身探进车里,只留个屁股外面。

她默默路过,转头瞟了一眼。车里只有前面两个座位,后面的车座卸掉了,空荡荡的车厢里堆了很多杂物,乱糟糟的什么都有。

沈灼在这堆杂乱里扒拉着,边扒边念叨:"我活嘴扳子哪儿去了……"

蒋诵手搭在单元门门把上的那一刻,脚步顿住,她看到车尾角落有半袋炭。

她轻轻走过去,待沈灼烦躁地从车里挪出来,她才小声说:"你好。"

"我……谁?"

沈灼没想到身后有人,吓得脑门撞到车顶,他忍着脏话,抱着脑袋,"嘶嘶哈哈"缓了好一会儿才睁开眼。他心烦地说:"你是不是有毛病?"

从最开始亲热地叫她"妹妹",到"你这小孩",现在直接说她有毛病,蒋诵不免想到从小被骂的场景。或许别人才是对的,是她太恶劣了,活该被这样对待。

沈灼搓着"嗡嗡"作响的头,打量着面前的女孩。

她拎着一大袋垃圾食品,看着比刚搬来时还瘦,头发毛毛糙糙的枯黄,发尾堆在肩膀,身上穿着黑色棉袄、直筒牛仔裤,下面穿着……拖鞋?还是在屋里穿的那种夏季露脚趾的,像个无家可归的乞丐。

"你是不是傻啊?"

蒋诵顺着他的视线低头,发现脚趾冻得通红,奇怪,怎么一路都没感觉到冷。

当然,这不重要。

她小声说:"我看到你车里有炭,能卖我几根吗?"

沈灼已经习惯她说话没头没尾的,转头看了眼车厢,搜寻到破麻袋里装着的半袋炭。

这还是夏天放车上的。那会儿吴玉东管他要，说要在家搞那个什么……"比比Q"还是"巴拉Q"来着，忘了。

"你要炭干什么，在家烤苞米啊？"

"嗯，行吗？"

沈灼"扑哧"一声笑了，懒洋洋地说："傻子，苞米还没种呢。你要是想吃去我那儿呗，我给你烤，五块钱一根。"

他记得那天夏怡然带她来吃烧烤，她好像只点了玉米，像只松鼠似的把两根全啃完了，大概是爱吃这口。

不过呢，不是他自夸，烤玉米这东西看着简单，实际很复杂，稍微不注意味道就不对了，想吃何必自己挨累，去他那儿吃还不用挨累。

见他不动，蒋诵从兜里掏出刚才超市找回来的四十块钱，递给他。

"我只买炭，这钱够吧？"

沈灼奇怪地看她一眼。有便宜不占王八蛋，他干脆地接过钱，扫了一眼揣兜里，从车里把装炭的袋子拽出来。

"这些都给你，得在外面烤，就放楼道里吧，没人偷。"

蒋诵摇头："几根就够，我拿上去。"

两人一前一后上楼，蒋诵手里拎着零食，袋子里多了七八根炭，男人在前面走，她脚步轻轻地跟在后面。

沈灼一路都在纳闷这个奇怪的交易，脚刚踩在五楼的台阶上，头顶就响起一声冷哼，然后是抱怨的女声："沈灼，你怎么不接我电话！"

蒋诵在听到这个声音时，寒意从脚底升腾，一路凉到头顶，抬眼，夏怡然一身淑女装扮站在门口。

她嗓门虽然挺大，身体却有些僵硬，能看出很紧张。

沈灼看她站在自己门口，眉头微微皱了下，晃了晃荡往上走，笑着说："这不是我怡然妹妹嘛，来找小姐姐玩啊？"

夏怡然听他这么说，才发现后面跟着的蒋诵，女孩低着头，像一个幽灵似的贴在后面。

她抿了下嘴，故意移开视线，看着越靠越近的男人，小声说："我是来找你。"

沈灼"喔"了一声，从兜里掏出一串钥匙，在指尖甩着，先知似的得意："你来找哥，是想瞒着你爸妈偷摸吃烧烤吧。"说完自己憋不住笑了，扬手在女孩的额头弹了个"脑瓜崩"，"不行，我不能影响你减肥。"

男人越来越近，夏怡然小步往后退，背在身后的手里，攥着一枝玫瑰花。

她紧张，不敢看他的眼睛，手心里都是汗，潮热濡湿了包裹玫瑰花茎的软布，心里虽然在打气，脱口而出的声音还是软的："沈灼，我来找你，是……是想说……"

蒋诵瞥到藏在身后的那抹嫣红，心里忽然烦躁起来，这个男人身上的暴力、恶劣、不堪，在她脑海里幻灯片似的播放。

为什么呢，夏怡然那么好……

心是乱的，堵着难受，她呼出一股浊气，抬头，视线对上要开门的男人。

"沈灼，我内衣好像落你家了。"

声音不大，平静，笃定。

夏怡然愣怔，瞬间从紧张害羞的情绪中脱离出来，她震惊地看着蒋诵，眼底一片惶然。

沈灼简直莫名其妙。

他把钥匙从锁眼里抽出来，一脸"你怎么又犯病了"的表情。

"瞎说呢，你什么时候来过我家？"刚说完，他就想到那天帮她开锁的晦气事，一拍脑门，"哦对，是那天。"

夏怡然脸色有些白，她腿发软，勉强靠墙站直，视线却一直没离开蒋诵。

她想从蒋诵脸上看出挑衅、得意，或是愧疚的情绪，可惜失败了。蒋诵面色静如死海，仿佛在她人生最重要时刻说出这种话，是理所当然。

夏怡然虽然没谈过恋爱，却看过很多狗血小说和电视剧，也在内心的小剧场里上演过错综复杂的多角恋，可从没想过，这种事会在现实发生。

她没有应对这种场面的经验，堂皇之后，是稚嫩的无序质问："你说内衣落他家了，落在哪儿了？床头，还是沙发？"

蒋诵静静地看着夏怡然，女孩脸上有一种被刺伤，却硬撑着的狼狈。

"他家没沙发，也没有床头柜和床箱，我的内衣……是落在床垫上了。"

沈灼一会儿看看这个，一会儿看看那个，这两人无声对峙，对话好像加密了，听是能听懂，却让人摸不着头脑。

内衣落他家了，这得什么脑回路才能想出来的奇葩理由啊。

他头疼，却也无奈地应下："既然落这儿了，那就进来取吧。"

事情变成另外的走向，在场的三人各怀心事。

夏怡然什么都听不进去了，好不容易鼓起的勇气，全都毁了，就算骗自己是误会……怎么可能是误会，他自己都承认了，这里的人都知道沈灼最爱招惹小姑娘。

只有她，还傻傻地相信，相信他能改变，他们有未来。

她走下楼梯，一步一步地靠近蒋诵。四目相对，夏怡然面无表情，冷静地质问："你知道你在干什么吗？"

蒋诵点头，平静地说："我知道，你要去上学了吧？"

她用另一只手掏兜，从里面拿出白色旧手机，手机壳还是夏怡然特意选的Bunnies小羊图案，她低头看最后一眼，还给夏怡然。

"这些日子谢谢你。"

夏怡然无语到笑出来，这场面实在太狗血荒唐。她扬手，直接把手机挥到地上，冷冷地说："不用了，就当施舍乞丐了。"

这句话还有另一层含义，蒋诵沉默着收下。

女孩挺起肩膀，下楼的背影毫无留恋，被她挥掉的手机静静躺在楼梯边缘。过了几秒，蒋诵才弯腰，把手机捡起来，屏幕碎了，触目惊心。

沈灼在门口朝下看，"啧"了声："这是演啥呢，你们不是挺好的小姐妹吗？"

蒋诵没理他，认真地把手机上的灰擦干净，走上台阶，开门之前，突然回头看他一眼。

男人没骨头似的倚在门边，门大开着，他做恭迎状："你不取内衣吗？来呀，进来吧。"

她嫌恶地移开视线，算了，都结束了。

她不后悔，长痛不如短痛，他配不上。

第三章
去无人知晓的地方

BEIFENGGANG

少见的无风天，烟囱里冒着青烟，直直地向天空飘，炉火正旺，室内热得干燥。

沈灼腰上系着围裙，一手拿刀，另一只手从旁边的钢盆里拿出一块红白相间的肉，熟练地切成均匀的小块。

旁边坐着吴玉东，慢悠悠地用铁钎把切好的肉穿成串。

他皮肤黑，还染了一头不羁的黄毛，一米七的个头，一百七十斤，胖成正方体，坐着穿串也累得直"吭哧"。他慢悠悠地把穿好的肉串用保鲜膜包起来，虚虚地用手背捋一下额头，问："灼哥，陈老七那边咋说，你爸同意了？"

沈灼哼了一声，语气不善："管他做什么，我手里拿着刀，看谁敢。"

吴玉东伸了下懒腰，靠着椅背偷懒，瞅着眼前的菜刀锃亮闪光，闹心地抓了一把黄毛："你爸也真是，再怎么说你也是亲生的，怎么净把人往绝路上逼呢。"

沈灼低着头，注意力都在刀下的肉上，半晌才说："他最擅长干这种事。"

吴玉东小心地看他脸色，古井无波的，像在说别人的事，可两人从小一块长大，他这一路的坎坷，说是"山路十八弯"也不为过，最坏，就坏在他这个亲爸身上了。

吴玉东："他是二婚了，老婆还生了对双胞胎儿子，钱也是紧得慌。"

"呵，想钱也不能把主意打到我身上，我见他一次打他一次。"

吴玉东喘了口长气，推心置腹地建议："你要打也行，尽量背着点人。这街坊邻居都看着呢，儿子打老子，你还想不想娶媳妇了？"

沈灼把切好的肉推给他，无所谓地说："哥们的理想就是打一辈子光棍。"

"放屁，你最好是。"

吴玉东偷懒结束，重新回到"穿串岗位"，他手里拿着一把铁钎，吧唧吧唧嘴，欲言又止地说："怡然喜欢你，你知道吧？"

空气安静了一瞬，炉火里不知掺进了什么，"噼啪噼啪"一阵杂响。

沈灼抬头，目光落到那边，淡淡地说："不知道。"

"屁，你就揣着明白装糊涂吧，她都那么明显了，你还装。"

沈灼笑了下。他当然知道，上午她都堵到家门口了，手里还拿着一枝玫瑰花，一看就知道要搞那种小女孩才喜欢的浪漫。他本来能混过去，没想到对门那丫头更猛，宁可和夏怡然掰了也得把这事搅和黄了。也算间接帮了他，就是……有点摸不清她的脑回路。

吴玉东还在那儿替他惋惜："怡然多好的女孩啊，性格活泼不矫情，还上大学有文化，她要是这么喜欢我啊，让我干啥都行，当狗都行。"

"算了吧，怡然她爸妈啥样你也不是不知道。"

吴玉东一听这话，直接像个漏气的皮球，没精打采地叹气："也是，一直就看不上咱们。"

虽然他们一起长大，交情属实不错，不过这也只限于他们小孩之间，大人可不这样。夏怡然的爸妈是本地户，家里做装修生意，经过多年打拼，家底挺厚实，两人就这一个女儿，那可是捧在手心里养的。

他俩就不一样了。

吴玉东家里开肉铺，起早贪黑的，赚得是不少，但都是辛苦钱，别人提到他时，都用"卖肉的老吴家"当前缀。再说了，杀牲口，天天见血，来买肉的人络绎不绝，介绍对象的却一个没有。

连吴玉东这样的条件都没人来说媒，更别提沈灼这种名声不好，上无老可靠，下无房可依的三无人员。

沈灼沉浸在手下的活里，随口说："怡然嘛，我一直把她当妹妹。"

"喊，不是我说你，咱东林这么个屁大点的地方，你的妹妹也差不多认一百来个了吧？"

"那是夸张了，还不到七十。"

吴玉东翻了个白眼："走一条街，能撞见你八个妹妹。"他跷起二郎腿，语重心长地说，"不是哥们说话不好听，人家爹妈都拽着拦着的，生怕女儿跟你多说一句话，你咋还往上凑？就算因为你妹当年出的事，这么多年都过去了，你这心结也该……"

"砰"的一声，菜刀剁在连筋肉上，也切断了吴玉东的喋喋不休。

沈灼懒得理他，下巴指了指炉火，支使他："再去添点，穿完这点肥瘦直接烤了，咱哥俩喝点。"

吴玉东咽下要说的唠叨，提了两下松垮垮的裤腰，不情不愿地去那边添火。

新送来的肉差不多切完，桌子上一片狼藉，沈灼收拾着上面的碎肉和铁钎，余光却看到堆在屋角的玉米棒。

他忽然想到那个瘦小的女孩，有些不解——炭，在这个季节，特意拿到六楼能做什么。

他沉吟着求解："东子，你说，我对门，没有炉灶也没有油烟机，一个小姑娘，她要炭什么用？"

吴玉东身子胖、屁股沉，添火的时候也坐下了，随口瞎扯："取暖呗。供暖公司杀千刀的,看把孩子逼成啥样了。"

"眼看都春天了,再冷能多冷。"

"那就是单纯喜欢这东西。"

"有毛病啊,喜欢黑炭?"

不过,沈灼的确觉得她有点怪。说句不好听的,那女孩的行事风格和后院的三春挺像的,可三春是傻子,都傻二十多年了。

她这十几岁的小姑娘,学也不上,也没见她爸妈,成天自己一个人上楼下楼的,总阴着脸,走路还没声,像个鬼似的。

沈灼突然有点闹心:"东子,你说她不会真在屋里烧吧?"

吴玉东被逗笑了:"不能,这玩意儿烧不对劲了有毒,傻啊,干这种事。"

不听这话还好,一听这话,沈灼就懂了这没来由的闹心是因为什么,他笃定,这种事她真干得出来。

他手忙脚乱地解开围裙,大步往外走,甩下一句:"给我看家。"

几近报废的五菱宏光一路飞驰,沈灼把油门踩到底,车因为速度过快,底盘不稳,晃晃荡荡着直较劲。

一路开到家,连车钥匙都没拔,他就火急火燎地爬楼,从一楼到六楼,一步三个台阶,他来不及喘气,"咚咚"敲房门。

"喂,开门!"

攥拳狂敲的同时,他心里也在思考进屋之后的流程:开窗,灭火,把炭扔出去,检查她的情况,打120,最好把她背下去。

和他预想的一样,门里果然没动静。

怕是……

沈灼急得一脑门子汗,直接拉开门边的水表箱,手伸进去胡乱摸索,从最深处的角落拉出一把钥匙,打开门,鞋都没脱就冲进去。

可是,和预想的不一样。室内安静,没有烟,没有味,没有燃烧的炭,也没有人。

他愣怔了几秒,僵硬地走过空荡荡的客厅和厨房,走进卧室,看到一张老旧的板床放在中间。床上是清新少女风四件套,被子平整地铺着,床头摆着一袋零食。温馨,安静,标准的少女卧室。

沈灼的心从嗓子眼平稳落地,很久之后,才长长地松了口气。

怪他太敏感了,总凭自己的臆想猜测别人。眼下什么都没发生,他暗骂自己神经病,竟然能做出私闯别人家的事。

趁人没回来,撤离还来得及。

出了一身汗,热变凉,凉变热,潮湿的衣料黏在脊背上,闹心又不爽。他拧开门,企图什么都没发生过似的溜出去。

没想到,门刚开手掌宽的缝,他就和门口的抱猫少女对上视线。

她愣着,身体还维持着拿钥匙准备开锁的姿势。

气氛凝滞,尴尬迅速扩散。沈灼最擅长耍无赖,当然不怕这种场面,他"嘿嘿"一笑,直接把门大开,伸手勾了勾猫的下巴颏,说:"回来啦?哟,这小猫,长得真丑。"

蒋诵没有表情,对男人的擅闯行为没有惊恐的情绪,她抱紧怀里想要挣脱的牛奶猫,淡淡地看准备逃走的男人。

"你有我家钥匙。"平静的陈述语气。

沈灼的手在衣兜里,用力捏了下薄铁硬物。

其实他也是误打误撞。在这儿住了二十多年,他敢保证,这里百分之九十以上的人家,都把备用钥匙藏在水表箱里。

他挠了挠头,掏出钥匙,递给她。

"给,今天是误会,我也是好心,你可别多想。"

蒋诵接过,端详着沾满灰尘和铁锈的钥匙:"那天,你帮我开锁,也是用的这把吗?"

"是,从水表箱里摸出来的。"

她颔首,捏着钥匙,轻声说:"好。"

这一个"好"字,说得沈灼背后长毛。

他是有点浑,但骄傲的是,虽然一直在瞎混,至今没蹲过局子,嘴上是有点没把门的,实际一直恪守法律底线。再说了,最近烦事太多了,他要是真进去了,所有努力全都白费,啥都没了不说,还怪砢碜的。

女孩态度不明确,他也不敢一走了之,才下了两个台阶,就心虚地抬头:"有事咱都能说开,你可别冲动报警啊。"

蒋诵身子已经进屋,听他这么说,探出半张脸,怀里的小猫挣扎着不想进去,使劲用爪子挠门框。

下午,阳光沉进远山,老旧的楼房本就采光不好,半开的室内乌沉沉的,像蒙了层纱。

女孩的脸半张隐入暗色,探出的半张却借着楼道里夕阳的余晖,褪去死气沉沉,熠熠地闪光。

这画面很熟悉,沈灼倏地被拉回记忆深处。

四岁的小女孩穿得破破烂烂,头发像稻草,也是在这样的门里,怯弱地把着门框,对背着书包去上学的他恳求:"哥,我想吃糖。"

还是小学生的他随口敷衍:"我哪有时间给你买,等放学再说。"

那是最后一面,记忆因为痛苦碎成片。

他手里紧紧攥着糖,风呼号着,眼前是涨水的河,湍急的水流岸边,站着一群表情冷漠的大人。

求谁都没用,没人救她……

两人安静地对视,蒋诵见他眼底突然变红,平时油嘴滑舌的样子不见了,还隐隐透着一股狠戾。

她退回门里，低声说："我不报警，你走吧。"

回去的时候，吴玉东已经把串烤好，就是技术不到位，烤焦了一大半，正常操作，两人谁都没在意，就着煳串，啤酒对瓶吹。

沈灼喝得有点多，头昏脑涨的，看吴玉东时，怎么对焦都是两个脑袋，两个脑袋就是两张嘴，两张嘴像嗑瓜子似停不下来。

沈灼喝完酒不爱说话，吴玉东正相反，醉了比清醒时还嘴碎，恨不得把家里祖坟埋在哪儿都叨叨出来："灼子，你说我差在哪儿了呢？怡然小时候还跟在身后'东哥东哥'地叫，长大了也不叫我'哥'了，还总让我把嘴闭上。"

他脸色涨红，抱着个空酒瓶，眼泪汪汪的。

沈灼就算不醉，也不会温柔安慰说好听话，他往嘴里扔一颗花生米，毫不留情地直指问题核心："你这个头配着一身肥膘，冷不丁一看跟方缸成精似的，我要是女的，就算是二婚带着两个儿子，就你，我也得好好考虑考虑。"

吴玉东酒精上脑，接收信息慢，待全都读取完成，眼泪瞬间"啪嗒啪嗒"地掉下来。

他哽咽："你还是人吗？"

沈灼没搭理他的委屈控诉，把他怀里抱着的空瓶抢走，挥手招呼他："走，这屋太冷了，回家喝去。"

吴玉东捂着脸，简直丧到家了，叹着长气："还喝啊，我现在不想喝，想死。"

沈灼虽然醉着，听到这个字时，眼底闪过一丝阴霾。他拎着吴玉东的衣领，把他拽起来，硬是把他塞进出租车。

大醉的一夜。

初春的北方漫天黄沙，这沙竟也刮进梦里，沈灼知道自己喝醉了，也知道眼前这条河是假的，却还是不可自抑地顺着河道往前跑。

前方黑压压的人群，他气喘吁吁，手里还捏着一颗快要融化的糖。

有人听到他的脚步声，低头看到他，笑呵呵地摸了摸他的头，虽是惆怅的表情，却掩盖不住隐秘的兴奋。

那人拍了拍他的肩膀，怪声怪气地叹了两声："你以后可咋办，你妈抱着你妹跳河了，河涨这么大水，都不知道把人冲哪儿去了。"

黑白色的世界是虚假的，已经在他的梦境里重播上千次，沈灼身心抗拒，却被冷漠的观众裹挟着，控制不了自己的身体。

直到，他闻到一股烟味。

他猛地睁眼，宿醉还没过去，头像被劈开似的疼，他把胳膊压在眼睛上，深呼吸。

神志逐渐恢复清醒，河是假的，烟味是真的，嗓子像被人掐住似的难受，他咳嗽一下，还是疼。

他顿时火起，扯着嗓子吼："吴玉东，你一宿抽了多少烟？"

室内安静得诡异，这句嘶哑的怒吼还没落地，他扑腾一下从床上坐起来。被子滑落，他光着膀子，下身只穿着平角内裤。

喝断片了，衣服怎么脱的都忘了，可这不重要。

窗外的天要亮了，初春的北方，日出越来越早，晨光爬上窗沿，却进不来屋，青烟弥漫，好像谁家着火了。

沈灼反应慢半拍，意识到不对劲时赶紧捂住口鼻，跌撞着从床垫上爬下来，穿过一堆空啤酒瓶，焦急地寻找吴玉东。

烟是从厨房管道飘进来的，不浓，就是辣眼睛。他找了一圈，没看着人，手机在客厅的音响旁边。

他按亮，屏幕上显示来自吴玉东的消息：我爸早上四点杀猪，先撤了，有好肉先给你送。

发送时间是凌晨三点。

吴玉东不在。沈灼的心终于落到肚子里，随手摸到旧睡衣套上，裤子不好找，索性不穿了。

他开门，脚刚踏出去，心里突然"咯噔"一下，怔怔地看着对门。

心里大骂脏话的同时，手已经开始忙了，他去水表箱里摸钥匙，手刚探进去才想到钥匙已经给她了。

开不了门。

他头痛欲裂，急得想吐，什么都顾不上了，用尽全身力气，暴躁地捶门："蒋诵，开门，给我开门！听没听到！"

才吼了两嗓子，喉咙就针扎似的疼，他泄愤地踢了门一脚，随手把水表箱门口挂着的铁丝拽下来。

室内浓烟弥漫，却都聚在天花板上空，蒋诵平躺在阳台地板上，窗外天气晴朗，一轮红日正从远山升起。

她现在很清醒，清醒地怀疑这个方法到底行不行。

锁眼时不时传来异物拧动的声音，男人的脏话声像念咒似的忽隐忽现，直到一股清风吹散烟雾。

她眯缝着眼，看到两条细长的白腿狂奔而来。

沈灼忙得像只陀螺，先把冒烟的炭浇灭扔出去，开门开窗通风，最后蹲下身，抖着手去探她的鼻息。

蒋诵慢慢睁大眼，刚好对上男人的视线，也看到他的表情瞬间从焦急变成狠咬后槽牙。

她心虚地移开，目光向下游离。男人离她很近，半蹲着，睡衣没来得及系紧，大敞着，露出瘦条条的一片白。下身只穿着一条蓝灰条纹内裤，中间鼓囊囊的，挺大一包。

沈灼被呛得眼睛通红，从牙缝里挤出一句："我就知道你干不出什么好事。"

蒋诵呆呆的，心底忽然闪过一丝隐秘的期翼："你怎么会知道？"

不提这个还好，一提沈灼就气不打一处来。他一歪身坐下，激动地指着厨房的方向，声音像被掐住脖子的公鸭："我可知道李大脸为啥不安油烟机了，这屋的烟道通的我家，他不安好心，你更不安好心，一个欠我钱，一个要我命！"

蒋诵突然被抽空了力气似的。

这样也不行吗？这样也会害了别人吗？谁来告诉她，到底怎样做才能不被人指责，还不会给人带去麻烦呢？

她鼻头发酸，眼泪一下子出来了，哽咽着，却忍着不敢哭出声："对……对不起，这个我真不……不知道。"

……

日落，顶楼视野开阔，一列火车在夕阳里驶向远方，蒋诵靠在阳台上，呆呆地看着消失的车尾。

不知道夏怡然在不在那列车上。

夏怡然是蒋诵的第二个朋友，第一个是陈欣欣，先一步离开了。现在，夏怡然应该也走了，带着被她毁掉告白的恨意。

空气里还残留着淡淡的烟味，所有的窗户都开着，屋里和外面的温度一样，蒋诵本想就这样冻死也好，却被太阳晒得浑身暖洋洋。

春天就要来了。

另一面的厨房，沈灼站在凳子上，半个身子探进开放的烟道里。

他穿着牛仔裤，膝盖处破了个大窟窿，里面什么都没穿，往阳台这边走的时候，一眼就看到他裤筒里晃动的白腿，脸那么黑，身上倒挺白的。

蒋诵垂眼，连自己都诧异，都落到这种地步了，脑子里竟然在关注这个。

她刚十九岁，从小的生活按部就班，没有别的小孩幸福，但也能吃饱饭，也只是能吃饱饭而已。她从来没想过与吃喝无关的事。上高中时，男生们聚在球场打球，女生们在场外欢呼递水，她只是匆匆瞥一眼，就低头离开。

青春期，男生要比女生张扬，他们时不时说一些带颜色的玩笑，然后仔细盯着女生的脸，从对方细微的表情辨别是不是秒懂。

女生懂了，男生就得逞地欢呼；女生没懂，男生那就继续说。

这种时候，蒋诵从来都是面无表情，让人分辨不出她到底是懂还是不懂。

很悲哀，就算在学校，她也不能专注，被细碎的繁杂事务占据大脑。

——下晚自习回家还要打扫，打扫的话晚上时间不够用，语文作业得在学校写完；台灯不好用了，需要一直充电才能维持亮度，沙发边没有插头，充电宝这几天一直被蒋鸿儒用着，他打游戏，开着外放，声音特别吵，这样的话英语口语得在学校先背熟练……

那么多烦心事，后来都被机器的轰鸣声取代，在工厂流水线的那半年，她清楚地感觉到大脑在退化。

她看着工龄好几年的姐姐们，早起上班，熬大夜加班，仿佛训练有素的工蚁，大部分时间都目光呆滞，手上重复一样的动作。就连半个小时的午休时间，她们也都没心情说笑，机械地把饭塞进嘴里。

她们都长着一样的脸。

后来有一天，她照镜子，发现自己也是那样一张脸，太可怕了……

沈灼喊了蒋诵几遍没回应，没耐心地扬手，在女孩呆滞的眼前晃了晃。

"我问你呢，屋里有没有堵窟窿的东西，大约……"他张开手掌比量，撑出篮球那么大的圈，"差不多这么大。"

蒋诵眼神闪了闪，从破洞的白腿上挪开目光，转身，手摸到每天穿的黑色棉袄，递给他。

沈灼无语望天："你闹呢？有没有破被单之类的。"

她摇头。

算了。沈灼头还疼着，也没心情弄这些。

堵也堵不住，房子是二十几年前的老房子，也不知道内部到底是啥结构，怎么会对门两家的烟道是互通的。不过，只要这边不做饭的话就能继续和平相处，至于今天这样的意外，以后不发生就可以了。

"我告诉你啊，我那炭受过潮，只会冒黑烟，你最好别用这招。"

蒋诵安静地靠在窗边，视线落在一楼的菜园上。黑土地翻新了，四四方方的平整，周奶奶已经把地膜买回来了，这几天就要撒上小菜的种子。

那里不行，这里也不行，以前觉得活着很难，现在……她不想辩驳，甚至连开口说话的力气都提不起来。

男人执着地问："听没听到我说话？"

过了十几秒，她才发出蚊蚋分贝的应答："听到了。"

三月中旬，南方的花早就开了满街，东林的气温却刚升至零度。这几天天气好，天高云淡，太阳从东跑到西，晒化了山顶的雪，松动了河里的冰。

一辆面包车从窄桥驶过，没有车窗，吴玉东的胳膊搭着边缘，看着桥下还没解冻的小石沿河，眼皮跳了跳，不自然地收回胳膊。

沈灼在开车，有些心事重重。

吴玉东瞄他侧脸，舔舔嘴唇："听说陈老七把那两家后院都买妥了？"

"好像是吧。"

"昨天我还看到你爸和他喝酒，你这房子好像也够呛了。"

吴玉东不好意思说得太直白，哪止这个房子保不住，就连他现在住的破顶楼房也不一定能留住。房子是他爸的名儿，二婚生的两个儿子眼看要上高中了，那顶楼房离学校近，他们打算搬来就近上学。

这些沈灼都知道，可惜当时他太小，孤苦无依，在别人屋檐下生活，吃穿都勉强，压根没想过把房子要到自己名下。

那个老不死的！

沈灼他爸叫沈海，外表长得端端正正，说话风趣儒雅，实际呢，吃喝嫖赌什么都干。二十年前就玩牌九，一晚上输进去千八百是常有的事。刚有沈灼的时候，家里条件还行，沈灼妈开烤串店，起早贪黑赚来的都是辛苦钱，可在那个闭塞年代，家里靠女人赚钱，男人免不了心里不是滋味。

沈海赚不到钱，被朋友取笑靠女人，面子丢了，自然要从别的地方找回来。最开始只是招呼狐朋狗友来店里吃，当然是白吃，时间久了，店里入不敷出。正赶上沈灼妈怀了二胎，生的时候难产，好不容易捡回的命，在月子里还冻着了，从那以后身体急剧变差，干不了重活熬不了夜，只能把店关了。

女人操持家务，还要带两个孩子，因为没有收入，只能手心朝上过日子，因为钱吵架是常有的事。

后来，沈海和朋友合伙买辆大车跑长途，赶上好时候了，也赚得不少，沈海也是从那时候开始打沈灼妈的。

家暴这种事，有了第一次就成习惯，最开始只是抽一巴掌踢一脚，随着钱越赚越多，暴力也逐渐升级。

沈灼现在还记得，沈海拽着他妈的头发，硬生生把她从卧室拖到门外，他哭着去阻止，直接被红着眼的男人一巴掌抽倒。

他还太小了。

深冬腊月，外面飘着鹅毛大雪，女人被扔到雪地里，男人的拳脚重重地落在她身上。就算这样，她还不忘对要跑出来的沈灼喊："好孩子，快回屋去，回屋看着你妹。"

主路平坦，车一路西行。

吴玉东每次和沈灼一起走这条路时，心里都不舒服，也不敢多说话。他靠在椅背上，目光落在窗外的农田里。

忽然，他探身，眯眼看往河那边走的背影，说："哎，灼哥，那是怡然的好朋友吧。她没开学吗？"

沈灼懒懒地扫了眼后视镜，定住，瞳孔紧缩，直接把刹车踩到底，随即半个身子钻出车窗，仔细确认，往河边走的人就是刚被他救回来的蒋诵。

他忍不住脱口而出："她不会要干傻事吧？"

吴玉东捂着因为急刹而被磕红的脑袋，莫名其妙地说："她咋干傻事？冰还没化呢，应该是吃多了，出来散步消食。"

沈灼没耐心听他瞎扯，直接越过他把副驾驶的车门打开，丢出简洁明了的两个字："下去。"

吴玉东："不是说好把我送到家嘛。"

"赶紧下，我有急事。"

待车卷着尘土扬长而去，吴玉东站在路边，没好气地哼哼两声，看他那火烧腚的样子，百分百又是认妹妹去了。

蒋诵听周奶奶说,城郊有条很大的河。

说的时候,周奶奶还小心有戚戚地嘱咐她:"没事别往那边去,那条河不好,每年都淹死两个。"

本来只是下楼喂猫时的闲聊,听到这句话之后,蒋诵蹲下,把猫粮全都撒在水泥路面上,静静地看着它吃。

小猫身上几乎看不出牛奶图案了,白色的毛变黑,黑色的毛挂满了灰,耳朵和脸上的伤好了,前腿又瘸了。虽然她天天都下楼投喂,它却更瘦了,皮包骨地佝偻着。

看她靠近,它警觉地叼了一大口猫粮逃离现场。

自从上次她强硬地把它抱回家之后,小猫对她也起了戒心。可是,这样敏感,谁会在意呢?

人活着总会自作多情,以为自己很重要。可在这个世界,四季,三餐,日出日落,并不会因为消失一个人,或者一只猫而发生变化。

蒋诵坐在桥栏上,春日的阳光洒在冰面上,璀璨,刺眼。她能看到下面河水在流动,可见那冰应该只有很薄的一层了。

以桥与冰的高度,再模拟她下坠的重量和速度,这不堪一击的冰面一定会破碎。到时候,这河就像妈妈一样,张开胳膊,把她搂在怀里,卷着她无人在意的残破躯体,带她去无人知晓的地方。

她决定了,就这样吧。

阳光很充足,刺眼地在头上悬着,吹来的风却刺骨。这条河是山和城市的分界线,桥刚好是风口。

她手抓着桥栏,脚时不时踏空出去。

失重的感觉并不舒服,血液在倒流,就算这件事在脑海模拟了无数次,真到这一刻,也会不自觉地紧张,心脏不自然地跳动着。

她相信人在这种时刻会回忆自己的过往,因为这一瞬,眼前幻灯片一样播放自己的短短十九年人生。

记忆里充斥着惊慌、恐惧、失落、贫穷和惴惴不安,寥寥几件好事,竟然都是近期发生的。

周奶奶做饭很好吃,每次叫她吃饭都会慈爱地看着她,絮叨着自己的儿子和女儿,她说他们都离开这座城,去更大的地方了。

闭塞的小城最终剩下的都是老人,和破旧的城垣一起沉默无声,她来了,周奶奶很自然地把她当成自己的孩子。

风在呼号,吹起了肥大的裤脚,破旧的平底运动鞋里面是黄色边边的长袜。

这是夏怡然送给她的,塞给她的时候还碎碎念:"诵诵,你知道吗,我们这个年纪才是最尴尬的,看动画片太幼稚,简直气死了,我妈竟然说海绵宝宝是洗碗擦。"

现在,海绵宝宝的笑脸包在她细条条的脚腕上。

为什么决定离开后,遇到的都是好人呢?

塞给她糖的超市大姐和寿司店老板,送给她茶喝的汤包店大叔,叫她"孩子"的服装店姐姐,还有……连裤子都没来得及穿就跑来救她的对门男人。

他叫什么来着?

对,沈灼。

虽然都说他不好,也亲眼看到他的恶劣行径,可扪心自问,作为邻居,他对她并没有做过不好的事。

所以她来这里,在这儿,谁也不会打扰到了。空旷无人,农田的背风坡还有积雪未化,荒芜着,满目毫无生机的土黄色。

风在呼号,在这儿坐了这么久,连一辆车都没经过。

没人知道她来,也没人知道她离开。

她撑起身子站起来,重心有些不稳,风吹乱她的头发,眼前是飘扬的枯草,耳边却有"突突突"车子驶来的声音。

她看到一辆面包车急急开上桥。

熟悉的晃荡车灯,凹进去的铁皮前脸,车窗是个大洞,修长的手臂从里面伸出来,冲她急急挥手,声音被风吹跑一半,只听到嘶哑的公鸭嗓:"哎,你给我下来!"

蒋诵的表情从诧异转为平静,她一只手把着栏杆,另一只手把额前张扬的碎发别在耳后,露出整张脸时,车停在脚下。

沈灼从车里出来,一脑袋官司的烦心样。他叉着腰,没好气地支使她:"我说话你没听见啊,我让你下来!"

蒋诵从来不是叛逆的小孩,安静、听话、擅长讨好,落到这样的地步时,她偶尔反思,觉得自己的原因也很大。

她太软弱了,一直都为了生存压抑自己的本性,没有一刻肆意过,导致她连自己到底是什么样的人都不知道。

就像此刻,身体反应竟然是乖乖听话,灰溜溜地爬下来。

她太生自己的气了。

她又用力地抓着栏杆,高高抬起下巴,模仿欺负她的不良少年:"这是你家的桥吗?"

"不是。"

"那你管我。"

沈灼像被堵住了嘴,奇怪这丫头怎么还叛逆了。

他向前一步,看她被风吹得直晃的单薄身体,语气不像刚才那么硬了,甚至听出低哄的味道:"不是别的,这风大,吹感冒就不好了。"

蒋诵不为所动:"我连死都不怕,怎么会怕感冒。"

沈灼哽了一下,忍不住笑了。

小石沿河在这儿流了上百年,这桥才建成十年,而且桥离河面不高,也就两米多点,她就算站桥栏杆上,大头朝下往下掉,只能磕出一个包。再说了,现在不到四月,冰还没化呢,这孩子,怎么干啥都跟闹着玩似的。

他也不急了,闲适地靠在车头,抱着胳膊,笑眯眯地看着她。

"行,那你跳吧。"

轮到蒋诵不解了,她抓着冰凉的桥栏,努力维持被风吹得不稳的身形。

"你走我再跳。"

男人姿态悠闲,像在喝下午茶,他唇角弯起,那副流氓混混嘴脸又现出来了:"我走了谁给你办后事啊。"

蒋诵心烦到不行:"不用,我就在河里。"

他愣了下,眼神晦暗了一秒,又马上恢复欠揍的嘴脸:"那也行,我在这儿看着,为你高唱一曲《送别》。"

这人实在太难缠了,蒋诵在心里收回刚才对他的好评,转过身不看他。

风变小了,空气突然安静。身后的男人双手插兜,仰头,静静地看天。一大块白云在上空飘走,挡住日光,大地忽地暗下来。

她听到有人在唱歌:"长亭外,古道边,芳草碧连天……"

五音不全,有点难听,却是一字一句,咬字清晰,过于认真的腔调。

场面脱离现实,蒋诵却涌出感谢,甚至没敢回头看他唱歌的样子,迎着风松开手,毫不留恋地一跃而下。

失重,世界颠倒过来,有一瞬眩晕,眩晕过后却是剧痛。

她知道生命终结并不是舒服的,也做好会痛的心理准备。可是,和她想象不一样的是,她没有破冰落入水中,身下还是坚硬实地。

痛点也聚集在脚踝处,很不妙的预感,她猛地睁眼。

微风从她脸颊上吹过,眼前是湛蓝蓝的天,云彩遮不住太阳,惶惶地被风吹得翻滚,阳光从云的缝隙里洒下来,刚好照在她身上。

男人站在桥栏边,抱着胳膊看着她,直到对上视线。

他笑眯眯:"妹妹,怎么就不听哥哥劝呢,这摔一下多疼。"

脚踝扭了,肿得老高。

沈灼把蒋诵拉到小区门口的老中医那儿,绑了两块板固定,又开了点消肿止痛的药。

临走时,老中医嘱咐:"卧床静养,尽量不要走动。"

话音未落,沈灼直接把她扛到肩上,甩下一句:"药钱记账。"

蒋诵从掉下去到现在一直沉默,他扛便任他扛。他动作不温柔,把她放到副驾驶时还让她撞到头,他浑然不觉,还在旁边嘲笑她:"妹妹,跟哥说实话,你是不是眼神不好,还是对自己的体重没概念?你有八十斤吗?"

蒋诵靠在车窗边,任风灌进衣领里,没听到似的,怔怔地看着窗外。

日暮,黄昏的楼宇镀上金黄的色彩,正是放学时间,街道两边都是家长牵着小孩，路口拥堵，沈灼没耐心地按漏电的喇叭。

人群耐不住刺耳的噪音，被车冲开了口，他一脚油门，面包车直接到开楼下周奶奶的院子旁。

周奶奶的狗被突然停下的车惊到，在院子里上蹿下跳地狂吠，老人挂着拐棍从屋里出来，刚推门，就看到沈灼拉开副驾驶的门，上面坐着一个女孩。

"沈小子！"她突然瞪眼，拐棍重重地磕在地板上。

沈灼被突然的怒吼吓了一跳，他回头，看到虽然挂着拐棍，步伐却极快的老人正气冲冲地走来。

"姨奶啊，吼这么大声干吗，吓我一跳。"他这边说着，手里没停，手搭在蒋诵的腰侧，想把她扛起来。

但还没等他用力，他后背就一阵剧痛，周奶奶隔着栅栏，使劲用拐棍抽他。

"你这臭小子，这闺女又是谁家的？"

沈灼烦躁地躲着攻击，往旁边挪了挪，露出蒋诵的脸："你仔细看，这是你楼上的，我对门的，她伤到脚了。今天我可是好人。"

周奶奶老花眼，刚出来时没看清，这会儿距离近了，她眯眼，确实是蒋诵。

她表情逐渐柔和，音量下调几十分贝，细声软语地说："闺女，这小子要是欺负你，你就跟奶奶说，别怕他，有我给你撑腰。"

沈灼翻了个巨大的白眼，毫不留情地掀蒋诵老底："我欺负她？你成天在家待着，什么都不知道，我刚从河边把她救回来，不信你自己问她。"说完，没骨头似的靠在车头，等着看热闹。

周奶奶愣了几秒，混浊的眼睛看着蒋诵。她隐约想到白天特意嘱咐过不要去河边，看这孩子的模样，乖乖顺顺的，不像不听话的啊，这腿上也打了木板固定，准是受了伤。

"这腿？"

蒋诵绷了一路的冷淡就此溃败，她犹豫，不敢和那担忧的眼神对视："我就是……随便走走。"

沈灼在旁边插嘴："她从桥上跳下去了，脚扭了。"

周奶奶震惊地"啊"了一声，捂着心口惶惶地说："那下面可都是冰啊。"

蒋诵舔了下嘴唇，抬头，面不改色："是沈灼把我推下去的。"

楼道黑暗，沈灼开门，一点都不轻柔地把蒋诵丢在门口地板上。

他又累又气，一头的汗，刚才被周奶奶狠揍的后背也沾上潮意，一大片火辣辣地疼着。待缓过劲来，他语气不善地说："你知道东郭先生与狼的故事吧？"

蒋诵别过脸，不说话。

门重重地关上，就算隔着门板，还能清楚地听到男人骂骂咧咧说她是白眼狼的声音。

她平躺在地板上，呆呆地看着天花板。

058

旧楼，年岁久了，原本白色的天花板已经发黄，上面残留着昆虫生活过的痕迹，室内微凉，空气里带着一股淡淡的霉味。不过，这似乎是从她身体里发出来的，是一种被冷落、无人在意、在漫长的岁月里独自腐朽的气味。

她长长地叹了口气。

根植在骨子里的懦弱像个诅咒，她做不到像陈欣欣那样无视谩骂，所以仓皇地逃到这种地方，以为能轻松离开。

她倒不在意腿，甚至认清一个事实，她果然像徐丽华骂的那样，什么都做不好。

窗外的天渐渐黑了，视线变得混沌，蒋诵爬去卧室，把床单拽下来，拧成一股绳，搜寻能挂稳的地方。

厕所的门，门是老式的把手，刚好能穿过一根粗绳，她把床单穿进去，打了个死结，用手臂的力量撑起自己，没有一秒犹豫，直接把头伸进去。

已经体会过好几次这种感觉了，动作熟练，布料抵在喉咙下，窒息感逐渐笼罩，她松开手，放任身体下坠，缓缓闭眼。

还没等失去意识，房门忽然开了。

男人见屋里黑咕隆咚，换鞋的时候随手开灯，冷哼着说："我不跟你这小孩一般见识，煮的玉米吃不吃？我特意挑嫩的……你干吗呢！"

沈灼呆立在门口，就这么和吊在门上的女孩对上视线。

装玉米的盆"哐当"一声掉在地上，他一步跨到她身边，手忙脚乱地把她从圈套上解下来。看她脸色涨红，确定还在喘气，他心落地的同时，粗鲁地把挂在门把的碎花床单拽下来，跑着去阳台，开窗，扔下去。

男人心底一阵阵后怕，看女孩在地上坐着，表情淡淡的，不知道自己在做什么的懵懂样子，气得声音都变了调："我要是不来的话！"后半句没说出来，只是粗重地喘着气。

蒋诵眼球转动了下，目光落在门口的鞋柜上，声音哑得难听："你怎么还有钥匙？"

"我偷的。"

沈灼一身汗热了冷，冷了热，几轮过后，脸色越发苍白。他攥着拳头，夜幕暗沉，玻璃上倒映着他狂躁的身影。

谁都没再说话。

终于，他沉着脸过去，直接把她扛起来，不顾她手脚乱动，开门，又开门，他把她扔到自己卧室的床垫上。

"今晚在这儿睡，我看着你。"

入夜，灯一直亮着。

沈灼只许她吃一根玉米，吃完就赶她回床上，自己倒是盘腿坐在床垫旁边的地板上，就着花生米连啃三根玉米。

蒋诵对吃的已经无欲无求了。

她身上围着被子,头发乱糟糟地坐在那儿,一只腿盘着,一只腿垂在床垫边沿,小腿纤细,脚踝处却红肿着,固定的木板看起来很突兀。

男人吃完,搓搓手,把面前的狼藉用报纸卷起来,扔到旁边的垃圾桶里,随口问她:"你家是哪儿的?听口音不像本地人啊。"

很久之后才有回应。

"南方。"

"我知道你是南方的,我问你是南方哪里的。"

长久的沉默,沈灼没等到回答,头开始"嗡嗡"地疼,他捂着光溜溜的脑袋,闹心得要死。

"你到底什么情况?你爸妈呢,不管你啊?"

蒋诵眼神闪了闪:"没有爸妈。"

"死了?"

"嗯。"

"那你也不能因为你爸妈死了就不想活吧?他们在地府不会欢迎你的。"

蒋诵忽然笑了。她低着头,看着床垫上铺着的破旧被子,上面是和他个人完全不符的娇艳玫瑰花,因为质量很差,上面起了一层毛球。

她的指尖在粗粝的布料上摩擦,毫无情绪地说:"他们欢迎我。"

沈灼当下心里就闪过一句总结:她确实病得不轻。

第四章
晴朗春夜
BEIFENGGANG

吴玉东站在厨房门口,看坐在椅子上的女孩,又转头看忙活着烤串的沈灼,终于把埋在心里一上午的话说出来:"这个新妹妹有点小啊,十六,有没有?"

沈灼懒得理他,把肉串翻了个身,熟练地抹了一层油,这才倒出空闲喘口气。

门帘的外面有些喧嚣,几桌顾客正吃得热闹,对比来看,蒋诵瘦瘦小小的,孤零零地坐在那儿显得很可怜。

吴玉东缩在帘子后,时不时偷瞄她。

今天他闲,他爸连宰了三天猪,终于给他放一天假。休息的时候,他都跑沈灼这儿来待着,顺便混两顿饭。

和往常不一样的是,今天刚推门,就看到屋角坐着的女孩。这是那天沈灼火烧腚似的追过去的那个,也是夏怡然那天带来吃饭的那个,开学这么多天了,她还没走,大概率是社会闲散人员。

不过,看模样,不会初中刚毕业就不念书了吧,那真有点可惜。

面煮好了,闪着油花的热汤面,上面漂着翠绿的葱花和香菜,里面泡着切好的煮蛋和牛肉片。吴玉东接过,拉着脸不满:"你给我煮的怎么没有这么多料?"

沈灼把最后一盘顾客点的串烤好,和他一起从厨房出来,懒得和他掰扯:"你一百七十斤的大老爷们还叽歪这种事。"

吴玉东虽在吐槽,实际也没往心里去,男人之间的友谊没那么细腻。再说了,两人从小就认识,就是这么互怼长大的。

他把面放在桌上,圆胖的脸露出亲和的笑容。

"小妹,给,别烫着。"说着,他贴心地把一次性筷子劈开,双手递过去。

蒋诵默默接过,看了一眼在窗口那桌和顾客高声谈笑的沈灼,小声说了句"谢谢"。

"谢什么,你是怡然的妹妹,也就是我的小姨子,以后沈灼要是欺负你就跟姐夫说,姐夫一定帮你收拾……"

还没说完,一只巴掌直接拍在他头上,打断他的忘我胡言:"你占谁便宜呢?"

沈灼拉过椅子坐下,刚和老顾客干了一杯啤酒,耳根有些泛红,他看了一眼安静的蒋诵,又在桌下给了吴玉东一拳。

"怡然上大学走了,你又敢造谣了。"

吴玉东肋骨受到重创,疼得表情扭曲,他"哎哟哎哟"叫了两声,酸味四溢地说:"你避之不及的,还不让我单方呵护啊?"

沈灼皱眉,用小指掏了下耳朵,眯眼问:"啥玩意儿,'避'啥?"

吴玉东没救了似的摇摇头,看着蒋诵,手指着旁边没听懂话的男人:"小妹,你这哥哥是真没文化。"

蒋诵正用筷子挑面,没有胃口,听吴玉东和她搭话,抬头,巴掌大的脸毫无血色。

她说:"我也没有文化。"

吴玉东喝得有点高,被沈灼扔到车厢那堆破烂里,北方初春,夜里寒凉,街上却比深冬时热闹。

把吴玉东送回家,再从吴家肉铺往回走,这一路,沈灼遇到四个妹妹。

对每一个妹妹,他都热情挥手打招呼,甚至中途还下车,帮五金商店家的妹妹搬了几趟货,上车时,一脸助人为乐后的满足笑容。

蒋诵垂眼,原来他那么亲热地叫她"妹妹",只是口头禅,东林所有这个年纪的女孩,不管愿不愿意,都被他这样叫。

车驶向小区,沈灼故意没把车停在周奶奶的小院边,而是绕了个弯,停在东侧的停车场。

因为昨天蒋诵的倒打一耙,他被周奶奶攥着抽了几拐棍。想到昨天的闷亏,他撇撇嘴,把副驾驶的门打开。

蒋诵知道他要干什么。

"我自己能走。"

沈灼看着她的腿:"得了吧,伤筋动骨一百天,还是我扛你上去。"

蒋诵有些厌烦他这种不管不顾的热情,把腿往车里挪了挪:"不用麻烦。"

"客气啥,你也不沉,我当扛一袋大米了。"

说着,他伸手过来,蒋诵一把按住,直视他:"你那样我不舒服。"

男人动作顿住,搞不懂她为什么这么说,从一楼走到六楼,他负重都没说累呢,她还挑剔上了。

"哪儿不舒服啊?"

"肚子,你肩膀骨头太硬。"

沈灼深呼吸,好脾气地表示收到反馈:"行,那我垫个什么在肩膀,快点的。"

蒋诵还是不动,紧紧地抓着他的手腕。

"不行!"她脸色有些白,触到他耐心耗尽的眼神,小声说,"我想上厕所。"

也难怪她不让,沈灼这才明白。不过问题不大,他收回手,指着车尾处的黑暗空地:"去那儿上一下。来,我扶你过去。"

062

蒋诵愣怔，心底的抗拒翻江倒海，她终于发火："沈灼，你是不是有病！"

沈灼拒绝了蒋诵回自己房子的提议。

他在客厅打地铺，正坐在音响旁边，手里忙着把储存卡塞进播放器里。

几秒后，室内充斥震耳的DJ音乐，青烟缭绕，一股刺鼻的气味，蒋诵瘸着腿从洗手间出来，直接拔了音响的电源。

沈灼"嘶"了一声："干吗？"

"我要回去。"

"你腿这样，脑子还那样，自己咋过？"

蒋诵知道力气不敌他，只能心平气和地讲理由："你又不是我的谁，我们压根就不认识，我怎么过不用你管。"

沈灼浑不在意地冷哼了一声："不行哦。现在只有两个选择，一是我报警，让警察管你；二是我管你，不许离开我的视线。"

"警察管不着我，现在犯法的是你。"

蒋诵觉得这个理由毫无道理，而且现在的处境也很荒唐，她不明白自己怎么就被这个男人变相软禁了，该报警的明明是她。

男人不在意她一身尖刺，懒懒地说："危险分子，扰乱治安，那就让警察叔叔把你遣送原籍，我还巴不得呢。"

说完，捞起音响的电源线按进插座。

蒋诵眼见他耍无赖，却没有办法。她现在应该什么都不怕的，却在听到那句"遣送原籍"后，忽然失去辩驳的力气。

南方现在一定是艳阳的天，花也开了满街，蒋鸿儒上高中了，中年夫妻心甘情愿为了他的人生榨干自己，不分黑白地拼命赚钱，同时，不问她的意愿，单方面把她纳进奉献的阵营。

破败的工厂，二十四小时不停歇的流水线，爬满蟑螂和潮虫的拥挤宿舍，在那儿望不见天和月，她清楚地看到自己的未来，那样还不如死了。

可现在连死也死不了。她沉默，低头站在旁边，无助的情绪无边无际，这种最小的愿望都实现不了，那就算了，随便吧，毁天灭地又能怎么样。

音乐又开始了，声音刺耳难听。

男人盘腿坐在旁边，他穿着背心、蓝色旧睡裤，身材很瘦，这样从上往下看，更显得那处鼓起很突兀。

蒋诵靠墙坐下，目光在那里巡视。

似是眼神太过明目张胆，她看到男人吸吸鼻子，很冷似的，捞起旁边扔着的旧睡衣，故作自然地遮盖住小腹，也盖住那处隆起。

她往前挪了挪，对刚才的争执不再纠结，温顺得像一只小猫。

沈灼后背发毛，不懂她怎么又变了脸："要是想睡觉，我就把音乐关了。"

"不睡。"

"不睡就上一边玩去。"

"玩什么？"

蒋诵说完，又往前凑了凑，几乎贴在他身上，伸出手指，明目张胆地指着那处掩盖的隐蔽。

"玩这个可以吗？"

沈灼石化，愣了三秒钟才明白她说的是什么，眼珠子差点瞪出来。

他汗毛直竖，把睡衣紧紧系在腰间，说话也磕磕巴巴："什么……玩？你有种再说一遍。"沈灼盯着她的脸，没长开似的小孩样，怎么会不害臊地说出这种话。他手忙脚乱地把音乐关掉，脸上震惊未消，见鬼了似的。

"你是不是疯了啊？"

蒋诵一脸平静，就算他这样，眼神也没闪一下，继续语不惊人死不休："你那儿看起来挺大的，我……"

这句话更加直白，前半句一说，男人虽堂皇，唇角却不自觉地扬了一下，直到听到她后半句少儿不宜的话，又马上抿紧。

他手臂僵硬地挡在那处，使劲咳嗽两声，急不可耐地想打消她的龌龊想法："是……但跟你没有一毛钱关系。"

蒋诵想到那天下午的偶然撞见，平静地和他谈条件："反正你也要找岁数大的阿姨做，一样的事情，我也可以。"

"放屁，别往我身上泼脏水。"

沈灼磕磕绊绊地站起来，急慌慌地穿拖鞋，还不忘指着她放狠话："我告诉你啊，我收留你是好心，你别给我蹬鼻子上脸！"

男人语气很冲，分贝也很高，像个混子要撸起袖子打架。蒋诵以前很惧怕这样的人，现在不怕了。

她看着发火的男人，继续蹬鼻子上脸："你们男人不是很喜欢这种事吗？现在我主动提出，你怎么倒像个烈女似的，我又不需要你负责。"说完，扶着墙慢慢站起来，"长夜漫漫的，很无聊，不如我们……"

此刻，沈灼不得不对她改变固有印象，就这么两句话，说得他血压直顶后脑勺，差点当场犯脑梗。他面色冷峻，扯着嗓子吼："不是，你都在哪儿听来这些乱糟糟的，你还没成年吧，想让我蹲大牢啊？"

"我成年了，十九。"

"我听你瞎胡扯。"

沈灼看她一脸欲求不满的急切，惊愕之后智商直线飙升，回忆这段时间的事，脑中隧道瞬间通亮。他冷笑一声，也不管她脚伤，直接提溜她的后脖领，轻松地把她提起来拎着走。

他开门，把人扔出去，眼底现出鄙视的冷意："你是陈老七找来的吧。怪不得最近这么消停，原来是在这儿给我下套呢。"

蒋诵差点跌倒，手臂急忙稳住楼梯扶手，见门要关，她赶紧伸手："我钥匙。"

刚说完，一串老旧的钥匙就从门缝里扔出来，然后是重重的关门声。
她松了口气。

"真闹心。"
沈灼越想越生气，把菜刀舞得飞起，碎肉和水渍溅到四处。吴玉东赶紧拦着泄愤的男人，心疼地看着案板上的红肉。
"这是猪圈里最漂亮的猪，卸出的五花肉比别的猪都贵两块，我费劲给你挑的，可不是让你祸害的。"
他把旁边没切坏的肉挪走，斜眼瞪着一脸暴躁的男人："再说了，你说的压根不可能啊。"
沈灼烦躁地扯下围裙："怎么不可能，他一准是特意找了这么个人住我对门，引起我的注意。"
"嘁……"吴玉东吧唧吧唧嘴，语重心长地和他分析，"灼哥，陈老七是村里的老爷们，不是港片里的大佬，他小学都没毕业，舌头也捋不直，脑子里根本想不出这种复杂计谋。"
"那你说，昨天那女孩，怎么就那么巧，各方面都……"他说到一半，忽地沉默，重新拿起菜刀，干豆腐横竖切几刀，切成手掌大的方块。
"各方面都契合你的弱点吧？"
沈灼没承认，也没否认，随手把干豆腐扔到旁边的盆里备用。
他眉头紧皱，视线再次落在吴玉东了然的脸上，含混不清地说："这个季节，她怎么会去河边，还故意被我看到。"
吴玉东摇头："是我看到的。"
"都一样。"
"灼哥，你这不是强行圆你的猜测嘛。到底咋了，昨天不是还把她带到店里来，今天怎么就说人家不怀好意？"
沈灼深吸一口气，这件事他只说了前面，后面那段没说，只说想了一夜，觉得事情不太对，怎么会那么巧。
"现在四周的地都被陈老七买下来了，这房子在老不死的名下，去法院问了一圈，但事情不太妙。"
"那是啊，他不给你，你也没招。"
沈灼看着室内陈旧的砖墙旧桌，似是自言自语："我就在这儿守着，我不让动，看谁敢动。"
这是他妈留下的唯一东西了。

面包车停在楼下，晚上九点，时间还早，整栋楼却陷入黑暗，没有一个窗口是亮的。
六楼的窗户隐在夜色中，朦朦胧胧的一片黑，他胳膊支在车窗边沿，烟雾快速散开，使劲眯眼，怎么都看不清。

心总是不能落定，焦急地悬在半空，像要发生什么可怕的事。他不自觉地念叨："可别真吊死在屋里了吧。"

这个想法一浮现，"轰"的一声，心底某处废墟再次坍塌。

夹着烟的手指有些抖，烟灰落在车窗的缝隙里，他惊出一身冷汗。

空气寂静无声，小城似乎无人存在，只有他一个人是清醒的，被空气里的湿寒一刀一刀割着皮肉，刺痛把他拉回十五年前的春天。

山顶的积雪融化，那天下着小雨，河里涨了水。

天地连成一块水镜，前路模糊不清，他拼命跑着，眼里不知是泪还是雨。

道路泥泞，手心的糖纸硌得肉生疼，他累得喘不过来气，忽地被一个男人捞进怀里，厚实的手掌重重地拍了下他屁股。

"你这小子，瞎跑什么。"

身体被坚固的手臂禁锢，那人还在说："别去了，你妈捞上来了，看着怪吓人的。"

他一声不吭，像一头有蛮力的牛犊，挣脱男人向河边疯跑，还没到，就听熟悉的男声在嘶哑吼叫："你坐地起价！"

他倏地停住脚步，抹了一把脸上的水，眼前是几个推搡的大人。

沈海在正中间，他扯着一个细瘦男人的领口，张嘴就骂："说好的一大一小一百块钱，现在大的捞上来了，小的呢？你想讹我是不？也不去打听打听我是谁。"

细瘦男人也不是吃素的："你说一大一小，小的那么点，水一冲都不知道冲哪儿去了。再说了，跳没跳下去都两说呢，谁看到了？"

沈海个子矮，跳起来给细瘦男人一巴掌，唾沫星子横飞："最多给你加五十，捞就下去，不捞拉倒。"

旁边的街坊看热闹，虚虚地做出拉架的样子，七嘴八舌地劝着："捞吧，小雨那孩子可怜啊，不能让她在外面游荡。"

"是这么回事，不过这天气不好捞，加钱也正常。"

"涨水了，都不知道冲哪儿去了。"

大人沉浸在讲价的氛围里，没人注意沈灼也在。他手脚冰凉，身体不能动，嘴张着，艰难地呼吸，眼睛定在平躺在旁边的女人身上。

她不再叹气，不再哀伤，只是静静地躺在河滩上。

有些认不出来了，红衣湿漉漉地包裹着身体。很奇怪，在他记忆里是极瘦的女人，竟异常臃肿，常年蜡黄的脸也白得透亮。

他想喊妈妈，却叫不出声，想过去摇醒她，却动不了，只有眼泪，不受控制地从眼里流出来。

忽然，他被粗鲁的男人拽住脖领，头顶的吼叫震耳欲聋："老子不捞了，就当我没生。死了一个还有一个，不怕没人给我养老。"

男人粗暴地拽着沈灼,把他从满是泥污的河边拖走,女人静静地躺在那儿,常年抱着她裤腿的女孩不在这儿,才四岁、总是怯怯叫他"哥哥"的小女孩,竟然不在了?

男孩流干了眼泪,终于发出凄厉的喊声:"沈雨!"

昏黄的灯在头顶摇晃,楼道寂静,只能听到用钥匙试图开锁的焦急动静,沈灼控制不住自己颤抖的手,怎么都不能把钥匙插进锁眼。

他急得一头汗,甩手抽了自己一个耳光。

他心里想了无数种可能,却不敢深想,每一个可怕的场景后面都跟着他的无声祈祷。

不会的,不可能的。

"咔嚓"一声,门终于开了。

楼道里的灯光倒映在漆黑的室内,他的影子高大修长,跌跌撞撞地冲进来,摸墙开灯,四下搜寻瘦小的身影。

客厅,厨房,洗手间,都没有人。

她不在这儿?

卧室漆黑,没摸到开关,好在今晚月亮很大,清冷的月光照进阳台,他看到床上的被子平平整整,没有睡过的痕迹。

好似无人来过,所有的一切都是他的幻觉。

他大脑一片空白,腿有些软。现实和回忆交织,没被救上来的女孩在他眼前再次消失。

他仿佛被抽走全身的力气,软软地倒在床上。

身下有些硌,是不正常的硬度,不等他反应过来,被子下就传出忍痛的声音:"不好意思,你压到我的腿了。"

…………

深夜,顶楼亮着灯。

热气氤氲,薄皮馅大的肉馄饨,十几个,像圆胖子似的漂在碗里。一只瓷白汤匙在热汤里搅啊搅,搅破了馄饨皮,搅得沈灼火起。

他不耐烦:"你吃就好好吃,不吃就放下。"

蒋诵坐在床垫上,前面摆着木凳,上面放着一个大的蓝边白瓷碗,她用勺子舀了一点汤,放在嘴边吹了吹,小口喝进去。

沈灼看她喝了汤,起身准备去客厅,却忽然被女孩的手拉住衣角。

她穿着薄睡衣,身上披着他的破被子,想到他刚才那么失态,不禁疑惑,在这个世界上,真的会有人因为她的离开而恸哭吗?

她的脸也不像平常那样冷淡,藏了些说不清道不明的情绪,眼睛看着他,小声说:"你刚才哭啦?"

"没有啊。"他掩饰地抹了把脸。

"我都看到了,你脸上有水。"

"是汗，上楼累的。"

"那眼睛怎么也红？"

"熬夜熬的。"

"放屁，明明就是哭了。"

沈灼"嘶"了一声，脸拉得老长："好好说话，这都跟谁学的。"

"跟你。"

蒋诵一条腿垂在床边，另一条缩进被子里。她舀了个馄饨，囫囵个地放进嘴里，故意挑他不爱听的说："'放屁'，这不是你的口头禅？"

沈灼当然不认，急哄哄地反驳："你放屁，我从来不说脏话！"

话音未落，就看到女孩眼里一闪而过的笑意，他掉进圈套，无语地翻了个白眼，恶声恶气地催她快点吃。

蒋诵舀了最大的那颗，直接放进嘴里。

肉香充斥口腔，空了好久的胃里也涌进暖流，她一口接一口地吃着，细品着来自深夜的安慰。

不知怎的，那件事也变得不那么迫切了。

第二天一早，沈灼要出门，临走时照例要把蒋诵扛下楼。

他的手伸过来，手腕却被蒋诵抓住，随着她抬起，上移，男人温热的手掌结结实实地落在她单薄的左胸口。

四目相对，沈灼莫名其妙，手指动了动，脱口而出："这么小啊！"

蒋诵一顿。

他后知后觉，手掌仓皇地撤回来，手指揉着太阳穴："你没完了是吧？"

"我那晚说的是认真的，你考虑一下。"

"啧，我说你这未成年，怎么还不知好歹呢。"

蒋诵抬头，不自然地挺起肩膀："你不能按照胸部大小推测我的年龄。"

沈灼有事要忙，本来就没时间，她还在这儿说些有的没的。他耐心耗尽，没好气地吼："和那没关系，我是按脑子，听清楚，脑子！你干点成年人该干的行吗？"

女孩对这样的激烈语气没有反应，淡淡地说："好吧，城东河上的冰层，还要等多久才能化啊？"

这句话没得到回应，沈灼不管她愿不愿意，直接拦腰把她扛在肩上。

面包车一路疾驰，他的手握着方向盘，后槽牙咬得紧紧的。

连续几天，蒋诵都像一袋大米似的被他扛上扛下，白天把她放在店里盯着，晚上再把她拉回去，不许她一个人住。

看起来简直没有道理，蒋诵却没再表现出抗拒。

是很不自由，好处是三餐都变得规律，不用费心考虑吃什么，早中晚到饭点，他都会合理安排好,不过是定量的。

她吃完一大碗面,又把汤也喝了之后,眼神透出还想再吃的意愿,却只得到沈灼毫不留情地吐槽:"你跟饭有仇啊?"

蒋诵把碗放下,舔舔嘴唇:"没有。"

"那就记住,这顿吃完还有下顿。"

晚上回去,音响也不开了,没有电视,室内安静。沈灼在客厅打地铺,这会儿正窝在被子里,用手机打游戏。

余光中闪过一个虚影,他下意识接住。

轻薄,纱料,两根细肩带,末尾处是两个小蝴蝶,布料还是温热的。他没空理,将它扔到一边,专注地盯着手机屏幕。

蒋诵瘸着腿,慢慢悠悠地蹦过来,男人沉浸在游戏中,对此不为所动。

她支着胳膊坐下,往那边挪,脚搭在他腿上,语气轻柔:"沈灼,干吗呢。"

游戏正打到夺塔的关键时刻,他弓着身子,目不斜视,连嘴唇都跟着用力:"长眼不会看啊。"

"游戏有什么好玩的。"

今晚沈灼连输三局,耐心本就不丰裕,撒气似的,拇指用力点住大招蓄满,狠狠放出去。

归根结底,也是现在的网络环境太差,导致一些心智还没成熟的孩子鹦鹉学舌,才多大点就会说这些恶心人的话。

他抿着嘴,一副已经被惹毛的样子:"再说一句我就打你。"

蒋诵没被吓住,不怕死地往前凑,一条腿不方便,有些笨拙地伸出手臂,圈住他的脖子,挂稳,微笑,冲他眨巴眨巴眼。

"今晚,我都听你的。"

因为他这几秒的错愕,激战的游戏局势急转直下,她刚说完,手机屏幕就变成黑白色,中间显示巨大的"OUT(淘汰)"。他真是要被她气死了。

沈灼血气上涌,把手机扔到一边,手一把扶住面前女孩的腰,突然微笑,目不转睛地盯着她的脸,语气诱惑:"你再说一遍。"

蒋诵似是被看透,心跳突然加速。她第一次这么近距离接触男人,涌动的喉结、宽阔的肩膀,陌生的荷尔蒙气息像潮水般把她淹没。

她手指有些抖,收起玩闹的心思,眼神飘忽:"我说……今晚,你要我做什么,我都听你的。"

男人挑起眉,勾起一抹危险的笑:"这可是你说的!"

十分钟后。

近郊的平房开了灯,炉火刚点着,沈灼腰上系了围裙,一趟一趟地从保险柜里拿出板筋、肋条、鸡头、实蛋,还有一整根……牛鞭。

蒋诵坐在椅子上,面前的桌上堆着一盒铁钎。

"还愣着干什么,干活啊。"

沈灼把切好的肉挪到她手边,语速极快地指导:"这种红肉穿四块,带一块白的,旁边这个穿五块,实蛋穿三个,鸡头穿两个,快点干。"

蒋诵被他拉到这儿时,就觉得事情不妙,这些生肉黏黏腻腻地渗出血水,空气里也弥漫一股冷冷的腥气。

见她不动,沈灼也不急,熟练地处理牛鞭,最后用菜刀均匀地将其切成薄片。

"是你说今晚全听我的,可别说话不算数。"

蒋诵把手缩进袖口里,转过头,闷声说:"我才不想干这个。"

"你想干那个,我不想,我想干这个,你不想,你得先满足我想干的,我才能满足你想干的,听懂没?"

蒋诵皱眉,冷眼看他:"你是不是有毛病?"

沈灼把切好的牛鞭扔到她面前:"现在是你有毛病。"

四月了,大地还是没有春的迹象,风更大了,黄沙漫天。

蒋诵的腿好得很快,能站起来踮着走,大概是因为被迫遵医嘱,生活变得规律,营养也搭配得当的缘故。

清早,平房里的炉火刚点着,屋里还有些冷。她坐在靠窗的角落,头发干净地梳到脑后,扎起一个小鬏鬏。

桌子上摆着批发来的大袋餐巾纸,她拿出一沓,放进盒子里,盖上,如此反复。

沈灼在厨房不知道在忙什么,她将盒子全都装好餐巾纸后,放在旁边,刻意忽略小腹的坠痛,又拿出厚厚一摞餐巾纸,极有耐心地一张张展开,铺平,直到有了厚度,再对角折起,压成一个长方形。

门突然被撞开,她条件反射,"嗖"地把纸塞进衣服里,再抬头看来人,是吴玉东。

他的黄毛染成黑色,看着顺眼很多,而且今天不知怎的,穿得特别正式——白衬衫配西装,领口打着一根红色领带,看着挺喜气的,脸却丧到不行,刚进门就哀号:"灼啊,我不活了。"

沈灼从厨房探出头,见是他,又转身回去忙,声音透过帘子传来:"要死远点死。"

蒋诵眼神闪了闪,捏紧折好的餐巾纸,单手扶着桌角站起来。吴玉东碰壁,正准备换一个人倾诉时,她说:"我先去个厕所。"

从厕所回来,两个男人已经对坐喝酒了。

蒋诵慢吞吞地走过去,听到吴玉东正因为相亲失败大吐苦水:"啊!我就是圈里长得最丑的猪,被那帮无情的女人挑来拣去的相不中……"

沈灼余光看到蒋诵回来,在桌下踢了一脚哀号的男人,嫌弃地说:"注意素质,说话怎么总带脏字。"

这话说得吴玉东眼泪差点掉下来:"我这脏话还是你一句一句教的,怎么还装上圣人了?"

蒋诵拉过椅子坐下,面色沉静,就像没听到两人的对话。

沈灼收回视线,语重心长地和他讲道理:"我是说你平时也要文明用语,这样风评好了,小姑娘才会看上你。"

"屁吧,我来的路上突然想通一件事情,我现在的惨败,要追溯到二十四年前我刚出生那会儿,我爸给我起的这个名字。"

沈灼靠在椅子上,对他大清早就说醉话很无语:"你坐着,我先去忙了。"

还没站起,就被一双肥手压着肩膀坐下。

吴玉东给沈灼倒了一杯酒,愁肠满腹地说:"我觉得吧,人的命运和名字息息相关,就比如我吧,吴玉东,你读着,是不是一下子想到……"

说到关键处,他忽然收声,小心地看了眼旁边沉默的女孩,试探地问:"关于那方面的知识是可以说的吧?"

沈灼没耐心:"有话快说!"

"你们听,吴玉东,就是无欲,我都没有欲望了,还相啥亲呢。"

蒋诵抬头看他一眼,挺胖的,大脸,小眼睛眯眯着,嘴唇倒挺厚,此刻这厚嘴唇正快速开合,嘚吧嘚地说他发现的世间真理。

"就比如怡然,你看她,从小到大怡然自得,随心所欲,没过一天苦日子。"

沈灼端起满杯的啤酒喝了一口,点头说:"有道理。"

吴玉东得到肯定,更觉得自己运气都毁在这个破名字上了,唉声叹气的同时,转头问旁边一直沉默的蒋诵:"小妹,你叫啥,我给你算算。"

"蒋诵。"

"哪个 sòng 啊?"

"朗诵的诵。"

吴玉东立刻打了个响指,夸赞道:"你这名字多好,一听就有文化,诵读诗书,以后肯定上大学有出息。"

蒋诵浅浅笑了下,摇头:"上不了。"

"咋?你学习不好啊?"

话题越聊越深,沈灼怕吴玉东没头没脑地瞎乱问,那丫头没有爸妈的孤儿一个,一不小心就会被戳到痛处。

他使劲咳嗽两声,打断吴玉东的刨根问底:"来,你给我算算。"

吴玉东斜眼看他,一脸驾轻就熟的自信:"你的名我知道啊,你本来叫沈卓,卓越的卓,早些年上户口的时候没这么正规,字都给上错了。"

沈灼点头,假装很感兴趣:"那你说说看,命运是看最初的名字还是户口上写的名字。"

"当然是户口上写的名字,你也是多亏了这个名字,灼,有火,与水相冲,躲过一劫;不像你妹,直接叫沈雨,看她不就……"

桌下的脚被运动鞋狠狠踩住,剧痛从脚面扩散,吴玉东眼皮一跳,暗道不好,赶紧作势自抽一巴掌,赧然地说:"瞧我这张破嘴。"

三人对坐，只有蒋诵一头雾水。

沈灼的脸色从刚才的勉强提起兴趣变成冷淡，吴玉东也生硬地转移话题，歪头看外面的风沙，刚想吐槽天气不好，却看到刚进院子的两个身影。

他仔细端详，不太确定地说："哎，那是不是你爸啊？"

蒋诵也顺着吴玉东的视线往外看。听说这个平房不是沈灼的，是他爸的，前几天已经卖掉了，今天大概是过来催他搬走。

可惜，还没等进屋，就被突然暴起的沈灼用炉钩子打出去了。

吴玉东悠闲地把酒倒满杯，无视外面老人的连声咒骂，叹气说："小妹，别看他这样挺像畜生的，其实他人真的不坏。"

这句话到晚上就被他自己推翻。

吴玉东拎着啤酒，震惊地看着蒋诵踮着脚走进卧室，还熟门熟路地把门关上。

呆滞过后，他一把拽住刚坐下的沈灼的衣领，从牙缝里蹦出一句："你可真是畜生啊！"

沈灼心情不好，本想着他心情也不好，正好一起喝酒解愁，这酒瓶还没开呢，就喜提"畜生"称号，直接伸腿给他一脚，反骂："你才是畜生！"

吴玉东瞅了眼紧闭的卧室门，小声说："你爱认妹妹也就算了，怎么还认到家里来了？"

沈灼迅速回他一个肘击："别瞎放屁，你没看她脚伤了吗？"

"那她自己没家啊，显着你了？"

"没有。"

"没家你也不能……啊？"吴玉东忽然轻声，盘腿坐在沈灼旁边，瞅着紧闭的卧室门，"孤儿？看着挺小的，多大了？"

沈灼开了一瓶酒递给他，伸手把音响旁边的购物袋拽过来，从里面拿出一袋花生米，边开边说："她说十九，但我觉得不像。"

吴玉东抓了一把花生米往嘴里塞，说话变得含混不清："我也觉得，也就初中那么大吧。"说完，咂咂嘴，很是不解，"那你咋不报警呢？"

沈灼皱眉，指了指自己的头："她好像脑子有点毛病，我再观察观察，这几天都好点了，你不知道前一阵，简直……"

吴玉东正听得认真，看他忽然闭嘴，好奇心反而更重了："前一阵咋了？"

"哎，没咋，就青春期叛逆那点事儿呗。"

吴玉东被吊得心痒痒："我没叛逆过，你跟我说说呗。"

沈灼不想透露太多细节，关于她变着花样折腾人，还有她语不惊人死不休的拙劣十八禁语录。

他掩饰地喝了口酒，吐槽吴玉东："瞎问什么，管好你自己得了。"

"问问咋了？她也不可能一直在你这儿，她腿好了之后呢？"

"不知道，再说吧。"

吴玉东翻了个白眼，这件事看着是好人好心做好事，可他一个吊儿郎当的单身汉,成天拽着一个女孩在身边,谁看了都得说几句不好听的。在大城市倒行,门一关,谁也不认识谁,但在东林这小地方,屁大点的三条街,街坊邻居都互相认识,风言风语只会越传越离谱。他本身风评稀烂了,怎么也不顾这小妹的名声。

"人家以后还得谈恋爱呢,和你一起住算怎么回事啊?"

沈灼把喝了一半的酒放到地上,伸手从袋子里掏出一把花生米,一颗一颗地往嘴里送。

他垂眼,似是在心里考虑了很久才说出来:"我想,认她当我妹妹。"

吴玉东从沈灼手里抢出几颗花生米,一点也不意外,这种话他这些年听得耳朵都起茧了。

"你的妹妹连起来都能绕东林一圈了。"

"这次和以前不一样,是亲妹妹,上我户口本的那种。"

吴玉东愣住,嘴巴大张。他抬眼看了看卧室门,又看着不像开玩笑的男人,差点骂出脏话。

"你有病啊,没有血缘关系上不了一个户口,'渴妹症'是不?"

"滚蛋吧。"

"那你是出于啥心理呢?"

"没啥心理。"

沈灼不是不想说,而是连自己都不知道为什么,本来对她和别的女孩一样,都是好妹妹,可接触过后,他总能在她身上看到沈雨的影子。

多奇怪啊,沈雨死的那年那么小。

他不想承认,却骗不了自己。蒋诵给他的感觉,和记忆里的沈雨一模一样,怯懦、自卑,浑身上下都透出对这个世界的恐惧,好像在向他求救。就像他儿岁那年,那个在门缝里向外看的女孩,在打骂声中长大,因为年龄太小,不知道怎么表达恐惧,千言万语,最后只留给他一句。

——"哥,我想吃糖。"

沈灼眼睛有些红,不知是喝多了酒还是情绪上涌,总之,他现在不是什么都做不了的九岁了,而是二十四岁。

压在心底的话,被酒意勾出,他单方面下了决定:"以后她就是我妹妹了。"

此刻,一墙之隔的卧室里,一只手慢慢地松开门把。

屋里没开灯,窗外的月光也不甚透亮,蒋诵静静站在门口,罕见地露出迷惘的神色,对暗夜里的斑驳旧门轻声碎语:"我才不稀罕呢。"

听说近郊那条河的冰化了。

蒋诵把夏怡然买的猫粮拿下楼,一瘸一拐地走到一楼小院边,喊了一声"周奶奶"。

老人在阳台晒太阳,见是她,赶紧拄着拐棍出来,皱纹堆了满脸:"哎哟,好些日子没见你了,腿好点没?"

蒋诵笑着点头:"好多了。"

"那就好,还得再养养。"

"嗯。"

寒暄过后,蒋诵把猫粮举起来递过去:"周奶奶,您要是见到那只牛奶图案的流浪猫,可以帮我喂喂它吗?"

周奶奶仔细回忆:"总在停车场的那只?"

"对,就是那只。"

"行,也怪我家的狗脾气躁,还咬猫,不然就放到我家里养了。"

蒋诵见周奶奶答应,松了口气,想到自己孑然一身地来到这儿,是想安安静静地离开,结果总有需要交代的后事……

她坐在副驾驶,看了眼旁边开车的男人,想到昨晚无意听到的醉话,唇角撇了撇。

这几天,蒋诵一直在店里干点穿串、洗菜之类的杂活,她一直都是听话的个性,所以牢牢记得和他的交易。

"你想干的我都帮你干了,我想干的呢?"

沈灼转着方向盘,对她时不时的惊人之语早就免疫。

"改天。"

"其实是你不行吧。"

车子加速,沈灼面色依旧:"可不,这都被你发现了。"

"你们男人不是最讨厌这句话吗?"

"我不知道别人,反正我听着还挺舒服的。"

"毛病。"

道路宽阔,车流稀少,沈灼踩着油门,转头看她一眼。

她最近很明显胖了些,头发扎起来,露出整张脸,不那么面黄肌瘦了,脸颊也鼓起,不光是气色变好了,连嘴巴也能说了,专门说一些气死人的话。

"睡男人是我唯一的愿望了。"

这句话总在夜晚出现,尤其是关灯之后,沈灼防患于未然,穿着牛仔裤睡觉不说,还把自己裹成蚕蛹形状,真是够了。

"你再说废话,我就把你踢下去。"

"踢吧,给我个痛快。"

沈灼没搭理她,无声骂了句脏话。

室外温度上升,平房里不需要点炉子取暖了,上午没有客人,沈灼穿了一身蓝色工地服,把炉筒一节一节地卸下来。

蒋诵在旁边坐着,不厌其烦地絮叨:"我租的房子门口的鞋柜里还有点钱,到时候你拿走,就当我在你这儿的伙食费。别去找我,也别花钱捞我,床头的行李箱里没几件衣服,直接烧了就行。夏怡然暑假回来,你见到她的话,替我说一句对不起吧,其实这应该我自己说,可是她把我拉黑了……"

室内尘土飞扬，沈灼戴着手套扒炉子，整整烧了一冬天，砖块中间的黄泥硬得跟石头一样。他伸手，说："把锤子递给我。"

蒋诵从桌下找到锤子，放在他手里，继续说："还有，如果以后有人来这里找我，你就说没见过。不过，这概率很小，应该不会有人找我。"

沈灼几下就把炉子敲塌，把碎掉的砖块装进袋子里，抬头，脸上沾着深深浅浅的黑灰。

"中午我烤羊腿，你吃不吃？"

蒋诵点头："我吃。"

他把袋子扎紧，甩给她一句："想吃就把嘴闭上。"

羊腿是昨天买的，因为有顾客提前预订，可买回来之后，顾客放了鸽子，说是早上来，结果等到中午也没见人，沈灼知道是怎么回事。

干完活之后，他洗了把手，把羊腿洗干净，用调料腌上。全都弄好后，他掀开门帘，看到窗下坐着的少女。这会儿屋里热，她穿着一件白色长袖，衣服不太合身，看着很旧，领口也发黄，她不在意这些，正托着下巴向窗外看。

外面是多云天。普通的农家小院，没有动物，也没有植物，地上铺着整齐的红砖，打扫得干干净净。太阳从云层里露出来，阳光晒得她眯起眼，却忽然歪头，看到往院子里走的人，"咦"了一声。

沈灼顺着她的视线向外看，三个人，都是熟面孔，为首的那个一脸凶神恶煞，在这个季节光头露膀子，胳膊上盘着一条文得很丑的龙，是来找事儿的。

沈灼解下围裙扔地上，边走边急声说："你快走，从后门出去。"

蒋诵愣住，却只看到闪出去的背影。

四人，三对一，在院子里对骂。蒋诵发现，平时看着挺高的沈灼，对比那种相扑身型简直是小鸡仔。为首的男人像座黑塔似的站在那儿，身后跟着两个瘦子，一个是和沈灼八分像的老人，一个是方正脸的中年人，正叼着烟袋讲道理。

窗户不隔音，她清楚地听到"你妈早就死了，别在这儿耍无赖""赶紧搬走，这块地我买下了""别怪我不客气"等字眼。

蒋诵的视线一直没离开那个老人，岁月在他身上走过，并没有留下睿智或慈祥，明明是端正的长相，眼神却总流露出一股戾气。他一直站在后面，抱着胳膊，看沈灼和旁边的人吵，事不关己，甚至掩饰不住地厌烦。

她记得吴玉东说，沈灼他爸从小就打他，现在他长大了，打回去却被人指指点点。世界向来对恶人宽容，不管有多少难言之痛，都敌不过一个"孝"字。

蒋诵扶着桌角站起来，刚走一步，就看到沈灼激动地抄起门口的空酒瓶，直接砸在光头的脑袋上。

酒瓶碎了，男人怒了。

身型在打斗中占据重要因素，蒋诵在上高中时被低年级的欺负，就是因为身材瘦小，一股风就能吹走。两个女生就能把她堵在墙角，推搡，抓头发，有时候压根没有缘由，理所当然地，她一直都是被欺压的弱者，就像现在的沈灼。

身高还行，就是太瘦了，像一根营养缺乏的豆芽菜，被光头壮汉一只胳膊按在地上，本就是无力还手的姿态，后面的老头竟然狠狠往他身上补了几脚，像是泄愤，把这几年在自己儿子身上吃的瘪，趁这个机会全都讨回来。

蒋诵想到，她最开始被欺负时，辗转难眠很多天，挑了个父母脸色都很好的日子，讨好又小心地把委屈说出来，甚至不敢添油加醋。

可是，那个她叫"爸爸"的中年男人是怎么说的呢？

——"你可真是废物，被小一届的孩子堵了，还好意思跑来告状，我都替你臊得慌。"

由此可见，变成受害者的时候，需要的是对方的良心，运气不好的话，本应和你站在一起的至亲之人，也会变成杀你的帮凶。

她向来运气不好，看样子，他也是。

蒋诵推开房门，吵闹的打架声更加清晰，她走出去，手里拿着一把刀，是刚才沈灼卸羊腿用的。

可惜，还没到地方，就被方脸男人发现，他大叫一声，直接夺过刀扔到一边，冲她吼："哪儿来的丫头片子多管闲事。"

蒋诵看了眼被压倒在地不能还手的沈灼，他脸上有伤，流出几条狰狞的血痕，血混合着地上的细沙，更显得可怜。

他全不在意，惊愕的眼神在说：我不是让你从后门走吗？

她当然不会走。

刀被夺走了，没关系，她另一只手从衣服后掏出啤酒瓶，用尽全身力气，准确无误地砸在凶神恶煞的男人的头上。

酒瓶碎了，小腹突然剧痛，然后是一阵天旋地转的失重感。

沈海在旁边急得拍大腿："咋还把人踢飞了，可别闹出人命啊！"

沈灼被压跪在地上，看到几步外躺在地上的蒋诵，大脑突然一片空白，也不知哪儿来的力气，翻身爬起，抄起两个啤酒瓶，疯了一样挨个脑袋凿，然后连滚带爬地跑到蒋诵身边，抖着手探她鼻息。

蒋诵痛得喘不过来气，说话变得艰难。沈灼迷茫地看着她的脸，抖着唇，像是犯了什么天大的罪过。

"对不起……"

蒋诵做了一个长长的梦，梦里是纯白色的世界，她站在一眼望不到头的透明台阶上，心里有个声音在说：往上走。

浑身轻飘飘的，身体似乎被一双隐形的手托住，一眨眼就来到顶端。脚下腾云，这里干净得一尘不染，纯白色的木门口，摆着圆桌，旁边坐着一个白袍男人。

他年纪不小了，戴着圆形眼镜，鹰钩鼻，蓝眼睛，薄嘴唇，看到她时，浅浅的眉毛挑了一下："小姑娘，让我来看看你这一生。"

说罢，他拿起桌上的薄薄的文件，上下一扫，摇头说："还真是个小可怜。"

蒋诵安静地观察他，没有好奇和疑问，直到男人放下文件，像外国电影里的演员似的耸耸肩，指着旁边的门，声音带着舒服的磁性："进去吧，下一世你会非常幸福。"

蒋诵不动，面无表情地摇了摇头。

男人挑眉："Why（为什么）？"

她认真地打量四周："因为我是无神论者。"

话音刚落，白色的世界渐渐扭曲，消毒水的气味从四周涌进来，耳边忽然变得嘈杂。

眼前人影闪动，穿着白衣的护士挂好吊水，正用圆珠笔补写就诊记录，边写边念："软组织挫伤……青霉素不过敏……"

蒋诵睁开眼，顶上是白炽灯。她微微转头，门虚掩着，头上缠一大圈绷带的沈灼靠在门口，跳脚嚷嚷着："肋骨都折了，直接进来，二话不说就打人，打我也就算了，连小孩都打，你说他们还是人吗？"

听他说话的男人一身黑衣，寸头，看不清长相。只听对方冷笑一声："那三个人单拎哪个都比你伤得重。"

沈灼激动："擅闯民宅还打人，你们警察是按伤情办案啊？"

男人不高兴，"啧"了一声："人家也先一步告你非法侵占了，你把嘴闭上行不行？"

病房是三人间，蒋诵在靠窗的位置，旁边的护士写完，把就诊记录抱在怀里，不满地对门口争执的男人喊："嚷嚷什么啊，病人需要休息，有话去楼下说。"

男人抱歉地颔首，看到已经睁眼的蒋诵，进屋，压低声音说："我是警察，问两句话就走。"

沈灼急急地探头，见她醒了，在门口冲她吼："疼不疼？"

不等蒋诵回复，沈灼就被警察关在门外。一脸严肃的男人走近，随手捞起个圆凳坐下，从兜里掏出笔和纸，露出亲和的笑："小姑娘，感觉怎么样？能不能说话？"

蒋诵深呼吸，咳嗽一下，却连带着胸腔剧痛，她缓了几秒才小声说："能。"

"好，把你受伤之前看到的都如实说出来。"

蒋诵心跳加速，直视男人鹰隼一般的眼睛，缓慢、艰难地吐出字节："他们冲进来打人，我去帮，也被打了。"

男人挑眉，"唰唰"记录几笔："什么都没说直接打？"

蒋诵点头。

"是他们先动的手？"

蒋诵感觉自己被探究的视线穿透，在这样威严的目光下，世间所有罪恶都无处遁形。

她忽略内心的翻腾，平静地说："是他们先动手。"

医院是上个世纪建成的，四处透着陈旧破败的气息。狭长的走廊里，沈灼的脑袋被包成白色圆球，整个人像一根行走的人形棉签。

此时这"棉签"手里拎着早餐，晃晃悠悠地进来，看了眼在床上静躺的蒋诵，把粥盖揭开，长叹一口气："看来是我克你，脚才刚好，这又卧床了。"

他边说边把床头摇起来，调到她舒服的高度，然后坐在床边，仔细地用勺子挖了一点粥，送到她嘴边。

蒋诵别过脸，不想吃。

沈灼抿唇，把粥碗放到一边。旁边病床的陪护出去打水，门刚关上，他突然沉下脸："我不是让你走吗？打我没事，就你这小体格，随便一脚就给你踹没气了。"

蒋诵扯了下嘴角："可惜没有。"

"睡男人的愿望不是还没完成呢，你舍得走啊？"

"人生在世总会有遗憾，我不应该强求。"

沈灼翻了个巨丑的白眼："你知道个屁人生。"

早饭没吃，他也没强求，去找隔壁的陪床阿姨，塞了点钱，让她帮忙照应点，全都打点完毕，人就消失了。

在医院待着不舒服，度日如年，第二天警察又来问一次话，她还是按照最初的说法，自以为滴水不漏地偏袒他。

警察翻看两边的口供，不耐地皱着眉，不过没说出什么。

第三天的时候，吴玉东来了。他推着从护士站借来的轮椅，二话不说，直接把她挪上去，边推着下楼边说这几天的情况。

"沈灼他爸想和他私了，平房折给他五万，楼房折五万……你的伤他报案了，他怕他们来找你和解，让我把你转移走。"

电梯门开，蒋诵被推着出去，一楼门口的大理石被太阳晒得滚热，她看着刺眼的阳光，低声说："你送我去东郊的桥上可以吗？"

吴玉东脚步不停，笑呵呵地说："他特意嘱咐了，让我告诉你想都别想。"

车一路平稳地拐进小区，吴玉东下车，闹心地抓了抓脑袋。他最近又胖了，自己上楼都费劲，更别提带一个大活人上去。

一番纠结之后，蒋诵暂时被安置在周奶奶家。

室内一如既往的温馨，沙发上方新添置了挂架——一个巨大的"家和万事兴"十字绣。

周奶奶给她倒了一杯水，想到才几天没见她又挂了重彩，就发愁地坐在她身边，干枯燥热的手裹住她的手背。

"我说什么来着，你怎么不听话呢。"

说完，周奶奶情绪有些激动，转回身抹了把眼泪，唉声叹气地絮叨："这些日子也没见你爸妈，是怎么回事，和家里吵架了？生你养你的，怎么可能不爱你，老一辈人不知道怎么表达，你出来这些日子应该都急疯了，现在回去认个错也就好了,像这样糊里糊涂地跟着那小子混,以后怎么找婆家啊。再说了,血脉相连的,哪有隔夜仇。"

蒋诵默默地听着,把差点掉下来的眼泪忍回去。她低着头,没什么情绪,不附和,不反驳,直到门忽然开了,头缠着一圈纱布的男人走进来。

他没换鞋,强硬地打断周奶奶的絮叨:"打住,可别念孝经了,耳朵都听起茧了。"

说完他弯腰,直接把蒋诵打横抱起。他的胸膛不厚,也不宽,手臂却有很力量,轻轻松松托着她。

蒋诵自然地搂紧他的脖子,对愣怔不语的老人说:"周奶奶,谢谢您。"

沈灼带蒋诵回到她租的房子里。室内还是她离开前的样子,沈灼把她放在床上,转身去门口的鞋柜里,从里面翻出一沓现金,还有一封信。

他快速扫了一眼,高声朗读:"对于我死在这里实在抱歉,这些钱不多,是给您的补偿。ps:放心,我不会变成鬼。"

读完,他用力地把纸张揉成个球,扔进垃圾桶。

蒋诵靠在床头,有些尴尬。这封信是最初来的时候就写好的,没想到会以这样的方式被念出来,她绷着脸,瞪了他一眼。

沈灼一屁股坐在床上,头上还缠着纱布,勉强算个伤员。他把钱放在两人中间,直言问:"蒋诵,为什么?"

室内安静,他很有耐心,一步一步地靠近,企图打开那道反锁的心门。

"如果因为没有家人了,孤独得活不下去,那以后我当你的家人吧,毕竟活着才有希望,而且现在河水挺凉的。"

蒋诵抬眼,想到那晚听到的醉话,逃避地移开视线。

撒过一次谎,需要说更多的谎言来掩盖,她清楚地感觉到,她早已放弃了刻在骨子里的诚实和善良。

善良,大概也不是,应该称为懦弱。

与懦弱伴生的,是自厌,因为受不了这么废物的自己,所以才想杀死自己。

现在,他以为她因为没有家人才想死,那就是因为没有家人吧,这个理由听起来还算正常。

"你这么想当我家人,是不是怕我占你便宜?"

沈灼:"又开始了是吗?"

蒋诵也不知道怎么回事,在他身边可以这样无所顾忌地说话,从不瞻前顾后,完全放任自己的思绪,想说什么说什么。也只有他们两个人的时候,沈灼这种外人眼里的流氓,才会变成那个费力归正话题的角色。

他看着女孩的伤,眼神里的阴郁一闪而过。

"你为什么跑出去帮我,不怕吗?明知道会被揍。"

蒋诵脱口而出:"因为我抗揍呗。"

沈灼愣了几秒，认真地说："这不是优点，不值得骄傲。"

太阳落了之后，室内温度很快变低，蒋诵的被子都是薄的，她全围在身上，只露个头，听沈灼在阳台打电话。

那天的冲突，是他爸主导的。陌生人的官司好打，至亲之间却总会翻出陈旧的往事，以为能扎到对方，实际伤敌八百，自损三千。

他有些激动："老不死的我告诉你，你别想这么打发我，我说不搬就不搬，就算把房子推倒，那块地也是我的。那是我妈留下的，和你有什么关系？别想用我妈的钱养你的二房……你找不着她，你就等着打官司吧。"

直到天完全黑透，他才关掉手机，回头，看着暗色里床上的人影，慢慢走过去。

"饿了吧？"

蒋诵看不清他的表情，直白地问："这么快就进入我哥的角色了？"

"问你饿不饿和当你哥有啥关系。"

"没关系。"

蒋诵垂眼，把自己缩进被子里："怎么越来越冷了。"

沈灼去把客厅的灯打开，趴在猫眼那儿向外看。楼道空空，寂静无声，没人去他家找事儿。

他换鞋，出去，回自己家，不到一分钟，搬进来一堆东西。起球的被子、枕头、电褥子，锅具碗筷，一大袋方便零食，还有一打啤酒。

"停暖了，倒春寒，当然冷。"

蒋诵不解："什么是停暖？"

沈灼停住手里的忙碌动作，看傻子似的看她，详细地讲解："地板下有地热管，管子里有水，把水加热，屋里才热，现在外面暖和了，就把水抽走了，屋里就冷。"

她无奈："那我们只能一起睡了。"

"把嘴闭上。"

床上铺了电热毯，一层厚被，脚终于暖了。沈灼在床头用锅煮泡面，热气升腾，水"咕噜咕噜"地翻滚着，好香。

她已经忘了上顿是什么时候吃的了。

这样一想，突然记起那天没吃到的羊腿，好可惜，已列入遗憾清单。

吃光一碗面，胃里舒服，身子也暖了，可肋骨那儿还是疼，不过听护士说只是软组织挫伤，看着大片的青紫很恐怖，实际上骨头没事，静养就好，她也早就练成对疼痛不敏感的本领。

入夜，卧室漆黑，空气安静。床只有一张，她占据一大半，旁边躺着一只裹得很紧的"粽子"。

两人距离太近，她莫名地紧张，不敢动，直到后背躺得僵硬难受，才听到那头均匀的呼吸声。她奇怪地松了口气。

整夜做着混乱不清的噩梦，天刚擦亮，就听到门外交杂的脚步声。沈灼一骨碌从床上爬起来，借着微弱的晨光，看到蒋诵睁着眼。

她眼白微红，似乎没睡好。他说："没事，不用动。"

她蜷缩在床上，看着他轻手轻脚地走去门口，弓着身子向猫眼外看。

外面敲门声震耳欲聋。

他一动不动，像个经验丰富的狙击手，任门口的人敲打喊叫，一声一声恶毒地骂他，也屹然不动。

待声音渐消，他才直起腰。

窗外已经大亮，清晨的第一束阳光从云层外透出来，照在空无一物的阳台上，照在露出笑容、向她走来的男人的脸上。

蒋诵心跳慢了一拍，下意识地用被子挡住半边脸，没话找话："你笑什么？"

"嗯？没什么，就是觉得很爽。"

她瓮声瓮气："不懂你的爽点，你这是准备讹钱吧？"

沈灼一屁股坐在床上，细致地给她讲解："先说好，这不叫讹，人不能白挨揍，这是你应得的赔偿。再说了，等拿到钱了，还要送你去上学呢。"

蒋诵鼻头一酸，完全是生理性的。

重新回到学校，这件事在她心里占据了非常大的分量，大到她日思夜想成疾，被至亲没有余地地回绝之后，成了压死骆驼的最后一根稻草。她之所以来到这儿，就是常年的忽视和冷落凝聚成了炮弹，想回去上学则是一根导火索，炸毁了本就摇摇欲坠的血缘亲情。

是她想要的太多了，那样的家庭，被城市的千千万万压在最下面，他们贫困，省吃俭用，有足够的理由拒绝她的请求。因为她是姐姐，付出、奉献、忍耐，都是身为姐姐应该做的。而不是像她这样，叛逆，卷款离开，单方面斩断关系。

心如死灰的时候，本以为不在意了，却听到他这样随意说出来，还是免不了失态。

她别过头，不想让他看到。

"为什么想送我上学？"

沈灼抬眼，看到女孩虽然胖了些，但还是骨骼清晰的颌角。他很快移开视线，虚乏地看着陈旧的床角。

"只能去上学，难不成你还想进厂拧螺丝啊？"

四月中，天气一天比一天暖。蒋诵伤好得差不多了，偶尔在屋里走一走，正午时，会靠在阳台上晒一会儿太阳。

草还没绿，楼下的小园子已经覆上地膜，天蓝色的膜布平行四列，这片土地终于有了生机。

旁边有只小黄狗在焦急地跑叫，她视线挪远，栅栏外的空地上，周奶奶正拎着猫粮，脚下蹲着那只流浪猫。

漫长的冬天终于过去，日子会越来越好……

她眼神闪了闪，这样的想法这几天总在心里浮现，就像一口废弃多年的枯井，在无人知晓时悄悄涌出泉水。

视线越过低矮的楼顶,向学校方位眺望,视野虽宽,却只能看到图书馆的一角。她踮起脚,手扒在窗边,想踩上窗台,站得高一些。

身体刚腾空,腰上就被一双大手钳制,一阵心悸后,脚稳稳落地。

她回头,刚好对上沈灼的脸。他脸色不好看:"怎么,你还想跳啊?"

蒋诵发誓,她此刻完全没有这种想法,可毕竟有前科在,她也没那么理直气壮,往旁边挪一步,挣开他的手,摇头:"不跳。"

沈灼才不信,明显在用怀疑的目光上下打量她,待她被盯得耳根上烧,才移开视线。

他刚从外面回来,穿着一件薄的运动外套,布料绵软,更显得兜里的东西坠重。偏偏他故作神秘,故意吸引她视线:"你猜我兜里是什么?"

"手。"

"真没想象力。"

阳光有些刺眼,他笑着,眉梢掩饰不住的春风得意,慢动作地从兜里掏出几沓粉色钞票,嘚瑟地在她眼前晃了晃,口气很大:"去换衣服,哥请你吃大餐。"

沈灼对于当哥哥这件事太熟练,仿佛就是为了当某个女孩的哥哥而生,根本不需要排演。他拉着她在东林转了一圈,最后决定去有名的连锁海鲜酒楼。

刚一进去,蒋诵就被里头宏伟的装修镇住。这里顾客不多,静悄悄的,空气里弥漫着冷冷的海腥味,穿着一身套装的点菜员恭敬地跟在他们身后。

沈灼指着水箱里最大的龙虾,大嗓门地说:"把这只给我煮了。"

他浑身透着暴发户的气质,点菜不问价,只两个人也点了包房,包房最低消费一千五,好在那只龙虾足够重。

沈灼坐在软椅上,头上的伤基本好了,只贴了个创可贴。最近天气晴朗,他天天在外面跑,又晒得黑了一度,寸头,窄脸,还带着伤,再加上流里流气的,更不像好人了。

不过他虽不像好人,说出的话却透着憨:"哥现在有钱了,以后带你吃香的喝辣的。"

蒋诵抬头,看到熟悉的脸上现出说不清的怅然,他是在看她,眼神却没有聚焦似的,仿佛透过她的躯壳,补偿记忆里那个早早死去的女孩。这样的偏宠,大概因为她很像那个女孩吧,她是在替那个女孩享哥哥的福。

她知道十五年前的事,是吴玉东告诉她的。当时,吴玉东正开车把她从医院拉出来,以他对沈灼的熟悉程度,意识到那晚说要认她当妹妹不是在开玩笑。

他把前因后果简练地告知,并叮嘱她这样挺好,主要是,沈灼不是坏人。反正她没爸没妈,沈灼有爸也和没有一样,两个人一起总比一个好活,当沈灼妹妹也不错。大概在别人看来,她应该抱紧大腿,抓住这个能上学的机会,只是她当姐姐习惯了,不知道怎么当妹妹。

蒋诵:"你都不知道我是什么样的人,怎么就要当我哥?"

沈灼:"十几岁的小姑娘,再复杂能复杂到哪儿去。"
"那你晚上睡觉可别闭眼。"
沈灼瞪了她一眼,把龙虾钳子掰下来扔到她碗里:"吃这么好的东西也堵不住你的嘴。"
回去的路上,蒋诵终于明白为什么他总摆出坐怀不乱的正人君子模样。
前方红灯,人行道涌来一群穿着校服的中学生,他特意给她指了下路口的学校,开朗地说:"以后这就是你学校了。"

在平房吃的晚饭,为了弥补她先前没吃到的羊腿,沈灼特意去买了一条,用炭火细细烤着,还给吴玉东打了个电话。
胖子和美食有缘,特别会赶巧,羊腿烤好了,人也到了。
靠窗小桌的中间架着香味四溢的羊腿,肉香浓郁,火候正好,表皮酥脆流油。沈灼拿着刀,把肉质最嫩的地方切下来,直接送到蒋诵碗里。
吴玉东斜眼看:"啧啧啧。"
沈灼不客气:"啧什么,还没吃就塞牙了啊。"
三人很久没聚过了,小别几日,吴玉东拿酒瓶和沈灼对碰,酒过三巡后,歪头打量很久没来的平房。
"这房子以后就是你的了?"
"本来就是我的。"
这几天老街坊都在八卦沈家的事,说沈灼和他爸断绝关系,狮子大张口,要了十万现金和这个平房。沈海逢人就说养了只狼崽子,眼里只认钱,压根不顾他们一大家子的死活。
吴玉东:"小妹的伤怎么算的?"
沈灼灌了口啤酒,歪头看着安静吃肉的女孩,她小口嚼着,没有不管不顾的暴食迹象,心下稍松。
"赔了一万,住院费加精神损失费。"
"不多。"
"是啊,但是走法律程序的话我没听懂,好像伤情不构成啥啥啥来着。"
"那儿个人咋这么不要脸,连女人都打。"
沈灼干了杯子里的酒,耳根上烧,余光看了眼旁边安静的女孩,她在这儿,也不好意思说自己就是故意挑衅等着挨揍讹人的,是他连累她。
想到这儿,他喝酒的兴致也打了折扣,语气弱了几分:"是为了帮我,不然不能。"
吴玉东把空瓶放到桌下,抬头看了眼沈灼。这几天把他折腾够呛,本来就瘦,这下更抽条了,像一只干巴猴子。
好在,事情尘埃落定,生活终于步入正轨。
蒋诵先吃完,旁边的两个男人正喝到兴头上。吴玉东醉了,脸颊上一片暗色的红,又开始老生常谈娶不着媳妇的事。

沈灼支着胳膊听着,时不时往嘴里扔一颗花生米。

"求你了,就别结婚。"

吴玉东:"滚吧,我才不跟你学。"

她小心地绕出去。沈灼抬眼看她,眼底虽有醉意,却注意到她只穿着薄线衣,便随手把椅背上挂着的上衣递给她,语气温柔:"穿上,外面降温。"

蒋诵愣了一下,双手接过衣服。虽然在一起住很多天了,但她还是不知道怎么处理他对她好的场面。

为了躲避他的视线,她逃似的走到门边,推开,手先探出去试了下温度,空气渗凉,是和冬天不一样的冷。

平房地处近郊,周围没有楼宇建筑,没有遮挡,小院像坠入暗夜的孤岛,四下皆黑,离窗户远些,简直伸手不见五指。

她缓缓抬头,视野从来没有这样开阔过。天空无云,漫天星光,一弯窄月挂在天边。月初,没有亮度,更显得星星明亮,银河像一条浅溪,把满天星辰一分为二。

她静静地注视,熟悉的天空,陌生的土地。银河似乎也把她的人生清晰地划开,过去被抛到河的另一边,她想回头望一望,却被星光遮住了眼。

其实不被爱,也没什么大不了的。

屋内是对桌小酌,老友絮叨着生活的鸡毛蒜皮,屋外是寂静夜空,眼前万千星斗,这宏大碾压她渺小的灵魂,积压在心底的往事倏然消散。

过去的就过去吧,以后的生活将是崭新的。

没有活要干,也没有眼色需要看,黑色的前路忽地被这夜空照亮,希望的火苗在心底熊熊燃烧。

她有种预感,以后的每一天,都将是和过往截然不同的一天。

身后的门开,昏暗的灯光在地上形成一个三角形的浅影,男人脚步不稳,手里扯着腰带,晃晃悠悠地出来。他本想去厕所放一放水,眼前却是虚影闪现,怀里撞进一团温热。

沈灼膀胱剧痛,差点没收住。他醉了,但没到口齿不清的地步,低头,下巴撞到女孩的发顶:"怎么回事儿?"

她没说话,环着他的腰,手臂越来越紧,吓得他手忙脚乱地挣脱:"哎,可别使劲了。"

蒋诵浑然不觉,耳边是他的心跳声,他的身体很热,带着浓重的麦芽气,不难闻,也不算好闻。就像他这个人,不算好,也不坏,坏的地方她知道,可落在她身上的都是好。

蒋诵第一次这样抱着男人,没有少女的悸动,纠结了很久的事,终于在这个晴朗的春夜转为坚定。

她一字一句:"沈灼,从现在起你就是我哥了,我亲哥。"

第五章
以家人之名

身份证被压在行李箱的最深层,蒋诵翻出来,递给沈灼。

沈灼宿醉还未清醒,眼底布满血丝,他手里捏着薄薄的长方体,努力聚焦,半晌才说:"你还真十九岁啊。"

蒋诵马上绷起脸:"不许说看外表不像。"

沈灼没说,也没像她以为的那样上下打量,而是把身份证还给他,揉着太阳穴说:"你早拿出来好了。"

她紧盯着他的脸:"早拿出来怎样?"

他闭眼,像没长骨头似的瘫在床上:"能和我们一起喝酒了呗。昨晚那肉,啧,烤得老香了,不配着喝点多可惜。"

蒋诵翻了个白眼:"我才不喝。"

窗户开着,吹进来是轻柔的暖风,沈灼手搁在额头上,呼吸均匀,大概睡了。手机在床角亮屏,收到一条公益短信。

她前几天把夏怡然借她的手机拿出来了,虽然很旧,但比她以前用过的都顺滑,屏幕摔炸的两条裂纹,看着严重,实际上不影响使用。

此刻屏幕右上角,今日气温最高16℃。

连续好几天晴空万里,入眼纯净的湛蓝色,连朵云都没有。蒋诵下楼,发现沉寂一冬的枯草下发出细细的嫩芽。

不等仔细看,就被周奶奶一锹铲平,老人见是她,笑着捋着额角的汗:"我想在边上种点波斯菊,你说能不能好看。"

蒋诵本想去找那只猫,和周奶奶说话,也不急着去找了,扒着栅栏的边沿,想象夏天这里满是盛开波斯菊的样子。

她仿佛置身其中,笑着说:"我觉得好看。"

周奶奶得到肯定,对种花这件事更加热情:"我去年种的叫什么太阳花,太矮了,我还是喜欢高出栅栏的花。"

"我也喜欢。"

周奶奶笑眯眯:"吃饭了没?一起吃啊。"

蒋诵看了眼小区入口，摇头："不了，我等沈灼。"

周奶奶听蒋诵这么说，不由得叹了口气。

她听说了沈小子和他爸闹崩的事，顶楼房没要，要的平房和钱，满城风雨尽人皆知的，亲父子最后变成这样，实在不好看。

这丫头在这儿等他，难不成两人住一起了？

真是的，才多大点，没爸没妈的日子是不好过，但也不能胡来啊。

"你啊，看着挺乖的孩子，告诉你好话怎么都听不进去。"

蒋诵倚在栅栏边，看着落日西沉，空气里弥漫着饭的香气，小区里几乎没人走动，仿佛隐身在城市里，这让她莫名心安。

这段时间，可以说是她从出生至今最幸福的日子了。

晚上，沈灼回来，他身上有一股和平时不一样的烟味。

他进屋，不等换鞋，就直入主题："我找人问了，你把你身份证、户口本，还有学籍档案找出来，明天我去招生办。"

蒋诵心里一"咯噔"："必须要这些东西吗？"

"是啊，你把材料给我，我这边找人……"

话还没说完，门外就响起一阵急促的脚步声，随后而来的是狂躁的敲门声。沈灼以为是找他的，直接开门，劈头盖脸一顿嚷嚷："敲屁啊，不都完事了吗？"

喷完之后，他才发现眼前站着一个西装革履的男人。对方四十多岁，挺着个大肚腩，随手抹了把脸，抬头看门牌号，没错啊。

李国利莫名其妙："不是，沈灼，你咋住我家了？"

沈灼这才看清敲门的人，不就是李大脸，懒得去找他，这还自己送上门来了。

沈灼一把揪住男人的脖领："我还以为你跑了，欠我的钱快点还了。"

蒋诵听到争吵，慢慢从阳台走过来，不等仔细看，就瞥到房东身后站着的两个人，大脑登时一片空白。

中年夫妻，熟悉的脸，女人干瘦，眉心皱出深深的"川"字，本来有种初到异乡有些迷茫的神色，却在看到蒋诵时眼里瞬间迸发出怒意。

她猛地推开前方遮挡的男人，直接冲进屋，一边骂着，一边顺手从脚上脱下鞋，一阵风似的抽在蒋诵身上："好啊！你这死丫头，我说怎么找不着你，原来在这儿和流氓滚到一张床上了，真够不要脸的，看我不打死你！"

蒋诵肩膀火辣辣地疼，她控制不住地发抖，就算在心里多埋怨父母，实际见到他们，身体也会屈从习惯，一句话都说不出来。

她腿一下子软了，膝盖还没落在地，胳膊就被一双有力的大手捞住，随即被单薄的男人护在身后。

沈灼瞪眼看着拿鞋底抽人的妇女，怒气拉到顶："你再碰她一下我就揍你。"

"呵，要不是你三叔问我你怎么还没去上班，我还不知道你跑了呢。这些日子我和你爸为了找你，耽误了多少功夫，去营业厅调的通话记录，联系到房东大哥,谁能想到你在这种连草都不长的穷乡下,和流……这种人混在一起。"

徐丽华愤恨地骂着,看到旁边跷二郎腿的男人,血压迅速飙升,从上看到下,怎么看都是臭流氓一个。

她使劲拧了一把沉默的蒋大呈,声音带着哭腔:"你倒是说句话啊。"

这个年龄段的家长,对待青春期叛逆的孩子总是没有办法。

蒋大呈一动没动,像沉寂千年的海底动物。他抬了下眼皮,视线落在低头的蒋诵身上,她还像以前那样闷着,从开门到现在一言不发。

他命令:"行了,回家。"

蒋诵没说话。

李国利见场面僵住,笑着站出来缓和气氛。他从兜里掏出一盒烟,递一根给蒋大呈,又不情不愿地扔给沈灼一根。

沈灼倒没客气,接住烟,从兜里掏出打火机。

青烟缭绕,气氛僵持。

中年女人还在气头上,喘着粗气,故意把头转到另一边。

李国利眉头皱了下,赶紧站出来调节气氛:"哎呀,当初租房子的时候还以为是陪读呢,没承想是离家出走,我也没细问啊,你看这事儿闹的。"

蒋大呈吞云吐雾,没接话。

徐丽华可坐不住了,快两个月没见,她脸上没有对女儿失而复得原谅一切的喜悦,而是把寻找的疲惫和滔天的怒意全都撒在女儿身上。

"从小到大是没给你吃还是没给你穿,你说走就走这么任性,我辛辛苦苦把你养大,你就是这么回报我的?"

她越说越激动,一把鼻涕一把泪地控诉着:"家里什么条件你也知道,我和你爸天天起早贪黑,赚钱够不容易的了,你上班赚的钱不给我们就算了,至少别拖后腿。我知道,你说要复读,这哪是容易的事,拿钱打水漂,搞不好还不如第一次考得好。陈欣欣就是例子,你怎么不看看她是什么下场。都说天底下父母最难当,我现在可是体会到了,都挖心挖肝了,孩子也记不住你的一点好,怎么养都是仇人,白眼狼一个。"

蒋诵垂着头,眼泪在眼眶内一次次收回去。她吸吸鼻子,不敢看在旁边痛哭流涕的家人,她逼自己想他们的好。

三年级,第一次吃生日蛋糕,老式的硬奶油,徐丽华把外表脆脆的那层切出来,全都堆放在弟弟碗里,笑着对她说:"你这生日蛋糕可是沾弟弟的光呢,他闹着吃这层奶油好几天了。"

后来,弟弟不爱吃奶油了,她再也没过过生日。

不行,她忍着要掉下来的眼泪,不能这样想,这么多年,一定有温馨的场面,被她刻意遗忘了。

可是,她再努力想,都记不起来。

衣服,都是堂姐穿旧的;吃东西,也要看大人眼色;活倒干了不少,但这似乎是应该的，她一扫地，蒋鸿儒就嗑瓜子。

他嗑，她扫，永远扫不干净。

她生气了，抢起扫帚吓唬他，却被刚下班回来的蒋大呈看到，他一个箭步冲过来，扬手抽她一耳光。

蒋鸿儒得意地跷着二郎腿，把瓜子皮吐到她身上。

没有，怎么一件都没有呢……

蒋诵抬头，泪眼模糊地看着记忆里冷酷高大的男人，他现在不冷酷了，佝偻着后背，似是套上一张老实人的皮囊，只需这样静坐，就能把错都推到她身上。

女人还在喋喋不休，她头发蓬乱，掬了一把泪，堆出实在没办法了的那种凄苦形象，卑微地求她："收拾东西跟我们回去，你弟弟自己在家呢，他连饭都不会做，肯定又要买垃圾食品对付……"

这句话是压死骆驼的最后一根稻草，蒋诵红着眼睛看那个叫了十九年妈的人。

女人无助、卑微，似乎被至亲骨肉逼到绝路。她眼里流着泪，看似在为女儿的叛逆万箭穿心，实际呢，心里挂念的还是远在南方，晚饭胡乱吃的儿子。

蒋诵被轻易放弃，赶去工厂流水线做苦力，而同在一个屋檐下的男孩，却被两双手高举供奉。

他是男孩，他是希望，他什么都不用做，就轻松得到父母满满溢出来的爱。

心逐渐冷却，女人向她伸手，满眼恳求，里面写着"跟我们回家"。

蒋诵冷冷地挥开："我不走。"

话音刚落，空气带着掌风过来，却在距离她脸几厘米处被拦住。沈灼吐掉烟头，轻松甩走女人的手，摆出一副不耐烦的神色："行了啊，都说了不认识你们，再闹我报警了。"

徐丽华震惊了三秒才缓过神，她张着嘴，半天才不可置信地说："你说什么，不走？好啊，好啊。"

她重重地拍了一下大腿，回手拽住蒋大呈的衣袖，撕心裂肺地哭诉："她爸，你听，你听听你养的好女儿，这十几年供她吃喝把她养大，就是白养了啊。"

蒋大呈一甩袖子，瞪眼看蒋诵，见她梗着脖子不说话，叹了口气，坐在床边双手抱头。

女人还在控诉："都说女儿大了养不住，随便来个野男人就能勾走，他是怎么把你给迷住了，让你能说出这种丧尽天良的话。"

李国利看了半天热闹，耳朵快要耳鸣，他也知道这是怎么回事了，但看眼下，一时半会儿也说不完，他还约了朋友晚上喝酒呢。

他指着蒋诵冷声道："那小孩，你别任性了啊，快点收拾东西走吧，我这儿就不留你了。"

沈灼这么一会儿也看明白是怎么回事了，不知道这辈子犯什么晦气，怎么净遇到这种人。

他一手拉住徐丽华，另一只手去拽蒋大呈的衣领，动作粗鲁，流氓尽显。

"赶紧滚啊，我已经忍你们很久了。"

徐丽华虽被拖拽，嘴巴却还痛骂不停："死丫头，我就不该生下你，你天生就不是好东西，你不要脸，你上赶着当贱货……"

一对三有些勉强，但沈灼还是把他们都推到门边。

徐丽华虽被控制，嘴上依旧占上风："刚生出来时就应该把你掐死，省得你白白给人睡，贱得都没边了……"

一贯沉默的蒋诵忽然站起来，双眼通红地看着徐丽华，从小懦弱到大的她生平第一次回击："是啊，你为什么没掐死我，是我求你把我生出来吗？我根本不想出生……既然只想要儿子，生出来发现是女儿，就该把我掐死啊！对，我就是贱，我早就该去死，恨死你们把我养这么大。"

连沈灼都愣住，看到因为激动而眼圈通红的女孩，眼底一片了然，怪不得。

痛苦终于找到出口，女孩的控诉震耳欲聋，沈灼趁几人愣着，用力推出门去，关门反锁。

隔着一道门，过了好久才听到一声悠长的痛哭，女人捶胸顿足地骂着，泄愤似的"咚咚"凿门，中间还掺杂着男人的劝慰声。

透过猫眼，看到李国利推着哄着说今天都太冲动，冷静冷静再说，又是一阵哭诉痛骂后，才推着拽着下了楼，骂声在楼道里余绕。

沈灼转头，看到女孩直愣愣地站在门口，眼神空洞，灵魂已经出走。这种状态，不就是初遇她时的木然。

之前还以为她是父母不在了活不下去，原来是和他一样，有还不如没有。

室内烟味未散，蒋大呈虽然没说几句话，烟却抽了不少，地上散落着零碎的烟头。

好不容易生出的希望被瞬间湮灭，她又一次跌入黑暗，血缘关系是吸骨附髓的噩梦，一辈子摆脱不掉。

没有失而复得的喜悦，只有怨恨的责骂，她到底犯了什么罪，为什么要活着受苦，为什么自作主张生下她来，却不肯施舍给她一点爱。

沈灼突然拉住她的手，男人手指粗粝，掌心却温暖燥热。

他推开门，像什么都没发生似的说："突然想喝酒了。既然你十九了，就别装未成年了，今晚必须不醉不归。"

她被拉着下楼，楼梯昏暗无光，她踩着他的脚印，虽踉跄着，却每一步都平稳落地。她说："我才不喝。"

到底是喝了，她抱着酒瓶，坐在平房的小桌边，眼前的烤鸽子从一只变成两只，越变越大，变成吴玉东的脸，他好像又胖了。

天旋着，地也转，窗外黑暗，漫天星光，渐渐地开始扭曲，像万花筒，像凡高的那幅叫作《星月夜》的油画。

眼前的人也奇奇怪怪，吴玉东仿佛开了大头特效，他撸着串，嘴里碎碎叨叨："小妹，有话尽量说开，说不开也能理解，父母都有时代局限性。"

沈灼反手用筷子敲他的头,口齿不清:"你最近怎么总说一些让人听不懂的文明词。"

吴玉东叹了口气:"人家怡然上大学去了,有文化,我是没机会了,只能自己在家看点书。"

"真有毛病。"

蒋诵忽然笑了,醉后神经被麻痹,还真感觉不到痛苦了。她鹦鹉学舌,不清不楚地说了一句:"你真有毛病。"

吴玉东马上反击:"不如你俩有毛病,一个二十啷当岁不找对象,一个十八九岁不上学,都跟爸妈有血海深仇似的,还真是天生一对。"

沈灼伸腿,在桌下蹬了他一脚。

"屁,这是我妹!"

蒋诵也一下子支棱起来,把啤酒瓶重重砸在桌上,人却顺着椅子越来越往下滑,软软甩出一句:"屁,那是我哥!"

说完,人也溜到桌子底下了。

酒精不止麻痹身体,还麻痹神经,她觉得自己变得很轻,似乎躺在白云上,四周是一望无际的白,清风吹拂,一股麦芽味。

声音从遥远的地面传来,有些听不真切,耳边有脚步声,杂乱又没有规律,她不在意,安心地躺在独属自己的这片宁静里。她做了一个很长的梦,梦到她不是蒋家的女儿,而是沈灼的妹妹,她没有被扔下河,而是被偷偷送走,几经转手流落远方,最后停在蒋家。

怪不得,怪不得都对弟弟好,对她不好,就因为她是捡来的……

她倏地睁眼,熟悉的房子,熟悉的脸。

沈灼也刚醒,眼底布满宿醉的血丝,他们躺在一张床上,无关风月,只是两个被遗弃的灵魂,无声对视。

梦境还未散去,蒋诵下定决心:"我不想回去,我要和你在一起。"

沈灼忽然笑了,眼底是摇摆后的尘埃落定。

他说:"哥就等你这句话呢。"

对于和家人断绝关系这种事,沈灼已经有了丰富的经验。

不是他冷血,只是觉得,世间再浓于水的情,磨到最后,都只剩一个"钱"字。

他刚起来,李国利就带人上门了。

经过一夜,徐丽华的情绪稍微平复了,只是冷着脸,控制着情绪说:"你知道我们在外多耽搁一天得花多少钱吗?你弟自己在家,你要是有良心,就乖乖回去上班,我不怪你和流氓混到一起。"

蒋诵靠在床头,没有了过去的胆怯,眉眼虽温顺,语气却再无畏惧:"我已经成年了,想过什么样的生活我自己说了算。"

徐丽华一听,火气"噌噌"往上蹿,她看着一旁抽烟的沈灼,一千一万个看不上,捶胸顿足地说:"你和这种人在一起,和他稀里糊涂地过日子吗?像你这样的上门货,你以为会有什么好日子过。"

李国利也在旁边,余光看了眼沈灼。这人也是不上道,女方家都来人了,还流里流气没骨头似的,还有,穿的一身这叫什么啊——破背心、旧睡裤,夹脚拖鞋,脸也没洗,胡子拉碴的,本来长得就不好看,现在还显得岁数大。

以前就晓得这小子爱和岁数不大的小姑娘玩,知道早晚有这么一天。关键是这小子和人家女孩在他的房子里滚到一张床上去了,真是晦气又倒霉,连看热闹的心情都没有了。

他揪着眉毛:"我说你咋啥事都干得出来呢。"

沈灼没理他,懒洋洋地抬起下巴,看着情绪激动的女人。刚好,两人对上视线。

徐丽华怒火马上转移,指着沈灼的鼻子大骂:"你这个臭流氓,便宜不能白占,我告诉你,这事没完!"

沈灼点头,懒懒地双手插兜,扬起下巴,眉眼带着无所谓的挑衅。

"直说吧,要多少钱?"

蒋诵猛地抬头,死死盯着女人的背影。不过女人似乎愣住了,只看到肩膀不停抖动。这时,门口的蒋大呈突然站出来,像拍卖场上的木槌,声音铿锵有力:"二十万!"

沈灼的目光下意识地看向蒋诵,她愣在那儿,脸色倏然白了几分。

不过她很快就恢复平静,似乎早就做好面对这个结果的心理准备。她扯了下嘴角,眼里透着被生活磋磨到无力的疲惫。

人不该被估价,但这是脱离原生家庭最快的办法。

他想和她在一起,不是世俗认定的龌龊心理,而是以家人之名。他要当她哥哥,送她去上学,去工作,享受这个世间所有美好。他要她可以和别的女孩一样,穿漂亮的花裙子,吃喜欢的东西,做喜欢的事,去旅游,去恋爱……

只是,在此之前,还有一段很艰难的路要走。

他一字一句:"行,二十万,她和你们断绝关系。"

徐丽华愣住,嘴唇抖了抖,话题转得太猝不及防,在内心天人交战后,想到他大概觉得自己干了浑事,害怕事情闹大。

"二十万你就想我们断绝关系?你做梦呢,我生她养她,到死她都还不完这份恩情。"

蒋诵忽然出声:"那你觉得,我该怎样才能还完呢?"

门口的蒋大呈再次抛出价码:"再加二十万!"

二十万加二十万,一共四十万。

蒋诵惊骇到失语,她从不知道自己竟然这么"值钱",如若用这么大一笔钱换来所谓的自由,那她还不如去跳河。

空气有几秒钟安静,靠墙的男人直起身,第一次正眼看两次报价的蒋大呈,他鄙夷地上下打量,冷笑一声:"好,把她户口迁出来。"

中年男人一秒都没犹豫，似乎早就想从户口本里剔除这个多余的人。

"行。"

沈灼呼出一口浊气，视线又转回呆滞的女人身上，他冷冷地说："我们不是那种关系，别人怎么造谣我不管，你再那样骂她一句我就揍你。"

关于沈灼突然提出想卖掉平房，吴玉东只觉得他疯了。

城郊这片的房子如果要卖，只能卖给陈老七，卖给他百分百被推平，盖粮库，这可是好不容易才抢回来的。

吴玉东越想越难受，百种可能都指向一个，他红着眼问："跟哥们说实话，你是不是得癌了？"

沈灼扔他一脸花生米："你才得癌了。"

"那你张罗卖房干啥？"

"给我妹。"

"你妹……不是死了吗？"

沈灼心烦地按着太阳穴："我说的是蒋诵。"

他头还痛着，勉强把事情缩成短短的几句描述。吴玉东一会儿皱眉一会儿托脸，纳闷地说："那关你啥事？"

"她是我妹，而且她不想回去。"

"你干妹妹七十来个，怎么偏偏对她这么上心？才不到三个月就要卖房子，别是他们一家做套骗你钱。"

沈灼睁眼，想到被磋磨得几乎麻木的女孩，严肃地说："她是我亲妹。"

吴玉东差点被这句话呛到："什么，她是沈雨？"

沈灼点头。

这就荒唐了，吴玉东的白眼几乎翻到脑后去，桌上没酒，不然他还真以为自己喝多了幻听了。

"哥们，这些年我是疏忽了你，没发现你病得这么严重，你这不是单纯的'渴妹症'了，这是魔怔了。"

沈灼靠在椅背上，面容疲惫，故意忽略他的诘问："帮我联系下陈老七，问他这块地能给我多少钱。"

因为之前的嫌隙，他已经做好被狠压价的心理准备，价钱果然比上次低了十万。

他急于帮她脱身，没多纠缠，当天下午就把屋里的桌椅板凳设备全都卖了二手。身上所有的钱全都加在一起，还差八万。他借了吴玉东偷偷攒的娶媳妇钱，到了日落，四十万全都凑齐。

那边，徐丽华实在担心家里的高中生，总怕他吃饭没有着落，一番哭诉之后买了车票提前离开，只留蒋大呈一个在这儿处理后续。

沈灼扔给他一个行李袋，有些重量，拉链开了一条，借着冷白的灯光往里看，全是晃眼的粉色。

蒋大呈瞳孔紧缩,手掌忍不住搓了搓。他也弄不懂此刻是什么心情,就像丢了一个喜欢的玩具,却被补偿了实在的金子。

他四十多岁了,玩具对他没有诱惑力。可此刻的氛围,他也不好表露情绪,只能一直阴沉着脸。

他习惯摆出严父的架子,从来没和女儿谈过心,也不知道她是什么样的人,他也总是忽略她的存在。他仔细回忆后,只记得她挺勤快,性格很闷,不怎么说话。内向的人他很不喜欢,有话不直说,憋在心里不痛快,往往一憋十几年,到最后,还变成了别人的不是。

他承认自己不是合格的爸爸,因为养家的重担压在肩头,他也苦也累,无处诉说,有时看到别人家的开朗女儿不免心生艳羡。帮他捶捶背,按按腰,倒杯热茶,暖心的小棉袄,阖家欢乐,他也生出过这样的梦想。

可是,现在说什么都晚了,他大概不是那种好父亲,女儿当然也不是好女儿。

活了这么多年,没想到会走到这一步。

他忽地生出一股惆怅,叹着气,把攒存下来的谆谆教诲,临别之际,一并念给她听:"蒋诵,以后的路只能自己走了,也别怪你妈……"

话只是起了个头,后面还有巨大篇幅,却被女孩冷漠的声音打断:"别说了,我更讨厌你。"

话题戛然而止,只剩头顶的幽幽冷光,室内和黑夜一样的安静,只能听到一张一张认真数钱的声音。

蒋诵一整天都像做梦一样,从没想过会以这样戏剧的方式结束,像市场上的无情交易。

钱是万能的,收了钱,过往恩怨全都斩断。签下同意书,男人的拇指按在印泥上,没有拖泥带水,那抹红落在白纸上。

事毕,中年男人头也不回地拎着钱款离去,竟然这么简单。

她苍白着脸,看着头也不回的人影,胃一阵阵绞痛。

事情还没结束。

她冒着虚汗,蜷缩在床上的时候,沈灼正在门口和李国利吵架。他像一只精力旺盛的斗鸡,跳着脚吼:"钱不用还了,这个房子我们要住到明年。"

李国利懒得和他争辩。好事不出门,坏事传千里,沈灼这一通卖房的神操作,也让熟悉的街坊邻居指指点点,无非是他这个单身汉骗了涉世未深的小姑娘,或许还是未成年,为了免除牢狱之灾,他只能认栽,用钱和解。

这种忘恩负义的人,和自己亲爸都能了断,所以才这么快就被反噬,连李国利这种全程在场的也觉得沈灼罪有应得,他实在硌硬得慌。

"钱我还,利息按最高给,你马上给我搬出去。"

沈灼咬了下后槽牙,忽然笑了,随手从鞋柜里抽出一把长刀,直接砍在门框上,一字一句:"我说了,我们要住到明年。"

人到穷途末路,就像荒郊独行的豺狼,什么事儿都能干得出来。

刀刃在眼前晃着白光,李国利后背直冒冷汗。他梗着脖子,指着沈灼的脸,边往后退边放狠话:"现在法治社会,你敢动我试试……"

他踩着楼梯往下走,看到沈灼拎着刀出门,他忽然想到,再是法治社会,警车也没沈灼的刀快,赶紧放宽期限:"最多让你们住到年底!"

沈灼顿住脚步,懒洋洋地用刀刮了刮鞋底的浮灰,语气不容置喙:"我们就要住到明年。"

室内一片狼藉,蒋诵忍着胃痛下床,刚走到门口就遇到回来的沈灼。

他把刀放回原处,换鞋,面色平静:"你胃痛的话,我煮点面吃吧。"

蒋诵白着脸,胃里扭曲着抽痛。这是老毛病了,每次情绪受到冲击,都会陷入惶惶无助的深渊,然后控制不住地暴食或者绝食。

她扶着门框,身子虚弱,有些站不稳。

四十万,四十万……她从来没见过这么多钱,也不知道他是从哪儿弄来的。这一天发生的事超出她预想,根本不给她冷静思考的余地。

现实重重地砸在她头上,亲生父母,真的讹了他四十万,这实在太荒谬了。

他却表现得无所谓。

蒋诵扶着墙过去,看男人熟练地忙着接水切葱花,她忍不住问:"为什么啊?"

她知道他能听懂。

他入戏太深,语气和平时一样:"因为我是你哥呗。"

有一种亲情,是自己选择的,与血缘无关。接下来的几天,蒋诵没时间整理情绪,斩断关系现在只剩收尾。

有关她的一切都从遥远的南方邮寄过来,十九年的岁月,竟只装了四四方方一个小纸箱。

她划开密封的胶带,最上面平放着鼓胀的牛皮纸袋。

沈灼带她去派出所,从窗口递进去材料,露出八颗牙齿,熟络地搭话:"老同学,好久不见啊,没想到现在混成公务员了。"

窗口里面的人穿着警服,掀起眼皮看他一眼,随手接过材料,不咸不淡地回应:"哎哟,这不我灼哥嘛,最近忙什么呢?"

沈灼指了指递过去的材料:"就忙这点事儿呗。"

窗口的工作人员叫徐之泮,是沈灼的小学同学,毕业后回来,在本地找了这么个铁饭碗,算是同学圈里混得比较好的。

他粗粗翻了几下,迁移证、身份证,他歪头,看到沈灼身后站着的女孩。

"她迁?"

"对。"

"材料都齐全吗?"

"还差点儿,要是问题不大的话,你就当帮帮我的忙。"

迁户口这件事比沈灼想象的复杂，没有血缘关系的两人不能落一个户口，单立户口的话需要有房产。沈灼当然没有，好在吴玉东家在城郊有一处荒芜的旧房子，他愿意帮这个忙。

忙得天昏地暗，办好户口问题后，开始询问复学事宜。沈灼拉着蒋诵出门，第一件事，就是用全部的钱买了两条中华烟。后来，这两条中华烟，在招生办、户籍科、教育局，和退休下来的领导家里，都扮演过重要角色。

蒋诵一直跟着他，听他声情并茂地虚构她如何从小流落外地，几经辗转，在冥冥中亲情的力量指引下，终于回到家乡的坎坷经历。

他当哥哥，比她想象中的更投入。

蒋诵拘谨地坐在沙发上，看他把烟递出去，一番虚假推诿后，总算没有被推回来。

长久不定的心，终于稳稳落下。

事情差不多办妥了，离高考只剩不到两个月，她只能跟下届。在此之前的空余时间，她要找老师补一下这边的教材内容。

对此，沈灼的口气依旧很大，他打电话给吴玉东，让对方帮忙留意一下，价格高也没关系，教得好就行。

打电话时，两人正往东郊走，前方就是那条河。

到桥上，他挂了电话，潇洒地把手机揣兜里，一副难题全都摆平的样子。

蒋诵这段日子，就一直生活在这种陌生的安全感里。什么都不用担心，不用看别人脸色，所有的一切，他都挡在她身前。从最初的怀疑、不真实，到现在的笃定，甚至把他瞎掰的那些当成真实经历，成功地骗过了自己。

她就是他妹妹，大难不死的沈雨。

天气很暖了，朝阳坡的草绿了大片，春风温暖干燥，桥下的冰早就化了，混浊的河水湍急地流向远方。

两人都有些抗拒这里。

沈灼拉着她的手，朝桥的另一头走。桥上是风口，吹得人睁不开眼，却在下桥后，风忽地止住，空气不再流动，暖意和煦。

他把她带到一处背风岗。

这里是两片农田的交界处，视野开阔又静谧，仿佛世外桃源。脚下浅浅的河床干涸着，枯草覆盖的小路边，长着一棵瘦弱的杏树。

远处，农田开始耕作，有拖拉机在地里，几个人影在忙碌着，车里堆着数量可观的秸秆。

太阳就要落了，天边渲染着大片红霞。沈灼直接坐在地上，抬头，杏花开得正盛。

他说："背风岗的花总是最先开。"

蒋诵不明白背风岗是什么意思，在心里琢磨一会儿，觉得大概是"避风港"被他说错。不过也对，"港"总让人想起南方有水的码头，山岗才符合此刻身处的景象。

桥上是风口,风刮到那里最猛烈,可几十米之外的这里,平静得没有一丝风。

蒋诵忽然觉得,她从出生起就一直站在最猛烈的风口,每分每秒都要忍受四处刮来的狂风,却在放弃时,误打误撞,找到了属于自己的背风岗。

这里下着杏花雨,夕阳的余晖照在刚露头的小草上,微风吹拂面颊,舒适的温度,万物正在复苏,空气里弥漫着早春气息。

她从兜里掏出一颗糖,塞进他手里。

有些事,虽然沈灼尽力掩盖,却也很明显。

他在戒烟,因为拮据。不止烟,还有酒。那天暴发户似的去酒楼吃龙虾,味道还没从嘴里散去,他们就被打回赤贫状态。

沈灼不许她自责,总说不就是苦日子,苦日子有苦日子的过法,只要她好好活着,就没什么可怕的。

蒋诵听了他的话,不再多想,却总能看到他习惯性地掏兜,只拿出打火机,寂寞地在手指转了两圈,又塞回去。

听说戒烟很痛苦,可她只有一颗糖。是上次去退休的老师家里问复读事宜,女主人谦让的。她只拿了一颗青苹果味道的,偷偷塞进兜里。

她说:"嘴巴寂寞的话,就吃一颗糖。"

沈灼从不吃糖,反手还给她:"你吃。"

蒋诵推回去:"我不爱吃。"

他奇怪,女孩不都爱吃甜甜的东西吗,还是第一次见有人说不吃。

"有蛀牙?"

蒋诵摇头。在她记忆里,糖都是被锁在弟弟的零食箱里。要等他心情好了,她才能得到一颗,给的也是他不爱吃的,或者味道奇怪的。她那时虽小,却也不喜欢摆出卑躬屈膝受施舍的姿态,嘴硬地说不喜欢吃。她就这样哄骗自己,把糖果和关于糖果的不堪回忆一并封锁,直到现在。

她小声说:"大概,我总是习惯把糖留给别人吧。"

沈灼捏着浅绿色包装的硬糖,在听到这句话时,眼神一颤。他很少表达内心的情绪,也不知道怎么表达,这句话却完美地描述了他自己。

他也一直习惯把糖留给别人。糖在他的人生里是未送出去的遗憾,这份遗憾又太沉重。后来,他总是在兜里揣一把糖,送给和她一样大的女孩,似乎只有这么做,才能填补心里的空洞。

沈灼的掌心躺着蒋诵送他的糖,另一只手伸进衣兜,拿出一颗粉色包装的。

他也是在同一天,在女主人的谦让下,偷偷拿了一颗。

他把粉色的糖递给她。

"我们一人一颗。"

"好。"

蒋诵小心翼翼地接过,笨拙地撕开包装,里面是一颗水蜜桃味的流心软糖,她捡起，慢慢放在嘴里。软糖外表裹着一层白色颗粒，触到舌尖的瞬间炸开甜意，她细细体会这浓郁的味道，忽然露出笑容。

"真甜！"

日子飞快。

找的补课老师住在学校附近，蒋诵提前开启早出晚归的学习生活。

六月初，高考，马路被限制出行。大批的家长等在校门口，场面相当壮观，一片绿的红的惹眼旗袍。

她背着书包，艰难地穿过人群，看到等候区有免费供应的瓶装水和小面包，想了一下，走过去。

"请问，我可以拿两包吗？"

水在遮阳伞下摞了三层，穿着短袖的中年男人看都没看她，大方地说："随便拿。"

蒋诵拿了一瓶水、两袋小面包，放进书包里。

现在，没有人比她更懂什么叫贫穷，也深刻体会到这样的处境能迅速改变一个人。

补课费用昂贵，还要维持日常生活，处处捉襟见肘，她却越来越平静，且很快适应这种生活。

每隔三天就要去早市一趟，买一些农家自己种的蔬菜和顶饿的主食，一块钱的馒头，嘴甜磨一磨老板，买五个能送一个。她也留意街边发的广告，领活动赠送的生活用品，也会赶在超市关门的前半个小时，买打折的促销品。她还曾连续三天，和老奶奶们一起排长队，参加店铺开业赠送土鸡蛋的活动。租的房子不能开火，只有一个电煮锅，她学会用最简单的厨具做任何想吃的东西。

高考结束，盛夏来袭。

北方的夏天稍纵即逝，高三提前开课。

蒋诵各方面都适应得很好，学习也很努力。在天气变热开启路边摊经济时，沈灼买了个二手烤炉，在夜市支了个烧烤摊，就是忙，从下午四点一直到凌晨四点。

他收摊后，五点多到家，蒋诵六点走，两个人在夹缝时间匆忙地吃早餐，有时是沈灼带回来的，有时是煮的青菜挂面。

吃完，他去睡觉，她去学校。

高三的生活她已经历过一次，这次得来不易的机会，她比别人更迫切，每天都第一个到班里。

沈灼不用她帮忙，希望她尽可能地多睡，两人虽住在一个房子里，却很少碰面。蒋诵回去的时候，他已经走了，锅里留着给她的夜宵。

她也免不了做对比，想到上一个高三时饥饿的深夜，时不时被甩脸色，或者话里话外的哭穷，抱怨学校怎么总收费。

蒋诵有些紧张。

昨天，班主任说要交一千二百块，里面包含了午餐费和各科试卷练习册等资料费。今早上课前，老师说班里还有七个人没交，希望尽快，她理所当然地以为自己是这七人之中的一个。

晚习结束后，她走了相反的路，去沈灼摆摊的夜市。

她一路上都在想怎么开口，越想越觉得亏欠太多，那四十万像一座山，荒谬地砸进她单薄的人生里。

她有时会觉得喘不过气，就算他明确表示已经是一家人，她努力过，还是很难代入妹妹的角色，也不知道怎么理所当然地接受他的好。她只能拘谨着自己，买了一个小本子——记下，想等以后赚钱了，悉数还给他。

夜市充斥着吵闹声和浓郁的香味，她背着书包，离很远就看到沈灼的小吃摊，食客不少，烤炉前排着队，他低头忙着，没注意她来了。

他头发长了，没时间理，也因为生活不规律、熬夜，脸色有些差，猛地一看，还有些颓废诗人的气质。

外形这方面，蒋诵也不遑多让。

头发扎成马尾，露出饱满的额头，还是瘦，身上挂着灰突突的校服，扔人堆里直接找不到。

她站在队伍最后，看着周围的俊男美女，他们光鲜亮丽，肆无忌惮地大声谈笑，生活里似乎不存在贫穷这种晦气的东西。

她并紧鞋子，把自己缩进人群里。

终于排到，她小声说："忙……忙吧？"

沈灼听到熟悉的声音，抬头看了女孩一眼，"哎哟"一声，眼里露出惊喜："你怎么来了？"

也不管她的回答，他从最边上拿了一串烤好的鸡翅，放在炉火上热了热，递给她："吃完回家，这边乱糟糟的。"

蒋诵捏着温热的铁钎，挪到旁边不碍事的角落，低头咬了一口。

好吃，比学校食堂的好吃一百倍。

她细嚼慢咽，话在心里倒腾了三遍，才总算鼓起勇气："哥……我班老师说，要交一千二。"说完，心马上提到嗓子眼，像等候发落的罪犯。

沈灼手里忙活着，有些奇怪："我昨天就交了。"

蒋诵瞪大眼睛："啊？"

他把烤好的一把串递出去，收回几张现金，直接越过烤炉，熟练地塞进她校服兜里。

"我在家长群里呢，看到老师通知就转账了。"

蒋诵愣了几秒，有些无措地把钱从兜里掏出来还给他："我不要。"

他"啧"了一声，又将钱送回她兜里，口气很硬："给你的零花钱。"

北方的夏季燥热短暂，像一只兴高采烈的蝉，热闹地鸣叫两天就宣告结束。立秋后，早晚的温差立刻显现出来，夜市也因此进入倒计时。

沈灼用了一个夏天把欠吴玉东的钱还完。无债一身轻，他终于舒了口长气，给自己放了一天假。

蒋诵放学回去，发现家里灯亮着，不自觉有些紧张。

晚上十点，她下晚自习，每次回来的时候只有煮好的夜宵，这次却不一样。

沈灼正在做饭，见她回来，随手把门口的灯打开，老旧的室内瞬间染上一层昏黄的温馨。蒋诵放下书包，很久没有和他共处一室，不自在的感觉越来越强烈。

她走过去，看他在煮馄饨，旁边有没来得及收拾的面板。

她拿纸巾把散面扫到碗里，面板放进水池里冲洗，锅里的馄饨已经鼓着肚子漂起来了，沈灼正用勺子搅动锅底。

"饿了吧。"

"有点。"

"稍等两分钟。"

"好。"

她洗完面板，放好，馄饨也刚好出锅，满满当当两大碗。

厨房立着简易小桌，他们对坐。陶瓷的碗里冒着热气，上面漂着细碎的香菜末和虾皮，香味扑鼻。

蒋诵舀了一颗放凉，沈灼没有，像是不嫌烫似的直接捞出来放嘴里，看得她直皱眉。

"吃太烫对食道不好。"

"嗯？"他只是发出一声疑问，连头都没抬。

蒋诵低头，咬了口温热的馄饨，摆出心事重重的样子。果然，他不那么急了，直起后背，还很有耐心地吹了几下。

厨房的灯很暗，墙上倒映着一高一矮两个身影。蒋诵吃着，目光落在墙上的影像上，小声说："沈灼，你头发好长了。"

他伸手抓了抓："确实，等会儿我推一下。"

蒋诵一听，高兴自己终于能帮他干点什么了。

"你有推发器？"

"有啊。"

"那我帮你理。"

沈灼有些惊讶："你还会这个呢？"

"会！"

洗手间里，沈灼坐在塑料凳上准备就绪，蒋诵翻出一个大的塑料袋，中间掏个窟窿，套在他脖子上当围布。

她看着镜子，发现这个男人的气质，和初见时截然相反。从吊儿郎当的小混混，变成肩负养家重担的寡言男人，眼神里的轻浮消失了，取而代之的是成熟的稳重。

再配上这一头气质长发,她突然有点舍不得,忍不住感叹:"好像张震哦。"

他斜眼看她:"讲鬼故事的那个?"

"才不是。"

"那是哪个啊?名人吗?"

"嗯。"

他来了兴趣:"帅的?"

蒋诵毫不犹豫地点头:"超帅。"

他忽然得意,嘴角咧到耳根,认真地对镜品味自己的脸。他这样的表情略显油腻,直接打破蒋诵单方营造的视觉幻想。

她启动理发器,按着他头顶,恢复"理发小妹"的冷静。

细碎的发丝一簇一簇滑落,就像秋天的树叶,不等风来,就自动脱离枝干。

夜市关闭,沈灼直接把设备卖了,这一举动引来吴玉东的疑惑。

"卖了多可惜,明年接着干呗。"

沈灼摇头,目光看向遥远的旷野:"我们明年会离开这里。"

这句话同样在蒋诵心里生了根。她虽然在这里获得自由,却从来没把这儿当作家,她能信任的,只有沈灼这个人。

她是班里年龄最大的学生,没有朋友,每天独来独往,不管遇到什么困难都咬牙忍过去。因为她知道,她一定会离开这里,当然是和沈灼一起。

入秋后,沈灼找了个开货车的工作,每天中午都会经过学校,蒋诵吃完午饭会在学校的围墙栅栏边走一圈,十有八九会遇到他。

他会从车上下来,从外面给她递好吃的——八块钱一个的巨大蛋挞,已经过季的草莓,热乎的烤红薯,新出锅的小酥肉……

蛋挞外皮酥脆,牛奶的甜味在唇齿间留香,就是太大,吃到最后腻得吃不下。草莓过季了,很酸,口感也硬,只是模样好看,就能轻松把他的钱从兜里骗出来。

有什么在悄悄变化。

他有时不会出现,就算出现,拿给她的东西也稍显"随便",有时是一根烤熟的玉米,有时是一颗水果糖。

收入缩水,有关学习的开销却越来越多,不出摊之后,伙食上的变化立刻显现出来。

蒋诵又变成早市的常客,她把校服掩盖在旧外套里,像长年在早市买东西的人那样货比三家,软磨硬泡磨老板算便宜点。

可就算这样,还是入不敷出。

天越来越冷了,学校门口,一辆捷达车停在马路斜对面。

盛夏好似一场短暂的幻觉,绿色还没站稳脚,就被一阵冷风吹散,小城铺上一层枯黄。几个环卫工人拿着扫帚,在车轮边围扫,把枯叶攒起或大或小的堆。

吴玉东坐在驾驶位,他打了个呵欠,从兜里掏出一盒烟,弹出一根递出去。

沈灼直接推回来："你要是能供我抽下半辈子，这烟我就接。"

吴玉东无语地把烟塞回兜里，没好眼色地看着他："你这妹妹认的，何必呢，连烟都抽不起了。"

他是不懂，而且几个月都没想通，这要是娶媳妇吧，就好理解了，因为这边的适龄小伙结婚，家里也得拿出三四十万，买房，买车，风光操办完婚宴，媳妇才能娶进门。

沈灼呢，钱一把拿，结果多了个妹妹，还得供她上学，考上大学之后还是花钱，搞不好还得给她攒嫁妆，这是……图的啥呢？

当然，沈灼自己乐意，人生是沈灼自己的，爱怎么过怎么过。

现在，明显连累到他了。

今天他四叔的媳妇的表姐的儿子结婚，在村里摆流水席，和他家有礼尚往来，但是礼份不大，人到露个脸就行。

他握着方向盘，皱眉说："我就随一百块钱礼，咱们三个人去吃，结果吃回来五百。"

沈灼浑不在意，支着脸看学校的方向，心里纳闷，都已经和老师请好假了，她怎么还没出来？

吴玉东说完，没听到回复，只能给自己打气："我一点都不觉得丢脸，真的，谁让咱们是兄弟。你要给小妹补充营养，我天天给你拿肉呗，不也能补吗？"

沈灼"哦"了一声，关注点压根没在他的情绪上："你家只有猪肉，内脏，太单一了，赶不上酒席营养全。"沈灼突然想起什么，转头看他，"今天是结婚正日子，席面上应该有大虾吧。"

吴玉东握紧方向盘，咬紧后槽牙说："有，但你也得控制点，别跟小孩抢。"

沈灼露出满意的笑容："不和小孩坐一张桌就完事了。"

说完，他摇下车窗，冲刚出校门的高中女生挥手："快跑几步，哥今天带你吃大餐！"

蒋诵觉得这不太体面，但也仅仅是觉得而已，当最基本的生活都已经成问题时，别人的看法是最不重要的。

他们特意避开小孩那桌，挑了个男人坐的桌。男人大多不注意菜品，专注喝酒，至少廾席十分钟内，桌面不像小孩聚堆的那么"惨烈"。

两个女人在上菜，看到蒋诵，指着旁边坐了一桌妇女的席面，大声催赶她腾地方："你一个小姑娘坐这儿干吗，上那桌吃去。"

沈灼伸手揽过蒋诵的肩，扬着下巴，微笑："她是我妹，她就坐这儿。"

吴玉东在旁边，低头，拿劣质的餐巾纸猛擦汗。

自从户口迁过来后，蒋诵再也没有暴食或者绝食，也没有胃痛，一日三餐加夜宵，慢慢形成健康的生活规律，皮肤渐渐有了光泽，也胖了些。只是胖了看起来也很瘦，亭亭玉立的小姑娘，安静地坐在沈灼旁边，终于不像营养不良的初中生了。

沈灼挥舞着筷子，一下子夹了四只大虾，一并放在她的碟子里，嘴上唠叨着慢点吃，眼睛还在搜索桌面上的优质食物。

蒋诵仔细地把虾剥好，放在沈灼的碗里，同时，他又夹了一筷子远处的灯影牛肉。

两人异口同声："你吃。"

两人的视线忽地对上，她下意识躲开，沈灼低头看到碗里剥好的虾，从长度上看能看出是那四只中最大的一只。

他不想浪费她的好意，也不想在这么多人面前上演推来推去的亲情戏码，索性痛快地放进嘴里，冲她竖起大拇指。

"好吃！"

蒋诵唇角弯了弯，把剩下的虾都剥好，想再给他，却被更多的虾淹没菜碟，他靠近，声音就在耳边："这可是蛋白质，专补高三生的脑子。"说完，又夹了一块鱼肚，放在旁边的碗里。

"这块没刺，吃鱼也好。"

太多了，盘子里的东西太多了，对她的好也太多了，多到要溢出来。

她能感受到，他的好是不掺杂任何杂质的，没有理由，也没有目的，就是单纯赤诚的，希望她好。被这样的好包裹着，她当然不会辜负他，努力让自己变得更好。

她低着头，把碗里的鱼肉吃掉，牛肉吃掉，虾吃掉，吃完才抬头，可身边的人已经不在了。

她搜寻四周，看到他在隔壁桌和人聊天。

慌张的心，瞬间安定。

吴玉东在旁边，看着她盘子里堆成山的虾壳，酸溜溜地说："他对你可真好。"

蒋诵抿着唇，不知道怎么回答，小口喝着饮料，耳朵却悄悄支起，听他在别人聊什么。

简易棚内人声嘈杂，他的声音卷在嗡鸣里，听不太真切。

她歪着身子，慢慢凑过去，终于听到他的感叹："现在出国这么挣钱呢！"

天越来越冷了，小城褪去明亮的生机，被凛冽的褐色替代。他已经五天没经过学校了。

蒋诵在栅栏边站着，风是刺人的干冷，好在新发了冬季校服，双层棉，刚好抵挡初冬的寒意。

上课铃响，她转身走回教学楼。

沈灼最近很忙，有两晚没回来，说是去省城送货。

室内冰冷，供暖前的温度让人很不舒适，她缩在被窝里，看着旁边的地铺，罕见地失眠了。

心莫名其妙地悬着，像是有什么可怕的事要发生。

她有时从繁重的学习里抽出心神，想仔细想一下不安的源头，却像落入乱成一团的毛线里，找不到头绪。

沈灼还和平常一样，但敏感如她，也能从日常的交流里发现蛛丝马迹。

他看着未接通的电话，烦躁地说"房东失联，没交取暖费，冬天怕是不好过"，或者在她写作业时突然说"学校的宿舍应该很暖和"。

蒋诵心思敏感，明白他是想让她住宿舍。

听说已经供暖了，但这个房子里还是冷冰冰的，不同于秋天的冷，而是极寒之地，能把人冻死的冷。

蒋诵被窝里有热水袋，还能勉强，旁边打地铺的沈灼，总让她觉得会在某个降温的深夜冻死。

做了这种噩梦后，她顾不上冷，光着脚下地，抖着手去探他的鼻息，嘴唇冰凉，呼出的热气在指缝中穿过。

她松了口气。

黑暗中，手忽然被冰凉的手抓住，她看不清他的表情，只能听到他带着睡意的疑问："怎么了？"

"怕你死。"

他被逗笑，声音带着未醒的鼻音："人哪那么容易死。"

怎么不容易，陈欣欣说要死，直接就死了，她如果没有他的阻拦，可能也死了，她现在怕死。

蒋诵："你上床睡吧，我保证不碰你。"

他嫌弃地"啧"了一声，被子动了动："不去。"

蒋诵想到梦里的可怕，哽咽着说："太冷了，我怕你冻死，你要是死了我也不活了。"

"啪"的一声，阳台灯打开。沈灼从被窝钻出来，他还没适应这种亮度，眯眼探过来，看到眼睛通红的蒋诵。

"别哭，不至于。"

蒋诵光着脚在地上蹲着，他赶紧用被子裹住，双指朝天保证道："放心，冻不死，我小时候住的房子可比这儿冷多了。"

"真的吗？"

"保真。"

她把眼泪咽进去，红着眼站起来，想到天越来越冷，想到心里一直悬起的不安，想问，又不知道怎么说。她赌气地钻回被窝，被子盖过头，喊他把灯关上。

第一场雪在两天后落下，雪片大而薄，静静从天空飘下，她也破天荒地溜号，注意力总被窗外吸引过去。

是初雪。

世界被纯白覆盖，最先下课的班级发出一阵欢呼声，青春的少男少女从教学楼跑出去，争抢着做留下第一行脚印的人。

蒋诵也被感染，暂时忘记烦恼，想出去看看。

走到一楼，眼前展开打雪仗的欢乐，生活老师却从走廊另一端出来，看到她，赶紧招手："哎，蒋诵是吧，正找你呢。"

蒋诵的心忽然悬起，可恶的第六感告诉她这不是好消息。

生活老师是个三十多岁的女人，笑的时候唇角有浅浅的酒窝。她过来，拉着蒋诵的手，边走边说："宿舍在三楼，八人间，上铺，你哥已经把东西送来了。"

悬起的心重重下坠，蒋诵木然地跟着老师走，穿过教学楼的长廊，走到宿舍楼，三楼，306宿舍，门口摆着一只巨大的箱子。

生活老师帮她铺床，絮絮叨叨地说没有好位置了，只有靠窗的上铺，虽然是上铺，但也不冷，实在怕冷，可以灌个热水袋放脚底……

蒋诵犹豫着弯下身，把箱子打开，看到里面整齐地码放着生活用品。

卫生巾，超市最贵的牌子，日用、夜用分开放着。加绒睡衣、贴身内衣、洗漱用品、水杯、文具，一应俱全，数量足够，够她在这儿用一年的。

她咬紧唇肉，他果然要走。

生活老师帮她铺好被子，问她有没有什么遗漏。她忽然站起来，急声问："我哥呢？"

"啊？好像走了。"

她转身就往外跑，跑进大片纯白的世界里，刚落下的雪还不实，像松软软的棉絮，踩在上面"咯吱咯吱"响。

她跑出学校，一路跑回家，开门，屋里果然空了。

她马上转身下楼，后悔浪费时间跑这一趟。

他一定去了火车站，准备坐火车去省会，然后搭上不知道去哪个国家的飞机，也许是热带的东南亚，也许是非洲。

万一被人骗了怎么办呢？就因为他迫切地想要赚钱，这样的人百分之百会落入圈套。万一真的被骗，那他岂不是下了飞机就被软禁，被迫搞电信诈骗，或者更倒霉，被迷晕割掉器官，醒来的时候躺在放满冰块的浴缸里，旁边摆着死亡倒计时……

越想越可怕，全都怪她。

她边跑边哭，飞扬的雪花钻进嘴里，他不能死，他得活着，他必须在她能看到的地方，好好活着。

一路跌撞，候车室的人巨多。下一班列车正在检票，黑压压的人排了三列长队，蒋诵横冲直撞地往里跑，门口的检包员甚至没拦住她。

她使劲抹掉眼里的泪，努力看清每个人的脸。

不是，都不是。

她崩溃，旁若无人地大哭，声音凄厉地贯穿人群："沈灼！呜呜呜，我不许你走！"

检票的队伍不动了，每个人都在看她"撒泼"，若不是她穿着校服，别人必定会以为这是痴情女挽留情人的狗血戏码。

穿铁路制服的两个男人叉着她，一边指挥秩序一边说："有话好好说，干吗在这儿又哭又号的。"

蒋诵不起来，身体瘫软着，就这么被硬拖着往门口走，她蹬腿，什么都不顾了。

"沈灼！你敢走！你要是走了我就去卧轨！"

大厅内一片哗然。

站台上，沈灼吸吸鼻子，后退一步，避开风吹过来的雪。旁边有一对情侣，正堂皇地说着刚才检票时看到的一幕。

女生冷静地分析："高中生哎，不可能是恋人，应该是爸妈离婚了这种家庭变故。"

男生不太赞同："我感觉是早恋，一看她的长相就是'早恋选手'。"

女生瞪了他一眼："你这是什么刻板印象。"

男生支着下巴，透过玻璃看室内的情景，言之凿凿地说："这种外表乖乖女的类型，实际最叛逆。"

沈灼隐约听到"叛逆"这两个字时，随手把耳机从耳朵上拿下来，这一瞬，冷风的声音和嘈杂的喊叫一并灌进耳膜。他从这嘈杂里听到自己的名字，声音是他熟悉的，却是刺心的凄厉，是蒋诵。

千百种感受一起涌入，他忽然有些迷茫。

这么多年，他一直是孤身一人，是落单的大雁，是被遗忘在荒原的病羊，是人人嫌恶、生怕沾染到关系的可怕病毒。

他感谢她愿意当他妹妹，他对她好，是为了填补自己心里的空缺，是自私的，所以从来没有考虑过她的感受。就像这次离开，自认伟大的奉献，他去赚钱，是为了让她过好日子。

多么冠冕堂皇的理由，却从来没问她的意见。

他脚步踌躇着，逐渐加快，他跑回候车室，撞到几个人的肩膀，越过障碍，听到几声不爽的谩骂后，他看到她。

她脸哭肿了，完全变了模样，此刻正无力地瘫在长椅上，一抽一抽的，哭得要晕厥过去。

旁边的铁路工作人员正拿着手机，嚷嚷着要打120。

他用最快的速度跑过去，腿软了，直接跪在椅子旁，轻轻抓住她的手，刺骨冰凉。

他的心也跟着凉了下去，几近无声："你怎么在这儿啊？"

蒋诵努力地睁开眼，可眼睛红着、肿着，被一波一波无休止的眼泪冲击着，怎么都睁不开。

直到听见他的声音。

激动，失而复得，喜悦，一齐冲击她的大脑。

眼泪流得更凶了。

她哭着扑进他怀里，上气不接下气："哥，呜呜，我不许……不许你走。"

哭声震耳，沈灼却红着眼笑了，轻拍她抖动的肩头，哄小孩似的安慰："对不起，哥不走，真的不走了。"

以后再也不走了，亲人，就是不管遇到什么困难，都要在一起。

那天以后，蒋诵的眼泪就像开了闸，似乎失去忍耐的能力，一点微不足道的小事都值得她流几滴泪。

十二月中，漫天飞雪。

沈灼把面包车卖了，买了两床厚被子，又买了个猫窝，把那只流浪猫放在楼道里避寒。

楼道灯忽闪着，电压不太稳，她走在后面，拽着沈灼的衣角，哭得止不住。

他安慰："不就是一盒牛奶嘛，洒了就洒了。"

蒋诵越想越伤心："可那是热的啊。"

"重新热一盒呗，家里不是还有。"

"再热一盒也不是洒的那一盒了，我只想喝洒掉的那盒。"

好任性。沈灼一个头两个大，而且深知和她讲道理没有用。

几次之后才发现，她的身体里似乎积攒了超过身体负荷的眼泪，洒掉的牛奶只不过是一个宣泄情绪的借口。同理还有水太热或太冰，口罩里积满潮湿的哈气，食堂的菜太难吃，或者雪化湿透了棉鞋。

他询问过其他家长，发现几乎都有这种症状，高三压力大，情绪敏感是正常的，只是她表现得严重一些。

冬末，严寒，玻璃上结了一层厚厚的窗花，女孩坐在桌边写作业，台灯下的侧脸恬静，可没过两分钟，她又哭上了。

沈灼耐不住她深夜频繁的情绪波动，搬回床上。

他对她从来没起过龌龊的心思，睡觉就是睡觉，两人虽然紧紧挨着，却是各自盖被。

环境恶劣，人的能量只能维持最基本的要求，饱暖才能思万物，就连蒋诵这种爱打嘴仗的，也只是哆嗦着，把脚伸进他被窝里，冰凉的脚底板贴到他的小腿上，只为取暖。皮肤渗凉，像针刺，小腿拧着要抽筋，他不动，沉默地忍耐着。

冬天很漫长，却也很快。

窗外爆竹声声，烟花炸满天，两人披着被子坐在阳台上，旁边摆着刚出锅的饺子。

是一楼周奶奶包的，酸菜馅。她白菜又种多了，腌了两缸在楼道里，过年包了好几百只饺子，直接冻在窗户外面。

她告诉蒋诵想吃就拿，不用告诉她。

蒋诵只拿了一次，就是除夕这天，用电锅煮了两盘当作年夜饭。免费的爆竹，免费的饺子，她第一次觉得过年这么开心。

以热水代酒，和他碰杯，互道新年好。

是新年，全新的一年，和他成为家人的第一年。

不安的心情随着时间流逝逐渐平稳，初升的曙光从窗外透进来，天越来越高，日落越来越晚。

春暖花开，半开的窗户吹进阵阵暖风，带来一阵急促的猫叫，接着是小狗的狂吠。

室内依旧简陋，书桌上摞着厚厚教材书，右侧摆着自制的高考倒计时提示板。

女孩身形单薄，披着一件浅绿色毛线开衫，乌黑的头发用蕾丝发带松松绾着，随意地垂在肩下。

她弓着身子，沉浸在题海里，好久都没动一下。

沈灼在附近送货，顺便回趟家。他进屋，把折下来的一枝杏花插在桌角的空瓶里。

蒋诵抬头，看到清新的淡粉色，喃喃地说："春天来了啊。"

花开，花又落，花落的地方结出青涩的果实，果子一天比一天大，倒计时也从两位数变成一位数。

高考那天晴空万里。

街道依旧管控，家长有纪律地站在门口等待。等待是漫长的，也很短暂，沈灼站在人群里，眼睛一刻不离校门口。

终于门开，考生三五成群地出来，他一眼就看到熟悉的脸。

蒋诵也一样，眼里只看到他一个人。她笑着，脚步轻快地跑过来，像一只兴奋的小燕，直接蹦到他身上，搂着他脖子，似是被狂欢的气氛感染，也激动地在他耳边欢呼。

"哥，我考完啦！"

第六章
崭新生活

BEIFENGGANG

开学季，车厢里异常拥挤。

凌晨，卧铺摇摇晃晃，乘客大多已经沉睡，呼噜声此起彼伏，空气里弥漫着氧气匮乏的闷热。

火车平稳地驶向平原，站台的光从窗帘的缝隙透进来时，蒋诵睁开眼。

她睡在最上铺，是被渴醒的。

水瓶里早就空了，她纠结了一会儿，准备爬扶梯下去。刚要起身，刺眼的光照进来一道，照亮了下铺交缠在一起的人影，她马上缩回去。

下铺是一对情侣，卧铺很窄，女孩被男孩搂在怀里，小小的一只，胳膊软软地搭在男孩腰上，在蒋诵准备下去的时候，女孩的手突然调转，滑进男孩的裤子里。紧接着一声压抑的闷哼，女孩得逞地轻笑，男孩是一副无可奈何的样子，假装惩罚地刮了一下她的鼻子，任由身下的手作乱。

蒋诵躺平，把水瓶放在枕边。

大概是车厢里人太多，她忽然很热，越热越渴，就算扯开领口的扣子，还是挡不住黏腻的汗渗出来。

热，脸要热炸了，又不好意思下去。

按亮手机，是碎裂的屏幕，壁纸是背风岗那棵开得正好的杏花。

她解锁，点开微信，无声地打字"哥，你那边有水吗"。

打完，她手指在发送键上盘旋，余光扫了一眼下铺。

车厢昏暗，虽没有光透进来，她却隐约看到，男孩的手放肆地伸进女孩的裙摆里。

还是算了吧。她删除那些字，按灭手机。

熬到天亮，她撑着胳膊爬下去时，下铺的小情侣已经醒了。男孩拿着洗漱用品去刷牙，女孩坐在床边，露出精灵般的白皙脸蛋。

女孩是北方人，自来熟，看蒋诵下来，亲切地打招呼："早上好啊，车里太热了是吧。"

蒋诵拎着空水瓶，确定是和她说话，不自在地捋了下头发，点点头："是很热。"

女孩笑了，随手拍了拍旁边，亲昵地说道："爬上爬下不方便，白天就坐我这儿吧，没事，别客气。"

蒋诵赶紧道谢："不用麻烦，我先去找我哥。"

女孩仔细想了一下，恍然："是昨天塞行李箱那个吗？"

"是。"

"哇，你哥送你去学校啊？"

蒋诵点头，嗓子已经冒烟，渴到要脱水，语速不自觉加快："嗯，车票不好买，他住隔壁车厢，我去找他。"

清晨，还不到七点，车厢里有推车卖零食的小车，一走一吆喝着。

蒋诵避让，一层一层在卧铺里找，却没找到沈灼。

去哪儿了？

只要有过一次被抛弃的经历，就会异常敏感，她在车厢里走了三次，就连接头处的吸烟区和厕所也找了，没见人。

她想了最不愿面对的可能，捧着手机，边往前走边敲字。

诵：你在哪儿？

等了一会儿没回复，她已经走到硬座车厢。相比卧铺，这边更嘈杂混乱。

正是早餐时间，车厢里充斥着泡面、卤煮、瓜子、大葱混在一起的复杂味道，她找了两节车厢，才看到熟悉的身影。也不能说身影，沈灼缩在座椅下睡觉，只有一只脚伸在外面，穿着旧的黑色运动鞋，白色的底边早已变成纯正的黄色。

蒋诵蹲下，在他的小腿上狠狠拧了一把。

"嗷"的一声，他惊醒，直接撞到头。

蒋诵看着他一脸没睡醒的模样，揉着脑袋从椅子下往外爬，简直气冲脑门。

"你又骗我！"

上车的时候明明说在隔壁的车厢上铺，还给她看了车票的铺位，结果跑到硬座这边，不用想都知道是跟人换票了。

他打了个哈欠，伸手揉她的头，是女抚动作，也是对她那句话的回应。他从兜里掏出一沓零钱，一张一百的，几张十块五块的，得意地塞进她牛仔外套的兜里，像捡到什么人便宜了似的傻子。

"下车得吃顿好的。"

吃好的一点都不重要，蒋诵越想越生气，绷着脸不理他。

她嘴上不说话，手却拽着他的衣角往卧铺车厢走。他知道她不高兴，老实地跟在后面，忍不住接二连三地打哈欠。

其实蒋诵气的不是他，气的是他们的现状。

一百多块钱，虽不多，却能让他心甘情愿地去硬座熬一宿，贫穷深入骨髓，怎么可能习惯，像一块永不愈合的伤口，随时都在刺痛。

两人对坐在靠窗的小桌边吃泡面。这是上车前在超市买的，车程三十四个小时，光是泡面就买了十几桶。

沈灼喝了口汤，头转向窗外。

高山，丘陵，江南小镇，处处是陌生的景象。

他第一次离开家乡，没有什么心绪起伏，也没有感慨，就是应该这样的，和她在一起，没有第二个选项。

蒋诵收着吃完的泡面盒，指着上铺下达指令："你去睡，睡醒就到了。"

沈灼摇头，精神百倍地说："不用，我睡好了。"

她的脸拉得老长老长："闭嘴。"

"啧，怎么和你哥说话呢。"

"让你去你就去，别烦我。"

沈灼看着她去扔垃圾的背影，很是无奈地叹了口气。旁边下铺的女孩看他这样，笑着说："没看出来啊，你妹还挺有脾气。"

他挑眉，余光看到蒋诵冷着脸回来，这可不是嘛，从前那个闷葫芦似的怪女孩，现在也有了脾气，而且还不小。不过他可不敢当面说。

"我妹哪有脾气，多温柔啊。"

列车不紧不慢地驶向南方，一路江南水乡的潮湿闷热，终于在日落时分，到达目的地。

南江市。

沈灼拎着两个巨大的行李箱，里面是他们所有的东西。他毫无留恋地斩断和故土的联系，陪她来到这座陌生的城市，虽然这里对她来说也很陌生。

下铺的女孩拉着行李走在蒋诵旁边，看沈灼像大力士似的走在前面，膜拜地"哇"了一声，忽然想到一件重要的事："对了姐妹，你去哪个大学报到啊？"

蒋诵踩着干净的大理石地面，一字一句地说："南江大学。"

八月末，空气里泛着热浪似的潮意。

新生报到，车流拥堵，大学门口像蚂蚁搬家似的排起长队。沈灼拉着行李，非要陪蒋诵一起报到，再把她送到宿舍里。

宿舍里已经有一个铺位被占，沈灼把她的行李放在靠窗的桌边。门开，进来一个中年女人，手里拿着抹布。

沈灼理所当然以为是同学家长，放下手里的活和她打招呼："阿姨好，也是送女儿报到啊？"

蒋诵在整理洗漱用品，抬眼，看到铺好的床单，布料很奇特，好像电视剧里大户人家的缎面丝绸那种，离老远就闻到一股香味。不止床铺，就连床上的布娃娃看着都不普通，里里外外透着"我很高贵"。她移开眼，把毛巾盖在洗脸盆上。

女人擦着书桌，露出温和的笑："不是我女儿，我是她家阿姨。"

沈灼听南方口音有些费劲，琢磨了一会儿才明白。他爬上床铺被子，摸着从东林拿过来的旧床单被罩，再对比另一个铺位上的奢华四件套，舒适度高下立见。

他的心突兀地沉下去，指尖捻着洗过很多次的布料，自言自语："睡着会不会不舒服啊？"

蒋诵在下面整理书桌，等那女人出去洗抹布了，才小声说："怎么会不舒服，这套我都睡习惯了。"

"那就好。"

"唠叨。"

她又说他，沈灼突然有种老父亲被年轻的女儿嫌弃的感觉。也是奇怪，他才二十五岁，只比她大五岁，还是血气方刚的小伙子，怎么一到她身边就变得这么嘴碎。

那也不怪她总生气。

沈灼把嘴巴闭紧，直到去吃饭时才打开。

大学周边自成商圈，美食一条街平价又好吃，他们吃了小面，吃完就马不停蹄地去找房子，最终在距离大学一公里左右的小区找了个合租的单间。一套房子隔成四个房间，一个月八百块钱，半年起租，他交了押金和房租，又在小商品市场里买了生活必需品。

一切都准备就绪，崭新的生活即将开始。

沈灼倚在门边，几平方米的卧室里陈设简陋，一张单人床占据了大半地面，小窗不大，外面是车水马龙的街道，床边立着一个旧的布艺简易柜，里面挂着他所有的衣服，虽然只有两套。

蒋诵从行李箱里拿出床单和被罩，仔细披平铺好。沈灼想到，他上午帮她铺床，到下午，她又帮他铺。

看似很小的一件事，他心里却奇怪地涌起热流。

也许是之前的日子太不好过，幸福的阈值被拉到最低，眼前这一点点的安稳影像，竟也让他舍不得移开眼。

他从没对未来有过憧憬，生活就是睁眼吃饭，闭眼睡觉，别的都不重要；可此刻，眼前画面缓缓展开，他突然产生了对基本生活之外的遐想。

如果，以后能一直这样……

床很窄，很快铺好，蒋诵从床上蹦下来，像解脱了所有不快，开心地欢呼："终于铺好啦！"

她习惯性地抱住他，身体紧密地贴在一起。盛夏，衣料薄透，他的注意力都被胸前的温软触感吸引，忽然忘记呼吸。

他感到惊慌，此刻脑海里一闪而过的画面，让他恨不得抽自己一耳光。

室内狭窄安静，蒋诵感觉到男人的不自然，也从忘我的兴奋中惊醒，僵硬地收回胳膊，不自然地挠了下后脑，抬眼时，看到沈灼把手抬起，夸张地放在前胸，做出身负重伤的样子。

她皱眉，心虚地说："你这是干吗！"

沈灼果然没让她失望，叹了口气，感慨道："好平的胸，差点把我肋条撞折了。"

这话直戳她心窝："沈灼,你想挨揍是吧?"

"不想。"

"那你重新说。"

"好……好小……唉,别,耳朵给我拧掉了!"沈灼疼得身子扭成麻花,到底是敌不过她的"铁钳手",痛苦求饶,"我错了我错了。"

蒋诵松开,看他耳郭布满红色,这才解气。

她走去铺好的床边坐下,指尖摩擦粗硬的布料,小窗外,夕阳昏黄,斜洒进来,浅浅地照在床尾一角。

未来是空白的,她站在起点,一点都不觉得害怕,因为有他在。

沈灼也过来,懒洋洋地躺在旁边,看着陈旧斑驳的天花板。

谁都没说话。

宿舍在三楼,四人间,上床下桌,蒋诵回去时人已经全部到齐。

豪华床铺的主人身材瘦高,穿着粉色蕾丝睡衣,一头乌黑大波浪,头顶卡着麋鹿角的发圈。

此时她正从行李箱里翻出五六瓶防晒喷雾,慷慨地分给另外两个女孩:"军训哎,那么老大太阳,不喷防晒直接黑成炭。"

另两个女孩铺位靠门,基本都收拾好了,见门开,视线被进屋的蒋诵吸引。抱着防晒喷雾的女孩挑眉,趿拉着鞋过来。她皮肤白皙饱满,细眉凤眼,一副千金大小姐的模样,歪头打量着。

"你是……"她转头看了眼靠窗的朴素铺位,对比蒋诵衣着打扮,马尾、素颜、土气,一身和时尚无关的小镇装扮。

"哎,你就是最先到的那个吧?"她说完,大方地把防晒喷雾递给蒋诵,"以后我们就是室友啦。我叫聂小美,你叫什么?"

蒋诵接过防晒喷雾,抬眼看等待的三人,忽略不自在,露出笑容,说:"我叫蒋诵。"

另两个女孩也自我介绍。

其中一个短发,微胖,眼睛弯弯的,说话时声音软绵绵还带着鼻音,笑嘻嘻地过来挎着蒋诵的胳膊。

"我叫程果,苹果的果。"

还有一个叫杨芷心,她刚洗完头,发尾滴滴答答的,手里还拿着吹风机。似是受不了她们磨磨叽叽的慢热,她语速极快地说:"都认识了吧,我必须得去吹头发了。"

洗手间传来吹风机的"嗡嗡"声,聂小美把防晒喷雾放在桌上,语重心长地叹着:"姐妹们,希望我们都活着回来。"

九月,各大高校开启新生军训。

天气炎热潮湿，蒋诵穿着一身迷彩服，汗水濡湿贴身的短袖，黏在身上不舒服。

在北方过了两个干爽夏天，身体不太适应南方的潮热，天像下火了似的，连呼出的气都是灼热的。

漫长的半个月，度日如年。

军训结束时，蒋诵得益于聂小美送的防晒喷雾，没有黑得太离谱。回宿舍还没待几分钟，她就匆忙换好衣服准备出去。

聂小美举着小镜子，仔细检查脸上盖的修复面膜，见她一脸着急，瓮声瓮气地问："干吗去啊？"

蒋诵攥着手机，回头，见三人都顶着一张厚重的面膜脸，以同样的姿势盯着她，场面很无厘头，她忍笑摆手："我去找我哥，晚上回来。"

沈灼在大学东门的夜市里摆摊，还是做烧烤老本行。

在她去军训的这段日子，他也没闲着，马不停蹄地跑市场买设备找货源，全部安排妥当后给她发微信，告诉她在第"8-26"档口。说是档口，实际并没有，只是辖区为了好管理，把地皮标记成号码。

蒋诵到的时候，沈灼正在热火朝天地烤鸡翅，他的小吃车比在东林的时候大了一圈，菜品也变多，在车的最上方标着种类和价格。肉串、苕皮、鸡翅、鸡爪、玉米、时蔬……主食有小面和炒饭。

沈灼收钱的时候，正好看到她，手里忙着，嘴上吆喝了一声："呀，我家大小姐来了，看看哥这小事业怎么样。"

蒋诵抿起唇，支着下巴，故作严苛地检查了一番。

小吃车很干净，支撑的钢架擦得锃亮。沈灼在车里忙着，左面是烤炉，右边是铁板，小料整齐地摆在手边，随手拿起，手腕甩了个漂亮的弯，烤料就均匀地撒在鸡翅上。

他捻起包装纸，丝滑地把鸡翅放进去，热情地递给等待的女生，大声笑着说："好嘞，美女拿好。"

本来能打一百分的，蒋诵听他油嘴滑舌地叫人家"美女"，直接砍掉二十分。

她抱着胳膊，说："还行吧。"

他把手套摘掉，"啧"了一声："怎么就还行呢。"

"我的'还行'就是'特别行'的意思。"

"那你说'特别行'。"

蒋诵就不说，哼哼着瞪了他一眼，弯腰钻进车里。

内部狭窄，勉强能容下两人，铁板下面放着备好的菜品和米饭，旁边单放着水桶，里面是清水泡的面条。

蒋诵："还要做主食？"

"是啊，不做主食不行。"

大学周围的摊位，主打经济实惠，吃饱是最重要的，初来乍到，不能硬莽，为了赚钱，必须入乡随俗。

这会儿不忙，他身上挂着围裙，懒洋洋地靠在车角。半个多月没见，他的视线直白，似是要重新认识她的模样，上下打量，最后得出结论："是黑了点，不过看不太出来。"

蒋诵得意地把头发掖到耳后，显摆地露出整张脸。

军训时聂小美把整瓶防晒喷雾塞进衣袖里，就那么硬夹着，每到休息的时候就给她猛喷，那几天连喘气都是防晒喷雾的味儿。

对比之下，没军训的沈灼倒是黑了两个度。

南江靠海，气候潮热，最近都是大太阳。小吃街边没有大树遮阴，他边流汗边暴晒，皮肤也是肉眼可见的暗沉。他理了个平头，穿着松垮背心、热带花裤衩、人字拖，和这条街上的摊主装扮一样，简直是原住民。

蒋诵突然觉得，他就像一株无名杂草，肆意地野蛮生长，不管到哪儿都能扎根，而且活得很好。

有人来点单，他又忙起来，脚却在水桶旁边勾出一个折叠小凳，眼神示意她坐。

蒋诵坐下，支着脸看他忙。

日暮，客人越来越多，她也坐不住了，找了个围裙系上，给他打下手的同时，兼顾着收钱。

沈灼说："不用你，你早点回吧。"

蒋诵摇头，细密的汗水从发丝渗出，她的面容隐在翻腾的热气里，正忙着用筷子搅拌着煮面的锅底。

她说："没事儿，我和你一起。"

相比高中，大学的时间要自由得多，上了几天后，程果就像七年之痒的怨妇似的看着书桌上的《传播学概论》。

她圆脸，却面容凄苦，眉尾耷拉着，悠悠地叹了口长气："为什么啊，高中不是背过了嘛，怎么大学还要背！"

聂小美坐在靠窗的椅子上，把卷发器固定在耳上，套上皮筋之后才和她搭话："对啊，听说隔壁学编导的就是看电影，全是国内外大片。"

程果一听，羡慕嫉妒，更是愁眉不展："好后悔啊，这几天我都晕字了，明明是汉字，怎么放在一起就不认识了。"

聂小美嘴上刚盖上唇膜，闻言只是哼哼两声，对她表示理解的同时，也指了指自己，毕竟也在同一片火坑里。

门开，杨芷心回来，随手把书包扔到书桌上，抬腕看了眼时间。

这会儿阴天，窗外已经暗下来，夜市离得近，小吃齐全，她站在程果的桌前，压低声说："出去吃饭啊。"

聂小美听到，马上举手："我想吃蔬菜沙拉，不放沙拉酱。"

杨芷心微微皱眉，看她把唇膜重新贴上去之后才说："我们去夜市，不顺路。"

聂小美浑然不觉，索性把唇膜揭下来扔进垃圾桶里，退而求其次："夜市里应该有煮玉米吧，给我带半根回来。"说完，抓起桌上的手机，准备给她发红包。

杨芷心无语望天，还没等拒绝，门就开了，人还没进屋，香味就飘散开来。

程果吸吸鼻子："好像是烤串哎。"

蒋诵见人都在，扬了扬手里的打包盒，笑着说："今天我请大家。"

几人聚在程果的书桌边，桌面摆了一排美食盒：烤鸡脚，鸡翅，苕皮，玉米粒串串，小面，炒饭……小摊上几乎所有的品类都在这里聚会。

蒋诵分发筷子，看着三张没反应过来的脸，解释道："我哥在夜市摆摊。"

这句话引来三人的震惊。

程果："你哥在咱们学校旁边摆小吃摊？"

聂小美歪坐在椅子上，最先拿起一串烤熟的玉米粒，却说着和场景无关的话："玉米是粗粮，这个时间吃不会胖人吧？"

杨芷心撇嘴。她性格大大咧咧，身体里流着一半体育生的血，最不理解的就是聂小美这种软若无骨、已经瘦得像面条子了，还这么在意卡路里的娇滴滴美女。

"这个时间喝水都胖，你去床上躺着，你那份我帮你吃。"

聂小美听杨芷心这么说，立马面色绷紧，早在军训的时候，就因为不小心把防晒喷到杨芷心的面包上，两人闹过一次不快。女孩子之间的友情，在还没有坚实的时间基础下，就算和好，心里也留下印记。

她哼了一声，直接咬了一串下来，故意气杨芷心似的，吧唧嘴使劲嚼。

"不用麻烦，我自己会吃。"

蒋诵一头雾水，把烤翅递给杨芷心，旁边已经吃完半碗面的程果拉着她坐下，早已忘记学业的重压，满足地说："好好吃啊，你哥手艺真好。"

杨芷心吃了一口鸡翅，品味几下，眉头终于舒展。旁边的聂小美却撇撇嘴，慢条斯理地，一颗一颗吃玉米。

熬过军训，正式开启宿舍生活，然而并没有想象的那样和谐。

首先是作息时间不能统一，聂小美是"熬夜选手"，宵寝之后依旧刷手机打游戏，有时还聊视频，对此，杨芷心很是不满。杨芷心起很早，还要去操场晨练跑步，几天下来，晚上睡不好，早上起来状态不佳，白天恍恍惚惚。在某次上课的时候，她忍不住和蒋诵吐槽："军训时的那瓶防晒可真承了她好大人情。"

蒋诵对此没什么想法，她从小就睡眠不好，早已习惯，而且重心没放在这些小事上。

上大学后，她过得比高中还自律，早起，背单词，练口语，上课，空闲时间就去夜市和沈灼一起忙。

今天乌云叠层，看要下大雨，她早早地被沈灼赶回来。

四个人各怀心事地吃着烤串，聂小美捏着竹签放在桌上，用纸仔细地擦干净指甲里的油污，突然好奇："蒋诵，你哥是为了陪你才留在这里的吗？"

蒋诵"嗯"了一声,感受到打量的目光,抬眉,看到三张一样疑惑的脸。
她放下筷子,"怎么了?"
聂小美见她干脆,感慨道:"你哥对你也太好了吧。"
程果附和:"可不嘛,是亲哥吗?"
蒋诵凝滞一瞬,笑着说:"当然。"

南江市夏长冬短,没有冬天关闭夜市一说,在大学周边做生意,需要考虑的只是寒暑假的淡季问题。

周末,蒋诵休息,过来的时候沈灼不忙,正靠在小吃车边和旁边烤鱿鱼的小哥聊天,余光看到她,突然胳膊一缩。

蒋诵看他心虚,小跑过去,一下子钳住他手腕上的皮。

男人扭成虾米状:"哎哎,疼死了你轻点!"

声音虽大,却也没躲过,直接暴露了手里藏起的东西,他吸吸鼻子,任她缴获"赃物"。

蒋诵的掌心躺着一根皱巴巴的烟,她脸色倏地冷下来。

烤鱿鱼小哥在旁边笑话他:"哎呀,你这妹妹怎么什么都管,男人不抽烟还叫男人了?"

蒋诵直接把烟掰断扔到地上,她瞪沈灼:"抽多久了?"

他百口莫辩,立马双指向天发誓:"没抽,这是第一根!"

她才不信,绷着脸,一扭身钻进车里。

当初是因为没钱,穷到连买烟的钱都没有,被迫戒的。现在生意好了,没有债务,终于宽裕一点,什么好的坏的臭毛病也捡回来了。抽烟又不是什么好习惯,青烟入肺,层层过滤,变成白烟飘出来,爽到哪里不知道,最后只能落得两块黑肺。肺痨,像老头子似的"咳咳"个不停,或许还会癌变,一发现就是晚期。

天边的那块乌云,忽然轰隆隆地压在她身上。

沈灼也钻进来,随手扯过围裙戴上,这边系着,余光打量着她脸色。

她还在生气,眉头皱着,知道他进来了,视线故意转到别处,手里拿着抹布在那儿胡乱擦。

空气中似乎有一根无形的丝,把两人紧紧连起。沈灼看她生气,心情突然不好了,怪自己手贱,非得去接那根烟。

他的脊背倚在车角,钢架硌着骨头,刺痛着不舒服,他攥空拳捂嘴,故意轻咳几声。

周末生意冷淡,见四下无人,他压低声音解释:"我真没抽。"

蒋诵低着头,侧脸是漂亮的弧线,不瘦了,脸颊有肉,鼻梁瘦窄挺直,唇有些薄,紧紧地抿着,像个倔强清冷的大小姐。怎么看都陌生,没办法把眼前的人和从前那个落魄女孩联系到一起。

他看得认真,蒋诵浑然不觉,直接把抹布扔到一边,抱着胳膊瞪她。

清冷如潮水般褪去，沈灼知道自己要挨骂了。

"你去抽好了，以后身体变差了，得了肺痨肺癌半死不活的，到时候我可不管你，把你扔到养老院里自生自灭。"

沈灼没想到她这一竿子支到几十年后，虽然话里透着晦气，但中间这几十年，在她的潜意识里，是和他在一起的。真是，这个妹妹没白认，还算她有点良心。

他摆出一副无力辩白的冤枉模样，摊手说："我真没抽，不信你闻。"

女孩也不客气，直接凑过来，盯着他的下巴，冷冷地命令："张嘴。"

天气炎热，车里狭窄，放两个人本就拥挤，她还靠得这么近，沈灼手指顶着她肩膀，企图把她推走。

"没完了是吧？"

"没完，你不心虚就张嘴。"

沈灼闹心，这是心虚的问题吗，这是卫生问题。

"我早上没刷牙！"

她凑近："那正好。"

话音刚落，沈灼的领口就被抓住，姿势危险，旁边一排小料盒颤颤巍巍，他怕她跌倒，虚虚地张开手臂。

女孩身体温软，轻飘飘地压在他身上，眼前白皙放大，她闭着眼。

"嘶，我说你……"

她深吸，睁眼，两人鼻尖几乎触到一起。

领口的力道松懈，她的脸终于卸掉紧绷，摆出宽宏大量原谅他的样子，甩了甩手，一板一眼地警告他："这次放你一马，再让我发现一次试试。"

沈灼赶紧支着胳膊起来，先是检查周围有没有碰倒的东西，再装作无意地看了眼窗口外的四周，确定没人看到刚才的一幕，才尴尬地掸了掸皱掉的围裙，像一只斗败的孔雀，小声碎语："怎么像母老虎似的。"

蒋诵才不在乎自己像不像母老虎，粗鲁也罢，不体面也罢，她都不在意。因为在这个世界上，她只有他一个亲人。

生命脆弱，不要怪她过度敏感，因为在她的认知里，死掉是一件很容易的事。她是坠崖的人，沈灼是托住她的藤蔓。

短短一年，身份调转，他放心了，她却变成了那个处处都要担忧的人。

周末双休，学生四处游玩，夜市冷清，小摊也不忙，她索性背书包回出租屋。从报到到现在二十多天，她还是第一次回来。

租的房间在最里面，房子老旧，室内因为租客流动大，到处是杂乱的印记。蒋诵拿钥匙开锁，门开的一刻，身体猛地定住。

屋里好像被打劫了。

被子在床上乱乱地堆叠，旁边还散落几件衣服，地上拖鞋乱飞，简易柜拉链四敞大开，里面的白色钢架摇摇欲坠，只剩一个衣架孤零零地挂在上面。

她在门口足足愣了十几秒，才慢慢走进屋，把书包放在床角。她挽起袖子，手脚麻利地叠被,整理,擦窗擦地,最后把床单被罩扒下来,扔进公用的洗衣机。

南江市的九月末尾,依然潮湿多雨,天气变脸极快,阴一会儿晴一会儿的。

在她把洗好的床单拿出来时,乌云散去,大地被阳光覆盖。

她抱着甩到半干的被单下楼找晾衣绳。小区虽老旧,但绿化很好,到处是碗口粗的绿植,名字她也叫不出。她只在北方待了不到两年,已经习惯了秋季的落叶飘落,猛不丁看到这个月份的绿色生机,还有些不适应。

找到一处晾衣绳,她抖落着床单,押平,整齐地晾在上面。

阳光舒适,微风吹拂,淡淡的青草味混合着洗衣液的味道,有那么一瞬,她似乎捕捉到了一种名为"安稳"的东西。

她闭眼,白皙的胳膊攀在晾衣绳上,放慢呼吸,享受难得出现的幸福感。

十几米外,一个背着相机包的男孩正在看她。

午后,斜阳,晾晒的少女,浑然天成的完美构图。

他唇角弯了弯,举起相机,在光刚好照在她的发丝时,按下快门。

十一黄金周结束,去隔壁省爬山的室友们撇着腿回来,杨芷心和程果是临时组建的旅游搭子,晚上说去,第二天早上就坐上了火车。

聂小美依旧保持美女风范,穿着一身白色连衣裙,正抿着嘴夹睫毛。她睫毛很长,稍微夹一下就挺翘起来,对镜眨巴眨巴眼,完美。

她心情好,转头看另一面交换照片的两人,很是不理解地说:"为什么去爬山啊,人挤人的,还累个半死。"

杨芷心正沉浸式挑照片,随便附和:"确实很累。"

聂小美越想越为她们不值,大一的第一个黄金假期,竟然让肌肉的酸痛感充斥记忆,真是遗憾。她回味这几天自己去日本的所见所感,逛街,泡温泉,然后去富士山,在山下有名的拉面馆吃豚骨拉面,这才叫度假啊,去爬山,那叫受刑。

她真心建议:"趁大学这几年假期充裕,你们可以出国转转,不想去太远就在日韩,或者东南亚那边,不为别的,开阔一下视野也好。"

程果把最后一批原图打包发出去,小声碎碎念:"出省都费劲,还出国呢。"

杨芷心抬头,似笑非笑地看着聂小美:"不太喜欢,暂时不会出去。"

聂小美弯眉挑起,妆容精致的脸上透出不解的单纯:"你都没去,怎么知道不喜欢呢?"

杨芷心:"不喜欢机票价格。"

不等聂小美细讲机票的购买方式,宿舍门就开了,蒋诵拎着购物袋进来,她见大家都在,笑着打招呼:"好久不见啊。"

程果从椅子上探出头,热情地向她挥手:"哈喽,十一你去哪儿玩了呀?"

蒋诵把购物袋放在桌上,露出明显被晒黑的脸,白皙消失后,连笑都透出一丝憨厚。

"没玩,我和我哥去商业街摆摊了。"

不得不说，十一黄金周的人流量确实大。本只是去试一试，结果小吃车刚停稳就人群拥堵地排起了长队，沈灼还来不及说话，就被动开忙。这一忙，从早到黑，整整七天屁股没沾椅，累得腿都直了。

不过，收获和付出成正比，这几天把蒋诵下学年的学费都赚出来了。

沈灼歪在凳子上数钱，嘴巴咧到耳根："要是天天这样就好了。"

蒋诵站在旁边，自上而下，看他领口支棱出来的锁骨，愧疚在心底织成一朵云。

"天天这样你就累死了。"

她嘴上说着，手里也不停，去洗了个苹果给他，又从购物袋里拿出精挑细选的床上用品，抖落着向他展示。

"商场打折抢的，导购说特别舒服还不起球。"

沈灼啃着苹果，视线落在那一团团黄色小碎花上，点头："挺好，适合你。"

蒋诵莫名其妙地看着他："这是给你买的啊。"

男人咬苹果的姿势定住，震惊地说："我一大老爷们，睡这种小碎花啊？"

蒋诵见他抗拒，把床单抱在怀里，贴着他坐下，一板一眼地说："这可是大品牌的家纺，原价一千多呢，我好不容易才抢到的，而且主要是要睡得舒服，又不是样子，不信你摸摸这质感。"

她把一堆黄色碎花举到他跟前，翻里翻外地展示，沈灼连连后退，嫌弃地推到一边。

"你用吧，我睡现在这个挺好。"

蒋诵瞥了眼旁边起了一堆球的床单，表情冷了几分，气得把床单扔到他脸上："反正我买了，退不了，你必须睡。"

他皱着眉，看着一团团的少女碎花，还是接受不了，推托道："你先用，不喜欢了再给我。"

"我那儿有！我买了两套。"

他感觉到她要发火，小心地试探道："那你睡这个，我睡你那个，你那个啥色的？"

蒋诵眼神闪了闪，视线对上时，小声说："我那个是粉色小碎花。"

…………

宿舍里，大家各忙各的，蒋诵换好睡衣，去阳台的晾衣区，踮起脚尖，摸了摸衣架上的黄色碎花枕套，中午洗的，现在干了。

她取下来，揣在怀里，爬上床，仔细地把旧枕头塞进去，定定地看了好久。

其实她只买了这一套。

她伸手把床帘拉紧，小心翼翼地躺上去，乌黑的头发散落在黄色的碎花上，她认真感受布料的柔顺纹理，手指反复抚摸着。

不知不觉，沉沉睡去。

南江的冬天不像冬天。

窗外虽艳阳高照,却被枝繁叶茂遮挡。树影落在窗户上,空气里渗凉凉的,透着一种无地自容的冷。

蒋诵坐在书桌边,身上披着旧的绿色毛线外套,脚上套着厚袜子,两只脚塞进一个棉拖里。

她搓了搓僵住的手,放在唇边,呵进一口热气。

暖和这一下,就能再战十分钟。

只要阳光被遮住,室内就变冷,杨芷心和程果早就缩在被窝里,只露个脑袋外加一部手机,连动都懒得。

程果翻了个身,把脚放在热水袋上贴紧,她揉了下酸痛的眼睛,看到蒋诵学习认真,简直膜拜。

"诵姐,你不冷啊?"

熟悉后,互问过年龄,蒋诵是最大的。她们三个是同年,杨芷心最大,程果最小。

程果的短发被枕巾摩擦出静电,蒋诵转头时,刚好对上一个炸毛的"狮子头"。

她忍笑:"不冷。"

程果更佩服了:"这还不冷啊?"

杨芷心哼笑一声,冲程果说:"蒋诵是北方的,这点冷算什么。"

"瞎说,北方供暖可好了,在屋里可以穿短袖吃雪糕。"

蒋诵听她这么说,郑重地把书合上,像一个地道的北方人似的和她解释:"那种热度只有一部分室内能达到,还有很多室内不能穿短袖吃雪糕,不止这样,还要穿厚的毛衣毛裤,供暖公司只要不低于18℃都不管。"

程果:"18℃很冷吗?"

蒋诵从桌角拿起温度计,冲她扬了扬:"只比现在高1℃。"

来这里已经两个多月了,蒋诵来之前就做好了吃各种苦的心理准备,实际却发现,日子竟然越来越好。就连这怨声载道的湿冷天,她也没觉得难过。

她住过没有供暖的顶楼,冬日深夜,寒风在窗外呼号,再厚的混凝土也挡不住严寒,呵气成雾,摆在床头的矿泉水不一会儿就冻成硬坨坨的冰块。玻璃上覆盖大片壮观的白色窗花,太阳升起的时候缓慢地融化,还不等太阳落下,又迅速蔓延。

结霜的室内,只有被窝是暖的。

凌晨三点多时,沈灼会特意起来,拎着已经变温的热水袋,重新烧开,再灌上,放在她脚下。

五点多闹钟响的时候,被窝的温度刚刚好。

她舍不得起来,被子裹紧,漏不进去一丝风,她扭着身子慢慢往沈灼那边靠。

他的脸染上深冬的凛冽,闭眼时眉头也紧皱着,不止模样变了,也不爱说话了,有时在街上遇到从前认的妹妹,也只点点头,或是快速地笑一下,他终于只有她这一个妹妹。

可蒋诵并不开心，具体怎么不开心，她也说不好，在模糊地意识到自己被禁锢在妹妹的身份里时，说不好是什么感受。

她手指僵硬地拢紧毛线外套，在这潮冷的南方冬季，心里想的却是浓烟漫天的北方初春。

浓烟在上空盘旋，他疯了似的冲进屋，两条细长的白腿向她狂奔，失控地半跪在旁边，微凉的指尖探她鼻息。

那段不堪回首的日子，只有他在。

突然好想他。

烧烤生意冬天没有夏天好，沈灼和烤鱿鱼的小哥闲聊的时候，隔壁云吞和麻辣米线的摊子排起了长队。眼馋是不假，好在他有先见之明，靠炒饭和小面也能带动一波销量。

炎热时的辛苦是值得的，赚的钱够一年开销，学费、生活费、租房费，全都算上还有富余。

他像一个舟车劳顿的赶路人，终于在冬季安稳地停下来歇歇脚。

所以，蒋诵到的时候，他正扯着烤好的鱿鱼往嘴里送。回头，见她背着书包过来，他扬了扬手里的竹签跟她打招呼："又不忙，来干吗。"

说完他冲鱿鱼小哥挑了挑下巴，指向对方车里琳琅满目的海味美食："给我妹烤两串，挑大个的。"

蒋诵把书包放在路边的小凳上，见他还靠在一堆鱿鱼须子旁和摊主小哥聊得热乎，有点后悔冲动跑来。

鱿鱼在铁板上"刺啦刺啦"加热，香气扩散，味道吸引了隔壁摊排队的人。人群渐渐靠拢，沈灼不影响人家做生意，接过烤好的鱿鱼去找她。

他把鱿鱼递给她，奇怪道："今天周末，怎么不和同学出去逛街呢？"

入学几个月，蒋诵的生活还是闭塞，除了中午去食堂吃饭和晚上来找他，基本不出校门。所以她外表依然朴素，头发扎成马尾，素着一张脸，卫衣牛仔裤，还是高中生的模样。而且，她刚找了在图书馆兼职的工作。不过不想告诉他。

她咬了一口鱿鱼，边嚼边说："挤不出时间，有很多要背的东西。"

沈灼单手撑着车角，笑得像朵花："那么忙，怎么有时间来我这儿啊？"

蒋诵："看看你。"

"看我干什么？"

她翻了个白眼，不想理他，专注吃鱿鱼。

沈灼早就习惯了，从兜里掏出手机，倚在摊边划拉屏幕："没钱了吧，给你转点。"

"有。"

"哎呀，不用省着花，你哥有的是钱。"

说着他随手点开转账，蒋诵一把按住，压着关机键按灭屏幕，有些不耐烦：

"都说了不用。"

沈灼话锋一转："要不给你换个手机？"

"不要。"

"那屏都炸成啥了，还死卡的。"

"唠叨。"

沈灼碰一鼻子灰，转身钻进车里，熟练地下了一碗小面装到打包盒里，蒋诵刚扔掉鱿鱼的竹签，就被迫接过小面。她抬头，没有要走的意思。

"我再待一会儿。"

日落，气温骤降，她只穿着薄卫衣，再待一会儿就冷了。沈灼摆摆手，没有转圜余地地赶她走。

"快回，一会儿面坨了。"

临近考试，连聂小美都背着iPad和笔记本电脑去图书馆背书。她到的时候，刚好看到蒋诵在靠窗的位置，小跑着过去，她软软地叫了一声："诵姐。"

蒋诵抬头，见是她，把堆得凌乱的书摆正，给她让出放书的位置。

她边放书边抱怨："图书馆人好多啊，好像菜市场。"

这个蒋诵赞同，却不忘揶揄她："连你大小姐都大驾光临了，人能不多嘛。"

聂小美不在意地耸耸肩，探头看到她记得密密麻麻的笔记本，上面大串的英文长段，不禁咋舌："这学期不能报四级吧？"

蒋诵低着头，用圆珠笔捅了下额角的发丝，随口说："嗯，我基础不好，怕断太久会忘。"

聂小美支着下巴看她，直勾勾地看了好久都没见她抬头，悄悄凑过去，无力吐槽："诵姐，你也太努力了吧。"

蒋诵这才抬头："影响到你了？"

聂小美心虚："那倒没有。"

四周安静，学习氛围浓重，但聂小美仿佛身披阻隔学习的保护罩，一想到要考的重点都头大三圈。她萎靡地趴在桌上，伸出一条纤纤白臂，指尖挑逗地勾了勾："诵姐，笔记整理好了吧，借我看看呗。"

蒋诵的视线从横格本上移开，落在聂小美精致的美甲片上。有些长度，淡粉色的蝴蝶结搭配透明星星，清透干净的颜色，还挺好看。

她把笔记递过去，说："我整理得乱，有看不懂的问我。"

聂小美赶紧双手接过："你太好了，我就知道天塌了还有我诵姐顶着。"

学到天黑，图书馆的人也没走多少，聂小美伸了个懒腰，刚想打哈欠，余光却看到刚进来的男生，赶紧闭上嘴，整理了下修身的毛衫，热情招手。

男生穿着一身运动装，耳朵戴着蓝牙耳机，身材高瘦，周身散发着生人勿近的冷淡味道，看到她，随意扬了下胳膊，没有要过来的意思。

聂小美顿时丧了脸，目送男生的背影消失在另一个区域："唉，好后悔当初他'小透明'的时候没和他亲近。"

蒋诵托着脸背英语,一副两耳不闻窗外事的专注模样。聂小美没人倾诉,心情突然不好了,她合上 iPad 起身:"诵姐,笔记借我一晚吧,明天早上还你。"

过了好久,蒋诵才接收到信号,答应的时候,女孩已经走到门口了。

她摊靠在椅背,揉了揉太阳穴,闭眼,准备休息一下酸涩的眼。

桌子晃动,好像有人坐到对面,她以为是聂小美回来了,依旧认真地揉着太阳穴,瓮声瓮气地说:"怎么又回来了?"

没有回应,她缓慢睁眼。

该怎么形容面前坐着的这个人呢?

年轻的男孩,微笑着坐在对面,头发是精心做的造型,皮肤白皙紧致,只要肉眼能看到的所有细节都过分精致,就算穿着普通的运动服,都挡不住他的貌美。

是的,貌美,蒋诵第一次看到这么好看的人。

她愣住的时候,男孩依旧维持笑容,靠近,手肘支在桌上,像熟识的老友那般语气平常地和她打招呼:"真没想到你是学生。"

蒋诵惊艳过后,很快恢复理智。她揣摩了下这句话的含义,有些奇怪:"我们认识吗?"

男生眼尾上挑,透出一丝浅淡的红,他笑:"你不认识我?"

她坦然:"不认识。"

他突然被流弹击中,颓废地捂住心口,眉头虽皱着,语气却是夸张的明快:"你不会没有手机吧?"

蒋诵捻着圆珠笔,语气弱了几分:"有,只是很少看。"

男生这才视线下移,看到一摞子抄笔记本,哦,学习型,难怪。

"我是黎清衍,魔音 ID 叫'清衍上人',你搜一下。"

蒋诵静静看他三秒,确定这人不是现实认识的,也不想浪费时间继续这种无聊的对话,低头,注意力转移到笔记本上的英文字符。

黎清衍见她不动,对他没有兴趣的样子,想到这两个月都在四处找她,结果热脸贴了冷屁股,一下泄了气,也不故作神秘了,凑过去,轻声讲述来龙去脉:"在一个秋天的午后,我拿着相机四处采景,在一个老旧的小区看到你,你在晾床单,微风吹拂着你的黑发,你闭着眼,面容恬静,像一朵美丽的睡莲……"

黎清衍沉浸式地讲述那惊鸿一瞥,蒋诵终于抬头,冷淡地看着他。

"所以呢?"

他从包里掏出手机,点开微信名片,递过去:"我当然拍下来了,加我好友,等我回去把照片发给你。"

蒋诵没动,而且莫名其妙:"你拍了我的照片?"

"对啊,超美的。"

她皱着眉,很快把桌上的书本收拾好,起身时对他说:"不用给我,也请你删掉,我不喜欢被拍。"

临近期末，时间不太充裕，蒋诵每次去夜市找沈灼时，他都说不用帮忙，然后做一份饭或者烤点她爱吃的赶她回去。

夜幕低垂，有些冷，校内的小径上只有零星的人，都是行色匆匆。大多在准备考试，学累了抽点时间出来觅食，表情也不再悠闲，每个人挂着一副被专业课折磨的痛苦面具。

蒋诵拎着打包好的烤翅和鸡脚，走到距离宿舍几百米的操场边时，借着不甚亮的灯光，影影绰绰地看到操场跑道那边，好像躺了个人。

一动不动的……不会死了吧……

她无语自己的荒唐想法，但还是忍不住小跑过去。

降温了，操场几乎没人，只有远处一对情侣在侬偎着散步，花前月下，被爱情蒙蔽了双眼，压根没注意这边。

越走越近，她的心慢慢揪紧。

颀长的人影，躺在地上薄薄一片，上身盖着运动衣，帽子扣头，手臂和腿伸展两边，摆出一个"大"字形，是个男生。

蒋诵蹲下，小声说："同学，你还好吗？"

男生一动不动。

她伸手，想把帽子掀开，手刚触到布料，就被一只冰凉的手抓住，躺着的人拉下帽子，露出一张极漂亮的脸。

"黎清衍？"

他眯着眼，看清是她后，眼里现出笑意，不动也不松手，就躺在那里，很是欣慰地说："好棒哦！你记得我名字。"

蒋诵见他只是无聊，扭着腕想挣脱他的手，结果没摆脱掉，还把他拉起来了。

他盘腿坐在草地上，一双杏眼饶有兴趣地打量她。

蒋诵生气了。

"松手！"

他就像没听到，笑着问："你是不是背地里偷偷搜我了？"

"没有。"

"那你怎么会记得我名字？"

蒋诵无力地看着被他扼制住的手腕，男生看着瘦，力气却不小，她皮肤本来是温热的，被他的冰手这么一抓，冷意刺肤，直渗进骨头里。

她后悔跑来，而且越想越觉得自己脑子不好使。偌大的操场，怎么可能在这儿死。

她叹了口气："因为你的名字很'华丽'。"

"华丽？"黎清衍歪头，认真咂摸着这两个字，笑容加深，露出一颗洁白的虎牙，"那你呢，你叫什么？哪个系的？是大一吗？"

蒋诵："你先松手。"

124

"我松手你告诉我?"

"嗯。"

手铐一样的冰凉逐渐褪去,蒋诵赶紧把袖子拉下来,搓了搓快要蹲麻的腿,起身就跑。

寂静的操场,回荡着黎清衍的叫嚷:"我说你跑什么,我还能吃了你不成?"

喊也没用,女孩越跑越远。他眼神晶亮,玩味地看着她消失不见的小路,心情奇怪地变好了。他低头,扬手抓了抓沾到草屑的头发,余光看到女孩遗落在地上的打包盒。

他皱眉看了很久,才慢悠悠地伸手过去。打开塑料袋,掀开盖子,香味释放,摸了下盒子边缘,还是温的。里面码着整齐的烤鸡翅和鸡脚,个大肉厚,晶亮亮地闪着诱人的光泽,上面还撒了一层香菜和红色碎椒。

他对吃的不感兴趣,而且早在八百年前就和这种地摊食物划清界限。

此刻,却踌躇不决。

这不就是烧烤嘛,怎么这么香呢?

他探头过去,使劲吸了吸鼻子。

夜晚,九点半,空旷的操场,孤独的人和散发香味的美食对峙,根本没有胜算。

他捏起鸡翅的边骨,先是放在鼻下闻了闻,最后一道防线瞬间溃败,直接一整个塞进嘴里。

考完两门,蒋诵难得睡了个好觉。

早上,杨芷心起来换运动内衣,一阵窸窸窣窣的声响。蒋诵从晦暗的梦境抽离,睁眼,看到洁白的大花板,缓了一会儿才意识自己身处何地,伸了个懒腰,手臂垂下床沿。

杨芷心从帘子下面探头,看到她睁着眼,小声说:"是我吵醒你了?"

蒋诵摇头,用气声说:"没有,也该醒了。"说着也起来了,一头直发柔顺地垂坠。

宿舍冷,她穿着薄绒的浅色睡衣,从被窝出来还忍不住打了个寒噤。

"好冷。"

"是啊。"杨芷心在穿运动鞋。

蒋诵爬下床,另两个床幔的人还在沉睡,她捂着嘴打了个呵欠,悄声说:"去操场跑步吗?"

"嗯,你也要去?"

蒋诵最近很累,还要兼职,真实地感到身体在变差,总觉得没有力气。

不过难得今天白天空下来,她想去找沈灼,有一段时间没过去了,不知道他的屋子乱成什么样。

她悄声说:"我大概只能跑半圈,然后去找我哥。"

"行。"

早上的操场都是晨练的学生，男生居多，一簇一簇地快跑或慢跑着，边缘处有一高一矮两个男生，被跑道上的晨练达人轻松超过去。

黎清衍刚跑一圈，还觉得自己在床上，困意一波一波地涌来。

他脚步杂乱，七拐八拐地扭着身子，眼睛刚闭，一记闷拳就捶在他后背。

好友徐至琛像军训的教官，恨不得扯着他耳朵喊口号："肩膀挺直，小腹收紧，目视前方。"

黎清衍打了个长长的哈欠。

他此刻出现在这里，其实怪他自己。近期陷入瓶颈期，还压着两个要交的拍摄作业，多重压力下，他这单薄的身板有点承受不住了，昨天心血来潮去健身房，看到徐至琛一身线条完美的腿子肉，眼馋得口水都要流出来，也想要这种身材。

说者只是一时兴起，听者却当了真。还不到六点，徐至琛把他从床上拽下来晨练，美其名曰先把体力提上来。

黎清衍"吭吭哧哧"地跟着，形象全无，一点都看不出来是坐拥八百万粉丝的网络红人。

"行了，今天就到这儿。"

徐至琛倒退着跑两步，和他平齐，流着汗水的小方脸对他露出鄙夷的神色，故意阴阳怪气地激他："你粉丝知道你连两公里都跑不动吗？"

黎清衍才不吃这套，直接软了腿摊在草坪上，眼前是清冽的淡蓝色。他大口喘着粗气："知道，那他们也超爱。"

徐至琛无语，看他像一摊烂泥似的拖不动，摇摇头，独自上了跑道。

黎清衍平复呼吸，心跳逐渐正常，潮热的身体也渐渐变冷，他坐起身，抬头，忽然看到远处一张熟悉的脸。她穿着卫衣和牛仔裤，和他一样的跑步门外汉装扮，头发干净地扎成马尾，素面朝天，正摆手和跑步的女生告别。

他目送她离开。

待一身专业运动装扮的女生跑到这边，他爬起来，状作无意地在前面慢跑。

杨芷心目不斜视，黎清衍和她平齐，突然轻咳一声，在她转头时，露出完美弧度的"营业笑容"。

"同学，我问一下，刚才和你一起跑的那个女孩叫什么名字？"

杨芷心认出他是学校里赫赫有名的网红，不过她对这些没兴趣，虽然人是帅的，但视觉冲击也没冲到她失了原则的地步。

她加速，扔下一句："你问这个干吗？"

黎清衍咬牙跟上："是这样，我无意中吃了她的烤串，哎哟绝了，特别好吃，想问问她在哪儿买的。"

杨芷心立马放慢脚步，变脸似的，卸掉防备。

"哦，你是问这个啊，应该是她哥烤的，"说完，她指了下东边的门，"就那条美食街，紧挨着烤鱿鱼的摊位。"

黎清衍长长地"哦"了一声，执着地问："那她叫什么名字？"

"蒋诵。"

蒋诵在楼下买了豆浆油条,自从来到这儿,两人没一起吃过早餐,只是这会儿时间还早,不知道他起没起来。

怕打扰别的房间的租客,她特别轻地拧开门锁,踮着脚进屋,走到最里面的房门口。耳朵先贴在门上,没听到声响,大概率是没起。

豆浆是热的,油条也是刚出锅,表皮还酥脆着,香味顺着没系紧的袋子飘出来,她咽了下口水,轻轻把钥匙插进锁眼,慢动作转了半圈。

开门,室内一片昏暗。

窗帘是旧床单做成的,牵了一根绳扯上,布料磨得很薄,透出晨光,更显得出租屋简陋。沈灼和她一起熬过高三,睡眠也变得不太好。

她像《植物大战僵尸》里第一波僵尸人那样,屏住呼吸,进屋,把门轻轻关上。

屋里凉飕飕的,沈灼缩在被窝里,脸对着墙壁,呼吸声均匀,睡得很熟。蒋诵环视四周,没有很乱,地是干净的,衣柜也是闭合状态。

她把豆浆油条放在床头的凳子上,耳朵支起听他的呼吸,手里捏着吸管,"嗖"地插进豆浆杯里。

没醒。

一路从学校走过来,几乎饿透了,蒋诵身子搭在床沿边,无声地吸杯子里的豆浆。

熟睡的人发出含混不清的鼻音,碎花的被子下只露着后脑勺,室内温度低,男人像一只虾米似的蜷在床上。

蒋诵很久没认真看过他,把豆浆放下,慢慢凑过去,停在他耳朵上方。

大概是南方的气候养人,沈灼来这儿快半年,土生土长的北方人也沾染上细腻的气质,他侧脸紧致,皮肤褪去粗糙,流氓气也消失不见了。非要一个词来形容的话,那就是清秀,至少一打眼看过去,是个干净的年轻男生。

蒋诵抿着唇,想在这不甚光亮里看清他的睫毛。

头越来越低,她努力降低存在感,身下的男人呼吸平稳,眼睛紧闭着,眉头却皱了皱,翻过身平躺,没醒。

姿势变成面对面,蒋诵的脸距离他的脸只十几厘米,她闭气,撑着胳膊想离开。

沈灼睡得不稳,似乎在做梦。

就在她马上要离开时,他抬起胳膊,手臂搭在蒋诵的腰上,很自然地往怀里一搂。他一直有睡觉抱被角的习惯,想来是把她当成了替代品。

蒋诵好不容易撑起的身体轻松被带进被窝,腰上被坚实的手臂拢紧,他的腿也顺势压在她身上。男人额头温热,抵在她的颈窝,呼吸潮热,一下一下扑在她的锁骨上,好痒。

蒋诵纠结是这样硬挺着还是把他叫醒时,沈灼吸了吸鼻子,手臂越发收紧。

他在睡梦里也能找到舒服的姿势，溢出几声混乱的鼻音，她不急着挣脱了，耳朵低下去，刚好听到男人的呓语："我对……妹妹好……"

在蒋诵心里，沈灼一直都是打不倒的无敌形象，不管发生什么事，他都有办法解决，这是第一次见他流露脆弱的一面。睡着时似被人丢弃的小狗，醒了又恢复她熟悉的样子。他睁眼，看到怀里搂着个女孩，也没表现出应有的错愕。

他睡眼惺忪地放开她，随手抓了下头发，瓮声说："你怎么来了？"就像当初在没供暖的房子里同床时一样，语调正常到不能再正常。

蒋诵："想和你一起吃早餐。"

"哦。"他打了个哈欠，回头看到床头的凳子上摆着油条和半杯豆浆，迷瞪着眼睛指着她喝剩的那半杯。

"递给我。"

"那是我喝过的。"

沈灼笑了下，扬手给了她一个"脑瓜崩"："我什么时候嫌弃过你。"

额头刺痛，蒋诵立马从昏暗的暧昧中清醒，皱着眉把那半杯扔给他："是我嫌弃你好吧。"

嘴里说着嫌弃，豆浆不还是给他了。沈灼眼底带笑，叼着吸管猛吸一大口，这才正经地解释："早上没胃口，喝不了那一整杯，浪费了。"

期末，考试，蒋诵忙得天昏地暗。

晚上，她窝在床上背书，聂小美在和男朋友煲电话粥，软糯的声调，时不时被另一端的风趣逗得"咯咯"笑。

上周末，她在朋友圈官宣恋情，男朋友是编导系的学长，对她一见钟情，还精心布置了一场声势浩大的表白场面。

当烟花在夜空绽放时，蒋诵正在小摊上煮面。

沈灼在旁边正往肉串上抹油，抬头看了一眼，奇怪地说："不年不节的，咋还放上烟花了。"

蒋诵知道前因后果，因为聂小美的爱慕者早一天就和她联系，求她把九十九朵白玫瑰塞进聂小美的抽屉里，这是浪漫后的惊喜。

蒋诵当然是塞完玫瑰花才来这里帮忙。她把面捞到碗里，浇上热汤，才抬头看。金色的灿烂映入眼底，她看得认真，过了十几秒才说："嗯，有人表白。"

沈灼把烤好的玉米塞进纸袋里，递给看烟花入迷的食客。他挑剔地打量夜空里的大手笔，骨子里带的生意人属性开始敲算盘："这种一看就是高级礼盒装，拿货价都得千八百，放半个小时六位数没了，这是哪儿来的冤大头。"

蒋诵没说话。

沈灼马上就后悔了。

女孩子嘛，尤其这个年纪，最吃这种套路。什么在广场放烟花放气球啊，大束的玫瑰花啊，俯瞰城市夜景的落地窗啊，都能轻松俘获少女的芳心。

他支着手凑过去，找补似的说："等你过生日，哥也给你放。"

蒋诵收回视线，快速瞟他一眼，摆出不感兴趣的样子。

"我可不想管冤大头叫哥。"

聂小美的电话没有结束的意思，蒋诵头有些痛，恋人之间的幼稚絮语和笔记本上的讲义混在一起，怎么都捋不顺。

她扯了一张餐巾纸，撕开两半捻成球状，刚想塞进耳朵里，宿舍门就开了。

杨芷心拎着晚饭回来，把打包好的盖饭放在程果的书桌上，扬手敲了敲床头："下来，吃饭。"

粉色的布帘里窸窸窣窣一阵，程果顶着一脸没睡好的肿胀爬下来，怨念地看了眼聂小美的床铺，无声地说："谈恋爱的人真是不管别人的死活。"

杨芷心耸耸肩表示习惯，拎起其中一个打包盒送去蒋诵的桌上，小心翼翼地顺着帘子往里看，见她没睡，笑着说："你哥让我给你带的饭，还热着呢。"

蒋诵奇怪，刚才在微信上都说今晚不吃了，他怎么还做。

她踌躇着爬下来，不忘对杨芷心说："辛苦，谢谢你！"

"客气什么。"

杨芷心正挑着面往嘴里送，视线总是飘忽着过去，蒋诵被人若有似无地盯着，后背毛毛的，早就察觉到。

她回头，刚好抓包。

杨芷心干笑了两声，生硬地做铺垫："今天没去你哥那儿？"

"没有，有好多要背的。"

"哦……"

杨芷心放下筷了，想到表姐的再三嘱托，虽然这很平常，但她从来没做过这种牵线搭桥的事，本来性格也不擅长这种，冷不丁被推出来，开口也挺难。

"蒋诵……我和表姐今天在你哥那儿买的串，真的特别好吃。"

"是吗，谢谢。"蒋诵响快地回应，可第六感总觉得杨芷心有什么别的事。在一起住了一学期，相互之间也熟了，她不是这种犹犹豫豫说废话的性格，索性开门见山。

"然后呢？"她笑着看杨芷心。

有了她主动放台阶，杨芷心也不藏着掖着了："是这样，我表姐今年二十五岁，长得好看，身材也特别好，性格是那种直来直去挺没心眼的女孩。"

蒋诵听得一头雾水。

旁边的程果吧唧吧唧嘴，最先品出这段话的意思："她不会看上蒋诵她哥了吧？"

女孩天生具有八卦属性，就连煲电话粥的聂小美也匆匆挂断，从帘子里探出头，兴奋地说："谁？谁看上蒋诵她哥了？"

程果咬着筷子，手指定在杨芷心的方向："她表姐。"

事件无关人员都被提起兴致，而有关的两个人倒是没说话，蒋诵愣愣地看着杨芷心，心情很奇怪。

"你表姐？"

"是。"

杨芷心放下筷子，把手放在膝盖上，仔细说事情的来龙去脉："我表姐在樱花路那边的整形机构当经理，今天休班来找我，正好去东门那边走了一圈，看到你哥，就说看外表挺正的，不知道有没有女朋友。我随口说这是我室友的哥，然后她就把这个任务交给我了。"

她一股脑说完，终于解脱般松了口气。

话音未落，三双眼睛全都聚在蒋诵脸上。按理说，这种场面有个理所当然的走向，就是她这个做妹妹的一脸惊喜，说"当然没有啦"，然后兴致勃勃地牵线搭桥。

实际呢，蒋诵完全由下意识做主，干脆地回绝这朵主动伸过来的桃花。

"我哥有女朋友了。"

杨芷心愣住，还想着他那么忙，每次去也都是一个人在忙，应该是单身。

不怪她暗自揣测，同宿这段日子，蒋诵很少提起这个哥哥。只知道是和她一起来的，别说有没有女朋友了，就连父母都没听她说起。

聂小美一脸吃到大瓜的表情，更感兴趣了。

"你哥有女朋友了！也在南江吗？"细想也有可能，他在外面租房子，一定在和女朋友同居。

蒋诵摇头，面不改色地说："不在南江。"

"异地？"

"嗯。"

杨芷心问清楚了，也就替表姐死了这份心，没有压力，八卦之心倒是占了上风。她想了下，有些奇怪："你哥和女朋友异地，一直见不到面，现在和你在一起，还离你这么近摆摊？"

蒋诵拿不准她在奇怪什么，犹豫着点了下头。

程果听了半天，也发出疑惑："你生活费也都是你哥在给吧？"

聂小美插嘴："不能吧，诵姐有奖学金，还有兼职。"

程果："那点钱根本不够花啊。"

"我的天，诵姐，你哥对你是不是好过头了。"

蒋诵拘在椅子上，听她们在这儿七嘴八舌，紧张的同时，也有些迷茫。

她对亲情持悲观态度，不知道正常的兄妹是怎样相处的，她是姐姐，从小接受的观念就是家里的好东西都是弟弟的。姐姐这样对弟弟，在大众眼里是理所应该，那哥哥对妹妹呢，难道不是这样的吗？

她小声问："这不正常？"

程果点头，看了眼另外两个人，看样子她们两个对这件事也持同样的态度。

还真是罕见。

"你哥有女朋友,但是在这儿陪你,赚的钱也给你花,你未来嫂子对你没有意见啊?"

聂小美赶紧捞起手机,手指飞快地在屏幕上点击。

"我去'吐槽bot'那儿走一圈,看看有没有吐槽男朋友对妹妹太好的投稿。"

杨芷心见蒋诵有些无措,思忖刚才她们是不是玩笑开过头了,毕竟每个家庭的相处模式不一样,说不定她哥的女朋友根本不在意。万一也和她哥一样,对这个妹妹很偏爱呢,蒋诵这种外表看起来柔弱,实际性格里有一股不服输的坚韧,谁见了都会喜欢的。

她打破三对一的尴尬:"哎呀,我们是开玩笑的,你哥对你好是应该的,俗话说长兄如父嘛。"

聂小美刷着手机,"扑哧"一声笑出来:"如父?也没必要吧,男人应该有事业和担当,千里迢迢地跟妹妹来,连女朋友都不管,这算什么啊。"

杨芷心见蒋诵沉默,怪自己当众提起这茬,也怪聂小美说话这么直白。

聂小美家庭条件好,从小娇惯到大,说话一直都是想到什么说什么,也是最近谈恋爱的原因,自然地把自己代入异地女朋友的角色。

她太入戏,换位思考了一下,简直要窒息。

"你告诉我,你哥女朋友到底图什么?"

杨芷心给聂小美使了个眼神:"你管人家图什么,图她哥长得帅能吃苦,不行吗?"

"长得帅她没享受到,吃苦赚钱也和她没关系,在哪儿都能摆摊,何必跑这么老远,由此可见,他心里还是更在意蒋诵这个妹妹。"

杨芷心在心里大翻白眼,怎么还拉不回来了:"在意蒋诵怎么了,哥哥对妹妹好不犯法吧。"

"那是不犯法,只是单纯希望女孩们离这种'妹宝男'远点。"

程果沉默半天,眼看话题走向越来越剑拔弩张,闲聊而已,不至于,想找个话题换过去,刚一开口,就被聂小美的声音盖过。

"而且你马上就二十一岁了。"

一直沉默的蒋诵忽然抬头,视线定格在聂小美精致的脸上,斟酌着给出解释:"是因为……我高三那年,生过一场重病。"

学期进入尾声。

寒假还有几天,聂小美早早就收拾好东西,和男朋友的第一次约会,准备去北方逛冰雪世界加滑雪。

她跷着脚坐在椅子上涂指甲油,问程果假期什么安排。

程果整理着柜子里没吃完的零食,掏出来放进行李箱,闻着一股一股飘过来的刺鼻指甲油味,圆润的脸皱起来。

眼看要熬到头了,算了,她忍。

"能有什么安排，回家呗。"

聂小美沉浸式涂指甲，把纸巾卷成筒夹在脚趾中间，美滋滋地端详了一会儿，才拧上盖子放进抽屉，继续刚才的话题："冬天嘛，就应该去有雪的地方。"

程果"呵呵"笑了一声："我应该没有时间出门，寒假准备考驾照呢。"

两人正聊着，杨芷心回来，耳朵只听到"考驾照"这三个字，刚好她也有此意，直接凑去程果旁边问："你要考驾照？"

"是啊，也该考了，先把名报上。"

程果家在南江下面的县城，一个多小时的路程，杨芷心不行，她家在外省，刚才是去快递站把不好拿的行李寄回去。

"啊！可惜，我们不能一起考。"

聂小美见话题拐到这里，不高兴地撇撇嘴："假期就是要玩，随心所欲地玩，你们还年轻，干吗活得这么累。"

杨芷心转头看她，瘦白精致的美少女，十指不沾阳春水，本性绝不坏，就是说话时总带着何不食肉糜的味儿。

"家庭条件决定自由程度，你可以随心所欲，不代表我们也可以。"

程果蹲在行李箱旁边，隐晦地扯了扯杨芷心的裤脚，眼看还有几天就放假了，何必闹得不愉快，忍忍算了。

杨芷心话说出去了，没有收回来的必要，而且住一起这么久，往日积压的小事一件一件涌出来，越想越生气。

"你去哪儿玩是你的事，我们怎么安排是我们的事，累或不累不是能选择的，真要说的话，那蒋诵寒假不止不能玩，还要出去赚钱，你难道还要劝她活得不要那么累吗？"

她一口气说完，看着愣住的聂小美，想来世间没有真正的感同身受，说了也白说，算了。

城郊的别墅区，最深处坐落着西式风格的小楼，二楼是一整面的落地窗，半透的白色窗帘遮住外面的世界。里面是独立的游戏室，两台电脑背靠背，屏幕里是厮杀正激烈的真人CS游戏。

黎清衍穿着黑色绸缎睡衣，领口的扣子开了三颗，胸膛单薄白皙，像常年不见阳光的吸血鬼。

他全神贯注，修长的手在键盘上噼里啪啦地敲，许是学生都要放假了，这几天的游戏极其难打，这好不容易进了决赛圈，对面的徐至琛电话响了。

他目不转睛，等熬过一波冲击才接起，按下免提的瞬间，女孩的委屈声顺着话筒传出来。

黎清衍顿时起了一身鸡皮疙瘩，咧着嘴想吐槽几句，徐至琛紧急把食指放在唇上，眼神恳求，拜托他噤声。

他倒是想专注游戏，可惜噪音不允许。

"她凭什么那么说我啊，我出去玩有错吗？"

徐至琛专注游戏，眼睛不离屏幕，却能一心二用，有耐心地哄着："宝贝没错，宝贝有什么错，别往心里去，她们素质也就这样了。"说着，还使了个绝杀。

黎清衍分神看热闹，没想到被斩掉血，他烦躁地支起腿，冲徐至琛比了个中指。

女孩还在诉说委屈："我已经很努力和她们搞关系了，结果还这样，蒋诵寒假出摊赚钱怎么还怪到我头上了，又不是我让她那么穷的。"

徐至琛笑着敷衍："哎哟，跟穷鬼有什么好说的，你现在需要擦干眼泪去看滑雪装备，挑个喜欢的颜色。"说完，蓄大招，准确击中躲在隐蔽处的那家伙。

黎清衍的显示器顿时黑白，这局还是没能登顶，他却不像往常那样暴躁地摔耳机骂脏话，而是歪过头，视线落在通话中的手机上。

蒋诵，是她吗？

他关闭游戏界面，点开U盘文件，从海量的影片相片中找到叫"sunnine"的文件夹，双击点开。

秋日午后，暖阳下的恬静脸庞。她清瘦，神秘，身上带着一丝拒人千里之外的气质，怎么看都和这浮躁的世界格格不入。

电话另一端的女孩还在喋喋不休，都是鸡毛蒜皮的小事，徐至琛不懂这有什么好哭的，耐心濒临耗尽，使眼色给黎清衍。

——兄弟，救命！

黎清衍勾唇，一双好看的桃花眼看着他，做作地捏着嗓子，声音尖细婉转："至琛哥哥，怎么打电话那么久哦，人家都洗完澡了啦。"

话音刚落，诉苦的女声戛然而止。徐至琛咬牙瞪他，赶紧手忙脚乱地捧起手机，缩着脖子解释："小美，是我室友开玩笑，不信你发视频，我身心坦荡，满脑子都是你……"

黎清衍收起戏谑，视线定在屏幕上，定定地看了好久，才一扭身子站起来，随手扯掉挂在脖子上的耳机，冲远处打电话的男人喊："我想吃烧烤，给你五分钟时间。"

这几天的生意肉眼可见地滑坡。

沈灼能预见寒假的萧条，倚在车边和烤鱿鱼小哥有一搭没一搭地闲聊："得挪地方，要不去碧水路，或者商业街。"

鱿鱼小哥吧唧吧唧嘴，看着从学校里拎着行李提前离开的学生，以过往的经验分析了这两个地点："碧水路不太行，那边总有城管。商业街那边的太抱团，脸生的过去容易被排挤，怕是占不到好位置。"

沈灼烦躁地"啧"了一声："那你寒假准备干什么？"

鱿鱼小哥看着日渐冷清的街道，浑不在意地说："回老家呗。蹦跶大半年了，也得歇歇，过完年再出来。"

他坐在塑料小凳上，随手从兜里掏出一盒烟，习惯性地递过来："来根？"

沈灼摇头："不来。"

这种对话每天都要重复几次，鱿鱼小哥显摆似的叼着烟，眯眼点燃，深吸一口，吐出一阵白雾，通体舒畅。

他摊在椅子上："我说你咋那么听你妹的？抽烟这种事，老婆说了都不算，真没见过你这么厉的。"

沈灼笑了笑，懒得回嘴。

他聊天是聊天，很少和这几个相熟的摊主提起蒋诵，过往的一切并不愉快，早就封箱保存，没有拿出来说道的必要。

安静了一会儿，鱿鱼小哥扔掉烟头："你妹不也寒假了嘛，你还想啥挪地方，一起回家呗。说实在的，哪儿好都不如家好。"

家……呵。

没有家，从东林出来时就没想过回去，"家"这个词对他来说是虚幻的，像只有夜晚才出现的海市蜃楼。不过他很少产生那种伤春悲秋的情绪，只要蒋诵在身边，他就很满足了。

兀自想得出神，鱿鱼小哥拍了下他的肩膀，冲旁边努努嘴："来客了，喊你两声了，想什么呢，这么入神。"

他转头，看到摊位前站着两个男生。一个瘦高，薄得像块板；一个稍矮，身量不窄，脖子上的青筋凸起，像跑百米的体育生。

他应了一声，钻进车里。

黎清衍抱着胳膊站在旁边，他戴着金丝边眼镜，穿着西服外套，里面是轻薄的丝质衬衫，腰比女孩还窄，系着一根范思哲腰带，下身黑色垂坠长裤。

很时尚，连沈灼都忍不住多看两眼。

这种衣服平时都在画报或者广告牌上看到，在现实里看到可不是那么回事。因为太怪了，多看那几眼是因为今天降温，这么薄透的衣服，湿冷的小风一吹，关节炎没跑了。这身板子看着也不是抵抗力很强的样子。

他心里想着，手也没落下，点火热锅，耳朵听着这两位时尚人士点餐。

"鸡脚鸡翅各四个，六串玉米粒，两份苕皮，两份面包……"男生支着下巴，眼神挑剔地在摆好的半成品里搜寻。

"再来十串牛肉。"

沈灼随手扎上围裙，把点的串放在长条烤炉上，干这行太久，都不用盯着，光听声就知道烤串状态。

他游刃有余地撒料翻转，还哼起了小调。

黎清衍站在烟吹不到的方向，仔细看他。虽说是兄妹，却长得完全没有共通点，至少在这张脸上看不到蒋诵的影子。

他在心里猜了好几种可能，同父异母，同母异父，基因突变……

烤串一把全好，沈灼趁热塞进方便盒，又捏了几张纸巾放在打包袋里，递出来。徐至琛扫码付款时,黎清衍打开盒子,捏了个鸡翅放进嘴里。

刚下烤炉还烫着,肉味充斥口腔,他嘶了几口凉气进去中和,细细品嚼。

按理说,刚烤出来的一定比在盒里放一会儿的要好吃,这次却给他不一样的反馈。火候正好,也很入味,就是……手艺没毛病,只是肉质下乘。

黎清衍自诩半个美食家,从小就对吃的要求极高,不好吃的,宁可饿着也不吃,此刻手里拿着这份,就被他归纳到不可以吃的范围里。

味道是对的,也仅仅味道对。

他扔掉没吃干净的骨头,抬头,微笑着看沈灼:"好奇怪,今天吃的怎么和蒋诵给我的口感不一样?"

沈灼解围裙的动作顿住,诧异地看这个男生。

果然,更不顺眼了。

他给蒋诵做的,都是他进货时特意嘱咐店主带的高级货,进价就贵,连他自己都舍不得吃,这小子怎么会吃到。

他皱眉:"你们认识?"

黎清衍点头:"当然啊,而且很熟,不然能把她哥烤的串和我分享嘛。"

好欠揍的语气。沈灼不自觉咬紧牙花,不过面上不显,凉飕飕地说:"呵,怪不得。"

今天沈灼比平时沉默,蒋诵把围裙系上,看到日渐冷清的学校,以为他在担心生意,这样一想,心情难免沉重。

他本来不用背井离乡的,如果没认识她,他完全可以在东林继续以前的生活。和老友聊天对酌,或者开面包车四处闲逛。被说是流氓也好,混子也罢,至少随心所欲,不会这么辛苦。

他把她从原生家庭解救出来,她却变成拖累。她有时会想,其实上大学也没什么用,这才刚大一,就总能看到论坛里的学长学姐吐槽找工作难。现在大学生满地都是,除非读博考研,不然扔到招聘市场里,连个响都没有。

她二十岁了,不是沉溺在没人爱的悲伤里的小孩,而是成年人,成年人需要面对的是现实,现实是她做不到理所当然地接受他的供养。

沈灼从外面钻进来,见她在擦已经亮到透明的锅盖,想说不要没事找事,有这工夫上哪儿待一会儿不行。

可是,转念想到那个奇装异服的男人。虽说这不算什么事儿,鸡爪子、鸡翅他要多少有多少,但那可是他专门给蒋诵做的。而且那小子怎么看都不顺眼,肩不能挑手不能提,就是长了一张好看的脸。好看的脸勾谁不好,非得勾蒋诵。

不过这也怪蒋诵,没见过世面,不禁勾。

沈灼目光幽幽,倚在旁边直勾勾地盯着蒋诵的侧脸。

她把锅盖擦干净,半边脸凉风飕飕,她知道他在看,可心里一直上涌着亏欠,所以不敢和他对视。她手里忙着,把锅盖控水放好,不着痕迹地环视周围还有什么活可干,怎么看都透着心虚,这让沈灼更加确定自己的猜想。

她果然想发展校园恋爱。

他清了清嗓子:"我说……"

本想试探着问问发展程度,再浅浅敲打几句,毕竟两人患难与共,相依为命,互相见证最落魄的阶段,一路坎坷走到现在。作为她的哥,虚长了几岁,而且同为男人,知道男的都是什么货色,嘱咐她别吃亏也没什么错。

只是还没说出来,就被突然闪现的男生打断。

黎清衍一身户外装,脚下踩着滑板,从另一面过来,直接打了个回旋定在摊位前,摆了个炫酷的姿势。

蒋诵抬头的时候,刚好和他对上视线。

黑漆漆的瞳仁,里面有她微愣的倒影。

南江的深冬,说热不热,说冷也不冷。男生大口喘着气,桀骜的头发竖茬茬的,发根处有汗,日光洒下来,白皙的皮肤闪着细碎的光。

他笑得灿烂,惊喜地说:"呀!你在。"

蒋诵把手里的活放下,奇怪地看着他,不明白这个打招呼的句式,下意识回:"我在。"

沈灼警铃大作。

他往前一步,手腕支在台案上,探出头去。

此刻男人的自尊占领上风,他假装不认得,看到黎清衍时,露出好奇的目光,用比对方更熟络的语调问蒋诵:"这谁啊,你同学?"

蒋诵摇头:"不是。"

他挑眉:"哦,怪不得从没听你提起。"

黎清衍一直微笑,他感觉到气氛不太对,但不爱多想,只要脏话没怼到他头上,他都当是友好交流。他选择无视,指着小吃车上被风吹动的菜单,问她:"你都会做?"

蒋诵:"我只会煮面。"

黎清衍笑容加深,语速放慢:"好,那就帮我煮一碗,想吃你亲手煮的面了。"

沈灼听到,面色倏地冷了几分。他转头看蒋诵,她一如往常,麻利地往锅里倒水,拧开炉灶,弯腰从水桶里抓了一把面,扔到漏筐里备用,另取一个碗,依次往里放调味料。

从脸上看不出异常,似乎没听出来话语里隐含的暧昧深意。

沈灼不高兴,没来由地,还带着一丝烦躁,想掀天揭地,心里的鼓敲破了好几个,面上却硬撑着风平浪静。

水开了,她把面放进去。

黎清衍耐心地站在旁边等待,他像一朵黑色玫瑰,神秘、危险,是极具诱惑力的存在,让人没法不在意。

蒋诵低头,认真地用筷子拨弄沉淀在锅底的面。几十厘米外,精致的男生目光不离她的发顶，他那双漂亮的眼睛，看什么都仿佛透出一股深情。

这厢陌生的情绪无处落脚，沈灼突然觉得空间逼狭，有种喘不过气的感觉，索性弯腰出去，扯下头戴的破旧鸭舌帽，泄愤般扔到一边。

烤鱿鱼的小哥今天更闲，早就坐在小凳上看了半天热闹。他圆脸小眼，笑的时候脸和弥勒佛一模一样。他"啧啧"两声，待沈灼晃悠到了，怪声怪气地说："哎哟，你这当哥的怎么好意思当这么久的电灯泡啊。"

沈灼本就心烦，甩他一句："电灯泡个屁。"

他一扭身坐下，跷起二郎腿，眼神看似飘忽，实则一直没离开远处的那两个人。

鱿鱼小哥拉着凳子挪过来，像村口大树下的碎嘴婆子，嘴里说个不停："哎，你妹和他处真行，我看他有那意思。要是真能在一起，你也用不着风吹雨淋摆摊了。"

沈灼斜眼看对方，想不出这句话的因果关系，语气不善："怎么？"

鱿鱼小哥故意吊着他，盯着男人清瘦背影从上看到下，才神神秘秘地说："他这一套衣服，看着平平无奇，价格应该上万了。"

沈灼像听到什么笑话："呵，什么布料做的，难不成用金丝织的啊？"

"一看你就没见过世面。"鱿鱼小哥从兜里掏出烟盒，照例抽出一根递给沈灼，得到他明确拒绝后，"嘿嘿"笑了一声，点燃，深吸，吐出白雾。

"这小子一身的行头不说，就那个薄荷色运动小包，没个几千下不来。"

沈灼将信将疑。他重新审视，也不知是心理作用还是怎么，那衣服看起来确实不太一样。没有花里胡哨的图案，设计也简单，看似平常，穿在身上却贵气晃眼。

鱿鱼小哥吸着烟，看蒋诵把面做好递出来，男生细瘦的手指勾住打包袋拎手，不知是不是角度问题，他好像看到男生的手指擦了一下女孩的手背。

他替沈灼激动："真的，我看有门。等你妹钓上这个金龟婿，你也用不着吃苦受累，当有钱人的大舅哥不比烤鸡爪子强多了？"

这话真是刺耳又扎心。

沈灼本就心气不顺，想了半天没捋顺那股烦躁到底从哪儿来，听他叨叨说了这么一堆，不仅没缓解，还更烦躁了。

烦躁就没有好脸色，他咬着下唇的肉，从牙缝挤出一句："别瞎放屁。"

蒋诵对这些一概不知，等沈灼上车了，她正收拾台面，没话找话问："钱收到了吗？"

沈灼此刻对钱这个字极敏感："什么钱？"

"面钱，他扫码付的款，我没听见收款提醒。"

应该是提示器没电了，他掏出手机，看到最新收款十元，莫名其妙地，想到刚才鱿鱼小哥的话。

——他那一套衣服价格上万了。

一万块里有一千个十块，相当于一千碗小面，他日晒雨淋地忙一个月，兴许还赚不来那一件看似平常的衣服钱。

两相对比,他一败涂地。

他从小野蛮生长,活得和孤儿差不多,好在他遇事不爱多想,就这么粗着神经长大。别人穷也好,富也好,他一点都不在意,守好自己这一亩三分地。

可现在,他突然觉得自己被打劫了。

刚开始时还真想过,蒋诵以后会谈恋爱,他愿意做她唯一的家人,在铺满玫瑰的红毯上牵着她的手,把她交给新郎。

后来关系亲密了,他就忘掉这份初心。就算畅想未来,也下意识觉得蒋诵同他一样,不会恋爱结婚,毕竟她日常的行为和言谈举止,实在太像苦行僧,连爱情的边都沾不上。

沈灼低头想得出神,蒋诵收拾好煮面后的锅,快速瞥他一眼。

他眉头紧锁,盯着光亮的案板,视线久久不移开。

她又开始怪自己。

气氛有些僵,和这冷清的街道搅在一起。冬天,绿也不是生机勃勃的绿,像塑料,像油彩,像在异乡漂浮的孤舟,让人的心落不到实地。

沈灼歪着身子倚在车角,思绪万千,最后还是没忍住:"刚才那男的,你们很熟?"

蒋诵直视他,面色如常:"谁?刚才买面的那个吗?"

"对。"

"不熟。"

她语句简练,和平时一样坦诚。

沈灼回忆对方这两次的语气,是熟络的那种,还能吃出他特意做的味道。想起这个,他更生气,蒋诵吃了这么多都没察觉,那小子怎么就知道了呢,是味觉灵敏还是吃过很多次?

难不成……特意给蒋诵拿走的打包盒都让那小子给吃了?

他抿着唇,心情不大好,看表情就知道刚才说的话不是随口一问,蒋诵的眼睛一贯会看脸色,她想知道沈灼为什么不高兴。

"怎么了,为什么问他?"

她知道女孩之间会互相在意,穿着,打扮,身材,漂不漂亮,男人她很少接触,但都是人,应该也一样。

黎清衍长了一张连女人都羡慕的脸,今天的风格是运动少年气,走到哪儿都是人群焦点。她思忖着,用余光打量沈灼。黑色卫衣,袖口磨毛边了,前襟还有油污,裤子是牛仔裤,上个月在西门的大学城里买的打折货,六十九块九一条,九十九块两条。他买了两条一模一样的换着穿。

油烟充斥的环境,新衣服也像旧的,蒋诵的心摇晃着沉下去,他明明不用过这种生活的。

"我问你话呢。"

沈灼深吸一口气，觉得自己今天不大正常，已经得到肯定回答了，就算了。

她不是正常长大的小孩，情绪敏感异常，还爱多想自我消耗，她正值在意个人隐私的年龄，什么时候想说了自然会说，他不想变成讨厌的家长。

"我就随便问问。"

"不信。"她拘谨着一张脸。

他装作随意地转移话题："我每天给你做的吃的，你都能吃完吗？"

"每次都好好地吃完了。"

"哦……好。"

"到底怎么了你！"

蒋诵如临大敌，一脸紧张地盯着他。沈灼突然觉得这种试探和不信任很没品，赶紧补救式摸摸她的头，摆出一副无奈摊牌的样子。

"就是……他衣服还挺好看的，也不知道在哪儿买的。"

蒋诵找到黎清衍的时候，他正举着相机拍香樟树。阳光很足，少年仰着脸，拍了几张后，低头检查。

她默默站在旁边等他忙完。

绿地上两个影子重叠，黎清衍早就发现了，却假装不知道，故意挪动一步，影子形成暧昧的依偎姿势时，拍下合影。

他直起肩膀，等她主动。

蒋诵小声说："你好。"

黎清衍衣着素净，浅蓝色衬衫外套着白色毛衫，下面黑色长裤白球鞋，今天有风，他的头发松松地被吹乱，眼里带着一闪而过的笑意。

"你叫蒋诵吧？"

"嗯。"

"你不好奇我是怎么知道你名字的？"

"不好奇。"

黎清衍被她的坦诚呛到，夸张地咳了几声，无奈地说："你可以和我说点场面话，为了不让我们的交流显得……"他思索，手在脸边瞎转，像外国人似的在搜寻合适的形容词。

"显得太干。"

"哦。"

可蒋诵不想浪费时间："我找你是想问，你昨天买面时穿的那件衣服。"

话题转得太快，黎清衍摸着下巴想："衣服？是运动服还是防风服来着，昨天穿的什么我忘了。"

蒋诵帮他回忆："冲锋衣的样子，偏墨绿的颜色，后面有个帽子，前胸拉链旁边印着一个张牙舞爪的蝎子。"

黎清衍皱眉："蝎子？"

"哦，想起来了。"

"是始祖鸟。"

蒋诵认真在脑海里描绘那个奇怪图形，摇头说："不是鸟，样子很像蝎子，当然不一定是。"

黎清衍忍笑，耐心地和她讲："你不是问我那件衣服的品牌吗，品牌名字叫'始祖鸟'。"

"哦，始祖鸟。"

蒋诵默默记下，又想到这里人生地不熟，不知道哪儿有专卖店，索性在他这问清楚："你那件在哪儿买的？"

黎清衍见她一直对那件衣服感兴趣，有些奇怪："你想买？"

"嗯，想买。"

"那加我微信。"说着，把手机点开名片模式递过来。

蒋诵没动，视线落在光滑的手机屏幕上，正中间显示绿色的头像，细看，是流泪的悲伤蛙。

"你是代购吗？"

"噗！"

黎清衍短短三分钟被逗笑两次，他见过太多不懂装懂的人，冷不防见到蒋诵这种真不懂的，又觉得自己笑得实在不应该。

这有损功德。他脑子里的木鱼连敲三下。

"我的意思是，你加我微信，我给你发链接。"

蒋诵后知后觉，从包里取出手机，碎裂的屏幕扎眼。她按亮手机，在解锁这个环节就开始卡顿。缓慢地解锁后，她点开微信图标，又是漫长的卡顿，黎清衍直接在旁边看傻眼，甚至想到十多年前的小时候，那时还没有苹果手机，想玩游戏也得去网吧。他未成年，被邻居家的哥哥带进去，怕被网管发现，只能坐在机箱旁边的矮凳上，吃着冰激凌，只能听到开机时风扇转动的嗡鸣。

此刻，他似乎也听到蒋诵手机里有个风扇"嗡嗡"，努力地给年月久了的配件散热，以维持她的操作。

终于点开扫一扫，她对准识别。

黎清衍嘴角噙着笑，他很少想起小时候的开心事了，今天却意外拾得一枚童年碎片，感慨的同时，轻声说："突然觉得你手机这么卡也有好处。"

蒋诵的目光一直在屏幕中心的转圈上，无意识说："什么好处？"

"拉长了我们交流的时间。"

"滴——"

识别成功，申请添加好友，屏幕缓慢跳转，悲伤蛙头像在对话的另一面。

蒋诵："加好了，方便的话把链接发给我，谢谢。"

还真是一句废话都不多说。

黎清衍手指转动手机，像沈灼戒烟时转打火机的姿势，按亮，滑动，屏幕异常灵敏地跳进两人的聊天界面,他仔细看,顺手把头像放大。

"是小猫哎,你养的?"

"不是。"

"那怎么拿来当头像,长得这么丑。"

蒋诵:"凸眼的厚嘴唇青蛙也很丑。"

黎清衍冷不防被她回顶,突然有种关系拉近的感觉,笑着点进购物网站,复制分享,随口问:"你要买给谁啊?"

蒋诵接收到,完成任务,无视他的疑问,客气地说了声"谢谢"。

黎清衍见她要走,闷声说:"真是无情。"

她回头:"你说什么?"

他微笑摆手:"没什么,你不用在意。"

放寒假,宿舍的人越来越少,聂小美提前走的,杨芷心上午的火车,只剩程果和蒋诵还在拖拖拉拉收拾东西。

程果家离得近,火车一个小时就到,也不着急,逛够了商场才拎着大包小包的战利品回来。

她进来时,蒋诵正在整理书桌,听到门声,抬头问:"今天要走吗?"

程果把购物袋一股脑扔到桌上,嘴里叼着棒棒糖,说话不清不楚的:"今天不走,明天上午。"

她转头问:"你呢,是走还是留宿?"

"走。"

"和你哥一起回家啊。"

蒋诵想了想,说:"大概率不回。"

"不回的话,你哥女朋友会过来吧,小情侣怎么能分隔两地这么久。"

程果爬上床,宿舍人少,也没有顾忌了,直接把鞋甩掉扔在地上,窸窸窣窣整理刚买的东西,突然想到什么,从帘子里探出头,说:"要不你跟辅导员申请留宿吧,万一你哥女朋友来了不方便呢。"

蒋诵赶紧摇头:"不用,租的房子很大。"

程果放心了:"好吧,你今天走?"

"嗯,马上。"

蒋诵东西很少,只装了一个书包,步行走回租的房子。进屋,开门,室内光线不足,窗帘半拉着,多余的布料拖垂着,摊在板板正正叠好的被子上。

她把书包放进柜子里,然后拉开窗帘。实际拉和不拉没有区别,窗户很小,太阳照不进来,室内还是昏暗阴冷。

她想念东林的顶楼,那个日晒充足的阳台。

这里没有太阳,时间还是空了下来,她坐床上发了会儿呆,终于对假期有了实感,想到黎清衍给她发的链接,点开手机。需要下载购物软件,她弄了好久才成功。注册账号，复制链接，跳转，页面展现熟悉的衣服时，她愣住。

虽然早就做好不便宜的心理准备，在看到那串数字时还是忍不住在心里默数：个，十，百，千……

一件样式普通的衣服，竟然要八千块人民币！

她呆呆地看着屏幕显示的四位数，计划好的购买打算因为价格瞬间放弃，努力攒了这么久的钱，竟然买不来一只袖子。

以她的消费水平，想不通这衣服到底什么面料，难道具备防弹功能吗？

沈灼收工回来，随手开灯，毫无防备地看到坐在床上的女孩，吓得一哆嗦。

他捂着心口碎碎念："怎么不开灯啊，差点吓死……"他随手把钥匙扔床头，从兜里掏出一颗糖，低头看她，"张嘴。"

蒋诵因为那件昂贵的衣服心情不好，没精打采地摇头，随即，下巴被一只燥热的大手托住，脸颊上的手指用力，她的嘴被捏成河豚。

一颗水果硬糖塞进嘴里，触到舌尖时炸出强烈的酸意，她舌头麻了一半，抓住下巴上的手想挣脱，沈灼却直接捂住她的嘴，恶作剧得逞似的笑："酸不酸？"

"唔唔……"

看样子是酸，她整张脸都揪成一团，手上使不出力，脚上帮忙，胡乱地踢他小腿。他躲闪不及中了两脚，疼得怪叫两声才松手。

下巴力气卸去，想把嘴里的糖吐出来，却在顶到舌尖时，蔓延一片甜。

她仔细品味。

沈灼把糖皮给她看，上面是一个类似变相怪杰的卡通头像，酸得牙齿全都露出来，占满半个包装纸。

"烤鱿鱼那小子给的，说挺贵的呢。"

蒋诵不高兴地瞪他："差点酸死。"

"先酸后甜嘛。"

沈灼脱去外衣，开柜时看到里面放的书包，突然想到："你们学校寒假不能住宿舍吗？"

蒋诵含着已经甜到发腻的糖，看着他摇头。

他抓抓后脑勺，似是遇到了棘手难题："我等会儿得出去看看附近有没有出租的房子。"

另租一间？蒋诵回头看了眼平整的床，一米五的大小，是不大，但他们两个都很瘦，一起住没问题。

"不用，别浪费钱。"

沈灼还是坚持："哥有钱。"

蒋诵不知道从什么时候开始，特别讨厌他说话以"哥"这个字打头，哥有钱，你哥我怎么怎么样的。

都自称哥了，怎么就不能在一起挤一挤。又不是没挤过。

"不要，我就在这儿睡。"

"不行。"他斩钉截铁。

蒋诵直接躺倒,打个卷抱住碎花被子,整个人黏在床上:"不管,就这么睡。"

男人执着:"快点起来,我给你订个宾馆。"

"不要。"

"多挤啊。"

"没事,我不嫌挤。"

"我嫌。"

你来我往就这几句,一直磨到快十点。沈灼也说累了,索性作罢,去厕所换好睡衣进来,灯一关就上了床。

蒋诵贴在靠墙那边,以为他要来把她拉下去,赶紧把住床沿:"我不走!"

一只手臂伸过来,拉住她盖的被子,稍一用力,她就被带着翻了个身。

后背是温热的胸膛,他的声音在头顶:"今晚对付一宿,明天我再出去找,你快睡。"

蒋诵静静躺了几分钟,小心地翻过身,窗帘遮挡不严,路灯的光顺着缝隙透进来,在墙上形成一条手掌宽的光影。

她凑过去,仔细看他的脸。

白了,脸颊有肉了,头发也不是电推子推平的"出狱头",是她逼他去理发店弄的"微分碎盖",细软的碎发挡住额头,更显五官秀朗。

秀朗……蒋诵仔细琢磨这个突然蹦出的形容词,在脑海里勾勒他的样子,这样一张脸,如果穿上那件始祖鸟衣服,一定特别特别好看。

湮灭的心蠢蠢欲动。

沈灼突然睁眼,把盯着他看的女孩抓了个正着。

"快睡行不行?"

蒋诵这一会儿已经把那件衣服列为目标,她想靠自己的努力买下,在明年他过生日时送给他。

是秘密,也是惊喜,她抑制不住地激动:"我不困。"

"不困也快睡。"

十分钟后,蒋诵才知道他为什么这么执着地催她快睡。

租住的房子不到一百平方米,却隔出四个卧室,墙当然不是实墙,材质是便宜的空心硬板,一点都不隔音。寂静深夜,声音会放大好几倍,当墙的另一端传来急促婉转的女声时,她一下子精神了。

这是……

还没等她支起脑袋,耳朵上就压下一只大手,强硬地把她按到枕头上。

沈灼还是那句话:"快睡。"

蒋诵从不严实的指缝里听到阵阵刺耳的暧昧声响,却故意装作不知道。

"什么声音?"

"猫叫。"

"不像。"

没等来回复,却等来耳上的手力道加重。不止这样,被子还直接蒙过她头顶,眼前黑漆漆的,是温热的胸膛,她忍不住把手放上去。

他在说什么,耳朵听不到。

胸腔的震动透过手指传递,世界无声,逐渐加速的心跳声却震耳欲聋,那股酥麻从手指蔓延,一路游走到全身。

"轰"地,她脸红了。

第七章
兄妹关系

寒假后,学校门口冷冷清清,沈灼没出摊,两人久违地一起吃早餐。

重庆小面,空气里弥漫热辣的气味,蒋诵不习惯地吸吸鼻子,挑出一筷头要给他:"我吃不完这么多。"

沈灼把碗推过来,碎碎吐槽她:"吃不完你还要四两。"

"我也不知道四两这么多啊。"

蒋诵把碗里的面卸掉三分之一,这才觉得刚刚好,因为没睡好,食欲也跟着打折扣。

昨晚隔壁的情侣折腾到一点多,做完还嘻嘻哈哈聊了好久,她也不记得自己是什么时候睡过去的。沈灼更是,早上起来就一脸憔悴,眼下挂着黑眼圈,一边打着哈欠,一边催蒋诵快起来,嚷嚷一起出去找房子。

蒋诵挑了两根面,定在空气里放凉。小吃店人声鼎沸,她脑海里却循环播放昨夜被子外的声音。

"隔壁每晚都做吗?"她问。

沈灼正吸溜一大口面,刚吃进嘴就听到这一声,红油热汤里夹着辣椒碎,差点呛到。他捂嘴咳嗽,急慌慌地从旁边的纸巾盒里抽出纸,还不忘狠瞪她一眼。

"问这个干吗。"

蒋诵咬住面,低头,把沾满红油的面条顺进嘴里,小口细嚼。

"你最近都没睡好吧。"

"还行,就昨晚不好。"

"为什么?"她认真。

沈灼的耐心在这个话题上即将耗尽,他嘶哈着,半晌才回:"还不是要捂你耳朵,非……非礼,嘶,好辣……"他擦了下额角的汗,红着唇问,"非礼啥来着?"

蒋诵:"非礼勿听。"

"对,非礼勿听,好的多听,不好的不听,等哥找个两室一厅的,给你一间独立卧室,就没有这方面的困扰了。"

蒋诵静静地听,心里冒出一句:我没觉得这是困扰。

不过没说，她想了想："那种太贵了，没必要，反正我不在这儿住。"

"哦，啊？"

沈灼一愣，马上放下筷子，摆出一副长辈的架子："那你要住哪儿？学校不是不让住吗？"

蒋诵不喜欢他这样，故意挑他不爱听的说："去别的地方住。"

"去哪儿，别人家吗？"他腾地站起来，"你谈恋爱了？"

动静不小，旁边几桌人的目光都递过来，斜眼仔细打量着他们。蒋诵赶紧拉他袖口坐下，手指贴在眉下挡住自己的侧脸。

"没有。"

沈灼目光幽幽："呵，你最好是。"

人多的场合不适合说这些，出了小店，蒋诵见沈灼真要去中介问房子，赶紧小跑着把他拉住。

"真不用，我寒假得找兼职。"

男人莫名其妙："兼职？"

"嗯，是。"

他双手插兜，又开始严苛盘问："什么兼职，在哪儿？供住？不干不行吗？"

蒋诵摇头，想到那件巨贵的始祖鸟外套，想到他第一次流露出对某样东西感兴趣的样子，斩钉截铁地说："不行，我必须去。"

两人走在回出租屋的路上。

天气很好，不过树影下还是凉飕飕，好在肚子里盛着热乎小面，正源源不断地输送热量到全身。

沈灼没上过大学，不明白为什么必须去兼职。

"既然宿舍不能住，那我就租个两室一厅，你寒假又不长，在家休息，睡到自然醒多好。"

当然不能休息啊，她没有资格休息。

蒋诵只是立了个宏伟目标，具体怎么赚这个钱还没想好，拒绝他租房只是单纯的穷人思想作祟。寒假暑假加一起只有三个月左右，为了这三个多月不值得花那么多钱租大房子。而且，学校宿舍可以住，只是需要申请，她撒了谎。

住校规矩多，怕对兼职有影响。再说了，之前在一间房子里都能住，就这一个多月，怎么也能将就过去。就是没想到噪音问题。当然，这也不算什么问题。

她严肃地说："因为我的专业不能死学课本，得了解市场，了解现下信息传播途径，当然还要摸索我适合的赛道，这对毕业之后的选择很重要。"

沈灼一头雾水："你不是刚念大一？"

蒋诵故作惆怅："是，就业形势严峻，我必须提前做准备。"

这段又长又密的话是情急之下蒙出来的，仗着沈灼听不懂才勉强糊弄过去。她回到出租屋，马不停蹄开始找合适的兼职。

微信里新加了群，她逐条翻阅。

△喜甜奶茶店招聘店员，一小时15元，有餐补，可全天。

△辣上煌火锅连锁招聘服务员，早九晚九，供吃供住，底薪2000元＋酒水提成＋全勤200元，月薪可达3000元＋。

△招聘玩偶传单员，一小时30元，有餐补，因玩偶服饰很大，身高需超过一米六五。

…………

天色将晚，沈灼中午就去了碧水路，淡季和假期原因，学校那边生意做不成，只能换个地点试试。

她也记下两个合适的兼职电话和地址，背着书包去应聘。

蒋诵的诉求是供吃供住，这样没有额外花销，赚的钱都能攒着。寒假这一个多月能赚到一半，差的那些开学之后用图书馆兼职的钱补。然而合适要求的只有饭店和宾馆这种体力活。

寒假刚刚开始，很多大学生和高中生都在找这种短期工作。因为只干假期，没有长期笼络的必要，这让平时都处于缺人状态的饭店也挑剔起来。

火锅店前厅，穿着黑色西装的大堂经理手里拿着考勤表，拿眼角捎着蒋诵，语气不咸不淡。

"早九晚九，两天公休，一个半月5000块，结工后的下个月一次性全开。"

蒋诵和另一个女生一起咨询。那女生温温柔柔，白净的脸上戴着一副黑框眼镜，听罢伸手扶了扶，客气地问："工资为什么要压到下个月结？我们这种假期工都是干完就可以结账的。"

大堂经理抬头，微笑着，眼里隐隐透着不耐烦："这归公司财务管，我说了也不算。"

女生执着："而且你这种一口价的也算上春节期间吧，劳动法有规定，春节上班工资加倍……"

大堂经理越听眉越皱，粗鲁地把考勤表夹在腋下，打断女生的话："要不你去别家问问，你问着了能加倍的好地方我也去干。"

女生脸色涨红，愤愤地瞪了大堂经理一眼，临走时还甩下一句："真有毛病。"

蒋诵留在原地。

大堂经理眼神苛刻地打量蒋诵，身材这么单薄，也不知道能不能端动盘子。

她没什么耐心，因为每年假期都要应付这种大学生。他们自视甚高，觉得自己是纡尊降贵来干这种工作，小嘴"叭叭"的，大道理一套一套，实际干两天就这儿疼那儿累地挑毛病。

她叹了口气："你呢？"

蒋诵往前一步，问："住宿环境和员工餐怎么样？"

大堂经理机械地回复："宿舍在楼上，有独立淋浴间和洗衣房。员工餐早上粥和馒头，午餐晚餐一荤一素两个菜。"

"时间固定吗？有没有额外加班？"

"没有,白班夜班倒着干,到点就交接。"

"好。"

"干?"

"干!"

没有一点耽搁,蒋诵被带到楼上的宿舍。住宿环境很一般,没有阳光,空气中弥漫着潮湿发霉的气味,下铺没有空的了,只有顶铺有位置。

她住过很多次宿舍,第一次见到这种三层铺的。她扬手,把书包扔上去,"扑通"一声。下铺的床帘突然暴躁地拉开,穿睡衣的中年女人闭眼骂:"烦死了,能不能小点声。"

带蒋诵上来的姐姐赶紧拉住她的手,眼神示意她别理。蒋诵低头看,帘子是粉色遮光布料,上面沾满星星点点的污渍,床下乱乱地堆着几双旧鞋,旁边是洗脸盆,满满当当没有缝隙。

屋里有几个下了夜班的员工,都窝在床上睡觉,鼻音浓重,像要把深夜的疲惫都通过呼吸释放出来。

她忽然有些喘不过气。

放完东西就下楼,她换上纯黑色的黄领套装,腰上系了个围裙,上面印着火锅店的logo。她被安置在一楼包房,带她的师傅是个三十多岁的姐姐。

快到饭点,顾客陆续上来,蒋诵跟在师傅后面仔细看,一晚上下来,也学了个差不多。

晚上交接后下班,排队洗漱,她洗完脸回宿舍,坐在公用的矮凳上,脱掉已经湿透的袜子,把走了一下午的脚放在热水里,真疼。

她转移注意力,把手机拿出来,屏幕显示三个未接电话和两个视频通话,都是沈灼。

她看了看宿舍的环境,灯不亮,床从门口顶到窗,只留中间一个狭窄过道,几个下了白班的女生正躺在床上打电话或者刷视频。

拨号过去,他马上接通,声音很急躁:"你干吗呢,打电话也不接。"

蒋诵一只手拿着手机,另一只手伸进洗脚盆里揉脚,声音压得很低:"刚在忙,手机静音了。"

"忙什么,你在哪儿呢?"

"在工作的地方呗,刚在……在剪片子。"

"剪啥?"

蒋诵软软地吐槽他:"哎呀,说了你也不懂。"

"把你现在地址告诉我。"

蒋诵警铃大作:"这地方具体在哪儿我也不知道,反正离你很远,你就放心吧。"

为了转移话题,她又说:"对了,我在网上买了耳塞,你注意下快递。"

对面半晌没说话。

蒋诵："哥？"

听筒里传来一声鼻音，沈灼不为所动，依然执着住处问题。

"你用微信发定位给我。"

"呃，我不会……"

"都会剪片子，发定位不会？"

"不会。"

沈灼"嘶"了一声："挂了，发视频，我教你。"

蒋诵脚趾在热水里抠紧，很难办地说："明天再说，我这儿忙，真的太忙了。"

忙，是真的忙。

晚上十点多就昏睡过去，早上八点起，按理说睡眠时间足够，可身体感觉完全不是这么回事。

像被车轮反复碾压，软成烂泥一样黏在床上，半梦半醒地想就这么昏过去算了，睡上个七天七夜。

吃完早餐直接上岗，半个小时后顾客陆续上来，在十一点半时达到顶峰。

坐满了，前厅开始排队，等位的顾客拿着号码牌叽叽喳喳地聊天，长队延伸到门外，和菜市场没什么区别。

蒋诵拿着圆珠笔勾菜单，对照上来的菜品有没有遗漏，见传菜男孩要走，一扭身抓住他的衣袖，语速极快地催促："隔壁08号桌还差一盘虾滑和牛肉丸。"

传菜男孩瞟了眼旁边大开的门，里面一群大肚子中年人正高声唱着草原歌曲，全然不知自己唱得多难听。

他皱眉："都是现做的，等着吧。"

冬天是吃火锅的季节，屋内潮热，空气流动着热辣的重口味香气。中午换班吃饭，没有食堂，员工都是站着蹲着在后厨放菜的铁架子旁边吃。

真正吃了才知道大堂经理说的午餐一荤一素是什么意思。荤是羊肉卷，刨肉师傅把漂亮的肉摆在盘里卖给顾客，碎的底子，肉渣，看着上不去台面的，就扔到旁边的钢盆里做员工餐。

一块红油煮出一锅油呼呼的辣汤，放上这些肉，再扔里一把卖相不好的青菜，荡荡漾漾地盛了一大盆。

很快排到她，她呆看了两秒，只夹了两筷子盖在米饭上，赶紧让出盛菜位置。

味道很重，不是她的口味，只能多吃米饭掩盖辣味。不喜欢，很难吃，想吃沈灼做的。

手机在腰上别着，屏幕沾了一层潮湿。她用袖口擦擦，点开，果然收到沈灼的连续轰炸。

沈灼：你按右下角的＋号，第四个是位置，点开，发送位置给我。

沈灼：看到打个电话。

沈灼：还不回？

沈灼：蒋诵，我看你是想造反！

她放下筷子，准备回个电话。

刚点进拨号，大堂经理站在后厨门口"嗷"地一嗓子："吃完就出来，别在这儿玩手机，没看到外面顾客都排好几十号了吗？"

声音刺耳，蒋诵把手机塞回腰上，饭盒里剩的一层红油青菜倒进垃圾桶，很快地收拾完回到岗位，又是一天脚不沾地的忙碌。

晚上九点，交班，上楼时感觉腿像借来的。她抓着楼梯扶手，反复给自己洗脑：没关系，没关系，辛苦是暂时的，什么行业都要体验一下。

脚泡在热水里，烫红一大片，右边小脚趾被鞋磨出一个水灵灵的大泡，她纠结是这样放任不管还是挑破。

手机一阵阵亮屏，沈灼仿佛被"呼死你"软件附身，从刚才下班到现在，打了二十多个，且还在打。

她深吸一口气，按下接通。

男人的声音带着火气，劈头盖脸地冲出来："蒋诵，限你半小时，马上给我回来。"

她捧着手机，另一只手掌拢在话筒旁边，尽量阻隔宿舍里杂乱的声音。

"我在忙啦。"

"晚上九点半了，你忙什么，微信怎么也不回？"

"在加班。"

她盯着热气翻腾的水盆，盯着脚趾上的水泡，想到高三那年的夏天，沈灼在夜市摆摊，一站就是十几个小时。有时她顺带帮他洗袜子，脚趾处或者脚跟处总能看到一片暗红色，怎么都洗不掉。当时没多想，以为是沾到调料油什么的，现在知道了。

他为了她能做到的事，她也能做。

她低头，伸手，干脆利落地把水泡挤破，热水霎时和皮下的嫩肉接触，针扎似的疼。

她连眉头都没皱一下。

沈灼还在那边唠叨："要不你拍个视频给我看看环境。"

"烦不烦啊，我都是成年人了。"

"成年人怎么了，你多大不都是我妹，我这个当哥的还不能关心关心你……"

旁边床铺的女生刷到搞笑的视频，手机音量调大，公鸭似的笑声魔性循环，听筒里的声音突然听不清。

她湿着脚穿拖鞋，耳朵和肩膀夹着手机，端着洗脚盆出去。

将近十点，洗漱间没人，白色的瓷砖贴满墙壁和地板，到处都是湿答答的水渍，瓷砖连接处的缝隙里还残留着日久堆积的黄色水垢。

她靠在窄窗边，看天上的月亮，是满月，圆盘摆件似的挂在那儿，和瓷砖一样白冷。

她说："我兼职的地方住得很好，还有落地窗，躺在床上就能看到月亮，床也是很贵的床,被子又香又软,连睡眠都变好了。"

沈灼将信将疑:"给我看看。"

蒋诵推阻:"改天,我手机摄像头好像坏了。"

他静了好几秒,语气凉凉:"其实你是谈恋爱了吧。"

蒋诵:"绝对没有,我发誓!"

听筒里男声难得冷静,一字一句地质问:"既然没有你干吗推三阻四的,什么兼职那么见不得人?"

蒋诵从始至终都没想过会有这么大的阻力,知道沈灼会怀疑盘问,以为糊弄糊弄就过去了,没想到他这么难缠。也许是碧水路那边生意也不好,时间都闲下来了。

她叹了口气:"行吧,那改天你不忙的……"

沈灼:"明天。"

"明天不行,我……我得出去跑市场。"

蒋诵意识到件事不那么好混过去,索性大方一点:"过了周末吧,后天,后天怎么样?"

"呵,行。"

挂了电话,这个事便一直压在她头上,愁得连觉都没睡好。

第二天早起,她游魂般地吃完早饭,身体套着工装在忙碌,思绪却飘到九霄云外。

黎清衍和小虎到火锅店时刚好十点半,前厅人山人海排大队,好在他们提前预订了包房。包房里,小虎噼里啪啦敲着手机,习惯性点进后台浏览量页面。

"不行啊,按理说寒假流量应该很大的。"

结果呢,他将手机举过来。黎清衍瞄了下最新作品的播放次数,才一百多万,和巅峰期的千万播放差距甚远。

黎清衍把筷子一扔:"算了,退圈,我改行当导演。"

小虎一听就乐了,"导演也离不开流量啊,不然现在哪儿来的那么多烂片。"

这话也没毛病,现在流量为王,名平台都磨针尖似的吸引眼球。从最开始做有内容有深度的长视频,到现在不到十秒的短视频,内容不重要,有人看才重要。

黎清衍是吃到短视频第一波红利的人,虽粉丝基础还不错,不过近一年明显看出流量低迷分散。

模仿,照搬,甚至连标点都不换一下,好不容易攒起的大蛋糕,还没等享用,就被莫名其妙瓜分殆尽。

他罕见地骂了句脏话。

这种关键时候,徐至琛那个见色忘友的还撂了挑子,美美地搂着新交的女朋友去长白山滑雪,滑雪也就算了,还不间断地发游玩照片。

黎清衍夺过小虎的手机,按下说话:"徐至琛,你如果还有良心就马上给我滚回来。"

用情至琛：要不你们也来，这边挺多熟脸的，反正你也没有灵感，来这儿拍个滑雪vlog呗。

黎清衍冷冷地发语音："你看我像不像vlog。"

小虎从锅里夹出一筷子毛肚放在油碟晾凉。桌上摆着十几盘菜，肉都化塌了，变成没有食欲的灰白色，软软地贴在盘子上。

火锅加了三次汤，点的东西只吃了十分之一。他叹了口气，重重地拍了拍黎清衍的肩膀。

"只能说咱们团队注定坎坷，不是缺这个就是缺那个，没有凑齐的时候。"

那倒是，可这次不一样。徐至琛是骨干成员，力大如牛，在的时候脚本打光拍摄收音后期剪辑全都能干，没了他，就像蜘蛛缺了七条腿，整个瘫痪。

门外，蒋诵和包房服务员交接吃饭。管这个包房的姐姐依次指了指连起来的包房门，语速极快："都没买单，11号刀切面没上，12号要一直进去看锅底添汤。"

蒋诵点头表示记下。

又是忙飞的一天，吃饭的时间推迟到一点多。蒋诵站在门口，心里盘算着是找个日租房糊弄过去还是直接摊牌。

摊牌的话……不用想都知道，沈灼一定不让她干。

她拎着汤壶，敲了几下12号的包房门，在听到一声"进来"之后，她推开门，直接和表情不太好的黎清衍对上视线。

他一脸惊喜："蒋诵？"

蒋诵没想到找这么远的店还能遇到熟人，微愣之后，淡淡笑了一下，拎起手里的汤壶："需要添汤吗？"

小虎摆手："不添了不添了。"

他转头问："这是谁啊？"

"大一学妹。"

黎清衍从座位上站起来，艰难地绕过三个椅子才走到门口，好奇地打量她的衣服。

"你怎么在这儿？"

蒋诵没什么表情，和在学校里看到他时状态一样，诚实又疏远地回答："找的兼职。"

黎清衍笑了："兼职干吗找这种工作，想把自己累死啊。"

蒋诵没想那么复杂，她的诉求很简单，供吃供住工资稳定能买得起那件衣服就行。不过自从知道那件衣服的价格后，黎清衍给她的印象就是高高在云端的那种人，应该不能理解吧。

想到隔壁还有切面没上，她只礼貌地点了点头，开门离开。

黎清衍见女孩维持一贯的冷淡，怅然若失地回头看小虎。

小虎也看他，眼睛瞪溜圆："有事儿你就直说。"

黎清衍眉头紧锁，四目相对了好一会儿，终于打了个响指："我觉得……咱们也应该招个兼职。"

晚上九点，蒋诵下班，手机在腰间振动，她边上楼边点开。以为是沈灼的"呼死你"，没想到是黎清衍。自从加上微信，聊天界面只有一个衣服链接，此刻弹出新消息。

清衍上人：学妹你好，有兴趣换个兼职吗？

蒋诵靠在楼梯扶手，忍着脚底钻心的剧痛，双手打字。

蒋诵：供住吗？

清衍伤人：供，二层别墅六间房任你挑选。

蒋诵：好。

清衍上人：好？你不会在逗我吧。

蒋诵：你不是在逗我的话，我就不是逗你。

清衍上人：那我等你。

蒋诵：好。

清衍上人：真是一如既往的一句废话不多说。

她吐出一口浊气，上楼，去办公室找大堂经理沟通离职事宜和商讨这几天的工资，拉扯十几分钟后，各退一步。工资下月中旬开，明天是周日，最后再干一天。

周日忙了一天，蒋诵的脚又喜提两个新水泡。交班后，她套上一件不太厚实的黑色外套，靠在店门口的路灯下，侧影单薄。

元旦刚过，温度直线下降。

入夜，无风，湿冷空气环绕。她抬头，椭圆形的路灯幽幽发着白光，虽不亮，却足以掩盖所处楼宇间的一线天光，繁华的都市看不到星空。

五分钟后，一辆全黑越野车停在她面前。

车窗落下，黎清衍摘下墨镜，冲她挑了挑下巴："上车！"

一路平稳，十分钟就开到别墅区入口。

蒋诵坐在副驾驶，一直保持安静，黎清衍单手搭着方向盘，嘴角噙着笑，第三次转头看她："你好像不爱说话。"

蒋诵点头，她的注意力总是被鞋里的刺痛占据，鞋是去年在露天市场买的，质量不好，穿久了会夹脚，而且一点都不透气。

黎清衍转了个弯儿，见到路尽头亮灯的大门，笑着说："随便说点什么吧，我不喜欢冷场。"

蒋诵抬头，想了想："天都黑了，戴墨镜能看清路吗？"

黎清衍短暂失语，猛踩油门开进车库里，熄火后，才酷酷地摘下墨镜："难道你不觉得我这身衣服和墨镜很搭吗？"

蒋诵不懂时尚，当然想不出其中的关联。驾驶位的人下车，她也侧过身，手在窗下和门里摸索可以开门的拉手。她只知道怎么开五菱宏光的门，这个车内部结构复杂，车窗下有好几个按钮，她想了想，抠了下最可能是的半圆，结果车窗缓缓下降。

黎清衍刚好走到车门，暗色的玻璃边，颇具喜剧意味地现出一张迷茫的脸。四目相对，她缩回手，淡定地说："不好意思，这个车门要怎么开？"

从车库走到室内这一段路，黎清衍的笑容就没下去过。

人脸识别的入户门，过于一尘不染的门厅，在蒋诵看来，黎清衍的家就是电视里那种艺术展览馆。暖白色极简风，只有墙上挂着几幅看不懂内容的油画，不仅没有烟火气，所有她认为该有的家具全都没有。空旷的一楼，只有会客厅放着一个奇怪形状的长桌，旁边围着几把高脚长椅，后面是开放式的厨房，厨房不像能开火的样子，只摆着一个咖啡机。

黎清衍记得她很在意住处，指着客厅右侧说："那边有两个卧室，楼上有四个，你都去看看，想住哪个住哪个。"

蒋诵过了好久才从真是见了世面的震惊中清醒，低声说："我都可以，最重要的是明天能把我哥应付过去。"

在她看来，沈灼有些过分担心她的居住环境，现在找到了堪称完美的地方，他一定会夸她运气好，并耳提面命叮嘱她抱紧这个"饭碗"。

第二天，蒋诵在公交站等沈灼。他还是往常的装扮，头戴旧的鸭舌帽，下车时扬手抬了抬帽檐，几天没见，再见到她时，他当场翻了好大的白眼。他一大步跳过来，结结实实给了她一个"脑瓜崩"，把这几天分离的怨念化为一句："你翅膀硬了是不是？"

蒋诵没有心理准备地挨了这一下，痛得要死，真想踢他一脚，可想到脚趾的水泡，这样做的结果只能是两败俱伤，索性作罢。

阳光正好，晒得她眯起眼，这几天在火锅店干活，一直没见到太阳，这会儿冷不防站在阳光下，竟有种渡劫归来的感觉。

沈灼也发现了，他凑近，歪头打量她的脸："怎么还变白了？"

"我天生丽质。"

沈灼扯了下嘴角："这话你骗骗不认识的人还行。"

他们边说边走，沈灼双手插兜，目光飘忽，时不时落在蒋诵的侧脸，也不知怎的，他突然有种一日不见如隔三秋的漫长感，明明才五天没见。

蒋诵感觉到他的目光，不自在地捋了下刘海，顺势指了下路尽头的二层建筑，颇有些骄傲的语气向他介绍："我就在那儿兼职。看到了吧，条件特别好，你还总唠唠叨叨的不放心。"

沈灼眼神挑剔地打量那处："好你怎么不敢给我看？"

"我手机不是坏了嘛。"

"都说了给你买部新的。"

"不要，我自己赚钱买！"

沈灼恍然，看了眼越来越近的白色建筑，揶揄道："原来你跑这么远剪那个什么片子就是为了买手机啊？"

蒋诵听出他话里带着逗趣，好像在他看来，她为了买想要的东西努力赚钱像小孩玩过家家似的，立马不高兴。

"怎么，不行吗？"

沈灼很喜欢她莫名其妙孓毛的样子，伸手过去揉她的头，笑着说："行啊，但没必要，我给你买。"

她扭着头往旁边挪了一步，捋着被他抓乱的刘海："不要，你干吗总拿我当小孩呢，都二十了。"

"二十怎么了，还在念书就是小孩嘛。"

"才不是。"

蒋诵不喜欢和他在这种幼稚的话题里斗嘴，刚好走到大门口，她连按三下门铃，一阵电流声后，没睡醒的慵懒男声从通话孔传出："蒋诵吗？"

"是我。"

"咔嚓！"门锁打开，蒋诵推门要进，手臂却忽然被抓住。她回头，沈灼的脸突然变得严肃。

他的手过于用力，用力到蒋诵觉得手臂的血管被勒紧，那一片充斥着不过血的酸麻，像有一堆蚂蚁爬来爬去。

她皱眉："怎么了？"

沈灼稍一用力，把她从门口拉回来，手上的力气松了些，语调却透着少见的严厉："这住的是那小子吧？"

"什么啊……"她拧着胳膊想挣脱，却被他按住肩膀，强硬地固定在门口的栅栏边。

风和日丽，他却如临大敌，一字一句地说："蒋诵，你跟我回去。"

沈灼没解释为什么非得让她回来，甚至一向抠门的他还打了车，从城郊到住处，出租车的表跳到八十多块钱。

下车后，他大步走在前面，蒋诵琢磨了一路，觉得他大概发现她在骗他了，有错在先，只能忍着脚下的不适跟在后面小跑。

上楼，开门，回到出租屋。

沈灼随手把外套脱掉扔床上，长长地吸一口气。气氛有些怪，蒋诵心虚地把门关上，顾左右而言他："干吗突然回来，还没进去看……"

他向前一大步，瘦高的阴影自上而下笼罩，她虽然没气势，却也抬头，硬撑着和他对视。

和她想的不一样，沈灼的表情不像生气的样子，对上视线时，突然露出大大的笑容，像什么都没发生似的热情提议："要不我们晚上吃火锅吧。"

完全变了个人，就像刚才抓她拉她，二话不说就把她塞进出租车里的人不是他。

蒋诵愣住，不解，从早上见他到现在，简直莫名其妙。

"沈灼,你是不是有毛病?"

火锅没吃成,蒋诵这几天在火锅店干活,身上腌了一股老重庆红油味,一提这个就反胃。她坐在床边,小腿腾空,裹在鞋里的脚布满酸麻的刺痛。

趁沈灼下楼买水的工夫,她踮着脚去洗手间。脱掉鞋,把黏在脚上的袜子撕下来,先前扎破的泡又流了血,血浸透白袜,晕成一朵形状不规则的梅花。

她疼得龇牙咧嘴,把袜子团成球扔进垃圾桶,没有热水,直接把脚放在水龙头下面冲,冰凉,剧痛,小腿差点抽筋。

穿好拖鞋出来时,刚好碰见回来的沈灼。

他手里拎着大桶水,还有一个透明方便袋,里面装着几个黄色芒果,见她从洗手间出来,显摆地冲她扬了扬。

"这边卖芒果可真便宜,十块钱买了这一大兜……咦,你的脚怎么回事?"

他扔下水和芒果,慌张地把走廊灯按亮。蒋诵低头,看到没擦干的脚趾有鲜红丝丝缕缕渗出来,赶紧后退一步,下意识说:"没事儿。"

话音刚落,人也腾空,沈灼直接把她扛在肩上。蒋诵大脑充血,晕着抱怨:"哎呀,就是磨了个泡。"

蒋诵不止一次觉得今天不对劲,从早上见面开始,到没进去别墅被他拉回来,明明只分开五天,再见面,他忽然变得陌生了。

她坐在床上,牛仔裤被他挽到膝盖。小腿的颜色是常年不见太阳的苍白,那抹白在狭窄的室内转了个漂亮的弯,自然地伸进沈灼怀里。

他坐在小凳上,粗糙的大手托着她的脚。

脚很瘦,颜色比小腿还白,但不是正常的白,是在鞋里困了太久的皱巴巴的白,脚趾最狼狈,侧面顶着两个水泡,右脚小趾下一片血痕。

沈灼低着头,眉心皱成"川"字。

这种姿势对她来说太亲密,屋子太小,憋得人喘不过气,就算是亲兄妹也掩盖不了空气里的奇怪波动。蒋诵想缩回脚,刚动就被他发觉。

沈灼盯着那两个泡,忍了半天的烦躁终于借由释放,毫不留情地讽刺:"这就是你找的好工作,五天不到,磨出三个水泡。"

床下有抽屉,里面放着杂乱的生活用品。沈灼拉开条缝,胡乱地从里面摸出棉签和碘伏,见蒋诵闷声不说话,冷哼了一声,拧开深绿色的瓶盖。棉签伸进去搅和一圈,动作有些粗鲁,赌气似的甩掉多余的药水,却在落到皮肤时变得小心翼翼。

水泡捅破后,上面那层皮被袜子粘掉,里面的嫩肉都暴露出来,好好养两天就能绷皮痊愈的,可惜没条件重视。

脚不沾地的忙碌之后,那处变得有些惨,血丝成线,无声地顺着皮肤的纹理游走。

沈灼捏着她的脚,用棉签在伤口四周消毒,冰凉的湿棉擦拭着,只觉得渗凉凉的，不觉得疼。

蒋诵不说话，静静地看他发顶。

她这样，在沈灼看来就是心虚。那天一声不吭地走了，打电话不接，发微信不回，问她在哪儿也不说，还用拙劣的理由推托，要不是他坚持，她还不会说。

越想越烦，他把渗血的伤口擦干净，视线又落在旁边没破的水泡上。

他既心疼，又生气，说话也没有顾忌的阴阳怪气："怎么着，都住大别墅了，招兼职的来干活还舍不得报销车费啊。人家唐僧去西天取经还给配个马呢，你这跑市场就靠两条腿是吧。"

埋怨和疼一起涌来，蒋诵忍不住"嘶"了一声。

沈灼听到，冷着脸把棉签扔地上，火顶到脑门："怎么的，我说他你还不爱听啊？"

蒋诵卷着脚趾往后缩了缩，不知道他火从哪儿来的，一下子委屈，声音比他还大："是你手指抠得我又疼又痒，能不能轻点啊。"

她要收回脚，结果又被他一把捞住，强硬地固定在膝盖上。沈灼重新拿了根棉签，放在碘伏里沾了下，头低下去，从她的角度只看到两个红耳朵。

他绷着脸擦着那两处水泡，突然没了刚才的气势，小声抱怨："我也没使劲啊。"

特意去药店买的纱布，脚板被里三层外三层地缠成木乃伊。蒋诵尝试着动一下脚趾，发现根本动不了。

沈灼坐在小凳切芒果，他很少吃这种水果，所以处理的方式有些笨拙。碗里是切好的黄色方块，他拿着钢勺使劲刮核，丝丝缕缕刮不下来，汁水顺着手掌一滴一滴流进垃圾桶。

他把勺子放嘴里，拿了两根牙签插在碗里，递给她，言简意赅："吃。"

蒋诵不接，缠着纱布的脚伸过去给他看，无语地说："只是磨出水泡，不是骨折。"

言外之意，这样太夸张，且没有必要。

沈灼没说话，一直维持递碗的姿势，蒋诵只好接过来，捏着牙签把切好的芒果放嘴里，继续拎诉："再说，这样包上不透气，不利于伤口恢复。"

沈灼把勺子扔一边，扯了下嘴角："你还知道不透气对伤口恢复不好啊。"

蒋诵心虚地用牙签扎芒果，余光看到被他扔到门口的鞋。这双鞋已经穿两年了，在东林的早市买的，摊主要价八十块，他讲价到五十块，还送了两副鞋垫，从高中穿到大学。

沈灼一整天都是烦躁的情绪，他不想让蒋诵去兼职，更不想她和那小子在一起，可看到她脚上磨出的水泡，又觉得这都是他的错。

他是男人，粗枝大叶的，习惯了吃饱不饿活着就成。在他的概念里，根本没有这些细碎的生活细节。衣食住行，他依旧维持在最最基本的层面，衣服破洞了再换，鞋穿掉了底再买，吃喝也不大讲究，睡觉更是有条板就行……

他是在说她，实际也在反思自己。女孩比男人精致，日常需要的东西多而杂，他对这方面一窍不通，放眼过去，全是盲区。

想了想，他站起身，用纸把手上的芒果擦干净，拎起快满的垃圾袋。走到门口的时候，他顺手把她的鞋也扔进去，袋口扎紧。

蒋诵行动不便，坐在床上冲他喊："干吗扔我鞋啊？"

沈灼脚步不停，走到门口才回她一句："早该扔了。"

他下楼扔垃圾，天快黑了才回来，回来时手里拎着白纸袋，上面印着金色的logo，还没细看是什么，就闻到一丝香甜。

他随手放在床边，下巴点了下，"我买的千层蛋糕。"说完，似乎是也不确定，头伸过去看袋口的标签，"这玩意儿是叫千层吧？"

蒋诵刚吃完芒果，胃里盛不下，不懂他怎么又买这个回来，而且千层的话……她探身往袋子里看，嗯，芒果千层。

看来他今天不止怪，还和芒果有仇。

她嫌弃地把袋子推到一边，现在连呼吸都是芒果味，再馋也吃不下去。

沈灼见她不太感兴趣，犹豫着问："你不爱吃？"

蒋诵奇怪地看着他，看得他后背发毛，为了掩饰，只好随手把袋子拽过来。

"烘焙店里的店员说女孩都爱吃这个，我才买的。"

他有些挫败，带着和平时截然不同的不自在。

她没忍住："沈灼，你到底在发什么神经啊？"

男人"啧"了一声，一脸严肃地纠正她的称呼："叫哥。"

"沈灼。"

"是不要造反？"

在东林的时候，蒋诵一直乖乖叫他"哥"，那时她性格还很内向，叫他的时候不敢看他的眼睛，目光总是游离，说话也很小声。直到高考结束，来了南江，她才逐渐显露这个年纪女孩该有的活泼。

心情好了就叫他"哥"，一双眼睛弯弯地看着他，心情不好了就直呼他大名，一口一个沈灼，那叫一个顺溜。

沈灼叉腰站在床边，歪头看坐在床上的女孩。屋里阴冷，她穿着加绒睡衣，只有脚露出来，上面是他缠的丑纱布。

他手指动了动，弯腰靠近："你，再直呼我大名试试看。"

蒋诵像看傻子似的看他："沈灼。"叫完，还有点意犹未尽似的"自由创作"，"沈灼，灼子，大灼儿，大金灼子……"

她故意逗他，越说越来劲。沈灼单腿支在床边，另一条腿迅速上床，手直接伸进她腋下，阴险地冲她笑。

蒋诵下意识夹紧胳膊，抬头，对上他的视线，鸡皮疙瘩起了一层。

她马上道歉："对不起，我错了。"

他的手被温软的毛绒裹紧，手指很长，指尖轻松触到最深处的痒点，只轻轻勾两下,蒋诵就不行了,急忙恳求:"哥,亲哥,我错了,饶我这一次。"

她缩在床上,脚还不方便,只能被男人压制,腋下的指节像定时炸弹,不知道什么时候攻击,所有的注意力都被迫放在那儿。

沈灼没有饶她的打算。

指尖停滞,睡衣的薄绒轻易被触感穿透,他能感觉到布料下面的皮肤,温热的,紧致的,有力……很有力地夹紧他的手指,自以为能阻挡被挠痒的命运。

沈灼低头看她,很是得意:"晚了,刚才瞎叫的时候想什么呢。"

蒋诵哭笑不得,现在他就算不动也觉得好痒:"大脑短路,什么都没想。"

"哦……"

他玩心忽起,食指和中指快速两下,蒋诵先是"啊"了一声,然后就控制不住笑。她的手软绵温热,顾不上腋下了,直接抓紧他的手腕,想把他赶走。可她一直在笑,笑到躺平,笑到没有力气,声音断断续续:"哈哈哈,救命,错了,哈哈真错了,哥,好痒。"

沈灼才发现她这么怕痒,只是动两下而已,她就笑得喘不过气,开始还挣扎几下,手推腿挡的。后来意识到力量相差悬殊,她索性放弃抵抗,脸上笑着,却发不出声音,他收回手,双臂支在床上,惊愕地看她。

这一口气……未免也太长了点。

蒋诵肚子笑得巨痛,酸疼一波一波,她艰难地倒出一口气,"哎哟"了一声。

四目相对,他的脸在正上方。

女孩脸颊有些红,是愉悦的神色,长发散落在黄色碎花的床单上,眼睛半睁着,眼神涣散,没办法聚焦,嘴上还在求:"真错了,再也不敢了。"

他的笑忽地僵在脸上,时间静止,他仿佛穿越到慢动作的世界。她的脸,她的眼神,她的身体竟会以这样的姿态展现在他面前。从未有过的热从身体深处翻腾,上涌,一路顺着脊背迅速攀爬,扩散。那热染红脖子,耳根,最后盘旋在头顶。

他连呼吸都滞住,竟舍不得移不开眼。

女孩大口喘着气,白皙的脖颈因呼吸而动,他控制不住地顺着锁骨向下,目光落在粉红色的睡衣扣子上。脑海里产生脱离现实的幻影,另一个空间里,他把手伸过去,落在扣子上,轻轻解开……

忽然,一股热流自鼻腔深处溢出。他重回现实,手指堵在鼻子下,仰着头下床,胡乱去摸索床头凳子上的纸巾盒。

蒋诵笑劲还没过,看到他身形奇怪,赶紧支起身子问:"怎么了?"

"没……"

凳子上是空的,纸巾不在,他直接冲去门口的洗手间。冰凉的水顺着龙头流下,在他掌心打了个旋,带走被稀释的红色。他胡乱地抹了一把鼻子,凉水混合滴出的热流,可越洗越多,怎么都止不住。

趿拉鞋的声音由远至近,来的人步伐缓慢,似是行动不便。蒋诵走到门口,探头,只看到灰黑色的衣角。

"哥？"

女孩的称呼直接把他钉在绞刑架上，燥热消散，一股寒意从心底升起。他看着镜子里的男人，是狼狈的、慌乱的，眼底流露出他自己都陌生的情绪。

耳边脚步声近，他反手把门关上。

血还在流，他放任不管，直起身，怔怔地看着镜子里，无声地说：你可真是畜生。

夜幕，室内的灯泡有些暗。

沈灼鼻子堵着一团卫生纸，边缘渗出一圈血丝。

蒋诵很担心。

她半跪在床上铺被子，被角伸平展开，两个枕头挨在一起，虽然动作没停，实际心思不在这儿。他身体一直很好，在东林生活条件那么恶劣时都生龙活虎，像上满发条的机器人，连感冒都没得过，怎么会突然流那么多鼻血？

她不敢百度，害怕得出他命不久矣，现在必须马上进急诊抢救准备后事的答案。她只能冷静，努力往日常方面想。

这个症状大概是上火了，为什么会上火呢？她把枕巾铺在枕头上后，脚顺势伸进被子里，心事重重地盯着床尾斑驳的铁漆。

应该是生意不好。碧水路那边人多，但管得很严，城管时不时突然空降驱赶，本来这个城市烤串就不是大众口味，脱离学校后，面向市民，生意一定难做。

不然前几天怎么一直有时间给她打电话，今天在一起，也没听他说过这件事，他以前可不是这样。

她心一沉。

学费很贵，日常花销也很多，他辛苦赚的钱大多花在她身上了。他却从不抱怨，还因为生意冷清压力过大。如果十九岁的她说起自己的过往，一定会斩钉截铁地把自己归为命苦的那一类。现在呢，她一定不会那样说，甚至觉得运气好得可怕，不敢说，生怕说了之后惊动神明，如果被神明发现她正在享受好运，一定会收走。

她忽然鼻酸，探身过去，伸手过去环住沈灼的腰。他坐在床边，皱眉看手机，感觉到侧腰微痒，低头，眼睁睁看着她的手熟门熟路地摸到腰带，用力。

"干什么？"他发出疑问，却没挣脱，只口头警告，"别动手动脚的。"

警告完了，腰间的手还是没动。身后窸窸窣窣，一团温热靠在他后背，蒋诵情绪低落，小声说："哥，你会一直在吧？"

沈灼任她抱任她靠，视线不离手机屏幕："不啊，明天还得出摊。"

"我是说以后。"

"以后……"他温吞地念着，有些心不在焉。

蒋诵歪头，余光看到上下滑动的手机屏，突然生气，用力在他紧绷的侧腰掐了一把，声音高了好几个分贝："算了，随便你好了！"

声音震得耳朵"嗡嗡"，沈灼一脸蒙，转头看她："怎么了？"

蒋诵扭过头。

沈灼随手把手机递过去,亮出同城找房的页面让她检查:"我这不忙正事儿嘛。"

宾馆一百八一天,两室一厅的房子普普通通都三千多一个月,就算退而求其次选最差的小旅馆,也要八十块一宿。便宜是便宜的,就是条件很差,如果住满的话,隔音约等于无,四面八方无死角的噪声。

蒋诵把他手机的订房页面关掉,往后挪了下,退到靠墙的那边,依然不赞同:"干吗非得另找住处,怎么都不划算,冤大头似的。"说完,伸出手,"耳塞到了吧?"

沈灼回手把手机塞进枕下,从枕头另一面拿出方形纸盒,手掌那么大,盒面画着五颜六色的圆柱图案。

他随手扔给她,不着痕迹地看了眼四周。

四五平方米左右的房间,没有一件新东西,破柜子破床,连地板都翘起皮。他眉头紧锁,看着和这里格格不入的蒋诵。

她在看耳塞盒后面的说明,感觉到他的视线,抬头,看床尾那边斑驳的空心墙:"真不用找房子,隔壁又不可能每天都做。"

沈灼静静地看她。

蒋诵愣了三秒,倒吸一口凉气,不敢相信。

"天天?"

"差不多吧。"

"找房东投诉去,这不扰民嘛。"

他冷哼:"找好几次了。"

南江属于一线城市,房价很高,在大学城周边找到这种价格的房子不容易,价格便宜,自然有弊。

沈灼不想和她谈论这个话题:"你寒假这么长,在这儿住的话,不单是噪音,日常生活也不方便。"

四个单间都住满了,或夫妻或情侣,七八个人住在一个屋檐下,共用洗手间和厨房,都不怎么注意卫生,地面永远擦不干净,还有股异味。

蒋诵拿出两个粉色耳塞放在掌心,想了想:"那你呢?在这儿住是不是也不舒服?"

"我舒服啊,就回来睡这一觉。"

"那就这样。"

"啧,现在是说你。"

蒋诵莫名其妙:"我要兼职啊,之前不都说好了嘛,寒假有住的地方,还能赚钱。"

沈灼一口气提上来,又硬生生压下去。

独栋别墅,精致的房间,奢侈的床品,能看到月亮的落地窗,条件比这好百倍，她惦记着想去也可以理解。

可是……

他视线落在她脚上，语气有些凉："还想去啊？五天就这样了……"他指着脚尖缠绕的白色纱布，"就算供吃供住一个月给你大几千，也没必要去遭这个罪。"

蒋诵把脚缩进被子，想不通他为什么对出去兼职这么抵触。大学生都做兼职，怎么就她不行。

管天管地的，管那么多。

"我就去！"

沈灼见她都不想一下就直接顶嘴，无名火"噌噌"烧起来："你不就想赚钱买手机吗？不用，我是你哥，等会儿……"

他看向窗外已经黑透的天，改口："明天，我明天就去给你买，你想要什么我都给你买。"

蒋诵皱眉："不要，我要自己赚！"

"一个寒假呢，不怕脚走废了？"

"不会，我的脚是别的原因，和去他那儿兼职没关系。"

沈灼的脸色倏地冷下来。

认识这么久，他对她都是和颜悦色，从来没发过火冷过脸。今天不知怎的，看她这么执着，他火气"噌噌"往上顶。

他眼底覆上一层霜，静静地看着她："就这么想去他那儿？"

蒋诵抿着唇，脸色也不好看。从刚才谈话开始，越说越剑拔弩张，她敏感地意识到，这次大概要大吵一架了，他们从来没吵过架。

这样一想，眼圈一下就红了。她忍着心绪浮动，心平气和地说："我只是去赚钱，赚钱还不行吗？"

沈灼深呼吸："赚钱是可以，前提是这个工作值得，两天一个泡，五天三个泡，这就是不值。再说了，还有我呢。"

蒋诵听他语气软了很多，忍着不让眼泪溢出来，从认识到现在，他一直心甘情愿地做后盾，亲手为她织出象牙塔。可她没办法心安理得待在那儿享受，更不想做软脚虾。他一直大包大揽地安排好一切，这个哥哥称职得有些过分。蒋诵心里没来由地涌出一团乱麻，赌气地钻进被子里，头对着墙壁，留给他后背，气氛变得僵持。

十几秒后，她的声音闷闷地从被角传过来："你干吗总把我当小孩呢，马上就二十一岁了。"

沈灼看着她露出的肩膀，瘦窄窄的一角，还是瘦，却和以前不一样了，她长大了。再也不会在将醒未醒时哆嗦着靠近，借着昏暗的台灯光仔细看他。也不爱叫他"哥"了，总是莫名其妙生气，现在还在这儿顶嘴，一门心思要去别的地方。

他压下不快，沉吟着开口，企图用理性的现实拉回她。

"兼职可以，去他那儿不行，他那种人，怎么说呢……"他回忆那个男生的言谈举止，奈何文化不够，搜肠刮肚也没找到合适的形容词，只能甩出一句，"不是一个世界的人。"

蒋诵回头，眼角还有些红。她索性坐起身，揣摩他这句话的意思，总觉得另有深意："我又不是和他谈恋爱，他招人，我应聘，他给钱，我干活，哪里不对了？"

声音穿耳入脑，沈灼只听到"我又不是和他谈恋爱"这一句。他面色稍有缓和，语气却还是端着的严肃："我不是那个意思。"

"那是什么意思？"

床很窄，她稍微探身就离他很近。空气微凉，她的长发随着动作丝滑坠落，发尾拂过他放在被子上的手，轻飘飘的痒。

四目相对，蒋诵就这样斜歪着身子停在他正前方，是他熟悉的执着："怎么不说话？"

他抱起胳膊："我的意思是……你脚有伤，得养好了再出门。"

蒋诵心烦地叹了口气："就几个水泡，被你说得好像截肢了似的。"

沈灼一听，脸拉得老长："我是你哥，关心你不应该吗？"

不提这个还好，一提这个蒋诵就想起之前在宿舍里被她们三个公开审判。关心是可以，得分怎么关心，像刚才的争执，以哥哥的身份根本说不过去。

"就因为你是我哥，才不应该这样。"

这句话一出，沈灼直接愣住，刚才还调高的嗓门，忽地低下去，咬牙维持好脾气："怎么不该，你说。"

蒋诵就这样猝不及防地被顶到死角，其实也说不太清。她正处在行事不周全总是性急冲动的年纪，说话做事全凭直觉，心里想到什么就直接不经大脑说出来。

听他反问，她也有些蒙。

是兄妹无疑，虽然没有血缘关系，但这一路走来，他们早就拿对方当生命中最重要的人。

这或许就是亲情？

她在记忆里翻找关于亲情的片段，以前看的影视剧、书籍，或者别的家庭怎么相处，关于亲情的画面很多，兄妹的却寥寥无几。

她觉得不对，不应该这样，却不知道怎么说。

她索性把聂小美说的话搬出来："我是成年人，应该有自己的生活和隐私。"她顿了顿，想到那件昂贵的衣服，莫名底气很足，"也应该有自由。"

她一口气说完，挺直脊背，直视他的眼睛。

沈灼皱起眉，他在想事的时候习惯性咬唇肉，眼神凌厉，表情罕见的严肃。

两人无声对峙，就算都坐在床上也是一高一矮，影子定在墙上，莫名有种僵持不下的气氛。

几秒后，他深吸一口气。

"自由？"

蒋诵点头："你是我哥，关心我可以，但是管着我，不让我做想做的事就是不对。"

"呵……"他忽然笑了，支起胳膊，手肘压在大腿上，特意探身过去，他的脸上透着一股化不开的惆怅，语调竟有种苦口婆心的意味，"那你知不知道我是为你好？"

"知道。"

他另一只手钻进被子，触到脚上的纱布，指尖轻轻摩擦，不敢用力，低声说："你是我妹，我只希望你这一生能健康、快乐地活着。"语气诚恳，字里行间把自己放得很低。

蒋诵的手抓紧被角，他说话的时候虽然直视她的眼睛，其实不是在看她，而是穿透她的脸看另一个人。

她身体猛地一僵。

她的灵魂仿佛被逼出身体，被迫飘到天花板上，她无力，失重，慢慢低头，看到床上对坐的两个人。男人疲惫地看着女孩，女孩却笑了，她脸色有些白，发丝一缕一缕地湿着，看着很虚弱，却探身过去，苍白的手抚上男人的脸，有些不舍，也有些快乐。

"哥，我一定会健康快乐地活着。"

蒋诵突然喘不过气，下坠，眩晕，再睁眼，沈灼就在面前。

四肢百骸透着凉意，他才不是对她说话，而是对那个早就死去的妹妹，她不过是他单方面虚构的承载体而已。

心情真是……糟透了。

她绷着脸，干脆利落地把脚收回来盘好，一字一句道："沈灼，你这句话，是对你妹妹说的，还是对蒋诵说的？"

沈灼手指一空，抬头，正对上女孩认真的脸。

他没犹豫："这不一样吗？你不就是我妹。"说完，才反应过来，"嘶"了一声，恢复平时的语调，"又直呼我大名是吧？"

蒋诵别过脸不理他。刚才那句回答，是她最不想听到的，一样吗？如果她是沈雨，十多年前应该就死了；如果不是，那他怎么能这么认真地当她哥哥。

如果她真是他妹妹的话，那蒋诵又是谁？她忽然找不到自己。

灯光昏暗，墙上的挂钟指向十一点，隔壁的夜间活动准时开始。沈灼本要质问她说话怎么又没大没小，听到熟悉的声音，完全是下意识地，双手伸过去，扣在蒋诵的耳朵上。

她被迫和他对视。

他的手很有力，拇指下的肉刚好嵌合在她耳窝，刚才还明显的旖旎之音，瞬间被耳底自带的嗡鸣声取代。

她看着他的眼睛，声音只有自己能听到："沈灼，你现在捂着的，是你妹妹的耳朵，还是蒋诵的耳朵？"

164

第八章
你可以亲我一下吗

空气透着潮湿的凉意。

蒋诵在黑暗中睁开眼,万物都沉寂下来的深夜。路灯的光透进来,眼前是灰扑扑的墙壁,她抱紧被角,背后传来一阵阵平缓的呼吸。

他睡了,翻了下身,手臂伸过来。温热,沉重,结结实实压在她侧腰上。

她一点都不轻柔地把他胳膊扔回去,"啪嗒"一声掉在被子上,耳边呼吸一顿,他动了动,头大概转到了另一侧。

她翻身,平躺,复盘刚才的争吵。

其实也不算吵,没激动也没红脸,那个问题他没回答,借口太晚了要睡了,躺下后还习惯性地给她盖被子,很明显在回避。

似乎只有她知道,有什么东西在悄悄变化。

如果从前的人生是在黑暗的隧道里困住,遇到他之后,就拥有了一盏光亮,他们一路借着光爬出隧道,艰难地走到这里,前方的路突然分岔。他们站在分岔路口,沈灼一条路走到黑,要拉她继续走,她却看向突然分出来的路,虽不说,脚步却跃跃欲试,她想知道那条路通向哪里。

旁边的男人动了动,陈旧的木板床顺着动作吱嘎一声。他习惯性地找被角,手臂一挥,落在她腰上,拢紧。

距离很近,她清楚地感觉到温热的风扑在颈窝,像有一根羽毛,轻轻地、一下一下地拂过去。

莫名有些热。

耳边布料摩擦,他似是在睡梦中找舒服的姿势,含混不清地说着梦话:"不许去……"

我要去。她在心里说。

沈灼当然不放心蒋诵这样,早上起来吃完饭,他站在床边,见蒋诵果然要把脚上的纱布解下来,脸臭得跟什么似的。

"还要去?"

蒋诵拎着纱布的头一圈一圈绕，贴在皮肉的地方感应到撕扯，有些痛，她直接拽下来，卷成一团扔进垃圾桶。她抬头，一脸诚实："不去。"

"我是担心你的脚。"

"知道。"

气氛和平时不太一样，仿佛这两天降温的湿冷也穿透空气横亘在两人中间，连沈灼这种线条粗的人都感觉到不对劲。

他挠挠头："那我走了。"

蒋诵把包了一夜的脚伸到床边透气："嗯，碧水路那边忙吗？要不我也去？"

"呵，不用，城管比顾客都多。中午想吃什么，我给你买回来。"

"我自己看着办。"

他忽然笑了，像是故意活跃过于冷淡的对话："你没鞋，昨晚被我扔了。"

蒋诵瞪了他一眼："我点外卖。"

沉吟几秒，他点头："行，那我晚上回来。在家等我，给你买好吃的。"说完，手臂顺势扬起，想伸过去揉揉她的头。

蒋诵却抬头，露出白皙稳重的一张脸，直直地看着他，怎么都和小女孩搭不上边。

走到半路的手急转返回，不自在地去耳上抓了抓，他笑着，随手拿起床尾的外衣，扔下一句："哥走了。"

蒋诵坐在床边，听到关门的声音，世界变得失落又安静。

她赶紧转身，爬到窗户边，手肘支着窄窄的窗沿，紧紧地盯着小区大门。两分钟后，她看到他拐出门，往公交站方向走，视线一路追着男人背影，直到消失。

她深吸一口气。

脚上的泡被他用针挑破，他特别有耐心，在那么小的伤口边一点一点把水挤出来，被纱布包了一宿，貌似绷皮了。

她小心地动了动脚趾，痛点围绕在右脚小脚趾，是她自己粗暴挤破的那个。

她弯腰把床下的抽屉拉开，在一堆日常用品里找创可贴。两个月前买过一盒，因为沈灼不小心用铁钎把手背扎伤，她怕感染，特意去药店买的，是最贵的那种。盒子很小，里面还剩两贴，她抽出一个撕开，仔细地贴在刺痛的伤口处。

还没等贴完，手机就在枕下振动，是黎清衍。

清衍上人：神奇，是我神经错乱了吗，我好像听到门铃声和你的声音，但我喝了很多酒，难道是在做梦？

蒋诵：是的。

清衍上人：你这个回复，是在回应我神经错乱还是我在做梦……

蒋诵：都是。

清衍上人：那……今天我难得早起，你要不要过来看看。

蒋诵垂眼看着自己的脚，不知道从什么时候开始变得这么娇气了。还是小孩的时候，脚总是因为穿质量很差的鞋子磨出泡，冬天会起冻疮，伤口撕裂，狰狞着流出脓水，她不也照样做家务。

怎么现在，都长成大人了，这小伤还被他耳提面命地命令要静养。

她咬着唇肉，拇指在屏幕上缓慢地敲动。

蒋诵：好，不过我得先去买双鞋。

清衍上人：哎哟，你看这不巧了嘛，我刚好去购物，而且车马上就开到你住的小区，要不一起？

蒋诵：好。

最近持续降温，好似有一只湿答答的手隐藏在空气中，随机打赏路人耳光。蒋诵站在路边，背着空书包，脚上穿着室内拖鞋。

两分钟后，黑色越野停在她面前，车门开，她钻进去，刚好对上黎清衍的眼。

她下意识说："今天没戴墨镜。"

黎清衍勾起唇角，手指在肩膀虚虚扫了两下，用那种对时尚很资深的口吻说："我这身衣服，不适合戴墨镜。"

蒋诵没细听，甚至没看他，正忙着把安全带拉出来扣好。

黎清衍吸吸鼻子，上下打量她的穿着。看到衣服的时候，他脸就皱了，越往下看越震惊，看到她脚上穿的丑拖鞋时，绷不住笑了。

"你不冻脚啊？"

蒋诵低头，副驾驶座位下铺着软垫，她的露趾拖鞋踩在上面，和车里的豪华格格不入。

她缩了下脚，企图躲进椅子的背光阴影处："我说了，要去买鞋的。"

黎清衍发动车，歪头看后视镜检查路况，一边思索："那我懂了，买好新鞋，直接把旧鞋扔掉对吧？"

蒋诵："不扔，我特意背了包，买新鞋之后把脚上这双放包里。"

开车的男生沉默了半响，终于在前方红灯时停车。他眼角向下，仔细地瞥了一眼："你这鞋……还有背回去的必要吗？"

南江的商圈在市中心偏东的方位，大品牌和商场几乎都在这儿。人群密集，道路拥挤，黎清衍直接把车开进收费停车场。

视野变黑之前，蒋诵看到墙壁上贴着的价格表：一小时15元。

停车场在地下，上面就是商都，他下车前特意靠过来，手臂越过她的肩膀，指着车门颜色一样的按钮。

"按这个，是开门。"他给她示范，手指按下去，"啪嗒"一声，车门开了。

距离很近，鼻尖充斥着陌生的香水味，蒋诵上半身紧紧贴在椅背，小幅度地点头，表示知道了。

两人在负一层等电梯。

大概是今天冷的缘故，地下车库也有风灌进来，黎清衍穿着长大衣，按完按钮直接双手插兜，忍不住哆嗦一下。

"我们先去买鞋。"

"好。"

商场一楼是鞋包区，空气弥漫着淡淡的皮革味，头顶是明亮的射灯，地面反射着白光，有些刺眼。

黎清衍似乎常来，熟门熟路地拽着她往东侧走，边走边说："这边都是高跟鞋，不适合你。"

蒋诵小跑跟着，很快就到运动区，黎清衍扬手打了个响指，冲笑着过来的店员指了指旁边的蒋诵。

"新款到了吧？挑几双给她试一下。"

说完，他转头问："你什么码？"

蒋诵压下不自在："36的。"

休闲区，鞋的样子都很普通，粉色、浅蓝、纯白色，侧面交叉几条不规则的线。她坐在软椅上，接过店员特地拿的新袜子，脸颊有些烫，小声说了句"谢谢"。

她拘谨地打量四周，黎清衍像回了家似的倚在收银台一角，手掌托着下巴，笑眼眯眯地和穿着工装的戴眼镜女孩闲聊。

蹲在旁边的店员把鞋带解开合适的角度，双手递给她："这款是最近的销量冠军，适合大多数人的脚型。"

蒋诵低头，上下端详这双鞋，怎么看都很普通，还没露天市场里特价五十块一双的好看。

她犹豫着穿上，慢慢直起身，脚步挪动，这一瞬，先前的想法全都被否决。

她从来没穿过这么舒服的鞋，每一根脚趾都有妥帖的去处，就连水泡的伤口都偃旗息鼓，心虚地把痛觉掩盖在浅蓝色的网面下。脚底像有一双软手托着，像踩着棉花，每一寸皮肤都完美嵌合，仿佛有一颗智能芯片在她穿上之前扫描过脚型，鞋子在她穿进之前迅速变成适合她的形状。

店员笑着问："大小怎么样？"

蒋诵垂眼看镜子："合适。"

"要不再试两双做一下对比？"店员的语气带着专业的礼貌和亲切，让蒋诵觉得，就算她今天在这儿光试不买，店员也不会冷脸，还会双手合在小腹前笑着送她出门。

沈灼教过她很多买东西的技巧。比如砍价的时候对半再拐个弯，店主不卖就直接走人，不过脚步要放慢，耳朵支起来，等店主狠拍大腿喊他们回去。或者故意挑毛病，这儿不好那儿不对，最后杀个零下去。

可惜，积攒的经验在这里没有用武之地。她站镜子前，舍不得把鞋脱下来，想了想，转头看店员。

"不用麻烦了，我就要这双。"

旧拖鞋被仔细包好，新鞋的标签剪下来，店员对照货号填写单据，指着门口那边:"麻烦去收银台付款。"

蒋诵拎着书包,把单据交给戴眼镜的女孩,女孩随意瞥她一眼,抬头,却是和黎清衍说话。

"这是你朋友?"

黎清衍点头,语气熟络:"是啊,怎么,要打折吗?"

戴眼镜的女孩单手敲着键盘,忍着笑意,语气是带着愉悦的公事公办:"新品都没有折扣哦,黎大明星。"

黎清衍也没在意,随手从兜里掏出钱包,抽出一张黑色的卡。蒋诵看到,电光石火之间明白他要做什么,赶紧按住他的手,语气有些急:"不用!"

她转头问女孩:"多少钱?"

键盘噼里啪啦一阵响,女孩扶了下眼镜,转头看她:"九百八十元。"

蒋诵心跳漏了一拍,来不及细想,慌忙在包的侧兜里翻钱包。黎清衍见她这样,手捏着卡递出去,企图挣脱她的推阻,不在意地说:"就当我送你的入职礼物。"

蒋诵如临大敌,慌乱中摸到钱包:"我说了,不用!"

钱包用了好几年,看着有些旧。因为手机卡顿,每次付款时都要很久,她索性把兼职赚的钱都换成现金,全都拿出来,又问一次:"多少钱?"

"九百八十元。"

她迅速数好十张递过去,剩下的两张重新放进钱包。黎清衍叹了口气,身前是女孩单薄的身躯,为了不让他刷卡,一只胳膊还虚虚地别着他的手。

还真是……一点机会都不给。

找回二十,她收好,转身,抬头,表情是故作镇静的紧绷:"接下来去哪儿?"

黎清衍无奈,只好把卡揣回衣兜,笑着说:"当然是回家。"

别墅只有小虎在,蒋诵进门的时候,他刚好从二楼下来,还记得她,自来熟地开玩笑:"谢谢,暂时不添汤。"

黎清衍刚进来就听到这句,翻了个巨大的白眼。他直接穿鞋进屋,招手,示意蒋诵也进来。

小虎去摆弄咖啡机,蒋诵被安置在圆椅上。她把书包放在椅腿边靠着,刚一抬头,眼前就出现一杯冒热气的咖啡。

黎清衍把她那杯放在桌上,自己手里还有一杯。他不坐,就站在桌边,仿佛这长日没有尽头似的,极慢、极慢地啜了一口,脸很快皱成一团,两个声音同时响起。

"这么苦。"

"对不住,忘记放糖了。"

小虎捏着糖盒,随手拿出两颗扔进他杯子,"吧嗒"一声。小虎"嘿嘿"笑,并没有觉得抱歉,转头看蒋诵:"你要几颗?"

蒋诵想了想:"一颗……两颗吧,谢谢。"

小虎帮她放完,把方糖放在桌子上,随手拉过一把椅子坐下。两人坐着,一人站着,黎清衍反手支着桌边,视线落在蒋诵脸上。

她马上挺直后背,等他讲话。

黎清衍深吸一口气,该有的派头端起来了,却一个字都没想出来,主要是自己最近确实没什么要忙的。

说起来怪不好意思,寒假开始后一直在沉迷低级快乐。夜店,酒吧,酩酊大醉,睁眼都不知道自己在哪儿。他挠了下眉尾,认真地说:"你尝尝咖啡甜度合不合适。"

小虎在旁边没憋住笑。

见黎清衍自己先露了馅,他也不端着了,闲适地跷起二郎腿,把咖啡杯推得老远,毫不留情地指着他的脸吐槽:"这位神仙,就招兼职那天短暂地振作了一下,说要转型,还熬大夜写剧本画分镜。结果第二天就被酒精撂倒,一直喝到昨天半夜,今儿还敢开车出去,真不怕被交警拦住吹酒精检测仪。"

黎清衍浑不在意地反驳:"昨天喝的酒,和今天有什么关系?"

小虎眉毛竖起,迅速把蒋诵拉进话题:"学妹你说,满打满算还不到十个小时,他喝那么老多,你知道高瓶的'深雷'吧?"他边说着,手还比画出几十厘米的长度,"这么大一瓶,全喝了,又灌了三瓶啤的,我可是从卡座底下把他拽……"

正说到兴头,被黎清衍干脆打断:"行了啊,说正事儿呢。"

小虎撇嘴,碎碎念:"咖啡甜度算什么正事儿。"

蒋诵来这儿一会儿,坐着听他们你一句我一句地吵嘴,总觉得这兼职不太靠谱。她沉吟几秒,主动问:"工作内容是什么?"

小虎说:"就是助理,活多且杂,不过都不累,比火锅店轻松一百倍。"

"具体呢?"

小虎刚要细说,黎清衍就轻咳一声,指使他出去取快递。攒了一肚子的话还没说就被原路打回,小虎一脸怨念。

等人走了,黎清衍才恢复平时的模样,下巴挑了挑:"走,上楼说。"

相比楼下,楼上多了生活气息。卧室、游戏房、衣帽间都是隐私性很好的独立区域。因为房间多,几乎没有走廊,楼梯口铺着正方形毛毯,再往前就是门。

黎清衍推开左手边的门,向她展示自己的豪华衣帽间。像电视剧里一样,超大的穿衣镜,整齐挂好的衣服,顶到天花板的透明收纳橱柜,一面放鞋,一面放包。正中间的天花板垂着水晶灯,下面摆着黑色长条软椅。

黎清衍没长骨头似的坐下,看门口的女孩不动,冲她招手:"杵那儿干吗,进来啊。"

他如果不说话,安静地待在那儿,就像一座精雕细琢的完美雕塑,给人只可远观的距离感。只要一开口,瞬间从骨子里流出亲近,熟得好像认识很多年。

见蒋诵犹豫,他直接起身过去拉她进来,扬手指粉红色衣架,很慷慨地说:

"这些衣服你应该都能穿,随便挑,随便拿,别客气。"

双臂长的衣架,密密麻麻挂满女装,颜色全,款式新,涵盖各种风格。黎清衍这人作为半个公众人物有个缺点,就是端不住,和外形完全相反的话痨属性。

他从兜里掏出手机,边解锁边碎碎念:"我就说让你搜搜我,看来你还是没搜,那我就不客气了。"

屏幕跳转到个人主页,他把手机举在蒋诵眼前。

"粉丝八百五十万,去年获得最具潜力红人奖,最受喜爱个人博主,当然这也不算什么……"

蒋诵看着置顶的两个视频封面,熟悉的脸,却是妖娆的白裙红唇大波浪。她眼神闪了闪,目光挪到正故作谦虚的男人脸上,然后下移,定在平坦的前胸,试探地问:"你是女的?"

黎清衍仿佛被扼住喉咙,无语地说:"男的,我只是偶尔穿女装拍作品,不然能……"他扒拉着旁边的衣架,"不然能买这么多衣服吗?"

"哦。"

蒋诵往后退了一步,摇头说:"不用,我有衣服。"

黎清衍在蒋诵这被反复拒绝,也习惯了,早做好了心理准备。他低头看她,旧衣服旧裤子,刚才是想到她绝对不会接受他帮她付款,才放弃逛街回来。

这些衣服大多都没穿过,吊牌还在。他怕自己太自来熟的性格让她不习惯,来日方长,也不强求,身子一矮坐在软椅上。

"那就说正事儿吧。"

"好。"

"我没招过员工,一直都和朋友在一块,他们不缺钱,也没提过具体的工资这些,都当陪我玩来着……"说完,他将主动权给她,"寒假这一个半月,你觉得工资开多少合适?"

蒋诵皱眉:"我的工作是什么?"

"这个嘛,就是拍摄助理,打光,一起讨论下剧本,然后……"他手指交叉,拇指快速对转两圈,突然想起,"你是学传播的,刚好对口,这些都不用细说,跟两天就明白了。"

她点头,仔细想了想:"五千可以吗?我在火锅店也是讲的这个价格。"

黎清衍点头,冲她比了个大大的"OK",然后探身去拉衣架下的大抽屉,拉出里面放着的一堆手机。

"借你一部,你手机实在太卡了,别到时候我急着找你,结果你解锁就解十分钟,黄花菜都等凉了。"

蒋诵没动:"今天有什么工作吗?"

"暂时没有。"

"那我还是等真正过来了再拿吧。"

黎清衍快速从抽屉里拿出一部未拆封的苹果手机,奇怪地看她:"你不在这儿住吗?"

"不,我回去住。"

他身形一顿:"和你哥?"

蒋诵点头,想着事情大概都说好了,也就没有留在这儿的必要。她看了看门口:"那我先回去了。"

"哎哎哎。"黎清衍急忙站起来拉她,莫名其妙,她怎么说好的又变了卦,"住也不在这儿住,给你手机也不要,你到底是不是诚心想加入我们团队啊?"

她沉吟,语气透着谦虚:"想,可我现在还没开始工作。"

蒋诵的工作经验都在工厂流水线、饭店服务员这些简单的,不需要动脑的行业里。虽然现在学的是这个专业,可时间太短,只灌进去一堆理论。真做的话,开始的时候一定会坎坷,也没什么信心。

她当然不能提前接受这些"福利"。

这几次相处之后,黎清衍也大致了解她是什么样的人,或许不该说的那么直白,但是穷人,大多有超出想象的自尊心。

他深吸一口气:"好吧,但我还是想说,以后你真的不要和我这么客气了。"

蒋诵看着他把手机放回抽屉,才压力骤减,诚恳但坚定地说:"以后不会客气的。"

从别墅出来时刚过十二点,正午,她坐公交车回去,旧鞋和旧手机都在书包里。尘埃落定,一切都往好的方向发展,她低头,仔细端详新买的鞋,怎么看都普通的样子,竟然这么舒服。

脚趾试探地动了动,早上还隐隐作痛的水泡没有任何感觉,以前她觉得伤口的愈合需要时间,现在却改变想法。

钱,就是这世界的熨斗,不管多痛的伤口都能熨得服服帖帖。

她靠在窗边,外面的世界像彩色胶片在眼前展开。每个人都行色匆忙,眉间堆积或深或浅的褶皱。不论是拎公文包的白领,推着摊车的小贩,还是开货车的司机,站在商场门口招揽顾客的玩偶……所有人都在努力赚钱。

钱很重要,能换来舒适。

难怪她的父母收了钱就消失了,四十万,再也不用过苦日子了,这可真是堪比中大乐透的买卖。

沈灼真是傻瓜。

她在大学站下的车,反正今天要"破产"了,索性奢侈到底。钱包里还剩二百二,她买了一杯奶茶,一路闲逛。

逛到最后,发现大多是给沈灼买的。

品牌折扣的长袖卫衣,皮质的黑色腰带,毛线手套,又买了几双袜子,每人三双,她认真地挑了很久。男款是蓝白边的高筒运动袜,女款是中腰的棉袜,侧面脚踝处,绣着一只抱着胡萝卜的小兔子。

她仔细叠好,放到装卫衣的纸袋里,再卷折袋口,塞进书包。推开店门时,身后忽然有人叫她。

"同学,你奶茶忘拿啦!"

蒋诵一怔,看到年轻的店主笑着,眼睛弯成月牙,手里举着喝到一半的奶茶,冲她摇了摇。

"这是你的吧?"

她用力点头,忽然觉得很幸福,不知是店主的笑容,还是那声亲切叫她"同学"的称呼。她赶紧小跑回去,笑着说:"是我的,谢谢你!"

想着沈灼晚上才回来,她随便找了一家小店吃牛肉面。慢悠悠吃完,付款,走出店门时,蒋诵把被扫荡一空的钱包塞进侧兜,正式宣告"破产"。

不过,心情却很好。

她背着书包,上楼,甚至哼着小曲拧开卧室的门。

非常意外,沈灼竟然在。

他坐在床沿,旁边放着一个敞开的鞋盒,开门时,他正虎口展开比量粉色运动鞋的鞋底,似乎闲得没事做,正凭借记忆对比鞋号大小。

听到门声,他抬头,正对上她愣住的脸。

他的脸一下子拉老长,不高兴地说:"你怎么出去……"说着,视线下移,声音忽然变轻,"买新鞋了?"

沈灼心里装着事儿,反正生意也不好,索性没出摊。在碧水路游荡了一上午,货比八家,最后选了一双粉色运动鞋。

他仔细看蒋诵脚上穿着的浅蓝色,皱了下眉。

"这么丑的鞋?"

蒋诵把门关上,一大步迈到床边,有些不好意思。

"嗯,就……随便买的。"她低头看打开的鞋盒,上面印着熟悉的运动品牌标志,鞋是粉色网面,看着很轻。

她问:"这是买给我的?"

沈灼立刻摆出一副"当然了,除了你我还能买给谁"的表情,嫌弃地看了眼她脚上穿的那双,再对比自己精挑细选的,还真是……满意。

他催促:"鞋脱了,试试。"

蒋诵脱下鞋,脚上还穿着店员送的袜子,纯白的浅口,正面绣着大写的"S"字母。她直接伸过去,沈灼动作自然地帮她穿好。

"大小怎么样?"

她站起身,在地上走两步,仔细感受:"正好。"

"舒服吗?"

"特别舒服。"

沈灼一听,紧绷的身体终于放松,他双臂支着床沿,得意地说:"舒服就对了,这可是在大商场里……"还没说完,忽然想到刚才她穿的蓝色运动鞋,"你这双花多少钱,五十?"

蒋诵眼神闪了闪,心虚地说:"八十……"

"啧。"他深吸一口气,摆出一副"没有我你可怎么办"的表情,"傻,让人宰了吧,下次想买什么我们一起,以后不去那种便宜地方。"这边说着,又神秘兮兮地从枕头下拿出一个长方形白色、扁扁的盒子,上面印着知名手机的品牌logo。

他举起来扬了扬:"还有这个呢,想不想要?"

蒋诵瞪大眼睛:"手机?"

"是,不用太震惊。"他神采奕奕,怀抱着精挑细选的礼物早早赶回来,在这憋闷的出租屋里等啊等,就为了看她露出惊喜的表情。

女孩捂着嘴,小声说:"都说了不要。"

"啧,哥送的。"他把"哥"这个字咬得很重。

蒋诵慢慢往前,接过还没开封的盒子,有些重量。她双手捧着,低头看上面的字体,忍不住问:"这多少钱啊?"

沈灼的目光一直定在她脸上,像怎么都看不够似的,直直的,连他自己都无意识地深陷进去。

"别问,哥有的是钱。"

蒋诵震惊的脸在听到他这句话时倏地转变,迅速恢复平时的模样,蹙眉说:"都说了我自己赚钱买。"

他就像没听到她的控诉:"没必要,给你买了就收着。"说完抬头,双手伸到她脸颊,很轻地捏住,"开心吗,今天?"

蒋诵的嘴角被迫吊起,不舒服,像成年人弯腰逗小孩似的幼稚。

她扭着脸挣脱,之后低头,看手里的新手机,很仔细地看,慢慢露出笑容,眼神晶亮地说:"开心!今天好开心!"

她忽然想到什么,随手抓起书包扔进他怀里,也故作神秘:"我也给你买了,自己打开看。"

沈灼夸张地翻了她一眼,表情是不信,手却伸向拉链,却拽出一双旧拖鞋,随手扔到一边:"逗我玩呢?"

蒋诵挨着他坐下,眼神鼓励:"在下面。"

他伸手进去捞,捞出一个纸袋,狐疑地打开,从袋口往里看:"衣服?"

不止,卫衣,腰带,手套,还有几双粉粉白白混在一起的袜子,他"哎哟"了一声,最先拿起手套。

"我刚还想呢,这边气候真够怪的,太阳是挺大,一点用都没有,还是冷,冻手。"

蒋诵突然高兴:"那我买的你刚好能用了?"

"对啊。"

她也学他,手伸过去捏他没肉的脸颊,距离拉近,她笑着问:"开心吗,今天?"

沈灼嘴唇被拉扯，不太好发音，呜呜说了几个字，她听懂了。

"老开心了。"

陌生的沿海城市，还没适应冬天的忽冷忽热，本该阴冷的卧室，却有斜阳从小窗照进来。

很奇怪，在这儿从夏末住到初冬，照进来的阳光好似惊鸿一瞥，还没等仔细看，就无情地移走。

结果到了冬天，这阳光好像完成了一整年日照的KPI，最后的日子无所事事，大发善心地停在这阴冷狭窄的出租屋里。

蒋诵趴在床上，把SIM卡放进新手机。

她是电子产品白痴，之前用的旧手机只有16G内存，去除系统和自带软件，只能下载几个必需的APP。新手机内存256G，感觉像《肖申克的救赎》里的男主角历经千辛万苦从排水道逃出来，跪在污浊不堪的泥地里，在暴雨中自由地张开双臂。

她记得那张海报，此刻就是这种的感觉。

把需要用的软件一个不落都下载好，又挑好看的图标下载了几个。全都弄好后，她转头，看到躺在床上的碎屏手机。她随手拿起来，擦干净被指纹覆盖的屏幕，郑重地放进空了的手机盒里。

沈灼从洗手间回来，刚好看到，随口说："旧手机就别要了呗，应该能在二手市场换个钢盆。"

"不行，这是我借的，以后要还给夏怡然。"

"人家夏怡然不可能要，你要真去还，她百分之百骂你有毛病。"

她低头想了想："在我最无助的时候，是她主动和我做朋友，还把手机给我用，我不能……"还以为天南地北相隔这么远，这些事早就尘封在记忆里，实际很轻松就能想到当时的画面。

如果深究内心，"还给她"只不过是个借口，其实是想再见她一面，再亲口说一句"对不起"。

她把盒子盖好，小心放在枕头下的床角，不忘警告沈灼："不许偷偷拿走换钢盆。"

沈灼压根没在意这回事，正端着手机语音通话："我今儿不过去了，嗯，没有城管。啧，早知道我就摆了，咱在内部也没人，什么消息都不知道……"

蒋诵坐在床上看他。

他似是感应到视线停驻，侧头瞥了她一眼，和对面的人说这边还有事，匆匆挂断，凑过来问："晚上想吃什么？"

"吃……"

她今天高兴，以前从来不操心吃什么这个问题，仔细琢磨了一下，想到来这儿久了，两人都没出去逛过，刚巧今天都有时间。

"我们出去吃。"她提议，还不忘加一句，"穿你送我的新鞋。"

学校在城郊，除了自成的小型商圈之外，其余都是矮层的高档小区，精致洋房连成一片，只能在围墙外窥到内部屋顶。

蒋诵拿着半瓶水，是刚才在烤肉店没喝完的。饭饱，水足，天还没黑，正好在周边逛逛，权当消食了。

南江绿化很好，人行道边种着风景树，从高处俯瞰，是翠绿翠绿的直线，浑然天成地和机动车道隔开。路上没什么人，两人并排走着。

他突然低头，看了眼她穿的鞋。

"脚还疼吗？"

蒋诵摇头："不疼了。"

她沉吟一瞬，突然说："便宜的东西不一定差，但贵的东西一定好。"

说着，她转过头，视线越过男人的肩膀看向旁边的小区。里面很静，透出一股拒人千里之外的奢华，不用猜都知道，里面一定规划得恰到好处。而她在围墙外，只能看到第五层，那里是超大的落地窗。

沈灼还在品味她说的那句话，想着大概是在夸他买的鞋舒服，那确实，他第一次买这么贵的鞋，小五百呢。

他心里高兴，自然地顺着她的视线往里看。

这附近他很熟，和别的摊主闲聊时说过。因为有大学，这片十年前就着重规划，所以附近的小区房价很高，住户大多是经济稳定注重环境的有钱人。和东林比的话，那里的一套房子在这里连个厕所都买不到。

他脚步放慢，低头看脚下的路，灰色方砖铺成的地面，光滑平坦，大城市独有的整洁。前面有个女人也在散步，穿着套装，精致窈窕的背影，手里牵着狗绳。小狗是白色的，比熊还是什么，他认不出，只能看出经常光顾宠物店，四只脚都穿着小鞋，毛发从头到脚修剪得很漂亮。

他忽然想起前一阵去理发店，和理发小哥熟了，他吐槽剪个头这么贵，几剪子下去三十块钱，简直是抢劫。

理发小哥叹了口气："知足吧，隔壁宠物店剪一次狗毛一百二呢。"

前方那只"一百二"欢脱地挣紧绳子，时不时要去树根下或草丛里搜寻同类的味道，可惜女人不准，紧紧地拽住绳子，时不时轻斥几声。

小狗虽然顶着一身漂亮的毛发，却不能自由地去想去的地方，时不时翻白眼瞪那女人，难得龇牙咧嘴。

不就是喜欢撒欢跑嘛，这有什么不许的。

他想，确实不应该。

很快走到小区正门，女人牵着狗进去，门口站岗的保安训练有素地帮她开门，从头至尾，女人的手都没抬起来过。

蒋诵收回视线。

由俭入奢易，舒适会上瘾，她垂眼看脚下和人行道颜色不一样的花砖，小声

176

说:"这里不是轻易能住进来的地方吧。"

那当然了。不过沈灼没搭腔,他深吸一口气,拉着她的袖口继续往前走。

直到离开小区门口,他才语速很慢地说:"你……铺垫了这么多,其实还是想去兼职吧。"

蒋诵心里一"咯噔",没想到被这么直白地挑明,她故作镇定:"是,我要去,已经讲好了。"

沈灼"嗯"了一声,神色轻松,态度和前几次截然相反:"那就去,你这么努力地考到这里,假期有能锻炼能力的兼职,是好事。"

这下轮到蒋诵愣住了,她歪头,仔细看他,企图找出违心答应的表情,可惜没有。

"真的?"

他点头,习惯性地伸出手,本该落在她发顶的,却急急调转方向,扬手抓了抓自己的后颈,坦诚地说:"真的,哥什么时候骗过你,那边各方面条件都很好,还能交到朋友,真是一举两得。"

蒋诵猛地停下脚步,听他这么说,心里应该是得偿所愿的轻松,实际却更沉重了。她急急拽住沈灼的袖口,把他也拉停。

"我是去兼职,但回来住。"

沈灼皱眉:"折腾什么,不嫌累啊。"

她认真地说:"不回来的话,我会很想你。"

黎清衍两天后发来消息:今日宜上工。

蒋诵到的时候不到十点,小虎出来开的门。他睡眼惺忪地把她迎进去,边走边打哈欠,说话带着浓重的鼻音:"太早了吧,他还没起呢。"

进屋,小虎开冰箱拿出一瓶饮料扔给她,示意她随便,他要继续睡。

四周寂静,纯白的装修给人一种萧条阴冷的感觉,蒋诵坐在设计奇怪的圆椅上,静坐十分钟后,接受了他们还在睡这个事实。

她无事可做,索性从包里拿出手机,点开魔音APP,新注册的账号,唯一关注的视频博主是"清衍上人"。

五百多个作品,她用两大时间看完。视频时常都很短,最低八秒,最高不超过一分钟,种类很杂,像素人帅哥在分享日常。前期有稍长的视频,还带转场和剪辑,能看出用心,但看发布时间,距离最近的长作品已经是三个月前。

她退出页面,把手机放在桌上,拧开饮料喝了一口,还没放回去,就听到楼梯那边的声响。

黎清衍醒了,穿着黑色睡袍懒散地下楼,素着一张脸,微微有些肿,头发也睡成不羁的蜂窝状。

他用手抓了抓,眼神随意向楼下瞥,看到站在桌子旁的女孩,吓了一大跳,见鬼了似的:"你怎么来了?"

蒋诵小声说:"是你让我来的。"

他捂着心口,被酒精麻痹的神经一阵阵眩晕,好不容易才凝神,仔细在记忆里翻找,确实有发消息让她过来的碎片。

见她一副老老实实到岗的好员工模样,黎清衍也不好意思再让她回去。

他把拖鞋拽下来,使劲扔到右侧的卧室门上,"咚"的一声,代替闹钟,果然听到门里传来被吵醒的不满声。

黎清衍晃悠着走去冰箱边拿水,小虎也从卧室出来了。

他眯眼,鼻音很重:"给我拿一瓶,元气森林,白桃味。"

黎清衍拎着两瓶水去桌边,有异性在,他也收起随便,仔细地把睡袍腰带系紧。

三人对坐,蒋诵以为要开会,默默从包里拿出一个笔记本,摊在大腿上,等着黎清衍下达工作要求和指令。

他很快说话:"早上吃什么?"

小虎托着腮,神情严肃:"地锅鸡怎么样?上次吃味道挺正,面饼也好吃。"

黎清衍皱眉:"大早上的,不想吃口味这么重的东西。"

"清淡点的?那……"小虎在大脑里搜索附近的饭店,"虾饺,肠粉,云吞。"

"不想吃。"

"要不喝粥?"

"大哥,我的脸已经够肿了。"

蒋诵垂眼,默默把摊在腿上的笔记本合上,抬头时,刚好对上黎清衍看过来的视线。

他问:"你想吃什么?"

"我吃过了。"

"吃的什么?"

"泡面。"

小虎马上打了个响指:"那咱们也吃泡面吧。橱柜里是不是还有?我记得上次买好几包来着……"说着就真的去煮了。

蒋诵再三表示不吃后,黎清衍才收起客气。一楼本就空旷,没有其余的沙发座椅,两个男人对着吃面,她只能坐在旁边,无聊中带着一丝不知道来这里干什么的迷茫。

似乎感受到她的拘谨,黎清衍只吃两口就放下筷子,跑上楼拿手机,直接解锁递给她。

蒋诵立马坐直:"我有新手机了。"

黎清衍看到放在桌角的安卓机,手机继续往前送了送,笑着说:"这是我的手机,现在我们是一个团队了,我决定向你开放我的后台。"

小虎吸着泡面,诧异地抬眼,紧跟着补了一句:"哟,你还真没把学妹当外人。"

蒋诵沉默，犹豫着接过，点进熟悉的 APP 图标。

黎清衍大概不知道她已经看完全部作品，她也没推辞，把椅子往后挪了一点儿，手肘支着桌角，手指略带生疏地滑动屏幕。略过视频那一栏，她直接点进个人中心，创作者后台和个人页面有区别，上方小喇叭横幅滚动提醒"创作激励待领取"。

往下翻动，消息设置成勿扰模式，从上到下，全是未读的小红点。

黎清衍只吃几口就放下筷子，歪头打量认真看手机的女孩。她今天穿得还行，黑色外套牛仔裤，脚上穿着粉色运动鞋。

他蹙眉，支着胳膊凑过去："怎么没穿昨天新买那双？"

蒋诵视线从手机屏幕移开，低头看了眼鞋："嗯，这个是我哥买的，我两双换着穿。"

黎清衍微笑着缩回去，感觉到差别对待。他心里忽然摆出一个老式天平，一边是粉色，一边是浅蓝色，那天他真心实意想送她，她却没有转圜余地地拒绝，结果乐颠颠地穿她哥送的鞋。

天平蓝色那段倏地落地，顺势把粉色举到最高，那里很轻，像羽毛，羽毛上循环滚动四个大字：你是外人。

蒋诵回答完就继续看屏幕，小虎去厨房刷碗，会客厅只剩他们两个人，黎清衍目光不离她的脸，像在和她说话，也像自言自语："我四岁开始学画画，画了十几年，基本功超厉害，只要看一眼你的脸，就能在脑子里描绘好头骨形状……"他双手比"八"，左右对齐摆成长方形，像举着照相机似的，架在鼻梁上，假装要给她照相。

想说的话呼之欲出，蒋诵却突然抬头，无视他的幼稚姿势，认真地说："你私信里有官方平台发的活动邀请和商家发的广告合作，你都未读？"

黎清衍见她认真，慢慢把手放下，像没长骨头似的倚在桌边。

"是。"

她不解，又低头确认接收时间："昨天还有购物 APP 发来合作请求。"

"大概吧。"他低头喝了口饮料。

"为什么不回复？"

不止这些，还有人批粉丝的私信。头像是他的照片，昵称也与他有关，在评论区、点赞区、私信里，都异常活跃。这么多人爱他，却只是私信里一个不起眼的勿扰小红点。

她不太理解，他这里放眼望去一片繁荣，实际只是个人生活号，没什么需要做的，根本不用找兼职。

她把手机放在桌上，推到他面前。

黎清衍一直看着，忽然笑了下："怎么，你觉得我必须得回复？"

"也不是……"蒋诵踌躇着组织语言，"我只是觉得你已经在做这件事，很幸运地有人喜欢，也应该有相应的互动和反馈，这样才能获取更多的关注和利益。"

她来之前的两天，特地恶补了关于平台的发展史，最初的创建还要追溯到十年前。那时还是搜索引擎，后来在首页开通短视频页面，渐渐地，用户发展越来越多，索性大胆创新，转型为短视频平台，也是国内第一个以视频形式输出内容的平台。随着互联网的发展和人均收入水平上升，更多的人涌入进来，人多了，商业链自然形成，现在平台主打购物，卖货才是主流。粉丝量多的博主也顺应趋势，随机点开几个，全都成立自己的工作室或标注合作请私信或邮箱联系，只有黎清衍，主页只有短短一行字——

醉后不知天在水。

让人摸不着头脑的简介，近期发的视频内容也看不出到底什么路线，像各种元素混到一起的大杂烩：扮女装，耍帅，吃个午饭，还有很多街头拍照合集。

她忽然想到最初认识，也是缘于他拍了一张她的照片。

蒋诵觉得，他虽然粉丝多，其实没有很好地运用到。思忖几秒，她忍不住问："你为什么不走商业路线呢？"

刚好小虎洗完碗回来，潮湿的手随便往裤子上抹了两把，掌心向上，恭敬地指向沉默的黎清衍："很简单，因为这小子是富二代，看不上那点碎钻。"

蒋诵下公交车时，太阳刚落，气温很低，衣服有些薄，风顺着棉毛缝隙钻进去，激起一层层的战栗。她拢紧衣领，脚步不自觉加快。

离开前，黎清衍终于开了简短的会议，简明扼要地宣布，他要转型。

但具体怎么转，需要认真规划，团队明天正式开工，在会议的最后定了工作时间：早九晚五，加班费另算。

蒋诵踩着水泥台阶往上走，心里算盘噼里啪啦没停过。

在学校里兼职攒的钱全花光了，她现在等于从零开始。在这儿讲好的工资有五千，如果加班的话，还有额外收入，等开学了，继续在图书馆兼职，如果在黎清衍这业务熟练了，以后再找同类的工作也算有经验。

等下学期结束，赚的钱差不多够买衣服，到秋天他过生日，去买下那件外套，刚好温度合适，可以直接穿。

她弯起唇角，感受脚底的舒适，下意识猜测，几百块的鞋都这么舒服，那将近一万的衣服，舒服岂不是加倍又加倍……

破旧的楼道散发一股潮湿的霉味。

矮楼，租户混杂，几乎感受不到在东林顶楼时的寂静。她走到三楼，脚尖顿住，收回盘算的心思，果然听到有人在吵架，从头顶传来，不知道具体几楼。

人类天生爱八卦，自从听到吵架声，她的脚步变得很轻，一格一格地悄声上去，走到四楼半，终于听到清晰的对骂。

只是……声音很熟悉，是沈灼无疑。

本应该出摊的人却在家，还在吵架，这完全不在预想之内。怕他万一打架，也怕他势单力薄吵不过，她两步一个台阶往上跑，越往上声音越清晰，在钥匙触到锁眼的瞬间，她听到他的声音。

"天天搞，就那么大瘾，你们不睡还不让别人睡啊？这儿又不住你一家。"

对骂的女声尖厉刺耳，和深夜的婉转仿佛不是一个人："怎么着，你受不了啊？"

"呵，确实受不了杀猪声。"

女的一听就急了，声音比刚才高了好几度："你是饿汉子见不得饱汉子爽吧，天天搂着大学生睡，人家看不上你这盲流子，就不给你睡，怎么着，跑来拿我撒气呢？"

只静了一瞬，沈灼破口骂出巨长一串脏话。

女人也不示弱，都是北方的，脏话互通，你来我往，蹦豆子似的骂出一堆花儿来，门口的蒋诵直接听傻了，愣了好久才想起要开门。

钥匙刚伸进锁眼，门就从里面开了，沈灼冷着脸推门，嘴里还夹着一句要说的脏话，猛然看到蒋诵的脸，立刻闭嘴。

他卸掉戾气，假装无事发生："回来这么晚啊。"

正在气头上的女人可不管这个，斜眼看到门口站着的女孩，不用想也知道是谁，她火正烧着，只想骂个痛快。

"哎哟，还大学生呢，和这种男人滚到一起，上什么学都白费，你爸妈真倒霉，养了这么个四六不懂的便宜货……"

蒋诵看着那女人，大嗓门，三十多岁的样子，圆脸肤黑微胖，头发刚洗完，一半黄一半黑，正湿答答地往下滴水。

听说她在对街车库里偷偷开麻将馆，难怪嘴巴这么厉害。

沈灼在听到她骂人的一瞬，忽地咬紧后槽牙，撸起袖子想过去和她比画比画。

蒋诵赶紧拽住他的胳膊，大步迈进去，挡在他身前，褪去平日的柔弱，身披没素质的铠甲，想都没想就开骂："你才便宜，那么爱做还没钱租大房子，只能在屁大点的小屋子里叠罗汉……"

话刚说一半，就被一只大手捂住嘴，沈灼几乎是把她拎出去的。"咣"的一声，门关紧，他一步没停地拉她下楼。

直到眼前见亮，他才松开她的胳膊，板着脸说："以后不许说这种话。你和他们不一样，别和不讲理的人浪费口舌。"

蒋诵揉着手腕，不服气："我进去之前你就和她吵了，我才说一句你就不让，干吗不让说。"

沈灼头痛，这一天真是不顺。上午被城管追，生意做不成才回来，午觉也没睡成，路过洗手间时那女人在洗头，倒霉催的，甩头时溅了他一身水。搁平时也就算了，破衣服湿了也就湿了，可今天穿的是蒋诵买给他的新卫衣，刚换上就沾了一堆恶心的洗头沫，这才发的火。

现在想这些也不算什么，他不希望蒋诵那样，为了给他出气什么话都往外说。

他深吸一口气，尽量心平气和的语气："你是来这儿上学的，又不是来骂街的。"

蒋诵皱眉，不懂明明是帮他，怎么最后挨说的还是她，她心里一阵不高兴，梗着脖子嘴硬："那你怎么骂，我都在门口听半天了。"

他愣了下，半晌才说："你和我能一样吗？"

蒋诵越想越生气，夹了一块牛肉塞进嘴里，肉紧还带筋，像一块怎么也咬不透的胶皮，累得太阳穴酸痛，她一脸怨气地狠嚼。

沈灼递给她一张纸："咬不动就吐出来，跟块肉较什么劲。"

蒋诵选择无视，嘴唇紧闭，只有腮帮子一动一动，她才不是和肉较劲，是和他较劲。

怎么会和他不一样呢。

来到这儿后，他自称哥的频率开始增加，不止这样，还总流露出想把她推开的意图。前几天他还费尽心机地拉着不让她走，现在不仅支持，还让她别回来了，在那儿住也挺好，又不是没住过。

她不想解释之前其实是在火锅店住的。

随便找的小店生意冷清，点了一盘卤牛肉、一盘炒青菜，再加两碗热米粉，沈灼端碗喝汤，"咕噜噜"地灌进去一大口，放下碗时，额头冒出汗。

他拿纸巾擦了一下，又说起老生常谈的话题："真的，别回来住了，隔壁那几个人素质很差，吵起来什么脏话都说。"

蒋诵把没嚼烂的肉囫囵咽进去，筷子放在碗上："没事啊，我超会骂，真吵起来了我也不怕。"

沈灼拿筷子敲了下她的头："你还挺骄傲的是吧？"

蒋诵没说话，低头，碗里的粉还剩大半，雪白的圆粉泡在热汤里闪着油花，看着挺有食欲，可惜她光嚼肉都嚼饱了，往前推了推："我吃不下了。"

沈灼自然地伸手拉过碗，拿筷子搅着面，还不忘絮叨："人家古代的孟母都知道三迁呢，你可倒好，净上赶着往乱的地方凑。"

蒋诵懒散地靠在椅背揉胃，慢条斯理地说："第一，我不是小孩，不需要什么三迁；第二，不就是那个声嘛，我爱听。"

沈灼刚吃进去的面条差点从鼻孔里喷出来。

幸好这店生意不好，没几个人，他吸吸鼻子，把筷子一放："说正事儿呢。"

按理说闹了这一次，他应该退了这个房子出去租两室，可冷静斟酌后，他发现还真没这个条件。之前在校门口美食街摆摊时还好，赚的钱不少，全都记好账送进银行，省吃俭用也存了小几万，不过都是死钱，每一块都有固定用途。

学费，生活费，房租，日常开销……

182

但现在寒假，碧水路那边生意不好，还要躲城管，天天像做贼一样，去除进货各项费用，赚的那点只够够维持最低生活开销。如果这时候退了这个便宜租房，去租贵的，那整个计划都会被打乱。现在没条件任性，他认真考量后，觉得她还是像刚开始出去兼职时在外面住最完美。

蒋诵才不管他："不去！你再唠叨我就去睡大街。"

沈灼一口面差点噎死，到底没拗过她。

隔壁那对今晚提前半小时活动，似乎为了报下午的仇，声音比平时更卖力。

沈灼听到的一瞬，迅速翻身，摸索着找她耳朵，结果，掌心按到一片温软……不小心摸错了地方。

黑暗中的对面幽幽传来一句："你也终于忍不住了，想试试对吗？"

沈灼："闭嘴。"

他手指上移，顺着她的脖颈游上去，在她的碎发里找到她的耳朵，直接压下捂紧："还能听到吗？"

"你说呢……"

当然能听到，声大得震耳朵。沈灼烧起无名火，翻身去床边摸拖鞋，使劲扔到墙上，暴躁地骂："再叫我报警了。"

没想到隔壁在欢愉中还能抽空回话："去报吧，我们合法，不怕。"

沈灼坐在床上生闷气，呼吸声很重。他自认遇到蒋诵之后脾气变好很多，可最近，很明显感觉到控制不住。就像现在，他分不清自己是在气隔壁噪音，还是气自己压不住身体里莫名的涌动。好热，可深冬的温度不可能是热。

呵，能是什么，他知道，但不想承认。

被子在身旁一阵沙响，腰间软软地缠过来女孩的手臂，温热的脸贴着他后腰，说话时的嗡动激起一层战栗。

她的声音透着无奈："耳塞一点都不好用，尺码没买对，太粗了，怎么都塞不进去。"

沈灼没想歪，真的，她懂什么，只是单纯在描述失败的购物经历而已。确实，现在正是要用的时候，没买好可真够烦的。

他"嗯"了一声，随手捞过被角压住腰下："明天去店里买，先试一下，买合适的。"

蒋诵点头，手指在他腰侧无意识地划圈，不理会越来越紧绷的皮肤，闲聊似的说："还是你的手舒服，压着不痛，还热热的。"

"是吗？"他故作自然地挣脱腰间的手，抻平被角钻进去，刚沾到枕头，却看到蒋诵坐起来了。

四楼，窗外刚好是路灯。窗帘是被他睡了好几年的床单，磨得狠了，一块一块地透光。

她刚好坐在光影下，穿着睡衣，长发直直地擦过肩膀倾泻下来，晦暗里看不清表情，像蒙上一层纱，纱……是婚纱吗？

183

他呼吸一滞，压下不自然的心跳声："躺下，我捂你耳朵，早点睡。"

蒋诵歪着头，看向夜色中的墙壁，认真地接收另一端的声音，像发现新大陆似的，突然说："沈灼，你听，他在亲她哎！"

沈灼赶紧把她拉进被窝，手掌急急压在她耳上："别闹，再闹我生气了。"

朦胧中，他看到她老老实实地侧躺着，就算他的手比平时用力，压得她脸变形，她也没说话，只是静静地看着他。

他假装屋里太黑看不见，找好舒服的角度，无视心跳声震耳，慢慢闭上眼睛。

他想，她的耳朵被捂住了，应该听不到。但他的耳朵没被捂住，他能听到，还听到她很小声地说话："从来没有人亲过我。"

他放缓呼吸，假装睡着了。

她却像一台深夜里被人遗忘的留声机，就算没人在听，也自顾自地开始播放封存多年的乐符。

"我出生时，医生说是女孩，我爸一听直接转身走了，我妈也不想管我，只住了两天院就回家了。在家住到百天，就被送到村里爷爷家，我小时候看到我妈亲我弟，我还问过她：'小时候你也是这样亲我的吗？'结果我妈瞪我，说看我生气都来不及，还亲呢，不打我一顿都不错了。"

她的声音没有情绪，平淡的，没有起伏，像读书的时候倒霉被选中，在全班同学面前读自己写的作文。可沈灼知道，这样的语调，是已经在心里反复咀嚼过无数次。小孩子都会从大人的闲谈中摘取童年碎片，小心地攒到秘密盒子里，最后拼凑出完整的画面。

可事与愿违，画面并不好看。

她一定哭过很多次，又无处可问，无处可争辩，污水层层过滤，一遍一遍不厌其烦地，总会有变成清水的那一天。

像清水一样寡淡，终于变成了别人的事。

他的手松了松，想去抱抱她，却忍住了，好残忍，他竟然想用这样的方式了解她。

"留声机"缓慢播放下一曲。

"我被养在乡下，爷爷家里住了好多人，天天都在吵架，没人管我，那时候我还小，大概刚满周岁吧，不管春夏秋冬都放在院子里的旧摇椅上。摇椅不稳，院子里还养着鸡和鸭，有一天我摔下去了，躺在地上大哭，人还没到，鸡先到了，啄得我满脸是血。我哭得那么惨，脸上都是血，也没人要哄哄我，姑姑用纸帮我把血擦干净，继续把我放在摇椅上，说小时候的疤不用管，长大了就看不出来了。"

她突然哼了一声："是骗人的，现在还能看到。"

沈灼眼底酸涩，在脑海里仔细描绘她的脸。皮肤很白，没注意过有疤，而且现在有刘海，自然地挡住眉尾两侧，如果细想的话……

他记得在东林时，那时她心理状态不稳定，不太注意外表，有一段时间头发全都扎上去过……他想起来了！

184

他的手从她耳上移到她脸颊，轻声说："右边眉尾靠下，那两个浅坑？"

"嗯。"

他的心很慢地揪紧，揪得他喘气都疼，控制自己不去想，刚满周岁的小孩满脸是血的场景。他低声问："很疼吧？"

她突然靠近："疼啊，现在还疼呢。"

"现在？"

沈灼睁眼，看到近在咫尺的脸，她背着光，只有侧脸上覆着一条浅淡的光影，他小心翼翼拂掉碎发，仔细在眉尾处巡视，他找不到。

干燥的指尖触到她脸颊，却很快被她的手阻拦，她问："你要干吗？"

他低声："你说疼，我帮你揉揉。"

"没用的，时间太久了。"

"那怎么办？"这么多年还在疼的话，怕是别的毛病，他在心里打算，要不明天不出摊了，带她去医院看看。

他心事重重，没注意到手已经被蒋诵带进被窝，缓缓下移，直到掌心感受陌生的温热，他才回过神。

指尖微动，他的手已经伸进她的睡衣里，正捏着她的腰。

"轰"的一声，连呼吸都止住。

蒋诵在他僵住的时候，又往前凑了凑，穿透混沌的黑暗，看着他的眼睛，一字一句地说："你可以亲我一下吗？"

今晚，她后知后觉意识到，活了二十年，竟然从来没有人亲过她。

隔壁的女人长得不好看，还大嗓门骂脏话，在她眼里是不堪的，不愿多说一句话的低素质人群。可是，无论对方白天多么丑陋，被人投去冷眼或是谩骂，在这寂静深夜里，都有人愿意释放温存，给她一个吻。

而她呢？在襁褓里的婴儿期，在瘦小的儿童期，在畏缩的青春期，没有一个人愿意为她停驻脚步。

只有他，只剩他了。

蒋诵从不在他面前掩饰自己的脆弱，她希望他能可怜可怜她，这一点都不丢人，认识这么久以来，他有求必应，什么都会给她最好。

现在，不过是一个吻而已。

她有耐心，她在等，可只等来腰间倏然抽走的手，抽走之前，还贴心地帮她把睡衣拉好。

沈灼的语气像平时那样随意，笑着说："哪有这么大了还亲的兄妹，丢不丢人啊你，快点睡，明天还得早起。"

旖旎的湖面被乱石打破，波光粼粼的暧昧无可奈何地拍在岸边，蒋诵气得咬牙，冷冷地回怼："也没有这么大了还睡一个被窝的兄妹！"

这点他倒是理直气壮："咱们……这不是生活所迫，穷的嘛。"

黎清衍觉得，蒋诵一定在来之前偷偷去打了鸡血。

只是一个兼职而已，不止提前到，整个人的形象也很职场，头发一丝不苟地扎成马尾，穿着板正的套装。他则穿着睡衣，顶着鸡窝头，睡眼惺忪地半倚在桌角，打哈欠的时候，刚好和拿着企划案的蒋诵对视。

那是严肃的、"我们这是在开会"的眼神。

他缓缓收回下巴，端正坐直，低头看睡衣扣子有没有扣好，又严苛地检查比他还随意的小虎，很快找到毛病——

"坐这么高的椅子还跷二郎腿？"

小虎本来就没睡醒，从被窝里硬拽出来都够闹心的了，还遇到找碴儿的，一双小眼睛使劲瞪过去，一脸"你管我跷不跷呢，我就乐意，碍你什么事了"的表情。

两个男人用眼神交流，蒋诵深吸一口气，把企划案放在桌上。说是企划案也不算，只是一张A4纸，上面写着几个大字，转型方向"测评或探店"。

或许她眼神里的疑惑太过直白，黎清衍清了清嗓子，伸手过去，指尖落在这几个字上："测评或探店。"

蒋诵："我识字的。"

"我知道。"

小虎没憋住，笑出来："我说你俩怎么回事，对话咋这好笑。"

他收起二郎腿，看着白纸上那几个丑字，不想承认这张纸是昨晚黎清衍熬了半宿憋出来的。

最近他状态很不稳定，上学期的期末作业也是这么交的。距离截止日期的两天前，他随便找了几个长相好看的朋友拍了一段《挪威森林》，因为太潦草敷衍，直接被老师归类为反面教材公开处刑。

寒假本就懒散放纵，他也不知道脑子缺了哪根弦非得找兼职来，这下好了，赶鸭子上架，结果还没赶上去。

小虎抹了把脸，感觉比刚才清醒多了。

"要不先研究研究早上吃什么？"

蒋诵按亮手机看了眼时间："十一点了还叫早饭吗？"

黎清衍理所当然地点头："不管几点起来，吃的第一顿饭都叫早饭。"

蒋诵皱眉，歪头看落地窗，高升的日光斜斜打进室内，照在光洁的白色墙壁上，不会很晒，也感觉不到湿冷，温度舒适得刚刚好。在她的潜意识里，太阳很快就下沉，五点下班，如果他们每天都中午才起来，这一天基本什么都干不成。

黎清衍从来没觉得这是问题。

"加班有加班费的。"

蒋诵犹豫："可这不是正常的工作状态……"

黎清衍突然伸出手指比"耶"，笑眯眯地说："加班费二百一天。"

蒋诵马上咽下要说的话，试探地问："可以日结吗？"

186

要归拢一盘散沙不太容易。

中午吃完饭,再磨蹭一会儿,一晃就下午三点了。蒋诵在手机里下载了几个头部视频APP,看了几个小时,基本摸清了测评和探店的自媒体运营模式。当然都和商业挂钩,个人IP不好做,但黎清衍本身有粉丝基础,瘦死的骆驼比马大,也有试错成本,就算失败了也没关系。

桌子上堆着花花绿绿的小零食。

打光,收音,录制全都准备就绪,黎清衍却露出嫌弃:"第一期就测评垃圾食品啊?"

小虎竖起眉毛:"你管这叫垃圾?这叫童年的味道好不好。"

"我童年可没吃过这玩意儿。"

"怎么可能!你还是不是中国人啊。"

小虎说完,胳膊肘捣了下正在写字归类的蒋诵,企图把她拉进阵营:"学妹,你看这一堆,有没有回到小时候的亲切感?"

蒋诵揉了揉酸胀的眼睛,粗粗扫了一眼,很快就低头,表示没兴趣。

小虎无语望天。

"你俩不会是在火星过的童年吧……"他拿起一包麦丽素,使劲摇了几下,不死心地问,"这个没吃过?"

黎清衍淡定摇头,拉着椅子飘过来,伸出手指点了下蒋诵的肩膀,直到她从密密麻麻的文字里抬头,看到画着巧克力球的外包装。

安静了三秒。

"没吃过。"

小虎不信:"学妹,你不用为了奉承老板这样说,暂且保留天真,这些人情世故高情商回答留到毕业以后再用。"

蒋诵抄完,放下笔,视线再次落到那包麦丽素上。

记忆深处耸立起排排货架,上面摆着琳琅满目的小食品,深受小学生喜爱。麦丽素则刚好放在小孩眼睛持平的货架,她只随意一扫,就能看到包装纸上画着的大颗巧克力球,看起来很好吃,下面标示的价钱又很贵,一块钱一包。

她兜里只有一块钱,吃一包这个不顶饱,她还是得去买饭吃才行。近在咫尺的一包小零食,在她当时,是触不可及的奢侈品。要等,等零花钱多了的时候一定要尝尝。

蒋诵面色平静,现在已经不在意它到底是什么味道了,听小虎说完,诚实地解释:"真没吃过,我小时候很少吃甜的东西。"

黎清衍忽然打了个响指:"看吧,不吃的大有人在。"

小虎不信邪,从桌上拿起一包大刀肉:"这个不甜,应该都吃过吧?"

蒋诵摇头,黎清衍也摇头。

小虎震惊,又拿了掌心脆、小米锅巴、咪咪虾条、狗牙儿、西瓜泡泡糖等一系列,结果这两人都没吃过。他颓丧地靠在桌边,心如死灰地看着窗外已经黑透的天。

"得,也不用录了,转型还没开始就结束了,你还是继续随手拍吧。"

蒋诵支起胳膊,不想前期准备工作就这样作废,而且这也不算问题,在她看来,不过是改个标题的事儿。

"既然没吃过,那这期就以尝试风靡儿童的零食为主,再给出成年人第一次吃这种零食的真实评价。"

黎清衍游离在讨论之外,他抓抓头发,扫了眼腕表上的时间:"八点半,很晚了,明天再录吧。"

蒋诵感觉万事俱备,只欠东风,结果这风直接原地刹住,推到明天,他们的状态又要从早上起不来床开始,像今天似的磨蹭到下午。

她皱眉:"不晚啊,时间完全够用。"

黎清衍仿佛早就知道她会这么说,忽然笑眯眯地靠近:"那你今晚在这儿住呗,录好之后还能剪辑,你也学学。"

小虎也在一旁帮腔:"对啊,这房间多,随便住哪个都行,省得来回跑。"

蒋诵沉默,黎清衍很有耐心,眼睛都不眨地看着她的脸,被这样一双漂亮的眼睛盯着,再坚定的人也会动摇,可她不行。

"不了,我一会儿坐公交车回去。"

那双晶亮的眼睛有一瞬的暗淡,不过很快恢复往常,他深呼吸,用无奈的语气小声说:"可惜我们今晚喝了酒,不能送你,明天我不喝了。"

蒋诵一惊,赶紧站起来,慌乱地推辞:"别,你们继续以前的习惯就好,不用为我改变什么。"

黎清衍脸色微沉,很罕见地露出不高兴的神色:"都说了不要和我这么客气。"

下车的站点距离租的房子还有几百米的距离,时间不早,行人寥寥,蒋诵拎着一袋水果,是上车之前在超市买的。

刚过马路,就看到对街走来一个人影,很熟悉。

她脚步加快,距离缩短,这才看得仔细,确实是沈灼。

他双手插进裤兜,对上视线的瞬间立刻板起脸,自然地端起当哥哥的架子,冷冰冰地说:"蒋诵,都十点了。"

他很少直呼她大名,但凡叫了,就证明他现在有情绪了,还很严重。蒋诵想到昨晚他耍赖无视她,也不管他,假装没看到,径直擦过他的胳膊往前走。

脚步声在身后,有些沉重,仿佛把情绪都放在脚上踩出来,听得她心一沉。算了……她只有这一个亲人,他也一样。

时间宝贵,不是用来赌气的。

她放慢速度,按亮手机看了眼时间——九点十分。她举着手机向后扬了扬:"你管这叫十点?"

沈灼顺着台阶下来，一大步追上她，随手接过她手里的袋子，顺势把她拉到人行道内侧，扫了眼袋口，没看出是什么。

他掂量，说："什么东西，还挺沉。"

蒋诵："木瓜。"

"水果啊？"

"是。"

他没多想，顺手把袋口系紧，和她步行平齐，执着刚才的问题："问你呢，怎么这么晚才回来，一个女孩多不安全。"

蒋诵目视前方，矮层居民楼隐在夜色中，像苟延残喘的将死之人，甚至空气都透着一股陈旧的味道，和黎清衍住的地方完全相反。

她踩在人行道被风吹动的树影，一步一步向暗色中走去，速度不自觉放慢。

"今天加班来着。"

"喊，还没毕业呢就加班，什么活那么赶。"

蒋诵忽然停下，借着路灯的光直直看向他的脸，唇角弯起，眼里是和平时截然相反的雀跃神采。

"我觉得还好啊。"

沈灼一听，鼻尖溢出冷哼："他是不是故意的？把鸡毛蒜皮的事当个活，故意拖延你时间，搞得天都黑了。"

蒋诵很干脆地摇头："不是，和他没关系，我喜欢加班。"因为有加班费！

沈灼哪知道，一听这话白眼快要翻到天上去。

就那么喜欢吗？

但这句话不好说出来，当哥的不能管太宽，不说，就只能沉默。蒋诵没注意身边的男人，整个人沉浸在赚钱的兴奋里，她终于不是拖油瓶了！

蒋诵很乐意让自己忙起来。

早上第一个起床，上厕所，洗漱，扎头发的时候嘴里叼着面包片，皮筋套上最后一环，半片面包也下肚。

沈灼递她一盒牛奶，嘴角耷拉着，不知怎么，看她这样，他心里怪不是滋味的。

挺大个男人，连家都养不起，害她假期也休息不了，天天早出晚归，累得瘦了好大一圈。

两人一起下楼，女孩走在前面，脚踩在楼梯上，一点声音都没有，轻飘飘的像羽毛，来一阵大风直接能吹走。

他双手插兜，懒散地跟在后面，视线飘忽着落到女孩白皙的后颈，走到路口就要分开，他沉吟几秒，试探着询问："要不我送你去吧。"

"不用。"她拒绝得干脆。

"几点回来？我去接你也行。"

"不知道，时间固定不了。"蒋诵忽然停住，狐疑地看他，"你最近回来很早吗？"

沈灼不想说生意不好，都年底了，还天天让城管撵得像个傻子似的，只能故作轻松地答复："也没有，这不是担心你嘛。"

蒋诵半个身子倚在楼梯扶手上，眼里闪过一丝狡黠。

沈灼心里"咯噔"一下，摆出嫌弃脸，转移话题："别往那儿靠啊，脏得要死，灰都蹭衣服上了。"

她撇撇嘴，却很听话地站直，继续往下走，悠闲地说："你到底是担心我，还是担心你妹啊？"

啧，又来了。

经过几次，这句话的答案已经写进自动回复系统，他随口说："担心你，就是担心我妹。"

单元门被推开，刺眼的光照进晦暗的楼梯口，他眯眼适应光线的时候，蒋诵安安静静站在他面前。

她微笑，说话的语气很认真，仿佛在严肃的会议上宣布独立。

"你妹马上二十一岁了，是成年人，你管不着。"

沈灼凭空挨了这记闷雷，直接愣住："管不着？"

蒋诵点头，很没眼色地继续说："我没见过这个年纪的还被哥哥管的，出门都随便，想几点回就几点回。"

他沉默，她却打开话匣子："除非我们不是兄妹，是别的关系，你才可以。"

"比如呢？"

"比如……情侣。"

沈灼反手给她一个"脑瓜崩"："我最近是不是太惯着你了。"

蒋诵脑门"嗡"的一声，热、痛、麻同时侵占神经系统。她捂着那片热，下意识抬腿踢他。沈灼身体灵敏，一个后退躲过去了，还假装无事发生地往门口走。

蒋诵在后面小跑着追上，手指还没触到衣服，他就加速，她气喘吁吁地追，心烦地吵他："都说了不要再弹我了，你烦不烦。"

沈灼忽地停住，张开胳膊，刚好拦住来不及刹车的蒋诵。

他以手臂做套，环住女孩的脖子，手指对好，悠闲地停在她额头上方，笑眯眯地威胁："你再说一句试试？"

"唔……错了。"

她嘴上在道歉，脚下可没留情，一下一下狠踢他小腿，好在小区门口人少，没人注意他们的幼稚行径，除了路边停着的一辆黑色越野。

副驾驶的车窗半开着，小虎嘴张得老大，愣了好久才说："这不会是蒋诵吧？好神奇，平时那么古板的脸，在这儿怎么变了个人……挺狠啊！还会肘击！"

远处，沈灼捂着肚子"哎哟"一声，手臂自然松开。蒋诵重获自由，想报仇去拧他耳朵，却发现他的脸皱成一团，好像很痛苦。

她心里一紧，什么都顾不上了，手伸过去，在他小腹和肋骨那儿慌乱摸，着急地问:"哪儿疼?这儿?还是这儿?肋骨不会断了吧?"

她注意力都在那儿,根本没发现沈灼已经伸出罪恶之手,一声清脆之后,蒋诵额头另一侧又添新的红。

黎清衍移开视线,淡淡地吩咐小虎:"喊她一声。"

车窗下降,小虎的脸探出来,大嗓门叫了一声蒋诵。沈灼比她先转头,脸上的笑意在看到黑色越野车时倏地消失。

他上下打量,问:"这是谁啊?"

蒋诵看到小虎,也模糊看到驾驶位的侧脸,语气轻快:"是黎清衍,看来我今天不用挤公交车了。"

她情绪很快抽离,恢复平时的状态,沈灼却觉得自己从云端跌落到深渊,失去掌控的下坠让他很不舒服。

他吐出一口浊气,不咸不淡地说:"是吗,这么巧啊。"

话还没落地呢,蒋诵就跑过去了,只留给他一个背影,还有急匆匆的敷衍挥手:"哥,先走啦!"

沈灼更闹心了。平时让她喊"哥"她不喊,结果当着人家的面,这声"哥"喊得还怪亲热,不知道是无心的还是怕谁误会。

他倚着电线杆子,怎么想都不对,孤身横亘在两种情绪里,往哪边走都是死胡同。更要命的是他头脑简单,这种细腻的情感简直是他盲区,早知道多读点书好了。

还是和平时一样生意不好,忙的同时还要眼观六路耳听八方,白色的城管车一冒头,他就得拉着车跑。今天还好,到下午两点还没来,大概率不会来了。

他闲得发慌,弯腰钻进车里,从兜里掏出手机,点进微信,看到置顶的聊天框。

上次发消息还是一周前,也不知道蒋诵怎么回事,别的女孩成天抱着手机看,她恰恰相反,聊天记录都是单字往外蹦,"行""好""知道了""唠叨",就知道用这些车轱辘话敷衍他。

手机反复按亮熄灭,他纠结一会儿,还是点开了聊天页面,指尖在屏幕上很慢地点击。

沈灼:干什么呢?

发送后的绿色消息框很突兀,他目不转睛地盯着,秒回是不可能的,万一手头有活正忙着,打字还得一会儿呢。

漫长的两分钟过去,还是没消息过来。

他长按,撤回这句。

他捞过小凳,坐在车的角落,无意识地自言自语:"我也没什么事儿,别耽误她工作,反正晚上就回来了,也是,马上二十一了,成年人……"

成年人有权利自由,他也支持她出去,嘴上答应得挺痛快,可闲下来时想到她在那边,很难不会后悔。

她说,作为他的妹妹,他不能管,除非是情侣……

情侣的话，他就能管了？

脑海里突然涌现她的脸，在黑暗里小心翼翼地贴过来，她皮肤很凉，手臂像小蛇似的在被窝里游，软软地搭在他的腰上，或者在他身侧挣扎，睡意蒙眬地说：沈灼，腿拿走，压得我喘不过气了。

燥热在身体里涌动，他刻意摒弃不该出现的旖旎，深呼吸，抬头，却没看到天。

小吃车本就是二手市场淘来的，车顶已经锈迹斑斑，还覆着一层油烟，车内更是破烂不堪，早就被箱子和桶堆满，他连腿都伸不开，忽地想到，停在路边的那辆拉风的黑色越野。

他心情急转直下，烦躁地点开手机，进入浏览器，在搜索框内打字：奔驰G500最新报价多少？

蒋诵坐在一楼的桌边整理私信，把之前有合作意向的甲方都记下来，记好后，再去搜索熟悉一下，避免以后合作时一问三不知。

不过这些暂时用不到，蒋诵只是不想闲着。黎清衍最新上传的两期视频播放量不高，就算有粉丝基础，转型的路也不太好走。前期流量低迷，必须要耐得住寂寞。

黎清衍在旁边瘫坐着，神情恹恹，他只有太阳下山时才恢复精力，像从古墓里逃出来的吸血鬼，对这世间万物都不感兴趣。

他伸出手，在她下巴旁边握拳假装话筒，幼稚地模仿街头采访："蒋诵，你的梦想是什么？"

蒋诵奇怪地看了他一眼，见他只是无聊得没话找话，就没理他，继续忙手里的活。

黎清衍执着地继续问："你没有梦想吗？"

蒋诵："有。"

"什么？说来听听。"

蒋诵想了想："赚钱。"

黎清衍很有耐心地支着下巴，本以为会听到长篇大论，结果就这两个字。

"没了？"

"没了。"

他直起身子，对这个简短的回答给出评价："好俗。"

蒋诵笑了笑，收起纸笔，全都放在书包里，看了眼时间，说："还有三分钟就下班了，晚上没事的话我就先走了。"

黎清衍看她收拾东西，莫名其妙地起了叛逆的心思。

"我有事儿，你得加班。"

蒋诵身形一顿，快速在脑海里回忆还有什么没做，事无巨细地从头想到尾，甚至一楼的卫生她都打扫完了，确定没有遗漏的。

"我加班你可是要给钱的。"

黎清衍挑起眉尾，笑着看她："我知道啊。你留下赚钱，我也有人陪，这叫一举两得。"

"小虎呢？"

"回老家祭祖去了，五代单传，他躲不掉。"

蒋诵把包放在桌子上，看着窗外的黄昏，很快接受现实："你晚上有什么事，是关于工作的吗？"

"当然。"

黎清衍划开手机，点开同城点评扬了扬："小虎不在，哥哥今天带你去吃点好的。"

话音刚落，就看到蒋诵眉头紧蹙，她总是摆出这副深沉的样子，和今早看到的那个嬉闹的女孩完全不是一个人。

她说："我已经有哥哥了。"

黎清衍才不在意："我知道你有哥啊，反正你们也不是亲的，多我这一个也没什么吧。"

蒋诵怔住："你怎么知道我们不是亲的？"

男孩忽然笑了，手指比"八"拼成长方形，架在鼻梁上，闭上一只眼，假装在照相，"咔嚓"一声后，他自信满满："因为你们长得一点都不像。"

沈灼一直等到晚上十点。

小区门口一个人也没有，他站在树影下，数着眼前经过的车辆，宝马、大奔、劳斯莱斯……以前从来没发现路上跑着这么多好车。

当黑色越野停在眼前时，他条件反射地后退一步，身形隐在暗色的树影下。

蒋诵从副驾驶下来，回头对男人说了句什么，隐约看到她笑了，还摆手再见，车灯双闪了两下，目送她进小区。

他一动不动，直到车尾消失在街角，他才从树影下走出来。

脚步比平时沉重，踩着昏暗的楼道灯光线往上走，从前没觉得四楼有多高，今天却怎么都走不完，甚至看不到尽头。

开门，进屋，最里面的房间突然探出一张脸。女孩衣服没换，只是头发松开了，蓬松的黑色慵懒垂坠，衬得她肤白似雪，和这廉租房的一切都格格不入。

他眼神闪了闪，蒋诵只当他心虚，出来迎他时撸起袖子，手指点着空无一物的手腕，有模有样地学他："沈灼，你自己看看这都几点了。"

他声音有些低："十点？"

蒋诵故意板起脸："按你平时四舍五入的说法，现在应该是十一点才对！"说完，叉腰瞪他，"老实交代，到底干吗去了。"

她心情貌似很好，这么晚了还有精力在这儿打趣，沈灼回避她的诘问，一侧身钻进屋子，蒋诵紧随其后。

洗漱完将近十一点，蒋诵缩在被子里，静静等待，等待比《新闻联播》还准时的夜间活动。

沈灼猜到她心里想什么，直接说："睡吧，隔壁不在。"

她猛地坐起来，声音透着失望："怎么会不在啊？"

被子掀起一半，冷空气见缝插针地钻进来，沈灼为了不让空洞这么大，只能往她那边靠拢，待暖和了，才说："回老家了，马上要过年了。"

蒋诵"哦"了一声，随手把漏光的窗帘拉紧，顺势躺下："过年了，我二十一岁了，你也二十六了。"

"嗯。"

"有什么感想？"

沈灼沉默，如果前几天她这么问，他可能说出一堆。可此刻，他脑海里一直循环播放她从车里下来，对那个男人笑着摆手的画面，心里酸得要倒牙，到底没忍住："今天这么晚回来，又是加班？"

蒋诵本就想和他聊天，什么内容她不在意，闲适地顺着他的话说："今天没加班，出去吃饭来着，不过吃饭也算加班，嘿嘿。"

沈灼很少听到她傻笑，清冷褪去，还有点憨。看来今天是真的高兴。也是神奇，先前还在折磨的心结在看到她这么高兴之后，全都不作数了。

他也笑了："吃的什么？"

"泰国菜。"

沈灼没吃过泰国菜，幻想不出味道，有些好奇："都有什么菜，好吃吗？"如果好吃的话，等以后有钱了可以带她去吃。

蒋诵却摇头，窗外照进来路灯的光，打在她皱起的鼻梁上。

"不太习惯，有海鲜汤、芒果饭，还有咖喱，尤其是咖喱，像土豆捣碎了似的，黄糊糊的……"

沈灼很认真地看她，看她皱眉，嫌弃，连方言都飘出来。是生动的，鲜活的，和他熟悉的样子完全相反，是因为那小子吗？

自从去那儿兼职以后，她变得好快乐。

沈灼很快被无力淹没，他努力催眠自己用哥哥的身份去挑剔，去质问，去逗她怎么遇到黎清衍之后这么开心。实际他笑不出，这些他都给不了，只觉得她像越飞越高的风筝，他手里的线已经拉到末尾，细线绷紧，她很快就会离开。

心脏倏地一紧，他完全是下意识的，靠得更近，紧紧地环住她的腰。

蒋诵身体一僵，对餐厅的吐槽也因为压过来的重量戛然而止，她屏住呼吸，确定他是在清醒的时候抱她，怔忡之后，是雀跃。

她舔了下唇，声音弱了几分："这只是我的主观感受，每个人口味不一样，等有时间我们一起去吃，一点都不贵，我请你！"

口气很大，和三个小时前完全不一样。

泰式餐厅里，黎清衍选了个安静的角落，录像设备全都准备就绪，夹上收音话筒前，他叮嘱她："和平常一样随意就行，录进去声音也没关系，后期会剪掉。"

蒋诵只当自己是吃饭工具,坐在摄像头拍不到的地方,每道菜都认真品尝。时而蹙眉,时而艰难下咽,直到黎清衍放下筷子,对着镜头说结束语。

——这家店的味道中规中矩,没有大雷,装修很好,适合情侣拍照打卡,价格也很平民,人均五百左右……

蒋诵惊讶,忍不住小声:"你管人均五百叫平民价?"

本以为录制结束了,结果最后这句吐槽黎清衍没剪掉,两分半钟的视频,这句话在最末尾只占了两秒。评论区在一小时以内涌进来上千条,全都是复制粘贴,像水军似的重复这一句:你管人均五百叫平民价?

蒋诵一上午心神不宁,魔怔似的刷昨晚更新的视频评论区,结果越刷越多,点赞到十万的时候,直接上了热门广场。

黎清衍起床时已经中午,他打了个哈欠,晃晃悠悠地扶着楼梯下来,蒋诵拿着亮屏的手机走过去,经过一上午的恶评洗礼,脸色有些白。

"怎么没把我的话剪掉啊,现在评论区都在骂你。"

说完,她紧张地把手机递过去。每次刷新,评论点赞区都成百增加,私信里也很热闹,大都在抠字眼,骂他居高临下说"平民",还管人均五百的餐厅叫平价。

黎清衍扫了一眼,淡定地点了点头。

蒋诵:"要不要解释一下?"

黎清衍睡眼惺忪,随手抓了抓睡成鸡窝形状的头发,疑惑地说:"为什么要解释?"

他走到冰箱边,从里面拿出一瓶气泡水,悠闲地拧开喝了一口,和旁边正焦虑得不知道怎么办的蒋诵呈两极。

他拉过椅子坐下,抬手勾了勾。

蒋诵把手机递过去,看他熟练地点进评论区和私信,快速扒拉两页,然后按灭屏幕,随手放在旁边的桌子上。

他抬头,视线落在她的脸上,突然咧着嘴笑了:"这个视频有冲上亿播放的潜力哎。"

蒋诵愣住,确定他没在开玩笑:"有很多人都在骂你。"

到这儿的一上午,她都在看后台和私信,把很多莫名其妙的辱骂都删掉了,可数量太多,删不过来,她只能设置勿扰模式。

不管她怎么焦急,黎清衍都是一副置身事外的样子。

"骂就骂了,我又没看到。"

"我看到了!"

"所以这么着急?看来你很担心我啊。"

见蒋诵没接话,黎清衍眼神闪了闪,很快恢复平常。

他心情一点都没被影响到,手肘支在桌上,看着落地窗外和煦的阳光,深吸一口气,看样子在准备一番长篇大论,实际说出来也就两句:"好评和坏评没有区别,现在是'眼球经济',只要大众的目光定到我们这里,不论因为什么,都是好事。"

蒋诵静静地站在旁边,她知道这个道理,可没做好心理准备就卷入漩涡的感觉并不好受。

"这对你来说会有影响,可能过了很多年还会有人拿这个事情说你。"

黎清衍笑着看她:"没关系,就算我道歉了也会有人说我。互联网就像一个巨大的靶,说话就是射箭,射偏了,就算拔了箭,痕迹也永远都在。"

蒋诵慢腾腾地坐下,仔细梳理前因后果,尝试着往好处想:"其实这不算严重的事情吧。"

"不算。"

"那很快就会过去了。"

黎清衍一听急了:"可别过去那么快,趁热度在,咱们得抓住,赶紧搜搜看有没有人均一千的'平价'餐厅。"

小虎不在的这些天,两人只拿着简单的设备出去,没有目的地闲逛,再随便扎进一家餐厅尝味道。

黎清衍口味刁钻,能尝出食物味道的层次,再通过语言分析讲解,在镜头前给出最中肯的评价。作为资深视频博主,他很会掌握节奏,会在最恰当的时候给镜头后的蒋诵存在感,笑着问她味道怎么样。

蒋诵语言贫瘠,只能说出酸甜苦辣咸这种最基本的口感,如果吃到特别惊艳的,也只会说"真香"。

日更三天后,评论区基本没有恶意的谩骂。

观众似乎和鱼一样,记忆存储时间有限,和泰国餐厅那个视频只隔了四个,评论区都在刷知名真香表情包,再配文"关于我那有钱老板带我出去吃大餐而我只会说真香",或是"这个新招来的憨憨小助理好可爱"。

蒋诵站在路边,手里拎着装设备的包。深夜的城市空气渗凉,路灯刺眼,再往上,是看不到尽头的暗色。

城市的人早习惯被路灯的光蒙蔽,连月亮都被隐藏。

黎清衍去停车场取车,这边不是商业中心,交警却管很严,或许是快要过年的关系,各方面都很紧张。

她想到沈灼,不知道这几天怎么样。

心里正想着,余光看到斜对面的胡同里闪着两个昏黄的光点,由远至近地驶过来。感觉很熟悉,她想到去东林的第一天。银色的面包车在夜色里晃了晃,男人从驾驶室蹦下来,踹了一脚要掉下去的车门,烦躁地骂了一声脏话。

她心跳不自觉加快,仔细向那边看。

路灯下,那两个黄点终于展现全貌。有些旧了的小吃车,晃晃悠悠地开得不稳,上面围着的一圈菜单被风吹动,里面的锅还来不及关火,热水时不时洒出来,浸湿整个台面。

她看到男人瘦窄的脸,是慌张的,狼狈的。

破旧的车停在街口，稳定之后，男人才探出头做贼似的向后望了望，确定没人追来，才敢泄出这一路的疲惫，扯着嗓子冲胡同里吼了句脏话。

他怎么在这儿？

蒋诵僵在原地，大脑一片空白。

她好想跑过去，去他身边，和他在一起，一起顺着原路往回走，她要问，问那些追他的人，为什么要这样？这么繁华的城市，怎么就不让人体面地活着呢？

她泪流满面，眼前光影斑驳地糊成一团，抬起脚步，脚尖刚触在路面，耳边就传来急促的刹车声。

只是一瞬，她的胳膊就被拉住。

黎清衍白着脸下车，很大力地把她塞进副驾驶，不理会她的挣扎，把安全带系牢固。

全都弄好后，他惊魂未定地说："蒋诵，我刚才差点撞到你。"

黎清衍的人生还算平顺，出生至今，能拿得出来说的大事也就那么两件。一是带他的保姆在他五岁的时候辞职了，他哭得大病一场；二是十三岁那年他爸妈离婚了，他拒绝参加散伙晚宴，跑去和同学去游戏厅玩到半夜。

现在又多了一件。

他甚至感觉到车头已经贴到蒋诵的身体，如果他那时稍微晃神，她就会被卷进车底，或许会……

冷汗一波一波冒出来，他紧紧抓着方向盘，额头抵在柔软的皮质上，抵御无力情绪的冲击。耳边窸窸窣窣，蒋诵在解安全带，她把设备放到后座，语气很急："我先走了，不用麻烦你送我了。"

他猛地伸出手，死死拽住飘扬的衣角。

"留下。"他说。

"可是……"蒋诵转头，视线在对街路口搜索熟悉的人影，可那里空空如也，连车的影子都没看到。

她必须去找他，可黎清衍的力气很大，她连动都动不了，低头，视线落在拽衣服的手上。

这是一只漫画里才会出现的，白皙，修长，骨节分明，此刻却泛着白，还因过于用力鼓起淡淡的青筋。

她这才仔细看他。

薄瘦的身体趴在方向盘上，头顶的灯不亮，却也能透过额角冒出的虚汗判定他现在状态很差。

蒋诵急忙上车，摸了下他头顶的汗，是凉的。

"你怎么了，哪里不舒服？"

他声音很虚："唔……没事，就是后怕。"

蒋诵看他不像没事的样子："要不我送你去医院吧？"

"不用。"他慢慢坐直，上半身靠在椅背。

夜里行人稀少，路灯却比平时更亮，因为要过年的缘故，街边挂满喜庆的中国红，黎清衍虽被红光照着，脸色还是很明显的苍白。

他厌恶地看着满街红色，突然说："好讨厌过年。"

蒋诵愣了一下，他突然没头没尾地说了这句，看状态应该是没有大碍。她心里的石头落了地，手马上去摸索着车门开关，想和他告别。

"那就我先……"

黎清衍眼神缥缈地看向前方，根本没注意她的动作，也没听到她说话，似乎沉浸在自己的世界里，单纯把她当成倾听者。

"只要是我在意的人都会离开我，在我最最需要他们的时候。"

蒋诵默默把摸索车门的手收回来，平放在牛仔裤上。

他平时太乐观，很少流露悲观的情绪，突然这样低落，蒋诵有些不适应，想到刚才是因为她的原因，不免觉得愧疚。

"对不起，我没注意到你的车，好在没事。"

"是，好在没事。"他转过头，很勉强地露出笑容，"你呢，刚才我看到你哭了，怎么回事？"

蒋诵随手抹了把脸，经过这一番忙乱，眼泪早就干了，她不想在外人面前流露脆弱，故作无事地耸耸肩："你看错了。"

他无语："我又不瞎。"

时间不到九点，还算早，黎清衍把椅背调整到舒适的角度，随手把电台打开，刚好在放音乐。

是首英文歌，带着沧桑故事感的男低声娓娓道来。

蒋诵很少听音乐，她觉得自己没有悠闲放松的资格，听音乐、逛街，或者看展，这些是同学们的日常，对她来说是属于另一国度的享受。

黎清衍把手垫在脑后，这首歌他似乎很熟悉，时不时轻声跟唱两句，像趁收工后的闲暇和多年老友聊天。

"不知道你有没有这种感觉，我觉得咱俩还挺像的。"

蒋诵坐姿端正，仔细去想他的种种，别说像了，简直是八竿子打不着的南北极。她很干脆地回答："不像。"

黎清衍反驳："怎么不像，我们小时候都没吃过零食，至少童年是像的。"

蒋诵不想回忆童年，直截了当地说："童年应该也不像。"

他倏地直起身，揪着眉头，像无理辩三分的小孩："我说蒋诵，你怎么就对我这样！"

在他面前，蒋诵一直维持认真努力的好员工形象，不苟言笑，没来没做过逾矩的事，甚至过分古板。可是，那天早上，她被那个男人圈在手臂里，虽被钳制，却很开心，笑容是肆意张扬地从心底发出，他从来没见过。

本来还不确定，刚才差点撞到的一瞬，光是想到她受伤了，他都呼吸困难受不了，稍微平复后，他意识到自己或许喜欢她。

情绪大落大起，好在他心脏还算强大。

车厢空间闭狭，电台已经切到中文歌，是上个世纪的老歌，女歌手的声音像一台老式风琴，把青春时的爱恋透过音响娓娓道来。

蒋诵却打破浑然天成的暧昧气氛，煞风景地说："如果不能开车就打车回去吧，九点多了，我得睡觉了。"

黎清衍沉默地直起身，突然想到她那个不是亲哥的哥，直截了当地问："你和你哥租房子，每天都怎么睡啊？"

蒋诵愣了三秒，老实地说："躺着睡。"

黎清衍无语地说："这个我知道，我大多数时候也躺着睡。"

他把音乐关掉，车厢迅速安静下来。转头，看到蒋诵坐在副驾驶，手放在门内侧开关上，只要他说可以回去了，她一定会毫不犹豫地下车，真是有够冷血。

黎清衍一点都不急，他不是犹犹豫豫的人，心里想到什么都会直接说。

"蒋诵，你有没有男朋友？"问得很直白，以上下级关系来说，甚至有些冒犯。

他认为，每个人的家庭关系都很复杂，不是亲的有很多种可能，表的堂的八竿子打不着的，都能叫一声"哥"，反正直觉告诉他，大概率不是情侣。

蒋诵皱眉，很想坦荡地说她和沈灼的关系，可想到这几次的主动，却只换来他的敷衍和回避，她也只能被困束在妹妹的躯壳里，没有半点其他的可能。

他为什么不能像黎清衍这样直白呢？

等了很久没有答复，黎清衍耐心耗尽。

"我问你呢。"

蒋诵垂眼，如实回答老板的问题并不算什么难事。

"没有。"

"真的？"他声音带着愉悦，在这寂静深夜里单方面宣布，"那好，蒋诵，从现在开始，我要追你。"

蒋诵没有心理准备，这句话简直平地惊雷。

她倒吸一口冷气："你是疯了吗？"

沈灼到家的时候蒋诵已经洗漱完了。

她穿着睡衣，披着被子坐在床上，只露着圆圆的脑袋，像个小雪人。

他洗完进屋，随手把门反锁。

声音惊动发呆的蒋诵，她很慢很慢地抬头，今天看起来心情不佳，脸上没什么情绪，说话的语气也很平淡："怎么回来这么晚？"

沈灼笑着，脸上闪过得意："今天生意不错呗。"

"没有城管吗？"

"没有。"他言之凿凿，顺手扯走被子溜进被窝，也把围在里面的蒋诵放倒，被角顺手展平，然后挪到床边，伸手去关灯。

和平时一样，路灯的光透过缝隙钻进来，在墙壁映上手掌宽的光影，亮度足够,足够看清对方的脸。

沈灼见她面无表情,有些奇怪:"怎么了,晚上没吃饭啊?"

"吃了。"

"那干吗拉着脸?"他凑过来仔细看,放平时蒋诵早就绷不在了,今天却还是以这样的脸和他对视。

沈灼轻轻捏她脸颊:"来,给哥笑一个。"

蒋诵笑了,很勉强,终于打开话匣子:"要不我以后当城管吧,你在哪儿摆摊,我就负责哪片,到时候你就是关系户,横着摆竖着摆,想怎么摆就怎么摆。"

沈灼"扑哧"一声笑了。

可是,笑过之后,意识到她大概看到他被城管追了,不然不会说出这种话。他习惯地伸手过去揉她的头:"当城管会被骂得很惨的。"

"没关系,我只要你好好的。"她声音很轻,说话的时候手自然地环住他的腰。最近降温,她手脚冰凉,有时候睡到早上也没暖和过来。

南方的冬天也不好过,何况住的是这种老旧的廉租房。

他把她的手送进衣服里,紧致的腰侧散发热度,她的指尖冰凉,乍一触到皮肤只觉得汗毛起立,寒意刮过之后,他才笑着:"说什么傻话。"

蒋诵老老实实地缩在被窝里,沉默了好一会儿,抬头,看着他的脸:"今天有人说要追我。"

沈灼身体一僵,却害怕腰上的手感觉到异常,故作深沉地端着:"是黎清衍那小子吧?"

"是。"

"挺好。"

"你觉得好?"

"好啊,怎么不好。"

黎清衍当然好,年轻帅气,开的车好,住的房好,永远不可能出去日晒雨淋讨生活,连指甲盖那么大缺点都挑不出来的完美对象。

他很小就进入社会,清楚生活并不是随心所欲的,所有的理想都需要金钱去浇筑。

钱,他是没有的。

蒋诵早就习惯他的回避态度,不管他说什么都无所谓了,挨蹭着过来,额头抵在他颈窝,呓语般说:"如果你亲过我,我就可以理直气壮地说你根本不是我哥,是我男朋友,我们每天都睡在一起,从我十九岁开始。"

沈灼呼吸一滞,不懂此刻应该怪她口无遮拦什么都说,还是怪自己怎么就不能亲亲她。

"没有比我们更清白的关系了。"

蒋诵"唔"了一声,说话带着浓重的鼻音:"我要这清白也没什么用。"

第九章
东林之行

BEIFENGGANG

黎清衍说追,就真的在追。

蒋诵准时上班,平时睡懒觉的他竟然起床了,早早站在门口,穿得很隆重,怀里抱着一束玫瑰花。见她愣住,他直接把花举到她眼前。

蒋诵吓得后退一步,刚好站在台阶下,地势低,她蒙蒙地仰起头。

精致的男人,昂贵的衣服,一大束鲜艳的玫瑰花,她像偶然跌入秘境,眼前的一切既熟悉又不真实。

她不喜欢这种感觉,问:"你这是干什么?"

黎清衍低头,把玫瑰花塞进她怀里:"送你呗。"

她推回去:"我不要。"

"拜托,这是我追女孩的态度好不好。"他整理了下衣领,趁她没注意又把花送过去。

玫瑰花散发着淡雅的清香,有些陌生,和平时买的玫瑰味道的空气清新剂不一样,她双手捧着,沉甸甸的,心底是抗拒的、烦躁的。

她严肃地说:"其实我有男朋友了。"

黎清衍浑不在意:"还没结婚吧?"

蒋诵皱眉看他,他却越发高兴,"说实话,就算你结婚了也没关系,结了还能离呢……"他语气调转,笑眯眯地说,"更何况你根本就没结。"

空旷的别墅只有两个人在,黎清衍像变了个人,不像以往懒散得没长骨头似的,而是正襟危坐,面前放着笔记本电脑,不知道在忙什么,虽在忙,却时不时拿眼睛偷瞟她。

蒋诵如坐针毡,她比平时更拘谨,眼前放着打开的横格本,上面是她最近做的关于这一行业的笔记。她看着当初认真写下的每个字,忽然失去兴趣。更让她难过的是,想逃离的此刻,她第一个想到的是工资怎么办。退一步说,离开这之后再去找别的工作,还能有这样好的条件吗?

她厌恶怕吃苦的自己,当初扒了一层皮的从苦里逃出来,结果还是没办法安稳,稍一松懈又会跌落回去。

想到工厂流水线,全天都不能歇脚的火锅店,大脑被超负荷的疲惫侵占,无可奈何地变成只知道吃饭睡觉的机器人。

害怕,抗拒。人应该向上走。

她调整呼吸,尽量放松,拿起圆珠笔准备继续做功课。

黎清衍却突然说话:"等会儿回去准备一下,我们得出省一趟。"

圆珠笔掉在桌子上,声音比想象的要大。她抬头,一脸抗拒:"我不想出省。"

黎清衍说之前就做好她会拒绝的心理准备,关掉笔记本电脑显示的迪士尼活动页面,故作没办法的模样。

"去参加一个红人节,我机票都订好了。"

这个理由说服不了蒋诵:"我不去。"

黎清衍靠过来,好脾气地央求:"去吧,给你出差费。"说完,扬起手掌在半空晃了晃,"五千,怎么样?"

蒋诵拒绝的话含在嘴边,听到这个数字硬是没说出来。

"哪天走?"

黎清衍眼神晶亮,怕她反悔似的,语气急促:"明天下午的飞机。"

回去的时候沈灼不在,蒋诵在衣柜前站了很久,只收拾出来两套看得过去的衣服。需要带的东西全都塞进书包,也只装了个半满。

有点紧张,还有些慌,可追溯到源头也只是这件事,很平常,她只是出一趟门,几天就回来了。

站不住,坐不下,她索性下楼,在小区门口等沈灼。

不到晚上九点,他回来,离老远就看到蒋诵在等他,他高兴地"哎哟"了一声,笑着跑过来,把手里拎着的塑料袋递给她。因为跑得急,他说话的时候还在喘粗气:"这个……挺好玩的,给你买回来了。"

蒋诵张开袋口,借着路灯的光,看到里面装着一个小狮子玩偶,暖棕色的绒布,身体很小,脑袋上的毛很逼真,看着像疯了似的。

她皱起脸:"好丑啊。"

这点沈灼倒是同意,他没在意这码事,边拉着她进小区边介绍:"这可是会动的,安上电池之后会扭起来,带五种音乐呢。"

他兴致勃勃,很像那种送女朋友发光礼盒等着她感动哭了的"大直男"。

蒋诵合上袋口,闷闷地说:"这是给你妹妹买的吧。"

沈灼听出她语气变化,想到她最近总是执着纠结这个称呼的问题,思忖几秒,肯定地说:"这是给蒋诵买的。"

"真的吗?"

"真的!"

蒋诵脚步变得轻快,大步往前走,不好意思像小孩那样蹦跳,只能把袋子甩得高高的,很是快乐。

沈灼跟在后面,看到神似小兔子的背影,唇角扬起,大步跟上去。

"喜欢吗?"

蒋诵快乐地摆着手臂,脱口而出:"喜欢啊,只要是你送的我都喜欢。"

沈灼在心里分析这句话的含义,想到她刚打开袋口还说丑,其实没有很喜欢,表现得这样开心,单纯因为是他送的,可他想让她更开心。

"抛开我送的不谈,你喜欢什么?"

蒋诵脱口而出:"钱。"

"好。"

沈灼从兜里拽出手机,准备给她转账。好在蒋诵转头看了一眼,赶紧手忙脚乱过去按灭他手机。

"我不是这个意思。"

到楼下,蒋诵推开单元门,提前把手机电筒打开。昨天楼道灯闪坏两个,小区没有物业,也没人管这些,租户也只有他们回来得晚。

手机的光柱在斑驳的墙壁上游走,上到二楼,他才追问:"那是什么意思?"

蒋诵呼吸声加重,因为害怕吵到左右住户,说话的声音放很低:"这是我对自己的要求,与你无关,我现在做兼职能勉强养自己了,你赚钱很辛苦,我希望你对自己好一点。"

沈灼皱眉,这句话听着心里很不舒服。

他什么都没有,有的只剩对她好了,现在她连好都不想要,很明显和在他划清界限,说的话也像分别之际才会说的告别语,让人莫名不爽。

到四楼,他拿钥匙开门,注意力都在旁边的女孩身上。

门没急着开,他问:"你要走?"

蒋诵倒吸一口冷气,震惊这是什么心有灵犀,捂着嘴惊讶:"你怎么知道!"

男人脸色倏地冷下来,开门,低头进屋:"猜的。"

蒋诵跟在后面,和他一起进去。灯亮,入眼就是床上收拾好的行李包,沈灼愣住,低声说:"东西都收拾好了?"

"嗯,本来我也没什么可收拾的。"蒋诵过去拎起书包,转身放进简易柜子里,男人伫立灯下,一动不动,还挺碍事。

她奇怪:"你不去洗漱啊?"

过了好久,他才说:"洗。"

他出去的时候,蒋诵上床铺被子,摆枕头,又爬去窗边拿他送的小狮子。摆窗台摆床角,到处都摆一下,最后决定,就放在枕边。

她满意地打量床上的一切。

沈灼还没回来,门外的洗手间隐约传来男人的说话声。

她踩着拖鞋出去,洗手间门没关,沈灼蜷缩在马桶旁洗脚,他一只手在水里,一只手拿着手机,正在打电话。

"我明天回去,嗯,行,等会儿就买票……"

他的脸色是从未见过的白,没有血色,还透着一丝慌乱和脆弱。蒋诵的好心情急转直下,突然害怕,甚至没勇气问发生了什么。

直到电话挂断,他才抬头,看到她站在门口,神情透着拒人千里之外的陌生。

蒋诵的手用力抓着门边,轻声问:"怎么了?"

沈灼把手机放在旁边的地砖上,两只手都放进水里,无事发生一样,淡淡地说:"没事,我明天要回东林一趟。"

她的心一直揪着,没法不在意他此刻的状态:"回去做什么?"

他把脚从水里拿出来,看她卡在厕所门那儿,担忧,慌乱,心里不忍,却压不住汹涌而来的分别情绪。

"等会儿再说。"

蒋诵执着的劲又上来了:"现在说,我现在就想知道。"

沈灼无奈:"我要上个厕所。"

四目相对,无声对峙,还是蒋诵先败下阵来,"砰"的一声关上门。他站在那里,深深地叹了口气。

蒋诵坐在床边,手指抠进被褥,绵软的触觉不能抵消翻涌的焦灼,她不自觉用力。

沈灼进屋时,看到女孩绷紧着全身等在那里,像临刑前的罪犯。他怪自己因为得知她要走摆脸色,这不至于,不至于。

他去她身边坐下。

蒋诵紧张地问:"现在可以和我说了吗?"

沈灼见她如临大敌的样子,非常愧疚,赶紧安抚地揉了揉她的头:"真没事,吴玉东打的电话,说家那边的坟地不让立碑了,我得回去把我妈的墓碑放倒。"

见她面色缓和,他也变得放松:"正好年底了,我也得回去上坟。"

蒋诵毫不犹豫地说:"我和你一起回去。"

他眼神闪了闪:"不用,你走你的,我们就这样分开也行。"

蒋诵瞪大眼睛:"说什么呢你!"

她突然生气,气得甩掉拖鞋就上了床,不想往他身上撒,转头给枕头旁边趴着的小狮子一拳,一拳不够,又来两拳。

沈灼皱眉:"别把电池盒打碎了。"

蒋诵抓起小狮子的麦毛脑袋扔到他脸上,声音带着哽咽:"你怎么能说出我们就这样分开这种话?"

沈灼余光扫了眼柜子,里面放着她收拾好的行李,她确实要走没错,如果有更好的地方去,离开这里是对的,他理解。

"你不是要走吗?"

"我是要走,但是出差几天不算走,只能算出门一趟,你以后不许这样说话。"

沈灼愣住,沉到海底的心悠悠地浮上来,他不自在地挠挠头,声音发虚:"哦,是出差啊。"

"对，但现在不能去了，我要和你回东林。"她非常坚定。

沈灼弄不懂此刻的感觉，他心情很好，想笑，又觉得笑出来是不支持她工作，拉着脸拒绝她一起回去吧，还怕她听话，真不和他一起回了。

这导致表情有些复杂，蒋诵直直地看着他，见他纠结犹豫拿不定主意，语速极快地催促："订票啊，订两张！"

临近年底，车厢拥挤，因为时间太赶，卧铺没买到，上车也没能换到票，只能在硬座上熬时间。

清晨，车窗外是迅速后退的绿色。

蒋诵在车厢连接处发微信。刚给黎清衍发出不能和他一起出差的消息，他的电话马上打过来。右上角的时间显示六点，他竟然醒了？

蒋诵犹豫着接通。

听筒里窸窸窣窣了一阵，他的声音有些受伤："蒋诵，为什么啊？"

蒋诵靠在车门边，身旁还有两个男人在抽烟，虽然她用手挡着鼻子，还是挡不住一波一波的呛鼻气味。

她只想速战速决："我有急事，要回一趟老家。"

"回老家过年吗？"

"不是。"

"那是什么，你最好给我合理的解释，我机票都订好了。"

蒋诵咬着下唇，她知道这个时候不管火车票或机票都特别贵，已经说好的事情因为她搞砸，觉得特别特别抱歉。

"对不起，我那张机票退了吧，损失的钱用我工资补，是我的错。"

黎清衍无视她这句话，又问一遍："到底回去干什么，给我个解释。"

"上坟。"

"上什么？"

"坟，小虎年底不也回去祭祖了吗，我也是。"

黎清衍沉默好几秒才说话，语气不像刚才那样激动："女孩也不用必须回去吧，不都说……"他忽然停顿，"是家人吗？"

"是妈妈。"

"呃，对不起啊……"黎清衍像被空气呛到，清了好几下嗓子才说，"你就当我没打这个电话行吗？"

蒋诵笑了，小声说："没关系，你不用这样。"

车厢氧气匮乏，她穿过被行李箱堵塞的过道，艰难地回到座位。沈灼坐在边上闭目养神，里面靠窗的位置给她留着。

见她回来，他挪了下腿，随口问："厕所人多吗？"

"不算多，你要去？"

沈灼摇头，把身上的大衣脱下来披在她身上。车开了一夜，窗外的绿色越来越少,过了山海关,马上进入纯白的冰雪世界。

"套上,一会儿冷了。"

火车一路北上,第二天傍晚才到东林站,蒋诵在硬座窝了一天半,下车时感觉身体要散架,连腿都不是自己的了。

暮色将尽,东林还是老样子,残旧、破败,没有人气。刚下过一场雪,出站时房顶的雪花被风吹落,刚好掉进蒋诵衣领里,她一个激灵。

"好凉,好困,好累啊,我要睡觉。"

火车站旁边有宾馆,沈灼背着包去前台递身份证,蒋诵没力气,见着沙发就迈不动步,脊背刚触到舒适的柔软,竟然就这么昏睡过去了。

前台收银大姐拿眼角左右观察这两人,男的瘦高,胡子拉碴,不像个好人。女的年龄不大,怎么一进门就倒了,别是让人给下药了。

她这边敲着键盘,那边心不在焉地看屏幕,慢吞吞地说:"没房间了,有个马上要退房的,要不你等一会儿。"

沈灼手肘支着大理石台面,也累得不行,没力气在这儿磨蹭。

"丽桂姨,我知道你这儿有房,我坐了三十多个小时的火车,都快累死了,你就别想东想西的了。"

前台收银大姐吓了一跳,推了推鼻梁上的老花镜,凑近,看清楚男人的五官后,一拍大腿:"哎哟,这不沈小子嘛,这么长时间没看着你,我还以为和李工他们出国了。"

沈灼把身份证往她手边推了推,笑着说:"没有,去南方了。"

"南方?"女人点头,南方也行,听说挺挣钱的,反正哪儿都比东林强,能走出去都是好样的。

女人敲着键盘,把身份证放在录入口,瞥到女孩的身份证,松了口气,是成年人。

她歪头看沙发上昏睡的女孩:"你们……开两间?"

沈灼很慢地摇头,身体的力气被抽干,连眼睛都睁不开:"一间,她是我妹。"

女人身形一僵,尘封的记忆隐隐浮现:"你妹还活着,这是找着了?"

沈灼已经走到沙发边,本打算把蒋诵叫醒一起上去,结果人已经睡死了。他弯腰把人横抱起来,经过前台时用嘴接过房卡,含混不清地回复:"是,我妹找着了。"

这一觉睡得天昏地暗,连梦都没有。

蒋诵睡到第二天早上九点才醒。房间干燥温暖,很小,一张床,一个床头柜,洗手间在门口,能听到阵阵水声。

她打着哈欠下床,没穿鞋,晃晃悠悠地过去,轻轻敲了敲门。

"沈灼,我要上厕所。"

"等会儿。"水声停,踩水的脚步声越来越近。

她哼哼:"等不了。"

话音还未落,门就打开,一股湿热的潮气扑面而来。

沈灼裸着上身,身材匀称,标准的男性骨架,精瘦的腰上缠着白色浴巾,刚洗完澡,有好几处因为匆忙没擦干,清亮的水渍顺着皮肤往下流。

他们谁都没想到距离会这么近,同时往后退了一点。

一早起来就气氛尴尬,好在沈灼是粗线条,看她愣着不进去,催促着:"你不是急吗,给你腾地方还不进去。"

蒋诵瞪他一眼,小声吐槽:"你管我……"

出来的时候沈灼已经换好衣服,毛衣厚裤羽绒服,正站在窗边打电话,她慢慢走过去,和他站在一起。

窗外的世界被白雪覆盖,白得晃眼,她却只是平静地看着,像土生土长的本地人,早就对这壮观场景免疫,甚至烦闷地说:"我的鞋会湿。"

她穿粉色运动鞋回来的,因为事出突然,没时间去买,昨天下火车时感觉寒冷的空气像细针似的扎穿网面。

沈灼挂断电话,皱眉看着外面的雪:"你别去了。坟在山上,你上不去,在这儿等我就行。"

"不行,我要去。"

沈灼很干脆地拒绝:"不只是鞋,你的衣服也薄。"

蒋诵急了:"我出去买。"

沈灼奇怪地看她:"咋这么想去,没上过坟啊?"

"没有。"

到底没拗过她,沈灼拉着她去前台找丽桂姨借衣服,不挑不拣,能御寒就行。

最后,蒋诵戴着狗皮帽子,深绿色棉大衣,黑棉裤,雪地棉,和沈灼一起从宾馆出来。

大门口停着一辆捷达车,吴玉东的胖脸从车窗探出来,大嗓门地喊:"这儿呢这儿呢。哎哟灼哥,你怎么说走就走,可把我想死了……"

后门也开了,一个圆滚滚的"绿球"坐进来,他"哎哎"了两声,回头赶人:"大娘,俺这个不是出租车啊,你上错了。"

沈灼绷不住笑了,顺手给他一拳:"瞎啊,这是蒋诵。"

蒋诵默默把衣领压下去,露出整张脸。吴玉东眼睛瞪溜圆:"都说南方的水养人,这可真是女大十八变。不是,你都这么好看了,咋还穿这么土的衣服?"

沈灼在旁边催他赶快开车,待发动机启动,才说:"回来得太急,衣服薄,这些是借的,有就不错了。"

吴玉东的手抡着方向盘,车辖辘下大概压雪了,空转好几下才移动。他吸了下鼻子,赧然地说:"都怪我,这事儿早就通知了,我也没想到你爸压根不管啊。还是我二大爷上山看着了,闲聊时说一嘴,说满山就那一个碑还立着呢,我一寻思,这下坏了。"

"你家都弄好了?"

"那必须的啊。"吴玉东一个一个数,"我爷我奶我大爷,我太爷太奶老祖宗,整整齐齐全都平躺,等这阵风过了,咱再去扶起来,问题不大。"

蒋诵听到久违的东北话,这一路的匆忙疲惫终于找到落脚点,她靠在车窗看外面,冬天的街道本就行人寥寥,加上新下了雪,更是没什么人,和记忆里一样。

那时她每天都从冰冷的房子里出来,走在更冷的街上,手冷,脚也冷,浑身上下没有一处不冷的,只有心是热的。现在,她身心都热,借来的衣服很厚,在车里甚至出了汗。

她刚落下车窗就被沈灼发现,他正在路边小摊买烧纸,怀里已经抱着一捆,指着车窗命令:"关上,一会儿吹感冒了。"

吴玉东赶紧趁窗户没摇,把一大包金元宝塞到后座,笑着说:"等会儿上山你拿这个。"

蒋诵掂量着怀里的纸折金元宝,这能有半斤?大概都不到。

事实上,她连这个都没拿动。坟地在距离东林一个小时车程的山上,没有路,只能走田地,山高,梯田像没有尽头的白色楼梯,垄宽,需要迈超大一步才能跨过。然而就算跨过去了,鞋也是踩在没掉小腿厚的积雪里。

越往上走风越大,两个男人在前面帮她踩好脚印,走到一半她就脱力,沈灼把拎着的纸扛在肩上,伸手过去拉住她的手。他力气很大,拽着她往上走,蒋诵想到是自己闹着非要来,只能咬紧牙关跟着。

到的时候,她小腿抖着,脸颊不知是冻的还是风吹的,通红的两坨。

吴玉东放下烧纸,从兜里掏出几条巧克力往她手里塞,边塞边说广告语:"士力架,横扫饥饿,活力无限。"

蒋诵的注意力却都在被雪覆盖的土包上,旁边立着一个半人高的墓碑,上面用红字刻着"爱妻杨芳之墓"。

爱妻,爱吗?

她站在寒风中,脚下是纯白的雪,两个男人忙着干活,她抖着手撕开包装纸,咬了一口巧克力。

雪被清理到旁边,土地冻得像石头一样硬。

沈灼蹲在旁边,嘴里叼着一根烟。山顶风大,打火机按了三次才着,橙色光点闪动,他用烟头点燃三根香,一根一根插在碗里。

他静静地蹲在那儿,像有很多话想说,却一言不发,沉默地看着碑上的字。

久违的烟,很快化作白雾吐出来,他深深叹了口气,随手把被风吹尽的烟头拧进雪里,低声说:"妈,我来看你了。"

风越来越大,刮得脸生疼,纸很快烧完,沈灼用锹在坟边填了点土,和吴玉东一起,把墓碑放倒。

最后大家一起收尾,并排磕了三个头。

蒋诵说不清此刻是什么心情,她看着安静伫立在眼前的土包,很难相信这下面埋着一个人,还是生他的人。

生他的人跳河死了，非正常死亡，不能进夫家的坟，也没理由进娘家的坟，只能草草找了块地，埋在这里，被人叫作孤坟。

为什么是孤坟呢。

沈灼和吴玉东招呼她下山，她却不动，奇怪地看着四周的空地，问沈灼："怎么没看到你妹的坟？"

沈灼表情一滞，吴玉东油滑地插进来打圆场："你不就是他妹嘛，说什么傻话。"

下山的路是沉默的，车停在山脚，三人上车时几乎脱力，回程的路上也没怎么说话。

到东林的时候刚中午，吴玉东张罗着请他们吃饭，西城新开一家海鲜自助，在这种小地方开自助是死路一条，得趁关门之前大吃一顿。

沈灼却说头有点疼，晚上再说。

蒋诵怕他感冒，毕竟山顶风大，他一直忙活出了汗，一热一冷的容易生病，趁他躺床的时候下楼，在旁边的药店买了几盒常用药，又去超市买了大桶瓶装水，一起拎着回宾馆。

回去的时候，沈灼已经睡着了。

他缩在被子里，紧紧抱着被角，双眼紧闭，睫毛下一片暗色的阴影。

她轻轻摸了下他额头，没有发烧，只是呼吸声音很重，大概是舟车劳顿，没休息好又累了一上午的缘故。

见他睡得熟，她怕自己时不时弄出声响吵醒他，准备出去转一圈。毕竟这也算她的故乡，有想见的人，也有应该还的东西。

前台的阿姨很好，知道借给她的衣服太不合身，中午回家时特意拿了女儿的羽绒服。浅黄色配白花边，是旧了，说的时候还挺不好意思。

"衣服我洗干净了，就是样式不好看，你这大城市回来的可别嫌弃。"

这话听得蒋诵又慌又急，连连摆手让对方不要这样说。她把脱掉的深绿色大衣还给对方，换上轻薄的女士羽绒服，连着感谢三次心里才舒服。

她踩在还没变硬的雪地上，用力吸进凛冽的寒气，似乎在通过这种方法，把此刻和去年的记忆连接在一起。

她要感谢自己，当年做出不成熟的决定时，选的是东林。

幸好，万一……

她尽量不去想。

过了一条街，眼前展开更熟悉的街道。顺着学校的栅栏往前走，旁边是脊骨汤店，里面还是老样子，因为学校放假，生意略冷清，两个服务员大姐坐在门口，边刮土豆皮边闲聊。

这条路她走得很慢，边走边打量路边熟悉的门店。她人生最重要的一年是在这里度过，每一个店，每一块砖，都在她的心里留下印记。有的店不在了，变成陌生的店，有的店装修翻新，还加了新的菜单，用发光黑板写好，摆在外面。

她停住，看着眼前的彩色字体：老式麻辣烫。

装修很熟悉，是当年老板塞糖给她的寿司店，小地方的寿司店比自助餐店还难存活，卖麻辣烫大概是顺应市场的妥协。

她继续往前走，上半年还坑坑洼洼的马路已经修理平整，黑色的柏油路直直地通向小区深处，她去买了点水果，停在周奶奶的门口。

荒芜的菜园覆盖厚厚的积雪，角落的狗窝不见了，阳台扩建后围着落地窗。左面是狗窝，右面是猫窝，午后温度适宜，黑白花的小猫懒懒地摊在那儿打盹。

胖了，干净了，都快不认识了。

蒋诵眼底被水雾笼罩，她吸吸鼻子，擦掉眼角溢出的泪，拉开小院的门进去。

室内隐约传出说话声，她脚步犹豫，怕周奶奶有客人，自己来得不是时候。正想着，门忽然开了，身材高挑的女孩推门出来，看到她的一瞬，笑容倏然消失。

女孩站在台阶上，低头，居高临下地打量蒋诵——素面朝天，穿着一身旧衣服，和刚认识时候一样，不过也不一样。

具体哪里不一样，她也说不好，应该是有精气神了，不像以前似的半死不活。

蒋诵猝不及然看到女孩的脸，愣了几秒，主动打招呼："怡然，你回来了。"

夏怡然敷衍地应了一声："回来了。"

眼看气氛迅速冷却，周奶奶从门后探出头，她笑着，门牙不知什么时候掉了一颗，说话漏风，不过还能听懂。

"哎呀蒋诵回来了，怎么在门口说话，你俩认识啊？"

夏怡然转头时就变了脸，笑着对周奶奶说："嗯，之前见过两次。"

蒋诵拎着水果，往前走一步，视线落在周奶奶明显苍老的脸上："奶奶过年好，我买了水果，过来看看您。"

周奶奶不跟她客气，坦然地接过袋子，笑着揶揄她："真是来看我的吗？"说完，嫌弃地看了眼阳台角落睡死过去的肥猫，"你们都只是顺带来看我的吧。"

蒋诵赶紧摇头，刚想说不是，就被夏怡然抢了先："就是来看您的，看您这小日子过得真舒服，猫啊狗啊的，都喂这么胖。"

周奶奶大笑，语气带着老年人特有的得意："都怪我白菜又种多了，秋天的时候颗颗十几斤，都腌上了，绞肉和馅包饺子烙馅饼，猫和狗一起抢着吃，肥的哟。"说完，似是刚意识到房门大开着，三个人堵在门口吹冷风，这算哪门子待客之道。她急急挥手，把两个小姑娘往里让。

"快，进屋说。"

夏怡然摇头："不了姨奶，我家里有客人，得早点回去。"

蒋诵也往后退一步："我也走。"

周奶奶竖起眉毛，不高兴地看着蒋诵："她都坐半天了，走就走了，你咋也要走，连屋都没进呢。"

蒋诵视线落在女孩精致的脸上："我有话要对怡然说。"

在东林人的潜意识里，没有人来了不进屋的道理。周奶奶身材瘦小，力气却很大,推搡着,连带着要走的夏怡然也被拽回屋。

两人被安置在沙发上。周奶奶去厨房洗水果,草莓、葡萄、圣女果,满满登登装了一个大果盘。她把果盘放在两人中间,嫌弃地看了眼窗外的冰天雪地:"外面冷,有话就在这儿说呗,我去楼上帮忙包饺子,你俩正好帮我看家……"

蒋诵拘谨地坐在沙发角,夏怡然还好,上半身靠在软垫上,自然地跷起二郎腿,目送周奶奶从后门离开。

她瘦了,瘦了很多,脸小了一圈,更显衬五官优越,不说话的时候脸很臭,再也找不到以前那种亲和感。

蒋诵低头,从兜里掏出一部手机。很老的款式,套着图案是bunnies小羊的软壳,屏幕是新换的,刚好倒映天花板的吸顶灯。

夏怡然不感兴趣地移开视线,语气有些凉:"想说什么快点,我还有事。"

蒋诵把手机往前推了推:"这是你借我的,当时说等我有了就还你,结果用了这么久,谢谢你。"

夏怡然头歪向一边,无语地看着屋角的天花板。

"你想说的只有这个?"

"不是。"

蒋诵来之前就设想过见过夏怡然之后的场景,画出好几个不同结局的分镜,没有一个是现在这样,陌生,疏离,没有激烈的情绪,只有不耐烦。

她深呼吸:"怡然,对不起。"

夏怡然轻笑一声,语调是上扬的,轻蔑的。她转头,看到一张沉静的脸,似是发现什么有意思的东西,渐渐靠近。

"我不记得你哪里对不起我,你说一下,我看看能不能想起来。"

蒋诵抬眼,触到那双挑衅的眼睛,语速很慢:"你拿我当朋友,把心事全都告诉我了,我在知道你喜欢沈灼的情况下,故意在你表白那天说那样的话,是我错了。"

夏怡然安静地听着,嘴角噙着淡淡的笑意。她难过了好久,当时不懂,后来听说沈灼认了个妹妹,还供她上学,大概懂了。不就是走投无路的辍学少女耍了些手段,用色相换冤大头花钱供养罢了。连最后的底线都交付出去的女孩,就算道歉,能有几句是真心的?她看不上。

她对蒋诵没什么好脸色,连带着对沈灼也讨厌,就算被倒霉选中,怎么也没长脑子,被小几岁的女孩拿捏死死的。这次回来还听说他跟着去南方了,她狂翻白眼,对沈灼从小积攒的滤镜也碎得干净,以前喜欢他仗义,现在只觉得没文化真可怕,像狗一样跟过去,辛苦赚钱供对方上学,怎么不想想对方毕业之后第一件事是什么。上岸先斩意中人,这种人熬出头了,当然不会承认过去,第一个蹬了他……

不过这都和她没关系,她有她的人生。

夏怡然闲适地托着脸,卷翘的睫毛眨了眨,逗小猫似的明知故问:"错在哪儿了？我怎么没觉得你错了。"

"错在毁了你的初恋。"

"初恋？"夏怡然好像听到什么远古词汇，差点绷不住，她抱着胳膊，以谈判的姿态和蒋诵对视。

"好，你现在弥补也不晚，沈灼回来了吧，你安排我们见面，把我丢失的初恋补给我，我就原谅你。"

蒋诵愣住，夏怡然见她这样，更觉得被自己猜中。她才舍不得砍掉还没长成的大树。

"抱歉，我不能答应。"

"为什么？"

蒋诵直视她的眼睛："因为我喜欢他。"

夏怡然冷笑："你最好是。"

其实蒋诵很想把事情从头到尾讲出来，关于她的原生家庭，她的处境，她走投无路做出的幼稚决定。就连毁了对方的告白，也是建立在为对方着想的基础上，是好心，只是没想到事与愿违，受伤的只有夏怡然。

如果这样说了，怡然会理解吗？

理解之后，或许会愧疚，蒋诵觉得，愧疚的情绪比憎恨更可怕。如果让她选的话，还不如憎恨，憎恨会随着年龄的增长越来越淡，愧疚则会永生跟随。

蒋诵眼神闪了闪，没有回答这个问题。

时间沉默地从两人中间流过，夏怡然突然觉得没劲。

她笑了笑，摆出一副懒得和她再掰扯的高傲姿态。

"算了，白给我都不要，我已经有男朋友了，比沈灼好一万倍，过完年我们要去英国留学，这次应该是我们最后一次见面。"她边说着，边仔细打量蒋诵，想从蒋诵脸上看到羡慕或是嫉妒的情绪。

可惜没有，蒋诵像从一潭死水里挣扎上岸，眼底终于有了神采，激动地说："真的吗？怡然，太好了！"

夏怡然皱眉："你最好是演的。"

蒋诵诚恳地说："我希望你过得好。"

夏怡然站起身，掸平裙子上的褶皱，瞥了一眼果盘里五颜六色的水果，没兴趣地移开视线，看向门外，远远驶来一辆白色SUV。

"我男朋友来接我了。"

蒋诵也看向窗外，车刚好停在小园门口，夏怡然套上大衣，雀跃地迈着小碎步跑去门口，刚推开门，车里就下来一个俊朗的男人。他个子很高，短发，棱角分明的脸，笑的时候露出八颗牙，从外形就能看出非常明显的，不在国内长大的气质。

他大力挥手："然然。"

夏怡然蹦跳着过去，还没到，车后就一阵窸窣的声响。吴玉东穿着破棉袄绕着车过来，稀罕地看着车身高级的流线，不停地砸嘴。

"啧，这车，真顶啊。"

沈灼跟在后面，刚睡醒，眼睛还没睁开似的，不咸不淡地接话："一百多万呢，能不顶吗？"

吴玉东满眼都是昂贵的白，没注意到院子里的女孩，直到熟悉的声音在耳边响起，他听到只在梦里会出现的话。

"亲爱的。"

他抬头，瞳孔紧缩，圆胖的脸抖了三抖。

好久不见，她变了。不胖了，还漂亮了，漂亮得都要认不出来了。

他看到男人高大的背影，正冲着向自己奔来的女孩展开双臂。

心脏碎成两半，他笑了，笑得比哭还难看："这……这不怡然嘛，啥时候回来的，咋没出来找哥哥们玩啊？"

海鲜自助店里，正值饭点，人还不少，大厅声音嘈杂，空气弥漫着淡淡的咸腥气。

最角落的桌边，吴玉东抱着空酒瓶，一把鼻涕一把泪，反复说那几句车轱辘话："太帅了，人帅车也帅，别说怡然了，连我都要爱上了……"

蒋诵把盘子里剥好的虾放进嘴里，看了眼旁边的沈灼，他对老友的哭诉一脸敷衍，注意力都在几米外的烤炉上。蒜蓉粉丝扇贝，限时限量供应，大约还有三分钟烤好。

他靠过来，在她耳边问："你能吃几个？"

蒋诵看到烤炉旁限量的标志，小声说："一个人只能拿两个。"

"不用管那个，我多拿几趟呗。"

"这不好吧……"

"怎么不好，你就告诉我你能吃几个。"

"咣当"一声，酒瓶重重地砸在桌上，吴玉东眼睛通红，咬牙切齿地说："你俩还是人吗？"

蒋诵马上道歉，沈灼却撇嘴，无语地说："没必要吧，你和怡然都没在一起，干吗搞得像失恋了一样。"

吴玉东抖着唇："暗恋也是恋啊。"

沈灼靠在椅背，白天睡的好觉让他疲惫尽消，精神头十足，和满身颓丧的吴玉东形成鲜明对比。这样的姿态，更显得他毫无同理心。

"本来你俩就不是一路人，不可能在一起，你难受也没用。"

吴玉东本就窝了一肚子火，正愁没地方撒气，他抹了把脸，炮火对准沈灼："事儿没落你头上，你别站着说话不腰疼。"

沈灼懒得和他掰扯："真落我身上也不腰疼啊，你这情况明摆着呢，是你跟自己过不去。"

吴玉东更气了，说话的调都拐了弯："我就不信了，以后蒋诵要是处对象结婚了，你能啥感觉没有？"

沈灼心里"咯噔"一下，转头看了眼安静吃东西的女孩，他的脚从踩在东林的土地开始，心一下子稳住了，有种回到过去的感觉。

熟悉的环境麻痹人的神经，她还是以前的她，没有接触过别人，眼里都是他。

沈灼没吭声，瞅了眼已经开始排队的烤炉，借口去帮他们拿，干脆利落地走了，恨得吴玉东冲他背影骂了句脏话。

骂完，吴玉东又开了瓶啤酒，仰头灌了小半瓶。

白沫翻涌，一半酒一半气地喝进去，拱出两个长长的嗝。他"唉"了一声，心里还是难受。

只是这难受兵分两路，一半是暗恋失败的痛苦，一半是生沈灼的气。

"小妹，我也不想难受，但是哥这心……"他哆嗦着手捂胸口，像中了一枪似的，真实地疼。

蒋诵赶紧放下筷子，小声说"我懂"。

"你真懂？"他眼睛又红了。

"我懂！"蒋诵看起来比他还难受。

吴玉东缓了一口气，终于舒服一些。他转头看队伍末尾排队的男人，还是生气，气得翻了个白眼，明目张胆地在背后说沈灼坏话。

"沈灼真不是人，小时候他妈没了都是我陪着的，他吃不下饭，我回家偷'油滋啦'给他送来，到我难受时候，怎么连句好听话都说不出来，哪怕骗我也行啊。"

蒋诵其实也不太会安慰人，她把沈灼喝了一半的啤酒拿过来，倒满一杯，举起来，对着吴玉东："你会找到更好的女孩。"

吴玉东拿瓶跟她对碰，摇摇头："再好也没有怡然好。"

是，怡然非常好。

她仰头，把杯子里的酒喝光。

吴玉东已经喝到第三瓶了，正处在半醉不醉的分界线上，失恋的痛感被酒精麻痹，想到的都是她的好。

"怡然比我们小好几岁，和沈雨差不多大，沈灼妈没了，他爸也不给捞妹妹，因为这个受了挺大打击，总把怡然当成他妹，一把一把地给她买糖吃。"

蒋诵放下酒杯，顺着他的描述回到十几年前。他当时那么小，没有人帮他消解痛苦，甚至没人看到他痛苦，只能无助地、笨拙地用自己的方式去填补。

吴玉东看着远处缓慢挪动的队伍，声音逐渐变低："怡然吃糖吃多了，牙就黑了，她爸妈一顿盘问，知道是沈灼给的，气得去他家里站院子里大骂。沈灼他爸当着两人的面把他打了一顿，从那之后，他就不给怡然糖吃了，像是从梦里惊醒，知道他妈和他妹真的不在人世了。"

蒋诵的心早就揪紧，强忍泪意，小声说："然后呢？"

"然后他也去跳河了。"

"跳河？"

吴玉东点头："不过那年干旱，水不是很深，跳了几次之后……"说到最关键地方，他忽然打了个嗝。

急得蒋诵追问："之后怎么了？"

吴玉东慢悠悠说："他就学会了游泳。"

蒋诵："……我们没在说冷笑话？"

事情已经过去十几年，再难以承受的悲痛都过眼云烟，变成一张陈旧的单页纸，翻来覆去的，就那么几行字。

吴玉东以成年人的视角回忆那段时间，能理智地分析他这种行为的原因："以前这边都是村子，人没什么文化，善意恶意分不清，脑子想什么就说什么了，嘴碎的人，最爱逗小孩。"

蒋诵能猜到他小时候处在毁天灭地的悲痛中，会听到了什么话。

她害怕地捂住耳朵，却也挡不住吴玉东的娓娓道来："有人跟他说，妈妈到那一天都是带最爱的孩子走，她爱你妹不爱你，所以只把你妹带走了。或者说他平时就知道满山瞎跑自己玩，不带妹妹玩，本来想带你俩的，看你太烦人，就不带你了。"

蒋诵鼻子一酸，怪不得。

这样一来，先前的所有回避抗拒都有合理的解释了，他虽然长大，但灵魂一直停留在十几年前，停在初春涨水的河边。他以为自己是被妈妈抛弃的孩子，拼命用余生弥补曾经的过错，对早已化为枯骨的人讨好——对妹妹好，我一定会对妹妹好。

可是，这根本不是他的错，他也是受害者。

蒋诵压抑翻涌的情绪，她好想大哭一场，紧紧地抱着他，带他回到十几年前，对恶意逗他的大人反击：闭嘴，才不是这样！

吴玉东彻底醉了，脑袋耷拉着，前言不搭后语地唠叨："所以啊小妹，你得对他好点，自从你当他妹妹之后，他比以前开心多了。"

"啥开心？"

椅子挪动，一阵刺耳的摩擦声。沈灼端着两个盘子，每个盘子里都摆着四个扇贝，他乐颠地把最大的一只送到她面前，催促道："快，趁热吃。"

蒋诵低着头，情绪还未平复，面前的扇贝上盖着粉丝，粉丝上撒着蒜末和红椒，发出浓郁的香味。

她哽咽，吃不下。

吴玉东彻底喝趴了，摊在椅子上昏睡，沈灼没想到排队这会儿工夫两人都不行了，嫌弃地说他们真废。

扫尾，买单，拦出租车，到宾馆的时候，已经晚上十点多了。

蒋诵情绪低落，心事重重的，饶是沈灼神经再粗也察觉到不对劲。刷房卡开了门，他连衣服都来不及脱，直接问她："怎么了？"

"没事。"

"东子和你说啥了，咋突然不高兴？"

蒋诵把羽绒服挂好，转身，却被他堵在墙角，他执着地等着她给出回答，蒋诵却移开眼。她怕，怕一开口就哭出来。

沈灼心里一沉："出什么事了你跟我说，不要怕。"

蒋诵放缓呼吸，抬头，和他对视。

她到底没绷住，还是哭了。她开始只是默默流泪，泪眼蒙眬地看到他一下子慌了，想用袖子帮她擦，又觉得袖子太脏，赶紧手忙脚乱地去找纸巾。

他拿着纸巾回来，蒋诵已经不哭了，像盛夏阴晴不定的天。

沈灼更担心了，比担心还多了一层焦灼，他拉着蒋诵的手去床上，身体释放出足够的安全感，低声问："为什么哭？"

蒋诵红着眼睛看他，过量的碎片在一天之内涌入大脑，各种复杂的情绪从四面八方急流而至，她艰难地把碎片拼凑一起，却不敢看上面的痕迹。

沉默了很久，她才张口："我们明天，把沈雨安葬了吧。"

"什么？"他以为自己听错了。

蒋诵只是试探，甚至夹杂着央求的姿态，人不该困囿于过去，虽然艰难，可活着，有什么是不难的呢。

"让她们团聚吧，以后我就是你亲妹妹。"

沈灼静静地注视她，从她表现出的异常猜到她说出这句话的原因，她是蒋诵，他愿意向她开放自己的过去。就像他无数次在失眠的夜晚告诉自己的那样，过去已经过去，是他死抓着不放。

他声音很轻地回答："好。"

第二天早上，沈灼借了辆车，一路向东。

山还是那座山，昨天的脚印被凛冽的寒风掩埋，只留下一条蜿蜒的浅痕，重新踩下去，他拉着她往上走。他们一起在旧坟紧挨的土地上凿了一个浅坑，冻土坚硬，蒋诵几乎脱力，手里握着借来的短镐，止不住地抖。

最后，从兜里掏出一颗糖，郑重地放进去。

沉默，像置身最庄严的送别仪式。

那座坟终于不是孤坟。这件事只有他们两个人知道，埋掉最后一把土的瞬间，空气静谧，天空飞飞扬扬地飘下雪花。

风也止住，大片的白色落在坟地里，落在闪着霜花的褐色土地上。

沈灼平静地做完这些，和她一起下山，开车返回东林。

还有半个月就过年了，可这里没有家，蒋诵反复刷新订票软件，终于刷出两张硬座，赶紧跑过去找沈灼，却发现他在发烧。他额头滚烫，身子窝在靠墙的里侧，冷极了似的在被子里蜷缩着。

很奇怪，之前他冷静地答应去山上时，她总觉得不安，像有什么重要的事被她忽略了，此刻他发烧，悬在半空的石头莫名地落了地。

她冷静地从袋子里翻出体温计,夹到他腋下,看着数字一路飙升,定在39℃。

给他吃退烧药,给他物理降温,折腾了快一个小时,他的体温终于降到37.5℃。蒋诵累到虚脱,把体温计扔到一边,脱了鞋和外裤,直接钻进被窝。

男人脸色苍白,被抽干了水分似的虚弱无力,她环住他的腰,整个身体贴过去,可一冷一热无法中和,中间仿佛横亘着东非大裂谷。

她只能用力地抱紧他。

沈灼半睁着眼,模糊看到女孩的发顶,深吸,却没闻到熟悉的味道,嗅觉带着视觉和听觉离家出走,只留下触觉。

头有些晕,觉得自己飘在半空,失重的感觉很不爽,能抓到的只有她。

他下意识用力,恨不得把她嵌进身体里。

蒋诵忍着偶尔失控的钝痛,轻抚他的脊背,像小时候妈妈的怀抱,柔软、安全。她轻声说:"你妈妈非常非常爱你,因为爱你,才相信你,相信你就算一个人,也会活得很好,像现在这样。"

男人沉默,蒋诵又把他搂紧一些。

"所以啊,她没有不要你,也从没怪过你,只是她透过自己看到女儿的未来,害怕她遭受一样的痛苦,她知道这苦永无解脱之日,所以带走了她。"

沈灼吸吸鼻子,声音有些闷:"我小时候做了很多错事。"

"但你现在是非常棒的大人。"

"我不是。"

蒋诵忍着鼻酸,哽咽地说:"你是!"

他在她眼里是最好的人,是在崖边唯一向她伸手的人,是托住她的藤蔓,用全力让她平安落地的人。

现在,她也要这样。

她将手伸过去,抚上他潮热的额头,以一种极度暧昧的姿势,和他对视:"想哭的话,我可以把肩膀借给你。"

沈灼忍不住笑了:"我一大老爷们哭什么。"

话是这样硬气地说出来,实际他用额头抵在她颈窝,呼出的热气和高烧的热混在一起,他忍着汹涌而至的泪意,把她搂得更紧。

蒋诵安静,手轻抚着他脊背,任由身体被炙热的潮湿淹没。

没关系,都会过去的。

在宾馆住了两天,烧终于退了,病还没好,沈灼却像换了个人。

他瘦了很多,脸上透着病愈后虚弱的白,眉目清朗,棱角分明,加上头发没时间理,前额刘海挡住了眼睛,乍一看像从漫展来的。

没买到卧铺,长时间坐硬座累腰,他把包垫在后面靠着,身体的大部分力气用来撑着睡着的蒋诵。

她靠在他肩膀昏睡,从山海关睡到窗外一片绿,人在极度疲惫下是不挑环境的,这两天在宾馆照顾他,还要盯着买票,早就透支。

他把盖在她身上的衣服往上提了下,盖住她白皙的颈窝,小心翼翼地托着她的肩膀,放平在自己腿上,她没醒。

他强忍着咳嗽,松了口气。

到南江时已是深夜,蒋诵游魂似的被他牵着出站,潮冷的风吹到她脸上时,她似梦非梦地抬头,看了眼混沌的夜空。

离开几天,恍如隔世。

对此,黎清衍有同样的感受。

他在宿醉中听到门铃声,烦躁地拿枕头压住耳朵,假装听不见,可来的人超级执着,没人接听就继续按,怎么和蒋诵这么像……

期待冲破酒精传递给大脑,他猛地直起身,无视令人作呕的眩晕,跌跌撞撞地下楼看可视屏——朝思暮想的一个人,规规矩矩站在门口。

心里惊喜,埋怨却接踵而至。

他按下通话键,不高兴地说:"你还知道回来啊?"

蒋诵心虚地抬头,直视门铃上的摄像头,语气抱歉:"对不起,有急事耽搁了。"

黎清衍头还痛着,却硬撑着像只斗鸡:"什么急事啊,你就跟我请三天假,发微信也不回,这都一周了。"

"临回来时我哥发烧了。"

黎清衍更不高兴了,两相对比,他怎么又被放弃了,牙根泛酸地说:"身强力壮大老爷们还怕发烧啊。"

蒋诵知道这件事是她不对,在东林的时候忙着照顾沈灼,手机没电了都不知道,等他好点了,才发现微信几十条未读消息。

她不想失去这份工作,只能放低姿态解释:"烧到近40℃,没办法赶回来。"

大门"咔嚓"一下打开,通往入户门的小径尽头站着穿长袍睡衣的男人,他抱着胳膊,头发乱成鸡窝,看样子比发烧的沈灼状态还差。

蒋诵小跑着进去,黎清衍低头看她,像临摹难得一见的艺术品,给出时隔一周没见的评价:"瘦了。"

"好像是。"

他转身回屋,边走边说:"正常,医院可不是什么好地方,不瘦才怪呢。"

蒋诵把包放在座椅上,心想他们根本没去医院,甚至听到他这句话的时候,才恍然,发烧之后还有可以去医院的选项。

她从没因为发烧去过医院,也自然把习惯诸给他。都怪她……明明可以不用那么受罪的。

黎清衍没注意她,满心都在想怎么把她的肉补回来。

"名扬大都会你知道吧,洗浴,唱K,自助,酒店一条龙,我们今天去那儿拍。"

蒋诵见他很快进入正题，赶紧从包里掏出手机，想提前做一下攻略。黎清衍却把她的屏幕按灭，自然而然地把手放在她肩上，向后转，他推着她上楼。

"跟我混的人不能穿这么土，我已经忍你这套运动服很久了。"

短上衣，阔腿裤，简单的基础款，穿在身上明显感觉不一样。布料柔软中带着垂坠的质感，从上到下都天衣无缝地贴合，她穿自己的衣服都没这么合适过。

黎清衍把相机挂在她脖子上，又拿出两种颜色的渔夫帽在她头顶对比。

蒋诵低头，皱眉说："相机型号不适合拍摄。"

黑色的帽檐遮住眉眼，他靠近，看着镜子里的她："相机只是搭配。"

"挂在脖子上很沉。"

"但是好看，蒋诵，你现在超美。"

蒋诵没办法理解这种时尚，也不想挂相机出门，拍摄设备都是她在拿，本来就很重了，不想增加额外负担。

"谢谢你，我还是穿自己的衣服吧。"

黎清衍赶紧拦住她，板着脸说："不行，我对员工有服装要求，穿什么我说了算。"

蒋诵心累："不挂相机行吗？"

黎清衍纠结半天，勉强点头同意。

还有三天过年，黎清衍说因为她的原因导致他断更，在年底流量爆炸的时候错过红利，每天很早拉着她出门，誓把这几天的空白恶补回来。

一天拍两家店，晚上回去还要在室内拍测评系列，蒋诵没有异议，权当弥补她的过失。

她不许沈灼出去摆摊，大病初愈，身体是抵抗力最弱的时候，而且马上就过年了，应该好好休息。

她在黎清衍那儿预支了半个假期的工资，又去火锅店把工资结了，再算上攒的加班费，一共四千块，仔细地塞进红包里，给沈灼。

"哥，新年快乐！"

沈灼没接，耳边反复循环她那声"哥"。

以前计她叫她偏不叫，见缝插针地喊他名字惹他生气。现在呢，时间空闲下来，他白天自己待在出租房里，想她，想她叫他名字时的样子，是眼睛亮晶晶的。

不像现在，乖顺地摆出妹妹的样子，再也看不到狡黠。

他没接，往回推了推："我有钱，你的钱留着自己花。"

"哎呀，什么你的我的，我们是一家人啊，你忘啦？"蒋诵靠过来，捏着红包塞进他外套的兜里，似是突然长大，以妹妹的角度替他着想。

"寒假之后生意一直不好，就别动之前攒的了，我预支了工资，我们一起过年，要过个好年。"

沈灼心情沉重，也不懂自己为什么在喜庆的年底不高兴。

他把红包拽出来，扔在床上。

"不用，我有。"

"有什么啊有。"蒋诵执着地把红包塞回去。她知道他现在兜比脸都干净，预留出来的假期花销因为回了一趟东林，早就见了底。她不喜欢他强撑脸面，她又不是外人。

"你赚的钱我都花了，我赚的你也能花。"

沈灼就像转不过这个弯，也不知她哪句话触到他的雷区，猛地把钱从兜里掏出来："那能一样吗？"

蒋诵不解："怎么不一样了？"

从东林回来之后，沈灼有些奇奇怪怪的。她听进了吴玉东说的话，如果当他妹妹能让他开心，她是愿意的。她压着脾气，再也不像以前那样说摆脸就摆脸，有话心平气和地说，甚至很多时候都让着他，沈灼偏偏不喜欢她这样。

"就不一样，你把钱拿回去。"

蒋诵憋着一股气，皱眉看他。他也冷着脸看回去，等她发火，使劲把红包砸他脸上，最好再骂他两句，说你爱花不花，才不惯着你这臭脾气。

实际呢，她把那股气缓缓呼出来，语气柔柔地说："好，那暂时放在我这儿，等买年货的时候我们一起花。"

沈灼咬着后槽牙，心像被悬在半空那么难受，感觉在用尽全力挥拳，结果拳拳打在棉花上。

她忙，早出晚归，晚也不是以前的晚，而是深夜过了零点的晚。

和她抱怨两句，她就哄他说很快就结束了，现在是加班，在补录之前断更的视频。

沈灼也不是没有手机，他特意去搜黎清衍的账号，粉丝确实挺多，视频也挨个看了，一个一个的才三四分钟那么短，怎么好意思把人留到那么晚。

他在家养病，觉得这病越养越严重。

他整天胡思乱想，想蒋诵之前说过黎清衍要追她，他还在那儿说挺好，看人家条件好，就摆出一副赞同的态度，现在恨不得给自己一巴掌。

好难受，到底怎么了呢？

时间跳过零点，满街红彤彤的年味。他靠在缠满彩灯的树干上，平均一分钟拿起三次手机看时间。

啧，怎么又拖到这个点。

末班车摇摇晃晃从眼前驶过，没人下车。他皱眉，准备给她打个电话催催，手机刚点开，就看到熟悉的黑色越野停在路口。

他往树边退了一步，看到蒋诵从副驾驶下来，她穿着一件陌生的外套，下车的时候回头摆了摆手，急匆匆地往小区里跑。

黎清衍在车窗里喊她，也下了车，手指勾着她的旧书包，向她摇了摇。

"蒋诵，你的书包！"他语气带着点宠溺。

蒋诵一个急刹，手在背后摸了个空，这才想起包没拿，又转身赶回去。夜深，微风轻拂，长发飞扬，她太急了，外套甚至忘记还给他，接过自己的书包，很快地脱下衣服，双手递过去。

黎清衍没接衣服，说今晚太冷了，让她穿着就好。

寂静的深夜，霓虹交错，正值青春的男女笑着对视，气氛松弛又自然。沈灼心里一紧，突然觉得她好陌生。小镇特有的气质早已消失，她完美地融入这座城市，和黎清衍这样精致的男人站在一起也毫不逊色，她落落大方，笑着把衣服还给他。

沈灼心脏钝痛，想到前几天的吴玉东，他哭，他醉，他说暗恋也是恋，骂他不是人，站着说话不腰疼。

那时蒋诵在他身边，他得意忘形地置身之外，悠闲地看热闹。

才过了几天而已，回旋镖正中靶心。

他体会到了那种蚀骨的痛觉，甚至在清楚他们现在根本没什么的情况下，忽地，感受到了和吴玉东一样的痛苦。

真是报应啊，真是对不起。

回去时，蒋诵已经洗漱完了，在屋里换睡衣。他进屋时，衣摆刚盖到她胸部，白色花边刮着隆起顶端的粉色，途经浅浅的肋骨，紧致的细腰，慢悠悠地遮住少女的身体。

她听到门声也没吓一跳，比平时更自然，似乎觉得，反正已经被他摸过，被看到也没什么所谓。

见他这么晚回来，她也不像以前那样生气质问，似乎独自消解了所有负面情绪，展现给他的只有好。

"早点睡吧。"

他直直地看着她："我不睡。"

蒋诵面色平静，表示理解："是白天睡多了吗？"

"不是。"

他每次到关键时候都恨自己读书太少，只觉得心底对她早已经是超越亲情的喜欢，是男人对女人的，无意中看到她没遮住的身体会口干舌燥到失去理智的那种喜欢。

可那样会吓到她。

他深呼吸，平复情绪，低声问："我是你哥，还是沈灼？"

蒋诵不知道他怎么会这么问。

她说"你是我哥啊"，他脸色一冷。她赶紧改口，补救地说："你是沈灼，你想是谁就是谁，我都听你的。"

结果他更生气了。

大概是生病在家待得烦躁，情绪总是阴晴不定，蒋诵敏感，早就察觉到。

她知道经历巨大的波动之后，心态不是一朝一夕能调整好，但坚信任何伤痛都能靠时间抹平，她愿意陪着他，和他一起熬过去。虽然很辛苦，但她尽力保持情绪稳定，学他之前对她那样，给他支撑，做他坚实的后盾。

就算这样心思缜密地为他着想，也不可避免迎来第一次冷战。

床本就窄，他故意睡在外侧，像杂技里的躺绳人，半个身子悬在床边，蒋诵在暗色里睁眼，从僵硬的姿势看出他在抗拒。

她微不可闻地叹了口气。

一夜辗转难眠，好不容易睡着还忘记订闹铃，她仓皇地爬起来，没时间吃早餐，手忙脚乱去穿鞋。

沈灼刚好拎着新炸的油条回来，见她着急，淡淡地说："晚一会儿能怎么的，他又不供你早饭。"

蒋诵也想在家吃，可黎清衍昨晚就定好了今早要拍的茶餐厅，还叮嘱她一定要早起，这个视频是接的广告，甲方给钱的那种。

两分钟前黎清衍发位置给她，马上就要到楼下了。

她很抱歉："真来不及了，你自己吃吧。"

沈灼静静站在一旁，语气竟有些幽怨："没关系，反正我每天都是自己吃。"

蒋诵哽住，这两天和他的交流仿佛走钢索，说错了不行，顺着他说更不行，身份调转，很像以前的她，尤其那句：我是你哥，还是沈灼？

这句话她说过很多次，有相当长一段时间是她的口头禅，因为实在没有安全感，总觉得被套进他妹妹的虚壳里，找不到自己。现在，她心甘情愿当他妹妹，他却一反常态。难道也觉得被束缚，套进她哥哥的壳子里？

不应该啊……在一起这么久了，没见他有过那种抗拒，甚至甘之如饴。

难道……他也喜欢……

"我是真的喜欢你。"

黎清衍在关掉摄像机后说了这句话，然后把她面前的餐盘移走，从化掉的冰激凌杯里勾出戒指，"啪"的一声扔进气泡水里。

他精心准备的表白仪式，所有的环节都十分完美。不论是清场后的餐厅，吃到一半自然响起的浪漫钢琴曲，还是收尾时侍应生捧来的玫瑰花，都没能抵挡蒋诵的心不在焉。甚至重头戏，那枚选了很久的戒指，也被她无视。勺子只挖了冰激凌的尖尖，无论他怎么哄骗，她都没再看一眼。

黎清衍非常挫败。

他自认样貌、品性、财力，各方面都无可挑剔，甚至被戏称为"恋爱市场里的六边形战士"，被这样反复拒绝，还是人生第一次。

蒋诵从沉思中抽离，看到气泡水里的戒指，小声说："你的水不能喝了。"

"相比二十块一杯的水，我觉得更应该在意的是一万八的戒指。"

蒋诵面露犹豫："戒指捞出来还能戴，这杯水只能倒掉了。"

黎清衍唇角弯起，把戒指从杯底捞上来，递到她面前："这可是你说的，我捞出来了，你戴吧。"

蒋诵的手缩回牛仔裤下，摇了摇头："我不戴。"

她总是这样，如履薄冰地拒绝。

好在黎清衍早就习惯，把戒指放回盒子，深吸一口气，可怜巴巴："蒋诵，在你眼里我真的不值吗？"

蒋诵下意识咬紧唇肉，心里很抗拒这种公私界限模糊的关系。她只想赚钱。

今天拍的视频是转型后第一个广告，新上线的购物APP，她报价，全程沟通细节，甚至写了稿子，丝滑地插到视频三分之一处。她的准备工作结束，黎清衍只需要在吃饭的过程中念出来。可到实际拍摄，过于冷清的背景、突兀的钢琴声，还有时不时来桌前的侍者，都让蒋诵觉得这个视频白拍了。

她深呼吸，平复情绪，企图把谈话拉回正题："我们时间不够了，我建议年前只拍这一个，因为合同里规定了日期，其余的也不急，等过完年再拍。"

黎清衍虽自诩老板，却对他的账号运营从不上心，小虎回家之后，他更是懒散到底，内容和方向都让蒋诵自由拟定。所以她离开后，他平躺了一周，不对，是放纵了一周。

回来后密集的拍摄也是为了拉长和她的相处时间，是为了和她在一起才搞这些，她呢，却一贯在他面前保持职场人形象，对工作抱有十二分的热情。

他心里不爽，作为老板，在支配她时间这方面还是有权的。

"时间怎么不够？你不要把过年看得那么重，不过是普通的一天罢了，我们在室内拍。"

蒋诵马上拒绝："不行，过年我有事。"

"能有什么事啊，不就是吃吃喝喝。"他们天天出去，几乎要把南江叫得上名字的地方吃遍了，天天都在过年。

说到这里，他异常执着："蒋诵，过年来我这儿。"

"不行。"

这个话题一直纠缠到晚上，刚补拍完广告，她把片段剪出来发给对接人，有些紧张，害怕达不到要求被打回来重拍。

黎清衍对这个事完全不在意，关了摄像头之后，没长骨头似的摊在椅子上。

"蒋诵，一起过年吧，把你哥叫来也行，我看他挺会做饭的。"

蒋诵焦灼地盯着电脑屏幕，怎么还没传过来消息，已经很晚了，搞不好又要磨蹭到半夜才能回去。好累，事情全都挤在一起，她已经分身乏术了，实在没有力气回应他。

"拜托，不要再说了。"

黎清衍听了也不恼，既然不能直说，就采取迂回战术，反正这长夜才刚刚开始，他有的是时间。

"知道我为什么讨厌过年吗？"

他支着下巴，目光落在专心工作的侧脸，她眉头紧皱，是，他每天面对的都是皱眉的她。

不会用电脑，找不到键盘的字母，所有的基础软件都仿佛第一次见，她如临大敌,却从来没拜托过他,而是偷偷在手机上搜索操作流程,生怕被他知道她是白纸一张。可他在第一次见面,看到密密麻麻的笔记本,就知道她和之前认识的女孩不一样。她伸出手指,看似很熟练地敲击键盘,实际细心点就能发现,按最多的是空格键。

她说:"为什么讨厌?"

黎清衍笑了下,表情复杂:"这就说来话长了。"

城郊比市区安静,尤其是城郊的别墅区。整洁的林荫小路,昏黄温馨的明亮窗口,还有毫不在意电费支出的取暖系统。主灯射灯全开,室内比白天更亮,男生穿着驼色羊绒毛衣,很有耐心地吹了吹咖啡。

他低头,视线落在蒋诵忙碌的侧影。黑色皮筋绾起的头发,素面朝天的脸,她从不戴首饰,甚至没有耳洞,瘦弱的肩膀挺得很直,指尖轻轻压在键盘上。

他看到她在回复消息:辛苦看一下成品是否可以……

黎清衍把咖啡放在桌上,那句说来话长,字意是不想说,实际他很想说,虽然很长,却很想让她知道。

"我小时候比现在累,每天都去很有名的老师那里学画画,我爸对这件事非常执着,总说我有天赋,走艺术才是正途。其实我没天赋,我自己清楚,可我怕他失望,非常努力地练习,后来我偶然听到他们吵架,原来我爸的初恋是画画的,在结婚前抛弃他出了国,我这才明白,他口中的我有天赋,还有我所有用来画画的时间,都是他不能修成正果的执念罢了。"

蒋诵把手从键盘上收回来,她第一次听到黎清衍用这么悲哀的语气说话,转过椅子,和他对视,斟酌着用词:"能和很有名的老师学画画,不管因为什么,都是幸运的事。"

黎清衍笑了,摇摇头:"后来我爸妈离婚了,我就不画了。"

"很可惜。"

"才不可惜。"他反手支着桌子,悠闲地靠在那儿,像在和老友闲聊。

"他们离婚后,按理说我爸既然放不下初恋,和我妈过了这么多年吵闹的生活,自由之后,应该去找她才对。"

"实际呢,呵……"

黎清衍笑里带着一丝讽刺,毫不避讳地说:"实际他谈恋爱谈到飞起,光是我知道的就超过十个了。"

蒋诵沉思,小声问:"那你妈呢?"

"嫁到国外去了,生了对双胞胎,眼睛是蓝色的。"

蒋诵点了点头,她觉得氛围有些伤感,应该安慰他,但他不是吴玉东那种人,能让人很轻易地找到他痛苦的点。甚至她觉得,能学那么多年画画,在父母离婚之后,也没有影响生活质量,住在这么好的房子里,上下两层都有落地窗,亲情虽然缺失,也比绝大多数人过得都好。

她迟疑,黎清衍继续说:"我是他们两人共同抚养,好处是生活费每月都双倍,可那有什么用,过年都是我自己一个人,你看,房子里空荡荡的,连个灯笼都没有。"

蒋诵坐直:"我明天买。"

"不用。"

黎清衍站累了,拉过椅子坐下。他说了这么多,不过是想让她知道自己的过去,并不是互联网里树立的虚拟形象,而是活生生的,不完美的,有弱点的,真实存在的人。

他低头,发丝的阴影盖住眼睛。

"其实我从十五岁就在看心理医生了,看了很多年,就算这样,还是不可控的状态,比如现在。"

空气安静,蒋诵打量的视线在他脸上游走。黎清衍以为经过一番坦诚诉苦,她终于心软,准备松口和他一起过年时,心里一喜,却听她用试探的语气问:"你看的心理医生,是怎么收费的?"

"哗啦"一盆冷水浇下来,黎清衍咬着后槽牙,想笑,没笑出来,疲惫地说:"拜托,这不是重点好不好。"

蒋诵真的在考虑给沈灼找个心理医生。

毕竟她也有过同样的阶段,是人生中最不想回忆的一段日子。浑身无力,心情差到极点,美好只是一刹那,马上变成加倍的痛苦铺天盖地,很难熬,她不想他受这种苦。

回去的路上,她搜了些经验帖,南江二院是评价最好的,不开药的话,挂号加看诊大概一千以内。

她在挂号页面犹豫了很久,决定先给沈灼打个电话。

意外的是,对方正在通话中。

沈灼侧躺在床,手机扣在耳朵上,吴玉东的声音掺杂着洗麻将的"哗啦"声,他刚赢了一把大的,笑得不拢嘴,和前几天的萎靡失意完全相反。

电话打得不是时候,也让沈灼的连日憋闷无从出口,只能假借要过年了,拜个年。

吴玉东"哎哟"了一声:"接到你的拜年电话还真是少见。"

沈灼笑了笑,听着听筒里的震耳麻将声,人家正忙着,就算了,结果这边刚要挂,吴玉东赶紧拦下:"别啊,咱哥俩唠唠,我都下桌了,让我爸替我会儿。"

杂音逐渐变小,关门声,"吭哧吭哧"的喘气声,直到完全安静,他才说:"好了,我出来了。今晚可真黑,怎么连个月亮都没有。"

沈灼平躺,屋里没开灯,却也通亮。窗外的路灯光够足了,现在还挂着巨大的中国结,一白一红的影子在墙上交替流动,跟鬼屋似的。

他哂笑:"月末,看哪门子月亮。"

吴玉东又跟他贫了两句嘴,从兜里掏出一盒烟,拽出一根叼在嘴里。这是一年中最冷的时段,刚站一分钟不到,就冻个透心凉,他忍不住哆嗦一下。

沈灼嫌弃："瞎抖什么呢你。"

吴玉东拢紧羽绒服："肮脏，我这是冻的。"说完，靠在门柱子上，"咋，要过年，想家了？"

"有点。"

沈灼觉得自己像漂泊不定的船，从遥远的北方驶来，本来停在码头好好的，结果刮了台风，离码头越来越远。

吴玉东叼着烟，说话有些含混不清："前几天我都说不让你走，我家就是你家，你和小妹就在这儿过年呗，反正她假期，你也没啥事，还在那儿发着烧，犟种一个，硬是没拦住。"

沈灼笑了笑，没接茬，吴玉东也就没继续说，转过话头问："小妹咋样？"

"挺好。"

"让她接电话，我跟她说几句。"

"不在，出去兼职没回来呢。"

吴玉东惊呆，瞅了眼手机右上角的时间："啥兼职啊，这都二半夜了。"

"呵，好兼职呗。"

"看把你酸的。"

沈灼以为自己听错了，支起上身靠在床头，手机换了个耳朵听："我酸什么。"

吴玉东都不好意思拆穿他，过了难受劲，终于有力气互相伤害了。

"得了，骗骗哥们可以，别把自己也骗了。你真当别人看不出来呢，吃自助那天你看小妹的眼神，像要吃了她一样。"

"我那天饿了。"

"行了啊，我说的可不是这个'吃'，别在那儿跟我装傻。"

男人之间的交流，没有弯弯绕绕，有时候甚至过于直白，尤其吴玉东这种想结婚想疯了的。

沈灼想到之前他对于吴玉东暗恋夏怡然这件事，坚定持打压态度，结果呢，同样的模板扣到他身上了，没脸推翻自己说过的话，要命的是，他想争取。

不过说的时候，就有些迂回了——

"她是大学生，前途光明，我是啥啊，臭摆摊的。"

吴玉东笑："也不能这么说。你们都住一起了，捅破这层窗户纸有什么难的，换句话说，趁她现在还没见世面，大不了硬追呗，近水楼台懂不懂。"

沈灼心里堵着棉花，盯着天花板脱线的低度灯泡。就他，连个独居都租不起，就算在一起了，他也舍不得让她在这种地方跟他……

他真难受，但是嘴硬："我要打一辈子光棍你忘了，像你呢，成天想着那点事儿。"

吴玉东被他倒打一耙，也不生气，理直气壮地说："都是男人，装什么呢，谁半夜难受睡不着谁自己心里知道，我身心坦荡，想就是想，二十多岁正是想的时候，有什么可丢人的。"

沈灼把被子往上拉了拉，没有反驳。其实他很羡慕吴玉东这种内外一致的，让人一眼就看透，不像他，又想又纠结地折磨自己。

也可能没有这方面经验，突然走到这步了，有点不知道怎么办。

对此，吴玉东很乐意出谋划策："我最近看一本书，写得老好了，适合你现在看，等会儿发给你学习学习。"

蒋诵下车的时候，沈灼在小区门口等她。他瘦高，低着头，脸上泛着手机背光的绿色，猛眼一看，吓一跳。

"哥？"

他把手机按灭揣回兜里，和平时一样抱怨："又这么晚。"

其实今天算早了，拍的视频通过审核，本来能早回的，是黎清衍非得磨她留下剪辑，还这儿不行那儿不对地挑剔着，弄到十点多才结束。

进单元门，眼前一团漆黑，沈灼把电筒打开，特意让她在前面走。

蒋诵想到占线的电话："刚才你手机没打通。"

"和东子聊天来着。"

"他还好吗？"

"挺好。"

你来我往，不咸不淡的对话，谁也不会多说一句。她怕争吵，怕冷战，大多时候都忍耐自己，保持表面和谐。

洗漱，换睡衣，她看沈灼靠在床头，很专注地看手机，想了想，还是别说去医院挂精神科的事了，过年了，说点开心的。

"哥，我明天开始休息了，天气好的话我把被子洗了，房间彻底收拾一下。下午的时候我们去超市，想吃什么买什么。"

"嗯，行。"他视线不离屏幕，貌似根本没听。

蒋诵当下心情不好，可是这种被忽视的感觉很难受，他像自我封闭在围墙里，不管她在外面怎么声嘶力竭呐喊，他都自动忽略。

心里空落落的，她关灯，上床，故意离他老远："我睡了。"

"好。"

她更烦了。

沈灼破天荒地熬了个通宵，嘴上说不看，实际看得入迷。小时候上学还晕字呢，一翻课本就想睡，没想到时代发展，书也比以前好懂了。

他眼睛有些红，脸大概也肿了，蒋诵睁眼的时候，刚好对上。

当下的一刻被情绪主导，她忘记什么叫忍耐，气得骂他："沈灼，你竟然一夜没睡，是不是想死啊？"

好久没挨骂了，他有点蒙。

对视三秒，蒋诵理智瞬间归位，一下子清醒了，马上道歉："对不起，我还没睡醒，你就当什么都没发生。"说完，直接躺下，被子盖过头顶。

沈灼不知怎的，一种很奇异的感觉，压抑很多天的情绪突然没那么沉重了，她刚才没叫他"哥"，直接喊的"沈灼"。

他把手机扔一边，靠近，循循善诱："再骂一句我听听。"

蒋诵闷在被子里，声音很低："我已经道歉了。"

"我是认真的。"

"我也很认真，你别理我。"

经过这一插曲，沈灼恍然她还是以前那个蒋诵，直呼他名字，恨不得给他一巴掌的蒋诵，只是不知道为什么隐藏起来了。起床后，她又恢复平时的样子，端着、稳重、好脾气，就算他买错她喜欢的粥也没说什么，一口一口地全吃进去了，甚至不着痕迹地弥补早上的失控。

"你去看书吧，我打扫一下屋子。"

沈灼笑着看她："我们一起。"

蒋诵低头，很为难地说："屋子小，你碍事，我自己弄就好。"

他是被赶出去的，好在别的租户都回乡了，留在这里的只有他们。他搬了个小凳坐门口，耳朵听着屋里的动静，一目十行地看手机里的书。

心情转变之后，看这本书的感觉就不一样了，点开目录，竟然有两千多章，不管吴玉东吹得多好，他在看到二百章之后发现不对劲。这男主角，怎么和三个不同宗门的女人搞暧昧，他突然觉得在这种时候找吴玉东出主意，是有点病急乱投医了。

最神奇的是，里面的男主角把女主的贴身衣服藏在枕头下，竟然会这么巧，和他干一样的事……

沈灼身体忽地僵住，门的另一侧不知道什么时候变得异常安静，他站起身，紧张地推开门。

床单枕套拆到一半，蒋诵站在床头，背对着门，一动不动。

他心底还抱有一丝期望，应该不会……

女孩却后知后觉听到门响，慢慢转过身，她的眼神很陌生，视线触到他的脸时闪了闪，低头，看着手里拿的东西。

白色少女款，粉色樱桃图案，细肩带末尾点缀着小巧的蝴蝶结，是明显变旧了的，刚去东林时她买的内衣。

她捏紧，好像在生气："你……是不是变态？"

沈灼大脑一片空白，他没想到她会翻床板。罪证面前，他百口莫辩，一个男人枕头下翻出女孩的内衣，藏着什么心思明摆着。

"我不是。"

他不想解释前因后果，无论用多华丽的修饰都太过老套，无非是某个见不到她的夜晚，他辗转难眠，在房间里搜寻有关她的一切，最后在行李箱夹层里，发现了它。

自那以后，它搬了"家"，只是在夹层里不舒服，在床板上更不怎么样。

他深呼吸,隐秘的心思以这种方式撞破,是从没想过的。

他想象自己捧着巨大的玫瑰花束送给她,然后单膝跪地,手掌心躺着一枚价值不菲的戒指,在她答应的一刻,绚烂的烟花在夜空绽放。而不是现在这样,女孩打量着遗失很久的内衣,怀疑的目光时不时飘过来,似乎在努力自我消解这件事。

她皱眉,终于说话:"你还有这种爱好呢。"

沈灼语气艰涩:"不是……没有。"

她露出嫌弃,眼神却透着久违的狡黠:"沈灼,这件内衣我穿都小了,你要是喜欢,我把现在穿的给你。"

她在叫他名字。

沈灼心跳漏了一拍,忽地理解她之前那么执拗的,甚至没有道理地逼问他,她到底是谁,是妹妹,还是蒋诵。

就像他最近,那挂在心头说不出口的诘问,我是你哥,还是沈灼。

仿佛身在迷雾,在原地转了上百个圈,终于在这一刻,对上暗号。

四目相对,他们同时笑了。

似是撞破空气里隐形的冰层,所有不解、忍耐、压抑,全都消失,过往的沉淀在此刻全然爆发,却落地无声。

她看到照进小窗的晨光,窄窄的一条,却明亮异常。今天是个好天气。

她说:"你去看书,我把被子洗了。"

他摇头:"我们一起。"

"好,洗完之后去超市,有好多东西要买。"

"是啊,再去车上把煤气罐卸下来,今天过年,年夜饭必须丰盛。"

隐秘的,雀跃的,身体快要飘起来。

超市里人多到爆,他推着购物车,她在购物车里,指着货架上的琳琅满目,第一次这样肆意地挑选。

"这个我要,还有那个!"

说完,变戏法似的,货架上的东西落进她怀里。他"驾驶技术"比以前好多了,抛弃"回旋漂移"这些危险动作,匀速往前走。

有时他主动问她:"同样品牌的巧克力派,怎么盒装的比袋装的贵好几块钱?"

她故作高深,假装自己见过大世面:"盒装的里面有榛果夹心,袋装的只有劣质奶油。"

盒装的巧克力派从货架上飞下来,她双手接住,指着袋装的使唤他:"那个也要。"

沈灼推车直接走掉,声音从头顶传来:"以后我们只吃好的。"

蒋诵笑得眉眼弯起,轻轻说了声"好"。

过年的廉租房安静得可怕,鞭炮声从很远的城区传过来,声音穿过鳞次栉比的高楼，抵达时气数将尽，像在炉灶里噼里啪啦地蹦豆子。

蒋诵倚在门边，看沈灼做饭。

火腿切得薄厚均匀，最后一刀落下，他夹起中间的大片，送到她嘴边。

她脸颊鼓囊，像一只嗑松果的大松鼠，这边忙着吃半成品，那边还盯着时间："快，马上开始了！"

沈灼从冒火的锅里分出一丝心神，冲她喊："马上！"

六个菜，六六大顺，美中不足的是饺子，在超市速冻区买的，不太好吃，但瑕不掩瑜，蒋诵还是开心死了。

她举起酒杯，敬他："哥，新年快乐。"

话说出口了，她才意识到称呼不对，想改口，却被沈灼的话盖过。

杯口碰撞，他说："妹，新年快乐。"

手机里春晚直播在准备倒计时，主持人全都上场，你一句我一句地拜年，满屏红火，当屏幕出现数字时，沈灼抬眼看她。

这么喜庆的日子，语气却像在道别："这是我最后一天当你哥。"

八，七，六……

蒋诵坐直，心跳不自觉加快，忍不住问："什么意思？"

三，二，一。

新年的钟声敲响。

窗外的鞭炮声比刚才大了，混合着春晚的乐曲，他越过窄桌，轻轻吻住她的唇。

她听到他的声音："从现在开始，我是你男朋友。"

第十章
血缘的诅咒

BEIFENGGANG

三月初,开学日和回南天同时来临。

程果拉着行李箱,第一个到宿舍,推门,深呼吸,一脸痛苦。

这味道,真是绝了。

开窗,开门,通风,地擦了两遍,全都干完了,聂小美刚好到。她新烫的大波浪,染了浅栗色,鼻梁上架着一副黑色墨镜,一进屋,笑容倏地消失。

"你用了多少消毒水啊,真受不了。"

程果屁股刚沾床,就听这一句,上午的疲累瞬间翻倍,开学的第一句话就夹枪带棒,这不是好兆头。

"有股发霉的味儿。再说了,我也没用多少。"

聂小美捏着鼻子,把包扔床上,四下打量:"霉味?别是谁吃的没拿走长毛了,应该是蒋诵,她总往柜子里放垃圾食品。"

程果心情突然不好,为什么才上大一,还要在一起住好几年。她是不想激化矛盾的和事佬类型,也不希望宿舍四个人建五个群那种,没想到刚开学就让人心累。

"应该不是吧,单纯天气原因。"

聂小美站在门后的柜子旁边,上闻下闻,结果只有消毒水味。

没等她离开,门突然开了,撞得她一个趔趄,脸差点撞到柜门,转头寻找罪魁祸首:"开门这么大力气干吗,门后有人不知道啊。"

蒋诵拎着两袋打包好的食盒站在那儿,她头发剪短了,齐肩,穿着一件黑色大衣。看脸似乎胖了,透出愉悦的饱满,表情却是惊讶,一脸"我真没想到门后有人"的表情。

杨芷心和蒋诵站在一起,门是她开的,蒋诵拎着东西不方便,汤汤水水的,开学第一天就给宿舍送福利,这和菩萨无异。寒假在家吃了一个多月的健康餐,就想吃点重油重盐调理一下,她急得不行,也就没在意聂小美的控诉。

"行了啊,对不住,快,干正事儿要紧。"

说着,她帮蒋诵卸掉手里的餐盒,在桌子上排好,一个一个掀开盖子。程果从床帘钻出来,第一眼就看到定制的餐盒。

"哇,你哥开店了?"

蒋诵点点头,有些不好意思:"对,在南门的二道街,挨着金鑫生鲜超市,还没开业,今天试试炉灶。"

聂小美不高兴地挪过来。

满桌的诱人香味把消毒水味冲散大半,她鼻子舒服了,也懒得在意杨芷心的道歉不真诚了。

她撇撇嘴:"看来摆摊还挺挣钱的,干一个学期就能开店了。"

蒋诵笑笑没说话。

赚钱是赚钱,但也没到能开起店的程度,这个店完全是硬开起来的,用了他们全部的存款。

初七刚过,沈灼就定下这个打算,不管她怎么理智分析现在的状况,他都不肯松口,坚决要开,从白天磨到晚上。

年过完,新的一年开始,租房的隔壁几家返乡的都回来了。她收起随意,又回到最初的状态,出去前耳朵贴在门上,确定洗手间没人才轻手轻脚地出去。

她洗漱完,见沈灼在忙着铺防潮的薄毯,故意过去搂着他的腰,继续磨:"风险好大,万一赔了怎么办。"

沈灼手里不停,直到四角平整了才直起腰,手按着缠在腰间的手臂。

"赔就赔,大不了从头再来,我不想在这儿住了。"

蒋诵知道他的执念,无非是在意之前她帮他出头,和隔壁女人对骂,说人家住在这种地方还做那么大声,真是可怜得要死。

现在,他们确定了关系,真是说人不如人……

有很多时候,他都觉得自己就要忍不住。

灯灭的时候最是焦灼,室内借着窗外的光,把眼前的一切都映得朦朦胧胧。她的脸,她的头发,她身上的味道,她看着他的眼睛,小心翼翼地贴过来,像以前那样搂住他的腰。

她说:"沈灼,我怕。"

他用手抚着她的脸,指尖在细滑的皮肤上搜寻,去找她眉尾下的疤。很浅,并排的两个,他轻轻抚摸着,似是弥补当年无人在意她的亏欠。

"怕什么?"

"怕赔啊,我们钱太少了。"

何止是少啊,大学周边的店面本就比别的地段贵,加上还要租门市带二楼的,她说太急了,还是再等一等吧。

他的手顿住,不着痕迹地顺着她脸颊往下,紧致的下颌,修长的脖颈,再往下就不敢了,只能捧着她的脸亲一口,笑着说:"我等不了。"

蒋诵瞬间懂了他的意思。那件事对她来说没那么重要,只知道喜欢他,喜欢被他亲,更深入也是理所当然的事。

但他却摇头,烈女一般反对:"怎么可能在这种地方。"

蒋诵故意靠近:"这种地方怎么了。"

他弓着腰后缩:"咱们得有素质。"

"我不出声不就行了。"

他直直地看她,语气肯定:"不可能,你一定会有声音。"

两人日常对话,蒋诵是过分直白的一方,他今晚也不知怎的,在那条分界线上反复横跳,她脸慢慢红了,嚅嚅地说:"你凭什么那么肯定……"

他笑着,轻点她的唇:"亲你的时候都有,更何况是那种时候。"

刚刚确定关系,两人的相处竟有些尴尬,比兄妹时期拘谨。床窄,以前还能搂着睡,现在一个人把一边,中间似乎隔着楚河汉界。

她呼吸不畅,隐约听到他的心跳声。

"沈灼。"

"嗯?"

"你要不要亲亲我?"

他沉默了三秒,翻身,男性的气息铺天盖地地笼罩她,她闭眼,感觉有温热触在她眉尾的疤上。

迟到了二十一年的吻,就这样猝不及防地落在她的脸上。轻扫,浅啄,生涩又温柔,似是得到了什么了不得的宝贝。他吻她的脸颊、额头,顺着她的鼻子向下,在她唇上流连。他试探着,克制的颤抖顺着皮肤传递,她闭着眼,手指伸进他的发丝。

"唔……"

他似是接收到鼓励,力道微微重了些,温软的触觉滑过喉结,轻浅地顺着锁骨的弧线游走。

长夜弥漫,他却没有继续,环住她的腰用力搂紧。在这湿冷的深夜,两人身体紧密地贴在一起,什么都不做,只是拥抱。

他说:"相信我,以后会越来越好。"

蒋诵当然相信,就算他没说,她也相信。

初七刚过就出去找房子、找中介,一番砍价后,定了一家要出兑的咖啡厅。楼上楼下装潢都很有品位,可惜他要开烤串店。砸了楼下,保留楼上。楼上面积不大,但有视野非常好的窗户,上面是半圆形的,像欧式风格的古堡。

她挂上半透的纱帘,窄窄的窗沿上摆着小盆绿植,都是好养的绿萝种类。室内撤掉桌椅之后很空,天花板上悬挂着花朵形状的吊灯,明黄的壁纸上印着缠绕的花藤,线条蜿蜒地伸展着。

她第一次这样热爱生活,兴致勃勃地规划在哪里摆床,哪里摆沙发。

沈灼在楼下装修,人工费很贵,他自己也算个工,瓦工走了他又成了木工。

他忙着的时候,蒋诵去逛二手市场,她记下大多数品牌家具的名字和风格,只需看一眼就知道款式出自哪年、原价多少。一折买下来只是心理预期,实际多走走，多跑几个市场，会有更多的选择和更低的价格。

年假结束后，她继续在黎清衍那儿请假，刚开始三天，然后续三天，最后实在没办法，权衡后，想到店真的开起来了，也会缺人手，她是想和沈灼在一起的。

离职的话试探地提出来，黎清衍当场不干，连打三个电话问她在哪儿，准备和她谈谈。

落日咖啡厅，墙壁上倒映着昏黄的灯，蒋诵跑了一上午市场，外表有些狼狈，到店先要了一杯柠檬水。

黎清衍穿着暗色衬衫，跷着二郎腿在单人沙发上凹造型，见她过来，扬手摘掉墨镜，故作忧愁："蒋诵，你是不是被我吓到了？"

她放下包，坐在他对面，对现在这种情况很抱歉。

"不是，是我自己的原因。"

他才不信："我以后绝对不表白了，真的！"他双指朝天，真诚得不能再真诚，"我那一堆事呢，离了你转不了，这时候说不干，这不是要我命吗？"

蒋诵抿了口咖啡，味蕾被苦涩充斥，不自觉皱着眉头。

待苦味消散，她才小声说："我觉得，你对这些事也不是很喜欢，就当是假期做了新的尝试，现在继续以前那种就好了。"

黎清衍拉着脸："半个月没见，怎么还学会高级地骂人了，你的意思是我干不成正事呗。"

蒋诵赶紧解释："我不是这个意思。"

"总之，我不管，这还压着你半个假期的工资呢，等过几天小虎和至琛回来，我们团队就正式成立。"

蒋诵一脸抗拒："有他们在足够了，我还有别的事要做。"

"什么事？马上就开学了，什么兼职能比我这儿给得多啊？"

见黎清衍执着，蒋诵不得不吐出实情："沈灼……也就是我哥，准备开店，我应该会去店里帮忙。"

话说完后，他愣了好一会儿，不懂她的逻辑。

他手指轻敲桌面，假装在敲算盘："你是说……你准备放弃专业对口又轻松的工作，去店里端盘子，是这个意思吧？"

蒋诵点头。

他翻了个白眼："你哥真是眼光短浅，这不是浪费人才嘛。"

她马上反驳："你不要这样说，他现在是我男朋友。"

虽然很早就想过这种可能，黎清衍还是差点被咖啡呛到。他一边手忙脚乱地找纸巾，一边消化这个被她随口说出来的惊人消息："什么啊，放着我这么优秀的人不要，和他在一起了？"他压住暴躁，努力调整情绪，"你这个哥，不是表的堂的，查没查家谱什么的，确定以及肯定没有血缘关系是吧？"

蒋诵心累，也不知道相隔半个多月没见而已，他怎么变得这么吵。

"没有。"

就算得到肯定回答,他依然摆出一副要给她忠告的姿态。

"别那么肯定,万一有违伦理……"

蒋诵忍着想把咖啡泼他脸上的冲动,咬着牙说:"黎清衍,你再说一句试试。"

他像一个被扎破的气球,趴在桌上,惆怅地看着她:"我只是在发失恋的疯,你稍微忍一下。"

蒋诵反驳:"我们又没恋!"

他叹气:"暗恋也是恋。"

一个假期没见,宿舍的气氛借着这股新鲜劲还算不错。聂小美依旧小鸡啄食似的吃两口,然后就歪在椅子上玩手机,大概在和男朋友聊天,敲字的时候脸上一直挂着微笑。

杨芷心在狠撸一串玉米,没等嚼烂就火急火燎地往下咽,程果赶紧递过去一瓶水,表情略有些嫌弃:"几天没吃饭了?"

"绝了,一个假期没吃了。"

程果把食盒往她那边推了推,抚着八分饱的肚子,咂咂嘴:"也不至于吧……"

"怎么不至于,就想这口地沟……咳咳,想蒋诵她哥的手艺了。"

蒋诵一直安静地坐在旁边陪着,没怎么吃,见杨芷心喜欢,笑眯眯地说:"喜欢的话到店里吃,你们去打六折。"

程果突然高兴:"提你就行?"

蒋诵点头。

"哎呀,咱这也属于内部有人了。"

杨芷心吃饱喝足,用纸巾胡乱擦了擦嘴,这才想起说正事儿:"这么快店就开起来了,那你寒假岂不是没回家?"

程果替她回答:"对啊,诵姐放假之前就说不回去,是不是那时候就计划开店了?"

三双眼睛,包括和男朋友聊天的聂小美也看过来。蒋诵不知道这有什么可好奇的,就如实说了,"那时候还没,是过年的时候突然决定的。"

聂小美无视手机的消息提示音:"假期不回家?你们没爸妈……"

杨芷心突然疯狂咳嗽。聂小美的话被打断,不高兴地看她一眼,没再继续刚才的话,而是另起:"你和你哥就在租的房子里过的年啊?"

蒋诵点头。

聂小美突然问:"你哥的女朋友假期没来?"

程果突然想到这茬,一脸迷茫地看着蒋诵:"对啊,我还问来着,你说租的房子很大,来了也能住下……"

话还没说完呢,聂小美就摆出"果然被我猜中结局"的表情:"看吧,我当时说的话还记得吧,这样不行的,人家又不是傻子。"

蒋诵也不知道话题怎么突然到这儿，这么快就被当初撒的谎反噬，完全是下意识的，不想置身在这样审判的场景里，语速极快地反驳："没有，不是这样的。"

杨芷心站在她这边："人家蒋诵还没说呢，你就急着下结论。真奇怪，怎么这样，盼着人家分手呢。"

明面上是二对二，实际程果身子早就歪过来一半，附和道："就是，诵姐没说分手，你这样说不太好吧。"

聂小美一脸莫名其妙，将手机"咣当"一下扔桌子上："我说什么了？不就是随便闲聊嘛，真不懂你们怎么回事，这么爱上纲上线，像我犯了什么大罪似的。"

蒋诵心累，觉得事情是因她而起，况且这件事小到不值得这样吵，赶紧做和事佬："没有没有，你别往心里去，他们挺好的，是我没细说……"

晚上去店里的时候，蒋诵帮忙收拾卫生，余光时不时偷瞄沈灼。她的目光像一根逗猫棒，看第三次的时候他就忍不住了。

"不想干就上楼躺着，贼眉鼠眼，看得人直发毛。"

蒋诵捏着抹布挪过来，有些心虚地说："沈灼，我应该不能住这儿了，还是得住宿舍。"

他奇怪："我知道啊，本来也没打算让你住这儿。"

"啊？"她歉意消散，又变成不高兴，"我怎么就不能住这儿了？楼上可都是我一件一件置办的……"

正激情控诉着，他忽然搂住她的腰，慢声细语地和她讲："店里天天开到后半夜，楼板不隔音，你还得早八，想不想睡觉了。"

这倒也是，蒋诵小声说："那你那么火急火燎地要搬家，结果我还是不能住。"

她像失忆了似的，全然忘记因果关系，明明不住这儿是她先提的，说了几句又变成他的不是，不过沈灼不在意。

"假期你就住了，或者早上过来，店里开门晚。"

"几点？"

"差不多十点吧。"

"我十一点半才下课。"

现在是晚上没时间，上午也错开了，她挣脱他的怀抱，拎着抹布去擦桌面，超级用力，擦得锃光瓦亮，干到一半，又想起一件重要的事。

"那我中午来吧，正好过来帮忙。"

沈灼一口回绝："不用，我找了两个小时工。再说了，也不会多忙……"他说着，突然扔了抹布，"你都是大学生了，我能让你干这种活吗？"

蒋诵端起架子："你要是不用的话，那我可就出去实习了。"

"行啊，人家不都说提前出来锻炼是好事嘛，不过……"他换了口气，表情不似刚才那样随意，"别去之前那个地方了，换一家干。"

已经正式确定关系了,这醋可以明目张胆地吃,他一想到那张脸,就涌起浓浓的危机感,虽然他了解蒋诵,不可能发生什么,但是,就是不乐意。

蒋诵见他支持,心里一喜,赶紧小碎步挪过来,拉长音磨他:"我都有经验了,重要的是工作轻松,他给的工资也多。"

他冷哼着说:"你不去的话,我给得更多。"

蒋诵:"总之我和你说了,马上关寝啦,我要走了。"

告别来得太突然,鸡毛蒜皮的对峙瞬间消失,他被浓浓的不舍主导大脑,双臂一拢,把她圈在怀里,吻轻轻落下。

蒋诵一动不动,仰着脸接收他的温度。皮肤相触的感觉对她来说是陌生的,何况离得这样近,鼻息相闻,她感觉男人呼吸慢慢加重,缩着肩膀躲他:"好啦,我真要走了,一会儿回不去了。"

他最后重重地亲了下她额头,眼底缱绻未散:"好,我送你。"

"不要。"

她去拿书包,匆忙看了眼墙壁上的木质挂钟,更急了:"接下来可是生死时速,你信不信我十分钟就到宿舍?"

沈灼无奈地笑:"你再和我磨一会儿就回不去了。"说完,故意靠近,发出邀请,"要不今晚在这儿住吧,反正还没开业。"

蒋诵还真的在所剩无几的时间里纠结:"可我不好请假啊,晚上查寝呢,刚开学,管得可严了……"

话还没说完,头上就挨了个"脑瓜崩",沈灼双手按在她肩膀,向后转,推着她出去:"快走吧,再磨蹭真回不去了。"

"好!"

她跑之前,不忘回头,踮脚在他唇角亲了一口。

人行道亮如白昼,她脚步轻快地跑到马路上,还不忘回头,在路灯的光下冲他大力挥手:"沈灼,明天见啊!"

沈灼站在门口目送,笨着摆手,甚至舍不得眨眼。

直到她背影消失看不见,他才垂眼,手指抚上她刚才蜻蜓点水碰到的地方,忍不住舔了一下,甜的。

城郊,别墅区,纯白色建筑里,蒋诵和好久不见的小虎打招呼。

小虎胖了一圈,穿着一身牛仔服,头发漂成浅粉色,显得皮肤好黑,不过看样子他也不在意,正抓着后颈,疑惑地打量蒋诵:"你怎么好像变样了呢?"

蒋诵笑笑:"大概是头发短了吧。"

他托腮,假装自己是柯南:"不是,不是头发变短这么简单……"他眉头紧锁,忽地打了个响指,发现关键,"你竟然会笑了。怎么着,中彩票了?"

黎清衍从冰箱那边过来,递给他一瓶气泡水,顺便给他一拳:"你以为都像你呢,花一半生活费买彩票。"

小虎理直气壮:"这是我精神寄托,你懂什么。"

黎清衍瞪他一眼:"你爸开三个厂,你下半辈子什么都不干都稳了,真是拿钱砸鸭脑袋……"

"呵,有什么用,谁有都不如自己有。"

蒋诵坐在旁边,默默把笔记本收进书包里。还是和之前一样,过来也不会马上进入工作状态,非得说累了才干正事儿。

她看了下时间,一点半,也不知道黎清衍叫她过来干什么。她心里着急,旁边的两个男人还在斗嘴,她站起身,想先回去。

刚要说话,房门就开了,进来一个穿白色大衣的男人。他身材很好,头发还做了造型,脸也算帅气,唯一不足的大概就是身高一般。

他直接进屋,放下运动包。小虎"啧啧"两声,酸溜溜地说:"我真看不起你这种人,怎么谈了个恋爱,还变'骚包'了。"

他说还不够,过去捏捏对方的衣领,语气贼夸张:"白色大衣,阿琛,是兄弟低估了你,这你都能穿出去。"

黎清衍一歪身坐下,胳膊支着桌子飘到蒋诵旁边,小声说:"这是徐至琛,和你宿舍的那个叫什么来着……"

蒋诵:"聂小美。"

"对,聂小美,是他女朋友。"

那边和小虎唇枪舌剑的徐至琛听到女友的名字,注意力转移过来,看到蒋诵时,有些眼熟,却想不起是谁。

"这是?"

小虎捞着他肩膀过来,蒋诵也站起来,主动打招呼:"我是蒋诵,和聂小美住一个宿舍。"

徐至琛皱眉:"谁?"

"蒋诵。"

"哦。"他点点头,态度却比刚才冷淡了许多,他沉吟几秒,也有些不确定,"我好像还让你帮忙摆玫瑰花来着。"

小虎恶寒,起了一层鸡皮疙瘩:"阿琛,咱不都说好了嘛,不提你表白的事,挨累的是兄弟,丢人的也是兄弟。"

蒋诵刻意忽略徐至琛的冷淡,笑着看小虎:"怎么会,那天特别特别美好。"

"那以后跟你表白就简单了,直接照葫芦画瓢搞一场就行。"

黎清衍原本在旁边看热闹,听到小虎说这话,默默吐出一口浊气,生硬地截断话题,拍拍手,开始说正事儿:"人齐了,我宣布,咱们工作室今天正式成立!"

成立工作室这件事,黎清衍属于先斩后奏,他宣布他的,没人在意也是真的。

尤其是徐至琛,他栽歪在椅子上,闹着玩似的看着黎清衍:"挺长时间没打一把了,咱今天组个局呗,我前几天新爆了个装备,超毙!"

黎清衍:"我给你毙了。"

同样的还有小虎："行了哥们，你都成立多少次了，哪次不都是支棱两天半，第三天百分百躺到夜店里去了。"

黎清衍挨个指过去，坚定地回复："不玩，不喝，全戒了。"说完，半边身子坐到桌角。

他平时玩世不恭的样子深入人心，突然变得这么正经，大家都有些不习惯。

安静了很久，徐至琛的视线在蒋诵身上转了一圈，意有所指地开玩笑："怎么一个假期不见，你变得这么世俗了。"

回去的时候蒋诵坐黎清衍的车，知道他这次不是开玩笑，沉吟着问："怎么突然决定了，之前拍的时候你都不管，也没有很上心。"

黎清衍："为了继续追你呗。"

蒋诵："我们在说正事儿呢。"

她拘谨地坐在副驾驶，她从来不觉得自己哪里好，也没什么优点，不明白他条件这么好，怎么会莫名其妙喜欢她。那种偶像剧式的爱情远在天边，和她没关系，只会觉得有负担。

"好啊，那说正事……蒋诵，我相信，如果把继续做的原因说出来，你一定会懂我。"他悠闲地握着方向盘，笑着看她。

她马上移开视线，认识这么久，有时候看他还觉得这张脸实在是帅，有攻击力的帅。

刚好前方红灯，他身体放松，懒散地靠在椅背上，活动了下手指，好像说出来还需要做心理建设似的，红灯的秒数过一半了才开口："十天前，我爸妈主动联系我了。"

蒋诵不自觉坐直，一脸好奇地等他下文。

"不过不是一起联系的，是一前一后，交替着，持续到今天。"他突然笑了，像个得到糖果的小孩，"这很罕见，我们家的亲情关系都是靠打到卡上的数字来维持的。"

绿灯亮，车子启动，他转个弯后继续说："你知道他们都说什么吗？"

蒋诵想了想："他们看到你接广告了？"

他马上点头，立马摆出一副"看吧，我就知道你懂我"的表情。

"我爸说，你粉丝这么多，没利用到就等于没有。现在风向就是这样，条条大路通商业，还说我怎么突然开窍，竟然干起正事儿了。"

蒋诵猜测："他的意思是，你自己能赚钱了，以后就不给你了？"

他摇头："给啊，和以前一样。我只是突然有种感觉，好神奇，因为我能赚钱了，就可以作为一个成年人和他们平等交流。就是说，我在他们眼里，再也不是小孩了。"

蒋诵能理解，同时也很羡慕，却害怕感同身受，怕自己身处在现实童话的错觉里，这是比她认知里不知道高级多少层的亲情关系。

"这样很好啊。"

"是啊。我妈也是，竟然学会唠叨了，警告我好好做，以后不许再拍那些奇奇怪怪的辣眼视频。"

他肉眼可见的开心，像一个空洞的湖底终于被填满。怪不得前几天见面的时候那么吵，就算她说了有男朋友，他也没多难过，不忿地念了她几句就再也没提，这样非常好。

前面就是学校那条街，沈灼的店马上就到，蒋诵只好打断他的话："把我放这儿就行，我去找我哥……沈灼。"

黎清衍的愉悦像被无形的大刀截断，车速放慢，他瞟了一眼还挂着红布的招牌，果然，还是不顺眼。

不过，想到刚才这一路的倾诉，他也算把大半个自己交给她了，不好再说她男朋友的不是，下车前给她转假期剩余的工资，叮嘱她注意微信消息。

蒋诵答应，当场置顶聊天，还加了个特别关心。

黎清衍这才满意。

"开学了，时间不太够，阿琛和小虎都指望不上，我只能靠你了。"

见蒋诵愣住，他马上补充："工资翻倍。和你衍哥混，最不用担心的就是钱。"

"好！"

沈灼端着水杯站在门口，都站好一会儿了，这两个人还没聊完。

那男的四平八稳地坐在驾驶座，窗还没全开，蒋诵就站在车门外面听他说，傻瓜似的，太阳这么晒……

他推门，冲那边"嗷"地喊了一嗓子："蒋诵，回家吃饭！"

黎清衍的唠叨被打断，顺着车窗往那边看。男人穿着洗到发白的牛仔裤、旧卫衣，脚下一双黑色球鞋，脖子上挂着围裙，手里拿着玻璃水杯……

他皱眉，怎么都不能把眼前的女孩和那样的男人联系在一起，凑过去，压低声音："你们确定是情侣吗？他怎么像你爸似的……"

蒋诵瞪眼："你别瞎说！"

沈灼做了热汤面，清透的汤汁铺满香菜碎和红椒碎，蒋诵拿筷子挑了一下，面的深处还藏着大块牛肉。

她抬眼，看他的碗里白花花的一片，都是面。

她夹起两块送到他碗里，还有点不高兴："你以后不要这样，很像那种苦自己为了孩子的父母，我吃得不开心，压力也大。"

沈灼夹起一块牛肉塞进嘴里："我就是看你太瘦了，想给你补补。"

"你更瘦。"

"我都是肌肉，你摸的时候没摸到腹肌吗？"

"没有……"

"你再说！"沈灼放下筷子，拉着她的手直接塞进自己衣服里，带着她在最

240

平坦紧致的地方滑动,"这儿,还有这儿,摸到没有,这儿有条沟。"

蒋诵的手顺着那条"沟"往下走,他赶紧拽住:"可以了,别往下了。"

她撇嘴拿出来:"这都是瘦出来的,又不是练的。"说着,从包里拿出手机,点开微信,"我发工资了,给你转过去。"

他也回归正经,还是像以前一样拒绝:"不用,你自己花。"

"给你,不是还欠鱿鱼小哥的钱吗,先还了,不要欠别人的。"

沈灼还想拒绝。他是男人,从小接受的教育就是不管落到什么境地都不能花女人的钱。再说了,她还在上学,赚钱本来就不多。

他忽然想到黎清衍:"蒋诵,你才大一,还是先别兼职了。"

蒋诵正拿他手机接收转账,奇怪地看他一眼,怎么说好的事情又变卦,前几天还说出去实习很好呢。

"为什么啊?"

他退一步,说:"去也别去姓黎的那儿,他那账号我看了,跟闹着玩似的乱糟糟的。"

蒋诵皱眉,怎么会,他以前的视频都删差不多了,只保留最近发的,排版和内容都特别正经。

"不乱啊。"

沈灼不高兴,忍着用筷子敲她头的冲动:"他都可好了是不是?"

这是什么话,怨念的语调,泛出的酸气二里地外都能闻到,她皱着鼻子,拉着椅子往后挪了挪。

"我就是去赚钱,这你也吃醋啊?"

沈灼一听,坦然承认:"就是吃醋,女朋友天天和'花孔雀'在一起,谁心里能舒服。"

他故意把"女朋友"这几个字咬得很重,虽在抱怨,但说这句话的时似是意识到他们现在的关系,笑意压过醋意,冲破唇角。

蒋诵看他这样,抬腿踢他一脚:"你笑什么呀。"

他马上绷紧,严肃地说:"反正男朋友不让,你考虑一下吧。"

从小到大,蒋诵都害怕那种针锋相对的气氛,也惧怕争吵,但这种情侣之间的争执,少了激烈的冲突,多了几分欲说还休的暧昧。

他端坐在椅子上,没等来回答,却等到她。

蒋诵像小孩似的坐在他身上,面对面,她低头看他,漆黑的瞳仁里有他的倒影。四目相对一瞬,她凑过去吻他的唇,换气的间歇,她轻声呢喃:"考虑好了,我还是要赚钱。"

"啧……"沈灼使劲捏了下她腰间的软肉,不知是不是被她亲晕头了,语气也奇怪地软了几分,"那你不管我了。"

她轻笑,声音断断续续:"我这不是亲你嘛。"

"亲我哪够啊。"

话音刚落,他的手去拢紧她的腰,似是觉得距离不够近,用力把她拉进怀里,身体紧密贴合,他仰着头,从被动变成主动。

蒋诵吓一跳,察觉到危险,躲着他的吻想要逃跑,却早一步被他察觉意图,直接起身,以这样的姿势抱着她往楼上走。

身体悬空的感觉不舒服,她搂紧他脖子,吓得腿乱踢:"沈灼你干吗!"

男人没说话,手指捻着她扎进裤子里的衬衫往外拽,有风透进来,还有一只手。掌心燥热,抚上她的腰肉,竟然捏了捏,他笃定地说:"确实瘦了。"

蒋诵心跳加速,她躲无处躲,唯一让她有安全感的就是搂他脖子。被他这样捏了之后,她忽地想到那晚的暧昧,那种前所未有的体验,脸腾地红了。

关门,上楼,一切顺其自然地进行,蒋诵半睁着眼,迷茫地看着天花板上的吊灯,他的吻从她的脖颈向下,留下一路湿浅的花。

她虽然做好心理准备,还是在最关键时刻抓紧他,额角出了汗,他轻抚被浸湿的发丝,调整呼吸。

蒋诵眼角夹泪,小声说:"要不,下次吧……"

开学后,日子像被按下快进键。

蒋诵除了上课,还报了四级,时间本就不够用,黎清衍那边还见缝插针地总有事,午休大都被他占用。

聂小美和程果在"小沈串店"吃午饭,聂小美从进来就四处搜寻,人挺多,前面只有一个服务员大姐在忙。她吸着奶茶,和程果闲聊:"蒋诵也不在这儿啊,最近怎么神出鬼没的。"

程果专注吃炒面,没走心地应了一句:"可能在图书馆吧,她不是有兼职。"

"早不干了。"

"哦。"

后厨门帘掀动,一个瘦高的男人从里面出来,手里拿着烤好的铁盘,冲服务员招手,示意这是门口那桌的。

聂小美腾地站起来,自来熟地打招呼:"是蒋诵哥哥吗?我是她室友!"

沈灼本打算回后厨,被这突然的召唤定住脚步。他回头,看到第三张桌坐着两个女孩,说话这个长得漂亮,吃面那个也回头,潦草地和他摆摆手:"我也是!"

沈灼笑着打招呼,从旁边的冰箱里拿两瓶饮料放在吧台:"吃好啊,请你们喝!"

聂小美乐颠颠地拿着饮料回桌,时不时探头看厨房门,门帘挡着一半,只能看到腰以下的部位。很瘦,身材不错,比例也还行,重要的是个子挺高的。她想到和徐至琛在一起之后,为了顾及他的面子连高跟鞋都不能穿,真是郁闷。

她一郁闷就没食欲,对面的程果可不是,吃完一盘炒面了,又把在门口买的煎饼果子拿出来啃,看得聂小美惊呆。

"主食配主食啊……"

"对，贼香！"

聂小美无语望天，想吐槽的话被八卦的心压下，她支着胳膊凑过去，超小声说："蒋诵她哥身材还挺好呢，怪不得被杨芷心表姐一眼相中。"

程果敷衍地回头看一眼："对啊，算不错的。"

"我一直觉得怪怪的哎，她哥都开店了，女朋友也不来，以他的条件也找不到那种工作很优秀的人吧，怎么还能走不开呢。"

"可能也开店呢，异地，各自经营，完美。"

聂小美才不听她瞎掰："之前她哥没开店啊，拉着车满街跑，女朋友不来，他也能去啊，怎么就和蒋诵待一块，寒假都没走。"

程果默默吃完煎饼果子，心想大概是刚开学，课太少，聂小美还有闲心在这儿琢磨别人，忘了上学期差点连挂了。她随手把桌上的垃圾收了，附和道："诵姐说她生过一场大病，她哥不放心也正常。"

"你还真信啊？上学期我看到她在图书馆搬书，比男的搬得都多，一点都不像身体不好的样子。"

程果耐心耗尽："要不你问问她哥呗，看把你好奇的。"

也是巧了，话音刚落，沈灼就从厨房出来，中午这阵忙完，能坐下歇一会儿。

聂小美目光一路跟随，等他坐下，马上搭话："常听蒋诵说起你。"

沈灼惊讶，眼底浮现笑意："是吗？"

她点头："是啊，也谢谢你之前请我们吃的，特别好吃！"

"好吃就行，这次也请你们。"

程果差点呛到，赶紧摆手表示不用了。聂小美却坦然接受，笑眯眯地道谢："你这样我们都不好意思来吃了。"

沈灼却浑不在意，流露出骨子里北方的豪爽："有什么不好意思的，你们大天在一起学习，多幸运，蒋诵能来这儿也很不容易。"

聂小美点头："对，蒋诵说过她生过一场病，因为这个，你和女朋友都很少见面了。"

沈灼沉吟一瞬，表情是笑着的，语气却带有疑问："女朋友？"

"对啊，蒋诵说你和女朋友异地，我还是第一次看到你这么好的哥哥……"

程果的脚在桌下踢聂小美，感觉都待不下去，聂小美怎么好奇成这样，说问还真问了。程果假装看了眼时间，插嘴道："上课来不及了。"

沈灼起身，叮嘱她们别落东西。

不知是不是程果的错觉，他好像突然不高兴了。

蒋诵觉得自己要忙死了，最近都是赶着中午的空当出来录视频，黎清衍虽然很上心，但搜索热点和功课都是她做的，更别提那些鸡毛蒜皮的杂事。

关闭摄像机和补光设备，她终于喘口气，胡乱吃两口鲍汁捞饭，眼看上课又要迟到。

她着急:"我收拾好了,你下午有课吗?"

黎清衍慢条斯理地擦嘴,仔细想了想,笑着露出八颗牙:"没课。"

"你真是……"她动作加快,把东西都装进包里,匆匆告别,"那我先走了,细节用手机补录一下吧。"

黎清衍看着她忙:"要不我送你回去吧。"

"不用!"

吃一堑长一智,上次说送,结果不认路,导航导到鸟不拉屎的地方,都快下课了才赶回去,被老师口头警告一次,从那以后,她基本不指望他。

坐上出租车,她又看了眼时间,不堵的话应该没事。她平复呼吸,从包里拿出手机,刚好沈灼打电话过来。

她接起:"嗯……"

"在哪儿呢?"

蒋诵靠着车窗向外看:"坐在开往跨江大桥的出租车里,十五分钟后上课。"

他"哦"了一声:"今晚有时间吧?"

"有的。怎么啦?"

"今天周五,明天休息,来店里吧。"

某些少儿不宜的画面突然在她脑海里闪现,她按下车窗吹冷风,慢吞吞地应着:"行啊,本来就想回去的。"

"嗯,等你。"

挂断电话,蒋诵的脸慢慢变红。

好后悔,以前不懂,无知者无畏,还时不时跟他打两句嘴仗。实际呢,假大胆,脱掉衣服坦诚相对这关就地狱级难度了。

沈灼倒是很有耐心,之前试过的两次动作已经轻到不能再轻了,是她太紧张,怎么都不行,试的次数多了,甚至形成条件反射,刚碰到就要掉眼泪。他一看她哭就心疼,只能忍着,两人大多是亲亲抱抱。

蒋诵喜欢被他亲,不喜欢那种事,这是确定的,但心里明白,应该躲不掉。

晚上回去时,店里客人不多,她看没什么活可忙,就上楼简单收拾一下屋子。天气变热,干完这些出了汗。

她拿浴巾去洗澡,出来时楼下的灯已经关了。楼上没开吊灯,只开了台灯,室内被昏黄笼罩,沈灼坐在靠窗的单人沙发上,旁边的小桌上摆着一瓶快喝完的啤酒。

蒋诵:"这么早?"

"嗯,天气不好,早点关。"

下午的时候下了一场雨。南江没有春天,一秒入夏,下过雨之后的空气透着潮热,就算什么都不做,身上也一层不爽的黏腻。

她裹着浴巾,灯亮着,有些不自在,小碎步挪着去柜子里找睡衣。

脚步声在身后从远至近,她翻衣服的动作突然变得慌乱,但一想这又是什么大不了的事啊,扔掉找到的睡裤,回头。

刚好,他到。

眼前是昏黄色一片,他的脸好像隐在落日里,因为喝过酒,眼神和平时不一样,透着复杂的幽深。

她不知怎的,突然紧张:"怎么喝酒了?"

他没说话,麦芽气味自上而下笼罩,就像看不清一样,很慢很慢地靠近:"喝了一点。"

"一点是多少?"

"三瓶,有老客,聊了一会儿。"

"哦……"

她后背抵靠在柜门,有些硬,也很凉,很不舒服。她目光游离,看到几步外的床,小声说:"我们去床上聊吧。"

沈灼却破天荒地摇头:"不行,我怕我异地的女朋友知道了会不高兴。"

蒋诵:"你说什么胡话呢?"

他靠近,两人身体几乎贴在一起,低头,贴在她耳边问:"听说你在外面宣扬我有个异地常年不见面的女朋友?"

蒋诵电光石火之间,想到她这个刚入学时埋下的谎言。

到这时候,蒋诵忽然明白他语气冷淡、喝酒,还这样不高兴的源头,都是因为她撒的谎不知道怎么回事传到他耳朵里了。

可是,这不是很好理顺吗?

刚开学的时候,他是她哥,结果一个寒假过去,摇身一变成男朋友了,怎么解释都是撒谎,她不想听到关于她的谣言,只想当个平凡普通的大学生,把书读完。

"我没宣扬。"

他低哼,因为喝酒了的缘故,声音带着一丝浑噩的哑:"那你为什么这样说,嫌弃我吗?嫌弃我不如学校里的男人说出去体面?"

他大概是真的醉了,竟然把心底的话原封不动地讲出来。

蒋诵突然生气:"说什么呢,你现在醉了,等你清醒了我再给你解释。"

抽烟、喝酒、赌博这些,蒋诵都非常讨厌。她抓着浴巾逃离他的禁锢,去床边拿衣服,准备回宿舍。指尖刚触到衣服的布料,身上的浴巾就被抓住,身上一凉,还来不及遮挡,浴巾就在空中划了个抛物线,准确地落在台灯上。

落日下沉,室内此刻是傍晚的将黑未黑,什么都看不清,又什么都能看清。

被子叠得整整齐齐,被他当枕头压在脑袋下,她生气,索性改变路线,去拿台灯上的浴巾,结果半路被拦下。

和喝醉的男人大概没有道理可讲,他很专注地吻着,力道比平时重,她仿佛被一分为二,一半着急,一半沉沦。

她可怜巴巴地求他:"你别这样好不好?要不你听我和你解释,就现在。"

男人不为所动，专注地在他占有的领地肆意，蒋诵快哭了，不知道怎么办才好，断断续续地发出声音："呜，哥哥……"

不是"哥"，也不是"沈灼"，是"哥哥"。

话音刚落，沈灼突然停止，凑过来，在她耳边低声："再叫一次。"

恋爱是新鲜的体验，不管什么磕绊都会被荷尔蒙冲散，肌肤相触的瞬间，他忘了纠结一下午的惆怅，任由自己沉沦。

蒋诵缩在床边，手腕无力地搭在他肩膀上，小猫似的叫他"哥哥"。

声音很轻，尾音微微上扬，像窗外忽然而至的暖风，吹得他心痒，这是明目张胆的挑逗。

他忽然想起在东林的时候，那处背风岗，也是这样的微风，杏花簌簌飘落，留下细小的花蕊，她坐在树下，仰着头，眼底带着不知未来在何处的迷茫。

他喜欢杏花，在遇到她之后。

夏季还没到，温度已经开始上升，脊背渗出薄汗，肩胛处还被狠狠抠了几个指甲印，大概又惹得她不痛快了，他知道。

不过没有退。虽然艰难，隧道终于通亮，他轻抚她额角的汗，在那儿留下一个吻。

视线相交的一刻，他呓语般念："蒋诵，我好爱你。"

五月，满城花海。

蒋诵破天荒地穿了一条短裙，浅灰色，平整的褶皱。这还是程果央求她买的，商场搞活动，两件七折。

发了工资，是让她失语三秒的数额。黎清衍转头去外省参加红人节了，她终于有两天能喘息的空闲。

程果和杨芷心可算逮到她，硬拉着她出去逛街。

商场、电影院、咖啡厅，每个地点都拍照打卡，最后去杨芷心表姐工作的整形医院，到露胳膊露腿的季节，她特意团了激光脱毛卡。

蒋诵躺在美容床上，压下不自在，旁边的程果脸上扣着面膜，八卦地问杨芷心她表姐在哪儿。

杨芷心努努嘴，门口穿衬衫挂主管胸牌的就是。

蒋诵下意识歪头，没看到脸，只看到饱满的胸部和细腰，岌岌可危的衬衫纽扣很是扎眼。她移开视线，若有所思看天花板。

刚好周末，她直接回店里，沈灼在后厨忙，她拎着买的东西上楼。

收拾一下房间，又洗了床单被罩晒出去，全都弄好后，天也黑透了。沈灼上楼的时候，她正穿着短裙，在镜子前换衣服。

天气变热，她扎起丸子头，露出干干净净的后颈，肩窄背薄，两条细白色的肩带仿佛和皮肤融为一体。

听到他开门的声音，她吓一跳，手慌忙捂着前胸。

"怎么不敲门啊。"

她怨念着，慌张地找衣服。沈灼两步跨过去，上下打量她。

"买新裙子了？"

"嗯……随便买的，你起开，压到我衣服了。"

他偏不动，直勾勾地看着眼前："这件内衣穿很久了吧，喜欢什么样的，我给你钱去买。"

蒋诵奇怪地被戳到痛处，突然不高兴，脑海被那两颗差点绷开的扣子占据。两相对比，她穿不穿内衣有什么用呢，根本看不出来。

她没好气地说："不要，你怎么连我穿什么内衣都要管，烦。"

沈灼莫名其妙，怎么突然生气了。

他看到床边放着的购物袋，知道她今天去逛街了，应该很开心才对。忽略她语气不好，他指尖去勾她的裙摆。

"你穿裙子真好看。"

她刚套上短袖，低头扫了一眼，没什么信心："会不会太短了？"

"不会。"

她抻着裙摆往下拉："不习惯，不好意思穿出去。"

他的视线在那里流连，笑着说："那就在屋里穿，穿给我看。"

"美得你。"

他哂笑，坐在矮几上，伸手搂住她的腰，深深吸了一口，含混不清地说："好香，什么味儿？"

"美容院的熏香吧。"

"好闻。"他闭眼，下巴搁在她胯骨上。

见他这么悠闲，她转头看了眼窗外的电子招牌，黑咕隆咚的："这么早就关门了？"

"对啊，我家大小姐不是回来了嘛。"

说完，他直接抱起她。蒋诵身体悬空，赶紧搂紧他的脖子，埋怨道："那也没必要关门啊，我还想下楼帮忙呢。"

沈灼亲她："我们不是还有别的事要忙吗……"

意思指向明显，可蒋诵很难忽略痛感未消的小腹，卟得磕磕巴巴："别，我不想，今天不舒服。"

他挑眉，把她放在床上，也压过来。

"哪里不舒服？"

"别问。"

他笑，果然没再继续问。窗户开着，夏季的味道从外面吹进来，温度舒适，他们躺在床上，有一搭没一搭地闲聊。

他侧着身，手肘支在床上，视线在裙摆下的肌肤上游走。

蒋诵缩了缩："你别想。"

"没想。"

他挺正经的，不像要干什么坏事，就连说起亲密的过程也一板一眼："我发现你好软，女孩都这么软吗？"

蒋诵有些蒙："我很瘦，都是骨头，哪里软？"

沈灼的手抓着她的腿，力道很轻松地透过肉渗到骨头那儿，看他这样子，怎么像在肉铺里挑大骨头似的。

"对，我说的就是骨头软。"

似是想验证他的发现，他的手直接用力，她的腿被抬高，轻松定在她眼前，可是这姿势实在羞耻，她还穿着短裙呢。

她烦躁地挣脱，红着脸说："干吗这样！"

沈灼还是一本正经的，不像故意逗弄她。

"那晚我们做的时候，角度没找对，我是无意一抬，发现你这骨头也太软了吧，是不是缺钙了？"

蒋诵无语："我不缺钙。"

"那怎么能这样？"他像发现新大陆似的，捏着她手指往后靠，掌心弯成漂亮的弧度，指节轻松碰到手背，姿势像在跳孔雀舞。

"你再看我的。"他拿自己的手，使劲撅，骨节都泛白了，才离开两厘米，真是宁折不弯，像钢筋一样。

蒋诵按住他的手，让他别试了，怪疼的。

"我从小就这样，现在应该还能下腰呢。"

沈灼惊奇："你这样的，是不是适合学跳舞啊？"

"应该是吧。小时候邻居有教舞蹈的，和我妈说过让我免费去她那儿学，后来也不知道怎么的，没下文了。"

自从离家后，她已经很少回忆小时候的事了，此刻却发现，就算刻意摒弃那段记忆，只要寻到一根线头，画面还会清晰完整地呈现。

小时候她喜欢跳舞，在村里很小的时候就喜欢。后来回到城市，班里有很多女孩放学之后都穿着漂亮的舞蹈服去兴趣班，她羡慕，经常多走一条街去看。

现在想起，真是可怜，怎么会有成年人那样毫无道理地苛待小孩。

沈灼若有所思："你没说吗？说你想跳舞。"

蒋诵自嘲地笑笑："没说，我想买一支漂亮的圆珠笔都不可以呢，学跳舞想都不要想。"

腰间压下一只手，他轻拍着，学她那样抚着脊骨的凸起，兴致勃勃地说："我看到后面有一个舞蹈机构，要不给你报一个？"

"不要，没有时间。再说，我已经长大了。"

"和年龄没有关系。"

"现在已经不喜欢了。"

"真的？"

"真的！"怕他不信，她说的时候眼神非常坚定。

可很奇怪，当晚她就做了个梦。梦里还是小时候，她在生日那天竟然收到礼物，是一条非常漂亮的蓬蓬裙和一双舞鞋。两个面容模糊不清的大人一左一右牵着她的手，把她交给温柔的舞蹈老师，临走时还非常不舍，亲了她好几次才离开。

她是被沈灼亲醒的。

薄纱挡不住晨光，细碎钻石般扑在被子上，阳光有温度，她蹬掉被子，往他怀里缩了缩。

真希望这个梦不要醒。

入夏，天气逐渐炎热，暑假近在眼前。

最近黎清衍和另一位同城的大V博主合作拍摄。这在行业里是必要的尝试。那边团队很专业，人很多，他这边全都算上才也就他们三个。小虎还行，一直跟着，徐至琛就不是了，神出鬼没地见不到人，有一次U盘在他那儿，让他送来，结果人家说在隔壁省看音乐节。

蒋诵的工作状态一直不错，实在累了就看看卡里的余额。

她去办了一张卡，告诉沈灼不要再给她攒学费，赚的钱想怎么花怎么花，她自己赚的学费和生活费都够了。

沈灼心里不是滋味，总觉得她要跑了。

可又能跑到哪里去呢，他用力把她圈在怀里，亲她的额头、脸颊、脖颈……她半眯着眼，似睡未睡地露出迷茫，忙了一天，早就没力气迎合他。他却不是，就算暑期生意火爆，他也精力旺盛，很多时候刚进行到中途，她就昏昏过去，他只能从床上爬起来去冲冷水澡。

盛夏的酷热终于熬过去，她大二了。

同时，黎清衍也毕业了，他穿着学士服照相，特意找蒋诵过来和他一起合影。

操场很热闹，聂小美屈着腿站在徐至琛旁边，匆忙整理了下卷了一早上的头发，然后头靠在他肩膀，对镜头露出甜笑。

旁边的黎清衍和蒋诵规规矩矩地站着，蒋诵似乎觉得姿势单调，伸出手，在脸旁边比了个"V"。

黎清衍嫌弃地看她两根劈开的手指岔，不看痕迹地按下去，唇不动地说："那样更傻好不好。"

拍完照，黎清衍突然说："等你毕业的时候，会不会找我一起照？"

蒋诵心想这是什么问题，只要他愿意，她当然可以："会啊，你是我最好的朋友。"

黎清衍唇角弯起，经过这一段时间的磨炼，气质也变得稳重，再也不是那个通宵泡夜店的阔少了。

她问："你毕业了，还要继续在南江发展吗？"

因为前一段时间一起合作的大V带他去了趟北京，那里行业发展已经非常成熟,进入正规公司的话,会有更多条路可选。

黎清衍却摇头:"暂时还在这儿。"

风格趋于稳定,他准备尝试和工厂合作。任何行业的兴起是悄无声音的,市场很大,就看能不能抓住机会。他当然不是为了钱,而是体验到成就感,那是一种和金钱无关的,灵魂的愉悦。

远处的聂小美拍完照,看到黎清衍和蒋诵谈笑风生,是和她认知里完全不一样的亲和,莫名地失落,忍不住问:"至琛,蒋诵是不是喜欢黎清衍啊?"

徐至琛瞥了一眼多年老友,真是说人不如人,他找的女朋友至少模样身材家世都拿得出手,这个黎大少爷,怎么偏偏对那样的女孩上了头。

"呵,黎清衍喜欢她还差不多。"

入秋,空气凉爽。

蒋诵从店里回宿舍,给她们带了烤鸡爪。程果从床上溜下来,嘴上说着怪不好意思的,手已经伸进餐盒里。

杨芷心在椅子上坐着看书,抬头看蒋诵,突然发现,认识一年多,她变化好大。

刚入学的时候,一身很明显的小镇气质,有点土,也畏缩,说话声音很小,浑身上下都散发着不自信。现在呢,肩背挺直,看人的时候直视眼睛,浑身上下充满年轻女孩该有的活力,说话也是熟络的随意。

蒋诵:"你再发呆可没有东西吃了哦。"

杨芷心赶紧去拿一串。她知道蒋诵在黎清衍那儿工作,赚得应该不少,心想钱能带给人底气这句话还真是不假。

她啃着鸡爪,视线飘到聂小美的床铺,余光看了眼时间:"都九点半多了,那位怎么还没回来?"

程果蹲在椅子上,低头,吐出两块骨头:"是啊,最近总卡点回。"

杨芷心咂咂嘴:"她男朋友看起来好高冷啊,在门口等她的时候拉着个脸,像会家暴的那种长相。"

蒋诵从床上爬下来,想了想徐至琛的为人,虽然他没怎么和她说过话,但应该不会做出那种事。

"她男朋友挺好的。"

程果默默吃着,欲言又止。这事儿要是说了吧,是大嘴巴,挺不好的,不说吧,憋在心里怪难受的。也是很巧,聂小美男朋友之前去看音乐节,自称单身,加了好多辣妹微信,其中有一个是她高中同学,还发朋友圈晒合照,标题写着:crush。[爱心]

一看就知道聂小美男朋友不老实。

程果有好几次都想旁敲侧击地告诉聂小美,又怕组织不好语言惹人误会,思来想去折磨好几天,越想越觉得复杂,尤其看到网上的经验帖,说这种事很容易好心办错事,最后里外不是人。

她索性逃避，假装不知道这回事。

蒋诵倒了杯水过来，按亮手机看时间："还有十分钟了。要不我给她打个电话问问，到底回不回来了。"

杨芷心赶紧阻拦："别，大家都是成年人了，万一你这个电话打得不是时候，人家正做一些不想被打扰的事呢。"

蒋诵秒懂，手挪到杯子边，拿起，掩饰地喝了一口。

程果没反应过来："啥事？这马上关寝了，她都被记好几次了。"

杨芷心憋不住笑，用筷子敲她的头："少儿不宜的事儿，你不懂。"

话音未落，门刚好开，聂小美像只花蝴蝶似的回来，耳朵只捕捉到这句："说什么少儿不宜的事呢，加我一个。"

程果脱口而出："说你这么晚没回来，是在做少儿不宜的事。"

聂小美愣了一瞬："对啊，难不成你谈恋爱是去坐摇摇车啊？"

程果："可能会吧，我觉得坐摇摇车挺有意思的。"

马上关灯，她们各自回床。

杨芷心还惦记刚才程果说的那句话，实在好奇："果子，你是不是没谈过恋爱啊？"声音虽压得很低，还是吵醒了刚睡着的蒋诵，她默默打了个呵欠，听到头上一阵窸窸窣窣。

是程果，她和蒋诵的床连着，头对头，说话时声音就在耳边。

"还没，我是尊贵的单身。"

八卦这种事少不了聂小美，她一下子精神了，兴致勃勃地探出头："不是吧，你都多大了，怎么连对象都没谈过？"

"二十岁。"

聂小美不敢相信："那你喜欢过男生吗？"

程果坦白："说起来怕你笑，暗恋是我的强项。"

最近宿舍气氛还不错，偶尔也在关灯之后夜谈，大多是闲聊八卦，还是第一次把话题引到这里。

聂小美笑过之后问杨芷心："你呢？"

杨芷心："谈了啊，但是距离太远，分了。"

"异地，异多远啊？"

"他全家移民乌拉圭了。"

"啊？"

聂小美来了兴趣，以前没深入交流过，没想到天天住一起的舍友也有这么多故事，眼睛瞪得像铜铃，一点都不困。

缠着杨芷心问完那个移到奇怪地方的前男朋友之后，突然想到蒋诵。

蒋诵一直很神秘，从来不说自己的私事，只知道有个对她过分好的哥，连在黎清衍那儿兼职都是徐至琛告诉她的，过后她去追问，蒋诵才坦白。

真是不懂，这有什么不能说的啊。

聂小美："你呢，蒋诵，谈没谈过？"

杨芷心翻了个身，毫不留情地吐槽她："你真的好八婆，白长这么漂亮了。"

程果也附和："对啊，我也发现了，除了学习，你对什么都好奇。"

虽然是被吐槽，聂小美还挺骄傲："我上高中的时候可被称为'情报处'，不管谁谈恋爱了我都第一个知道。"

她看蒋诵一直没说话，往前探了探身："睡了？"

蒋诵："没有。"

"那你说说呗。没关系，我先说我的。"聂小美掐着手指，挨个点，"四个，五个……我一共谈了六个，至琛算时间最久的了，你呢你呢？"

程果在黑暗里咋舌："怎么谈这么多，你哪儿来的时间？"

"我时间也很紧张，不过男人都那样，勾勾手指就来了……啧，这不重要，我问蒋诵呢。"

蒋诵躺在床上，这种宿舍夜谈她大多不说话，只安静地听，像千辛万苦地从人群边缘走到中心，安静地融入进来。

氛围正好，适合倾诉，她突然觉得，或许可以和过去告别了。

"我吗？谈了。"

"什么！"

三个人都震惊，尤其程果，她离得近，直接掀开帘子，面对着蒋诵的脸问："是谁？咱们系的吗？"

蒋诵心跳加速，忽地想到那晚他很受伤，满身醉意地问她为什么要撒谎，是不是觉得他是男朋友这件事说出去丢人。怎么会呢，只要一想到他那么好的人竟然是她男朋友，直接陷进幸福的蜜罐里，唇角不自觉上扬。

她突然不怕了，甚至觉得，过去的痛苦、脆弱，甚至别人的眼光，都变得不重要。

"我哥……其实我们没有血缘关系。"

聂小美倒吸一口气，突然兴奋："天！我就知道！"

杨芷心忍不住问："那你们，其实是……"

蒋诵："对，他是我男朋友。"

黑暗的宿舍里响起清脆的鼓掌声，聂小美仿佛挖到宝藏，恨不得开一瓶酒庆祝，庆祝她第六感贼准，早就觉得他们关系不正常。

杨芷心："那你哥的那个异地女朋友？"

蒋诵："我瞎说的。"

坦白是打开心门的钥匙，气氛到这儿了，友情顺着缠绕的藤蔓变得亲密，说话也放开了，不像之前那样反复斟酌。

程果趴在床上，小声问："那你爸妈呢？"

蒋诵："已经断绝关系了。"

聂小美惊呆，没想到蒋诵是个狠人。

"怎么会断绝关系了？难道是你和你哥……不是，你男朋友在一起，他们生气，不同意……"

蒋诵打断："不是，和他没关系。"

那怎么会呢？聂小美和程果想不明白，父母的爱是无私又伟大的，就算动物也不会抛弃自己的幼崽，何况人类，其中应该另有隐情。

一直沉默的杨芷心突然开口："你有哥哥或者弟弟吧？"

蒋诵："有弟弟。"

聂小美莫名其妙："这有什么关系啊？"

蒋诵闭上眼，感觉自己像在被解剖，她要割掉过去的黑暗、不堪，堂堂正正地站在这里，向未来看，他一定会夸她好勇敢。

蒋诵："他们对我不好，后来户口分出来了，我现在是一个人。"

杨芷心吸吸鼻子，猛地坐起身："才不是一个人，你还有我们，还有男朋友！"

对啊，蒋诵好开心，她又突破一个障碍，从没想过自己能拥有这么多东西，离家的那一刻，她以为人生就这样完蛋了，没想到，现在什么都有了。

天气渐凉，蒋诵却热情超标，不管是学习、工作，还是恋爱。

冬天的生意步入淡季，沈灼时间也比之前要多，她有时带着宿舍的女孩一起回来吃，大声喊他名字，抱怨面怎么煮了这么久。

都怪他加了太多料，端出去的时候，扎着马尾的女生笑着看他，却是和蒋诵说话："你男朋友真够实在的，这牛肉都要漾出来了。"

他知道她叫杨芷心，最近是店里的常客，熟了之后，说话也自然随意："分人，给你的必须多。"

杨芷心搓着筷子，装作不知道："为什么呢？"

"你不是要参加铁人三项嘛……"

她瞪眼。

蒋诵帮她出气，一巴掌拍在他后背，很不高兴："你别乱说行不行。"

杨芷心赶紧拦住，小秀了下手臂的肱二头肌："干吗不让说，这是夸我呢好不好。我最近练得实在辛苦，谢谢啦，牛肉可不便宜。"

蒋诵的脸微微泛红："那就好，多吃点。"

她还是很敏感，大概是从小养成的习惯深深地刻在骨子里，她分出一部分精力在意周围，像初来乍到需要适应环境，反复确认这里很安全，只有和他在一起时才放松，把最真实的自己展现给他。

可是，时间久了，真实的自己并不是她以为的那样温柔、坚韧、善解人意，对他总是很暴躁，压不住情绪，也意识到自己是个脾气很坏的人。

实际生活中没有几件值得发脾气事，厨房的活他大包大揽，楼上的卫生在寒假之后她回来住,刻意维持整洁。什么都不用她做,她睡到日上三竿才起来,下楼时已经中午了。

她有时出去工作,晚上回来,他怕她太累,某些需求只能忍着;他知道她不喜欢,她每次都皱着眉头,或者把脸埋进被子里,很明显是为了他的欢愉在忍耐不适。

他心疼她,频率逐渐变少,改为她喜欢的亲吻。

她也知道自己有时候很不讲道理,但情侣相处久了,炙热逐渐平稳,难免会磕磕绊绊。她这边,大多是因为承受他过于频繁的亲密不高兴。

沈灼呢,十次有八次是吃飞醋。蒋诵在黎清衍的直播间里露过脸,粉丝认识她,都知道她是从他开始转型就和他在一起的小助理。

评论区快乐地起哄,只有一个人咬着后槽牙。

爱情是奢侈品,像他们这样刚从那种境地逃脱出来的人,还理不清这么复杂的感情。嫉妒、占有,这些不好的词汇只要加上爱情的前缀,奇怪地变得合理。他们是刚蹒跚学步的小孩,被放置在百米赛道起点,爱情的哨声一响,他们依旧迷茫地站在原地。

不过没关系,来日方长。

又是新的一年。

值得高兴的是,每次过年都有新的改变。房子宽敞,过年气氛浓郁,窗上挂着闪烁的五彩灯,电视放着春晚,他做了十个菜,洋洋洒洒摆了满桌,窗外是近在眼前的烟花。

他迷信,自己支门脸做买卖了,过年得讨个好彩头。

蒋诵抱着啤酒,怔怔地看外面铺满天空的金色,突然说:"等我过生日的时候,可以像这样放烟花吗?"

沈灼心里一紧,他神经大条,之前为了赚钱奔波忙碌,她的生日都是简单吃碗面就算过了,突然愧疚,自罚一杯。

现在日子好了,只要她想要的,他全都会满足。

"向你保证,一定!"

年后,黎清衍的事业蒸蒸日上,团队也逐渐壮大。马上开学,蒋诵觉得分身乏术,想过退出,专心应付学校的课业。黎清衍可不干,开会之后,特意留下她,加上徐至琛和小虎,张罗在别墅里吃火锅。

以前那个一尘不染的白色建筑现在也染上世俗的味道,墙壁立着摆满样品的货架,直播辅助设备也占了好大的地方。只是桌子还是那个桌,上面摆着鸳鸯锅。

蒋诵在水池里洗青菜,徐至琛拿着藕片和笋尖过来,直接扔到她手边:"把这个也拿出来,别放一起,分着装。"

袋角很硬,把她的胳膊划出一道红痕。蒋诵皱眉:"撕开袋口用水洗一下就行,旁边有盘子。"

徐至琛莫名其妙："你是让我弄？"

她关掉水龙头，转头看他："你不会吗？"

他嗤笑，嫌弃地看着混乱的准备区："我会啊，但这不都是你的活吗？"

一股郁结自下而上，她深呼吸，慢慢吐出这口浊气，如果从前的话可能会忍，现在她不想："不是工作时间，杂活我可以不做。"

"哦。"那又怎样？

她重新打开水龙头，把青菜洗完放进盆里，目不斜视地离开。徐至琛靠在大理石墙壁，打量女孩清瘦的背影，半晌才反应过来。

他冷笑，暗骂黎清衍这小子的眼光可真不怎么样。

蒋诵也觉得，徐至琛这个人真的不怎么样。大概上个月中旬，她不小心拿错他的手机，刚巧弹出消息，内容明目张胆的暧昧：亲爱的，人家好想你。

她知道聂小美的头像是一匹粉色的小马，而不是这种暗黑色能看出女人身体轮廓的网图。

自那以后，她就看徐至琛很不顺眼，当然，徐至琛也一样。

蒋诵有好几次都想提醒，可看到聂小美"恋爱脑"晚期的样子又忍住了。

某次一起吃饭，看到程果和她一样的纠结表情，视线交汇的一瞬，她知道自己不孤单，还有另外的人在很痛苦地保守这个秘密。

吃火锅的时候，徐至琛也处处针对她。这算不太正式的内部会议，边说边闲聊，她每次说一个提议，都会被徐至琛以开玩笑的方式驳回。

——"好土，你能想出这种点子也是人才了。"

——"行了，这个方案说出来都觉得浪费时间。"

黎清衍支着胳膊，第三次看徐至琛，今天他不知道怎么回事，跟吃枪药了似的。

黎清衍问："你什么情况，和女朋友吵架了？"

"没啊，怎么？"徐至琛面对黎清衍的时候，又恢复平日的模样，夹了块藕片放碗里，轻瞥了一眼沉默的蒋诵，故意说，"我怎么可能和女朋友吵架，我可是她初恋呢，爱我爱得不要不要的。"

蒋诵下意识看徐至琛的表情，得意的、自负的，想到聂小美如数家珍地掰手指数前男友，臭名其妙地，心里没那么纠结了。

她松了口气的同时，去锅里夹了一根煮熟的笋尖。

徐至琛嘴角噙着笑，继续刚才没说完的提议："蒋诵，你说走亲民路线，去街边的小馆子里或者地摊，是不是有私心啊？你哥，哦不对，你男朋友不就是烤串的吗？"

黎清衍歪在椅子上，其实这个提议他很赞同。最近接触的都是平价亲民的产品，累死累活地写稿子，插到视频里还是很突兀。

他懒洋洋地举手，表明态度："这个我是同意的。"

徐至琛看不上黎清衍这样，要是细说的话，他的不满情绪是从转型开始。

谁能想到快乐地去滑雪回来,从小玩到大的哥们突然钻钱眼里了,不跟他打游戏不说,还拉着他一起钻,后来发现这都是蒋诵的"锅"。

他刚认识聂小美的时候,天天听她抱怨宿舍里的鸡毛蒜皮,听得他耳根生疼,尤其是这个蒋诵,出现频率最高,所以见到的时候,想到的都是她的穷酸,自然没有好脸色。

接触久了,发现穷酸会传染,以前那个一晚豪掷千金的黎少爷消失不见,取而代之的是因为佣金差五千和甲方硬磨半宿的生意人。他最烦这种,但更烦蒋诵,只要工作原因碰了面,就自以为不着痕迹地针对。

"第一个场地,你不会真选蒋诵男朋友那儿吧?"

徐至琛语气轻蔑,就像沈灼的店是多么脏污不堪的地方。

蒋诵放下筷子,严肃地看徐至琛:"你如果有好的提议就提出来大家一起讨论,不要我提出之后你挑毛病,阴阳怪气的。"

一直埋头苦吃的小虎倒出嘴附和:"就是,阿琛你怎么回事,更年期到了?"

徐至琛反手给他一肘子,恨他在这种时候帮外人说话。

"我这是挑毛病吗?阿衍形象好,适合走高端路线,再努力一下,一线品牌的广告也能接到,你天天吃垃圾也就算了,别拉着他也跟着掉价。"

这话就明显在针对了,黎清衍"啧"了一声,让他闭嘴。

蒋诵脸色有些白,手在桌下用力握紧:"你觉得什么是垃圾食品?烧烤?路边摊?"

徐至琛理所当然地点头:"我认为维持现状就好,不需要自降身份转型迎合下沉市场。"

"下沉市场"是近期经常听到的名词,意指三线以下的城市和周边市场。站在顶端的人已经嗅到风向,很多走精致路线的博主开始发日常生活,主动走下神坛,和普通人的生活建立联系。

她一字一句:"怎么会是迎合?我们本身就处在这个市场里。"

两人对峙,黎清衍很惊讶,他还是第一次看到蒋诵硬刚,像一只浑身是刺的小刺猬,很陌生。他饶有兴趣地托着脸看她。

徐至琛却被她逗笑,眼神透着高高在上:"只有你哦,我们可没在。"

话音刚落,黎清衍就把筷子扔他脸上,毫不留情地吐槽:"看来你爸最近接到大订单了,你这嘴也跟着臭起来了。"

徐至琛视线不离蒋诵的脸,随口说的日常就能扎到穷人的自尊心,他很乐意继续冒犯,微笑着说:"区区五千万罢了。"

开学后,蒋诵更忙了,学业的压力占了大头。

有时周末回来住也背着一堆书,台灯开着,她穿着睡衣,趴床上啃晦涩的大部头。沈灼关店后,特意煮好夜宵给她带上楼,可她都吃不下几口。

学校对沈灼来说是陌生的,仅存在遥远的记忆里。

他翻开枕边的教材书,看到方方正正的字堆砌在一起,垒成不透气的高墙,掩住落日,眼前朦朦胧胧,一闪神儿,天亮了。

试过两次,知道这书严重催眠,他再也不敢翻开。

蒋诵埋在书里,用记号笔画段落和重点,眼底带着深深的疲惫。她比以前更努力,肉眼可见地变瘦了。

她拒绝黎清衍去沈灼店里拍摄的提议,大概是自尊心在作祟。很多时候,她都觉得自己的情绪很不稳定,且莫名其妙。在外面能维持得很好,回去就卸掉伪装,她还太年轻,心像飘在半空的浮木,经不起一丝风浪。

天气渐暖,远方传来好消息,吴玉东要结婚了。

沈灼说起这个的时候正在衣柜里翻衣服,最好的兄弟结婚,他必须关店两天回去热闹热闹,蒋诵却被考试拖住,回不去。

"怎么这么快就结婚了?"没听说他谈恋爱,朋友圈也悄无声息的。

沈灼经常和吴玉东聊天,那小子什么事都和他说:"相亲认识的,女孩家是养牛的,挺好,算是门当户对。"说完,咂咂嘴,怎么回事,还挺羡慕的。

他衣服扣子还没系完,露出半个胸膛,就这么直直地压过来,在她唇上啄了一下,眼神里是对未来的期待:"等你毕业,我们也结婚。"

蒋诵垂眼,从兜里摸出手机,转移话题:"那边是什么温度,得穿厚点吧?"

他抢过手机,顺势把她放平在床:"好不好?"

她感受到他故作平静下的试探,浅浅地笑了:"好啊!"

初夏,北方气温很低,她趁午休的空闲,打车去商业街给他买衣服。原本去年就该买的,结果攒的钱被挪去添新设备了。

今年生日还没到,但她觉得,他好不容易回去一次,吴玉东结婚,见到的都是熟悉的人,必须穿体面的好衣服。

她买下店里最贵的新款,黑色薄料的户外上衣,是他喜欢的始祖鸟。

帮他订好机票,再搭配合适的裤子和鞋,再把整套挂在显眼的地方,等他忙完上楼,给他个惊喜。

沈灼看到的时候,确实一愣:"这是啥意思?"

蒋诵今天开心,"嗖"地跳到他怀里:"我全都安排好了。这次坐飞机回去,穿我给你买的新衣服。"

他仔细打量,看到衣服前胸的标志——奇形怪状的蝎子。

想到某些不愉快的片段,他移开视线:"不用,我穿平时的就行。"

她从他身上下来,故意板着脸:"不行!听我的。"

"真不用,拿去退了吧。"

他只看了衣服一眼,就错过身走去床边,留蒋诵一个人站在那儿。气氛变化很明显,她能感觉到,这次他没有开玩笑。

为什么呢,她现在能赚钱了,一万的衣服又能怎样,只要他喜欢的东西,她都想给他。

"就不退,你过来试给我看,我觉得你穿上一定好看。"

他没动,竟然还躺下了。

她生气了:"沈灼,你听没听到我说话?"

"嗯,累了。"他翻过身去,背对着她。

蒋诵的火"噜噜"就烧起来了,分贝不自觉地提高:"我跑了一天才买回来的,这个衣服可是大品牌,之前你还说喜欢呢。"

沈灼腾地从床上起来,绷着脸反问:"我喜欢?我什么时候喜欢过这么贵的东西,你记错人了吧?"

这是他第一次和她发火,蒋诵愣住:"是你亲口说的啊,我一直记得,你说他衣服怪好看,不知道在哪儿买的,我现在给你买回来了,怎样!"

沈灼当然不记得两年前随口敷衍的一句话,她也看出他完全不记得这回事,还犯了老毛病,阴阳怪气地意有所指,更是气得发抖。

她有一箩筐的控诉要说,却无意中看到镜子里的自己,倏地,脸色煞白,僵在原地。

她惊恐,自己发火的样子,竟和徐丽华一模一样,甚至表情都如出一辙。因为这个样子太熟悉了,激起心底的恐惧,怒火瞬间消失。

空气安静,沈灼低着头走过来,脸色不像刚才那样紧绷,甚至笑了一下。

"对不起,我现在试。"

她猛地把衣服扯进怀里,白着脸看他。好像啊,好像小时候的她,每次挨了打骂之后都会强装笑脸讨好,主动说对不起。

为什么,为什么已经断绝关系了,还是不能摆脱,血缘难道是诅咒?从出生的那一刻起就注定了命运,她还是躲不过和他们越来越像的命运。

她眼圈泛红,往后退了一步:"不,是我的错,我不该发脾气。"

沈灼无奈地笑了,手伸过来捏了捏她的脸,轻声哄着:"怪我,是我忘了,这么小的事儿,别因为这个吵。"说完,伸出手,"我穿给你看。"

她连忙摇头,努力摆出笑脸:"不要,你想穿什么穿什么。到吴玉东的婚礼,别忘了替我道一声恭喜。"

学校食堂,手机在桌上振动,蒋诵歪头看一眼,是成功登机的短信。这是沈灼第一次坐飞机,看到顺利飞走,她心情稍松,拿着筷子扒拉饭,这么半天只吃了两口。杨芷心坐在对面,一脸嫌弃:"不至于吧,男朋友走几天而已,怎么连饭都吃不下了。"

蒋诵勉强地笑了一下,还是恹恹的。

"要不回去休息吧,你脸色看起来好差。"

杨芷心去上课,嘱咐蒋诵放心,上了大三之后,各方面不像以前那么严了,老师几乎不点名。

蒋诵点头,背着书包慢慢往宿舍走,心情跌到谷底。意识到自己的问题之后,每分每秒都在纠正,把全部注意力放在这里,她惊恐地发现,有好多相似的地方。

说话的语气、停顿、表情,甚至生气时突然蹙眉,都一模一样。

想得多了,过去的记忆纷至沓来。她的身上集合了父母的所有缺点,名义上断绝关系,身体却像断根的禾苗在追寻故土。

好痛苦,越想越痛苦,想到有很多次用这样的姿态对沈灼,突然生气,不高兴,在没意识到的时候,把她恐惧了半生的暴力倾泻给他。

就因为他爱她,就像她在懵懂无知的时候,也很爱父母一样。当年她忍受不了选择逃离,同样的,他又做错了什么呢。

宿舍的楼梯很安静,她低头看鞋尖,一格一格踩上去。三楼,楼梯口站着人,她看到一双限量版的运动鞋。

抬头,是聂小美。

聂小美也没去上课,蒋诵强打精神笑了笑,主动打招呼:"嗨,小美。"

聂小美抱着胳膊看她,淡淡地回复:"嗨,蒋诵。"语气很奇怪,不是她平时的样子。

蒋诵觉得不对劲,但没心力去思考是怎么回事,擦过聂小美的肩膀往前走。

脚步声很轻,跟在后面。

走廊中间是公用洗漱区,蒋诵刚走到门口,头发就一阵剧痛,几乎是下意识地,抬手去抓,可只抓到粘着钻石的坚硬甲片。

聂小美平时这不吃那不吃,力气却不小,她把蒋诵摔在洗手池旁边的墙壁上,甩甩手,嫌弃地抖掉指间的头发。

她面无表情地看着蒋诵。

蒋诵整个人愣住,因为距离高中被欺负已经过去好几年,这种痛觉变得非常陌生,她白着脸,不懂聂小美突然发什么疯。

"你干什么?"

聂小美冷笑:"我已经给你机会让你主动坦白了,怎么,到这种时候还想装傻吗?"

蒋诵捂着剧痛的发顶,一脸堂皇:"你是不是疯了?"

"我是疯了,蒋诵,徐至琛把我甩了,你知道他甩我之后说什么吗?他说让我来问你。"她慢慢靠近,居高临下地看着蒋诵,"所以,是你嘴贱,把我们的聊天和他说了,你告诉他我谈过很多男朋友?"

蒋诵的背抵在墙壁上,眼前是不容忽视的施压,她费力理清思绪,确定自己从来没说过这种话。

"我没说过,你误会了。"

"误会?"聂小美气笑了,"蒋诵,其实我气得不是你大嘴巴告诉他这些,而是因为你,我人生第一次被男人甩,你为什么让我这么丢脸呢?"

蒋诵失声:"我都说了没有!"

"别搞笑了。"聂小美气到极点,不怒反笑,"既然你在我男朋友面前嘴贱,那我也在宿舍楼里说你的事,怎么样?很公平吧。"

蒋诵心跳加速,带着眼前一阵眩晕,本来就头痛身体不舒服,被她这样一闹更是眼前发黑。蒋诵胡乱地抓住她的胳膊,尽量理智:"我们冷静地坐下说好吗,事情根本不是你想的那样。"

聂小美嗤笑,用力甩掉她的手,大步走出去,站在走廊中间。

"有人吗?我来介绍一下我们的好同学,蒋诵,她啊,小时候就和男人滚到一起,爸妈嫌她丢人断绝关系,她还撒谎说是亲哥……"

蒋诵抖着手,用尽全力把聂小美拖进洗漱间,死死抵着门不让她出去。

可惜经过这一番骚动,很多宿舍的门口都探出头,时不时响起一阵窃窃私语。

"谁啊?我怎么听到和亲哥滚到一起?"

"不知道,没听清。"

蒋诵大脑一片嗡鸣,这种场景是身体熟悉的,从前她被堵胡同,都会沉默地忍耐,因为心里知道没人会帮她出头。就连最亲的人也不在意她是不是被欺负,被冤枉,不管发生什么,错都在她。可现在,她是成年人,用了好几年的时间筑建支撑自己的大厦,她不能眼睁睁地看着它坍塌。

"聂小美,我说了我没有。"

聂小美冷笑道:"那徐至琛怎么让我问你?他和你无冤无仇的,为什么说这种话?"

"所以,你相信甩了你的男人,不信我?"

"事实明摆着。"

蒋诵觉得自己全靠一股气撑着。她冷冷地看着眼前的女孩,突然发现,对方长了一张和徐至琛一样的脸。那些共处一室的日子,敞开心扉吐出的秘密,被聂小美铸成一把刀,准确无误地插在她心口。

她突然笑了,笑出眼泪,看起来有点疯:"那徐至琛有没有和你说他劈腿的事?微信你看过吗?有多少女孩和他聊天你知道吗?你知道他在外面住一晚上叫几个吗?"

聂小美突然愣住,叫她不要胡说。

"胡说?"蒋诵忽然止住笑,"要不我们去找他当面对峙,如果我撒谎,我就从楼上跳下去,如果你冤枉我,你也……"

一盆冷水兜头而下,眼前一片模糊不清的雨幕,她看到聂小美把红桶狠狠摔在地上,大骂她是神经病。

北方还处在短暂的春天里,杏花已经开完了。沈灼提前一天回来,和熟悉的老朋友们一起帮忙布置新房。

大婚当日,吴玉东穿着衬衫西裤,胸前围着大红布,喜滋滋地给大家发喜糖,沈灼含着一颗,直接给了他一拳:"你小子,挺牛啊。"

吴玉东得意,拎了拎松垮的衬衫:"我减了二十斤呢,遭老罪了。"

沈灼上下打量："还不错，原来你骨头长这样。"

吴玉东憨厚一笑："也是帅气小伙是不是？"

今天是他的好日子，沈灼丝滑地接住话茬："超帅，吴彦祖来了也只能屈居第二。"

吴玉东反手给沈灼一杵子："真会睁眼说瞎话。"

婚礼选择在村子里的老房子办，秧歌队、录像、唱戏的请了个全。锣鼓声声，鞭炮的碎屑从天空中纷纷落下，像玫瑰花。

沈灼知道，蒋诵也喜欢这种，这种被大家羡慕，高调的幸福。

花车绕路一周，秧歌队跟着扭，鼓声喇叭声敲击耳膜，直到车走远，他才感觉裤兜里手机在振动，拿出来，是蒋诵。

他笑，很快接起："喂……"

这边信号不好，噪音也很大。他拢着听筒，仔细甄别了很久才发现声音不是蒋诵的，他调高音量，终于听到耳边断断续续的声音。

"我是……芷心，蒋诵高烧……不退。"

鞭炮声忽地变远，耳朵好像扣了层膜，把他和世界隔离。恍惚几秒，他确定自己没听错。

挂断电话的时候，他已经钻进路边看热闹的车里，脸色煞白地说："快，送我去机场。"

被泼冷水的当晚，蒋诵就发了烧，刚开始只是昏睡，杨芷心上课回来，以为她累了在休息就没敢打扰。

到晚上还没醒，她就过去看了一眼，这才发现不对劲。

她摸了下蒋诵的额头，烫手，一下子慌了，磕磕巴巴地喊人："果……果子，蒋诵发烧了。"

程果端着洗脸盆，有些蒙："啊？那咋办，吃药？"

药吃了，水喝了，温度还是没降下来，叫也叫不醒，杨芷心直接爬上去把蒋诵背下来，连夜送到急诊。

程果手忙脚乱地从包里翻东西："怎么办，忘拿她手机了，联系不到她男朋友。"

"给聂小美打电话，让她帮送一趟。"

程果捧着手机，快哭了："她关机了。天啊，怎么办，诵姐会不会死啊？"

杨芷心瞪她一眼："人怎么会那么容易死。"

实际谁心里也没底，怎么会有人发烧进了急诊，到第二天早上还没醒。杨芷心也慌了，跑回宿舍拿蒋诵的手机，给沈灼打电话。

好在，他回来的时候，蒋诵烧已经退了。

沈灼走进病房，一眼就看到躺在床上的女孩，她缩在被子里，脸色苍白，嘴唇没有血色，头顶悬着点滴。

杨芷心在床边的凳子上打瞌睡，听到脚步声，一惊，突然醒了。

261

她抬头,看吊针刚打到一半,松了口气的同时,看到他回来,赶紧起身:"不严重,但大夫让留院观察,她最近身体太差了。"

沈灼点头,视线不离沉睡的脸。

蒋诵做了梦,梦到她孤身一人走在城市里,四周是遮天蔽日的高楼,她沿着马路一直走,走到天黑,月亮悬挂在头顶,还是没看到尽头。她走了一整夜,还是逃不出去,大厦的窗户诡异地形成电子屏,幻灯片一样播放潜意识里的记忆碎片。

徐丽华,蒋大呈,徐至琛,聂小美,他们的声音像蜂巢似的混在一起,吵得她捂紧耳朵,忍不住尖叫。

大厦轰然倒塌,世界变得安静。

前方黄沙漫天,她揉了揉眼睛,看到窗外,一轮红日冉冉升起。

室内纯白,她回头,看到沈灼坐在床边打瞌睡。他瘦了,唇边长出胡茬,眼下一片青黑,是好几天没休息好的疲惫。

她伸手,指尖轻轻地触到他的脸。

沈灼猛地惊醒,眼里大片血丝。她安抚地笑笑,小声说:"好啦,没事了。"

有没有事不是她说了算的。

出院之后,她的身体还是没力气。她搬出宿舍,住到店里的二楼,饶是沈灼天天好吃好喝供着,还是没见胖。一直都提不起精神,她自己能感觉到,身体里那根绷紧的弦已经断了。

养也要慢慢养,她辞了黎清衍那边的工作,气得黎清衍直接找上门,沈灼拦着不让他上来,两个男人在楼下吵架。

杨芷心赶紧跑去把门关上。杨芷心经常来,每次来都上楼坐一会儿,和她八卦一些最近发生的事。

"聂小美也搬出宿舍了,你知道吗?"

蒋诵摇头。

杨芷心凑过来一些,像要说悄悄话:"你男朋友知道她泼水的事,去学校找来着,然后联系到她父母,你猜怎么着?"

"他去找了?"

"对啊,这不是应该的吗?她害得你差点病死。"杨芷心一说起来就生气。她本来就和聂小美关系差,知道是聂小美搞的事之后更是烦聂小美烦得不行。

"呵,她爸妈根本不是有钱人,就普通小市民。"她咬牙切齿地生气,"有毛病啊,在这儿装有钱人。"

蒋诵低头,如果事情是这样的话,她就能理解了。聂小美和徐至琛在一起是弱的那方,就算察觉到他不老实,也不会放手,结果莫名其妙被分手了,当然要来找她这个"罪魁祸首"。

楼下吵吵闹闹的,就算关着门也挡不住黎清衍机关枪似的吵架声,杨芷心冷哼,嫌弃地翻了个白眼:"叫那么大声干什么,他好兄弟踹了聂小美,临分手时还推你出来挡枪,也没见他和兄弟断交,神烦。"

蒋诵轻笑:"瞧你义愤填膺的。"

"我?还行吧,你男朋友才叫勇,直接把那个姓徐的揍了一顿。"

"啊?"蒋诵猛地直起身,动作激起几声咳嗽,着急地问,"他去打人了?"

"是,趁他喝多堵胡同里打的,嘿嘿,我望的风。"

蒋诵一脸惊愕。

杨芷心按着她肩膀把她放平,语重心长地说:"什么都不要想,吃好睡好,我在学校等你。"

这次病后,沈灼像落下心理阴影,对蒋诵万分小心。

蒋诵下楼帮他收拾,他连忙赶她回去。蒋诵被他胳膊拦着,低头,看了眼他的手。他指关节围着绷带,故意用衣袖挡着,生怕被她发现似的。

"躺着更没力气。"

沈灼拉来一把椅子:"那坐着。"

蒋诵默默坐下。时间还早,正是旺季开始,他竟然开始清场了。门外霓虹闪烁,对街人声鼎沸,新开了一家烤串店,生意火爆到门口都摆满桌。

商业竞争在所难免,只是没想到来得这么快。

她垂眼,小声说:"我上楼了。"

和她的忧心忡忡相反,沈灼似乎没把生意冷清当回事,没人就早点关门,乐得清闲。他上楼,刚好蒋诵在换睡衣。

衣摆还没落下,就被他的手托住,随即,一双燥热盖在她胸前。

她按着布料下的隆起,感觉到他手上的绷带,叹了口气:"你去打人了?"

"没有啊。"他装傻。

"杨芷心和我说了。"

"哦,她说胡话呢,别信。"

蒋诵被他逗笑,想了想还是觉得后怕:"他家很有钱。"

沈灼坐在床边,扶着腰把她按坐在自己腿上,面对面。他捧起她的脸,语气坚定:"我以后也很有钱,谁怕谁啊。"

她也捧着他的脸,刚长出的胡茬扎得掌心酥麻,她凑过去,亲了下他的唇:"对面都开新店了,你还在这儿说大话。"

很久没亲了,温软的唇落在他身上时,引线瞬间点燃,连她说什么都没听清,只顾着凑过去,闻她的颈窝,好香,好好闻。

她睡衣宽松,男人的手在她腰上游走,粗粝的指纹在她细腻的皮肤上擦过,留下一条条浅淡的红痕,他鼻尖顶着绵软的布料蹭了蹭。

"诵,今晚可以吗?"

在一起久了,亲密的时候会有特定称呼,蒋诵习惯喊他"哥哥",最多喊两次他就溃败,他忍不了的时候就喊她"诵",单字,说的时候声音拉得很长。

蒋诵抓紧领口，躲进床里的里侧："过几天吧。"

他一脸受伤："现在不行吗？"说着还捞起她的手，主动给她检查状态。

蒋诵脸慢慢变红，拧着手挣脱，就算已经这样了，她还是没办法坦然，只能小声说："我那个来了。"

他愣住："啊？怎么提前了，我看看。"

蒋诵吓得往后躲："这要怎么看。"

躲的速度没有他过来的速度快，刚抓到枕头想挡住，就觉得小腹压上一只手，指尖在布料边缘试探，很快摸到弧线形的边缘，手丝滑地转回去，改为轻揉她的小腹。

蒋诵怨念："你怎么这样啊。"

沈灼却理直气壮："我是你男朋友，有什么可害臊的。"

盛夏，潮湿闷热。

图书馆里冷气很足，蒋诵坐在不引人注意的角落，翻开刚借的书。和之前打鸡血式的只看专业书相反，这次生病之后，她开始试着看一些文学名著之类的书，因为没有计划，都是随手从书架拿。

经过这次风波，她也终于停下脚步，是不得不停下脚步，去适应现在的处境。

有时走在学校里，风送来窃窃私语："就是她吗？'告白墙'里爆料的那个和父母断绝关系和哥哥在一起的女孩？"

就连黎清衍的评论区，也从刚开始的呼叫小助理，慢慢变成散播奇奇怪怪的谣言。有说她偷东西的，还有说她插足，被正牌女友抓到扯头发的。就算黎清衍在直播中郑重地回应她只是身体不好暂时离开，也没能压住，他气得半夜给她打电话。

"回来不行吗？什么都不干就在这儿坐着也行。"

蒋诵把自己闷在被子里。她最近状态很平稳，听到不好的话没感觉，同样的，听到夸奖也很平静，像无风的湖面。

"不回去了，这几年真的谢谢你。"

他气弱："这语气，怎么像要告别似的？我先跟你说，你要是和他处不好，就来我这儿，我怎么着都比他强……"

自从他开启线上带货之后，这张嘴更是无敌，只要他起了话头，二十分钟内别人都插不进去。

被子涌动，伸过来一只手掐断通话，沈灼泄愤似的，将手机"咣啷"一声扔到床头柜上，还骂一句："真没见过这么烦人的。"

沈灼从不掩饰对黎清衍的讨厌，蒋诵和他在一起久了，早就习惯，从被子里钻出来，只露出一双眼睛。

他靠近，故意板着脸："偷摸打电话是吧？"

她承认："是，还是在半夜。"

距离更近，他眼底溢出笑意："你给我个解释。"

她也笑了，主动挪过去，若说最大的改变就是这个了，她就像变了个人，有时热情得让人招架不住。她再也没发过脾气，不管说什么都先笑，语调软糯糯的，像一株水生植物，不管他提出什么要求都答应。

她是最完美的，在他眼里。

暑假，天气更热了。

生意却相反地，越来越冷清。蒋诵站在门口，呆呆地看着对面的生意兴隆，转头，却发现沈灼在看房源。

惊爆价一万八，花园洋房……

她盯了他半天，他也没发现，一直沉浸在研究户型图的快乐里。

大厅空荡荡的，没有客人，炉灶好久都没有打开了，他都熟视无睹，还敢看这么贵的房子。

"沈灼，我们要不要想想办法呢，印点传单出去发怎么样？"她试着建议。

"不用。"

"可是……"

沈灼终于把眼神挪到她身上，带着一丝狡黠的笑意："放心，有我呢。"

她怎么能放心。

晚上的时候，她又提起这个话题："要不出兑了，换个小点的店面，不带二楼的。"

沈灼笑着亲了她一口："马上就到你生日了。"

她点头，8月6号，还剩不到一周了，不过干吗这么生硬地转移话题啊？

"考虑一下？我们可以另租个小点的房子住。"

他很干脆地拒绝："你要毕业了，我得在你毕业之前把房子买好。"

他忽然停顿，一字一句地说："我们的婚房。"

"别闹了。"

"没闹。"

他眼里带着笑意，饶有兴趣地看她慌张的表情，本想作为生日惊喜的，可面对这样一张脸，这秘密他很难保守。

"其实啊，对面那家店，也是咱们的。"

蒋诵瞪大眼睛："啊？"

男人额头抵在她颈窝，深吸一口气："本想你生日再告诉你的……"说完，亲了下她的唇，很无奈地说，"结果没忍住。"

8月6号是很普通的一天，和昨天一样，和昨天的昨天也没什么区别。

太阳高悬在天上，那样的炙热也没能疏散空气里的潮湿，房间里更甚。窗帘遮挡阳光，眼前是朦胧的灰色，她的颈窝就在眼前，沈灼压抑身体里冲破一切的欲望，轻轻在上面落下一个吻。

今天是她的生日，他要把最好的东西都给她。

去西餐厅吃饭，乘着古朴的电梯一路向上，穿着制服的侍者在楼上等他们，踩着厚厚的地毯，穿过狭长的走廊，前方豁然开朗。

落地窗，外面是江景，早就预订好的桌子，上面摆着大束玫瑰花。

蒋诵拘谨地绞着手指，太华丽干净的地方给人莫名的压力，她想逃走，沈灼却拉着她的手坐下，点了最贵的套餐。

用刀叉吃牛排，他的动作生疏得像在杀牛，不过好在没像电视里演的那样，招手叫人给他送筷子。

切完牛排，他微笑地送到她面前，平日熟悉的脸忽然陌生，不知是不是被富丽堂皇的环境渲染，竟也像个家世很好的贵公子。

吃完饭去游乐场，将所有小时候她没玩过的项目都玩一遍，最后去坐摩天轮，太阳已经西沉，金色的余晖照在她的脸上，像在做梦一样。

沈灼在最高点的时候吻她，在她耳边说还没结束。

烟花在夜空中绽放，华丽，璀璨，一看就是大手笔。蒋诵仰着头，连眼睛都舍不得眨，路上的行人都驻足，奇怪地说今天是什么日子。

沈灼把手拢在嘴边，大声宣布："今天是好日子！"

蒋诵鼻酸，却喜极而泣，也学他的样子，对人群喊："今天是我生日！"

马路对面的祝福声此起彼伏，沈灼牵着她的手，笑着问她："怎么样，今天开心吗？"

当然开心啊，从来没这么开心过，也发现开心到极点时，会涌出浓浓的悲伤。

"开心，烟花好美，可惜我不好。"

他搂住她的腰："说什么呢，你是这个世界上最最好的人。"

最好的人大概不是，她在刻意控制，尤其和他在一起时，那些连她自己都厌恶的特质，都被她打包封箱，锁在身体的最深处。

第十一章
离开

开学,大学的最后一年。和初入学相比,她们都变得不一样了。

聂小美新谈了个男朋友,年纪稍大,经常开着一辆特斯拉来学校接她,杨芷心看到那个窈窕的背影坐上副驾驶,总会翻个白眼:"真看不上。"

蒋诵抱着书和杨芷心站在一起,表情淡淡的,没什么情绪,仿佛当初被泼水住院的人不是她。

"一个人有一个人的活法。"

杨芷心"啧"了一声,不忿地看了她一眼:"你可真是大好人,佛祖都得把莲花座让给你。"

蒋诵踩着树荫往前走:"我不是好人。"

"嗯,不是好人,是假人。"

她和杨芷心的关系越来越近,在学校的时候几乎形影不离。

程果则在开学之后脱单,和大一学弟谈起了恋爱,正是热恋期,很少和她们在一起了。

中午一起吃饭,杨芷心啃着大鸡腿,还不忘回头看窗口,含混不清地说:"完了完了,鸡腿售罄。"

蒋诵忙把自己餐盘里的鸡腿给她,杨芷心皱眉还回去:"干吗啊,你不也爱吃吗?"

"我一般。"

杨芷心满嘴是油:"屁,撒谎。"

蒋诵笑笑,是那种温柔无害的,不像青春年纪的大学生,倒像是奶粉广告里抱小孩的妈妈。

"真可怕,蒋诵,我好像看到你十年后的样子了。"

"什么样?"

杨芷心故弄玄虚,食指定在太阳穴那里"做法",参透天机似的言之凿凿:"你和男朋友结婚了,住在豪华大平层里,你穿着白裙子,脚边还站着一个超可爱的小朋友。"

蒋诵突然问："小朋友是男孩还是女孩？"

杨芷心凝神，假装在虚无里仔细看。

"男孩。"她肯定。

蒋诵的笑容倏地消失："我不会生孩子的，就算真要生，只会是女孩。"

时间是最公平的，不管什么样的人，都会从蹒跚学步开始，走到青春期，再不可避免地变成成年人。蒋诵站在分界线上，像一个还没长大的小孩，对成年人的生活充满恐惧。家庭，她亲身经历过，却是以受害者的形式。而想到自己也会再次进入那里，会不可控地产生抵触情绪。

沈灼却对组建家庭这件事过度热情，他去看房子，把附近的小区踩了个遍，潦草地画出户型图对比，拉着她一起商量："儿童房暂时用不上吧，我看到网上晒的卧室图，孩子小的时候都是把床加在大床旁边的，方便照顾。"

蒋诵沉默半晌："我现在还没有生孩子的想法。"

他点头："当然啊，你还年轻呢，我只是想提前弄好。"

"也不一定非要在附近买房子，万一我找工作不在这边呢？"

"店在啊，我们先在这儿安定下来。再说，现在生意好，你毕业了也不用那么辛苦地找工作，在附近找个清闲的班上，我们天天在一起。"

说完，他亲了一下她的唇。

蒋诵浅浅地笑了笑，似乎对他的计划很满意："也好。"

入秋了，天气还是闷热，食堂人多，杨芷心突然想去厕所，着急慌地把餐盘放下，让蒋诵帮忙打。

蒋诵拿着两个餐盘排队，人群慢慢往前挪，食堂阿姨手脚麻利，偏偏她排的这队速度很慢。

她歪了下身子，往透明的窗口里看。

这个窗口的阿姨是新来的，手里拿着大勺，动作很不熟练，似乎没听清学生要什么菜，还往前一步，抬起头："是说要红烧肉吗？"

蒋诵霎时手脚冰凉，餐盘掉在地上。她白着脸要去捡，刚好躲过阿姨闻声看过来的目光。

阿姨继续忙："红烧肉有，这大小伙子，阿姨多给你盛点……"

蒋诵从没想过会再次见到徐丽华，还是以这样戏剧的方式。她恐惧、无措、惊慌，还带着一丝连自己都察觉到的恨意。

为什么她都跑这么远了，还是阴魂不散。

仿佛冥冥之中有一根线，因为血脉相同，最后因为各种巧合的缘分再次相见，她控制不住自己，竟落荒而逃。

沈灼发现，蒋诵最近很沉默，回来吃饭的次数也增加了。可他在忙兑店的事，另一个店的杂事也很多，几乎没有时间坐下来和她好好吃饭。

以后在一起的日子还长着呢。

他按住在腰上作乱的手，无奈地叹了口气，虽然他很喜欢和她深入交流，但连续几天晚上都忙还是挺吃力的。

"诵……"

"嗯？"

她闭着眼，亲他的脸颊、脖子，像在沙漠里缺水的人一样渴极。他按住她的手放在枕边两侧，最后点了下她的唇。

"明天申请休息。"

她睁开眼，考虑了好久才答应："嗯。"

沈灼扶额，这口气怎么还不情不愿的，只能疲惫地把她搂在怀里，商量的语气："最近我很忙，中午没时间，你还是去学校吃，如果不喜欢，就去外面吃。"

她乖顺地点头："好。"

太阳大，怕晒也可以理解，但来食堂是吃饭的，蒋诵还戴着口罩就有毛病了。杨芷心排在队伍前面，回头招手："来我这儿！"

蒋诵看了眼窗口，把口罩往上拉了拉，摇头。

杨芷心眼神在说：傻啦你？

她回避视线，低头看餐盘。餐盘是不锈钢的，倒映出自己的模样，脸遮得严严实实，只露着一双眼睛。

很奇怪，也很讨人厌。

新来的阿姨很招人喜欢，就连杨芷心每次都特意排她的窗口，她用筷子插了一个肉丸子，边啃边说："多不容易啊，这个阿姨都干快一个月了手还不抖，打的菜量超级扎实。"

蒋诵下巴上堆着口罩，低头，安静地吃饭。

"你最近怎么不爱来食堂了，回去男朋友给做啊？"

"不是，没什么胃口。"

杨芷心奇怪："你这胃口怎么一天好一天不好的，前天出去吃面不是还点了两份。"

蒋诵突然愣住："是吗？"

"是啊，你忘了？这样不太好，胃迟早搞坏。"

"嗯，我知道了。"

她嘴上是答应了，实际还是很不规律。杨芷心见她这样，天天拉着她一起去食堂吃，荤素搭配，营养美味。

有时会遇到程果和她男朋友。

程果男朋友白白胖胖，脸上架着一副眼镜，长得很魁梧，说话却温温柔柔的，他帮女朋友打饭，很有眼色地把她们的餐盘也接过去。

蒋诵背对着队伍坐，看程果眉飞色舞地说自己男朋友："计算机系的学弟，比我小两岁。"

杨芷心瞟了一眼排队的背影，胳膊支在桌上悄悄说："年轻好。但是他和你站在一起看不出年龄差，你看起来比他小。"

这话听着还怪舒服的，程果眼睛都笑弯了。

"嘿嘿，那就好。"

程果男朋友打饭超快，这边刚聊几句，他就端着两个餐盘回来了，递给蒋诵和杨芷心后，又不紧不慢地去打另两盘。

程果笑着说："打菜阿姨的儿子也是大一的，和我男朋友住一个宿舍。"

杨芷心"哇"了一声："真好，出来上大学妈妈还陪在身边，甚至深入食堂内部，四年的伙食是不愁了，真是羡慕死我。"

"对啊，反观我妈，在我高中毕业之后连报三个旅游团，玩得都忘了我是谁。"

程果男朋友端着餐盘回来，笑眯眯地坐下。三女一男，他有些不自在，主动说话加入群聊："这个阿姨真的很好，总买水果送到我们宿舍里去。"说完，忽然想起什么，指了指蒋诵的餐盘，"学姐，你的饭下面好像有个鸡腿，阿姨特意藏进去的。"

蒋诵垂眼，艰难地用筷子拨开米饭，下面果然躺着一个鸡腿。

杨芷心赶紧扒拉扒拉自己的饭，扒到底了也全是白色，别说鸡腿了，苍蝇腿都没有。

"怎么偏偏给蒋诵啊？"

程果男朋友有些不好意思："她可能以为这个餐盒是我的，看我又返回去打，她还笑自己费劲巴力的，还搞错了。"

杨芷心撇嘴，手肘顶了下蒋诵："赶快吃掉，这可是意外之喜。"

蒋诵却沉默，低头看着那个鸡腿，脸色比刚才白了几分，她慢慢把口罩拉上去，将筷子放回原处。

"不好意思，我突然没有胃口。"

沈灼听说最近蒋诵没有胃口，可和他在一起的时候，她还是和以前一样，除了脾气变好了，他更爱了之外，没有任何变化。

蒋诵捧着汉堡，咬了一口，细嚼慢咽。

沈灼吃着，余光时不时看向她，她吃完一个汉堡和一个鸡腿，又把可乐喝光，擦擦手，表示吃饱了。

还行啊，也吃挺多。

虽然最近总很晚吃饭，但这么放纵，她身上肉也没长出二两，吃完，他收拾好残局，直接把她带上床。

冬天了，马上寒假，生意差不多也稳定。

他在南江三年多，磕磕绊绊地终于摸清这边人的口味，偏淡，开店之后反复试味道，终于调到完美。

可在准备改良之前，那个姓徐的找到他，在蒋诵住院的时候找人砸了两次店，沈灼怕对方以后还来闹，索性去贷款，直接在马路对面另开一家——东临大学城，西靠居民区，位置不错。和老店只有学生来不同，新店大多是住在附近的熟客，一传十十传百，靠口碑起来的。

赚钱了，还了贷款，老店挂上出兑，他没有继续租房的想法，打算直接买。

蒋诵最近很忙，他也知道，每到期末就这样。

她最近回来得很晚，背着书包，模样和他最初见到时一样，年纪没长似的，怀里抱着一堆书，见到他先笑。

"我回来了。"

沈灼接过她的书包，先一步上楼，刚踩到楼梯，想到忘记问她吃没吃饭了，回头，却看到换鞋的她脸上早已没有笑容，像覆上一层北方的霜冻。

记忆倏地把他拉回过去，也是这样的晚上，楼道灯昏黄得看不清人脸，她站在那里，也是这样的表情，问他："城东河上的冰层，还要等多久才能化啊？"

他心脏刺痛，蒋诵已经上楼梯，抬头，笑着问："怎么发呆呀？"

沈灼眼神一闪，看到她恢复往常，暗骂自己神经病。

"晚饭想吃什么？"

她仔细想："吃面，你做的素面。"

自那晚之后，他无意瞥到的画面竟再也忘不掉，有时在噩梦中惊醒，一身冷汗地摸索身边的人。

她当然在，睡得很熟。

心跳平复之后，他按亮台灯，在寂静的深夜看她的脸。很漂亮，巴掌那么大，似乎也睡不稳，睫毛一颤一颤的。

他过去，轻吻着她额头。

她有时会醒，一脸睡意地问他怎么还醒着。他笑着说，想你。

"我不是在这儿吗……"

"是啊，你在这儿。"

虽然这样说，他心底却总没有安全感，害怕有一天噩梦变成现实，在这样的深夜醒来，旁边空荡荡的，再也找不到她。

寒假了，她终于能休息。

沈灼对成家这件事越来越急，想和她一起出去看房子，毕竟要一起住，把她的喜欢放在第一位。可是，她总是找理由拒绝出门。

——今天好冷啊，不想动。

——昨晚没睡好，我再去补个觉。

——你自己去看吧，我在家等你。

这样拖拖拉拉的，日子快进到过年。他不找她看房子了，找她看灯会，南江第一次举办灯会，早在一个月前就开始宣传。

穿上厚衣服，两人一起出门。路不远，他们牵着手，散步似的往那边走，霓虹如昼，长街望不到尽头。

他买了个糖人,小兔子形状的,她拿在手里,不吃,只看着。

越往前走人越多,他半搂着她的腰,她则保护着糖人不被挤到,前方时不时传来喧闹声,因为踩到鞋了吵架的,和路边商贩讲价的……

她忽然从前方的吵闹中捕捉到熟悉的声音。

"儿子,过年了,妈给你买双红袜子吧。"

年轻的男声立刻烦躁地拒绝:"土死了,你现在哪个年轻人穿红袜子?"

中年女声也不恼,半怨半哄地说:"大过年的说什么晦气话,他们不穿是因为妈妈不在身边,哪有几个你这么有福的,都上大学了妈还过来陪读照顾。"

"我跟本不需要好吗,你在这儿我很烦。"

中年男人的声音很突兀地插进来:"臭小子,真是身在福中不知福。"

蒋诵低头看手里的糖人,看它的眼睛、耳朵,看糖浇多了的小肚子,看穿糖而过的竹木棍……忽地,世界安静。

沈灼注意到前面的一家三口,因为女人一直侧着头,喋喋不休地絮叨着,这张侧脸和他记忆里的不愉快画面重叠。

他伸手捂住蒋诵的耳朵,向后转,和她商量:"人太多了,咱别往前挤了。"

蒋诵点头,笑着说:"好啊,咱们回家。"

"回家喽,回家喽……"他哼着自己改编的歌,拉着她的手在人群里逆行。

到家时刚好零点,鞭炮在窗外炸响,他认真地说:"蒋诵,新年快乐。"

她眼角湿润,哽咽得说不出话,只能在心里说新年快乐啊沈灼,这是和你在一起过的第四个年,真的,真的非常开心,非常幸福。可怎么办呢,这么幸福也掩盖不住痛苦。

吃完年夜饭,她喝了酒,情绪一直低落,索性躺在床上看书,借着书里的苦难流眼泪。

她吸吸鼻子,沈灼果然凑过来,把书推远了些,叮嘱她小心近视。

话音刚落,就看到一双哭肿的眼睛,他心里一紧:"怎么了?"

蒋诵笑了下,只是这笑比哭还难看:"没事,在看书。"

他借着台灯看书皮,漆黑的封面,印着两个大白字:《活着》。

他顺势把她搂在怀里,手里拿着她快看完的书,上下扫了一眼,说:"活着不挺好嘛,哭什么?书不都是这样写,前面坎坎坷坷要不行了似的,结局一定会大团圆。"

蒋诵眼泪流得更凶了:"这本不是。"

他"哎哟"了一声,拿纸帮她擦眼泪:"大过年的哭什么,想点高兴的,比如我们以后的房子。你爱看书,我给你打一间书房怎么样?"

蒋诵还在抽泣,缓过这口气才说:"沈灼,假如真实的我不是你看到的这样,你还会喜欢我吗?"

沈灼搂着她,手在她后背摩挲,帮她顺气。

"不喜欢啊。"

非常明显，怀里的人身体一僵。

他接下没说完的话："我是爱你好不好，我们早就过了喜欢的阶段了。"

蒋诵眼泪又流出来："如果我是个坏东西呢，只爱钱，天天乱发脾气，骂人，打人，摆脸色，看到讨厌的人恨不得他们立刻死掉……"

沈灼："我看到讨厌的人也希望他死啊。上次回去参加吴玉东婚礼，我看到我爸，直接问候'你这老不死的怎么还活着呢'。"

他故意逗她，蒋诵破涕为笑："可我希望我是特别好的人。"

他又抽了张纸帮她擦新流出来的眼泪："你就是特别好的人。"

她酒意上涌，因为哭过，头很晕，大脑不受控制，那些陈芝麻烂谷子的过去一波一波往上涌。

她想说，说她的过去，说她被骂被打，在暴雨天被赶出去罚站，因为捡了弟弟的零食吃被发现而被罚在厕所里跪到深夜，她想说是怎么一次次怀抱希望，又很快失望，用了那么多年的时间终于确定自己没人爱。

她想说就算读了很多书也没能摆脱，长到二十三岁依然被噩梦纠缠。她恐惧、不安，既厌恶自己，又可怜自己。

她是人，不是小猫小狗，她需要很多很多的爱来填满身体。

她需要有个人奋不顾身地爱她，一天二十四小时和她在一起，亲她，抱她，不停地说爱她。

可是，她知道，这副身体继承了她恐惧的、厌恶的、避之不及的所有特质，是被诅咒的，是一根高悬在半空引人钻进来的绳索。

看到沈灼紧张的眼神，她忽然什么都不想说了，勉强笑了下，像什么都没发生似的钻进被窝，小声说："我要睡觉啦。"

大学即将结束，杨芷心依然热衷拉蒋诵去食堂吃饭，尤其是开学之后看到她瘦成一条，更是气急败坏地骂沈灼："怎么回事啊，那个臭开饭店的，家里堆那么多好吃的，结果女朋友瘦成这个鬼样子……"

蒋诵赶紧捂她的嘴："这不怪他。"

杨芷心挣脱蒋诵的手，一点都没留情面地吐槽她："说两句都不行，你也太爱了。"

"对不起。"

"你跟我说什么对不起，我这是一句梗而已，不是说你。"

蒋诵似懂非懂地看了她一眼，低头，默默吃饭。

食堂的菜都是大锅翻炒，炒完了放在窗口，打菜阿姨用大勺盛满放在餐盘里，蒋诵再开始第二次"翻炒"。

杨芷心看蒋诵用那双筷子翻来翻去的，结果只夹了一根空心菜吃进去，火快要压不住。

"救命，阿姨特意给你打了最精华的一勺，你别辜负她一番好心啊。"

她劝过架，劝过酒，这还是第一次劝吃，恨不得拿筷子夹红烧肉塞蒋诵嘴里去，结果她这边说完，蒋诵却放下筷子。

杨芷心："别，我不说了，你慢慢吃。"

蒋诵真的吃不下，她自己知道，老毛病又犯了，时隔四年，她还天真地以为痊愈了。

细想也是，连断绝关系的父母都跳到眼前了，那些小毛病卷土重来也正常，她依然戴着口罩，有时也会奇怪自己到底在躲什么。

可世间的事总是这样，越躲，越避不开。

杨芷心很喜欢这个食堂阿姨，所有的人都喜欢，同学们到食堂来，先是甜甜地喊一声"阿姨好"，然后再唠几句家常。

"下课啦？这闺女今天的头发扎得真好看。"

"谢谢，阿姨你的头发也好，发量多，适合编辫子。"

"是吗？我这自己也够不着啊。"

"阿姨我再要一条炸鱼。你要是想编我帮你，一会儿弄就好了。"

…………

蒋诵挺直后背，再次放下筷子，杨芷心看到只挖了一个洞的饭，无奈地叹了口气："你有什么心事和我说好吗？和男朋友感情出问题了？"

"没有。"

"那是怎么了嘛。"

杨芷心也放下筷子，今天食堂人少，没那么吵闹，适合聊一聊。

"从上学期就看出你不对劲了，笑也不是真心笑，该生气时也不生气，像个机器人似的，你到底怎么了？"

蒋诵想了想，语速很慢地说："这样不好吗，我情绪很稳定啊。"

杨芷心无语望天："我不觉得，我看你离疯掉不远了。"

两人说话的时候，人又走了一波，刚才打饭的女孩吃完也没走，特意等着食堂阿姨忙完给她编辫子。

很巧，就在蒋诵背后隔两排桌的座位。

杨芷心见阿姨过来，离老远就打招呼："阿姨忙完啦？"

"哎哎，忙完了，还没吃完哪？"

"没有，你盛的饭太好吃了，舍不得那么快吃完。"

那阿姨坐好，笑着说："瞧把你嘴甜的。"

很奇怪，徐丽华怎么变得这么好，好到蒋诵以为自己的记忆是错误的，甚至怀疑是不是在臆想，得了什么被迫害妄想症之类的。可十几年的记忆还在身体里释放余震，读的书越多，越不能理解他们毫无缘由的厌恶，真是好没道理，他们不止生活幸福美满，还得到很多人的喜欢。

徐丽华笑眯眯地坐在餐椅上，任谁看都是个温婉妇人，为什么做坏事的人岁月静好，她却每时每刻都在受折磨。

杨芷心觉得刚才她语气太严肃了，赶紧转个轻松点的话题："要不等会儿去逛街吧，买几件新衣服，你怎么一直穿旧衣服……"

蒋诵的注意力却在背后的声音上。

女生把徐丽华的头发解开，乌黑油亮的一大把，一边羡慕地捋着，一边夸她头发真好，一看就是精心养护过。

徐丽华不好意思："养也是最近几年养的，以前日子不宽裕，出去打工赚钱，累死累活的，哪有力气管头发亮不亮。"

女孩认真地编出麻花辫："现在好啦，以后都是好日子。"

"希望吧。不过仔细一想，还是生闺女好，我家那个臭小子啊，这辈子都不可能帮我编辫子。"

"阿姨只有一个孩子吗？"

中年女人笑着叹气，语气有些惆怅："是啊，只生了这一个，那些年不是计划生育……"

蒋诵突然抬头，拿掉下巴上的口罩，慢慢转过身。

四目相对，徐丽华的声音戛然而止。

蒋诵从没想过会有这样一天，和徐丽华心平气和地在咖啡厅对坐。没有想象中的激愤和争吵，而是像两个许久未见的成年人，平静地对话。

是徐丽华先开口："就要毕业了？"

蒋诵忽地觉得自己像小丑，自以为是地以为躲得很好，可徐丽华短暂惊愕之后，很快过来和她说出去聊一聊，明显比她更早认出。

蒋诵低头抿了口咖啡，微苦。

"嗯。"

"挺好。"

挺好？蒋诵不觉得，只觉得身体里承受了太多的悲伤，化作囚笼困住她，让她不得不面对这样割裂的自己。她抬起头，直视曾经叫妈妈的人。

"你没有话要对我说吗？"

现在她是成年人，还是读了很多书、用义化武装身体和思想的成年人，她做不出撒泼打滚哭诉，也忍住了把咖啡泼在徐丽华头上的冲动，不管心里多少怨，她都想保留体面。

徐丽华放下咖啡杯，她喝不惯这种洋东西，皱眉的同时，抬眼看蒋诵，没有铺垫，毫无预兆地，用很平淡的语气说了一句对不起。

蒋诵的手在桌子下攥紧："什么？"

徐丽华忽然笑了，眼角堆起细密的皱纹，再也不是以前那个声色俱厉的女人，岁月磨平了她暴躁的脾气，她也年近五十，显露出这个年纪应有的沉稳。

"我说对不起。"

她垂眼，唇角微微漾起，像在千帆过尽后说起过去："我们以前确实对你不好，那时候家里穷，我和你爸收入不高，你这个做姐姐的跟着吃了很多辛苦。"

蒋诵是想要一句道歉，但绝不是闲适地坐在咖啡厅里，对方以这样轻飘飘的口气说出来的道歉。

她面无表情："我吃的苦和穷没关系，都是最亲的人强加给我的。"

徐丽华哂笑："所以我说对不起。"

蒋诵不自觉地咬紧唇肉，徐丽华的语气太轻松，就像在说咖啡的味道真不错。

几年没见，徐丽华的形象不再高大得让她恐惧，而是宽容、随和，看来四十万对于一个普通家庭来说很有重量，足以填满所有匮乏，就连她的痛苦也被悄无声息地抹平。

徐丽华和她说对不起，并不是在道歉，而是通过这三个字，间接地原谅了自己。

蒋诵不想接受："世间怎么会有这样好的事，四十万换三个字，我太亏了。"

徐丽华的表情有一瞬凝滞，她垂眼，笑容渐渐变得勉强："我以为过了这么多年，我们能心平气和地说话。"

"过好日子的人当然能心平气和，你知道我是怎么过的吗？"

"你毕竟也上了大学。"

蒋诵忍不住轻笑，手悠闲地抬起，去捻着小猫形状咖啡杯的耳朵。杯沿瓷白，手指却粗糙，上面残留着几年前冻疮的印子。

"你们大人怎么能这样欺负我们？把钱还给他吧，我不要和你们断绝关系了，我身上流着你们的血，不管我走到哪里都是你们的孩子。"

徐丽华下意识地抬眼，惊愕地发现这个女儿早已不是她熟悉的女儿。那个孩子身上的胆小、讨好、惴惴不安全都消失了，取而代之的是陌生的，是那种"我过得不好，你们也别想好过"的疯狂。

她的笑容再也立不住，怎么都没办法维持端庄，长叹一口气，眉头紧锁地说："你弟复读了一年才考进来，你知道多不容易吗？"

蒋诵却噙着笑："我也是复读考进来的，比他更不容易。"

"你有什么不容易……"斥责脱口而出，却戛然而止，徐丽华用力收住汹涌而上的怒意，讪讪地说，"家里哪还有钱，有钱的话我也不必出来打工这么辛苦。"

蒋诵"哦"了一声，随意地说："把房子卖了，不就有钱了。"

徐丽华再也忍不住，眼神狠厉地瞪她："凭什么？"

蒋诵微笑："对啊，我也想问，你们到底凭什么呢？"

不知是不是沈灼的错觉，蒋诵变得和以前不一样。

虽说要毕业了很忙，但也不至于忙到这种连家都没时间回的程度，有时他打电话问杨芷心，杨芷心也支支吾吾，说不出到底在忙什么。偶尔回家，他想拉着蒋诵说说近况。比如生意很好，他有开分店的想法；比如他认识那个开发商手里有套朝向特别好的房子，他想贷款买下来。

好不容易晚上一起吃饭,他落座后就直奔主题:"你知道附近那个御萃苑吗?"

蒋诵边吃边看手机,半晌才回:"知道。"

"我看中一套,一百平方米左右,大落地窗的平层,楼层也好。"

蒋诵慢吞吞地放下手机:"我看到宣传了,好像很贵。"

"没事,可以交首付贷款。"

蒋诵皱眉:"我不喜欢贷款。"

这个沈灼倒是知道,她对钱极其在意,不喜欢欠人的,更不喜欢欠银行的,钱等于安全感,她喜欢把钱放在卡里老实待着。

沈灼:"不用担心,钱也没差很多。"

蒋诵抬头:"差多少?"

"几十万吧,四五十万,因为不知道装修会用多少。"

他说着,还注意着她的表情。一碗面,她只吃了两口,就那样低头看,就像能从碗里看出钱似的。

她放下筷子:"不用急,我想全款买。"

沈灼虽埋头吃面,却也难掩失落。不买房的意思就是不结婚,她马上毕业了,万一找的工作离这儿很远,两人免不了要异地。或许是他自私,他最近有种不好的预感,总觉得她像一只风筝,而他手里的线已经到放到尽头,稍不留神,她就要飞走。

"全款还要等,我不想等。"

他的语气里透着怨念,蒋诵却没捕捉到。

"等不了多久的,这几十万我想办法。"

沈灼无奈:"你是说等你工作之后慢慢攒钱,到三十岁我们再结婚吗?"

蒋诵愣了一下,似乎对"结婚"这个词很不习惯。她垂着眼,认真想了想,给他肯定的答复:"不会那么久。"

一夜入夏,店里的生意越来越好。

沈灼把老店出兑了,另租了个两居室,标准户型,朝阳。搬家那天,蒋诵没回来,他给她打电话,她说在忙论文的事。

沈灼在忙碌的间歇也会仔细回忆这一路坎坷,他们结婚是水到渠成的事,他想不出还有别的选项。

或许蒋诵不是这么认为呢。

毕业季,分手季。

今晚又来了一对吃散伙饭的情侣,男孩想回老家考公务员,女孩准备出国继续读书,大学四年的感情,在距离面前变得不值一提。

可是,他们没有距离问题。

那蒋诵到底怎么了?自从上大四之后,性格就不像以前那样,整个人似是蒙上一层薄纱,毫不留情地把他隔绝在外。

有时他夜半惊醒,敞开的窗户有潮湿的风吹进来,白色纱帘翻动,她贴着床沿,半张脸埋在被子里,连呼吸都很安静。

他伸手探在她鼻下,感应到温热的暖流,才小心地收回去。

他有时忍不住去抱她,她也不醒,睡梦中会伸出胳膊搂着他的腰,在他怀里找到舒服的位置,继续睡,只有在这个时候,他的安全感稍微回来一些。

发生转变是在某个雨夜,他被凉风吹醒,习惯性地伸胳膊去搂她,可旁边空荡荡的,连温度都没有。他扑腾一下从床上跳起来,去客厅、洗手间、厨房,甚至堆放杂物的仓库都去看了,没有人。

最后到门口,只有拖鞋在,运动鞋消失了。

凌晨一点,她出门了。

意识到这是事实的时候,沈灼有一瞬的失控,他忍着脏话,迅速穿鞋下楼,却在单元门口碰到淋成落汤鸡的她。

蒋诵脸色苍白,雨水打湿她的头发,发尾的水连成一条线渗进湿透的衣服里。两人的视线撞上时,她打了个冷战。

沈灼一把拉她回楼道,过分担心之后控制不好语气:"下这么大的雨你去哪儿了?"

蒋诵哆嗦着从怀里掏出塑料袋,里面是模模糊糊的红绿色。

"'大姨妈'突然来了,家里没有卫生巾,我出去买。"

沈灼一听更是生气:"你叫我起来去买啊。"

她吸吸鼻子,瓮声瓮气地说:"我看你睡得很熟。"

他在前面上楼,大起大落,还是心绪难宁:"外面这么大的雨,你身体这样不能着凉,况且家里还有纸巾,怎么都能坚持到天亮。"

蒋诵跟在后面,语气是罕见的任性:"我才不用纸巾。"

如果事实就是这样该多好,沈灼不该这样心细的,心细到去翻垃圾桶,发现她根本就不是生理期。

心里清楚问她没有结果,他索性去堵杨芷心。

杨芷心最近在一家出版公司实习,下班的时候,一眼看到站在楼下的沈灼,心里一"咯噔",愣神的工夫,他注意到她。

很久没见,没有客套,他开门见山:"蒋诵最近在忙什么,也在实习吗?"

杨芷心想到最近的纠结,还有断断续续问出来的狗血剧情,硬着头皮说:"呃……好像是吧。"

沈灼看着她的脸,试探地问:"她去黎清衍那儿实习了?"

杨芷心尴尬地笑了笑,不自然地挠着后脑勺:"不太清楚啊,我最近也忙得要死,没怎么和她在一起。"

沈灼鹰隼般的目光定在她的眼睛上。杨芷心叫苦不迭,想到蒋诵千叮万嘱的事,只能硬着头皮说:"是,她没跟你说可能也是怕你不高兴。"

话音刚落,他却明显地松了口气:"我怎么可能因为这种事和她生气。"

事实上蒋诵根本没去黎清衍那儿,而是去了另一个地方,远郊,大型食品加工厂。她记不清这是第几次来了。

白色箱货车从厂区缓缓驶出,她站在大门口正中,透过挡风玻璃看到中年男人的脸,他眉头紧锁,一脸晦气的不耐烦。

蒋大呈落下车窗,探出头骂她:"来多少次也没钱给你,信不信我打你。"

蒋诵一动不动,眼神倔强地看着他:"我只知道钱被你拿走了。我上了大学,法律可没有断绝关系这种说法,你欠钱就要还,如果没有,我就去学校找蒋鸿儒要。"

几年后,身份调转,她变成强势的那方。血脉相连,她能感受到男人的怒气,同时也深知他的软肋。

"我的弟弟,鸿儒,能上这么好的大学真的不容易。"

蒋诵发现,或许这就是血缘的诅咒,就像他们当初伤害她一样,她也能很轻易地伤害他们。

午休时间她去食堂晃悠,坐在最显眼的座位上,抱着肩膀看向窗口,直到里面的女人再也笑不出,无心应付学生的热情。

空闲时间她则去找蒋大呈,从小区物业追到装修公司,最后到食品加工厂,这是他三天前换的工作,开车去各超市送货。

她也知道蒋鸿儒什么都不知道,作为金贵的儿子,不管家里发生多严重的地震,都和他无关,两耳不闻窗外事地享受人生。

他偷偷交了个女朋友,不是学校的学生,而是两条街外的发廊小妹,染着一头不羁的红发。

某个傍晚,她走在路上,和蒋鸿儒碰到。他个子很高,脸上长了一堆青春痘,怀里搂着女朋友,嘴里碎碎地说着什么,手顺着女朋友的腰向上捏了一下胸部。

她听到女生骂他:"瞎摸什么。"

蒋鸿儒又过去捏了几下,笑嘻嘻地说:"你不就喜欢这样吗,装什么。"

蒋诵一直看他,看到他随意地瞟她一眼,又丝滑地移开,像见到陌生人一样,大概是没认出这是他从小欺负到大的姐姐。

过了几天,徐丽华主动找她:"钱是真没有,你到底想干什么?"

岁月静好的泡沫被戳碎,中年女人的脸上又现出熟悉的厌恶表情,她眉头紧锁,仿佛下一秒就要说出一堆骂她的话。

蒋诵倚在大树下,细碎的光影照在她脸上,迷幻又不真实。

"当初你们要钱的时候,他也没有,卖了房子又欠了外债,你知道我们是怎么熬过来的吗?你不知道北方的冬天可以冻死人吗?"

徐丽华没耐心听蒋诵说这些,再次遇到早就在生活里消失的人之后,她感觉身上披着的美好被一层层扒下来,连筋带血的,疼得她彻夜难眠。本来已经原谅这个不听话的死孩子了,现在恨又翻腾着涌出来。

她咬牙切齿："你自甘下贱和野男人滚在一起，受多少苦都是活该！"

阳光忽地直射，晒得蒋诵眯眼，她沉吟许久，似是终于解脱一般，笑着说："谢谢，你还是老样子。"

杨芷心很焦虑。

她去找蒋诵，把沈灼来找她的事告诉蒋诵，蒋诵听了之后没什么表情，淡淡地说知道了。

杨芷心怎么都弄不懂，在小吃店里吃云吞，勺子搅得碗底"咯咯"作响。

"你不是说早就断绝关系了吗？而且马上就毕业了，你和沈灼的人生才刚刚开始，就当他们不存在不好吗？干什么给自己找虐？"

蒋诵低着头，怔怔地看碗里漂着的辣椒籽："可我必须要斩断过去的一切，才能重新开始。"

杨芷心凑过去，压低声音，焦灼地和她讲道理："不是早就斩断了吗？你现在马上毕业，可以开始全新的生活了。"

蒋诵摇头："我做不到。"

"为什么啊？"

"我不想躲在他的背后，让他替我分担我的沉重，我也不想满身伤疤地在他身边，让他用爱帮我疗伤。我试过了，不行的，我会觉得很亏欠，我已经欠他够多了。"

杨芷心莫名其妙："可是相爱的两个人在一起，哪有什么欠不欠的。"

蒋诵放下勺子，一字一句地说："就是因为相爱，我才不想让他可怜我，而且这是我人生的路障，应该我自己跨过去。"

"至少要和他坦白吧，你天天追着他们要钱，万一出了什么事呢。"

"不会有事，而且……"她沉吟一瞬，"只有把这钱还给他，我才能作为一个独立的人和他在一起。"

毕业季，很快就要放暑假。

沈灼店里生意稳定，心里的事却越来越放不下，更是无心看房子。

因为几天前，他去订货时，竟然看到蒋诵也在市场，她站在箱货车旁，仰头和坐在驾驶位的男人交谈。

过了十分钟，她才转身离开，沈灼这才发现，那男人的脸很熟悉，是她那个狮子大开口的亲爸。

或许可以这样想，她最近的转变，是因为她的家人过来了。

沈灼不敏感，很少深层次地思考，所以就算有那样悲伤的过往，他也能活得很好，和蒋诵确定关系之后，陈旧的书页轻松翻过去，他只会往前看。

可蒋诵不是这样的。

从她十九岁开始，到现在快五年，他了解她细腻敏感的个性，也深知这样的性格因童年不幸，会产生多么漫长的余波。

比如现在，就算在床上也游离事外，搂着盖在前胸的枕头，心事重重地盯着天花板。

他长叹一口气，头埋在她颈窝低哄，或许是诱惑。

"能告诉我吗？"

蒋诵知道他在问什么，手臂扬起，搂着他的脖子。很久之后，她吻了下他的耳垂，小声说："很快告诉你。"

可事与愿违，就像他们为了钱能千里迢迢去找她，现在也能为了钱躲她，甚至连蒋鸿儒都提前离校，租的地方也是房门紧锁。他们跑了，让她有种这辈子都不可能再遇见的第六感。

杨芷心拦着她收拾东西："蒋诵，你是不是疯了？他们已经表现得这么明显了，你怎么还不放过自己？"

蒋诵只停顿一秒，然后把洗漱用品塞进书包。

"生了女儿当用人使唤，还能换那么大一笔钱，坏事做尽也没有报应，世间怎么会有这样的道理。"

杨芷心攥着蒋诵书包的拉链，苦口婆心地劝她："那你呢？你就任由自己被恨意洗脑，把做的所有努力全都毁了吗？"

见蒋诵愣住，杨芷心压着她肩膀坐下。

"你这么不容易上了大学，万一毕不了业呢？自从聂小美那件事之后，你肉眼可见地低沉，好像连活着的动力都没有了。"

蒋诵承认最近一年无法自控，但不承认失去动力。

"不管你信不信，我现在做的所有事，或许有很多错，都是我在努力，我在解救自己走出泥潭。"

杨芷心无力："我觉得，作为一个成年人，放不下过去就是对自己最大的恶意。"

当然，作为最好的朋友，她没办法再帮蒋诵隐瞒，她打了个电话给沈灼，告诉他蒋诵去火车站了。

画面似曾相识，从前是蒋诵哭着喊着不要他离开，这次换成他。

沈灼冷脸看着背着书包明显要远走的女孩，他忍了很久，甚至设身处地为她着想，做到这样的程度，也没能换回她的坦诚。他们在一起，算是相依为命，就算她不计前嫌，想和父母重聚，说出来他也会理解，甚至支持她，只要还和他在一起就行。

可现在，他也不确定了。

他强拉着她出站，拽进出租车，一路向北，两人都没说话。

到家之后，蒋诵主动说话："沈灼，我爱你。"

猝不及防地，这三个字在这样的场景听到，沈灼没有开心和激动，虽然这句话对他来说堪比蜜糖，但他第一反应却是失落。

"爱我还要走？"

蒋诵放下包，慢吞吞地走过去，搂住他的腰："我会回来，带回全新的自己。"

沈灼耳根子向来对她很软，不管她说什么都无条件相信，可现在他迷茫，也不知道她到底在痛苦什么，他很想知道，想和她一起面对，就像她曾经深入过他荒芜的内心，带他逃离噩梦的童年。

他的手臂环住她的腰，那么细，手指在她侧腰窄薄的肉上摩挲："我不要新的你，我就要现在的你。"

蒋诵在他怀里摇头："不要，我讨厌现在的自己，你等我，不会很久。"

和他预感的一样，她果然消失了，在某个噩梦惊醒的深夜。

一天，两天，三天，度日如年。

蒋诵坐在绿皮火车里，窗外的风景快速倒退，时间也在她身体里倒流，她终于有勇气转身，踩着来时的脚印往回走。

她回到生活了十二年的家，老旧的小区，住户换了一批陌生的人，从前让她进屋躲着的对门阿姨早就搬走了，住进带着女儿的一家三口。

盛夏，燥热，门开一条缝，小女孩坐在窗前，磕磕绊绊地弹钢琴。

钢琴两边坐着年轻的父母，笑吟吟地看着扎小辫子的女儿，小手短粗，找不准按键，他们一遍一遍地教她，仿佛有用不完的耐心。

有风吹过，门被顶得大开，女人回头，刚好看到站在门口的蒋诵。

她起身，奇怪地问："你是？"

蒋诵笑了笑，指了指对门紧闭的房门："这家人不在吗？"

女人走到门口，仔细想了想："应该不在吧，孩子考上好大学了，两个人都跟着过去了，现在还没放暑假。"

蒋诵："但是他们提前回来了，应该在家。"

"不在，我家门天天开着，对门一直没人回来。"女人语气很肯定。她手扶着门把，看蒋诵的装扮似是刚下车，思忖大概是过来投亲戚的。

"要不我给他们打个电话？"

蒋诵想了想，感激地笑笑："好，那麻烦帮我打个电话吧。"

女人拿手机拨号，随口问："你是？"

"我是他们的另一个孩子。"

他们不会回来的，蒋诵很确定。她背着书包，站在楼下，熟悉的窗户紧闭，上面的污浊告诉她这里已经很久没人住了。

她低头，看着脚下踩着的洁白方砖。

几年前，陈欣欣死在这里，她记得满地的鲜血，记得陈妈妈撕心裂肺的谩骂和号哭，也记得在这里烧掉的长信。

可远处的树荫下，陈欣欣的妈妈就坐在那里，她比以前胖了很多，穿着棉布料子的吊带睡衣，白花花的胳膊露在外面，怀里搂着个两岁左右的小孩。

女人语速很慢地念："白日依山尽。"

小孩还不太会说话，不懂这句话的意思，只能口齿不清地模仿："拜拜……"

女人佯装生气，扬手在小孩穿开裆裤的屁股上拍了一下，再次重复："白日，白日依山尽。"

"白……拜拜……"

蒋诵移开视线，她感叹时间的神奇，神奇到覆盖一切，陈欣欣一头扎下窗户死在这里之前，或许早就知道自己很快会被人遗忘。

没关系，她会永远记得。

在小区等了一天，没有人回来。蒋诵坐上开往乡下的客车，一路颠簸，她看到熟悉的乡村，还有路口那棵大榕树。循着记忆的乡路往前走，爷爷家是最左边的第二家，这么多年没回来，变了，大变样。

房子翻新盖了二层小楼，院子铺满红砖，门头气派，左右用金色字体刻着"家和万事兴""多财多福"之类的话。

她走进院子。天气热，屋角下的土狗懒得动，只在窝里叫了两声。

一个四十多岁的中年女人推开门，阳光晒得她睁不开眼睛，她抬手挡在眉上遮阳，没好气地问："你找谁？"

蒋诵往前一步，笑得乖顺："姑姑，我是蒋诵。"

"蒋诵？"女人站着不动，似是在记忆里翻找这号人物。她眯眼看着来人，怎么都想不起来。

蒋诵："我是蒋鸿儒的姐姐。"

"啊！是鸿儒的姐姐啊。"

女人终于动了，倒没过去迎，而是靠在门边的阴影里，上下打量这个多年不见的侄女："变样了，都不认识了。"

蒋诵扎着马尾，穿着运动装，抓着书包的带子，向前一步："我想问，我爸妈回来了吗？"

女人笑着点头："回来了，昨天回的，可惜鸿儒那臭小子出去旅游了。哎哟，我都多久没见他了，放假了也不说回来看看，听说考上好大学了，真有出息，小时候就数他最聪明……"

蒋诵嘴角噙着笑，目光越过姑姑的肩膀往屋里看："我找他们有事。"

女人的话被强硬打断，她眼神讪讪，扭着身子回屋。在她转身的时候，同时从里面冲出一堆小孩，黑得像煤球似的，吵吵闹闹地从里面跑出来。她给距离最近的女孩一巴掌，大骂："没长眼的瞎跑什么。"

那女孩不知是谁家的。蒋诵的奶奶生了八个孩子，五男三女，家族也早就开枝散叶，第四代人都出生了。可惜他们都没什么大作为，走得最远的大概就是蒋大呈了，但那么早步入城市也没能切断他的陈旧思想，重男轻女得令人发指。

那已经是很多年之前的事了，她天真地以为时代在变好，看来并没有。

小孩子叽叽喳喳地笑着，擦过蒋诵的身体往院外跑，她深吸一口气，踩上翻修后的台阶，一步一步往上走。

谁也没想到蒋诵这么执着，蒋大呈看到她的那一刻，脸上覆满冰霜："你怎么能追到这儿来？"

蒋诵无视屋里站着的叔叔婶子一堆侄子侄女，先规规矩矩地叫了声"爸"，往前一步，笑着说："我来要钱。"

蒋大呈坐在新买的藤木椅上，眼皮松松地垂着。他是家里的第二个儿子，也是活得最体面的一个。不过以前不是，因为把孩子扔回来养，几个兄弟姐妹都有些不满。后来他有钱了，直接打回来十万块，用这钱修了房子、院子，换了气派的大门，他终于在这个家有了存在感。

去年儿子考上大学，他的地位更是飞跃，连堂屋里的主位也是可以坐一坐的，被大家恭敬小心地对待，那滋味真让人上瘾。

他起身，走到蒋诵面前，冷冷地说："别在这儿丢人现眼，有事回家说。"

好啊，回家说。

蒋诵了解他们，也早就做好心理准备，当年她连死都不怕，懦弱地逃到那么远的地方，以后再也不会了。

徐丽华冷着脸开门，蒋诵背着书包走进屋。

室内和记忆里完全不一样，能看出用心装修了，睡了十几年的旧沙发消失了，换上精致的皮革软椅。

这是标准的一家三口之家，任谁都找不到第四个人的痕迹。

可她现在回来了。

徐丽华把门关上，蒋大呈甩掉鞋，大步走进来，反手抽蒋诵一个耳光，力气够大，她被打得撞在墙上。

客厅的死角，向来是施展拳脚的好地点。

蒋大呈虽然在外不言不语，摆出忠厚老实的没脾气样，其实骨子里极爱面子，他攒够了怒气，回到家里，不介意展露最暴虐的一面。

这个女儿啊，大抵是白眼狼转世，他怎么这么倒霉成了她的爸爸，他这一生，唯一的错误就是生出这么个东西。她明明这么瘦小，脖子却昂得很高，就算被打，那双眼睛也冷冷地看着他，看得他浑身发毛。

巴掌不足以平复愤怒，他失去控制，一拳一脚地胡乱打在她身上，蒋诵却不像小时候那样任打任骂，甚至学会了还手。他的拳头落在她身上，却被她抓住，张嘴就咬，力气大得像要和他殊死一战。

他一脚把她踢倒，挣脱手腕，反手抽她。他恨极，失去理智，可身下的人却不求饶，甚至口不择言地骂他："打啊，打完我，我让你把牢底坐穿……"

蒋大呈一巴掌打在她脸上，恶狠狠地怒骂："你真以为我不敢是吗？"

徐丽华叫喊着跑过来，拉着男人的胳膊不让他打："你疯了吗？快住手。"

可女人的力气总没有男人的大，她被甩到一旁，差点撞到茶几桌角。

"蒋老二！我让你住手！"

蒋诵唇角流出血,却笑着挑衅:"打啊,打死我。"

他的拳头高高举起,带着一阵风下来,她闭上眼的一瞬,徐丽华飞奔过来挡在她身前,用自己的身体替她挨了这一拳。

蒋诵睁开眼,看到眼前挡着的一堵肉墙,眼泪毫无预兆地流出来。

难道是她做错了?或许记忆里那些沉重的恨也是夹杂着爱意的,只是被她刻意忽略了。

她抖着手伸过去,想去碰疼得一脸扭曲的徐丽华,但指尖还没触到布料,就听女人歇斯底里地大吼:"你疯了?打死她,你要是去坐牢,儿子就不能考公务员了!"

世界忽然安静,阳光照进来,照在她停在半空的手指上。她笑了,流着眼泪在笑,笑自己怎么都到这个地步了还在幻想。

她擦掉眼泪,一字一句地说:"我不会和解。"

读书的好处在这种情况下显现出来。

就算被打得鼻青脸肿,头上和胳膊上都缠着纱布,躺在病床上输液,她也能冷静地报警找律师。

她靠在床头做笔录,嘴角肿了,说话不太清楚,却也条理清晰地、一个字一个字地如实描述事情经过。

律师听了前因后果,皱眉说:"这属于家暴。"

蒋诵不解。

律师笑着解释道:"你知道,暴力只要有'家'这个字当前缀,就……"

她点头:"我懂。"

"量刑有些困难,你说说你的诉求是什么。"

蒋诵沉吟,慢慢抬头,露出青紫交错的眼眶:"用钱和解。"

和当初沈灼卖房子帮她脱离原生家庭相比,这次身份调转,徐丽华在医院里给她跪下,痛哭流涕地说蒋大呈还在警局关着,就等她一句话。

徐丽华哭过,求过,情绪越来越激动。

"他可是你亲爸!"

蒋诵躺在病床上,眼前一片纯白,她缠着的纱布,上面丝丝缕缕渗出红色。

她淡淡地说:"亲爸也会把女儿打到骨折住院。"

徐丽华大声反驳:"是你自己找打!都断绝关系了为什么还回来?我生了你真是倒了八辈子霉,简直是来报仇的,早知道这样就该把你掐死……"

徐丽华被气得更年期提前,总是控制不住脾气,骂完才想到男人还在警局蹲着,赶紧软了声调求她:"你能不能行行好,算妈求你了。"

"好。"蒋诵淡淡地说,"四十万。"

说出的这个数字,不多不少,中间经历了各种一哭二闹三上吊的扯皮,当初送出去的四十万,兜兜转转快五年,终于一分不少地回到她手里。

徐丽华仿佛被割肉了一样,给钱的时候眼泪都流下来,特意找来个认识的警察,一遍一遍地哭诉:"警察同志在这儿当见证,钱我给你了,我们以后就没关系了,我就当没生过你,你也别再说我们对你不好,好与不好都是过去的事了,我们就此了断吧。"

蒋诵手臂还缠着纱布,低头,慢慢蹲下。

她从行李袋里拿出一沓钱,一张一张地数,极有耐心地从下午数到晚上,和几年前的那天一样,直到夜幕,她才拎着行李袋走出去。

路灯暗淡,她连头都没回。

一夜无眠,早上,她拎着现金去银行,转账成功的那一刻,她突然有种从噩梦里解脱的快感。

手机刚开机,消息不停地涌进来,杨芷心狂拍她,问她到底在哪儿,为什么关机,如果再不回信息,就去报警。

她敲击屏幕,打下两个字:安全。

她退出与杨芷心的聊天框,左下角的未读信息提示栏的数字快速增加。离开几天,沈灼给她发了几百条消息,最开始还冷静地问她去哪儿了,说不管发生什么事都不用怕,有他在。

最新的消息是一张车票,出发日期是昨晚。

她犹豫着,拨号过去,对面的人迅速接通。

"诵?"他语气急促,还有些哑。

听到他声音的一瞬,蒋诵眼圈泛红,她吸吸鼻子,想笑,却牵扯到嘴角的伤口一痛。

"是我。"

短暂的沉默后,他问:"你在哪儿?"

蒋诵坐在银行的铁质长椅上,旁边就是巨大的落地窗,她捧着电话,看到自己的倒影。

——额头贴着纱布,脸颊肿得老高,泛着大片的青紫,胳膊也用薄木板固定,吊着一根绳子挂在脖子上,很狼狈,很惨,丑得不像她。

她垂眼,看自己的鞋尖:"你看一下短信提醒,我刚才给你打了一笔钱。"

"什么?"他听不懂。

听筒里一阵窸窸窣窣,她心跳加速,手紧张地攥紧:"收到了吗?"

过了很久,他才说话,语气冷极:"蒋诵,为什么偏偏是四十万?"

"我找他们要回了你的东西。"

他深吸一口气:"我的东西?钱吗?收到了,然后呢?"

蒋诵想笑,却笑不出来。不知道怎么回事,听到他的声音之后,所有的伤口都好痛好痛,可怎么办呢,她虽是不被期待地来到这个世界,但是关于人性该有的也一样不少。她也有自尊,这副半死不活的样子,被他看到一次就够了。

"你之前说,全款买房子的话还差四五十万,加上这些差不多够了,可以去买了。"

沈灼沉默很久。

他连夜赶来陌生的城市，去她生活过的家，可惜那里的窗口一片漆黑。他站在门口等了一夜，直到对门的女主人开门，被门口的黑影吓了一大跳，捂着胸口念："哎哟，这两天怎么回事，总有人来找呢。"

沈灼看她面善，疲惫地问："除了我还有别人？"

女人边抵门边说："对啊。前几天有个小姑娘，瘦瘦白白的，和你一样，也是站在门口等。"

沈灼知道是她，用力压下急切和激动。

"她等到了吗？"

女人露出笑容："等到了。她是这家的女儿，放暑假回来刚好赶上爸妈回村里了，还是我帮忙打的电话叫他们回来，这会儿……"她想了想，"好像一起走了，不知道是去旅游了还是回村里避暑了。"

他无力地扯了扯嘴角，他早该知道的。

从很久之前就感觉到蒋诵的变化，除夕那天她在灯会上一定也看到了家人，回去之后那么哭。她当时在哭什么呢？是哭不能和家人一起过年，还是……

算了，这些都不重要了。

"钱我不要，我只要你，我现在就想见你。"

就算她变心了，不爱了，他也存了自私的心，他从没想过自己有一天会变成这样的人，卑微到连自己都讨厌。

蒋诵默默流泪，看不清落地窗上的狼狈倒影，说："现在还不行，你可以等我吗？"

和她预想的不一样，沈灼马上回绝："等不了，我现在就要见你。"

蒋诵缩在椅子上，身体所触的一切都透着冰凉和坚硬，她觉得心也一路凉下去，沉入深不见底的冰层。

"现在不行。"

沈灼很有耐心，就算到这种地步，他还是语速缓慢，说出的话像覆上一层咒语："蒋诵，就算你不计前嫌，还是决定回去和家人一起，我也想再见你一面。"

蒋诵一直摇头，世界变得安静，只能听到他的声音，痛苦里带着决绝："我要你选，是马上见我，还是不见。"

蒋诵眼泪止不住，濡湿了下巴贴着的纱布。银行的大厅经理早就注意到她，办完业务也不走，对着电话一直哭。大厅经理轻轻走来，担忧地问："女士，需要帮助吗？"

蒋诵抬头，脸上的青紫和伤口触目惊心。

她捂着话筒，小声说："不需要，谢谢。"

然后她低下头，独自挣扎在这绝路里，终于吐出一句："我不见你。"

"好，好，好。"他连着说了三个"好"，甚至还笑了一声，语调不再是她熟悉的那种温和，仿佛回到最初见面的时候，冷硬、无情。

"蒋诵，我们分手。"

蒋诵愣住，忍回去的眼泪又落下来。她哽咽着说："你真的不能等我吗？我很快的。"

"不能。"

"好，对不起。"

蒋诵挂断电话。

所有的事情都结束了，她应该什么都不怕的，可心里还是怕，相似的事沉积在记忆深处，当年在东林因为她被打，他差点把他爸打瘫，差点把自己打进去蹲监狱。这次她的伤更重，是用她自己的方式结束这件事，可一切都是未知的，她总是低估他对她的感情。

为什么不肯等她？

等她养好伤，像什么都没发生一样回到他身边，重新开始。

她一瘸一拐地走出银行，手机再次响起，还是他。

"分手也行，我们退回以前的关系，我还是你哥。我这当哥的攒够了钱买房子，总要给妹妹留一间。"

蒋诵说不出话，只听他说："我既然认你当了妹妹，不管你走到哪儿、长到多少岁，我都是你哥。"

太阳躲进云层，有风吹来，蒋诵站在灰石板的马路上，汽车鸣笛和城市的喧嚣一齐向她涌来，她现在什么事都没有，只要再给她一点点时间就好。

公交车停在旁边，车门打开，机械的报站声顺着潮湿的空气传过来，街道名被电话那端的男人捕捉到，她听到他拦出租车的声音。

"去同光街 68 路公交车站点。"

他又对她说："在原地等我，电话不许挂。"

蒋诵白着脸看旁边的站牌，和他说的一字不差。她心跳开始加速，旁边两个高中模样的女生一脸担忧地走过来。

其中一个说："姐姐，你没事吧？这伤是被谁打的，需要我们报警吗？"

另一个女孩附和："对，不要害怕，我们一定会陪着你。"

"没事，我没事。"蒋诵手忙脚乱地挂断电话，见电话又打进来，直接关机，因为手一直抖，导致手机滑落，刚好掉进下水道。

刚才说话的女孩惊叫一声，迅速低下头从斜挎的小熊包里拿出手机，安抚道："姐姐不要着急，我打 119，很快就来。"

女孩伸过去的手却落空，一转头，旁边一个人也没有。

第十二章
背风岗

每到毕业季,公司都会招一批新的实习生。

冯乾习惯地拿着保温杯,晃晃悠悠去楼下寻摸,看着朝气蓬勃的青春面孔,感叹真是岁月不饶人。

阳升集团,国内领先的电器实体企业,产品涵盖数码产品、家用电器,产业还涉及地产,最近不知道老总怎么想的,还开了一家经纪公司养艺人。

冯乾不懂互联网,总觉得这个行业太苛刻,去年还风头正盛的,今年就无人提及,热锅热灶热板凳,总把他这种念旧的人甩在后面,好在他是公司元老,他过时了没关系,招年轻人就可以了。

他年轻的时候没觉得宣传这么复杂,无非是找当年最火的明星拍一条广告,然后联系电视台,各大卫视投放,一天播个几十遍。现在不行了,电视没人看,被社交软件,以及商场、地铁、室外电子屏取代。就连宣传部门,都要分出十几个产品线,各自招专业对口的年轻人,今年这批看着不错,他很满意。

不过招了三十多个,最后只能转正五个。没办法,都是没经验的愣头青,热血是热血,可惜只能顶一阵。

首都,大城市,诱惑多,压力大,一些实习生干着干着就心不定,他吃过几次这种亏,好不容易培养出来的人才,说撂挑了就撂挑了。

不过,这次,他提前看好一个。

冯乾开车从地下停车场出来,刚好遇到她。他将车窗落下,探头喊:"小诵。"

小诵很瘦,穿着米色长袖配牛仔裤,头发全都梳上去,背着个单肩布包,素面朝天,一打眼就知道是刚毕业的大学生。

蒋诵闻声回头,看到他,小跑过来,脆生生地打招呼:"冯总好。"

他打开车门:"这么晚了,我捎你一段。"

她犹豫着拒绝:"不用麻烦,我搭地铁也很方便。"

"上来吧。"

看样子是推不掉,蒋诵开门上车,抱着包遮住衣袖下露出一角的青紫。

车子启动,她看了眼车里显示的时间,小声说:"谢谢冯总,如果顺路的话我想去东三条路口。"

冯乾皱眉:"这么晚了还逛街啊?"

她摇头:"不是,去见个朋友。"

冯乾对她印象很好,觉得她工作积极,不纠结,不扭捏,就是性格冷淡了些。

他笑呵呵,下班了,懒得摆架子,他乐意像长辈那样关心这种刚进入社会的年轻人。

"是男朋友吗?"

"不是,是一起合租的朋友。"

他长长地"哦"了一声,蒋诵补充:"我现在还在实习期,租不起单间。"

"那是,寸土寸金嘛。"

冯乾想说转正之后就好了,可转正名单得保密,也不差这几天。他转着方向盘,离目的地还有段距离,便随口和她话家常。

"老家哪儿的?"

"东林,北方的一个小县城。"

"爸妈还都在那儿吧?"

"不在了。"

蒋诵目视前方。首都比南江更繁华,她仿佛一滴水落入大海,不论有多复杂的过往,融入的一瞬,她也变得和别人一样透明。

车停,她下车,对慈眉善目的男人摆手说再见。目送车尾离去后,她才着急地小跑着进便利店,边套马甲边道歉:"对不起,我迟到了十分钟。"

站在收银台里面的女孩撇撇嘴,不在意地说:"没事,明天补我二十分钟。"

"好。"

那天之后,蒋诵一路北上,来到首都。

她随便找了个住的地方,带着一身的伤在便利店干夜班,好处是可以低价买食物,这样过了一个月,她才开始投简历。

冯总是个五十岁左右的中年男人,清瘦,个子不高,头发白了一半,平时总拎着保温杯在公司里晃悠,见谁都笑眯眯。听老员工说,他是最开始创建公司的那批人,蒋诵对这个年龄的男人有抵触,每次遇到都礼貌地打招呼,简短的几个字,说完就走。

事实上,她对谁都这样。

因为她在大学期间有过相关工作经验,所以在这批新入职的人里能力最强,用户调研、写稿、运营公众号,她很努力,像个不需要休息的机器人。

冬季广告投放完毕,账户上打进一笔可观的奖金,工资终于勉强够维持日常生活,她辞掉便利店的工作,身体上最后一丝受伤的痕迹也终于消失。

一转眼就到过年。公司年会之后,蒋诵捏着早就买好的车票,挤进车站的人流中。她怀揣着激动、紧张,和早就准备好的解释,一路奔回南江。

熟悉的空气,和去年相差无几的灯火,熙熙攘攘的人群,她无心观赏体会,急匆匆赶回记忆里的家。

车还没开到,她坐在出租车的后座,看到熟悉的区域矗立着塔吊和勾机。

她心下一紧,探着身子问司机:"那边怎么了?"

司机烦躁地超车,挤进内侧车道:"拆迁呗,还天天刨路,车都没法开……"

蒋诵无心和司机闲聊,前方路口摆着巨大的"封路"标识,司机回头说:"我只能停在这儿,前面你走过去吧。"

下车之后走了五十米,勉强看到曾经生活的地方。他的店不在了,变成碎砖、断瓦,破败地平铺在地。

路灯在头顶发出白光,和大红色的灯笼交错着,她用脚步丈量着和他关于这里的所有回忆,就像那部掉进下水道的手机,才几个月而已,世界天翻地覆,她竟这么轻易和过去的一切断了联系。

沿着预留的一条窄窄的人行道往东走,很幸运,之前租的房子没有规划进拆的范围。老旧的小区很静,她只是稍微一晃神,就走进黑暗里。

三单元,三楼,她一步一步往上走。

楼道里的水表箱上缠着铁丝,她借着窗外的微光慢慢拧,打开箱门,手伸进去摸索,和预想的一样,在最右面的角落里找到钥匙。

不知道为什么,她总觉得,沈灼一定会在这里等她。

过年,又是新的一年,他会和以前一样,腰上系着围裙,做了满满一桌子的好菜。见她回来,他会像平时一样让她洗手摆筷子,落座之后,和她碰杯,互道新年好。

一定会这样的,她在心底叠满希望。

将钥匙探进锁眼,还没拧开,就被楼下的脚步声打断。她吓一跳,仓皇地收回开锁的手,这才惊醒此刻的自己和做贼没有区别。

上楼的人拿着手电筒,白光在斑驳的楼道里,万花筒般交错重叠,蒋诵故作自然地往下走,和上楼的人打了个照面。

二十多岁的女人,穿着一身灰色格子毛衣,头发扎得整整齐齐,她拎着个拉链敞开的空包,脚步很沉重。

借着电筒的光,蒋诵看到她隆起的肚子,五六个月大的样子。

女人奇怪地看了她一眼,从兜里掏出一串钥匙,径直走到她刚才驻足过的门口,开门之前向下看,然后眉头皱起,很浓的北方口音:"你找谁?"

蒋诵站在黑暗里,摇了摇头。

女人小声碎碎念,不知道在说什么,将钥匙插进锁孔里,打开门很快进屋,"咚"地把门关紧。

蒋诵在那里站了好久,希望一点点熄灭,最终败成灰。这里换了别人住,他果然还是走了,没有等她。

眼泪瞬间涌出,她却笑,自我催眠这才是对的,这是应该的,自己的幼稚和错误不应该让别人来买单。

可是，有很多话没来得及说。她要谢谢他在她人生中的那段日子，像积年累月长满苔藓的暗角里照进来的阳光。她还要说很多对不起，对不起和他在一起时她的自卑、敏感、悲观、厌世，全方位无死角地落在他身上。

五年的时间那么短，她却一直在和自己的过去做斗争，哭过，痛过，挣扎过，现在全都熬过去了，他也不在了。

这些她不会再奢求，如果可能的话，她还是想再见他一面，不是情侣也可以。

像以前一样，兄妹的关系，就看他一眼，看他还好好地活在这个世上就可以了。

恍惚中，忽然想到最后一通电话。

他也是这样说，说就算分手，也是兄妹。他那么急切地想见她一面，一定也是和她此刻一样，只想确定她还好好活在这个世界上。

心底的废墟被后悔冲破，难道真的来不及吗？她走出去，走出机器嗡鸣的拆迁区，走到读了四年的大学里，她要去找，找所有可能和他有关的联系。

日暮，浅白的天还没被灰尘掩盖，天边的红霞丝丝缕缕，和眼前的墨色乌云纠缠着，她终于找到杨芷心的联系方式，杨芷心在一家广告公司工作。

在楼下没等几分钟，就听到一阵急促的脚步声，杨芷心到的时候，拳头也到了，劈头盖脸给她一顿骂："我还以为你死了。怎么说走就走，连微信都不回？"

蒋诵拉她去咖啡厅坐下，点了店里最贵的一杯安抚她，确定她的火气消了之后，才慢慢解释："手机掉下水道里了，微信和存的电话号码都没有了。"

杨芷心支着手肘搅咖啡，恶狠狠地用勺子刮杯底，发出一阵阵让人不舒适的噪音。

"借口。微信怎么能上不去，你换手机登录一下就行了。"

蒋诵老老实实地回答："微信不是我注册的，也没有实名。"

"我可真是服了你。"

咖啡喝了一半，蒋诵试探地问："你有没有沈灼的联系方式？"

杨芷心大翻白眼："你男朋友哎，你问我？"吐槽完了，才无奈地和她坦白，"其实，你走之后我们就没有联系了，他可能觉得每次接到我电话的时候都没有好消息，所以……"

蒋诵掩住心底的失望，她早就想过会是这样的结局，不过还是笑笑，轻声说："好，芷心，谢谢你。"

因为春节的原因，医院里也冷冷清清，狭长的走廊深处，未关严的病房门里，传出阵阵北方口音："我真就不懂了，咋就能喝酒喝到进医院，你是掉酒缸里了啊？"

窄床，病人在输液，他用纯白的被子蒙住头，只留一只手臂在外面，一根极细的输液管扭了个弯，伸进白色的医用胶带里。

吴玉东把扒下来的橘子皮扔进垃圾桶，圆胖的手心里躺着掰成一瓣一瓣的橘子,递过去,那人不接不说,还给他推回来了,他气得脑瓜子"嗡嗡"作响。

不吃拉倒!他把橘子都塞进嘴里。结婚前减掉的肥肉,婚后又"嗖嗖"长回来,他又胖回一百七十斤,不过也不在意了。他边嚼边说:"那片都拆迁了,你小子是有点财运的,有钱了,再大的愁事都不是事了。"

被子里安静无声,他吃完橘子,伸手去柜子上的袋子里,又拿了一个。

"吧唧,吧唧",他自打来到这儿,就没停过嘴。

沈灼闭着眼,没办法阻隔外界的杂音,身体的阵痛眩晕还在,胃里不知是饿还是痛,总之,很难受。越难受,越听不得这种声音。他掀开被子,露出一张瘦削的脸。

"吴玉东,你什么时候走?"

吴玉东咽下橘子,小眼睛眨巴眨巴:"家那边天寒地冻的,我和我媳妇寻思来这南方看看绿叶看看海,就等你病好带我们四处转转了。"

沈灼闭眼:"你们自己去转。"

"我们人生地不熟的,连东南西北都分不清。"

"分不清怎么还放心你老婆一个人住?东子,我真没事。"

吴玉东长叹一口气:"来都来了,怎么能把你自己扔这儿。我媳妇刚还说熬点粥给咱送来。你看,只有在这种时候,才能看出到底是不是自家人……"

话里话外的,还有别的情绪在。沈灼沉默地扭过头。

过年了,窗外时不时传来稀稀拉拉的鞭炮声。或许是喝了很多酒的缘故,他对时间很不敏感,慢半拍的神经刚意识到,这是她不在的第一个春节。

奇怪,和她在一起好几年,总觉得一晃就过来了。一个年,又一个年,像被按下快进键,快到他根本没注意时间在流逝。

才分开几个月而已,日子漫长得让人厌烦。对于消失的人没什么好恨的,偶尔清醒时,他也会反思。他才不是受害者,只是一个很传统的男人,呆板到无趣,对于情侣之间应该做什么,他一头雾水。他不知道怎么给她过生日,也没有给她买过一条漂亮裙子,不知道她喜欢什么,也从没问过她想过什么样的生活。

一切都是他的自以为是,觉得恋爱了,睡在一起就要负责。他和这世间所有的雄性动物一样,以为建造房屋就等于一切都圆满。

可是,在一起这么久,他自诩的尊重她,实际是在偷懒,或许也有一点自负。

在这个世界上,她,或者他,都只剩一个人,是亲人,亲人就是不管怎样都不会分开。就算感觉到她有离开的意图,他也过分自信。

结果现在,他什么都做不了,只能躺在黄色碎花的床单上,嗅着她残留的气味,也后悔最后那通电话,不该那么紧逼。

万一她并不觉得幸福呢,万一他给她的那些,她并不喜欢也不想要。或许在他切断外界一切联系,浑浑噩噩地封闭自己时,她在某地经过某条河,心思和几年前的回忆连接上,一跃而下了呢?

他不敢这样想,他祈祷她和家人幸福地生活在一起。

吴玉东支着床起来，习惯性拽起松垮的裤腰，看他这副样子，艰难地忍住想吐槽那只白眼狼蒋诵的一麻袋话，当局者迷，过去就好了。

"灼子，粥是想要牛肉的还是皮蛋瘦肉的？"

"都好。"沈灼敷衍地回答。

吴玉东嘴角耷拉着，手机刚拿起，就有电话打进来，看到来电显示的一刻，肥胖的圆脸上露出笑容。

"哎，媳妇。"

电话那头的声音透着焦急，吴玉东眉头立马皱起，歪头问沈灼："你家门口有备用钥匙没，我媳妇下楼买个菜钥匙忘拿了。"

沈灼低声："楼道的水表箱里有，在右边的角落。"

吴玉东举着电话说："听到了吧，你找找。"

时间过得很慢，他们都不说话，直到听筒那端告知结果：那里什么都没有。

沈灼心底燃起隐秘的希望，他猛地直起身，手背上的透明管里瞬间涌出一股嫣红，吴玉东吓得赶紧把他按倒，忙得一心三用。

"瞎动什么，针万一把血管扎穿了。"

说完他，吴玉东又对手机说："再仔细找找，灼子说那儿有一把。"

电话那端的女声抱怨着，声音很大，他拿眼睛剜了下沈灼，不着痕迹地往后退了两步："别着急，去楼下坐会儿，我马上带钥匙过去。"

又磨了几句才挂断电话，吴玉东找了个护士进来拔针，进去时沈灼已经坐起来了，看那架势也像要走。

他赶紧按住沈灼："你又折腾什么？"

沈灼忍着身体各处的不适，怔怔地看着虚空："你说，会不会是蒋诵回来了？只有她知道我会把钥匙放在那儿。"

吴玉东咬着后槽牙，碍于护士在这儿拔针，不好使劲怼。

"别瞎想，我媳妇刚说你住的地方有小偷，昨天她就撞过去踩点的了，我劝你还是趁早搬走，住那破地方干啥，等拆迁款下来了，去市中心买大平层住着爽死了。"

沈灼深呼吸，表情是吴玉东从没见过的疲惫。

"我不会搬走。"

年过完，一切重回正轨。

高楼，大厦，透明落地窗，一尘不染的格子间，蒋诵把头发全都扎起，露出眉尾边浅淡得几乎看不见的疤。

她拿着杯子，去茶水间泡咖啡，要加班。

三合一速溶咖啡，接水只需要十几秒，她刚要走，衣角就被一只白皙的手拉住，是同期的小桃。

小桃圆脸，肤白，手里端着早就没有温度的咖啡。

公司里总会有这样的人，工作时间被这些零碎挤满，比如去泡半个小时咖啡，或者不小心吃坏肚子跑上一天的厕所。

小桃刚交上去的方案被冯总无情地毙掉，她躲到茶水间平复情绪。写字楼冰冷无情，好在有茶水间、楼梯口、洗手间，它们都是逃离现实的避难所。

"诵姐……"她拉长音挽留。

蒋诵勉强稳住几乎溢出的咖啡，回头，冲她笑了笑："怎么了？"

小桃是社交达人，对公司里上上下下的人都熟个透，只有蒋诵让她摸不清，明明被冯总器重，却还保持这么冷淡的个性。

"没事啊，在这儿待一会儿呗，赚钱好累。"

蒋诵捧着咖啡，有些烫，用指尖托着杯底，认真看上面漂着的白色沫沫，低声附和："赚钱……就是很累。"

小桃叹了口气："网上还说呢，上了大学就是孔乙己穿的长衫，很难脱掉。我要是没上大学就好了，绝对心甘情愿进厂干体力活，月入万八千，绞尽脑汁想的方案也不会被毙。"

蒋诵忽然笑了。她很少笑，小桃以为自己说的话戳中了她的点，急于向她寻找认同："你也这么觉得对不对？"

听的人却摇头，蒋诵慢声说："厂里没有茶水间，咖啡当然也不存在，没有双休，也没有节假，他们在流水线干活，一定也在想赚钱好累，为什么没好好读书，以后进写字楼当白领，舒服自在。"

小桃愣住，这话说的——

"你的意思是不管走哪条路都后悔呗。"

蒋诵沉默很久，直到咖啡从烫变热，又变温。

夕阳的金黄从玻璃窗反射进来，纯白的房间被抹上色彩，她静静地靠在那儿，似是在回忆里走了一圈。

"是，好后悔。"

她说后悔的时候也很平静，别人在她脸上看不出有关这两个字的任何情绪。冯乾就很喜欢她这点，冷硬老练得不像职场新人。

冯总很看重蒋诵，大家都心知肚明。当然，这也没什么可酸的，人家的业务水平摆在那里。春季推出新产品，从最初发布，到各个平台推广，都由她做主，加班是常态，她几乎要睡在公司里。

电脑显示新消息提醒，蒋诵坐着椅子移过去，边打开对话框边喝光杯子里冷掉的咖啡，页面展开，头像很熟悉，是黎清衍。

这个平台的推广是小桃负责联络，这会儿她推说肚子疼，已经去厕所半个小时了。

蒋诵迅速浏览了历史消息记录。

很官方，很冷淡，尤其那边是凌晨一点才回的消息。

清衍上人：感谢信任，但是抱歉，经过团队商讨后，觉得产品和博主发展路线有冲突，希望下次有机会再合作。

蒋诵支着下巴，指尖无意识地敲击桌面，斟酌一会儿，还是决定问一问。

桃：请问你是黎清衍本人吗？

凌晨在线，回消息很快，是他的生物钟。

清衍上人：不是，我是助理。

桃：我能和他说两句吗？

清衍上人：不能哦，这次合作没有可能，不管你怎么争取都是在浪费时间。因为黎清衍刚杀青一部古装电视剧，广告投放和剧同步播出的话，那观众就会看到冷漠无情的总督大人推荐粉红色的洗衣凝珠，你想象一下，我这道还能不能出了。

蒋诵露出笑容，知道那头是谁了。

桃：我找你不是为了争取这次合作，是有事想问你。

清衍上人：你是粉丝吧，那我只能说，我是"母单"，近十年没有恋爱的想法。

桃：我是想问，你有办法联系到沈灼吗？

对面短暂安静，好久才显示对方正在输入……

清衍上人：沈灼是谁？

桃：抱歉，打扰了。

清衍上人：你是蒋诵吗？怎么突然消失不见了，我还以为你死了。

桃：没死，活得很健康。

清衍上人：那就好，我正好也想找你，打字很累，方便电话里说吗？

电话号码刚发送，对面桌上的手机就振动，她过去接起，熟悉的声音从另一个城市传来："无语了，你真是有够无情。"

蒋诵轻笑，突然觉得，前面十几年觉得全世界都对不起她，所有人都欠她一句道歉，现在却身份调转，遇到老朋友第一句话就是抱歉。

"对不起啊，你最近好吗？"

黎清衍依旧嘴巴很碎地絮叨："好啊，好得很。我要当明星了，明星总比当网红好，你大概不知道，我在接上个剧本的时候还给你发了微信，超级长。"

蒋诵再次抱歉："微信上不去了，没有收到，发的什么？"

黎清衍却语塞，心虚地说已经过去了，都不重要了。末了，他语气很郑重："蒋诵，咱们是好朋友吧。"

蒋诵："是啊。"

"那你得答应我，千万不要在网上说我死缠烂打追过你的事，因为我现在是流量明星，走的清纯处男人设。"

蒋诵憋不住笑，她好久没这么开心了："流量明星不能恋爱吗？"

"不能啊，谈恋爱是实力演员才能干的'高级事'。"

"好吧，那我希望未来的某一天，你能站在演员的最高领奖台。"

对面安静几秒,再说话的时候,声音都透着和他不符的朴实感动:"我就说啊,蒋诵,他们都说我在玩票,是富家公子体验生活,我总觉得,就算所有人都这么想,你一定不会。"

蒋诵轻笑:"你终于找到愿意付出一切的热爱了对吧?"

"是!"黎清衍语气肯定,笑着说,"等我功成名就了再和你细说。你呢,在哪儿?为什么找沈灼,你俩还真分了啊?"

"没有。"蒋诵垂眼,愉快的心迅速变沉重,"有点误会,我现在找不到他。"

黎清衍和沈灼当然没有联系,不过细想,蒋诵连他都问到了,应该是真的没办法了。

"不知道他在哪儿,你没回老家找找?"

"找了,没有。"

在南江没找到,她立刻飞去东林。周奶奶不在家,听说去女儿家过年了,吴玉东也不在,那个曾经生活过一年多的地方,突然变得很陌生。她后悔以前太闭塞,把所有的一切都交给他打点,沉浸在自己的悲观世界里,现在一想也是活该。

"那我不晓得哦,你也知道,他见了我没一句好话,我们不可能有联系。"

蒋诵深吸一口气,早就做好这样的心理准备了,勉强打起精神。

"好,还是谢谢你,祝你万事顺遂,星途坦荡!"

日子被工作推着往前走,很快就到干热的酷暑。

最新代言人签约仪式,在DQ商场一楼举办。

蒋诵穿着白T黑裤,脖子挂着工牌,眼看粉丝越聚越多,室外温度急剧飙升,安全隐患很大,她给冯乾打电话:"冯总,能再调来几个人吗?这边内场安保勉强够,场外秩序有点乱,有一部分记者被拦在外面了。"

冯乾似乎在应酬,背景声是嘈杂的推杯换盏,蒋诵压紧手机,勉强听到他说这块给袁薇负责了。

蒋诵皱眉,想到那个天天穿高奢套装,一来就支使新人买咖啡买下午茶的大小姐,甚至混乱前也还看到她,在希思黎专柜约卜午做面部护埋。

蒋诵深吸一口气,挂了电话就马不停蹄地去找人,眼看活动马上开始,还是没找到,外场的人也越来越多,她只能拉两个人出去维持秩序。

烈日当空,人挤着人,蒋诵个子矮,有几次都淹没在人群里。

代言人是新晋流量小花,粉丝都像打了鸡血似的挤在一起嘶吼喊口号,蒋诵刚拦住企图从最边上钻进去的女孩,又差点被手牌扎到脸,小桃赶紧把她拽到一边。

"别跟这帮孩子硬顶,等下破相了。"

楼上,落地窗旁边摆着皮质单人沙发,头顶暖色射灯开着,浅白的光照在略有不耐的男人的脸上。他探身,打量着楼下拥堵不堪的人群,又抬腕,眼看就要十一点,离下午的飞机起飞时间只剩两个半小时。

旁边站着的男人一身西装，前胸上挂着黑底的工牌，他堆笑："沈总，其实现在也能出去，是今天活动的主办方没安排好，所以门口稍微挤了点。"

沈灼支着下巴，慢声说："也就是说，贵商场的场地规划其实很不合理，如果有这种商业活动，或者节假日，人太密集，对消费者来说也不是很好的体验。"

男人游刃有余地解释："这毕竟是首都，商业活动是很多，消费者的心理您也知道，人越多越好奇，而且我们商场四楼的美食区，在各大软件和点评上综合评分最高，您把店开在这里，怎么都比在南江知名度打开得快。"

沈灼只听到他最后一句，先前所有的疑虑全都消解。

"如果在这儿开一年，在这里的人都会知道吗？"

男人笑眯眯："我只能保证百分之九十的年轻人都会知道。"

沈灼也笑："我说的就是年轻人。"

…………

袁微已经是第三次经过四楼的咖啡厅，借着反光物检查好几次自己的装扮，香奈儿套装，新卷的头发，日系清透裸妆，漂亮得无懈可击。

可是，再漂亮，没人看也是白费力气。

只有一堆"嗡嗡"叫的苍蝇绕在身边，碍眼又讨厌。她深呼吸，目光落在窗边低声说话的男人身上，见他没有一丁点要转头的意思，最后的好心情也消失。

她转头，看旁边跟着的楼层主管："不用了，我知道洗手间在哪儿。"

从洗手间出来，袁微路过咖啡厅，落地窗那儿空荡荡的，连个人影都没有，心情莫名其妙变差。

下楼，她从包里掏出手机，打电话给闺蜜，刚接通就急声问："塔罗牌显示我今天桃花最旺，在东北方向没错吧？"

对面肯定地回复："没错，你一定要抓住机会，如果不能确定关系，露水情缘也不错，我这上面显示这是和你近期缘分最深的一位了。"

袁微踩着高跟鞋进电梯，细腰短裙，一双白腿匀称紧致，她看着镜子里自己的倒影，抬手捋了下刘海儿。

"搞笑，是有这么个人，但是他连眼皮都没抬一下，我像只公孔雀似的走来走去。"

听她这么说，闺蜜依然很笃定，听筒里时不时传来摆牌声："淡定，一定会遇到的，你确定是你喜欢的款儿吧？"

袁微仔细回忆她第一眼看到那个男人的样子，黑衬衣、牛仔裤、白球鞋，在她眼里是不伦不类的搭配，到他身上却奇怪地和谐。长相也不错，轻熟商务男，身材是那种精瘦的，有健身痕迹，但不过分，不腻，不寡，卡在她的审美点上，匀称得刚刚好。

"是我喜欢的款儿没错，但人不知道哪儿去了。今天商场人多得要死，我都不知道去哪儿找。"

闺蜜老神在在："你相信缘分吗？"

袁微翻了个白眼："你别告诉我几年之后再遇到，那时候我可不认识他是哪位……"

电梯门打开，袁微抬眼，立马咽下还没说完的下半句话，并干脆利落地挂断手机，往旁边挪了一步，露出温婉的笑容。

沈灼进电梯，伸手按开门键。

身后的女孩却不动，他奇怪地转头看她，语气疑惑："你不出去吗？"

袁微被这样看着，心跳突然加速。她无视显示屏的红色一楼字样，柔柔地说："我突然想到有急事，还要再上去。"

随沈灼一起进来的西装男人按下关门键，丝滑地和沈灼继续说刚才没说完的话题："您也看到了，这边是商圈，连外地来旅游的都会到这里打卡……"

袁微站在角落，眼前是男人宽阔的肩膀，她迅速打量一圈，故作自然地点开手机，无视聊天另一方抱怨她干吗挂电话，只顾自己输出。

美微微：见到了见到了，就在我面前，好帅，声音好听，身上的味道也好闻，完了完了，我又掉爱情海里了。

AAA塔罗小伊：哈哈，我算得超准吧。

同在一个密闭空间的两个男人一直在交谈，话题围绕在她听不懂的开店啊客流之类的，直到西装男人笑容加深，冲旁边的男人伸出手："沈总，那我们合作愉快。"

袁微立马捕捉到这句话里的信息，快速敲键盘。

美微微：绝了，他还有钱，这下好了，我们门当户对，天作之合。

AAA塔罗小伊：那还等什么。

袁微也是这么想的，出了电梯之后，她特意在办公区四周闲逛。去了两次洗手间，补了三次妆，直到镜子里的美女看不出一丝瑕疵，才扭着身子走出去。

果然很有缘分，刚出去就和他碰面。

她挥手，露出明媚笑容，主动打招呼："你好。"

男人一阵风似的擦肩而过，就像没看到她。

袁微咬牙跟上，勉强和他持平，轻声说："刚才在电梯里，我们……"

沈灼奇怪地看她一眼，仿佛生平第一次被搭讪："有什么事？"

袁微直视他，她有这样的自信，极美的长相、优渥的家世，还是这么年轻的女孩，就算不主动，男人也会倒戈。

她笑："晚上有时间的话，一起喝一杯怎么样？"

沈灼低头，看了眼腕表，脚步加快，伸手按电梯，冷淡地维持社交礼仪："我不喝酒。"

袁微执着："我只是觉得我们很有缘分。"

一楼的商业活动还没结束，在透明电梯里向下看，依旧壮观。沈灼按下关门键，目光落在门口维持秩序的工作人员身上。

"只要今天在这里的人，都有缘分，我和你的缘分，和这些工作人员一样，没到值得去喝一杯的程度。"

袁微差点忘了一楼的活动，谈好的安保竟然忘记联络了，真是，被叔叔知道了又要唠叨她。

但事已至此，这边不能崩，她可从来没这么主动过。

"巧了哦，我也是工作人员，咱们的缘分要再加一层。"

沈灼转头看了她一眼，从头发丝到高跟鞋，眼神却无波无澜，甩出两个字："不像。"

电梯门打开，男人大步往外走，她总觉得有戏，都说女追男隔层纱，再说她还不知道他的名字呢。

"哎！等等我。"

高跟鞋刚触到地砖，就被突然出现的人截断去路，小桃抓着她的手腕，脸色涨红，不知是热的还是挤的还是累的。她着急地说："微微，可算找到你了，诵姐说安保是你在负责，让我问你一声到底有没有外场的安保，如果有的话尽快联系过来。"

说话的工夫，男人的背影消失在人海。

失落、溃败，以及不知道还能不能再见的酸楚，袁微很少有这种怅然若失的情绪，尤其此刻身处的场地和氛围，更让这分别蒙上一层未知。

脸上是失落，心里却是生气。

黑压压的人聚在一起，冷气都被冲散了，燥热，心里也腾腾冒出一股火，全都撒在眼前的人身上。

"这也是我负责，那也是我负责，全都是我的事，你们是干什么的？"

小桃莫名其妙："你不是只负责安保吗？"

袁微指着活动台子下站着的安保："这不是都在。"

小桃本就累得不行，还要在这儿哄关系户，耐心早已耗尽，抬手指了下门口："我说的是外面，外面要顶不住了，这么热的天，怕有中暑，或者踩踏受伤，光我们几个不行。"

袁微眯起眼，果然看到拿着警示牌指挥粉丝向后退的蒋诵。

袁微哼了一声，很奇怪，第一次见蒋诵的时候就很不喜欢，劲劲的，哪儿都有她，还绷着一张脸不说话，比董事长还日理万机。

"你诵姐不是很厉害吗，一个人能顶一个部门，怎么这点小事都干不好啊？"

小桃心里好像堵了一堵城墙，幽幽道："行吧，那就不劳您大驾，怪我们没生在罗马，累死在外面也是应该的。"

她甩出这句，转头就走，咬着后槽牙碎碎地骂："这钱我真的非赚不可吗？我必须要在这里受这份气吗……"

蒋诵依然淹没在人海里，她浑身是汗，头发湿答答地贴在头皮上，脸很红，脖子上还有几道殷红的抓痕。

见小桃气愤地从里面挤出来，她大概知道结果了。

300

她隔着几个人安慰:"没事,再有一个小时就结束了。"

实际熬到下午三点,人群差不多散了之后,蒋诵才拉着小桃一起坐上回公司的车。小桃眼神涣散,一天的时间仿佛老了十岁。

她靠在蒋诵的肩头,疲惫地说:"诵姐,你好厉害,这都能忍。"

蒋诵愣了一下,回忆今天的全程,小声说:"我觉得还好,就是人比预期的多了些,内场流程很顺利,还算完美。"

小桃:"我是说你啊,在外面暴晒那么久,晒伤就不说了,还有被抓出的血痕,洗澡的时候巨痛,你都没想过自己啊。"

蒋诵沉默,这些和小时候受过的伤比根本算不上什么。

小桃没听到回答,想到袁微明目张胆的讽刺,手重重地放在蒋诵的腿上,拍一下,又拍一下。

"诵姐,你别当工作狂了,我们现在可是人生中最好的年纪啊。"

蒋诵靠着椅背,怔怔地看着车窗外的高楼大厦,好久之后,才低声说:"除了工作,我也不知道该做什么。"

白天办完活动,晚上还要开会,统计各平台数据。互联网时代,信息爆炸,随手发的帖子,一个小时之内就会传播到世界各地。

冯乾支着下巴,眉头皱成"川"字,面前的电脑屏幕显示某社交APP排名第一的热帖:无力吐槽,阳升是不是要倒闭了?

点进去,配图是活动外场,混乱拥挤,每个人的表情都很痛苦,和十一假期的景点没什么区别。

评论区滚动条就没停过。

△这么大的企业舍不得钱请安保吗?我们站子的几个都没进去,绝了,我女儿今天出的图全都画质高糊。

△是,实在没人,我就把我爸送过去,他带一票老兄弟把你们外场整得像大葱地一样齐。

△据说正常消费的顾客都没进去。你们粉丝也不必装受害者,不都是你们挤在外面不走,还好意思发这种帖子,搞不清因果关系。

△楼上的小心点,现在是着假,这帮孩子闲得发慌,有时间去商场门口挤着,当然也有时间发私信骂你。

△就准你们成年人百无禁忌,我们学生追个星也要被"阴阳"吗?不要太双标,看你主页是混韩圈的,要不我在这里扒你偶像的黑料……

…………

冯乾眉头越来越深,这都说的什么东西。

他将笔记本电脑"啪"地关上,抬起眼,最先看到的是坐在旁边的蒋诵。隐约记得她打过一通电话,说的也是安保的问题。明明已经顺利结束的活动,偏偏给人留下口舌,要是帖子不压一压,传到上面人的耳朵里,这半个多月的加班算是白忙。

"蒋诵,到底怎么回事?"

蒋诵坐直,标准的汇报工作姿态:"安保是袁微负责,我全程都在找她。"

话音刚落,坐在桌子最末尾偷偷玩手机的袁微腾地站起来,目光对上冯乾冰冷的眼神时,打了个激灵,反驳的话也变成心虚的解释:"我都联系好了的,但是他们来的路上堵车了,听说南街那边录综艺,全都是人。"

袁微吃准了冯乾不懂娱乐圈,这个老学究式的人物可不好糊弄,她站得笔直,手一直在小腹前绞着,一副愧疚的样子,真像犯了什么大罪。

冯乾瞪了她一眼,这孩子他从小看到大,知道她个性简单没什么心眼,语气不自觉软了几分,说的时候也是看别人:"也算长了经验,这些事都应该提前想好的。"

蒋诵坐在椅子上不动,眼观鼻鼻观心,桌下,一只脚在她鞋边蹭了蹭,余光看到小桃翻了个巨大的白眼——我就知道。

职场本质就是人情社会,站得越高,越能看到复杂交错的人际网。蒋诵形单影只,游离在外,吃了很多次暗亏,才磨炼到现在这样一言不发地听从指令。

袁微从第一次出现在公司开始,就能看出和别人的不同,她身上没有职场新人的谨小慎微,反正出了事有一大票人帮她兜底。

冯乾生气了,当然不会冲袁微发火,但下面坐的这群人看着呢,散会前下达指令:三天后下乡拍纪录片,是公司发起的公益助童项目,在座的人都得去。

蒋诵低头收拾东西,手机在兜里振动。旧号找不回来了,她新注册了微信号,自然也变成工作号,一年的时间,好友飙到一千多人。

出门才掏出来看,果然是冯乾,不过是私人号。

天道酬勤:光阴咖啡,我在门口这桌等你。

蒋诵到的时候,咖啡厅几近打烊,冯乾靠在椅背上看报纸,她在门口站了几秒才坐下。

冯乾却端着,硬是看完整个版面才放下报纸。

咖啡凉了,两人已经对坐好久,他抬眼,目光落在一张没有表情的脸上,探究几秒,一无所获。

他习惯性摆出长辈的架子:"蒋诵,大家都知道你早晚都要接替我的位置,如果你做了这个准备,就不可能在这种小事上被捉到话柄。"

咖啡微苦,空气也弥漫着浓郁的苦涩,蒋诵沉默,不知道在想什么。

冯乾叹了口气:"我把这么重要的活动交给你负责,做好了是你的业绩,不好了当然也第一个找你。袁微能力不行,她的错也是你的错,没有一个负责人会把错误往下推,你知道风评的重要性,我们也不可能只举办这一次活动。"

蒋诵坐在那里,每次这样的时候她都不说话,像个品学兼优的学生在听老师的教导。冯乾知道她能听进去,因为同样的错误她不会再犯第二次。

"实习的时候我就看好你,同期的那批数你学历最弱,是我力排众议留下你,当然，你也确实没让我失望。"

　　蒋诵抬头看他，平静的脸上终于出现属于她这个年纪的表情。

　　"冯总，您这是打个巴掌给颗甜枣吗？"

　　冯乾笑了笑，严肃的话都说完了，他也习惯话题的结束用轻松来收尾。

　　"你觉得这枣甜吗？"

　　"不甜。"她依旧直来直去。

　　"不甜也忍着。蒋诵，也许你也感觉到了，我对你说的话，对你的期望，很多时候我都把你当女儿，对你很严厉，其实是为你好……"

　　蒋诵的笑容倏地消失，她打断他说话，对于下属的身份，这很没有礼貌且唐突。

　　"冯总，如果您总这样把职场和家庭的界限变得模糊，不会让我在这陌生的城市感受到温暖和向上的动力，只会让我想去死。"

　　小桃承认自己是带着怨气坐上火车的，四人间的软卧，她睡上铺，隔壁都是同行的工作人员和设备。

　　手机也不好玩了，时间被无限拉长。

　　她刷着朋友圈，心里长起了草，尤其看到袁微一分钟前定位机场航站楼，在镜头前露出明艳的笑脸，发满九宫格。

　　她气得把手机扔到一边："诵姐，我有时候真的很悲观。"

　　隔壁铺位空荡荡的，原本应该躺在这儿的人此刻舒服地坐在头等舱里，明明是同一个目的地，火车早八小时前出发，却最迟到达。

　　蒋诵躺在下铺看书，乌黑的发丝铺在洁白的软枕上，慢声说："时间很宝贵，不要纠结那些没办法改变的事。"

　　小桃探出头，只看到一双白皙的手托着书脊，封面黑红交错，上面一行英文字，她眯起眼，还是看不清。

　　"诵姐，我好佩服你。"

　　"什么？"看书的人愣了下神。

　　"佩服你内心强大，从不内耗，确定目标之后，心无旁骛地往前冲……"

　　蒋诵把书合上，随手放在枕边。

　　她没穿衬衫西裤，也没把头发梳得一丝不苟，白T、短裤、没有妆容的脸，就是邻家女孩的模样。说话之前，她想了想，渐渐露出迷茫的神色："怎么大家都知道我的目标，就我不知道？"

　　小桃瞪眼："哪有刚入职一年的员工就升到经理的，能力强不说，只要稍微好点的活冯总都想着你，三环以内都找不到第二个你这么幸运的'职场锦鲤'。"

　　蒋诵很少和别人交心，也是第一次听到别人眼里的自己，竟然这么优秀了，不止优秀，还被说很幸运。她应该开心的，可惜并没有。

　　"其实我没有目标，我只是想让供我读书的人知道，他的努力没有白费，我有在好好生活,而且活得很好。"

火车在第二天早上到站,一行人浩浩荡荡下车,又无缝衔接上了大巴车。一路颠簸,下了省道走乡道,又七拐八拐地走村路,经过一条大河后,终于到达目的地。

标准的农家小院,打扫得干干净净,门外贴着横幅,红底黄字写着"热烈欢迎阳升集团莅临秀水村"。

袁微也刚到,黑色豪车停在村口,几个小孩绕着车左看右看,像看什么稀罕物。

摄像机从车上就开始录,蒋诵站在人群最后,因为睡眠缺失和晕车,身体一阵阵脱力。

正恍惚着,突然走来一个小女孩,十二三岁的模样,皮肤很黑,扎着两根麻花辫,穿着印有阳升集团字体的运动服,胆怯地献上自己做的花环。

蒋诵赶紧低头,感觉到女孩手有些抖,生怕花茎刮到她头发似的,再三小心地挂好后,才小声说:"好了姐姐。"

花环轻飘飘的,套在脖子上不太习惯,蒋诵低头看了一眼,黄色的野花,路边最常见的那种,没有味道,很好看。

她笑眯眯地看着有些无所适从的女孩,小声说:"谢谢你啊,我好喜欢。"

女孩猛地抬头看她一眼,似乎不知道怎么回应远道而来的亲切,想着想着就憋红脸,一扭身跑远了。

她心情终于好了些。

临时搭建的粗糙讲台,下面摆着各家借的木头凳子,他们这帮远道而来的人,排排坐在下面听主持人讲话。

小桃在旁边拿手遮太阳:"都给我晒冒油了。"

蒋诵把在车站接到的广告扇子递给她,余光看到站成一排的女孩,看样子应该提前排练过,穿着一样的衣服,手里拿着小花,笔直地站在烈日下,被晒到黑红的脸,濡湿的头发贴在脑门上,却一动不敢动,乖顺得让人生气。

她心里不舒服,暗骂这种活动到底是谁安排的流程,怎么做到让在场的每个人都难受。

演讲终于完毕,她看了眼时间,下午一点。

村里的天空没有遮挡,湛蓝蓝的琉璃瓦,几块白云被风吹来又吹走,小桃仰头感慨:"好漂亮啊。"

袁微早就从车里拿出单反相机,站在空旷的高岗找角度拍照。

蒋诵和大家一起收拾场地,却无意中看到,刚才给她献花的女孩躲在烟囱后,羡慕的目光追随着拍照的人,一刻不离。

拍摄到了尾声,大家都褪去虚假的躯壳,纷纷露出疲态,那些亲切和融入,早就被封存在摄像机里,能剪出时长可观的两集。

城市来的人三三两两坐在一起,小声交谈,那边妇女们支锅倒油,院子里飘

304

出阵阵菜香。

炊烟把人群分割成泾渭分明的两派，当然，他们的人生本就不该有交集，只等着吃晚饭，完成此次任务的最后一项。

人来得多，村长家摆不下，蒋诵和几个收拾场地的被安排在隔壁人家。

很巧的是，这家的女儿就是给蒋诵献花的那个，也是偷偷看袁微照相的那个，她早就换上自己的旧衣服，忙前忙后地收拾屋子，顺带在厨房打下手。

摆桌，吃饭，大圆桌很快坐满。

女孩身形单薄，低着头，谨小慎微地端着盛满排骨的盘子，颤颤巍巍地从厨房走进来，袁微赶紧歪着身子，生怕油渍滴到衣服上。

女孩爸爸叉着腰指挥，嗓门巨大："小心点，快走几步，汤怎么没收干呢，那么多肉盛这么小的盘子里，丢人的，咱家是没大盘子吗？"

蒋诵突然心烦，直接伸手接过女孩手上的盘子，指尖触到盘子边沿的一瞬，极烫的感觉入侵神经，她赶紧放在桌子边沿。

她转身拽过女孩的手指，果然通红一片。

刚想问有没有事，女孩爸爸又支使女儿："去拿筷子啊，这孩子怎么越大越没眼色。"

手里的温热倏地抽离，女孩急忙跑去厨房拿筷子，身后的餐桌一如往常，拿筷子的声音，倒饮料的声音，完美地隔绝男人的责骂。

女孩拿着一把筷子依次分发，蒋诵安静地坐在凳子上，看她分好筷子，在衣服上擦擦手，又走了，这一走，十几分钟都没回来。

这顿饭吃得很安静，大家兴致都不高，昨天晚上出发，坐了一夜的火车，早上到这儿就开始走流程，早就身心俱疲，当然没精力去管一个小女孩吃没吃饭。

只有蒋诵。

她夹起米粒放进嘴里，心摇摇晃晃地沉下去，这画面太熟悉了，像一把利剑，轻松击穿她的伪装。

小桃夹一块排骨给她，悄悄说："我发现还是大锅炖的肉好吃。"

袁微听了，把啃了半的肉扔在桌上，趁男主人去拿酒，嫌弃地擦了擦嘴："好像是用转基因油做的，天啊，我回去怕是要清肠了。"

蒋诵无视她的吐槽，低头看那块肉，油汁汁的诱人，中间还夹着两条脆骨。这样的肉她小时候连碰都不敢碰。她忽然抬头，问拿着酒招呼大家多吃的男人："刚才那孩子吃了吗？"

男人浑不在意，挥手让她放心："吃了吃了。哎呀，你们吃好就行，孩子在厨房吃的，这会儿说不定跑哪儿野去了。"

蒋诵放下筷子："我记得我们的公益计划是帮助女童吧。"

莫名其妙的一句话，大家都愣住。女孩爸爸眨巴眨巴眼，蒋诵甚至觉得他应该没听懂她在说什么。

算了，心情差到极点，突然没有胃口。

她起身，让大家继续吃，她去门口站一会儿。

袁微翻了个白眼给她，小桃悄悄扯了扯她的袖口，眼神在说：再撑一会儿吧，吃完就我们就走了。

蒋诵知道，大家来这儿都不是自愿，甚至包括她也一样。努力了这么多年，只让她外表看上去和都市女孩无异，可此刻，她没办法做个一无所知的旁观者，那个女孩的生活，和她小时候一模一样。

推开陈旧的木门，外面是傍晚的乡村，太阳沉入远山，只留下照亮晚霞的余晖，她看到房子旁边的下屋，有片衣角闪过。

她悄悄走过去。

十二三岁的女孩背对着门，仿佛这个世界没有让她觉得安全的地方，谨慎地望了一眼窗外，确定没人后，从挂满蜘蛛网的吊篮里拿出一卷大号卫生纸。她小心翼翼地扯开纸，折了三个方块那么大，四角对齐，折成不规则的长条状，然后再对折，塞进衣服下。

她回头，猝不及防地看到门口有人，直接呆住。

蒋诵静静地看她，终于知道当年的自己卷卫生纸是什么样子了。

"你在干什么？"

女孩黝黑的皮肤泛出暗色的红，她吞了吞口水，紧张地说："要……要去厕所。"

蒋诵很有耐心，语气尽量轻柔："为什么折那种东西？我们有捐助卫生巾，日用夜用全都有，数量很足，你妈妈没教过你怎么用吗？"

女孩眼神躲闪："教，教了。"

"那你怎么还……"蒋诵笑容渐失，"是没领到吗？"

"领了的领了的。"女孩声音有些急。她年龄太小，来初潮没多久，还不知道怎么自然地说这种极隐秘的话题，一慌，就什么都说出来了。

"我妈说那东西棉好，正好纳进鞋垫里冬天用，还能给我弟弟……不是，是给我们攒着呢，我用纸就行。"

蒋诵沉默好久，她觉得身上的铠甲被一片一片剥下去，撕扯着旧时的伤口，露出狰狞的，还未完全愈合的疤痕。

她说："你也有弟弟？"

女孩终于露出笑容，声音清脆地说："有，刚刚三岁，他叫李丞龙，胖乎乎的，特别可爱。"

蒋诵问："那你呢？你叫什么名字？"

女孩突然不好意思，仿佛名字烫嘴似的，小声说："我叫李念男。"

夕阳彻底沉进远山，光不在了，彩霞也褪去明艳，黑夜是从乌云滚滚的天边开始，在不经意间悄然走近，月亮旁边，星星发出暗淡的光。

她和女孩一起进屋，刚巧女孩爸爸在劝酒，见人进屋，扯着嗓子使唤女儿："快出去，去村长家再拿几瓶酒过来，挑凉的。"

306

蒋诵拉着女孩的手不让女孩走，仿佛置身童年时代的噩梦里，被使唤，被苛待。那时她多无助，没人帮她，为了生存只能拼命讨好。现在她是大人了，遗忘只能短暂麻痹神经，拼命努力却只创造出虚假的繁华。

此刻，她终于找到作为蒋诵该走的路。

只是一次平常的下乡罢了，冯乾压根没往心里去。在他看来，公益事业部是每个公司都应该有的部门，和财务部、宣传部没有区别。一年两季补助，每年都要拍一支纪录片，在公司发生口碑危机时挂在官网首页。

直到他收到蒋诵的调岗申请。

胡闹，任性，不计后果，这些行为不应该出现在她身上。

办公室的门紧紧关着，蒋诵站在桌子边，一张薄薄的A4也摆在那儿，白纸黑字，寥寥数语，却让他血压飙升。

"你是不是有毛病？"

蒋诵面色平静，或许还太年轻，不知道砍断千辛万苦爬到一半的绳子有什么后果，只一腔热血地犯了理想主义者都有的通病，太不现实。

"我没有毛病，是我们的公益项目有毛病。"

冯乾瞪眼："有什么毛病？"

"既然成立了，就应该用心做，如果不能做好，不如不做。"

冯乾深吸一口气，这次下乡他没去，也不知道蒋诵在那儿犯了什么冲。

"你这是在指点别的部门工作吗？我要提醒你，你得到我这个位置才有资格。"

蒋诵抬头看他，平日冷淡的眼底终于现出别的情绪："我们像英雄一样从天而降，耗时耗力却什么都没做，那些女童还是过着和以前一样的生活，我们却用她们的悲惨做了一张漂亮的名片，比苛待她们的家人更可恨。"

冯乾耐心触底，气得把文件夹摔到她身上："随你的便！"

此时的他还不知道，上午的风波只是水坝的一个小小的豁口，一天下来，他收到好几封辞职信。

小桃也不想干了。毕业一整年，北漂也一整年了，从最开始的打了鸡血到现在看不到未来，她意识到自己是这个城市最微不足道的一员。

不知是积攒的疲惫在坐了两天火车之后找到发泄口，还是真的累了，下乡那天，她站在高岗上看云，有风吹来，她忽然闻到家乡的味道。

小城也没什么不好，父母朋友都在身边，生活节奏很慢，是这副身体早就习惯了的安全区。

不想拼了，怎么都是过一生，她确定自己站在命运的转折上，只是勇气向来缺失，但这次不一样，蒋诵和她站在同一条线上。

那个她羡慕的、崇拜的、不管怎么努力都追赶不上的蒋诵，已经在交接工作，主动申请调岗，去到那个看不到希望的穷乡僻壤。

小桃觉得，蒋诵或许和她一样，接受不了贫富落差，被职场上的糟心琐事消耗了全部的热血，索性举旗逃走。

可是，从公司出来的时候，她却看到蒋诵和袁微坐在对街的咖啡厅里，一个说着什么，一个低头搅咖啡，聊了很久才出来，看表情没有什么不愉快。

小桃把疑惑埋在心里，离开的那天约蒋诵出来，就去那个活动险些搞砸的商场里，没有工作牌，像顾客一样闲逛，逛这些她掏空全部存款也买不起的东西。

小桃目不斜视地往前走，她还是小女孩，不知道怎么处理分别的情绪，这种经验都来自学生时代，毕业了，总要去聚个餐。

她抬头，打量四楼的餐厅区域："诵姐，晚上就要走了，临走前我请你吃顿饭吧。"

蒋诵笑着看她，打趣道："特意跑这么远到这儿来，就是为了请我吃顿饭啊？"

"对，这里好！"小桃给出选项，"楼上有家意大利面蛮好吃的，如果你不喜欢的话，还有一家试营业的烤串店，我不知道你喜欢吃什么，想着你是北方的，应该喜欢吃烤串，要不我们上去尝尝？"

蒋诵笑着摇头："我不吃意大利面，也不吃烤串，我想吃肯德基，在火车站里吃的那种。"

小桃皱眉："我有钱！"

蒋诵拉过她的手："我知道你有钱，但我现在赶时间，因为我把晚上的车票改签到下午了。"说完，怕她不信，直接点开购票软件给她看，"真没骗你。"

小桃瞪大眼睛："那还在磨蹭什么，快走啊！"

双人套餐外加一个甜筒，蒋诵吃得心满意足，调岗申请递交之后，她也褪去冷淡的外壳，像个亲切的邻家姐姐。

小桃到底没忍住，还是问出来了："诵姐，袁微那么讨厌，你怎么都不生气，还一起说说笑笑喝咖啡？"

蒋诵靠在椅背，慢声说："她又没做错什么，只是幸运而已，如果乡下的女孩也能这么幸运就好了。"

小桃奇怪地看她："都已经出生在那里了，很难像她那么幸运吧。"

蒋诵沉默几秒，突然说："所以我才要去。"

透明落地窗，木质桌椅，试营业几天，生意还算不错，所有都准备就绪，只剩招牌上还挂着一块红布。

沈灼站在店门口，透明玻璃下，四楼到一楼尽收眼底，人像蚂蚁似的从门口涌来，和商场经理说的一样，都是年轻人，所以他要把店开在这里，用她的名字。

袁微第三次来到这里，终于幸运一次。男人抱着肩膀站在门口，和初见时的穿衣风格不同，今天他身着白衬衫黑西裤，头发短了些，气质也变得粗犷。

没关系，依然是她喜欢的类型。

她白裙，黑发，直男斩口红色号，就是不知道能不能"斩"到他。

她轻轻走过去，伸出手指，在他肩膀上点了点。

沈灼回头，下意识往旁边移了一步，眼神带着疑惑。她往前凑，笑着说："我就说咱们有缘分吧，这不又见面了。"

他眉头揪起，这张脸怎么看都不像以前见过的样子。

"你是？"

"上次，电梯里啊。"

袁微不急，等着他慢慢想，不过并未如愿。男人敷衍地摇摇头，表情是根本没想起来的茫然。

她气闷，却执拗："晚上有时间吗，一起喝一杯怎么样？"

沈灼转身，双手插兜："我说过了，我不喝酒。"

袁微眼里露出狡黠："你这不是想起来了嘛。"

她身材高挑，巴掌脸，一头保养得当的头发慵懒地垂下肩膀，皮肤很白，是那种精致的瓷白色，是和苦难无关的城市女孩，和蒋诵完全不一样。

沈灼后退一步："抱歉，我还有事。"

袁微自然地跟上："有你这么当老板的吗？顾客可是上帝，我工作那么忙，还跑这么远来你这儿吃午饭，已经连续三天了哦。"

沈灼颔首，一板一眼地说："谢谢光临，今天这单给你打八折。"

袁微皱着鼻子，立马表现出不高兴："不必，我有的是钱，你明知道我想要什么。"

男人听了，却招手叫来一个服务生，指着她说："去冰柜里拿瓶酒给这位女士，记住她的样子，以后来都要赠送一瓶酒。"

袁微差点被气死，更可气的是，她竟然越挫越勇了。从小到大，她想要的东西都会得到，就算暂时遇到困难，但结果都是一样的，她相信这次也一样。

烤串吃得直上火，不知道第几次来这里了，袁微终于逮到他，起身跑过去，一把抓住他的袖口。

"沈灼，忙吗？"

沈灼低头看了眼用力的手指，翻转手腕挣脱，丢下一个字："忙。"

她不想放过这次机会："我都来这么多次了，你这店怎么还在试营业，要是有困难的话就直说，我家人脉还算广。"

沈灼忽地停住，看了眼墙上的挂钟日历："快了。"

袁微没听懂："什么？"

"8月6号，开业。"

袁微下意识地捂住嘴，眼里是不敢置信的惊喜，连声音都在抖："天啊，那天是我生日！"

沈灼转头看她，眼神是陌生的打量，有怅然，有悲伤。过了很久，他才自言自语："是吗，这么巧。"

蒋诵过生日了,在陌生的地方,几个女孩围着她坐下,有些紧张地从旧书包里拿出偷偷准备的礼物,有自己画的画,还有用彩绳编的手链。李念男的脸挂着红,磨蹭地从书包里拿出两个煮鸡蛋,这还是趁爸妈不注意,偷偷放书包里的。

蒋诵合上腿上的书,奇怪地看着她们:"怎么了,今天是什么日子?"

坐在旁边的女孩把画递给她,小声说:"小诵老师,今天是你的生日。"

蒋诵呆住,几秒后才恍然,双手接过礼物,惊讶地说:"你们怎么知道的?"

李念男见鸡蛋也被接过去,这才松了口气:"我看到你的身份证了。祝你生日快乐,我们要给你唱《生日歌》。"

来这儿快一个月了,被同事"阴阳"时她没哭,被女孩家长拒之门外也没哭,被村口坐着的妇女大声骂也没哭,听到《生日歌》的时候却哭了,她好久没过生日了。

同一时间,百里外的首都,烟花绽放在夜空,沈灼揭下牌匾上的红布,店名终于露出来。

坐在对面咖啡厅里的袁微举着手机录像,旁边坐着不情不愿被她拉来的闺蜜小伊,小伊无聊地搅着咖啡,一副没兴趣的模样。

也是,来了就是干坐着,那男人也没帅到惨绝人寰,看几眼就够了,说是有钱,但开这种大众烤串店的,大概率是没文化的土老板,这种人都有个毛病,越缺什么,越在意什么。

"烤串这种东西又不文艺,干吗叫'诵'啊,不伦不类的。"

袁微嫌弃她声音太大,在桌下踩了她一脚,小声说:"既然叫这个名字,一定有他的道理。"

小伊端起咖啡,看着店门口的男人,模样是不错,但是吧……

"他都三十多了,会不会太老了?"

袁微按灭手机,这话听着怎么这么刺耳。

"什么三十多了,严谨点行不行,是三十。"

小伊撇嘴:"是,三十,他都三十了哎,你以前的男朋友都和你差不多,要么就比你小,干吗喜欢这么老的。"

袁微瞪眼:"我看上他是因为谁啊?"

小伊想到是自己当初拱火,也很心虚:"我是按你生日算的,要不再试试星座,或者血型,不然咱们去庙里抽个签……"

"把嘴闭上,我真觉得我和他很有缘分。"

小伊乖乖把嘴闭上,从身后的包里掏出一副牌,直接在桌上摆起来,越摆,眉头越皱:"微微,不对啊,卦上显示,你们现在没有缘分啊,得等一年以后,缘分线才加深重叠。"

袁微现在油盐不进,听了这种话也会自动在脑海里生成合理的解释:"对啊,现在的缘分都是我天天开一个小时车主动求来的,如果一年以后缘分加深的话……"她微笑,"应该是结婚了,到时候你当我的伴娘。"

小伊石化，恨不得找个氧气罐给自己补点氧。

"他给你下蛊了？"

袁微高深莫测地摇头："他身上具有我对男人的所有幻想，最重要的是克制欲望，认识这么久，都没让我感觉到色欲……"

小伊一脸无语。

冯乾最近脾气很差，部门人手不足，年底活动还多得要死，新入职的顶不起来，老员工一个萝卜一个坑，缺了谁都不行。

周末有家宴，袁微刚好坐在冯乾旁边，一桌人欢声笑语，就他一直皱着眉头，周身散发着陈旧的怨气。

袁微帮他倒酒，悄咪咪地凑过去给他支招："把蒋诵叫回来呗。"

冯乾冷哼一声，干掉半杯酒："把嘴闭上。"

"喊，端这种架子有什么用。"

这话说的，刚好撞到冯乾枪口："袁微，但凡你努力一点、业务能力强点，我都犯不着为这种事上火。"

袁微早就习惯这种好心安慰最后都招来一口"大锅"，不偏不倚扣在她身上，可她也没办法，从小就这样，除了正事，她都行。

"我怎么不努力了。刚刚还想问呢，咱们江滩那边的广告牌最近有没有档期啊，我要用一周。"

冯乾瞥她一眼："行啊，一周五十万。"

提钱的话，就太伤感情了，袁微噘着嘴，直接过去摇晃他胳膊恳求："冯叔，那是我朋友，不是外人，反正闲着也是闲着……"

"朋友？我看是狐朋狗友吧。"

袁微生气，甩掉他胳膊："什么啊，人家可是餐饮公司老总。"

冯乾被她骗过太多次了，懒得和她在这种场合说废话："你要是很闲的话就干点正事。这样吧，你负责这次冬末促销的线上运营。"

袁微差点吓昏："我负责？公司是不是要倒闭了，怎么拉我出来挡刀？"

冯乾小心地看了眼主座上的男人，见他没注意这边的谈话，才甩给袁微一个眼刀："这是锻炼的机会，你是干还是不干，不干的话就听你爸的话商业联姻，也算出了一份力。"

她顿时像个被放了气的皮球，无力地说："干……也行，但提前说好，我可能会搞砸。"

"没事，有不明白的问蒋诵，你不是有她电话号。"

袁微气得咬牙，她就知道会这样，中年男人的面子比命还贵重，何必呢，最后挖这么大的坑把她推下来。

深冬，风像刀子似的刮得脸生疼，袁微窝在车里打电话。几百里外的农村，信号总是不稳,她扯着嗓子吼:"我说蒋诵,你能不能找个高点的地方?"

那边的声音断断续续:"听不到吗……现在呢?"

"勉强。"

袁微抱着笔记本电脑,记录来自电话那端的声音。

"平台对接人小吴都熟悉,这块交给他负责,尽量不要找粉丝多的博主或者大V,因为流量小花在代言,年底也有综艺节目和卫视活动,最好谈一下赞助和冠名,竞争一定很激烈,最好冯总出面……"

袁微手忙脚乱地敲字,脑瓜子"嗡嗡"作响:"蒋诵,要不你回来吧,我都要烦死了。"

那边一声轻笑:"不回。"

"村里有什么好的,穷山恶水……"

"嗯嗯,挂了。"

还没等袁微再说话,手机就一阵忙音,袁微烦躁地打过去,结果无法接通,什么破地方。

她忍着把手机扔窗外的冲动,努力调节情绪,部门缺人缺到不行,连她这种混日子的都被拎到"前线"。

好累,工作好累,商业联姻的男人太丑了,简直猪八戒转世。她想哭,人生怎么会突然变得这么艰难,怎么走都是死路。

要是沈灼能在这么困难的时候,突然向她求婚该多好……

可惜啊,他拒绝的理由只有那一个。

——我有女朋友。

她又不是傻瓜,才不会相信这种拙劣的话术。

年底,工作量大到恐怖,熬夜,加班,累得皮肤爆痘,连粉底都盖不住,磕磕绊绊地忙完前期准备工作,袁微就受不了了。

冯乾知道她不行,故意用广告位当诱饵:"如果顺利做完这个活动,江滩那边就听你的。"

袁微提不起精神:"可用不起你那金贵地界,我现在只想休息,去SPA,再去度个假。"

冯乾瞪她一眼:"人家蒋诵刚转正不到三个月就能顶起一个活动,怎么就你这么娇气,加个班要死要活的。"

袁微阴阳怪气地吐槽他:"蒋诵好,蒋诵能干,你倒是把她找回来啊,背后念人家好有什么用。"

"行啊,你下去把她换回来。"

"我凭什么。"

"那你就把嘴闭上,今晚十点前把方案敲定给我。"

临走时,袁微狠狠把门摔上,挺直的后背只坚持到电梯里,便萎靡地靠在门边,从包里掏出手机给蒋诵打电话:"你会不会拟订活动方案啊,我这十点之前得交差。"

听筒里"刺啦刺啦"的电流声,总让袁微有种回到上个世纪,大哥大手机刚流通市场的感觉。

"不会。"

袁微压着烦躁,尽量用心平气和的语气:"说条件,只要是能用钱解决的我都满足你。"

对面沉默半晌,终于答应:"好,你以个人名义捐款过来,我就回去帮你。"

当江滩竖起巨大的广告牌时,沈灼也坐上回南江的飞机,刚出闸口,他就接到吴玉东的电话:"灼子,过年回来呗。"

沈灼拎着电脑包往停车场走,笑着给他拜年:"替我给叔叔阿姨和弟妹拜个年,我就不回了。"

吴玉东"啧"了一声,嫌弃地说:"怎么,当大老板了嫌弃我们这小地方,说话怎么还叔叔阿姨的这么客气,叫二叔二婶!"

沈灼看到车在前面,司机也看到他,赶紧冲他挥手,他也回摆了下,笑着对电话说:"我的错,给二叔二婶带好,我过完年再回去。"

"咋的,忙啊?都是借口,你以前自己支摊都能倒出时间好好过个年,现在买卖干大了,雇了那么多人干活,怎么能没时间?"

"我回南江过年。"

"回那儿干啥,就你一个人多没意思,再说那破楼都快塌了……"

沈灼钻进车里,没忘记骂他:"大过年的你瞎放什么屁,你家破房子都没塌,我这楼房塌什么玩意儿。"

吴玉东笑得好大声:"哎对,你就得这么说话,怎么在大城市混几年跟兄弟还端上了呢,净拽文明词,你再这样我可不和你联系了。"

车子稳稳驶出机场,上午的日光很足,他坐在后座,嘴角噙着愉悦的笑意:"别啊,我真忙,有个合同要签,而且饭局都排到初五之后了。"

吴玉东"啧"了一声:"是,你可真是大忙人,那上坟也得排到初五之后了呗。"

沈灼怔了怔,笑意定在脸上:"嗯,我妈和我妹不会怪我的。"

"她们当然不能怪你,重要的是你也别怪自己。缘分这种东西吧,没了就是没了,再说了你也不欠她什么,何必钻牛角尖,眼看过年都三十二了,你现在这样的条件,找什么样的找不着,干吗非得在一棵树上吊死。"

沈灼随手把车窗打开,借着涌进来的新鲜空气深呼吸,可再多的氧气都提不起沉下去的心。

"东子,我们已经分手了,我现在是等我妹回家。"

吴玉东:"你妹在山头,和你妈搁一块呢。"

沈灼低声说:"我知道。"

"你知道个屁,现在是当局者迷,等过几年你再回过头看自己,真就一傻子。"

沈灼哂笑,侧过头看车窗外。

车开到开发区了,再过一个路口就是她读过的大学,也只有这里是熟悉的地方,再往东走,都是新修的街道,盖的新楼盘,如果她回来了,一定会找不到家,所以他得在这儿等,万一呢,万一她又被家里赶出来了,他也只有这一个亲人了。

"对了,我大侄子咋样?"

话题转移得有些生硬,吴玉东也懒得戳破沈灼,一提起儿子,他那圆脸又堆起笑:"刚断奶,可结实了,像抱着个实心秤砣似的,老沉了。"

沈灼也不自觉地笑:"上次看还是百天呢,这么快,会走了吗?"

"说啥呢,都会跑了。"

"真好,东子,我还记得你愁思找对象,这才几年的工夫,大胖儿子都抱上了。"

吴玉东笑呵呵,大概是年龄大了,每次打电话都会絮叨旧事,一聊就闭不上嘴,比打麻将赢钱还舒坦。

"你那会儿可是坚定的不婚主义,我每次相亲吹了你都笑话我。"

沈灼靠在椅背,车经过以前二层小楼的店,现在已经大变样,开了一家母婴用品连锁店,一楼卖货,二楼是婴儿游泳馆。

他淡淡地说:"笑话你什么了,我没拿肉和酒出来供你吃喝啊,没良心的。"

"是我没良心,我这不寻思弥补嘛,你现在不和我当时一样,我这边好酒好菜可都准备好了,就等你回来了。"

沈灼无奈,下个路口就是租的房子,四周都是新开发的城区,更显得这里格格不入,破旧不堪。

他笑着说:"别急,我很快回去。"

拐弯的时候,车和一辆白色 SUV 交错,他刚好收回视线,叮嘱司机快点开,白色车里的女人只随意一瞥,却愣住。

杨芷心探出车窗,视线一直打量着驶远的黑色奔驰,旁边开车的男人注意到她的异样,伸手过来抓住她的手。

"老婆,你放心,我一定会努力赚钱,到时候咱也开大 G。"

"闭嘴!"

杨芷心挣脱他的手腕,从包里摸索出手机,急慌慌地在通讯录翻出蒋诵的名字。电话响了很久才接通,而且那边风声很大,夹杂着蒋诵的声音一起传过来。

"芷心,过年好哇!"

杨芷心无心拜年,直入主题:"蒋诵,我好像看到你男朋友了。"

北方的山顶,入眼白茫茫一片,蒋诵愣神的工夫,袖口差点被燃烧的黄纸点燃,她急急站起,在浓烟里问:"在哪儿?"

"南江。不过我不确定啊,半秒的工夫车就错开了,看侧脸很像。"

蒋诵心跳加速:"你能追上他确定一下吗?"

杨芷心看着刚开始的超长红灯,遗憾地说:"追不上了,我也没记住车牌。"

蒋诵收回急急下山的动作，重新蹲下，把没开封的黄纸扔进火堆里，对着一大一小两个墓碑，在心里默默祈祷。

"我很快就回去。"

飞机抵达南江时，已是第二天下午。

蒋诵背着单肩包，刚出自动玻璃门就听到手机响铃，她看都没看就接起来："芷心？"

袁微翻了个白眼："是我。"

蒋诵站定："我还想给你打电话，之前说好的我帮你忙，你捐款，公司的收款账户早就……"

袁微撇嘴，冷冷地说："我当初还觉得你是那种正气凛然的理想主义者，看来我猜得没错，你还真敢把算盘打在公益捐助款上。"

"你说什么？"蒋诵往后退了退，避开蜂拥而出的人群，皱眉问，"什么意思？"

"我什么意思，你这么聪明还听不出来啊？"

工作全部顺利结束，各大平台的点击率和销量都比去年多好几倍，确实和蒋诵预计的一样，单一找线上主播推广的效果不如传统电视平台。

袁微舒服地躺在浴缸里，用脚趾勾起几片玫瑰花瓣，笑容一直没下去过。

年底开大会，她被狠夸一顿，不止在公司里得到赞赏，在家里也一样，二十五年，她终于可以搬出压抑的老宅，住进江滨公寓。

自由的味道她终于尝到了，也意识到这必须用能力交换。

"我是说，这忙你帮了，我谢谢你。"

蒋诵从袁微的语气里大致猜出是什么意思。可是，她确实收到了来自袁微个人署名的捐助款，整整一百万，刚才也是想说感谢对方。感谢对方的捐助，帮助了一批不符合捐助条件的、但还是很困难的女孩。她想用剩下的钱建图书室，正斟酌着要不要署对方的名字。

当初向袁微开口，也是无奈之举，在那里待得越久，就越感情用事，气有些家庭明明生活过得去，却毫无愧疚感地苛待女孩，和她小时候一样，她在那里，看到每个阶段的自己。她们不懂为什么父母要偏心，只能无助、不安、拼命讨好，祈求那些降临到哥哥弟弟身上的爱，能漏出一点点，不要很多，一点点就满足了。

蒋诵不想这样，她去补上那些缺失的爱，也几乎用尽全力，想把那个歪掉上千年的天平扶正，可总是阻碍重重，一个人的力量总是渺小的，好的是时代在进步，她能感觉到。有很多的个人捐助从祖国的四面八方邮寄过来，和她一起丈量乡村土路的人也越来越多，在别的事上她没有信心，但在这件事上，她甘愿交付全部的时间。

过程中，她也改变了想法，并不是以前认为的，在城市里拼搏努力，过上光鲜亮丽的生活才是成功。

现在，她把收到的捐助亲手送到女孩们的手里，看着她们用力抱紧属于自己

315

的东西，竟能感觉到以前从来没有过的满足。她也用这些笑脸把自己的伤疤彻底抚平，也终于变成了，那个一直想成为的，可以坦然站在这个世界上的，更好的人。

袁微当然不能体会到这种心情，觉得蒋诵不也这样，冯叔天天挂在嘴边夸，都要夸上天了，结果不也是傻兮兮地替她干活。

"记住，所有的策划和想法都是我的，同样的，我也会保密你找我要私人捐助的事，你熬到负责人不容易，管好你自己的嘴巴。"

蒋诵一点都不生气，甚至被她逗笑："袁微，你在拍电视剧啊？"

"反正你别和我耍小聪明，年后上班我就派人过去盯账，那破地方是天高皇帝远，但你别打公益的主意。"

蒋诵跟着人流往出走，像逗小孩似的说："你以为我是你啊，挂了吧。"

话刚说出口，对面就先挂断，蒋诵捏着手机上出租车，车开了之后直接打电话给冯乾。

拜年是必不可少的，这是调岗这么久，她第一次打电话给他。身居高位的男人总习惯端着架子说话，不过这次她听出来语气里少了严肃，多了些慈祥，倒是符合他的年纪，但不是他惯有的态度，蒋诵有些不习惯。

"在那边怎么样？"

蒋诵笑着说："挺好。"

"哼，我看你在哪儿都挺好。"

"嗯，我怎么都好。"

冯乾的声音从听筒里钻出来，带着些锋利的刺意："既然怎么都好，那就更不能向下走。"

蒋诵："我就是从下面来的。"

"就因为你是从下面来的，就更不能止步于此。我知道你在想什么，但我要告诉你，必须要往上走，才能拥有改变现状的力量。"

出租车行驶在高架桥上，窗外是鳞次栉比的高楼，蒋诵靠在椅背上，男人的声音冷漠地在她脑子里转了一圈，她当然知道。

"一周前，项目收到来自袁微的一百万捐款，她不知情，我知道是您……"

冯乾打断她说的话："不是我，她是老总的女儿，但是我们没必要为她做这种事，真正在培养的接班人是她弟弟，比她入职还早，不过公司里的人都不知道。"

蒋诵深呼吸，恍然间意识到，在她眼里那么幸运的女孩，在某种情境下，也是被抛弃的一方。

冯乾沉吟一瞬，回到工作状态的语气："年后你就调回总部，这件事我知道了，你保持手机通畅，我查清楚之后给你打电话。"

挂了电话，她累得提不起精神，也无视了杨芷心再三说的，到了之后一定要联系对方的叮嘱，直接关机。

车开到学校门口，已是日暮。

蒋诵下车，从学校的东门慢慢走。熟悉的，又很陌生，曾经她两点一线走过的窄路，现在已经修得平整宽阔。

路边的小摊从划位置，到简易连棚，再到现在的大学街，几年的时间，几年了？她站在路灯下仔细想，过了这个年，她就二十七岁了。

小时候觉得时间漫长，尤其是夜晚，干着活，数着秒往前熬，那时候觉得，长大遥远得好像下辈子。现在呢，好像在十九岁那年睡下，做了个长长的梦，梦里有悲也有喜，有散也有聚，有散……一定会有聚。

杨芷心似乎早就知道蒋诵不会联系，早就开车在大学附近等。

天黑透，路灯亮起，她在大学街的街尾逮到蒋诵，还是以前的样子，瘦瘦小小的，肤色暗了些，眼神里却溢出光彩。

她背着包，还是大学生的装扮。

她似乎没敢认，愣在那里，手里还拿着一串烤鸡翅。

杨芷心小跑着过去："这才多久没见，你干吗摆出那种不认识的样子。"

蒋诵听到熟悉的声音，这才往前走两步，抓住杨芷心的书，视线在她隆起的肚子上打量："芷心，你竟然会怀孕！"

杨芷心在蒋诵的手臂上狠掐了一把："你用了'竟然'这两个字？"

"你才多大，比我还小一岁。"

刚好旁边有家咖啡厅，杨芷心直接拉她进去，边走边说："我都二十六了好不好，不过怀孕确实不在计划内，是意外。"

临近过年，店铺关了大半，咖啡厅的老板住在店里，特意没关门，她笑着说虽然是阖家团圆的日子，但还是有很多无家可回的人。

两杯咖啡，一块抹茶甜点，杨芷心把清浅的绿色甜点往蒋诵这边推了推："我最近控糖，不能吃，你不要客气。"

蒋诵没说话，一直认真打量她。

杨芷心无奈："我知道我胖超多，但应该没有到认不出来的程度吧？"

"如果你没主动说话，我真没认出来。"

"蒋诵，再给你一次重新组织语言的机会。"

圆润的孕妇气鼓鼓地磨牙，蒋诵坐直，笑着说："你现在超美。"

"哼，晚了。"

情绪波动的时候食欲旺盛，三角形的抹茶小蛋糕被她吃了大半，杨芷心放下叉子，想起蒋诵这次回来的目的。

"我上次就在这附近看到他的，要不我们转转，万一真是他呢。"

蒋诵干脆地摇头，看杨芷心的孕肚已经七八个月了，她不好意思再麻烦杨芷心，杨芷心看到沈灼之后第一时间通知她，她就很感激了，况且……她瞥了眼窗外。

路边停着一辆车，车门开着，里面的男人时不时看向这边，杨芷心烦得很。

"别理他，我们慢慢聊，等会儿去我家住。"

蒋诵抿了口咖啡："不了，我这次是出差，公司订好酒店了。"

杨芷心才不信："骗人，什么好公司这种时候还出差。我不管，我是不可能看着你自己在酒店过年的。"

白色 SUV 驶离大学城，经过一个老旧的小区时，杨芷心悄声问："你说，他会不会还在这里住呢？"

蒋诵沉默，下意识地想到两年前，那个拿钥匙开门的孕妇。

"不会，我来找过了。"

三楼，小窗透着温馨的黄色，和记忆里一样的灯，现在看却是刺眼，蒋诵强迫自己收回视线。

同一时间，放在桌上的电话响起，沈灼窝在床上睡觉，躺在刚到南江时她买的床单上，黄色的碎花因为洗过太多次，颜色早已暗淡。

他翻了个身，伸手抓过手机，没看就接通，声音有些哑："你好。"

明快的女声从遥远的首都传过来："沈灼，新年快乐啊！"

他睁眼，拿起手机看了来电显示——袁微。

"嗯，你也快乐。什么事？"

袁微早就习惯这种剃头挑子一头热，痛并快乐着的感觉，陌生又着迷。

"这是我第一次收到你的祝福哎，我要记住今天，是几号来着？我得去备注一下……"

沈灼拉远手机，并干脆地挂断电话。

和预料的一样，电话再次打过来："沈灼，我是要说正事，你不许挂。"

他开了免提，把手机扔到枕边，习惯性地把被角搂进怀里："你说。"

袁微缓了口气，小声说："你是不是以我的名义给公益部捐了一百万？"

"是。"

女声停顿几秒，再说话时声音带着一丝期冀："为什么啊？"

"江滩的广告，我不想欠你人情。"

"这是真实原因？"

"对。我很早就想找个靠谱的公益捐助，贵公司这方面做得很好，而且也是唯一能合理收款的渠道。"

袁微快要气死了，怪不得给蒋诵打电话的时候，她怎么说蒋诵都不生气，还能笑眯眯地拜年，原来是因为钱包鼓了，就她是傻子。

"你真是，钱打到那种地方干什么，穷乡僻壤的烂地方，把你全部身家扔进去都溅不出个水花。"

沈灼沉默。他也是生在穷乡僻壤那种烂地方的，如果没遇到蒋诵，大概一辈子都不会走出县城，过着和周围人一样的生活。也会在某个城市女孩的诘问中，被包括在内，归纳为不值得浪费精力和金钱拯救的愚昧盲流。

袁微还在说："你别以为这样就是还了人情，就因为你署名我捐款的事，我家人不停地找我问，你如果识时务就飞过来见我爸妈，我建议你说是我男朋友，这样的话，理由还能可信点。"

沈灼忍不住笑:"你搁这儿拍电视剧呢?"

袁微一口浊气堵在嗓子眼,搞什么啊,这种话一天时间听到两次,她很认真在提建议,怎么都不把她说的话当回事儿!

"你坐明早的飞机,刚好大年三十,我们一起吃年夜饭……"

沈灼拿起手机,干脆地挂断电话。

冯乾打电话来的时候,杨芷心还没醒。

两室一厅的房子,不到八十平方米,住新婚夫妻刚好,因为蒋诵来,杨芷心的丈夫不得不睡到客厅的沙发上。

蒋诵攥着手机,轻手轻脚地下床,连拖鞋都没敢穿。客厅的男人也在睡,怕吵醒他,她只能拐进婴儿房。

粉色的壁纸,白色的窗帘,漂亮的星星灯下,摆着一张公主风的小床。蒋诵关紧门,走到窗边才接起电话。

冯乾的声音穿透听筒:"昨晚怎么关机了?"

蒋诵抱歉:"没电了,深夜才发现。"

"就因为联系不到你,我这大过年的还得出差。那一百万查清楚了,我等会儿要和他见面,你把钱款用途打个明细给我。但愿不是竞争者挖的陷阱,这个袁微,成事不足败事有余,咱们的项目根本不对外,真能给我找事儿。"

蒋诵靠在窗边,透明玻璃窗外是还未睡醒的城市,大年三十的清晨,上司打电话来要钱款明细,但是她电脑没带,拿不出来。

"必须要吗?"

冯乾声音提高:"你说呢?我人都到南江了,人家从明天到初五都是饭局,只有今天有时间。"

蒋诵愣了一下:"你在哪儿?"

"南江。"

"我也在。要不你带我去,我可以口述,也想当面感谢他。"

冯乾沉吟两秒,奇怪地问:"你家是南江的?"

"不是,我……我哥在这里。"

"好,八点半到帝豪酒店,中午之前结束,不会耽误你和家人团聚。"

挂了电话,太阳缓缓从远山升起,金色的光冲破云层,旧年的最后一天看到朝霞,一定是好兆头。

她轻手轻脚地去洗手间洗漱,连日奔波的疲惫隐在眉宇间,洗了脸,扑上一层粉底才勉强盖住眼下的暗沉。她利落地将头发扎起,只涂了口红,浅淡的樱粉色。

她慢动作拧开门,刚好碰到睡眼惺忪的杨芷心。杨芷心披散着头发,穿着卡通睡裙,口齿不清地说:"起这么早干吗?"

蒋诵看了眼沙发上还在熟睡的男人,用气声说:"我出去一趟。"

杨芷心一下子精神了，赶紧拉住她的手腕："是要去找他吗？等我换衣服，咱俩一起。"

"不是！"

孕妇身体虽然笨重，脚步却很急，吓得蒋诵赶紧解释："工作上的事，我去参加个饭局。"

杨芷心像看傻子似的看她："今天大年三十，你们公司还搞饭局，你要不要听听看你在说什么。"

蒋诵无奈："真的！"

杨芷心才不信，她知道去年过年蒋诵也回了南江，谁都没告诉，找了酒店一个人在这边过的年。虽然在别人家过年也不自在，但总比待在酒店温暖。

"别找借口！"

话音刚落，手机就响铃，蒋诵看是冯乾打来的，调小音量按了免提。

空气寂静，冯乾是命令的口吻："你尽量早到，提前点好菜，包房是305，到那儿报我电话号就行。"

两个女人对着亮屏的手机，蒋诵一一应下。挂了电话，杨芷心皱起脸，气得大骂："你这什么黄世仁公司啊，过年都不让人休息。"

蒋诵笑了下，推她回去睡回笼觉："好啦，你们不用在意我，晚饭照常回婆婆家吃，不要等我，我有约。"

杨芷心翻了个白眼："大过年的，你连个亲人都没有，有个屁的约。"

蒋诵把孕妇抱枕摆好，好声好气地哄她："工作的约。你快躺好吧大小姐，一会儿又打电话催我了。"

临走时，杨芷心再三嘱咐蒋诵吃完饭就回来，大不了她不回婆婆家吃年夜饭，一大家子乱哄哄的，她才不想去。

在楼下等了十分钟才拦到出租车，道路比想象的拥堵，为了节省时间，她在车里搜索帝豪酒店的菜单。

八点十分，她提前二十分钟到。

高级酒店的装修气派高雅，踩在厚重的地毯上一路直行。进电梯，到三楼，侍应在右前侧带路，彬彬有礼地帮她开门。

小型包房，可容纳八人，她告知吃饭的只有三位，多余的座椅全都撤走后，菜也点好。

蒋诵看了眼时间，八点半。

"慢菜可以做了。"

侍应颔首答应，准备离开，她问："不好意思，洗手间在哪儿？"

冯乾带客人抵达的时候，包房里早已准备就绪。

他笑容满面，帮年轻男人拉开椅子，落座之后，他拿起茶壶，斟满三杯。

黑色大衣挂在椅背上，沈灼穿着衬衫，习惯地把领口的扣子解开一颗，瞥见冒着热气的三杯茶水，心底升起一种不好的预感。

"还有一个人？"

冯乾笑眯眯："嗯，她应该是去点菜了。"

沈灼不由得想到昨晚的电话，眉间覆上阴云："是袁微吗？我和她说过这次的捐款是还她广告牌的人情，早就两清了，这次吃饭实在没有必要。"

冯乾递过去一杯茶水，心里的石头早就落了地。

其实，早在十分钟前见到对方的时候，他就知道是自己多想了，这个年轻人和他以为的那种不一样，从那双眼睛就能看出来，是脚踏实地的稳重派。

也怪袁微这孩子，总是交友不慎，那帮狐朋狗友富二代，没有一个干正经事的。

他也是怕，今年公司业绩一家独大，有一点风吹草动就上热搜，他当然要守护公益这最后一块净土。

这次是他谨小慎微搞了乌龙，熟练地卸掉防备和心机，露出长辈应有的关切："我知道两清了，这次吃饭只是想和你交个朋友。"

沈灼微笑，他根本不想来，也不想和袁微扯上任何关系，只是一次单纯的捐款，他根本没多想，可事情的走向貌似越来越复杂。

"贵公司似乎觉得，我这次捐款目的不纯？"

冯乾"哎哟"一声，连连摆手："没有没有，我只是很欣赏你，也想介绍个人给你认识。"

沈灼收回笑，做好离开的准备："介绍的人，是袁微吧？"

"怎么会，你们不是早就认识了。"

冯乾笑呵呵做闲聊状，也不在意这种初次见面的场合里，变成年轻人讨厌的多事长辈，快速把这口新生成的"锅"扣在蒋诵身上。

"其实是我们公益项目的负责人提出这次见面的，她想当面感谢你，我也推托过，还说这种团圆的日子，你也不会有时间。"

见沈灼听得认真，冯乾声音压低，极其诚恳的姿态："因为她全年无休，只有过年这几天有时间，找这才尝试联系你，绝不是你想的那些原因。"

沈灼靠在椅背上，唇角勾起，似乎觉得这句话漏洞百出："过年的话，那位负责人不用回家吗？"

"她啊，唉，没爸没妈的苦孩子一个……"

中年男人的声音被敲门声打断，未说完的话紧连着一声"进来"。

沈灼下意识地抬头，门轻轻推开，日思夜想的脸就这么猝不及防地闯进他的视线。

忽地，时间静止，连呼吸都忘记。

蒋诵也没反应过来，维持推门的姿势愣在原地。

一秒，两秒，三秒……

冯乾坐在桌边，疯狂给蒋诵使眼色，见她不动，又看向沈灼，诧异的是，他也一样。

　　密闭的包厢里，两人之间自动生成结界。冯乾夹在中间，久违地感觉到年轻时的悸动，这一眼，仿佛一幅尘封已久的画卷展开。

　　他轻咳一声，煞风景地打破氛围："小沈总，这位是项目负责人，她叫蒋诵，等会儿会把钱款用项告诉你。你捐的钱并不是数字，每一分都实实在在地用在贫困女孩的身上。"

　　沈灼突然笑了，轻声说："谢谢蒋负责人。"

　　蒋诵眼神闪了闪，慢慢走到座位上，眼睛不离他的脸："是我该说谢谢，谢谢小沈总的捐助。"

　　"小沈总"是个新称呼，沈灼眼底含笑，和刚才的一身防备呈两极，冯乾这种人精怎么会看不出来。奇怪，他怎么还阴错阳差地成月老了。

　　菜陆续上齐，碍于冯乾在场，蒋诵用最后一丝理智维持情绪稳定，可就算低头时，也能感觉到明目张胆的打量。

　　她紧张，指尖陷进掌心里。

　　毫无心理准备的重逢，让她大脑一片空白，只剩机械地完成需要做的事。

　　"至于剩下的钱，我想建图书室。"

　　沈灼认真听着，手指伸出去，停住转动的桌盘，她话说完，一盘清蒸石斑刚好停在面前。

　　冯乾拉椅子站起身："真是不巧，我突然有急事。"

　　蒋诵也跟着站起来："什么急事？"

　　冯乾笑呵呵往门边走："回家吃年夜饭呗。反正你哥在南江，你也不急着走，账目明细你慢慢和小沈总说，你们年轻人，有的是时间。"

　　说完，门也应声而关。

　　话里的信息被沈灼捕捉到，他转头看她："你是来找你哥过年的？"

　　蒋诵坦然回视："对，我每年都来这里过年，我只有他这一个亲人。"

　　两人视线相交。分开的这段日子里产生的疲惫、悔恨、无望，和幻想，全都因为他，或她，完好无缺地站在这里而烟消云散。

　　新的一年即将开始，沈灼别无所求。

　　他静静地看她："既然回来了，那就回家过年。"

　　车稳稳地行驶去往城郊，蒋诵坐在副驾驶，千头万绪，很多话想说，却不知道说什么。

　　时间空白两年，再见面，他变成不一样的人。小镇青年的粗糙感已经消失，整个人散发着生人勿近的精英气质。

　　好在，他主动问："这两年过得好吗？"

　　蒋诵身姿端正，两只手乖乖地放在腿上，自以为重塑了足够的勇气，却在面对他时奇怪地消失。

"很好。"

"那就好。"

熟悉的街道在眼前缓缓展开，矮层洋房连城一片，蒋诵想到分开前的最后一通电话。

"钱……够买房了吗？"

耳边一声轻笑，沈灼看着前方，语气像在说别人的事："买了，把当时的店买下来了，半年后拆迁，分了三个铺面加上几百万。"

蒋诵缓缓吐出一口气，终于没那么紧张了。

"很幸运，为你高兴。"

沈灼转头看她："以前不觉得，此刻突然也觉得幸运，如果没有钱，我不会捐款，更不会稀里糊涂答应你领导组的相亲局。"

蒋诵愣住，脱口而出："相亲局？"

车转了个弯，停在大型超市的入口处，熄火，他准备下车，对还在发呆的她说："家里没吃的，要不要和我一起进去？"

蒋诵稀里糊涂地下车，还理不清思绪，听他的语气，似乎误会什么了。

她小跑着跟上："我不知道什么相亲局。"

沈灼推着购物车，长腿大步向前，经过摆成山的旺旺大礼包时，随手拿了一袋扔进购物车。

他站定，转身，低头看她。

"有话回家说。"

然后是沉默，沉默着买菜，买零食买饮料，买货架上最精致的礼盒，买当初在一起时她好奇的、却连价签都不敢看的进口食品。

下午的道路畅通无阻，街景却越来越陌生。

直到下个路口转弯，她才看到熟悉的老旧小区，车一路开进去，停在花坛边的梧桐树下。

沈灼拎着两大袋东西在前面走，蒋诵默默跟在后面。楼道灯很亮，男人的背影在她眼前，比记忆里更挺拔高大。

到三楼，沈灼用下巴点了下大衣口袋，示意她，"掏一下钥匙。"

蒋诵赶紧过去，手伸进兜里往下捞，可什么都没有。

距离很近，她抬头，触到他的眼睛时心跳漏了一拍，赶紧后退一步，老老实实地说："没有钥匙。"

沈灼皱眉："另一个呢？"

蒋诵摇头："也没有，刚才两个口袋都找了。"

空气安静，楼道里弥漫着年夜饭的香气，沈灼靠在门口，视线在斑驳的墙壁上搜寻开锁电话，可是，明明看到了，他却没说话。

蒋诵试探地问："钥匙没带？"

"嗯，得找个开锁的。"

沉寂两秒,她突然说:"屋里没人吗?"

沈灼表情淡淡:"有鬼。"

看来是没人。蒋诵垂眼,只觉得心情像坐过山车一样忽上忽下。在酒店遇到时,是激动、欣喜,以为还像以前那样继续,可在超市里,他选购的东西,都是小孩喜欢的。

她猛地想到那年回来时住在这里的孕妇。他也没搬走,虽不想承认,答案早已呼之欲出。

没关系。她自我催眠,只要他过得幸福就好,当初分开是她的错,已经是成年人了,对这样的结果早就该做好心理准备。

"不用找开锁的。"

蒋诵歪头,手指勾起脖子上戴的项链,用力拽起,一把钥匙悬在空中,是当初藏在水表箱里的那把。

沈灼呼吸一滞,他就知道是她。

心底的埋怨都消失,他们在一起这么久,除了爱情还有亲情,她怎么可能舍得切断,怎么可能不回来。

蒋诵拿钥匙开锁,门开后,她探身,把钥匙送进他大衣口袋里。

两年不见,她变得客气又疏离:"物归原主。"

他站着不动,虽隔了两层衣料,他却感觉到衣袋里残留的体温,越来越热。

他先一步进屋,放下购物袋,回头,女孩还站在门口。

"怎么不进来?"

蒋诵犹豫,似是在做激烈的心理斗争:"嫂子不在,这样不太好吧。"

沈灼静静地看她,用小指挖了下耳朵,表情是那种听了什么荒唐话的不敢置信:"你说什么?我没听清。"

蒋诵心跳加速,越过他的肩膀看到屋里的摆设,依然和她在时一模一样,心底虽有期冀,但还是问出来:"你是不是结婚了?"

沈灼被气笑,直接跨到门口,抓着她的手腕把她拉进屋里。

门"咚"地关紧,他的吻也落下,激烈、灸热,带着陌生的侵略意味。

蒋诵被他压在墙角不能动,只在好不容易给她换气机会时,听到他咬牙说了一句:"你真是白眼狼!"

然后天旋地转。

她身体腾空,眼前是旋转的室内陈设。圆月图案的吸顶灯蒙上一层浮灰,柜子上还留着她写的便利贴,窗台的绿萝不知道分权到第几代,翠绿的叶子布满生机。

脊背落在柔软的床上,余光里是大片黄色的碎花。

还记得这是她当年一眼就相中的款式,站在店里考虑了二十分钟才决定买下来,八百块钱,用了这么多年也够本了。

她忽然笑了。

沈灼不知什么时候脱掉了大衣，只穿着衬衫，扣子解开一半，露出精壮的胸膛，他单膝跪在床边，认真地看她。

"笑什么呢？"

蒋诵觉得被满到溢出的安全感包围，仿佛一颗流浪的蒲公英种子，飘了上千里，终于回到熟悉的故土。

"笑你说我白眼狼。"

不说还好，一说沈灼又咬牙，大手伸进她的薄衫下，找到排扣时探身亲了她一口，力道很足。

"你不是白眼狼？我刚认识你就看出你是白眼狼，过了这么多年你还这样……"他轻笑，罕见的埋怨语气，"才分开两年就拜托上司组饭局认识男人，还倒打一耙说我结婚了。你睁眼看看，我在这里等了你两年，你钥匙就挂在脖子上当摆设吗？怎么不回来？"

蒋诵眼睛通红，不知道是痛的，还是因为以这样的姿态被逼问。

"我以为这里住了别人。"

沈灼深呼吸："至少给我打个电话。"

蒋诵终于绷不住，压抑的委屈倾泻而出，眼泪簌簌流出来："对不起，我怎么都找不到你，也没记全你的电话号码，试了好多好多次，每次想起来打过去，都是陌生人接的。"

她边说边哽咽："我也没……没组织饭局啊，我是去报钱款明细的，没想……想到是你……"

还是和以前一样，一激动就哭。

沈灼心脏抽痛，搂她在怀里，一下一下轻抚她后背，低声轻哄："不哭了，回来就好，我是说气话。"

蒋诵埋在他颈窝，发丝被汗水濡湿，男人的手小心翼翼地伸过来，拨走她贴在脸颊上的发丝，露出泛着粉色的纤细脖颈。两年了，日思夜想，此刻真真切切在眼前，她的温度，她的呼吸，她的手缠在他脖子上，搂得那么紧，生怕他消失不见。

他也一样啊。

室内温度渐渐升高，轻纱窗帘慢慢落下，遮住一室旖旎……

蒋诵被鞭炮声吵醒。

天亮，窗帘透进晨光，男人睡得很熟，裸着上身，锁骨下大片显眼的红痕。她坐着发了会儿呆，昨晚的记忆慢慢涌入大脑。

忘记做了几次，连床都没下，零点的那顿饺子还是他煮好端到床上，她半昏睡状态，也不知道是怎么吃进去的。

脸颊上发烧，她轻手轻脚地下床。

昨天买回来的东西，一袋被塞进冰箱，还有一袋放在沙发上，里面都是些小孩子爱吃的零食。她后知后觉地想起，几年前的她就爱吃这些东西。

手机在零食袋旁边，显示电量过低。她将手机充上电，点开，直接弹出微信聊天页面，是杨芷心。

她心里"咯噔"一下，手忙脚乱地想联系杨芷心，低头却看到，昨晚夜深时沈灼代她回复的聊天记录。

芷心：什么情况啊你，怎么还不回来，打电话也不接，这都九点了。

诵：抱歉，我不过去了，我和我哥过年。

芷心：怎么还变称呼了，不是男朋友吗？

诵：对，是男朋友，我和我男朋友一起过年，以后的年都和他一起过了，谢谢，新年快乐。

芷心：看把你美的。

芷心：找到就好，以后不许分开了。

诵：嗯，一定不会分开。

....

聊天记录翻到底，蒋诵按灭手机。

她忽略腰背的酸痛，走去厨房，扎上围裙，从冰箱里翻出昨天买的青菜，用蒜蓉清炒，又将昨晚没吃完的饺子慢火煎上。

墙上挂着小锅，她撒了把米进去，准备煮一锅海鲜粥。

虾仁在锅里变成淡红色，她用勺子搅动锅底，抽油烟机发出噪音，导致她没听到卧室里的人是怎么焦急地喊她的名字。

直到余光瞄见有人，她才回头，也刚好和脸色发白的男人对上视线。

他裸着上身，下身运动短裤，光着脚，看姿势是从卧室跑出来的，在厨房门口来个急刹。蒋诵关掉抽油烟机，随手摆碗筷。

"早啊，吃饭。"

沈灼没说话，缓了好一会儿才走过来，从背后抱住她。

蒋诵在盛粥，穿着男款的长T，布料轻薄，她仔细感受，身后的男人心跳声像在敲鼓。

"怎么了？"

沈灼手臂环紧，低声说："怎么连饭都会做了。"

蒋诵得意："做饭是成年人必备生存技能，不过我做的只能饱腹，味道不敢保证。"

沈灼借着坐下的姿态，掩盖脸上未散的虚惊。

"瞎说，味道超好。"

粥冒着热气，饺子煎得表皮金黄，蒋诵挖了一勺粥，慢慢吹凉，随口问："刚才怎么了？做噩梦了吗？"

沈灼正往嘴里塞饺子，只能摆手，待他咽下才说："我这大老爷们做什么噩梦。"

蒋诵慢条斯理地喝粥，在桌底踹他一脚："又来。大老爷们不是人啊，看你的样子分明是吓到了，说说呗，我不告诉别人。"

"乱说，我怎么可能会吓到。"

蒋诵撇嘴，"啧啧"两声表示不信。

不等她说话，唇上就压下温软，沈灼伸手捞起她的细腰，把她抱坐在腿上。

姿势变成一上一下，蒋诵低头，手捧着他的脸，比他还投入，长吻过后，两人额头相抵，静静对视，像要把分开的日子补回来。

沈灼手扶着她的腰，笑着说："要不要和我回东林一趟？"

"好。"

"回去上坟，我两年没回去了。"

蒋诵皱眉，伸手弹了他一个"脑瓜崩"："我每年都回去了，你那份我帮你烧过了，妈和妹不会怪你的。"

她说话时语气平常，就像从没分开过。沈灼忍着翻涌的情绪，红着眼睛说："应该怪我，都是我的错，包括我们分开也是，但凡我多关心你一点，在你消失之后不颓废，多一些执着，我们也不会……"

蒋诵堵住他的嘴不让他说："不要再说对错，这样很好了，我觉得非常幸运，在变成更好的人的时候，也找回你。"

她有些哽咽，认真地看他的眼睛："这是我这二十七年来，最最开心的一次新年，新年好啊沈灼，我们以后每年都要这样过好不好？"

沈灼伸手，用指腹帮她擦掉眼泪，笑着答应："好，再也不分开。"

初三，一列绿皮慢车摇摇晃晃地从南江出发，和春运期间的拥挤相反，车厢里乘客寥寥，蒋诵靠在沈灼的肩膀上，认真地看窗外快速倒退的景色。

三十几个小时的车程，当年的他们还年轻，扛着几包行李，坐的就是这列火车。

沈灼总说自己老了，每到这个时候，蒋诵都会安慰："不老，三十二岁正值壮年。"

沈灼叹了口气，挺起肩膀，手握拳，放在和座位悬空的后腰上，压低声音："不老的话，怎么才坐三个小时腰就疼了。"

蒋诵悄悄把自己后腰的靠枕抽出来递给他："你腰疼是别的原因。"

他没接靠枕，斟酌着和她商量："要不……咱们别体验当年的感觉了，车上空座这么多，找乘务员换软卧吧。我倒无所谓，主要是怕你累，咱们回去要办的事还挺多的……"

蒋诵早就在心里笑开了花，却故作体谅："行吧，我们时间也紧，好好休息很重要。"

沈灼听出画外音，在车厢连接处停下，拉她去角落咬耳朵："我们现在的频率，你觉得很累吗？"

蒋诵环顾四周，确定没人才说："有点。"

有乘务员经过，沈灼拉着蒋诵往软卧车厢走，找到换票的车厢，拉开门，四个床铺都没有人。

他这才继续刚才未说完的话题。

"你觉得多？"

蒋诵眼珠转了转，笑眯眯地说："不多啊，我毕竟还年轻……"

话音刚落，沈灼一脸受伤地压过来，手伸进她腋窝里搅动，咬着后槽牙说："我就知道，你是不是嫌我老了？"

他力道不重，刚好触到她痒点，稍微动一下就受不了，连连求饶："我没有，我超爱你。"

这句话稳准地击中沈灼的软肋："真的？"

她小鸡啄米似的点头："保真！"

软卧够宽，两人也瘦，反正别的铺位没人，他们索性躺在一张床上，沈灼搂着她，嘴里念着不够不够。

蒋诵："什么不够？"

"和你在一起，不够。"

"日子还长呢。"

沈灼搂紧她，下巴搁在她发顶，鼻间弥漫着专属她的味道，很香，好像上瘾。

"你初八就要上班，还去下面吗？"

蒋诵摇头，想到冯乾对她说的那番话："不去，我想回总部。"

"好，我也搬过去。"

其实沈灼早就想过了，就算她想留在乡下，他也会跟着去，就像最初她叫他"哥"的时候，什么都没想就收拾行囊背井离乡。他的身体似乎缺少对家乡的情愫，对于离开这件事也没多大的感触。可此刻，那个被刻意忽略的事实却浮现在脑海里。

或许，是他先爱上的。

在她还懵懂的时候，他就用行动昭示：我爱你，所以我愿意为你做任何事，放弃所有，也包括离开。

意识到的时候，他迫不及待地想和她分享，低头时却发现，怀里的人已经睡着了。

躺在他臂弯里的这张脸，比记忆里成熟，眉目舒展，鼻梁挺翘，就算熟睡，唇角也是微微弯起。

他看了很久，最后轻轻在她额头落下一个吻。

火车一路向北，穿过洁白的冰雪世界，日落时分，终于到达东林。

吴玉东早就在车站等他们，列车晚点十分钟，当稀稀拉拉的乘客从出站口走出来的时候，他一眼就看到熟悉的脸，赶紧挥手喊："灼子！"

沈灼露出笑容，拉着睡眼惺忪的蒋诵往前走，刚出来，就被圆滚的胖子赏了个熊抱。

"哎哟哎哟，盼你回来可不容易。"

吴玉东狠狠拍着沈灼的背，笑得眼睛都没了，转头看到旁边站着的蒋诵，先是叹了口气，也过去给她一个拥抱。

"啥也不说了，小妹，回来就好。"

沈灼笑着给他一拳："注意说话的语气，大过年的，像怎么着了似的。"

今天大降温，零下二十多摄氏度，蒋诵被冷空气冲蒙了，整个人缩在羽绒服里，除了傻笑什么都不知道。

吴玉东瞧见了，也不叙旧了，一手拉着一个往外走："太冷了，不怪小妹，我都要冻得张不开嘴了。"

黑色奥迪，车里烘得干燥温暖，吴玉东系好安全带，才后知后觉地回头，露出巨大的笑脸。

"蒋诵，新年快乐！"

蒋诵吸吸鼻子，大声说："谢谢，吴玉东，新年快乐！"

吴玉东结婚后就分出来单过了，小两口在市场里租了个门市，猪肉牛肉全都卖，几年的工夫，房和车都有了。

一路南行，蒋诵从来不知道，东林竟然这么大。

吴玉东开着车，把DJ舞曲音量调低，主动和蒋诵说话："你在的时候就在学区那边活动，这边都没来过吧。"

蒋诵目光不离窗外，道路宽敞，中间栽着四季常青，相比老城的残旧，这里好像二线城市的街景。

"没来过。"

"明天出来溜达溜达，在外面待久了，怎么连家都不认识了。"

蒋诵笑着说"好"。

车驶进小区地下车库，吴玉东从后备厢里拿出购物袋，低头往里看一眼，青白一片素，自己都不好意思。

"大过年的，我自己也是卖肉的，但还是对不住，你弟妹怀老二了，一点荤腥都闻不了，这顿咱们得吃素。"

沈灼和蒋诵当然不在意这些。

"怀老二了？"沈灼接过另一个购物袋，空闲的手给了他一拳，"行啊你小子，嘴挺严啊，几个月了？"

吴玉东笑呵呵地按电梯："四个多月了。"说完，他不解地挠头，"也是怪，怀老大的时候一点都不害喜，能吃能睡也能走，啥都不耽误，这次就不行了，连店都去不了，闻到我衣服上的味儿都直吐。"

沈灼能想象到那种难受，嘱咐他："那你可得上点心。"

"我老上心了，祖宗似的供着呢。"

电梯上行，蒋诵安静地站在旁边听老友闲聊。很熟悉的场景，当年也是这样，两个男人说个不停,她在一旁安安静静,只是那时她惶惶不安,人生被黑暗贯穿,甚至连活着的力气都没有。现在回想,幸好有很多这样的温馨碎片,一点点凝聚,把她从深渊慢慢托起。

这么多年过去,同样的场景,心境早已不同。

吴玉东一张大脸忽地凑过来:"小妹,你评评理,我对她还不好?"

蒋诵愣了下,不知道这两个人聊到哪儿,看到沈灼在另一边冲她摇头,笑着说:"好,但还得继续努力,对她更好。"

电梯门开,门口站着穿孕妇装的女人,脸上虽没什么精神,但还是笑着迎接:"灼哥,过年好。"

吴玉东赶紧拉蒋诵介绍:"这是蒋诵,得叫嫂子。"

女人快速打量她一眼,总觉得这张脸在哪里见过似的,虽心里"画魂儿",但也没耽误嘴上叫人:"嫂子过年好。"

蒋诵一眼就认出对方就是当年在楼道里遇到的女人。

一瞬间,心里涌出一阵怅然的情绪,早知道开口问问她,早知道再回去看看,早知道他一定会在那里,为什么不信。

但那些都已经过去了。

她拉着沈灼的手,笑着说"过年好"。

民政局上班第一天,他们去领了结婚证。

红彤彤的两个小本,双人照片下卡着钢印的戳,沈灼看了又看,拍了很多照片,把重要信息打码,稍显做作地发了个朋友圈。

没有文案,只有两颗心。

发完,见蒋诵还在认真地和吴玉东的胖儿子搭积木,他故作自然地凑过去,小声说:"你没发个朋友圈啊?"

蒋诵抬头,一脸迷茫:"我发了啊。"

他微笑:"你发什么了?"

蒋诵点开手机,给他展示。发自十分钟前,配图是豪华蓝色积木城堡,配了三张图,文案:小朋友超级棒,靠自己动手完成!

沈灼咬牙:"我说的不是这个。"

按理说他这个年龄应该不屑发朋友圈秀恩爱的,但这可不一样,这可是领证,别的都能忍住,这个可忍不了。

"手机给我。"

蒋诵直接把手机递给他,也不问要干什么,继续和圆滚滚的小胖孩拼积木。

沈灼悠闲地靠在她肩膀上,手指在表情栏里找红心。

同一时间,首都古朴老宅里,会客厅进行着豪华家宴,席面摆了八米长,袁微照例坐在桌子末尾。

男人聊事业、政治,女人聊大牌、护肤心得,哪个话题,她都插不进去,无聊地在桌下玩手机。

刷了一会儿朋友圈。

过年时的朋友圈也无聊,无非一些吃喝玩乐,再晒一晒年夜饭,退出时,她突然看到熟悉的头像显示红点,她赶紧点进去刷新。

她倏地站起,碰倒了空的红酒杯,声音吸引几道打量的目光,她又赶紧坐下。

好荒谬,八竿子打不着的两个人竟然结婚了,他们是怎么认识的?

饭后是舞会,冯乾喝到微醺,听了袁微喋喋不休的抱怨之后,得意地给出答案:"我介绍的。"

袁微如遭雷击,说话也语无伦次:"我们的事,你跟着掺和什么啊?"

冯乾莫名其妙:"这话说的,跟你有什么关系?"

"怎么和我没关系了?"袁微提着裙摆坐到他旁边,气得要冒烟了,但碍于周围人太多,努力维持文静形象。

"沈灼竟然为了躲我,随便找了个人结婚。"

这话冯乾可不爱听,怎么能是随便找个人,蒋诵各方面都没比她差到哪儿去,实在要说的话,也只有原生家庭不好。

"怎么就随便了,非得跟你结才叫郑重啊?"

真是杠上开花,袁微说话声音都变了调:"他们又不配!"

"怎么不配?"

空闲这几天,冯乾安排好蒋诵复职的事,也反思了之前自己处理事情的方法,确实太过严苛,也藏了很多偏袒老总女儿的私心。天平歪了太久,会让年轻人觉得,歪了才是对的,不能再这样了。

"人家郎才女貌,一见钟情。"

袁微咬牙:"我才不信!"

冬日午后,阳光正好,沙发上,并排放着一黑一白两部手机,其中一部在振动。

吴玉东趿拉着鞋过去,怀里还抱着大胖小子,两颗一样的胖脑袋一起低头,看到来电人的名字——袁微。

吴玉东"啧"了一声:"出去怎么不带手机呢。"

沈灼的电话他不好帮忙接,以前倒行,穷小子一个,沈灼认识的人他也认识,接了还能扯一会儿。现在呢,万一打电话来的是什么老总,或是要谈商业合作,他啥也不懂,随便扯几句话,生意吹了,那可得不偿失。

他干脆地转身离开,结果另一部白色的也振动,来电显示名字,竟然一样,也是"袁微"。

他"啧啧":"这两人什么毛病,都不带手机。"

这位应该是他们的共同朋友,刷到朋友圈,特意打电话道喜的。他探身,准备帮忙接一下,手指还没碰到沙发,就听身后门响。

一脸苍白的女人捂着嘴从卧室出来,一看就知道怎么回事。

他赶紧把儿子放在爬爬垫上,抖着一身肉跑过去:"哎哟我的祖宗,家里也没啥味儿啊,咋也要吐呢?"

另一边,还不会说话的小孩拿着手机,误触了接听键,听到电话里传出的暴躁声音,他歪着脑袋,眼里露出迷茫,嘴里咕哝咕哝,似乎想和她对话,结果只鼓出一个口水大泡,"噗"的一声,破了。

年还没过完,小城生活节奏慢,大多店铺还没开门。

街道空空,残留着鞭炮破碎的红色碎片,蒋诵穿着雪地靴、羽绒服,脸缩在帽子里,说话时呵出一股白雾。

"周奶奶不在家,我年前回来那次也锁着门。"

沈灼牵着她的手,两人距离一楼小院子还很远,也能看出那里无人居住。

"去年春天摔了腿,只能搬去儿子家住,人多,有个照应。"

蒋诵叹气:"年龄大了,确实不适合独居,尤其这边,冬天下雪都是冰,地也滑,一不小心就……"她没继续说。

沈灼搂紧她的腰:"没事,不严重,是儿女不放心她自己住。"

"我知道。"

"所以啊……"

沈灼开了话头,却没有下文,因为突然想到以前在一起的时候,每次说到这种话题她就转移,或者敷衍答应,还没认真沟通过,他怕重蹈覆辙,也怕她难过。

蒋诵慢慢往前走,走到荒芜的院子栅栏边,看着厚厚一层积雪,突然说:"以后,我想生个女儿。"

沈灼拉着她的手,力道慢慢加重,眼底的笑意藏不住:"好,我会努力!"

和新城区相比,老城区依旧是记忆里的样子,对门的六楼都贴着出售,看纸的成色,已经很久了。熟悉的地方依然在,他们牵着手走出小区,经过学校,一直往东,那座桥是老朋友,依然矗立在风口。

北风凛冽,蒋诵突然想起自己当年做的傻事,不止当年,长大后也做了很多傻事。

两人也是第一次,说起空白的那段日子。

"你以为我和他们和好了?"

沈灼点头:"我猜的,不过没生气,觉得那样也挺好,毕竟血浓于水。"

蒋诵慢慢往桥上走:"我不信。"

他叹气:"好吧,生气了,百分之二十。"

蒋诵低头,她心里还藏着一句话没说:"对不起啊沈灼,以后我什么事都会对你说。"

沈灼轻笑,把她下巴处的围巾往上提,认真地说:"好。那我问你,当初打电话时我说想见你,你为什么要我等,到底是什么事拖住了你?"

蒋诵半张脸藏在围巾里,几个呼吸间,眉毛和睫毛就染上了白霜。她眼神闪了闪,生硬地转移话题:"我记得这边有棵杏树,那边没有风,特别暖和,花也是最先开。"

沈灼无奈,欺身过来,捏住她的脸颊:"不想说是吧?"

她理由充分:"不是啊,我说以后什么都对你说,你问的是以前的事,我们过现在,过以后,以前的事就不提了。"

"耍赖。"

"才没有,是你会错意。"

风大,两人在桥上依偎。沈灼眯起眼,看到背风岗那边白茫茫一片,有棵枯瘦的杏树,静静地站在那里。

他问怀里的人:"想过去看看吗?"

蒋诵靠在他怀里,过了很久,才点头。

"想,我想过去看看。"

- 全文完 -

番外一
梦境

初春三月，北方的小城还停留在冬天，路边积雪未化，人来人往，雪被踩得乌黑发亮，比石头还硬。

沈灼稍微晃了下神，车轮就顶上去了，右边的车灯凭着一根线吊着，结果好死不死地撞到雪堆上，这下唯一的亮也没了。

他撇着腿站在车头，冷眼看着碎掉的车灯，忍不住骂了一句。

五菱宏光丑是丑了点，但是贼抗造，车身磕碰没断过，但一天都没耽误事儿。他转了下方向盘，一脚油门蹬到底，停在姨奶家的院子门口。

下车，车门关不严，他抬腿踢了一脚。

一楼的房门开了，头发花白的姨奶探出头，不等说话，门下就溜出一只小黄狗，龇牙咧嘴地冲他"汪汪汪"，吵得他闹心，猛地做了个扬手要打的假动作，土狗吓得一缩，夹着尾巴钻进屋里。

姨奶没说话，先叹了口气。

沈灼忍不住笑了，瞅着眼前这一人一狗，无奈地说："你这一天天的叹不完的气。"

老人低头，小心地拄着拐下台阶，刚踩到平地的红砖，就看到沈灼勾着车钥匙要走，她赶紧叫住："沈小子啊。"

"哎，怎么着？"

是应了，但脚步没停，男人低着头，薄瘦的身板套着一件旧棉袄，今天没戴帽子，风吹得耳朵通红，马上走到栅栏尽头。

老人泪眼婆娑地看着他的背影，到底没忍住："周围就你这一个年轻人，要不你去瞅瞅，再怎么说也住你对门……"

沈灼脚步忽地急刹，往后退着挪几步，这才正眼看他姨奶。

"说啥呢？"

老人弓着身子往栅栏边走，拐棍撞在地面上，一声一声的沉重，堆满皱纹的脸上也透着浓浓的哀伤。

"你对门前阵子搬来个小姑娘，你也见过吧？"

沈灼双手插兜，歪头回忆："是吗，住在我对门啊，我还以为是二楼大爷家来的亲戚呢。"

见过是见过的，沈灼记得。

那天他在楼道里和沈海吵架，正骂到兴头上，忽然听到脚步声，他伸长脖子往下看，正好和那小姑娘来了个脸对脸。她看着年龄不大，初中生模样，走到三楼半的时候不敢动了，紧张地看他们，像是吓得够呛。

那时他还开玩笑："走错楼道了吧，你哪家的啊？"

女孩一脸惊慌，往后退了两步，磕磕巴巴地说："我……我二楼的，走……走多了。"

也就见过这一面，怎么的，不是住二楼，是住六楼？那也太会躲了吧，他天天上楼下楼的，竟然再也没见过。

他扒着栏杆，看眼前被风吹乱的发，一头雾水："住对门怎么了，啥事啊？"

老人吸吸鼻子，混浊的目光看向远方的落日："那闺女才多大点，怎么还想不开呢。也怪昨天老孙非得去捞鱼，把冰凿了，鱼没捞到，结果那孩子就着冰窟窿跳下去了……"

沈灼本是没啥耐心地敷衍着听，结果听到那孩子跳下去了，心里"咯噔"一下，疼得缓不过来气。

他捂着心口，尽量不去想小时候的事，深深吸了一口气："你从头说。"

老人"唉"了一声："那孩子可怜，出事到现在没人去认。我寻思，咋说也是一栋楼里住着，要不你去把后事办了，这钱我掏，这个月养老金下来了，我没怎么花……"

沈灼沉默。他把听到这个消息时情绪的不对劲归结于那条河，那条杀千刀的河，当年他妈就是在刚化冰的季节抱着妹妹跳下去了。

他打断老人的念叨："人在哪儿呢？"

"城南殡仪馆。她出事后不是送去医院了吗，我侄女在那儿上班，之前那小姑娘让我帮着喂猫，还特意给我买蛋糕送来，那天我侄女来给我量血压，刚好碰着，脸熟，这不就认出来了，刚给我打电话，说这孩子这么小就没了，真是心里难受。"

老人想到女孩给她送蛋糕那天的胆怯，那么有礼貌的好孩子，做梦似的一下子没了。她抹了把眼泪，再抬头，沈小子不见了。

她转头，看到破落的面包车"突突突"地开往小区门口。

唉，她摇头，都是可怜的孩子。

沈灼也不知道自己为什么来，反正就来了。

他不知道她的名字，甚至不认识她。这里的空气像有冰碴儿似的，毛飕飕地刺骨头，他笑着，客气地颔首："请问刘大夫送来的人在哪儿？"

姨奶的侄女姓"刘"，四十多岁，小时候给他扎过屁股针，手特狠。

县城的单位老龄化严重，穿着中山服的大爷掀起眼皮看他一眼，不咸不淡地说："哪个刘大夫啊？"

"女的，刘大夫。"

大爷哼了一声，清了下嗓子里的痰："没印象。你来这儿干吗？"

沈灼："认尸。"

大爷这才抬头，仔细端详他的脸，试探地询问："早上跳河的那个？"

"是。"

"哎哟，不容易。"

大爷从椅子上站起来，顺手拿起桌上的记录本，示意他跟上。走廊阴冷狭窄，顶棚因为四季冷热交替，墙皮半脱不掉，更显得这里破败颓废。他被带进一间室内，日落，屋里阴冷，大爷随手把灯打开，灯不亮，也没多大用处。

待视线适应后，猝不及防地，他看到她。

从头到脚盖着白布，大爷把布掀开，露出一张沉静的脸。她躺在那儿，眼睛紧闭，和上次见到时一样，没有变丑，就像睡着了。

他不是第一次见死去的人，自认能很好地打点这一切，却在这瞬间，大脑突兀地冲进来许多陌生的记忆。

她是很熟悉的人，会哭会笑会生气，手特别狠地拧他耳朵，会在漆黑的夜里贴过来，软声撒着娇："沈灼，你要不要亲亲我？"

"轰"地，潮水涌来又消退，她的面容又模糊，躺在这儿，确实不认识。

大爷翻着记录本问他："她是你什么人啊？"

沈灼有些迟钝，遵循身体的本能给出反应："我妹。"

"亲妹吗？"

"算是吧。"

大爷记下几笔，清了清嗓子："那行。我先说一下，咱这火化分普通、高级、豪华三个档次，普通的三百八，高级的六百八，豪华的稍微贵点……"

沈灼怔怔地看着沉静的睡颜，说："要豪华的。"

"行，骨灰盒咱这儿也有，分三个档次……"

"要最贵的。"

从殡仪馆出来，沈灼手里多了个骨灰盒。天已经黑透了，他坐上车，看着一排亮起的路灯，又看了看副驾驶的盒子，怎么也理不清那股巨大的悲伤到底从何而来。

车灯坏了，开到城郊没了路灯，一片漆黑，他握着方向盘，就算闭眼也能开，这条路他熟。

面包车开上桥，停在中间，他下车，从兜里掏出手机，把电筒按亮。

光不亮，也能照到灰白的冰面，有很明显一个井口大的窟窿。

他骂了句脏话，转身上车，继续往前开下桥，车头转了个弯开进土路，一路摸黑往前，直到隐约看到树影。

336

他从车里拽出锹头,临下车前看了眼副驾驶,像是询问,也像自言自语:"在这儿行吗?行吧。"

她不会回答,任他做主。

瘦弱的杏树还在冬眠,干枯的枝干被风吹得簌簌响,沈灼用锹头挖着,地硬,还冻着,不太好挖,后背起了一层汗。

挖好,他也几乎脱力,将盒子轻轻地放进去,埋上。

城郊的夜晚漆黑,伸手不见五指,无边旷野,连风都是寂静的,只看到橙色的光点一闪一闪。

他吐出一口白雾,抬头,看着隐藏在夜色的树枝,觉得应该说点什么。

"马上春天了,这块背风岗地势好,雪最先化,花也第一个开。"他转头看桥的方向,忽然笑了,"怎么都跳河呢,水多凉。"

那晚之后,沈灼就病了。

吴玉东拎着上好的猪肉来平房,看他躺在并排的椅子上打盹,随手把肉放在桌上,抬腿给他一脚。

"大白天的睡什么觉。"

沈灼哼了一声,手臂压在额头上,眼神恍惚地看着天花板。他仔细感受手腕的温度,瓮声说:"我好像发烧了。"

眼一眨,前方出现吴玉东的大脸,对方圆胖的手伸过来贴在他额头上感受,马上点头:"是有点热。"

沈灼打掉吴玉东的手,烦躁地说:"拿走,手死凉的。"

"今天降温,外面冷。"

吴玉东坐下,瞅了瞅平房里的桌椅,露出笑容:"这平房到底是你的了,怪好的。"

"唔……"

"你爸没再来找碴儿吧?"

"没。"

吴玉东皱眉,又站起来自上而下看他:"咋了你?"

沈灼半睁着眼:"都说了发烧。"

"你体格这么不好吗?以前怎么没发现。"

吴玉东说着,人也出去了,不一会儿回来,手里拎着一个袋子,是特意去给他买的药和体温计。

沈灼浑身无力,腋下被塞进冰凉,他下意识地夹紧,攀着椅子靠背坐起来,这一起身不要紧,把吴玉东吓个够呛。

"你脸刷粉了?"

"咋?"沈灼抬头,虚得连说话都没力气。

吴玉东点开相机,"咔嚓"照了一张递给他:"你看看你这脸,像被吸干血了似的。"

沈灼瞟一眼屏幕，可不嘛，白得有点吓人了。

这点病不算什么，大老爷们不可能被发烧撂倒，没人时候他躺着倒着没力气，来了顾客还是生龙活虎地忙起来。

干装修的陈哥大活完工，请手下的兄弟们吃饭，十几个人点了四条烤羊腿，他在后厨看烤炉，时不时转动铁棍，往肉上均匀抹蜂蜜芝麻调料。

忽然，一阵清风吹到耳边，一个女声在说："沈灼，我也想吃烤羊腿。"

谁？

他紧张地环顾四周，厨房里只有他一个人，门帘外的前厅，一桌男人聊得正欢，粗犷的嗓门充斥平房。

他愣了很久，不是害怕，而是总觉得有什么东西被他忘记了。

就在眼前，就在嘴边，就要浮现时，又不可控地跌入无底的空白。

楼道灯昏暗，沈灼踩着台阶往上走，浑身无力，倒没觉得难受，甚至奇怪地感觉这场病是对他忘记的惩罚。

站在门口，他却转头，目光落在对面紧闭的门上。他走过去，打开水表箱，从深处摸到生锈的钥匙，一秒没犹豫，打开房门。

屋里没人，空气是久无人居的霉味，他站在门口，打量眼前的一切。很奇怪，李大脸家他只来过一次，是因为之前装修的时候吵架，按理说是陌生的，可此刻，他的脑海里却描绘出整间房子的细节，细节到门口的鞋柜里放了什么东西。

一封信。

这几个字在心底浮现，他拉开抽屉，在心里默念信上的内容："对于我死在这里非常抱歉，这些钱不多，是给您的补偿。ps：放心，我不会变成鬼。"

手指触到纸片，有厚度，他想：这里有一千块。

将其拿在手里，展开，粉红色的钞票整齐地夹在信里，白色的纸上字体娟秀，和他心里想的话一字不差。

手一抖，钱散落一地。

他僵硬地站在门口，转头看阳台，记忆里曾有个女孩躺在那儿，头顶是弥漫的浓烟，眼里是无望的疲惫。

他也曾在那里，揽住女孩的腰，生气地问她是不是还想跳。

卧室的床上，铺着干净的床单，他习惯性睡靠门这边，另一面留给她，因为床头有书桌，她在那儿学习，每天都学到很晚。

后半夜，她伸个懒腰，他在被窝里躺着，会问："写完了？"

她"嗯"了一声。

他赶紧让出位置，说："被窝热了，快进来。"

沈灼弯下身，把钱一张一张捡起来，好奇怪，手怎么在抖，就要握不住这钱。

这女孩，他确实不认识，可是怎么回事，感觉好熟悉，熟悉到一想到她死了，像被千刀万剐似的难受。

338

他突然喘不过气，眼前涌出浓雾，几个人影焦急地跑过来，浓雾扩散，整间房子变成冷白色，鼻尖充斥着医院独有的消毒水味。

吴玉东坐在床边削苹果，见他醒了，"哎哟"一声，转头叫护士："美女，快，我哥们醒了。"

护士夹着病历本过来，弹了弹吊瓶管里的气泡，上下打量他："醒了就没事了，出汗了烧就退了，等会儿吊完吃点东西吧。"

吴玉东热情地附和："哎，好的美女，你看看还有啥需要注意的不？"

护士瞥了他一眼，不咸不淡地回了句："没有了。"

沈灼虚虚地躺在病床上，吴玉东在护士那儿碰了壁，没打采地捧着苹果回来，神秘兮兮地说："灼子，没事儿，吊完这瓶就出院，我找了大仙，等会儿给你送送晦气。"

"什么啊。"沈灼掀开被子，刚抬腿就被吴玉东压住。

吴玉东把苹果塞他怀里，咬牙说："你还不明白呢，你这是撞上脏东西了。"

"放屁。"

"真的。我就问你，你前几天是不是摸黑去东边的背风岗了？"

沈灼皱眉看他："去了，怎么着？"

吴玉东一拍大腿："这大仙算得真准！"

沈灼头昏脑涨，听他在那儿说个不停："人大仙说了，你撞鬼了，那小姑娘岁数不大，在水里没的，你是好心不假，这不上赶着给自己添乱嘛。"

沈灼闹心地看着吴玉东："以前咋没发现你这么迷信。"

到底是拗不过吴玉东，且沈灼自己心里也发毛，人怎么能平白无故多了没经历过的记忆，那女孩他只是见了一面，怎么觉得越来越熟悉。

她死的那天还没感觉，却在埋了之后，他一天比一天难过。

沈灼坐在副驾驶，吴玉东开车往城郊赶，开车也挡不住他嘴碎，一路吹嘘那个大仙功力多么高。

沈灼有一搭没一搭地附和，眼看天黑了，他觉得自己这事儿还挺麻烦，耽误了吴玉东的时间，怪不好意思的。

"你这跟我跑一天，扔弟妹和孩子在家能行吗？"

话音刚落，车子急刹，吴玉东白着脸看他："说什么胡话呢你？"

沈灼莫名其妙："我说弟妹，老二还小呢，你不在家陪他们吗？"

吴玉东很明显地往车门边躲了躲，笑不出，也不知该不该怕，情绪堵到一起，导致脸色很复杂，"我还没结婚，哪儿来的弟妹、老二，你是不是疯了？"

不对劲。

沈追明明记得吴玉东已经结婚了，媳妇家里是养牛的，他还打趣说着找了个门当户对，去年生了二胎，是个女儿。

"是你疯了吧，亲生孩子都不认了？"

吴玉东快哭了："你能不能正常点啊，我单身呢，找对象老费劲了。"

沈灼无力地扶着额头，心平气和地帮他回忆："我和蒋诵回来那次，你老婆怀孕闻不了肉味，咱们过年吃的全素。"

吴玉东脸色煞白，见鬼似的："蒋诵是谁？"

沈灼快要没耐心："蒋诵你不认识？蒋诵是……"脱口而出的话戛然而止，脑子里闪过碎片，她的脸终于变得清晰。

她笑着说："沈灼，我只有你了。"

是啊，他也只有她了。

画面一闪，殡仪馆的昏暗房间，她躺在那里，头发还湿着，浑身冰冷，像在生气，气他不记得她。

沈灼脸色瞬间煞白。

她死了？

是，死了，他看着烧的，亲手埋的，埋在那棵杏树下。

怎么才想起来，他怎么才想起来！

沈灼眼前发黑，他胡乱地捶着旁边的吴玉东，牙齿"咯咯"打战："快，快开，去河边。"

吴玉东也吓得够呛，长这么大第一次亲眼见人发神经，脚踩油门冲了出去，还不忘安抚他："没事儿，大仙应该到了，等会儿我告诉她多给你跳两圈。"

沈灼腿软，脚也软，过往的一切都记起来了。

怎么会？

他们明明已经在一起了，不应该啊，没理由的，什么都有了，车、房、钱，花不完的钱。

眼泪无意识地流出来，他仿佛又回到九岁那个雨天，什么都做不了，跌跌撞撞地跑去河边，他怕，怕那条河。

车停，他扶着车门下车。

桥上站着几个人，为首的女人上了年纪，穿着一身奇装异服，见他下车，高深莫测地点了点头。

沈灼被吴玉东扶着往桥上走，吴玉东脚步也乱，像奔向救星似的离老远就喊："救命，灼子糊涂了，说了一路胡话啊！"

这一切都像假的，眼前的桥也像假的，像纸扎的，那女人姿势奇怪，脚步不稳地向前迎了几步，她上下打量，笃定地说："这是缠上了。"

吴玉东猛点头："可不，这可咋整？"

沈灼听不懂，看不清，眼里都是泪。他深呼吸，努力捋顺思绪，想问问这女人，能不能看到蒋诵。

心念一动，他真看到了。

桥那边的背风岗上，春天在那里停留，枯瘦的杏树开了花，嫩粉色的一大片，微风吹过，那里下起杏花雨。

蒋诵站在树下。

她穿着浅色睡衣，长发披散在肩膀两侧，距离很远，她却看到他，素淡的脸上，漾出温婉的笑。

沈灼挣开身体的桎梏，不管吴玉东的拉拽，也不理那奇怪女人的叫喊，跌撞着跑下桥，跑到她身边。

蒋诵静静着看他，像什么都没发生似的，埋怨道："你看，我衣服都湿了。"

沈灼说不出话，只是哭。他看到她浅色领口的一片濡湿，想到她落在冰窟里，想到她躺在殡仪馆里，想到把她孤零零留在这儿，眼泪更是止不住。

桥上的人一声一声唤他，吴玉东的，那女人的，撕心裂肺地求他快回去，却不敢过来，仿佛这桥与背风岗之间有他们无法逾越的结界。

沈灼没心思管他们，他哽咽，好久才说："对不起，我不该……"

蒋诵无奈："不要说对不起，不要哭就好啦，我衣服好湿。"

沈灼吸吸鼻子，想把眼泪忍回去，可惜没用，看到她的这一刻没办法控制，何况她离得这么近。他抖着手过去，想摸摸她的脸，却害怕，怕一触到她就会消失，怕再次经历失去，手突兀地停在半空，不停地抖。

蒋诵叹了口气，主动伸手，温热的手掌包裹他冰凉的手指，她哄他："不要哭了好不好？"

可他止不住，要说的话堵在喉咙深处，脱口只是痛苦的呜咽声。

她心疼他，只好走过来，抱着他，手在他后背上下抚摸着，像记忆深处里的妈妈那样，轻声低语："我在这儿，不会走，你不要哭。"

沈灼的下巴搁在她肩膀上，柔软的布料真真切切地存在，他的泪滑落在上面，迅速渗进去，她肩膀那儿又湿了。

他说："真的不走吗？"

她拍他："不走。"

他紧紧地抱着她，生怕她消失，只是距离明明这样近了，却还感觉很遥远，身体总是贴不实，好像有什么东西阻隔着。

沈灼的手摸到那处，想推开，却触到一片坚硬的温热，还没等用力，蒋诵就停下安抚的手，在他耳边冷冷地说："不许推我肚子。"

风吹，杏花落，杏树回归冬天的萧条，这片荒芜的土地无边无际，逐渐扭曲消失，只有眼前的睡衣领口真实存在。

他睁眼，脸上还带着泪。

模糊之后，他看到床头的法式台灯开着，在墙壁上照出深黄色的灯影，影子一路爬到天花板，那里吊着熟悉的白瓷灯，这是他和蒋诵一起在家具城挑的。

梦境如潮水般散去，此刻身处的世界才是现实。

他猛地清醒，看到穿着睡衣的蒋诵半直起身，不高兴地瞪他。

是梦，原来是梦！

他无力地"啊"了一声，解脱似的，长舒了一口气。

蒋诵可不知道他做了什么梦，只知道凌晨三点被他吵醒，安抚这么久也没用，不醒也就算了，还敢推她肚子，气死了。

她单手撑着腰，睡衣下的小腹明显隆起，她小心翼翼地用睡衣盖住，表情不大好，却能看到眼底溢出的柔和，声音轻轻地解释："女儿不好意思，刚才'舅舅'发癫了，没弄疼你吧？"

蒋诵自从怀孕后，只要惹她不高兴了，她就把他开除"爸"籍，直接替肚子里的宝宝叫他"舅舅"。

他轻声："我很用力吗？"

"嗯，都感觉到胎动了。"

梦境深处的痛苦还未褪去，大脑被真实的幸福冲击着，两相叠加，更显得此刻珍贵，沈灼凑过去，小心地搂着蒋诵的腰，静静地看她，看不够，怎么都看不够。他眼神太直白，看得蒋诵直发毛。

她身子往后缩了缩，皱眉看着领口被他弄湿的大片："你去衣帽间帮我找件睡衣，要黄色那件带菠萝图案的。"

沈灼凑过去亲了她一口，不舍地下床。

蒋诵本来只有领口湿了，领口湿了感觉不到，还勉强能忍，结果他趴在她肩膀上哭，也不知道哪儿来的那么多眼泪，把那儿弄得都湿透了。

实在难受，她等不及他取来，就解开扣子，怀孕后胖了一些，连胸都升了一个罩杯，她低头，认真地看自己的身体。

受激素影响，怀孕的身体不是很好看，胳膊变粗，穿无袖的吊带显得很笨拙，内衣只能穿无钢圈的，变成自由散漫的两包。

她将扣子解到底，沈灼刚好把睡衣取来，见她露出大片的肌肤，皱眉过去，快速帮她换上。

天还没亮，遮光窗帘外是沉睡的城市。凌晨三点，屋里有些凉，沈灼给蒋诵盖好被子，他长臂一伸，连人带被子都搂进怀里。

近一年他非常忙，分店计划在地图上徐徐铺开，却赶上蒋诵怀孕，他不想和她分开，只能日夜颠倒坐飞机来回。

这也导致他睡眠更差，做噩梦的毛病从小就有，最近变得严重，不频繁，但是真实，真实到三十多岁的男人分辨不清，总是困在梦魇里，人前风光无限的小沈总，人后做噩梦哭湿妻子的衣领。

蒋诵被他折腾得不困了，倚在他肩膀上，小声说："破梦很简单，只要你说出做了什么梦，以后就再也不会做了。"

沈灼摇头："不想说。"

"为什么？"

"算了，不想回忆。"

蒋诵拖着笨拙的身子挣脱他的手臂，被窝太热，她身子燥，这一会儿就受不了。沈灼把枕头垫在她后腰，也坐起身。

其实蒋诵不用想都知道是什么梦，她靠过去，手臂环住他的腰，小声说："是梦到我死了吧?"

话音刚落,嘴忽然被他的唇堵住,漫长的深吻后,他的手捧着她的脸,严肃地说:"呸呸呸!"

蒋诵忍不住笑。

他特别认真:"你也得说。"

"说什么?"

"'呸呸呸'啊。"

蒋诵听话:"呸呸呸。"

沈灼这才满意,重新搂着她。他手掌燥热,在她睡衣下的皮肤上来回摩挲,似乎只是习惯,无意识地把温热传递给她。

她也习惯了,舒服地窝在他怀里,什么都不用做,就能清晰地感受到流淌在两人之间的平静安宁。

蒋诵有些困了,说话时带着点鼻音:"沈灼,我很爱很爱我自己,我不会死,我希望你也要很爱很爱自己,就这样一直到老。"

"嗯……"

沈灼的手停在她鼓起的小腹上,头低下,在她颈窝找了个舒服的姿势。

似睡未睡间,他轻声答应:"好。"

番外二
鸿儒

BEIFENGGANG

（1）

蒋鸿儒能应聘成高档物业的保安，最重要的原因是他外形条件不错。对他来说，游手好闲地过了青春年纪，到三十岁找个保安的工作，也算可以了。

他擅长自我安慰，毕竟大学没上完，也没什么长处，唯一的优点就是从小营养充足，个子蹿到一米八五，高得不像蒋家人。

小区是高档物业，新建成的贵价楼盘，业主是高素质人群。人只要有了钱，不为生活奔波，自然拥有心平气和的善良品质。所以每天风平浪静，工作清闲，大多数时候都在门厅坐着，面前放着保温杯，里面泡着养生的枸杞。

他跷着二郎腿刷手机，一晃小半天过去了，拿保温杯喝了口水，满足地咂咂嘴，拇指在屏幕上敲，在论坛发个帖子：家人们谁懂，干保安就是少走二十年弯路，小日子简直不要太滋润。

发送后，他按灭手机，抬眼看到一辆迈巴赫停在大门口。他赶紧放下保温杯，点头哈腰地往外走："哎哟陈总，车怎么停这儿了？我帮您开到地下车库去啊？"

车窗下降，车里的中年男人看他，招手指使他过来，说话带着浓浓的沿海口音，他命令："小蒋，你去趟我家，让保姆找放卧室的文件袋，你给我拿出来，快点，我着急。"

蒋鸿儒还没赶到车边就急刹车，连连点头往回走："得嘞，一分钟给您取出来。"

陈总家住在第四栋，低层洋房，一梯一户，他家占了两层，三百多平方米就住了他和老婆，外加两个保姆。

陈总老婆是跳舞的，那腰条，那身板，那气质，都不用说话，光是站在那儿就发光。

这个时候，蒋鸿儒对陈总就不那么恭敬了，在心里骂他陈老狗，你一四十来岁的老丑男，配二十多岁的大美女，不就是有几个臭钱嘛，要是光凭长相，必定打一辈子光棍。

他咬牙进电梯，想着陈总开的车、住的房、睡的女人，十分钟前还美滋滋地觉得当保安很滋润，此刻被嫉妒全盘推翻。

好日子他也享受过，知道那滋味上瘾。

刚上高中那年，蒋诵突然失踪了，他爸妈出去找，人没找回来，倒是带回来一大笔钱。

他长这么大第一次见到那么多现金，连书包都没来得及放下，直接抓起一摞，他爸用力打他手背："你给我放下。"

他眼睛都直了："这哪儿来的钱啊？"

他妈从卧室出来，见他回来了，脸上堆起笑："哎呀，儿子放学了，晚上想吃什么？"

他低头，看着晃眼的粉色，舔舔嘴唇："吃什么都行吗？"

蒋大呈把行李袋的拉链扣紧，常年冷漠的脸也露出笑容："吃什么都行。"

那天，他们一家三口去吃海鲜，一顿吃了一个月的生活费，还破天荒地点了一瓶茅台酒，都说茅台酒好喝，当官的、做买卖的，甚至连国宴都喝这个。

他问他爸："还没说呢，钱哪来的？"

他爸没说话，似是沉浸在这一桌从前想都不敢想的奢侈里，酒杯里剩的底子，舍不得一口喝完似的，用舌尖一点一点地抿。

他妈撬着螃蟹腿里的碎肉，瞪了一眼没出息的他爸，代为回答："你姐跟人跑了，这是那男人给的彩礼。"

他一听就笑了："就她？长得像猴子似的，还有人能看上呢，眼睛有问题吧。"

他越想越觉得有意思，突然惆怅："我要是女孩多好，比她漂亮比她身材好，彩礼也能翻倍。"

刚说完，空蟹钳从旁边砸过来，他妈板着脸骂他："瞎说什么。"

虽然不想承认，他的确过了一段时间好日子，以前想买什么得磨一会儿才能得到，有钱了，想买什么买什么。

电梯门开，门口的女人吓了一跳，蒋鸿儒收回思绪，赶紧堆笑打招呼："陈太太要出门啊。"

女人皮肤极白，穿着一件长款风衣，修长的脖颈挂着一条钻石项链，黑色长发高高盘起，插着一根奇特造型的簪子。

见是他，她冷淡地点点头："去练瑜伽。"

蒋鸿儒被这笑晃了神，愣了一下才反应过来，手掌虚虚拢着电梯门请她进来。

"陈总在门口，要我来拿文件，要不您……"

他到底是普通市民的思想，觉得文件陈太太送出去也可以，刚好车停在门口，陈总就顺便送她去练瑜伽了。

不过陈太太没有领会他的意思，她穿着软底高跟鞋，见门还没关，抬头，奇怪地说："那就去拿啊，他应该很急。"

"是……是。"

蒋鸿儒手忙脚乱地帮她按电梯，待门闭合，他在反光的镜面看到自己的倒影。

穿着深蓝色保安服,戴着不合适的帽子,脸上的笑还在,是谄媚的,紧张的,丑陋的,无所适从的。

这不是他。

以前风光的时候,去夜店喝酒,认识他的不论年纪都叫他一声"蒋哥",攀肩搂腰,在座的都是弟弟,哪个对他不是笑脸相迎。现在呢,"小蒋小蒋",支使他跑腿就像天经地义,连个正眼都懒得给。

他欠谁的?呵,谁也不欠!

戾气是短暂的,时间和平时一样被无聊占据。

蒋鸿儒喝了口茶,手机在裤兜振动,他拿出来,屏幕显示"妈"的来电。

他没接,静等,等对方没有耐心了自己挂断。

然而他总是低估对方的耐心,一次没接,那就继续打,打到他接为止。

电话来之前是无聊,让人烦躁的无聊,电话来了之后是乌云滚滚的压抑,他按下接听键,怀念没接电话前的无聊。

"喂。"

"哎,儿子!"

女人的声音有些激动,就像八百年没听到他声音似的,急急地把唠叨一股脑抛出来:"工作找得怎么样了?你三叔前天来了,说他侄子开的公司正缺人,你是学电脑的,要不你去试试呗,离家还近……"

蒋鸿儒一听就心烦。他三叔简直是一颗老鼠屎,自己家日子过得鸡飞狗跳,还见不得别人安生,什么侄子开公司缺人,不就是招聘电话客服嘛,自己在中间拉人赚提成,说得那么好听。

他冷冷回绝:"你要是闲就去公园溜达,别没事瞎操心。"

女人轻松地被这句话堵住话匣子,"唉"了一声,知道这个电话又是白打,还惹人嫌。

可是,人老了,不管干什么都惹人嫌,强硬也好,示弱也罢,她终于意识到,自己从来没在这个从小宠到大的儿子身上感受到孝顺。

那能怎么办呢,她总是没办法的,只能语气带着讨好:"你也不回来,前天你姑还说给你介绍对象呢,小姑娘挺老实的,是正经过日子的,要不回来看看?"

蒋鸿儒越听越烦,尤其这种催婚话术。呵,会过日子的小姑娘,他不用看都知道这人长什么样——矮个,敦实的身板,脸上有痘,丑,不会打扮,从头到脚能拿出来的只剩性格了。如果他没见过世面的话,也许会见一面,然后稀里糊涂地结婚,随便生两个孩子。

可惜,他见过让他挪不开眼的女人。

年轻的陈太太站在电梯里,那双漂亮的眼睛在这一刻只属于他,他听到心脏狂跳,"咚咚"地撞向耳膜。她的气味,发丝,她瘦白的手腕上戴着的女士手表,她的风衣,脱掉之后没有瑕疵的肩膀,薄薄的,细嫩的喉咙下蜿蜒流转的锁骨,他的手按下去,在那片滑腻的肌肤上游走……

耳边，疲惫的女声打断他的臆想："你都三十了，你爸身体也不好，你快点结婚生孩子，趁现在我们还能帮你带，再过几年可真一点忙都帮不上了。"

蒋鸿儒被她拉回现实，看到眼前的桌子，上面摆着保安牌。他盯着那几个字，想象的画面碎成泡沫。

失重，从云端跌落，落到污泥里。

他就是个臭看门的。

意识到这点，让他挫败加倍。

他心烦，直接把气撒出去："我怎么结？你们是有钱还是有房？这么多年不知道在干什么，天天喊累，钱也没挣回来多少。"

女人叹了口气，声音带着哭腔："咱这是学区房，你结婚了给你们住，我和你爸回乡下。"

蒋鸿儒冷笑，想到三十年房龄的老小区，墙皮掉了一层又一层，装修都不敢使劲钻，邻居能走的都走了，有能耐的谁住那儿，哪像他，三口人命根子似的护着别人不爱住的破房子。

他把手机拿远，冷漠地说："行了啊，别有事没事给我打电话，你们要是像别人爸妈那么有钱，我何必跑这么远。"

他红着眼，一点都不介意往亲妈心里扎刀子："都怪你们，没钱还非得生孩子，什么都给不了，就会唠唠叨叨惹人烦。"

气撒完，他直接挂断电话。

桌上的保温杯没盖，里面的水已经凉透了，他总是来不及，命里缺了那么点好运气，杯盖在旁边，压着楼盘的宣传单——

花园洋房惊爆价，十万八一平！

他冷笑，十万八，该死的有钱人怎么这么多。

有钱人应该散落在城市各处，不出来碍人眼，偏偏闲得没事干，天天来售楼处转悠，挑房子像挑大白菜。

白衬衫，黑西裤，不是那种笔挺的小职员工装，而是带着点设计感的，衬衫领子绸缎似的垂坠，令人厌恶的昂贵。

男人喉结微动，笑声也随之溢出。他指着实景户型图，转了个圈，落在阳台的右下角，音色带着大城市人独有的矜贵："卧室和阳台的窗户是互通的？"

售楼小于赶紧解释："这栋户型是这样的，中间可以加道门，只是最初设计是为了宽阔的视野和阳光。"

她总觉得这单能成，有意向在这儿买房子的人大多财力丰厚，不在意交通医疗这些基本的。小区环境、物业服务、业主素质，这些才是他们在意的。

她脑子飞转，斟酌着把优点全盘托出："这栋离森林公园很近，在阳台就能看到群山，空气特别好……"

男人似是看出她的急切,笑吟吟地说:"我的意思是,我喜欢这样的阳台。"

(2)

小于很努力。

蒋鸿儒跷着二郎腿喝茶的时候,小于在门口站岗。小区正门是门厅,业主刷脸进出,主管又不在,根本不用在那儿站着,他笑她傻。

初夏,燥热,小于穿着西服套裙,双手合在小腹前,对每个进出的业主都礼貌地打招呼。

小于长得不好看,薄皮吊眼,稀疏的头发贴着头皮扎在脑后。用他妈的话来说,就是长得没福气,瘦扁扁的身子没个胯骨,一看就不好生养。

他对她的印象也一般般,不在他的择偶范围,有时赶到一个班,时间长了,不得不熟悉了。

小于住在三站地外的合租公寓,每天步行上下班,还自己带饭。她今天带的青椒炒肉,一揭盖子,翠绿翠绿的。

蒋鸿儒凑过去,费力地从那片绿里看到两片薄肉,笑话她:"哎哟,你这卖出去一套大平层,提成好几万块,就吃这个啊?"

小于脸红了,慌乱地把饭盒盖上,嘴硬地说:"我爱吃青椒。"

蒋鸿儒可不给她面子:"上次聚餐的烤肉你吃了八盘,没看到你吃一口青菜啊。"

小于被他说中隐秘,突然没有胃口。她把饭盒装起来,余光看到正往这边走的男人,马上露出笑容,小跑过去帮他开门:"沈先生搬进来了?"

男人先说了句"谢谢",想到她忙前忙后事无巨细的服务,笑着说:"昨天,我爱人非常满意这个礼物,谢谢你。"

小于脸更红了,无措道:"我没有,只是实话实说,沈先生和沈太太满意就好。"

他点头,没再说什么。

直到背影消失,小于才挪蹭着过来。蒋鸿儒撇着嘴,眼神直白地上下打量她,恶意地揶揄:"那男的挺有钱的,有钱人都花心,你打扮打扮应该有机会。"

小于脸上那抹红倏地变白,气得眼圈泛红,可惜没经验应对这种戏弄,嘴唇动了半天,才憋出一句:"用不着你管,找谁都比找你强百倍!"

蒋鸿儒也不生气,他是故意挑她不爱听的说。

最开始认识的时候他只觉得她很朴实,扔到人群里就看不见的普通人,比他小三岁,没上过大学,很早就出来工作了。她业绩最好,却省吃俭用,在衣食住行上极尽克扣。后来,他才知道,她是姐姐,正攒钱帮弟弟买房子。

蒋鸿儒觉得心理不平衡。

他也有姐姐,可惜是只白眼狼,在他还不懂社会险恶人情冷暖的时候跑了,这么多年没有音信,像死了一样。如果她没跑,一定和小于一样,努力赚钱,然后在他最需要帮助的时候出一份力。

早就忘掉的人，最近总是频繁想起。他看到小于，就会想到蒋诵，面容已经模糊，他只能记起虚影——不爱说话，总是低着头，缩在饭桌的最角落，注意到他饭碗空了，声音像蚊子一样，细声问："要再盛一碗吗？"

他懒懒地靠在椅背上，看到极瘦的手腕伸过来，拿走空碗，盛好饭，端正地放在他面前。他斜眼看那手腕，笑话她："说你是猴还不爱听呢，你这胳膊和《动物世界》的金丝猴一样一样的。"

他妈笑，他爸也笑，只有她不笑，沉默地吃白米饭，小心翼翼地夹起离她最近的咸菜。

蒋鸿儒不喜欢小于，讨厌她苛刻自己为弟弟付出的样子，这对男人来说，似乎有些英雄主义。

但他不承认，仔细分析自己这份厌恶，发现只是恨她不是他姐姐。

这个世界那么多姐弟，凭什么她弟弟能舒服地享受姐姐的无私，他的姐姐却头也不回地跑了，真是一丝亲情都不讲的冷血动物。

他可真倒霉。

日子一天天过，上班喝茶下班睡觉，一晃就来到盛夏的末尾。

很久没见陈太太了，蒋鸿儒心里空得难受，没事总去四栋那边转悠，想偶遇，想看看她，什么都不说，看一眼就好。

小区入住将满，小广场的人也变多了，大多是老人和小孩，他有时去凉亭那儿转一圈，看看人工河里养的锦鲤。

在十月的某个傍晚，他终于看到陈太太。

她依然美丽，穿着一条白裙子，从花园的小径深处向他走来，只是没看他，一直低头笑着，卸去高冷，像触手可及的邻家女孩。

他心脏狂跳，控制不好呼吸。

走近了，他才看到，让陈太太变成这样的原因——她手里牵着一个小女孩。

小女孩四五岁的样子，头发卷成大波浪，穿着一条在他看来很夸张的公主裙，层层叠叠堆那么高，和外国动画片里的卡通人一样。

他听到 高一矮两人的对话。

"我妈妈说，吃完晚饭，如果很想的话，也是可以吃冰激凌的。"

陈太太的脸上是他从没见过的灵动："可是天气凉了呀。上次你妈妈和我说，你因为吃冰激凌肚子痛了。"

小女孩掩饰不住失望，鼓着脸说："妈妈总是把我的秘密告诉别人。"

"可是肚子疼不是秘密啊。"

"才不！公主的肚子就是秘密！"

陈太太满眼喜欢，弯腰把小女孩抱起来。小孩有重量，她身材单薄，只能顶起胯骨支撑，加之小孩的裙摆太大，她着实费了一番力气才找好抱的角度。

她却满足地笑着，在小女孩鼓起的脸颊上亲了一口："那，姨姨要是带你去吃冰激凌,也是秘密喽。"

小女孩不敢置信地捂住嘴,羞怯地眨眨眼:"真的吗?我要吃芒果爆冰沙!"

陈太太宠溺地刮了下小女孩的鼻头,点头时,余光刚好看到小径尽头的他。她面色立刻恢复平日的冷淡,微微点了下头,算是打招呼。

蒋鸿儒的手在抖,他堆起笑,努力让自己变得有涵养:"晚上好,最近没去练瑜伽吗?"

女人抱紧怀里的肉团团,皱眉说:"已经很久不去了。"

"哦……这样。"他紧张地抓衣角。

他一紧张,眼神就飘,飘上飘下的。他意识到以陈太太的身形抱这么大的孩子很吃力,自以为有眼色地小跑过去,伸出双手。

"我帮你抱吧。"

陈太太突然后退一步,有些慌乱地看着空无一人的四周,冷冷地说:"不用了。你能离开这儿吗,我觉得很不舒服。"

她说不舒服。

蒋鸿儒难受得睡不着,从床上坐起来,拿出床头柜里的镜子。镜子巴掌那么大,放不下他的脸,他伸直手臂拉远距离,勉强能看到全貌。

虽然没有帅到惊人的程度,在普通人里也够看。脸是大了些,这半年除了坐着就是躺着,虚长了二十斤肉。胖是胖,但他个子高啊,看着只是壮而已。一米八五的男人,身体很壮,这两项叠加,应该是舒服才对。

他冷笑,她天天面对一米七不到的老男人,还知道什么叫舒服吗?钱还真能蒙蔽女人的真实感受,让她大白天的睁眼说胡话。

得意只维持三秒,他知道这就是钱的问题。女人都是现实的,不,这个社会就是现实的。

他顺着思绪游离,先是恨自己的出身,恨爸妈没钱,恨着恨着,想到小于为了给弟弟买房拼命赚钱,又恨自己没有那种好运气。

这么一想,最应该恨的是和男人跑了的蒋诵。骨肉至亲,长姐如母,这句话代代相传,老话总没错,她却罔顾,这么狼心狗肺,最好一辈子穷困潦倒。

可人生没有道理可讲。

转天,他值白班,小于也是白班,他跷着二郎腿坐在椅子上,小于在门口站岗。

她忽然探身,帮回来的业主开门,笑着说:"沈先生、沈太太,这是出去散步了吗?"

沈先生的怀里抱着睡着的小女孩,手掌轻抚她的背,看了眼旁边的女人,笑容是对女人,说的话却是给小于听:"不要叫'沈太太',要叫'蒋女士'。"

小于愣了一下,这才认真地打量眼前的女人。她穿着一身休闲装,鸭舌帽压得很低,但能看出五官精致、皮肤白皙。

小于有些紧张,想到蒋鸿儒说的有钱人都花心,这个可能不是沈太太,怪自己说错话,马上改口:"对不起,蒋女士。"

那女人却"扑哧"笑了,瞪了一眼旁边的男人,赶紧过来安抚地拍了拍她的肩膀:"没关系,叫什么都行,或者叫我的名字。"

女人停顿,黑白分明的眼睛看着小于,认真地介绍自己:"我叫蒋诵,朗诵的诵。"

几米外的蒋鸿儒血液倒流,端着保温杯的手一动不能动,他看着眼前走过的一家三口,脑海里循环着刚才隐约听到的话:我叫蒋诵,朗诵的诵……

待他反应过来,人已经不见了,只剩小于站在门口,时不时看向通往独栋的路,脸颊上泛着淡淡的红。

蒋鸿儒偷偷去翻业主档案。

六栋,三楼,年轻的夫妻。

男人叫沈灼,女人叫蒋诵,二百平方米的房子,只住一家三口。不止这样,名下还有两个车位,车辆登记也是两辆,一辆宾利,一辆劳斯莱斯。

他呆呆地看了好久,他姐,他亲姐,没有穷困潦倒,而是在过好日子,他想象不到的好日子!

过往的一切怨恨都烟消云散了,在他合上业主档案的那一刻,他原谅了所有人。

蒋鸿儒记得小时候看电视里的寻亲节目,不管前半生多么坎坷,到亲人相聚的那一刻,都是激动地相拥哭泣。他幻想自己和姐姐拥抱的场面,却忍不住起了一层鸡皮疙瘩。

那样实在太刻意,太做作了。

重逢应该是偶然的,没有心理准备的。在某个无事发生的傍晚,他脚步匆忙,和她擦肩而过,似是有心灵感应似的,她站住,回头,颤抖地叫他名字——"鸿儒?"

对,这样才对。

他躺在床上傻傻地笑,现在心绪平和,唯有感恩,甚至感恩没文化的爸妈,在那个"兵"啊"海"啊"龙"啊等名字烂大街的时候,给他起了这样有深度的名字。

幸好是蒋鸿儒。

单身公寓,旧被了,二步就能走到头的面积,这些破落的、和他没关系的一切,就要说再见了。

他没有留恋,在脑海里描绘二百平方米的房子,幻想豪车的手感、速度,风擦过车窗的声音,他坐在驾驶位,眼前是宽阔的前路。

他笑了,有姐真好。

(3)

他是有自尊的,地位相差悬殊这点他从一开始就意识到。虽然在他的想象里,他们的身份是相反的。

他理应生活富足,在路上等红灯的时候,偶然遇到十几年没见的姐姐。她面色蜡黄,身上干巴巴的瘦,手里捧着一摞宣传单,趁车停着,小跑着把传单递进车窗,点头哈腰地说:"老板,新开的汽车美容了解一下。"

实际呢,他在地下车库清扫,女人开着豪车进来,汽车轰鸣,她把车停进车位,一眼都没看他。

蓝衬衫、黑长裙,脚踩高跟鞋,头发扎成高马尾,白皙的耳垂上,戴着指盖大小的圆润珍珠,真像富贵人家的千金小姐。

他直起腰,那声"姐"呼之欲出。

十几米外,女人拎着包下车,注意力都在手机上,目不斜视地往电梯口走,对着手机话筒埋怨:"都说了晚上我做饭,怎么还在早教呢,马上就七点钟了,你们再不回来今晚就别回来了。"

蒋鸿儒慢慢靠近,紧张、激动,不知道她能不能认出他来。毕竟分开十几年,他长高这么多,样子变化很大,和当年完全不是一个人了……

他的手扬起,还没触在她的肩膀,就听到电梯"叮"的一声。

她往前走,语速极快地说:"有你这样当'舅舅'的吗?比她还沉迷那些幼稚东西。"

她挂断电话,抬头,电梯门外空无一人。

蒋鸿儒背贴在门口的墙上,想她刚才说的话。舅舅……她的小孩有舅舅了?那他算什么?

她的弟弟只有他一个,独一无二的,打断骨头连着筋的亲弟弟,舅舅也只能是他,怎么可以叫别人舅舅。

蒋鸿儒的一腔热血被这声舅舅浇灭,发现原本属于自己的位置被别人抢了。

冷静之后意识到,他和姐姐分开这么多年,没有感情维系,就算现在认了,也是个外人。

他不想当外人。

豪车停在车位里,他踱步过去,满心喜欢地一圈又一圈绕着走,车身弧度流畅,奢华的车标闪着冷光。

他掏出手机自拍,直接跳转进论坛,发布新帖子:新伙伴,驾驶体验很不错。

和以往的无人问津不同的是,这个帖子刚发布就有人点赞。他点进主页,把以前发的帖子全都删除。

蒋鸿儒有时觉得自己太端着了,可他没办法改变在姐姐面前的一贯形象,小时候不懂事,是有些顽劣,长大了当然不想卑躬屈膝,让别人以为他见钱眼开,像穷亲戚来投奔那样可笑。

他在她面前可以骄傲,所以不主动找她,等她自己发现亲弟弟竟然在眼皮子底下当保安,自然会愧疚、觉得亏欠,想弥补这十几年的空白,说不定这车就给他开了。

他坐在椅子上跷着二郎腿,吸溜一口茶水。

小女孩今天又换了新裙子,还是浮夸的大裙摆。在他看来,这裙子就是变了个颜色,一周七天,红橙黄绿青蓝紫,没有重复的时候。

他想，这样养小孩会不会太娇惯了？

才几岁的小姑娘，给她买这么多华而不实的裙子，家里得多大的衣柜才能摆下？而且不光是裙子，还有各种里衣外衣，大大小小的配饰，鞋子也集齐各种款式。小孩长得快，明年就穿不上了。他撇嘴，还真是有钱没地儿花。

小姑娘脸圆圆的，扎了两个小辫子，系着紫色蝴蝶结缎带，特意搭配今天穿的紫色公主裙。她牵着一个中年女人的手，女人是保姆，手里拎着出行的袋子，里面放着水瓶和零食。

刚好来电话，女人走去门口接，时不时点头说"好的好的"。

小女孩在门厅里瞎跑，感觉到他的目光，好奇地走过来，黑白分明的眼睛瞪着他，无所畏惧的模样，大声说："你干吗一直看我？"

蒋鸿儒在心里说：因为我是你舅舅啊。

他笑，蹲下身，忍住摸她头的冲动："你叫什么名字？"

小女孩皱眉后退，转头看了眼还在打电话的阿姨，谨慎地说："我妈妈不许我告诉陌生人我的名字。"

蒋鸿儒撇嘴，他那个姐小时候就性格很怪，没想到长大了还是这样，怪也就算了，还不会教小孩。小孩子应该锻炼得性格外向些，大声向周围的人介绍自己，不怯场，不扭捏，有礼貌，而不是回绝，让大人难堪。

他"呵"了一声："你别听她的。"

小女孩瞪他："我就不！"说完，赌气似的跺了下脚。她穿着公主鞋，上面布满钻石和亮片，小短腿力气小，这么跺特别可爱搞笑。

他伸手过去："你真好玩。"

他手指在半空中，还没触到小女孩的双层下巴，就被阴影覆盖　　陈太太抱起小孩，居高临下地看他，眼神该死的冷漠，却让他不可控地沉醉。

蒋鸿儒站起身，对她笑了下："陈太太回来了。"

陈太太今天心情不好，没回应，甚至不再看他，手臂用力地搂着小孩的身体往门那边走。保姆刚好挂断电话，赶紧把小孩接过来，不知陈太太说了什么，保姆奇怪地回头，上下打量了他一番。

他在心里骂：老东西，看什么看。

自那以后，他格外注意姐姐一家，有时在广场上听业主闲聊，便有意无意地把话题扯去沈家，攒了一堆零零碎碎的信息。

蒋诵嫁的是品牌餐饮企业董事长，年纪轻轻的，分店几乎遍布全国，个人资产上亿，别说买这么个平层，一整栋楼也能轻松买起。

小于支着下巴，看到在喷泉边玩水的小女孩，羡慕地说："生在这样的家庭真好，不用为了钱奔波劳碌，一辈子无忧无虑。"

他也盯着那团白色的身影，今天穿的是白色蓬蓬裙，远看过去像一朵蒲公英。她的手湿了，张开胳膊时，水顺着手臂流进胳膊根，她难受地跺脚。

"啊啊，妈妈，有水，讨厌水。"

蒋诵今天难得有时间,她坐在喷泉旁的长椅上,宠溺地看着女儿撒娇,随手从包里抽出一张软纸,轻声哄着:"来妈妈这儿,帮你擦干净。"

她仔细擦着,还不忘打趣小女孩:"讨厌水,还玩水,到底是讨厌还是喜欢?"

小女孩张开双臂,仔细想过之后,认真地说道:"喜欢水,但讨厌水流到胳膊上。"

蒋鸿儒仔细算过,从认出姐姐之后,有好几次姐弟近距离接触的机会,甚至有一次他们对视超过三秒,她却像陌生的业主那样和他说话。

"门禁识别系统总是故障,你能向领导反映一下吗?"

他紧紧地盯着她的脸,企图看到她眼神里的情绪,可惜,那里平静无波,有的只是对物业的不满。

"好的。"

蒋鸿儒心里翻腾着焦灼,不可能不认识啊,他一眼就认出她,为了让她认出他,他还特意把胸牌的名字写很大。名字挂在前胸,她只要稍微扫一眼,就能认出他是弟弟,可她一次都没有。

蒋鸿儒睡不着了,心境也从最开始的有个有钱姐姐,转为白眼狼有钱了还是白眼狼,嫁给有钱人了,就忘了本,忘了自己是从哪儿来的。

呵,有钱人。

他翻了个身,想到那个应该叫姐夫的男人,长相俊朗,为人处世带着富家公子的派头,不可能是当年那个野男人。

他们的孩子才五岁,蒋诵已经三十三岁,女人不可能十九岁和男人滚在一起,拖到二十八岁才生小孩,百分百是隐瞒了过去。

这样一想,她不肯认他就能说通了,说不定她伪造了自己的身世,骗别人她是有钱人家的独生女,当然对他这个凭空冒出来的弟弟很排斥。

他又恨上了。

之后的日子,他不再像从前那样小心翼翼,而是大摇大摆地在花园和楼下转悠,偶尔也会遇到她,她大多时候无视他,或者公事公办,一点情面都不给。

呵,狼心狗肺。

一周两天停车场值夜,他靠在门口,看到沈先生的车回来,他故作随意地跟在后面。待男人下了车,他走过去,高深莫测地说:"沈先生,我知道你妻子的秘密。"

深夜,空无一人的停车场,空气里流动湿冷的气味。他深呼吸,往前一步。

沈先生挑眉,第一次正眼看他,声音有些冷:"你说什么?"

蒋鸿儒用怜悯的眼神看着沈先生,想到这位半生顺遂的富家公子头顶着绿油油的帽子,就忍不住想笑,却故作安慰:"你妻子,蒋诵,十九岁就和男人睡了。"

沈先生面无表情,游刃有余地维持良好的修养,他扯松领带,不耐烦地轻咳一声,眼底有怒意,却没发,似是在等下文。

蒋鸿儒索性破釜沉舟,他不好,她也别想好。

"你妻子高中就辍学了,早早和野男人跑了,她这一切都是假的,都是骗你的,不信你大可去查。"

他说完,扬手把头顶的保安帽子正了正。沈先生似是没反应过来,还有些愣怔,见他要走,冷冷地问:"你是谁?"

蒋鸿儒看对方半信半疑,这样最好,想到最近憋闷的仇终于报了,暗爽的同时,"中二"之魂重新燃起:"一个故人罢了。"

接下来的两天没见到蒋诵,他在脑海里编织着狗血的"休妻"情节,怀疑的种子埋在男人心里,女人当然没有好果子吃。

他悠闲地喝了口茶。

门口停了一辆车,他赶紧小跑着过去,笑呵呵地说:"陈总,这么停这儿了?我帮您开进地下车库啊?"

中年男人依旧没耐心,冲他扬了下手,用明显的南方口音和他说:"小蒋,去我家,拿门口的行李包。快点,我急。"

他赶紧急刹,点头哈腰:"好嘞,陈总,给我一分钟。"

一路小跑,上电梯,敲门,保姆开的门。

他说明来意,保姆沉默地把门口放着的黑包递给他。他一拎,有些重量,忍不住低头看。保姆皱眉,用不太熟练的普通话说:"看什么看,这是你该看的吗?"

现在什么猫狗都能蹦出来说他两句了。

蒋鸿儒居高临下地看着保姆,对方四十多岁,瘦得像鹌鹑一样,松垮的皮挂在骨头上,眼窝深陷,却在瞪他。

他攥紧行李的包带,忍着挥拳过去的冲动,皮笑肉不笑地说:"该不该看,你这老太婆说不着,想多活几年就把嘴闭上。"

他反手把门关上,晃晃悠悠地进电梯。

他拎着东西,在电梯里看自己的倒影,高大、强壮,却被压在最底层,像一只过街老鼠。

不能啊,不应该这样的,叫鸿儒的人怎么可能落到这步田地。

他低头,视线落在拎着的黑包上。

警车很少出现在这片区域,今天却顶着出警灯"呜哇呜哇"叫了很久。

蒋鸿儒被堵在门厅的角落,蹲着,手举过头顶,一头雾水。

穿着警服的中年男人坐在他平时放杯子的桌角,大家都叫他"李队"。李队个子不高,眼神却严厉,对上视线时,蒋鸿儒感觉像被沾水的鞭子狠狠抽了三下。

他委屈,声音带着哭腔:"警察同志,我可是三好市民!"

李队冷哼,从兜里掏出手机接听,严肃消失,笑着和对面的人寒暄:"陈总,哎哟,不麻烦,别啊,怎么说数目也不小。"

蒋鸿儒腿都蹲麻了,电话还没打完,他悄悄挪动着,快速回忆从到底犯了什么事，值得警察大费周章地过来逮捕他。

想到头痛也记不起来，他抱着头，"哎哟哎哟"个没完。

李队打完电话，又去看了眼监控，过来时，直接拿手铐把他铐上，一左一右架起他。

蒋鸿儒觉得自己比窦娥还冤："警察同志，抓人也得给个理由吧，还有没有王法了？"

架着他的警察转头看他一眼，慢悠悠地说："你帮报案人陈先生拿包，包里有四十万，你下了电梯打开过，交给陈先生后，钱没了。"

蒋鸿儒登时手脚冰凉。

他欲哭无泪，欲辩无言，挣扎着身子，直到被拽到门口，才大喊冤枉："我就是打开看一眼，看到是钱，又马上拉上了，我真没拿！"

警察无视他的喊冤，抓着他胳膊往外走，还没走到警车那儿，他突然剧烈挣扎，看着走过来的一男一女。

穷途末路，什么架子都放下了，他疯了似的喊："姐！我是鸿儒啊，我是冤枉的，快救我！"

李队顺着他的叫喊看过去，立刻露出笑容，像认识多年的老友那样打招呼："哟，这不是小沈总嘛。"

沈灼无奈，知道躲不过寒暄，只好拉着蒋诵的手过来。

"李队怎么来这儿了，有案子？"

"可不嘛。"

李队指着卡在车门不进去的胖子，嫌弃地说："保安，手脚不干净。"

蒋鸿儒白着脸看蒋诵。她还是那副死样子，努力扮演一个端庄的妻子，微笑地站在旁边在听两个男人说场面话，可他是被冤枉的，他真没拿那钱！

"姐！"他声音嘶哑。

她就像没听到。

他继续喊，喊到李队心烦，指使旁边的年轻警察："吵死人了，让他消停会儿。"

蒋鸿儒一听，什么都顾不上了。手铐卡在手腕上，勒出两条血痕，他感觉不到疼，撕心裂肺地喊："姐！姐！蒋诵！我是鸿儒啊！你看看我！"

他哭着求她。

终于，女人的视线落在他脸上，眼底依旧是熟悉的一潭死水。

李队和沈灼寒暄完毕，突然想到刚扣的男人姓"蒋"，小沈总的爱人刚好也姓"蒋"，是企业高管，平时很忙，很少见到。

这个保安喊她名字，还一声一声叫她"姐"，可别……

李队笑着，眼神试探："蒋制作人，这是你……"

蒋诵缓慢地转过头，看到夹在车门里红着眼的男人，面无表情地说："我不认识。"

356

番外三
取名趣事

BEIFENGGANG

凌贝贝今年八岁,盛夏过去,她终于成为一名小学生。上了小学,她的心事也和以往不一样。小时候的她只知道游乐园、甜甜圈,或者漂亮的公主裙,每天一睁眼就要和好朋友温蒂说早安。

温蒂是洋娃娃,是几年前杨芷心阿姨送她的生日礼物。

现在呢,她把温蒂安置在飘窗的角落,入学前一晚还搞了个隆重的告别仪式,她紧紧抱着洋娃娃,流下几滴依依不舍的眼泪。

小学不能迟到,也不能早退,她严格遵守作息时间,再也没有幼儿园时的任性和懒散。

天还没黑,她趴在书桌前,打开小熊台灯,书包放在旁边当掩护,假装在写算术题。

实际,算术题下面藏着粉色信纸,上面早就有了拼音加丑字的对话。这是白天在学校偷偷传的纸条,四边用铅笔画成微信聊天框,对方是前桌的罗熙儿,班里最漂亮的女孩。

她们在开学第二天的时候成为好朋友,拉钩盖章的那种,唯一的好朋友。

凌贝贝铺平信纸,努力用她刚学了层皮毛的理解能力读取上面的信息,圆圆的脸很严肃,慢慢地眉头揪起。

——贝贝,我姥姥说,考试打100分就给我买白雪公主。

字好丑,她读不懂。

"砰砰砰",敲门声传来。

她吓一跳,以为妈妈来突击检查,赶紧把信纸塞进抽屉,跳下椅子奔去门边,开门,竟然是爸爸!

凌贝贝松了一口气,张开双臂抱紧男人的大腿,软软地撒娇:"呜呜,爸爸,你这次怎么走了这么久啊?走了好多好多年。"

沈灼掩去疲惫,弯腰把女儿抱起,宠溺地揉了揉她的头:"哪有好多年,上周三走的,今天周二,还不到一周呢。"

凌贝贝愣了一下,不敢相信:"才不到一周吗?爸爸,你一直在家陪我好不好哇？"

"有点难。"

"可是我很想你啊。"

沈灼被"小棉袄"哄得极为熨帖，却毫不留情地拆穿她："想我，也不打电话给我。昨晚我和妈妈视频想要看看你，你说你在看《小猪佩奇》没时间。"

凌贝贝心虚，眼神飘忽："是吗？我不记得了。"

刚说完，鼻头就被惩罚地轻刮了一下。

"下楼吃饭，等会儿带你去游乐园玩。"

凌贝贝不想吃饭，也不想去游乐园，小时候玩滑滑梯、旋转木马觉得好开心，现在她是小学生了，还在玩这么幼稚的东西就太傻了。

"不要。对了爸爸，你帮我一下。"

她边说边翻抽屉，找到刚才塞进去的纸，双手奉上："爸爸，你能看懂吗？"

沈灼歪头，眯眼看信纸上的蟑螂爬，语速很慢地念："贝贝，我姥姥说考试打 100 分就给我买白雪公主。"

凌贝贝还是不懂："'姥姥'是什么？"

"姥姥是妈妈的妈妈。"

"啊……那'奶奶'呢？"

"奶奶是爸爸的妈妈。"

凌贝贝凌乱了。她最近一直在思考，杨阿姨家的哥哥有奶奶，吴玉东叔叔家的哥哥姐姐也有，放学在门口接孩子的家长，有好多都是头发花白的，只有她，一直是爸爸和妈妈轮换着来接。

大家都有，怎么就她没有呢？

除此，还被人问过好多次的姓氏，妈妈姓"蒋"，爸爸姓"沈"，她怎么会姓"凌"呢？

沈灼歪头看她，小姑娘长高了，褪去一圈婴儿肥，那么可爱的脸上，竟然也能出现忧心忡忡的表情，还挺有意思。但现在吃饭要紧，再磨蹭一会儿，蒋诵就会冲上来发火了。

"去洗手，晚饭做了你爱吃的糖醋鱼。"

凌贝贝慢吞吞地挪着，小小的脑袋里还在想，巨大的问号一直顶在脑门上，直到第二天早上她还在琢磨。

吃完早饭，她背好书包，乖乖地站在门口等。蒋诵收拾着要带的东西，感觉到女儿的不对劲，狐疑地看了她好几眼。

这么多年一直是夫妻轮班出差，不管怎么样，家里都要留一个大人陪孩子，这次轮到蒋诵出差了。

沈灼开车。这段路天天堵，好在时间充裕，离飞机起飞还有四个多小时。凌贝贝靠在蒋诵怀里，车开五分钟就昏睡过去。蒋诵捧着手机，一目十行地刷工作群消息。

刷着刷着,她突然视线旁移,小声说:"贝贝今天怎么了?"

沈灼回头看了眼女儿,想到昨晚的小哭包,一脸无奈:"因为学习压力吧。"

蒋诵挑眉,声音压得几乎听不到:"一年级的小孩还有学习压力?"想了想,试探地问,"不会因为我要走心里难受吧。"

沈灼慢速前行,语调里带着笑意:"应该是。要不你别走了?"

"开什么玩笑。"

"主要是……我也想你啊,我刚回来,你又要走,昨晚都没尽……"

蒋诵立刻摆出噤声手势,小心地检查怀里女孩的睡眠状态。沈灼懒懒地靠在椅背上,随口说:"没事,她还听不懂。"

"那也不许说!"

他笑着挡住嘴:"好的,老婆大人。"

拥堵的路段一时半会儿疏通不开,蒋诵余光扫到副驾驶的粉色书包,伸手过去:"把她的书包递过来我看一眼。"

一年级的小学生书包飘飘轻,拉开拉链,除了两本书和文具盒,全都是五彩缤纷的碎纸片。

蒋诵只扫了眼就合上:"放学回家你收拾下她的书包,里面简直是垃圾场。"

沈灼颔首应下,几个小时后,他在机场送走出差的蒋诵。

回到家,马上处理积压一周的工作,直到下午两点,他才给自己泡了杯咖啡,瘫倒在沙发上,本该享受处理完工作的轻松,可他心里总觉得有什么事被遗漏了。

他起身,端着咖啡踱步,走到女儿的房门时,忽然电光一闪,他大概知道"小棉袄"为什么不高兴了。他马上拿起手机,给助理打电话:"你知道小女孩喜欢的白雪公主哪里有卖吗?"

凌贝贝放学回家,推门时吓了一大跳,蓝色连衣裙、红色发卡,和她几乎一般高的白雪公主玩偶笑盈盈地看着她。

她张大嘴巴,莫名其妙地看向在一旁等着挨夸的男人。

"爸爸,我早就不喜欢玩偶了。"

沈灼抱着胳膊,企图从她的眼睛里看出违心的情绪。可惜,他了解自己的女儿,钢筋一样直来直去,说不喜欢,一定是不喜欢。

他蹲下,视线和她平齐:"是爸爸会错意了,我还以为你羡慕同学有玩偶。"

凌贝贝噘着嘴,目不斜视地从白雪公主身边走过去。她房间里一大堆娃娃,怎么会羡慕,她羡慕的是……唉,算了,说了爸爸也不懂。

爸爸在家的日子,三餐比妈妈在家时隆重,但那又怎么样呢,今天罗熙儿穿着奶奶亲手织的红毛衣,炫耀奶奶是世界上手最巧的人。

每次听到这种话时,她都闷着一张脸不参与群聊。

罗熙儿却穿着红毛衣凑过来,好奇地问:"贝贝,你姥姥和奶奶也在你家住吗?对你好不好呀?"

凌贝贝攥着铅笔,吭哧半天才说:"不在啊,我没见过她们。"

"那爷爷呢？"

"不知道。"

"啊？"罗熙儿夸张地捂着嘴，声音比平时大一倍，"天啊贝贝，人怎么可能没有爷爷奶奶，你爸爸妈妈不会是捡来的吧？"

怎么可能！

吃饭中途，凌贝贝又想到这个插曲，气得咬断鸡翅的骨头，沈灼把碎骨从她嘴里拽出来，捏住她的脸。

"来，张嘴，爸爸看你的牙硌碎没。"

"才没有！"她恶狠狠地塞进一口白米饭。

夜深，小女孩睡熟了，沈灼关掉台灯，轻手轻脚地从房间里出来。

刚到书房，桌上的手机就振动，他两步过去，看到来电显示"老婆"时，脸上露出笑容。

接起，听筒里的女声有些疲惫："贝贝睡着了？"

沈灼坐在椅子上，慵懒的语调："睡了。你呢，这么晚了还在公司？"

"嗯，刚开完会。"

"几天能回来？"

听筒里一阵急匆匆的脚步声、关门声，蒋诵的声音也像从矿洞里发出来，甚至有回音："怎么，早上刚走就想我啦？"

沈灼唇角弯起，很少能听到她用这种语调说话，仿佛回到新婚蜜月期。

"嗯，想你。"

"三天，差不多吧，我尽量早点回去。"

蒋诵躲在楼道里打电话，白冷的灯在头顶，空气也冷了几度，她叹了一口气，怎么突然想家了呢。

"对了，贝贝今天还不高兴啊？"

"嗯，情绪不高。"

蒋诵眉头紧锁，她的学生时代由暴力和痛苦贯穿，如果那些可怕的事发生在女儿身上……不，不会的。

沈灼知道她在想什么，赶紧安抚："不用担心，不可能的。"

"我知道。"

"你好好工作，这几天我密切观察一下，这个月也不走了，想好好陪陪你们，我和女儿在家等你。"

蒋诵紧绷的身体慢慢放松，轻声说："好，我尽快回去。"

三天后，蒋诵飞回家。

这几天，沈灼也是功夫不负有心人，在多次旁敲侧击之后，终于弄清楚宝贝女儿为什么不高兴。

下午两点，阳光顺着窗帘的缝隙钻进来，给本就旖旎的卧室覆了层温馨。

360

蒋诵支着脸看他,表情有些无语:"什么啊,因为别的同学都有爷爷奶奶姥姥姥爷,就她没有,所以闹了这么多天情绪?"

沈灼无奈地点头,顺势起身,把衣服穿好:"据我所知,是这样。"

蒋诵哭笑不得:"我想了一万种可能,唯独没想到这个。"

既然知道问题,那就解决问题吧。

放学,两人一起去学校门口接,蒋诵摘下墨镜,扫了眼人群,确实,很多是老人来接。

凌贝贝背着书包,破天荒地看到爸爸妈妈都来了,高兴得蹦起来抱紧蒋诵的腰,不过兴奋之后,是即将分别的失落。

"妈妈回来了,爸爸又要走了吧?"

沈灼揉了揉她的头:"不走哦,爸爸在家陪你。"

连续几天的心事重重,被久违的团聚冲散,凌贝贝坐在餐桌边,时不时探头看厨房里忙碌的爸爸。

蒋诵支着脸看她,眼睛都舍不得眨,伸手过去,把她揽抱在怀里。

"贝贝,最近开心吗?"

凌贝贝抬起头,认真地说:"开心。"

"真的?"

"嗯。"

这敷衍的语气可不像开心的样子。

蒋诵的下巴搁在她的肩膀,肉肉的,软软的,舍不得用力,索性过去亲她的脸,"啵"的一声后,菜也端上桌。

凌贝贝乖乖地从妈妈腿上下来,坐在餐椅上。

她脸蛋嘟嘟的,扎着两根马尾辫,眼睛像蒋诵,嘴唇像沈灼,可眼一瞪,嘴一噘,露出娇蛮模样时,又谁都不像了。

蒋诵没拿筷子,就这样直直地看着她。

"贝贝,"她轻声说,"有什么心事可以和妈妈说的,你要知道,爸爸妈妈都非常非常爱你。"

凌贝贝愣了一下,小心地瞄了眼沈灼,得到鼓励的眼神后,直接说:"为什么我没有爷爷奶奶和姥姥姥爷啊?同学们都有。"

蒋诵在桌下踢了踢沈灼:"关于爷爷奶奶你来说。"

沈灼很坦诚,像在和成年人平等对话:"奶奶很多年前去世了,爷爷……他有了新的家庭,有自己的生活。"

说完,他踢了踢蒋诵:"姥姥姥爷你来说。"

蒋诵斟酌着,语速很慢:"他们对我不好,所以我不要他们了。"

凌贝贝眨巴眨巴眼,忽然高兴:"就是说,我有,只是他们不在这里而已?"

"当然啊。"蒋诵和沈灼异口同声。

他们很早之前就谈过这个话题，那种三代人相亲相爱的幸福模板注定不可能实现，如果孩子好奇，他们会如实回答。

可惜，没有讲那些过去的机会。

凌贝贝愣了足足三秒，终于卸掉包袱般松了口气："吓死了，我以为你们都没有爸爸妈妈。"

蒋诵失笑："怎么可能。"

"怎么不可能？"小女孩眼神坚定，"孙悟空就是从石头里蹦出来的。"

沈灼把筷子递给蒋诵，悄声说："女儿还处在现实和虚拟分不清的年纪，没事了，吃饭吧。"

在心里盘旋了几天的沉重烟消云散，蒋诵也觉得自己太紧张了，女儿的事都是大事，对她的情绪也关注过度，以前有过很多次，最后都是自己吓自己，在外人看来有些神经质了。

刚拿起筷子，凌贝贝却问："那为什么妈妈姓'蒋'，爸爸姓'沈'，我却姓'凌'呢？"

蒋诵捏了下她的脸蛋："是你自己选的哦。"

啊？

晚饭后，一家三口窝在沙发里，沈灼从平板电脑里翻出八年前的视频，送到凌贝贝手里，笑着说："证据在这儿呢。"

凌贝贝狐疑地点开播放，画面开头是白色的一分钟，在她马上没有耐心的时候，比现在看起来年轻的爸爸出现在屏幕上。

"要上户口了，但我不想女儿跟我姓，要不跟你姓吧，老婆，姓'蒋'。"

画面一闪，躺在月子中心床上的蒋诵瞪着眼看摄像头："不要，我不喜欢我的姓。"

沈灼早有预感，还在挣扎："那不行啊，必须要起名字了。"

蒋诵想了想："要不姓'上官'，或者'欧阳'？"武侠剧里经常出现的复姓，既好听，又高大上。

话音刚落，旁边小床里的婴儿突然大哭起来，沈灼赶紧去哄："哦哦，不哭不哭，宝贝不喜欢这种对不对？"

很奇怪，说完这句话，哭声就止住了。

门开，护士进来，例行检查产妇和新生儿状态，从头到脚看了个遍，满意地点点头，各方面都很不错。她拿出笔，还没落在纸上，小孩忽然笑了，肉乎乎的莲藕一般的手臂，直直抬起来，想要抓住什么。

蒋诵和沈灼安静地看着，看到护士拿着笔，在空气里画了个圈，小孩的手臂也笨拙地画了个圈。蒋诵探身过去，眼尖地看到笔帽上写着"凌美"两个字。

阳光落在她的脸上，初春的风里掺着淡淡的杏花香，她忽然笑了。

"女儿选好了，她要姓'凌'。"